貰册 古小說 研究

Rental Library Manuscript of Old Novels

연세국학총서 34

貰册 古小說 硏究

이윤석 · 大谷森繁 · 정명기

2003년 8월 22일 초판 1쇄 인쇄
2003년 8월 27일 초판 1쇄 발행
펴낸이 · 오일주
펴낸곳 · 도서출판 혜안
등록번호 · 제22-471호
등록일자 · 1993년 7월 30일
121-836 서울시 마포구 서교동 326-26번지 102호
전화 · 3141-3711~2 / 팩시밀리 · 3141-3710
E-Mail hyeanpub@hanmail.net
ISBN 89-8494-191-3 93810
값 22,000원

연세국학총서 34

貰册 古小說 研究

이윤석·大谷森繁·정명기 편저

혜안

발간사

올해로 개교 115년을 맞이하는 연세대학교는 일제 강점기 이래로 꾸준히 한국학 연구에 매진해 왔다. 일찍이 연세대학교는 1948년에 우리나라 최초의 대학 부설연구소인 동방학연구소를 창설하여 한국을 중심으로 한 동아시아 지역의 역사, 문학, 철학 등에 관한 연구를 행하였고, 1977년에는 이를 국학연구원으로 확대·개편하여 보다 체계적이고 효율적인 한국학 연구를 수행하여 왔다. 그리고 2001년에는 한국학연구를 '교책 특성화 사업'의 하나로 정하고 국학연구단을 조직하여, 세계적인 수준의 한국학 연구기관으로 그 위상을 높여 가고 있다. 최근 2기 운영위원회를 구성한 국학연구단은 국어학, 고문헌 및 고전문학, 국사학을 집중육성 분야로 정하고 더욱 집중화된 지원과 연구를 통해 한 단계 높은 질적 도약을 기약하고 있다.

연세대학교 한국학연구의 여러 사업 가운데 가장 중요한 것은 학술서적의 간행이다. 학술서적의 간행은 동방학연구소 창설 때부터 국내외의 여러 기관에서 연구비의 지원을 받아 계속해 왔다. 2001년 국학연구단을 만들면서 순전히 연세대학교에서 조성된 연구비로 학술서적의 발간을 지원했다. 이 책은 국학연구단의 학술서적 지원사업의 첫 번째 성과이다.

이 책은 조선후기에 貰冊으로 유통된 고소설에 대한 연구이다. 세책 고소설 연구로는 처음으로 나오는 단행본이므로 앞으로 우리 나라 세책 고소설 연구의 길잡이가 될 것이다. 이 책에는 <춘향전>에 관한 연

6

구도 두 편이 들어 있는데, 이제까지 연구자들이 전혀 다루지 않은 세
책 <춘향전>에 대한 연구이다. 연세대학교 고전문학의 전통 가운데 중
요한 한 축은 고소설이고 특히 <춘향전> 연구에서는 오랜 전통을 갖고
있다. 이가원 교수, 김동욱 교수, 그리고 설성경 교수로 이어지는 연세
대학교 <춘향전> 연구가 앞으로 세책 <춘향전> 연구를 통해 더욱 더
발전하리라고 확신한다.

이 책의 필자 대부분은 2002년에는 한국학술진흥재단의 기초학문육
성지원 인문사회분야 국학고전사업인 '조선후기 세책본의 수집 정리 현
대어역 주석 연구'에 참여하고 있다. 연세대학교 국학연구단의 '세책 고
소설 연구' 지원이 이렇게 커다란 프로젝트까지 연결될 수 있다는 데
큰 자부심을 느낀다.

이 연구를 기획하고 진행해 온 일본 天理大學 大谷森繁 명예교수,
연세대학교 이윤석 교수, 그리고 원광대학교 정명기 교수께 감사의 말
씀을 드린다. 그리고 연구논문을 기고해 주신 전상욱, 주형예, 김영희,
유춘동 등 연세대학교 국문과 박사과정생과 일본 天理大學 大橋正淑
교수, 東北大學 磯部彰 교수께도 아울러 감사를 드린다. 또한 어려운
출판계의 사정에도 불구하고 출판을 맡아주신 혜안출판사 오일주 사장
께도 고마운 마음을 전하고자 한다.

2002년   8월

연세국학연구단장
국 학 연 구 원 장   전 인 초

머리말

이 책은 조선 후기에 세책집에서 유통되던 세책(貰冊) 고소설에 관한 논문을 모은 것이다. 아직까지 고소설 학계에서도 세책의 중요성이 잘 알려지지 않았기 때문에, 세책 고소설이 무엇인지, 또 그것을 연구하는 의미가 무엇인가 하는 데 대해 관심을 갖고 있는 연구자는 많지 않다. 우리는 지난 몇 년 동안 세책 고소설에 관심을 갖고 연구를 진행하면서, 세책 고소설 연구를 통해 지금까지 실체를 알 수 없었던 고소설의 작자나 독자 그리고 유통에 관한 많은 정보를 얻을 수 있으리라고 생각했다. 이제까지 한글 고소설의 작자와 독자 그리고 유통의 여러 가지 문제를 해결하는 길은 연구자들의 막연한 추측과 상상력에만 기대왔던 것이 사실이다. 이제 우리는 세책 고소설이라는 구체적인 자료를 놓고 한글 고소설 연구에서 풀지 못한 여러 가지 문제를 풀어보려고 한다. 문제를 푸는 단서가 세책 고소설 속에 있을지도 모른다는 우리의 기대가 이 책을 만들어냈다.

이 책의 내용은 세 부분으로 나뉘어져 있다. 1부는 세책 고소설이란 무엇인가 하는 것을 개략적으로 설명하는 두 편의 글이 들어 있고, 2부는 여섯 명의 연구자가 조선 후기에 세책으로 유통되었던 고소설을 대상으로 각기 다른 각도에서 작품 분석을 한 글이다. 3부는 일본과 중국의 소설 독자에 관해 일본 학자들이 쓴 논문이다. 각 논문의 내용을 간단히 소개하기로 한다.

1부의 첫 번째 논문인 오오타니 모리시게[大谷森繁]의 「조선후기의 세책 재론」은 자신의 박사학위 논문 가운데 세책에 관한 부분을 중심으로 해서, 한국과 일본에서 이루어진 몇 가지 연구성과를 덧붙여 새롭게 쓴 것이다. 이 논문은 1996년에 이미 발표된 것이지만, 세책 고소설에 관한 최초의 단일 논문이라는 의미가 있기 때문에 이 책에 재수록했다. 다음으로 이윤석과 정명기가 쓴 「세책 고소설 연구의 현황과 과제」에서는, 세책이란 무엇인가에서 시작해서 연구의 필요성까지 세책 고소설 연구에 관한 그 동안의 논의들을 대체로 개관했다. 그리고 현재까지 확인된 세책의 작품별, 간소별, 연도별 총목록을 실었다. 1부에 실린 두 편의 글을 통해 독자들은 세책 고소설에 대한 기본적인 지식을 얻을 수 있으리라고 생각한다.

2부는 여섯 명의 연구자가 쓴 개별 논문이다. 여섯 명의 연구자들은 여러 차례 세책에 대한 논의를 같이 했지만, 어떤 통일된 시각과 지향을 갖고 각자의 글을 쓴 것은 아니다. 그러므로 각자의 논문에서 세책 고소설에 대한 각기 다른 시각을 드러낼 수도 있다.

이윤석의 「세책 <춘향전>에 들어있는 「바리가」에 대하여」는, 서울에서 유통된 세책계열 <춘향전>에 조선 후기의 잡가가 많이 들어 있는 데 착안하여, 판소리계열의 <춘향전>과는 다른, 서울에서 유통된 <춘향전>의 성격을 알아보려는 의도로 쓴 글이다. 지금까지 <춘향전>은 판소리계소설이라고 해서 <춘향전>의 모든 성격을 판소리와 관련시켜 설명했으나, 이러한 설명만으로는 해결되지 않는 문제들이 많이 있다. 이 글에서는 판소리와 관련시키는 것만으로는 해결되지 않는 <춘향전>의 문제를 조선후기에 서울에서 유행한 노래를 통해서 풀어보려는 시도를 했다.

정명기의 「세책본소설의 간소에 대하여」는, 현재 일본 동양문고에 소장되어 있는 69책본 『삼국지』에 관한 글이다. 이 본은 69권 69책으로 겉으로 보기에는 완전한 한 질인 것처럼 보이는데, 실제 내용을 읽어보면, 중복된 부분이 있는가 하면 빠진 부분도 있다. 정명기는 이를 자세히 읽고, 이『삼국지』는 세 종의 이본을 섞어서 한 질을 만든 것임을 밝혀냈다. 아마도 이 책을 도서관에 납품한 업자가 69책본에 빠진 권수를 다른 본에서 채워서 한 질을 만든 것으로 보인다. 동양문고에 소장된 69책본『삼국지』에 세 종이 섞여 있는 것으로 보아 세책집에서 유통된 <삼국지>도 그 권수가 여러 가지인 다양한 <삼국지>가 있었다는 것을 알 수 있게 되었다.

「세책계열 <춘향전>의 특성」에서 전상욱은 실제로 세책으로 유통되었거나 또는 이 세책으로 유통되던 것과 같은 내용의 <춘향전>을 세책계열이라고 이름 짓고, 이 세책계열 <춘향전>의 서지적 특성과 서사단락별 특성을 살펴보았다. 이 논문의 기본 텍스트는 세책계열 <춘향전> 이본 네 종이지만, 여기에 기타 여러 가지 <춘향전>을 참고하여 세책계열 <춘향전>을 17개의 단락으로 나누고 또 하위 분류를 하였다. 이미 여러 학자들이 여러 각도에서 각기 다른 이본으로 단락 나누기를 한 것이 있지만, 세책계열이라는 규정을 짓고 내용의 단락을 나눈 것은 이 글이 처음이다. 이제까지 <춘향전> 연구에서 소홀히 다루었던 세책계열 이본 사이의 세밀한 내용 비교는 앞으로 <춘향전> 연구의 새로운 장을 펼쳐나가는 첫 발자욱이 될 것이다.

주형예의 「향목동본『현수문전』의 서사적 특징과 의미」에서는 현재 동양문고에 소장된 세책본『현수문전』의 이본으로서의 성격과 서사적 특징을 살핀 글이다. <현수문전>의 여러 이본을 함께 다루면서 특히 세책본과 경판본의 차이에 중점을 두고 세책의 특징을 논했다. 그리고 세책본의 주 독자가 서민이라는 전제 아래 세책 독자의 욕망과 서사가 어떻게 관계를 맺는가 하는 점을 고찰했다. 주형예는 <현수문전> 같은 영웅서사는 작가는 물론 독자들의 욕망을 대변하는 것으로 보았는데, 이 문제를 단순히 개인의 욕망의 문제가 아닌 상업자본의 형성과 서민들의 계급적 정체성을 형성한 것과 연관을 시켜 해석했다.

김영희는 「세책 <구운몽> 텍스트의 형성과정 연구」에서 세책으로 유통되었던 두 종의 <구운몽> 텍스트의 원천을 검토했다. <구운몽>의 여러 이본과의 비교를 통해 을사본(1725년 한문 방각본), 강전섭본 (1725년 이전 한문 필사본)을 세책 <구운몽> 텍스트의 주요한 형성 원류로 파악하고 비슷한 시기 대중적인 상업소설 텍스트인 한글 방각본 및 구활자본과의 텍스트 대조를 통해 두 종의 세책 텍스트와 이들 본이 어떤 연관 속에 있었는지 파악하고자 하였다. 특히 세책 텍스트의 이질 성을 분석하여 세책본의 형성 과정과 유통 양상을 이해할 만한 단서를 찾고자 하였다.

<금향정기>는 중국소설을 번역한 것인데, 이 작품은 경판본으로도 간행되었다. 유춘동은 세책본 <금향정기>의 특성을 밝히기 위해 원전 과 그 내용을 비교해서 중국 원전과 다른 조선 세책본의 특징이 무엇인 가를 알아보고, 또 같은 시기에 유통된 경판 방각본과는 그 수용 양상 이 어떻게 다른가 하는 점을 살폈다. 이 논문은 경판본과 세책본이 원 전인 중국소설을 각기 어떻게 수용하고 있는가에 초점을 맞췄고, 경판 본과 세책본 가운데 어느 본이 선행하는 것인가 하는 점은 결론을 유보 했다. 조선에서 중국소설을 어떻게 수용했나 하는 것이 조선 소설을 이 해하는 데 필수적인 것이라는 점을 이 논문은 보여주고 있다.

3부에 실린 두 편의 글은 중국과 일본의 소설 독자에 대한 것이다. 원래 이 논문 두 편은 오오타니 모리시게의 조선 소설의 독자에 대한 것과 함께 한국정신문화연구원에 제출한 한국, 중국, 일본의 소설 독자 에 관한 글인데, 보고만 되고 간행이 되지 않았다. 세책 연구의 중요한 한 축이 독자에 관한 것이므로 기왕에 이루어진 연구를 공개하고, 또 중국과 일본의 독자에 관한 개괄적 지식도 얻을 수 있으므로 두 편의 논문을 번역해서 싣는다.

오오하시 타다요시[大橋正叔]의 「日本 近世의 讀者 序說」은 일본에도[江戶]시대의 여러 가지 통속 서사물의 독자에 관한 글이다. 이 글을 통해 우리는 일본의 출판문화의 발전과 성장은 출판업자들이 독자의 지적 호기심이나 오락의 동향을 알아차리고 이들의 기호에 맞는 출판물을 내어놓았기 때문에 가능한 것이었다는 일본 학계의 대체적인 연구 성과를 알 수 있다. 특히 책을 출판하는 과정이나 이를 판매하는 방법, 그리고 세책집[貸本屋]의 구체적인 숫자 등에 관한 일본의 연구는 조선의 출판과 세책을 연구하는 데 도움이 되리라고 생각한다. 또 이 글에서는 독자에 관한 자료를 구하는 여러 가지 방법을 알려주고 있는데, 고소설 독자 연구에 도움이 되리라고 생각한다. 이 논문에 나오는 많은 일본어를 모두 일본 발음으로 쓸 수 없어서 한자를 본문에 모두 노출시킬 수밖에 없었다. 그리고 몇 가지 일본문학의 용어에는 역자가 주를 달았다.

이소베 아키라[磯部彰]는 일본의 중국문학 연구자이다. 일본의 중국소설 연구자가 쓴 글이므로 「淸代 白話小說의 諸形態와 그 受容者에 대하여」는 일본의 중국문학 연구의 성과를 보여준다. 이소베 아키라는 명말(明末)의 백화소설을 직접 읽었던 계층은 황제를 정점으로 하는 사대부 층이었고, 일반 서민들은 다만 귀로 듣거나 눈으로 극을 보는 간접 수용자였다는 견해를 밝힌 바 있다. 이 글에서도 백화소설의 독자 연구를 위해 자료를 보는 여러 가지 방법을 제시하고 있다. 앞의 오오하시 논문에서도 중요하게 다룬 책방의 문제를 이소베도 마찬가지로 다루고 있다는 점에서 고소설 연구에서 책방 연구를 어떻게 해야 할 것인가에 대해 여러 가지 시사하는 바가 있다고 본다.

세책 고소설에 대한 연구가 시작 단계이고, 참고할 만한 기존의 연구가 별로 없기 때문에 이 책에 수록된 글에는 서로 중복되는 내용이 많다. 이 문제를 이 책의 원고를 검토한 몇 분께서 지적했는데, 가능하면 그런 중복되는 부분을 줄이려고 했으나, 그 중복되는 부분이라는 것이 개별 논문의 필자들에게는 자신의 논리를 전개하는 데 반드시 필요한 것이 대부분이므로 억지로 뺄 수는 없었다. 각 논문에 앞에서 나온 얘기가 되풀이되는 것이 많은 점에 대해서는 독자들의 양해를 구한다.

책이 나오기까지의 과정을 간단히 정리하기로 한다. 이 책은 2000년 가을쯤부터 논의를 시작하여 그 해 겨울에는 대체적인 틀이 잡혔으나 연구자들의 개인적인 사정 때문에 별다른 진전을 보지 못했다. 2001년 겨울 이러한 사정을 들은 연세대학교 국학연구단에서 연구비를 지원하여 빠르게 작업이 진행되어 2002년 가을에는 원고가 다 모였다. 수정 작업을 거쳐 최종 원고를 국학연구단에 제출하고, 이 원고에 대한 심사까지 마쳐 출판이 확정된 것이 2003년 4월이었다. 기획에서 출판에 이르기까지 3년이나 걸릴 일은 아니었는데, 전체적인 책임을 맡은 필자의 게으름으로 이제야 책이 나오게 되었다.

이제 출판을 앞두고 감사의 말씀을 드려야 할 곳을 생각하니 한두 군데가 아니다. 우리의 연구가 이 정도로 결실을 맺을 수 있기까지 자료의 열람을 허락하고 또 글을 쓰는 데 조언을 해주고 재정적 도움을 준 여러분과 여러 기관에 감사의 말씀을 드린다. 그 대부분의 개인과 기관은 이 책에 그 이름이 나오므로 일일이 열거하지는 않는다. 세책 고소설 연구로는 처음 나오는 단행본이라는 자부심을 갖고 싶으나, 이 책의 내용이 과연 처음이라는 이름에 걸맞은 내용을 갖추고 있는가 하는 것은 우리가 판단할 일이 아니다. 독자들의 질정(叱正)을 바랄 뿐이다.

2003년 7월
이 윤 석

차 례

14

3부

CONTENTS

Part I

Review on the Rental Library Manuscript of Late Choson Dynasty / Otani Morishige

Present Affairs and Questions on the Rental Library Manuscript Research / Lee, Yoonsuk · Chung, Myungkee

Part II

Bariga in Rental Library Manuscript *Ch'unhyangchon* / Lee, Yoonsuk

Study on the Rental Library Stores / Chung, Myungkee

Study on Characteristics of the Rental Library Manuscript *Ch'unhyangchon* / Jeon, Sanguk

The Narrative Characteristics and the Meaning of *Hyonsumunchon*, Manuscripted at Hyangmokdong / Joo, Hyungye

Study on the Rental Library Version *Kuunmong* / Kim, Younghee

Study on Characteristics of the Rental Library Version *Kumhyangjungki* / Yoo, Choondong

16

Part III

Introduction to the Japanese Readers in Edo Period / Ohashi
Tadayoshi

The Forms and the Readers of the Colloquial Novels of the Chi'ing
Dynasty / Isobe Akira

貰册 古小說 研究

1

부

朝鮮後期의 貰冊 再論

오오타니 모리시게[大谷森繁]

머리말

일반적으로 소설(이야기)이 독자에게 읽힐 때까지에는 작자가 쓴 것이 책으로 출판되고 다음에 책방 같은 유통기구를 통하여 제공되는 과정을 밟는다. 그러나 근대 이전의 고소설 시대에는 반드시 인쇄된 책만이 제공된 것이 아니라 베껴 쓴 필사본이 더 많았었으며 또 유통기구도 여러 가지 형태가 존재하였다.

돌이켜 보니, 세계적인 추세이기는 하지만, 한국의 고소설 연구에 있어서도 독자문제와 방각본 연구가 활발해져왔다. 여기에서 다루고자 하는 貰冊 및 세책집은 독자 문제나 방각본 연구와 불가분의 관계가 있는 중요한 연구과제일 것이다. 그러나 누구나 다 언급하면서도 더 깊이 들어가는 것을 주저하고 있다는 느낌이 없지 않다. 물론 이 문제를 본격적으로 추구하기에는 자료가 충분치 않다는 것은 엄연한 사실이다. 그러나 새 자료 발굴도 필요하지만 기존의 자료를 새로운 시점에 서서 재정리함으로써 세책 연구를 한 걸음 더 전진시킬 수 있을 것이다. 이

러한 관점에서 본고에서는 필자의 『朝鮮後期小說讀者研究』에서 발췌
한 '초기세책'을 제1장에, '후기세책'을 제2장에 두고, 제3장에서는 주로
그 후에 발표된 논고 중에서 필자의 견해를 보완할 수 있는 신 자료나
기사를 싣기로 한다.

1. 초기 세책

　조선조의 세책은 18~9세기에 걸쳐 계속되었는데, 필자는 18세기의
세책을 '초기세책'으로, 19세기의 경우를 '후기 세책'으로 일단 구분하여
다루고자 한다. 이러한 구분이 성립할 수 있는 근거는 방각본 한글 소
설의 출현과 더불어 초기와 후기의 세책 현상이 각기 다른 양상을 보이
고 있기 때문이다. 먼저 18세기에 세책이 나타난 양상과 실태를 살펴보
기로 하겠다.
　蔡濟恭(1720~1799)이 쓴 『女四書序』에는 다음과 같은 기사가 보인
다.

　　근세에 부녀자들이 다투어 能事로 삼는 일은 오직 稗說뿐이니, 이것
　을 높이는 것이 날이 갈수록 더하다. 많은 종류를 장사들이 깨끗이 베
　껴 모두 빌려주고는 그 세를 거두어드려 이익을 삼는다. 부녀들이 見
　識이 없어 혹 비녀와 팔찌를 팔거나 혹은 돈을 빌려 다투어 빌려 와서
　그것으로 긴 날을 보낸다. 음식과 술 만드는 것도 모르고, 베 짜는 책
　임도 모르니 대개가 이렇다. 부인은 홀로 습속이 변하는 것을 탐탁지
　않게 여겨 여자가 해야 할 일의 여가에 틈틈이 읽고 외웠으니, 오직
　女四書만이 부녀자들의 규범이 되기에 可하다는 것뿐이다.[1]

이 기사는 29세라는 젊은 나이에 병사한 아내 同福 吳氏의 책상에서

---

1) 蔡濟恭, 『樊巖先生文集』 권33.

절필이 되고 만 『諺書女四書』를 발견했던 왕년을 회상하면서 새삼 부
인의 현숙하였음을 추모하여 쓴 글의 일부이다. 그런데 기사 가운데 들
어 있는 세책에 관한 자료는 주목을 끈다. 즉 규방의 여성들이 소설 읽
기를 좋아하여 차차 소설의 종류가 늘어가고 있으며, 이익을 얻는 데에
눈치 빠른 장사치들이 소설을 다투어 베껴, 돈을 받고 책을 빌려주는
습속이 근세에 나타나고 있다고 한 점이다. 이상의 기사에서 근세라는
시기는 바로 18세기를 가리킨다. 18세기에 들어서 세책이나 세책가가
출현했다고 볼 수 있는 근거는 바로 이러한 사실에서 찾을 수 있다.

한편 李德懋(1741～1793)의 『士小節』에는 다음과 같은 기사가 보인
다.

> 諺飜傳奇는 빠져서 읽어서는 안된다. 집안 일도 내버려두고, 여자들
> 이 할 일도 게을러 그만 두면서, 심지어는 돈을 주고 그것을 빌려 깊
> 이 빠질 뿐 아니라 재산을 기울이는 자도 있다.[2]

이 『사소절』에는 1775년의 自序가 있어 집필년대의 하한을 알 수 있
다. 그가 이 책을 쓴 목적은 당대의 사대부 집안에서 유행되고 있던 일
들을 예로 들어 이에 대한 교훈을 쓰는 데에 있었다. 따라서 시기는 명
시되어 있지 않으나, 대개 18세기에 있어서의 時俗이라고 해석할 수 있
다. 기사 중에 책을 빌리기 위해 돈을 지불하였다고 하였는데, 금속화
폐가 법제화되어 전국적으로 유통되었던 때가 숙종 4년(1678)부터였다
는 사실도 시기설정의 중요한 방증이 된다.

세책에 관한 기사로는 현재로서는 이상의 두 사례가 있는데, 이로 미
루어 보면 세책 출현의 시기는 18세기 들어와서부터라고 추정되며, 필
자의 소견으로는 18세기 중엽 무렵이었을 것으로 생각한다.

이 문제에 대해 조동일은, "이덕무가 세책가의 문제를 도의 교과서라

---

2) 李德懋, 『士小節』 婦儀 1.

고 부를 수 있는 『사소절』에서까지 언급한 것은 그 당시에 세책가가 처음으로 시작되었다는 말이 아니고, 세책가는 이미 오래 되고 영업이 이미 크게 번창해 있었다는 말이다"라고 하고, "그렇다면 세책가는 1775년보다 상당한 기간 앞서서 나타났다고 보는 것이 적당한 해석일 것이다"라고 결론을 맺고 있다.[3] 조동일이 말하는 상당한 기간이 구체적으로 명시되지 않았으나, 화폐 유통 문제, 한글로 된 소설 방각본의 출현 시기 등을 고려하여 종합적으로 생각한다면, 영리를 목적으로 한 세책집이 나타난 시기를 너무 이르게 설정하기는 어렵지 않을까 생각한다.

다음으로 세책의 이용자에 대해서 상기의 두 자료는 일치하고 있는데, 여성 독자를 그 대상으로 하고 있음이 주목된다. 시기적으로 약간 늦어지지만 李學逵(1770~?)는 여성 독자에 대해 언급하기를 "요즈음 비단옷을 입은 부녀자들이 언번소설을 너무 좋아한다"고 하였다.[4] 값비싼 비단옷을 입은 부녀자들이 독자였다고 하였으니, 당시의 여성독자는 양반 계층의 부녀자들뿐만 아니라 그 이외에 경제적으로 부유하였던 계층의 여성들도 독자 중에 포함되어 있음을 짐작할 수 있다.

한편 일본의 경우, 18세기초부터 江戶(東京), 京都 같은 도시 이외에도 온천장에 세책만 사업으로 취급하는 업자가 생기고, 방방곡곡을 돌아다니는 세책 행상인이 있었던 데 비해,[5] 한국의 경우 서울 이외의 松

---

3) 趙東一, 『韓國小說의 理論』, 知識産業社, 1977, 410쪽.

4) 李學逵, 『洛下生藁』(天理圖書館 소장본), 37쪽.

5) 中村幸彦, 『風來山人集』(日本古典文學大系, 岩波書店) 補注 3. 貸本屋(貰冊家)이 나타난 시기에 대하여 충분한 조사는 없으나 대체로 봐서 早期에는 新本屋(신간서점), 舊本屋(고본서점)이 희망자에게 책을 팔기도 하고 빌려주기도 하였다. 正德(1711~1715)에서 享保(1716~1735) 사이에 『淨琉璃本』이나 『八文字屋本』같은 오락 독서물의 출판이 많고 교육의 보급과 평이한 독서물의 출현으로 증가된 독자들을 대상으로 하여 세책 전문업이 생겼다. 參勤의 武士(江戶에서 근무하는 지방출신의 무사)나 上京한 상인들이 모인 江戶, 遊山客이 많은 京都, 溫泉場으로서 遊山의 장소로 된 有馬 등에서 특히 발달하였다. 資本主와 配本人이 있었던 듯하며, 寶曆(1751~1763)경부터 차차 증가한다.

都(開城), 大邱, 平壤 같은 주요 도시에 세책집이 존재하지 않았다는
것은6) 무엇을 의미하는 것일까? 이는 세책이 당시에 있어 서울의 일부
독자층 사이에서만 유행되고 있었음을 시사하는 것이라고 생각한다.

위와 같은 점을 감안한다면, 18세기에 대두된 세책은 당시 서울에 거
주하고 있던 士流나 기타 경제적으로 부유한 계층의 부녀자들을 대상
으로 하여 그들의 소설 독서 의욕의 확대에 따른 수요를 충족시키며,
종전의 개인적인 筆寫로부터 하나의 상업적인 대량생산의 형태로 전환
시키고자 하는 새로운 의도에 따라 이루어졌던 문예 진흥의 현상이라
볼 수 있을 것이다. 이와 같은 세책의 점진적인 확대는 그 수용자들의
확산과 더불어 독서 의욕을 한층 더 고취시켰음은 물론, 세책집을 통한
舊作의 대량 筆寫와 아울러 독자층의 다양화에 따른 욕구를 충족시키
기 위하여 새로운 작품도 많이 창작되는 계기를 마련한 것으로 보인다.

趙潤濟는 현존하는 有名·無名氏의 소설들은 대부분 英·正時代에
나온 것으로 추측했는데, 그 근거로서 세책을 들고 있음은 주목된다.
그는 세책의 제작자에 관하여 다음과 같이 말하고 있다.

그리고 原稿料에 대하여는 現代的 版權所有의 原稿料問題가 아니
라 自己가 創作하여 그것을 筆寫하여서 市場에 放賣하였다는 것인
데, 前日 서울 市內 所謂 貰册집이라 하는 것은 그리하여 發達된 것
이 아닌가 한다. 즉 가난한 선비가 小說册을 만들어서 팔기도 하고 또
그것을 貰 놓는 한편, 他人의 著作物까지도 筆寫하여서 같이 貰를 놓
아서 그것으로 糊口策을 삼았으리라는 것이다. 이것은 當時 社會制度
에 있어서 所謂 兩班이 아니고는 仕宦도 할 수 없고 따라서 어디 就
職을 하여서 生活을 한다는 것은 極히 困難한 일이었기 때문에 그런
짓이라도 하지 아니하고는 살 수 없는 形便이었으니까, 當時 庶流階
級人物로서 有識한 사람에게는 그것이 가장 좋은 職業이었을 것이고
또 當然히 있을 수 있는 일이다. 오늘날 많은 小說이 그 作者가 누구

6) 金壽卿 譯, 『朝鮮文化史序說』, 凡章閣, 1946, 6~7쪽 참조.

인지 알지 못한다는 것도 想像컨대 이름도 없는 市民階級人物들이 著作하였기 때문이 아닌가 한다.[7]

金東旭 역시 세책에 관련하여 다음과 같이 기술한 바 있다.

> 이들 寫本筆寫는 勿論 創作도 南北村의 貧寒한 兩班의 後裔나 胥吏들의 손으로 이루어진 것이니, 여기에 이러한 創作이나 書寫에 대한 報酬가 나가고 다시 貰冊을 놓는 집이 생기게 되었던 것이다.[8]

조윤제와 김동욱의 기술에서 공통적으로 논의되고 있는 것은 세책의 제작자와 세책의 영업에 관한 내용인데, 대체로 가난한 선비, 몰락한 양반의 후예, 庶流 출신의 有識者 등이 중심이 되어 활동하였음을 알 수 있다.

그러면 세책(세책집)을 통하여 읽혀진 소설은 어떠한 것들이 있었는 가. 이러한 문제를 파악하는 것은 18세기 독자의 일반적인 독서 경향을 구명하는 것이기도 하다.

이덕무의 『사소절』에는, "諺飜傳奇는 빠져 읽어서는 안된다"고 했고, 또한 이학규는 『낙하생고』에서, "요즈음 비단옷을 입은 부녀자들이 諺飜小說을 너무 좋아한다"고 했으며, 채제공은 『여사서』에서, "근래 부녀자들이 다투어 능사로 삼는 것은 오직 稗說 뿐"이라고 기록하고 있다.

'諺飜傳奇'란 용어에 대해서는 지금까지 '한글로 書寫된 소설', 말하자면 '한글 소설 일반'으로 해석되어 왔다. 그런데 한편 申基亨은 일찍이 이것을 中國小說의 번역과 번안으로 한정해서 다음과 같이 말하였다.

---

7) 趙潤濟, 『韓國文學史』, 東國文化社, 1963, 307쪽.
8) 金東旭, 「한글小說 坊刻本의 成立에 대하여」, 40~41쪽.

　　이로 미루어 보면 中國小說의 飜譯과 飜案이 英正年間에 가장 많이 行하여졌던 것을 알 수 있는 만큼 實學派에 속한 中國小說의 愛讀者나 平民層에 속한 好事者 가운데 飜譯者와 飜案者 및 創作的 小說作家가 나왔을 것이라 생각된다. 그리고 더욱 蔡濟恭의『女四書』서문 가운데 "近世閨閤之競 以爲能事 惟稗說(小說)是崇 日加月增 千百其種"이라고 한 것 等을 參酌하여 볼 때 英正年間에 있어 固陋한 士大夫層들이 小說文學에 대해서 가진 酷評과 無用論을 主張한 가운데서도 古代小說의 創作的發達과 愛讀育成에 寄與한 者는 썩은 士大夫層이나 어떤 男性層이라기보다 실로 平民層 및 絶對多數의 婦女子들의 功積이 크다고 認定하지 않을 수 없다.9)

　　위의 각기 서로 다른 견해에 대해서 근래에는 오히려 신기형의 설을 지지 내지는 긍정하는 의견이 눈에 뜨인다. 예컨대 李慧淳은, "부녀자들에게 인기를 끌던 패서는 아마도 중국 원문으로서가 아니고 언문으로 번역된 소위 언번소설이었을 것이다"라고 하고, 이학규, 이덕무의 기사를 인용한 다음, "채제공의『여사서서』의 구절도 아마 대부분 이러한 언번소설이 그 주요 대상이 아닐까 한다"고 기술하고 있다.10) 李文奎는 한 걸음 더 나아가 "李德懋의 諺飜傳奇나 蔡濟恭의 稗說云云의 말은 분명 國文體小說(연의류의 번역 내지 아류작)을 대상으로 한 비판으로 여겨진다"고 하였다.11)

　　당대의 독서 대상 작품에 대하여 필자는 ① 한정되어 있던 18세기 여성 독자층의 교양이나 기호, ② 현재 남아 있는 한글 소설의 실태, ③ 『사소절』에서 이덕무가 사용한 '諺飜傳奇', '傳奇', '諺飜歌曲', '演義小說' 등이 분명히 구별되어 씌어져 있는 점 등을 전반적으로 고려하여,

---

　9) 申基亨,『韓國小說發達史』, 彰文社, 1960, 266쪽.

　10) 李慧淳,「韓國古代飜譯小說硏究序說 : 樂善齋本「금고긔관」을 中心으로」,『韓國古典散文硏究』, 同和出版社, 1981, 218쪽.

　11) 李文奎,「國文小說에 대한 儒學者의 批評意識」,『韓國學報』31집, 1983, 39쪽.

서울의 세책집에서 만들어지고 공급된 한글 소설은 대부분이 중국소설의 번역 혹은 번안 작품이었다고 보는 것이 타당하리라고 생각했다.[12)]

寬政六年(1794)에 대마도의 역관 小田幾五郎이 조선의 사신으로부터 전해들은 이야기를 기록한 『象胥記聞』에는, "조선소설로서 <張風雲傳>, <九雲夢>, <崔賢傳>, <張朴傳>, <林將軍忠烈傳> <蘇大成傳>, <蘇雲傳>, <崔忠傳>, 등이 있었으며, 이밖에 <泗氏傳>, <淑香傳>, <玉橋梨>, <李白慶傳> 따위는 唐代(중국)의 고사를 소재로 하여 쓰어진 소설들인데, 언문으로 읽기 쉽게 만들었으며, <三國志> 등도 언문으로 된 책이 있었다."[13)]는 기록이 있다. 이 자료는 당대에 읽힌 작품들을 구체적으로 제시한 희귀한 내용인데, 그 작품들 가운데 중국소설이 포함되어 있음을 확인할 수 있다.

한글 방각본이 나오기 이전의 18세기 세책(세책집)은 역사적인 측면에서 필사본을 위주로 한 초기의 출판업, 초기의 서점의 한 형태로 볼 수 있다. 그리고 이러한 현상이 시기상으로 좀 차이가 있으나 가까운 일본에서도 17세기부터 유사한 양상이 전개되고 있었음을 아울러 고려해 볼 수 있다. 일본의 세책집(貸本屋) 역시 소설류의 오락 독서물을 만들어 내고, 이것을 판매하고 빌려주는 형식으로 운영되었기 때문이다.[14)] 조선조의 세책집은 번역, 번안, 창작물의 사본을 만들어 내는 출판업자의 역할을 하는 한편, 그것을 독자들에게 빌려줌으로써 이익을 취하였고, 때로는 수요자들에게 개별적으로 책을 판매(賃寫)하는 서점의 역할도 병행하였다. 이로써 서적 출판, 판매, 보급 유통의 점진적인 발전은 아울러 독자층의 상대적인 확대를 가져오는 계기를 마련하였던 것이다.

---

12) 大谷森繁, 「李朝小說の覺書(一)」, 『朝鮮學報』 45輯, 日本 : 朝鮮學會, 1967, 62~63쪽 참조.

13) 小田幾五郎, 『象胥記聞』 下 (天理圖書館 소장본), 105쪽.

14) 長友千代治, 『近世貸本屋の硏究』, 東京 : 東京堂出版, 1982, 20~21쪽 참조.

2. 후기 세책

18세기에 출현된 세책은 19세기에 방각이라는 새로운 출판 형식이
나타난 이후에도 방각본과 더불어 존속하였다. 19세기 세책의 실태에
대하여 꾸랑은 다음과 같이 기술하였다.

> 書籍은 결코 商人만이 가지고 있는 것이 아니다. 「貰冊家」도 相當
> 히 있어, 그 곳에는 특히 大衆의 書籍, 즉 印本 또는 寫本의 대개는
> 한글로 쓰인, 이야기책, 노래책이 具備되어 있는 바, 이 집 책은 書店
> 의 賣品보다도 精誠스럽게 되어 있어 종이도 上質로서 印刷되어 있
> 는 일이 많다.15)

같은 시기에 서울을 방문한 岡倉由三郎도 역시 다음과 같이 기술하
였다.

> 朝鮮에는 貰冊家라고 하는 우리나라의 「貸本屋」과 비슷한 것이 있
> 으며 거기에는 대개 諺文으로 씌어진 이야기책이 있다. 단지 조선인
> 이 창작한 작품 뿐만 아니라, <西遊記>, <水滸傳>, <西廂記> 등 중
> 국의 소설을 언문으로 번역한 것도 많이 있다. 이러한 책을 빌리려는
> 사람은 아무 것이나 어느 정도 값어치가 있는 물건(냄비, 솥 등도 可
> 하다)을 세책가에 가져가서 자신이 보고 싶은 책을 빌어 온다. 그 책,
> 빌리는 요금은 한 권당 이삼 일의 기한으로 2, 3厘 정도이다. 세책가에
> 서 빌려주는 책은 市井에서 파는 것처럼 粗惡하지 않고 폭이 넓고 세
> 로로 긴 종이에 선명하게 붓으로 씌어 있으며, 閱讀하기도 대단히 편
> 하다. 이 기회에 말하면 冊舍도 貰冊家도 이 경성에만 있을 뿐이며,
> 그 이외에는, 가령 平壤, 松都와 같은 도시에도 세책가가 전혀 없다고
> 한다.16)

---

15) 金壽卿 譯, 『朝鮮文化史序說』, 凡章閣, 1946, 6쪽.
16) 岡倉由三郎, 「朝鮮의 文學」, 『哲學雜誌』 74호, 845쪽. 여기서 岡倉이 말하는

상기 양인의 기사를 통하여 당시 서울의 세책집에 대해서 다음과 같
은 사실을 확인할 수 있다. 즉 세책집에는 조선의 소설뿐만 아니라 중
국의 四大奇書를 포함한 기타 소설의 번역 작품도 거의 다 구비되어
있었다는 것이다.

꾸랑은 『조선서지』에서 소설을 ① 번역된 중국소설(목록번호 : 750~
769), ② 조선인의 한문소설(770~779), ③ 중국인이 주인공인 한글소설
(780~812), ④ 조선인이 주인공인 한글소설(813~945) 등으로 분류하
고 있다.[17] ②에 대해서는 불분명하지만, 적어도 그 이외의 ①, ③, ④에
속한 소설은 세책집에서 빌릴 수 있게 마련되어 있었던 것 같다. 또한
매수가 방대한 장편소설이 번역이거나 창작을 막론하고 모두 구비되어
있었다는 것이 주목된다. 東京의 `東洋文庫에는 1927년 서울의 고서점
을 통해서 구입한 세책이 소장되어 있어서 세책 연구의 귀중한 자료가
되는데, 그 중에는 <三國志> 69책, <列國志> 42책, <唐秦演義> 42책,
<北宋演義> 13책 등이 있으며, 조선소설로는 <춘향전> 10책, <하진
양문록> 29책, <창선감의록> 10책 등이 있다. 이상의 자료를 통해서
19세기에는 방대한 분량의 한글 장편소설류가 인쇄된 방각본이 아닌
사본의 세책으로 주로 읽혀졌다는 사실을 알 수 있다.

방각본의 경우에 있어서 이러한 장편은 대개의 경우 5분의 1 정도의
분량으로 축약되는 것이 보통이었다. 물론 세책 중에는 장편소설만이
있었던 것은 아니었다. 岡倉由三郞은 세책집에는 대부분의 소설이 구
비되어 있었다고 하였고, 박종화도 『월탄회고록』에서 같은 내용의 기사
를 적어 놓고 있다. 즉 그는 유년시절에 姑母나 王姑母가 세책집을 이
용하였던 것을 회고하면서, 당시 세책의 종류로서 <삼설기>, <사씨남
정기>, <장화홍련전>, <유충열전>, <옥루몽>, <흥부전>, <춘향전>,

'冊숨'는 서적 판매를 전업으로 하는 서점을 가리킨다.
17) Maurice Courant, 『Bibliographie Coreenne』, Paris : Ernest Leroux, 1894, 1
    권, 377~474쪽 참조.

<삼국지> 등을 열거하였다.[18] 꾸랑과 岡倉由三郎이 1890년대에 견문한 서울의 세책집의 실태는 박종화의 회고록 기사와 연대적으로 가깝기 때문에, 박종화가 열거한 세책은 대개 19세기 말경의 세책집에도 마련되어 있었음을 짐작할 수 있다.

19세기 세책의 두 번째 주요한 특징으로는, 상기 3인의 기사를 통하여 볼 때, 서울에만 세책집이 있었다는 것을 들 수 있다. 꾸랑과 岡倉由三郎 양인이 이미 언급한 바 있었으나, 박종화 역시 회고담에서, "시골 사람들은 겨울에 농한기가 되니 동네 사람들이 마실을 와서 사랑방에서 새끼를 꼬면서 이야기책 읽는 소리를 듣고 무릎을 치면서 삼국지의 적벽대전과 조조가 관운장한테 쫓겨 가는 대목을 즐겨하였다"고 하고, 그러나 시골에는, "영업적으로 하는「책세집」은 없고 행세하는 이장이나 서방님 댁에서 얻어다 읽었다"고 하였다.[19] 여기에서의 소위 '행세하는 이장'은『要路院夜話記』에 나오는 '김호주'와 비슷한 유형의 인물로 생각된다. 김호주는 시골(金谷)의 낭독자이며 비 직업적인 이야기꾼으로 명성을 얻은 사람이 아니었던가 한다.[20] 서울에서 유행했던 세책은 默讀이나 혹은 朗讀을 통한 직접적인 독서형태였던 것에 비해 시골에서는 아직 청각을 통한 간접적인 독서가 지배적이었음을 알 수 있다.

방각본은 '듣는 방식'을 통한 간접적인 독자가 직접적인 독자가 되는 계기를 마련해 주는 것이었다. 그리고 확실히 그러한 직접적인 독자층이 증가하는 추세와 병행하여 상품으로서의 방각본이 출현한 것이었다. 그러나 그 방각본이 대부분 단편이었다는 것은 상업적인 면에 있어서의 구매력을 의식한 杞憂와 방대한 분량을 제대로 소화할 수 없었던 독자들의 지적 수준이 상응되어 나타난 결과를 의미한다고 본다. 한편 방각본으로서는 만족을 얻지 못하던 독자는 이를 충족시키기 위해서는

---

18) 朴鍾和, <月灘回顧錄> 한국일보 1972. 3. 22. 720호.
19) 박종화, 앞의 기사.
20) 李秉岐 해제,『요로원야화기』, 을유문화사, 1975년, 8쪽.

寫本 외에 다른 것이 없었으니, 그중 가장 쉽게 얻을 수 있는 방법이
세책을 이용하는 것이었다. 그리하여 방각본이 출현하여 유행한 19세기
에 있어서도 세책은 有識·有閑의 여성독자들을 주 대상으로 하여 성
행을 하였던 것이다.

그런데 꾸랑이 전해들은 이야기 중에 1890년대에 이미 세책집이 그
이전보다 숫자가 줄어들고 있었다고 한 것은 매우 주목된다. 이는 개화
기를 맞이하여 세책집의 고객이었던 여성들이나 남성 독자들 중에서
재래의 소설 독서방식에서 이탈하는 현상이 일어났다는 것을 의미한다.
이러한 현상이 일어나게 된 시대적 배경을 간략하게 기술하면, 근대화
의 일환으로서 여성을 위한 교육 기관으로 이화학당이 1886년에 건립
되었고, 그보다 앞서 1875년에 성경이 국역되었다는 사실 등을 들 수
있다. 기존의 소설을 애독하던 지식 있는 여성들이 먼저 새로운 학문이
나 독서에 눈을 돌리게 된 것은 두말할 나위도 없다. 그것은 남성독자
의 경우에도 마찬가지였을 것이다.

17세기에 士流의 여성들이 소설을 읽는 취미를 가졌을 때, 그들이 소
설을 통해서 얻고자 한 것은 반드시 오락성만이 아니라, 演義小說이 가
진 역사성·교훈성도 포함되어 있었다.

18세기 이후 여성 독자층이 확대되었던 세책 시대에는 오락성에 치
중한 작품들이 쏟아져 나와, 소설독자가 유식·유한여성들에게 있어서
하나의 자랑거리처럼 유행되었음을 이덕무는 『사소절』에서 지적하고
있다. 그 추세는 19세기에 들어서도 존속되었으나, 말기에 이르러서는
지식층 여성들은 세책으로부터 이탈하여 새로운 독서 경향을 갖게 되
었다고 할 수 있다. 그러므로 당연히 세책집에도 변화가 일어나지 않을
수 없게 되었다. 어떤 세책은 헌 책사로 넘어가기도 하고, 어떤 세책은
교양수준이 낮은 사람들의 독서의 대상으로 전락하기도 하였다. 독서가
고가의 오락이었던 시대에는 생각조차 할 수 없는 저열한 낙서나 책주
인에 대한 욕설 등이 책 속에 여기저기 그려져 있는 것은 후기 세책의

말기적 사정을 말해 주는 본보기라고 하겠다.

다시 말해서 19세기의 세책은 18세기에 이어 방각본이 출현한 이후에도 방각본 독자와는 구별되는 독자를 가지고 있었다. 士流의 여성들을 포함한 서울에 거주하는 부유한 유한여성들이 바로 세책의 고객들이었다. 그러나 19세기말부터는 세책을 통해서 만족을 얻던 독자들도 점차 세책에 대한 관심이 사라지게 되고, 그에 따라 세책을 이용하는 독자층도 자연히 변모하지 않을 수 없게 되었던 것이다.

3. 보완

3장에서는 중국, 영국, 일본 및 한국의 세책 관계 자료 중에서 1장과 2장을 보완할 수 있는 내용을 간추려서 열거하기로 한다.

중국에서의 소설 유통과 세책에 관한 예를 몇 가지 보기로 한다.

가) 曹雪芹의 『紅樓夢』은 乾隆 20년(1755년)대는 아직 독자의 범위가 국한되어 있었으나 건륭 30~40년대가 되니 그 이름이 벌써 사람들에게 알려지고, 서점업 비슷하게 사본의 공급을 반 직업으로 하는 사람들 손에서 만들어진 寫本이 齋를 올리는 날에 露店의 책방에서 비싼 값으로 팔리고 있던 것 같다. 그리고 건륭 56년(1791년)에 최초의 간본이 출간된 것이다. 한편 李汝珍의 『鏡花緣』은 道光 6년(1829년) 전후에 이루어진 것으로 여겨지는데 이것의 道光 12년(1832년) 廣東 重刊本이 현존하는 것으로 미루어 보면 이 소설이 사본으로서의 유포와 거의 동시에 간행된 것을 알 수 있다.[21] 이상의 기사를 통하여 우리는 중

---

21) 中野美代子,「中國近代讀者論-その成立・變遷・崩壊」,『惡魔のいない文學』,
    東京 : 朝日新聞社, 1977.

국에서의 소설 유포가 주로 사본으로 유포되었다가 나중에 판본으로
나오게 되는 것이 일반적인 것임을 알 수 있다.

나) 중국의 세책에 관해서는 여러 소설사에서도 별로 언급된 것이 없
다. 그러나 중국에도 방물을 팔러다니는 '貨郎'이 옛날부터 유명한데,
그들이 손님을 끌려고 하는 소리가 원나라 연예의 한 가지가 되기까지
하였던 바, 元初의 화가 王振鵬이 그린 그림 속에는 서적도 있으니 혹
시나 소설도 팔았을런지도 모르겠다고 한다. 이미 일본에서는 잘 알려
져있는 行商本屋과 비슷한 사람이 중국에 있었다고 추정할 수 있을 것
이다. 옛날부터 특히 소설 따위는 자신이 사는 것보다 남한테서 빌려서
읽는 사람이 더 많았을 터이며 세책을 영업으로 삼는 사람이 일찍부터
있었을 것이라고 한다. 즉 李漁의 『與韓子蘧書』에 의하면, 이미 淸初
에 '書船'이라고 불리우는 배에 책을 싣고 각지에 책을 빌려주는 사람
이 있었다고 한다. 그리고 늦어도 淸末에는 북경 등의 대도시에 세책집
이 있었다는 증거로 다음과 같은 것을 들 수 있다.

> 우리 가게는 사대기서, 고사, 야사를 빌려주는데, 하루에 한 번 바꾸
> 고 만약 반 달이 지나도 반환하지 않으면, 맡긴 것을 책값으로 충당합
> 니다. 친구라도 나무라지 마십시오. 책을 찢는 사람은 남자는 도둑 여
> 자는 창부입니다. 우리 가게는 교도구 남쪽 길 동편에 있습니다.[22]

이것은 北京의 永隆齋란 세책집에 있던 淸末의 寫本으로 된 소설 『吳
越春秋』(臺灣 中央研究院傅斯年圖書館所藏本)에 찍혀있는 도장이
다.[23]

---

22) 本齋出賃 四大奇書, 古詞, 野史, 一日一換, 如半月不到 押賑變價爲本, 親友
莫怪, 撕書者, 男盜女娼, 本舖在交道口南邊路東便是.
23) 金文京, 「小說」, 『中國文學を學ぶ人ために』, 東京: 世界思想社, 1991 참조.

다) 현재 단계에서 淸末 이전의 세책에 관한 문헌이나 자료를 발견하지 못하고 있다는 사실은, 일단 중국에서는 소설 유통에 세책이 그다지 큰 역할을 하지 않았다고 보아야 할 것이다. 그런데 다음에 언급할 영국에서는 세책이 대중의 소설 독서에 큰 도움이 되었다. 이와 같은 "세책과 독서의 대중화"라는 영국의 도식이 중국의 경우에 해당되지 않은 것은 漢字가 갖고 있는 表意文字的 特性 때문인 것으로 보인다.

최근에 일본에서는 영국의 대중문화로서의 세책이 각광을 받고 있는데,24) 몇 가지 흥미 있는 사항을 뽑아보면 다음과 같다.

가) 중류계급의 대두로 말미암아 부녀들은 여가를 얻게 되고 오락을 구하게 되었다. 이러한 요구에 가장 잘 대응한 것이 세책집(circulating library)이었던 것이다. 세책을 읽는 여성독자의 기호가 소설의 내용에도 영향을 끼쳤다고 한다.

나) 세책집의 기원은 1725년이며, 런던에서는 1740년경에 나타나는데, 1661년경에는 book seller(출판자 겸 서적판매업자)가 돈을 받고 판매용의 책을(가게에서 때로는 대출해서) 읽을 수 있게 했다는 기록이 있다.

다) 일반적으로 말하면 초기의 세책집 이용자는 교양 있는 상류·중류계급의 독자가 중심이었지만 18세기 후반부터 19세기에 걸쳐 하층계급의 이용자도 늘어났다. 이것은 읽기와 쓰기의 능력이 향상된 결과이다.

24) 淸水一嘉,「小說の讀者と貸本屋」,『作者への道-イギリスの小說出版』, 東京：エデイタ-スク-ル出版部, 1980.
淸水一嘉,『イギリスの貸本文化』, 東京：圖書出版社, 1994.
淸水一嘉,「貸本屋と讀書大衆」,『英國文化の世紀4 民衆の文化誌』, 東京：研究社, 1996.

라) 초기에는 세책집이라고 해도 일반의 서점이 세책집을 겸하는 것
이 보통이었는데, 1735년경부터 '파는 책'과 '세책'의 구별이 생겼다.

마) 세책 제도에는 이익을 목적으로 한 것과 특정한 독자에 책을 제
공하는 것의 두 가지가 있었는데, 후자가 중류계급에서도 비교적 고도
의 지식계급을 대상으로 한 데 비하여, 전자인 세책집이 대상으로 한
독자는 소위 중산계급이며 여성독자가 많았다.

일본에 있어서의 세책에 관해서는 1, 2장에서 언급한 바가 있었으므
로 한 가지 기사만 추가하기로 한다.
일본의 에도(江戶)시대에 있어서 貸本(세책)이나 貸本屋(세책집)의
역할은 대단히 큰 것은 주지의 사실이다. 廣庭基介는 요미혼(讀本, よみ
ほん)25)의 출현이 세책가가 최성기를 맞이하는 여건을 조성하였다고
했다.26) 소설책은 빌려서 보는 것이 일반적이었지만 특히 값이 비싼 장
편의 요미혼은 대부분 세책으로 읽었다. 출판사는 세책집의 구입을 예
상해서 수지가 맞을만한 부수를 출판하는데, 출판되면 세책집에서 출판
사에 와서 가져가는 것이 보통이었다.

마지막으로 한국의 세책에 관련된 자료를 몇 가지 보기로 한다.

가) 최남선의 '조선의 가정문학'에는 세책에 관한 중요한 자료가 들
어 있다. 장효현 교수는 이 기사를 다음과 같이 요약하였다.

　최남선은 언문소설의 등급을,
　(1) 가장 고급의 것 : 궁중에서 번역해 읽은 『홍루몽』, 『禪眞逸事』

---

25) 요미혼은 중국의 通俗演義小說을 씨로 삼아 만든 장편소설이다. 일본의 세책
　집에서는 이 요미혼과 寫本의 軍記小說을 주로 취급했다.
26) 廣庭基介, 「江戶時代貸本屋 略史」(1)·(2), 『圖書館界』 1967년 1·3月號.

등의 大部의 중국소설.
　(2) 중간의 것 : 貰冊으로 유통되던 수백권 한 질로부터 이,삼권 한
질의 장편 가문소설을 포함한 부류.
　(3) 가장 저급한 것 : 일반 민중을 대상으로 만들어진 한 권 분량의
板刻本.
의 셋으로 나누고, 貰冊으로 유통되는 소설을 중간 부류로 보았다.[27]

　최남선의 이런 견해는, 세책의 독자는 방각본의 독자와 확실히 구별
되는 점이 있다는 그 동안의 필자의 주장을 뒷받침해 준다.

　나) 모리스 꾸랑, 岡倉由三郎, 최남선, 박종화 등이 모두 세책집은 서
울에만 있다고 했다. 이렇게 세책집이 서울에만 있었다는 것은 전체 소
설의 유통이라는 면에서 다시 한 번 생각해 보아야 할 점이다. 세책에
관한 현안 문제 중의 하나는 여염집의 부녀자들이 어떤 방법으로 세책
을 이용했는가 하는 것인데, 이에 대하여 필자는 여염집을 자유롭게 드
나들 수 있는 방물장수를 想定한 바 있었다.[28] 그녀들이야말로 항간에
서 유행하고 있는 세책의 소식도 전해주고 때로는 세책을 빌려서 갖다
주는 역할도 하지 않았던가 생각한다.

　다) 최근에 나온 『古小說의 著作과 傳播』[29]에서는 작자, 판본, 독자
문제들을 다루고 있다. 특히 장편가문소설에 대해서는 이제까지와 달리
수용의 문제를 활발하게 다루고 있다. 장편가문소설의 성립시기, 독자
의 계층, 유통에 관한 연구는 세책 연구와 밀접한 관계를 갖고 있다. 특
히 장편가문소설의 저작년대를 18세기 말엽에서 19세기 초엽으로 추정

---

27) 장효현, 「장편가문소설의 성립과 존재양상」, 『고소설의 저작과 전파』, 아세아
　　문화사, 1994, 513쪽.
28) 大谷森繁, 앞의 논문.
29) 한국고소설연구회 편, 『고소설의 저작과 전파』, 아세아문화사, 1994.

하던 종래의 설을 수정하고, 가문소설이 18세기를 특징지어주는 소설이라고 했다.30) 이러한 견해에서 18세기 서울의 세책가에서 만들어지고 공급된 한글소설 대부분이 중국소설의 번역이나 번안작품이었다고 본 필자의 설을 일부 수정할 필요가 있다. 물론 장편가문소설이 과연 세책으로 나갔을까 하는 문제가 있기는 하다.

맺는 말

近世 혹은 近代라는 시대의 시기 설정은 나라마다 차이가 있지만, 일반적으로 이 시대를 '小說의 時代'라고 한다. 라틴어로 쓰인 고전적 문학에서 각국의 국어인 로망(語)으로 쓰인 로망(소설)이나, 文言으로 쓰인 정통적인 문학에서 白話文(중국), 한글(한국), 가나(일본)로 쓰인 소설이 크게 발달한 것이 바로 이 시기의 가장 特記해야 할 문학 움직임이었다. 세책은 소설 시대의 産物이다.

소설 세책은 독자에게 비싼 책을 싸게 제공하는 동시에 세책업자로서는 이익을 도모한 영리사업이다. 그러나 그 實態는 나라에 따라 共通點과 相異點이 있다. 영국 같은 나라는 일찍이 印刷本이 나와 세책도 주로 인쇄본으로 流通되었으나, 중국에는 세책이라는 독서형태가 있었다는 것을 증명하는 문헌이나 자료가 근대 이전에는 거의 없다. 한편 일본은 근세에 와서 세책이 아주 성행하여 세책을 제공하는 방법도 다양한데, 세책으로 빌려주는 책은 주로 장편의 요미혼(讀本)과 寫本의 軍記小說이었다.

필자는 18세기 한국 소설의 첫 번째 특색으로 '貰冊'이라는 소설의 商品化 현상을 들고, '세책집'을 출판업자의 한 部類로 보았다.31) 한국

---

30) 장효현, 앞의 논문.
31) 大谷森繁, 『朝鮮後期 小說讀者研究』, 高麗大學校 民族文化研究所, 1985, 75 ~77쪽 참조.

에서 營利를 圖謀한 소설책(방각본 소설)의 출현이 늦은 이유의 하나
는 책을 사서 읽을 수 있는 능력을 갖춘 독서인구가 극히 소수였기 때
문에 장사꾼이 소설책의 출판에 나서지 못했기 때문이라고 생각한다.
초기 세책은 모두 필사본인데, 이 세책집의 고객은 주로 경제적으로 부
유한 계층의 부녀자들이었을 것이다. 19세기에 방각본 소설이 등장했는
데, 방각본 소설은 既存의 세책 독자를 겨냥한 것이 아니라 새로운 독
자층을 노린 것으로 보인다. 경판 방각본 소설은 이러한 사정을 잘 보
여준다. 경판 방각본 소설이 대부분 한 권짜리인 것으로 보아, 방각본
소설은 원래 긴 이야기를 단편으로 축약했거나 아니면 아주 짧막한 이
야기가 보통이었으므로 방각본은 이전의 세책으로 유통되던 장편소설
과는 성격이 다름을 알 수 있다. 따라서 방각본 소설이 나온 이후에도
종래 서울 장안에서 세책을 이용하던 여성독자를 주로 한 고객들은 계
속 세책을 이용했을 것이다. 그리고 신문명의 도입과 함께 이들 세책의
독자들은 새로운 학문이나 독서에 눈을 돌리게 되었다.

　한국의 경우 17세기에는 궁중이나 사대부의 여성들이 주된 독자였던
것이 18세기 세책집이 생길 무렵에는 소설의 종류도 많아졌거니와 그
내용도 이전보다 흥미중심으로 변했다고 본다. 그리고 19세기말부터 20
세기에 이르러 세책집은 종래의 단골 손님을 잃게 되고, 이전의 顧客과
는 質이 다른 사람들의 破寂物이 되었다.

세책 고소설 연구의 현황과 과제

이윤석·정명기

1. 서언

세책은 세책집에서 영리를 목적으로 빌려주는 책이다. 세책의 대종은 소설이지만, 소설 이외의 노래책이나 기타의 읽을거리도 포함되어 있었다. 이제까지 세책에 관한 연구는 거의 이루어지지 않았기 때문에 정확한 실상이 알려지지 않았다. 고소설 연구의 측면에서도 세책본은 일반 필사본의 범주에서 논의되었기 때문에 그 고유한 특성이 알려지지 않았다. 세책집은 도시의 발달과 더불어 번성한 하나의 영업형태로, 유럽과 같은 선진 자본주의 국가에서는 18, 19세기에 번성했고, 같은 시기의 일본에서도 크게 성행했다. 유럽이나 일본과 마찬가지로 18, 19세기에 서울에서 세책집이 번성했었다는 사실에서, 세책 연구가 세계적인 보편성을 띠는 현상에 대한 연구이며, 그 범위는 문학만이 아니라 서민 문화 전반에 걸친 것임을 알 수 있다. 이와 같이 조선후기 문화를 이해하는 데 있어서 좋은 자료인 세책에 대해 연구자들이 관심을 갖고 있지 않았기 때문에, 조선후기에 세책집이 있었고, 이 세책집은 조선후기 서민층의 독서활동에 중요한 역할을 했었다는 사실조차 제대로 알려지지 않고 있다.

한자가 공식 문자였던 조선에서 순전히 한글로만 쓴 세책은 보존할 만한 가치가 있는 자료가 아니었고, 세책의 대종을 이루는 한글소설은 사대부들의 관심 밖이었다. 조선인이 쓴 세책에 관한 기록은 채제공과 이덕무가 쓴 짧은 기록이 전부인데, 이 기록은 세책에 대한 부정적 인식을 드러내는 것일 뿐이었다. 조선후기에 번성했던 세책집의 구체적 실상을 알 수 있는 당대의 기록은 19세기말 조선을 방문했던 외국인들이 기록한 것이 거의 전부일 정도이다. 이와 같이 세책에 대한 참고할 만한 기록이 거의 없기 때문에 세책 연구는 남아 있는 세책 자료를 중심으로 이루어질 수밖에 없다.

지난 몇 년 동안 우리는 세책 고소설의 자료 조사를 중심으로 연구를 진행해왔다. 이 글에서는 그 동안 세책 고소설 연구를 하면서 느낀 점을 바탕으로 세책 고소설에 대한 우리의 견해를 몇 가지 얘기하고, 우리가 수집한 자료의 목록을 제시하려고 한다.

2. 세책(貰冊)이란 무엇인가?

우리가 이 연구에서 다루고 있는 세책은 1900년을 전후한 시기의 세책이다. 세책이 무엇인가는, 현재 성업 중인 책대여점이나 비디오대여점에서 빌려주는 책이나 비디오를 생각하면 쉽게 이해할 수 있다. 담보를 맡기고 한 책 당 일정한 액수의 돈을 주고 기한을 정해 책을 빌려주던 조선후기의 세책집은, 신분증명서를 보여주거나 주민등록번호를 알려주고 일정한 금액을 지불하고 기한을 정해 책이나 비디오를 빌려주는 현재의 책대여점이나 비디오대여점과 같은 성격이다.

이 세책이 조선에서 언제부터 있었는지는 정확하게 알 수 없다. 세책에 관한 기록으로 가장 오래된 것은, 지금까지 확인된 바로는, 채제공(蔡濟恭, 1720~1799)이 부인이 필사한 『여사서(女四書)』에 쓴 서문과 이덕무(李德懋, 1741~1793)의 『사소절(士小節)』에 나오는 내용이다. 두 사람 모두 여자들이 일을 하지 않고 책을 빌려보는 폐해에 대해서 언급하고 있는데, 두 사람의 생존 시기로 보아 18세기 중반 이후에는 이미 그 폐해가 거론될 만큼 세책이 성행했던 것으로 보인다. 세책집이 생길 수 있던 가장 중요한 배경은, 도시의 발달에 따라 책을 빌릴 만한 경제적인 여유가 있는 사람들이 여가를 즐기기 위해 소설을 찾는 요구가 있었고, 이들의 요구에 부응해서 소설을 빌려주고 이윤을 얻겠다는 장사가 생겨난 것에 있다.

세책집에서 다루는 소설이 순전히 한글로 된 것으로 보아, 한문으로 된 고급의 소설(중국소설뿐만 아니라 조선에서 창작한 소수의 한문소설을 포함한)을 읽는 독자층은 세책집의 고객이 아니었을 가능성이 크다. 그러므로 세책집의 주고객은 한문으로 쓴 소설을 읽고 즐길 수 있는 능력을 가지고 있던 계층이 아닌, 서민층이나 여성들이었던 것으로 보인다.

우리나라 고소설은 대부분 작자와 창작시기를 알 수 없다. 특히 한글로 쓰여진 작품은 거의 전부가 작자와 창작시기를 알 수 없는데, 여기에 대해서 학계에서는 아직까지 제대로 그 이유를 밝히지 못하고 있다. 이 문제를 해결할 수 있는 하나의 길은 바로 이 세책에 대한 연구일 것이다. 왜냐하면, 세책집에서 필사하여 빌려주는 소설의 작자가 누구였을까를 생각한다면, 세책집에서 빌려주는 책의 작자가 세책집과 어떤 연관을 맺고 있었다는 것은 쉽게 생각할 수 있기 때문이다.

그리고 세책집은 책을 빌려주는 일뿐만 아니라, 고객의 요구가 있을 때, 책을 필사해서 판매하는 일도 했을 가능성은 충분히 있다. 이렇게 볼 때, 한글로 창작된 고소설 연구에 있어서 세책은 매우 중요한 자료이고, 세책집의 역할이 무엇이었나를 알아내는 일은 마찬가지로 중요하다.

세책집은 서민층의 소설에 대한 욕구에 부응하기 위해 생겨난 것이기는 하나, 세책집은 이들 독자들을 대상으로 책을 빌려줌으로써 돈을 벌 수 있기 때문에 생겨난 것이다. 그러므로 세책집을 이해하기 위해서는 조선후기 사회의 사회경제적인 조건을 알아야 한다. 세책집은 19세기말까지 서울에만 있었는데, 그 이유는 세책집을 운영할 수 있는 사회경제적인 조건이 서울 이외의 지역에서는 맞지 않았기 때문일 것이다. 1890년 정도까지 서울에만 세책집이 있었다는 것은 조선사회의 경제적 조건이 서울 이외의 지역에서는 세책집을 운영하여 이익을 낼 수 없었음을 보여주는 것이다.

우리나라에서 만든 책은 종이의 질이나 인쇄의 질이 상당히 높은 수준이었음은 잘 알려져 있다. 고려 때는 중국에서도 고려의 책을 높이 평가했고, 조선에 들어와 일본에서는 대장경 등의 서적을 꾸준히 얻어 갔다. 특히 임진왜란 때는 엄청난 양의 조선서적을 약탈해 가기도 했다. 이와 같이 외국에서도 높은 성가를 얻은 우리나라에서 만든 책은 한문으로 된 서적이다. 그러나 세책은 이런 한문으로 된 책과는 다른 각도에서 보아야 한다.

세책은 영리를 목적으로 만든 것이다. 세책집을 운영하는 사람의 목표는 최대의 이윤을 내는 것이므로 세책집의 운영은 이 목표에 맞추어서 이루어졌을 것이다. 책의 크기나 페이지 수, 사용하는 종이나 한 페이지에 들어가는 글자의 양과 같은 제본이나 편집은 말할 것도 없고, 유통방식도 최대의 이윤에 초점을 맞췄을 것은 분명하다.

18세기 중반부터 그 폐해가 거론될 정도로 세책이 유행했지만, 현재 남아 있는 세책 자료는 19세기 후반부터 20세기 초 사이의 것이 대부분이다. 이렇게 세책 자료가 1900년을 전후한 약 30년 정도 사이에 필사된 것만 남아 있게 된 데는 세책의 주류를 이루고 있는 소설에 대한 조선시대의 시각이 중요한 요인인 것 같다. 고소설 가운데 19세기 중반 이전에 필사된 자료가 남아 있는 것은 매우 드문데, 특히 한글로 필사된 자료는 전해지는 것이 별로 없다. 이것은 조선사회에서 소설이 받았던 대우와 관련되는 것으로, 특히 한글로 쓰여진 소설이 조선사회에서는 소중하게 보관할 가치가 있는 서적으로 여겨지지 않았다는 것을 증명하는 것이다.

이와 같이 소설이 조선시대에 천대받았다는 사실 때문에 19세기 중반 이전의 세책본 고소설 자료가 없기도 하지만, 그것보다는 세책의 특성 때문에 오래된 자료가 남아 있지 않은 것이다. 현재 남아 있는 필사본 고소설은 대체로 개인 소장품이었던 것이 장서가나 도서관에 들어간 것이므로 처음부터 개인이 소장할 목적으로 필사하거나 구입한 것이다.

그러나 세책은 영리를 목적으로 세책집에서 갖고 있던 것이므로 세책이 유통되던 당시의 것을 개인이 소장할 가능성은 별로 없다. 현재 남아 있는 세책은 최후까지 유통되던 것이라고 볼 수 있으므로 세책본은 오래된 자료가 있을 가능성이 매우 낮다.

현재 볼 수 있는 세책본의 체제나 형태가 그 이전의 세책과 어떤 차이가 있는지에 대한 구체적인 자료는 없다. 그러나 현재 우리가 파악한 자료 대부분은 1900년 전후에 필사된 것인데, 이들 사이에 체제나 형태에 별다른 차이가 없는 것으로 보아 이 시기의 세책은 각기 다른 세책집이라도 같은 형식을 갖고 있었던 것으로 보인다. 그 동안의 조사를 통해 우리가 확인한 세책의 형태적 특성은 다음과 같다.

ㄱ. 한 권이 한 책으로 되어 있는데, 거의 두 책 이상으로 한 작품이 이루어져 있다. 대체로 다른 이본에서는 단권으로 되어 있는 것도 두세 책으로 만든 것이 많다. 세책은 빌려가는 책의 수량에 따라 돈을 지불하는 것이므로, 작품 당 책수를 최대한 늘린 것으로 보인다.

<사진 1>

ㄴ. 매 책은 30장 정도씩이고, 한 면
은 11행, 한 행은 평균 15자 내외
이다. 물론 예외적인 작품도 있
다.1)

ㄷ. 장수 표시는 매 장의 앞면 위쪽
가운데 한자로 크게 썼다.

ㄹ. 책장을 넘길 때 손가락으로 잡
는 부분은 1~3자 정도 글자를 덜
썼다. 즉 앞면의 마지막 두 행과
뒷면의 첫 두 행에 글자를 한두
자씩 덜 썼다. 이는 책장을 넘길
때 이 부분을 잡고 넘기므로 오래
사용해서 글자가 지워지는 것을
대비한 것으로 보인다.

▼ <사진 2>   ► <사진 3>

---

1) <춘향전> 이본 가운데 하나인 『남원고사』는 세책계열 <춘향전>인데, 이 『남
원고사』가 실제로 세책으로 유통되던 본인지는 확실치 않다. 1860년대에 필사
된 『남원고사』의 체제는 1900년을 전후한 시기의 세책과 조금 다르다. 1879년
에 필사된 연세대본 『하진양문록』 권1도 마찬가지이다.

 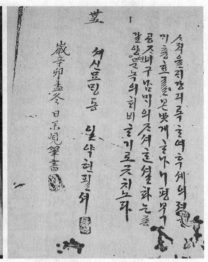

<사진 4>　　　　　　　　<사진 5>

ㅁ. 각 권의 끝 부분에는 '차청하회ᄒ라', '차청하문ᄒ라', '차간하문ᄒ
라' 등과 같은 장회체소설의 매회 마지막에 나오는 것과 같은 말을
써 놓았다. 몇 가지 더 예를 들면, '분남할지어다', '분남ᄒ라', '분셕
하문ᄒ라', '분셕하회ᄒ라', '분셕ᄒ라', '분셕홀지어다', '분하ᄒ라',
'분희ᄒ라', '셕남하문ᄒ라', '셕남ᄒ라', '쇽쇽하문ᄒ라' 등이 있다.

ㅂ. 각 권의 마지막에 필사기가 있는데, 전형적인 형태는 "셰지무신삼
월일향슈동필셔"와 같은 형식으로, 세재(歲在) 다음에 그 해의 간지
와 몇 월인지를 쓰고, 세책집이 있던 동(洞)의 이름을 쓴다. 이 동리
의 이름을 상호로 썼던 것으로 보인다.

ㅅ. 매 권의 마지막 대목 몇 줄 정도의 내용을 다음 권의 서두에서 반
복한다.

이상의 몇 가지는 세책이 갖고 있는 형태적 특성인데, 이와 같은 형
태적 특성이 아닌 유통과정에서 일어난 중요한 특징이 있다. 세책은 개

<사진 6>

인이 소장하는 것이 아니라 돈을 받고 빌려주는 책이므로 많은 사람들
의 손을 거쳐가기 때문에 자연히 세책에는 독자들의 낙서가 많다. 이러
한 독자들의 낙서에 대해서 세책집 주인이 쓴 경고 내지는 자기방어적
인 내용의 글이 있기는 하지만, 독자들의 낙서에 비하면 무시해도 좋을
정도의 적은 양이다. 본문 이외에 세책집 주인이 쓴 글은, 책을 깨끗하
게 보라는 당부나 자신이 받는 돈이 터무니없이 많은 것은 아니라는 변
명 같은 것이다. 그러나 독자들이 쓴 낙서나 그림은 매우 많아서 어떤
책은 책 전체가 낙서나 그림으로 가득찬 경우도 있다. 독자들의 낙서나
그림을 몇 가지로 나누어서 보면, 소박한 감상이 있고, 잘못 쓴 글자와
빠진 글자 또는 내용이 빠졌다는 불만, 책 빌리는 값이 너무 비싸다는
불만을 토로한 것이 있으며, 소설 자체에 대한 비난, 세책집을 경영하
는 사람에 대한 비난, 앞서 낙서한 사람에 대한 비난 등이 있다. 그러나
대종을 이루는 것은 세책집 주인에 대한 욕설과 주로 성기(性器)를 묘
사한 그림을 통해 욕설을 하는 것이다. 이밖에 소설과는 전혀 관련이

없는 글이나 그림도 있다.

아직까지 세책의 유통에 관한 기록은 알려진 것이 없다. 그러므로 세
책 연구는 남아 있는 세책 자료를 중심으로 이루어질 수밖에 없다. 세
책에 관한 기록을 찾아내는 것도 중요한 일이지만, 남아 있는 자료를
면밀하게 조사함으로써 여기에서 세책을 연구할 수 있는 단서를 찾아
낼 수도 있다. 세책집에서 세책을 만들 때 어떤 종이를 사용했는가 하
는 것도 연구해볼 일이다. 세책에 사용된 종이는, 새 종이도 있지만, 이
미 사용된 종이의 뒷면을 이용하는 경우도 많다. 이렇게 이면지(裏面
紙)를 사용한 세책의 경우는, 원래 어떤 용도로 사용된 것인가를 알아
보는 것도 중요한 일이다. 어떤 세책은 세책집에서 사용하던 장부의 뒷
면을 이용한 것도 있는데, 이런 세책은 세책 텍스트보다 세책집 장부의
내용이 더 중요할 수도 있다. 이렇게 세책은 텍스트로서뿐만이 아니라
그 자체가 세책 연구의 중요한 자료이다.

3. 세책 관련 기록2)

세책에 관련된 기록은 별로 남아 있는 것이 없다. 지금까지 우리가
본 자료는 이미 알려진 다음의 몇 가지 정도인데, 앞으로 좀더 찾아보
려고 한다. 우선 이들 자료를 제시하면서 각 자료가 갖고 있는 의미를
논하기로 한다.

내가 듣건대, 근래에 부녀자들이 다투어 능사로 삼는 일은 오직 패
설(稗說)을 숭상하는 것뿐인데, 날이 갈수록 더 많아져서 천여 종에
이르렀다. 쾌가(儈家)는 이것을 정사(淨寫)하여 사람들에게 빌려주고
는 그 삯을 받아서 이익을 취하고, 부녀자들은 생각없이 비녀나 팔찌

---

2) 이 항의 내용은, 이윤석 정명기 공저인 『구활자본 야담의 변이양상 연구』, 보
고사, 2001, 114~123쪽의 내용을 대체로 따온 것이다.

를 팔거나 혹은 빚을 내서라도 다투어 빌려가서 그것으로 하루종일
시간을 보낸다. 음식 만들고 바느질해야 하는 책임도 잊어버린 채 이
렇게 하기 일쑤다. 그런데 부인은 홀로 풍속이 변해가는 것을 탐탁하
지 않게 여겨, 여자로서 해야 하는 일을 하고 남는 여가에 책을 읽었
는데, 오직 『여사서(女四書)』만이 규방(閨房)의 부녀자들에게 모범이
될 수 있다고 생각했다. (蔡濟恭(1720~1799)「女四書序」)3)

이 글은 채제공이 일찍 죽은 아내 오씨의 책상에서 한글로 필사한
『여사서(女四書)』를 발견했던 지난 날을 회상하며 부인을 추모하여 쓴
글이다. 이 자료는 채제공의 시대에 세를 주고 패설을 빌려주는 장사가
매우 성했음을 알려주는데, 채제공이 그 폐해를 걱정할 정도였다는 것
으로 보아 적어도 18세기 중반에 이런 세책집이 매우 활발하게 영업했
음을 보여준다.

　언문으로 번역한 전기(傳奇)를 탐독하여 집안일을 방치해 두거나 여
자가 해야 할 일을 게을리 해서는 안 된다. 심지어 돈을 주고 빌려 보
면서 깊이 빠져 그만두지 못하고 가산을 탕진하는 자까지 있다. 그리
고 그 내용이 모두 투기와 음란한 일이므로, 부인의 방탕함과 방자함
이 혹 여기서 비롯되기도 한다. 그러니 어찌 간교한 무리들이 염정(艶
情)의 일이나 기이(奇異)한 일을 늘어놓아 선망하는 마음을 충동시키
는 것이 아닌 줄 알겠는가? (李德懋(1741~1793)『士小節』)4)

---

3) 蔡濟恭,『樊巖先生文集』권33, "竊聞近世閨閤之競以爲能事者, 惟稗說是崇,
日加月增, 千百其種. 儈家以是淨寫, 凡有借覽, 輒收其直, 以爲利. 婦女無見
識, 或賣釵釧, 或求債銅, 爭相貰來, 以消永日, 不知有酒食之議·組紃之責者,
往往皆是. 夫人獨能不屑爲習俗所移, 女紅之暇間, 以誦讀, 則惟女書之可以
爲範於閨壼者耳."
4) 李德懋,『士小節』婦儀1, "諺飜傳奇, 不可耽看, 廢置家務, 怠棄女紅. 至於與
錢而貰之, 沈惑不已, 傾家産者有之. 且其說皆妒忌淫媟之事, 流宕放散, 或由
於此. 安知無奸巧之徒, 鋪張艶異之事, 挑動歆羨之情乎?".

이덕무의 이 기록도 채제공과 마찬가지로 언번전기(諺飜傳奇)에 탐닉하는 것을 경계하는 내용이다. 앞서 채제공의 글에서도 돈을 주고 얘기책을 빌려 읽는 데 너무 빠져 할 일을 잊어버리는 폐해를 지적했는데, 이덕무의 글에서도 책을 빌려 읽느라고 재산을 기울이는 자가 있을 정도라고 개탄하고 있다. 그런데 두 글에서 모두 책을 빌려 읽는 사람들을 여자라고 말하고 있는 것으로 보아, 18세기 중반의 세책을 이용한 사람들 중에는 사대부 집안의 여자들이 많았음을 알 수 있다.

이러한 18세기의 기록 다음으로 세책에 관한 기록은 다음의 두 가지가 있다. 하나는 1890년대에 조선에 프랑스 외교관으로 재직했던 모리스 꾸랑의 『한국서지』에 있는 것이고, 다른 하나는 비슷한 시기에 서울을 방문했던 일본인 오카쿠라 요시사부로[岡倉由三郎]가 조선의 문학에 대해서 얘기하면서 소설에 대해 말한 대목이다. 두 사람이 말한 것을 보기로 한다.

시중에서 파는 판본은 어느 것이나 종이가 극히 조악한데, 이 종이는 우리나라[日本] 휴지보다 검고 요시노[吉野] 종이처럼 얇아서, 흐늘흐늘한 것이 손을 대면 찢어질 것 같은 느낌이다. 문자는 모두 그 언문인데, 우리나라의 가나[仮名]처럼, 오히려 저 로마자처럼, 모음과 자음을 대표하는 문자만으로 만들었는데, 그 가운데 10중 6내지 8은 한자어로 된 것 같다. 조선에서 쓰는 말에는 한자어가 많이 뒤섞였음을 알아야 한다. 쓰는 방법은 오른쪽 위에서 시작해서 밑으로, 한 행씩 점차 왼쪽으로 가는 것은 우리와 다를 것이 없다. 한 책에 대개 3~4전 정도인데, '책사(冊舍)'라고 부르는 서적을 파는 것을 본업으로 하는 가게에는 한문으로 쓴 것만 있고, 언문본은 보통 팔지 않는다. 언문본은 잡화점 같은 가게의 점포 앞에 내어놓은 것을 살 수 있는데, 근래에는 구독자가 현저히 줄어들었기 때문에, 가게에 내어놓기 부끄러운 언문본의 종류와 숫자가 나날이 줄어들어 가는 것 같다. 이렇게 말하면 언문본의 명맥이 조석에 끊어지는 것 같지만, 반드시 그렇지는 않다. 조선에는 '세책집(貰冊家)'라고 하는 우리나라의 '가시혼야[貸本

屋]'와 비슷한 것이 있으며 거기에는 대개 언문으로 씌어진 이야기책
이 있다. 단지 조선인이 창작한 작품뿐만 아니라, <서유기>, <수호
전>, <서상기> 등 중국의 소설을 언문으로 번역한 것도 많이 있다.
이러한 책을 빌리려는 사람은 아무 것이나 어느 정도 값어치가 있는
물건(냄비, 솥 등도 괜찮다)을 세책가에 가져가서 자신이 보고 싶은
책을 빌어 온다. 그 책 빌리는 요금은 한 권당 이삼 일의 기한으로 2,
3리(厘) 정도이다. 세책가에서 빌려주는 책은 시정에서 파는 것처럼
조악하지 않고 폭이 넓고 세로로 긴 종이에 선명하게 붓으로 씌어 있
으며, 읽기도 대단히 편하다. 이 기회에 말하면 책사도 세책가도 이 서
울에만 있을 뿐이며, 그 이외에는, 가령 평양, 송도와 같은 도시에도
세책가가 전혀 없다고 한다. (岡倉由三郞)5)

　책을 볼 수 있는 곳은 이 같은 책방에서 뿐만이 아니고 많은 세책가
들이 있어 특히 소설이나 노래 같은 일반책들을 소지하고 있는데 거

---

5) 岡倉由三郞,「朝鮮の文學」,『哲學雜誌』74호(1893년 4월) 844~845쪽, "坊間
　に鬻けるはいづれも板本にて極めて粗惡なる紙の我が散り紙ほど黑く吉野紙
　ほど薄き者故　べろべろどして觸れなば破れなんず心地す文字は皆例の諺文
　とて我か國の假字の如く寧ろ彼のローマ字の如く父音母音を代表する文字に
　てのみ綴りあれど其中十が六乃至八は漢語なり以て朝鮮の俗語に漢語の多く
　入りこみれるをトべし書き方は右の上に始め竪に一行づづ漸次に左の方へ進
　むと更に我のと異なる所なし一冊大槪三四錢位にて冊舍と稱し書籍を鬻くる
　を本業とする家には漢文にて書けるのみ有り諺文本なきが常なれば荒物屋の
　如き家の店頭に晒されだるを購ふ事なるが近來購讀者めつきり減少せし由に
　て店さき耻面さらす諺文本の數も種類も日一日と少うなり行く樣子なり　斯
　く云ふ時は諺文本の命脈旦暮に逼りたる樣なれともまんざらさにも非ず　朝
　鮮には貰冊家として我が貸本屋の如き者あり　そこには諺文にけ記せふ物語
　本大槪あり　只に朝鮮人の作に係る者のみならず西遊記、水滸傳、西廂記、
　等支那の物語を諺文に飜譯せしものも大方あるなり之を借りむと思ふ者は何
　にてもあれ稍價ある物(鍋釜の類にても可なり)を其家に携へ行き己の見むと
　思ふ本を借り來る其見料は一冊二三日の割りにけ二三厘に止まる貰冊家に
　け貸す　本は坊間にて賣れる者の如く惡からず厚き紙の幅廣く縱長きに鮮明
　に筆記してあり閱讀に甚だ便なり．因に云ふ冊舍も貰冊家も當京城にのみあ
　りて京城以外には假令ひ平壤松都の如き處にも絶えてごれなしとの事なり".

의 한글판 인본이나 사본이다. 이곳에 있는 책들은 보다 잘 간수되었
고 책방에서 파는 것들보다 양질의 종이에 인쇄되었다. 주인은 이들
책을 10분의 1, 2문의 저렴한 가격으로 빌려주며 흔히 돈이나 물건으
로 담보를 요구하는데 예를 들면 돈 몇 냥, 운반하기 쉬운 화로나 솥
등을 들 수 있다. 이런 종류의 장사가 서울에 예전에는 많았으나 점점
희귀해진다고 몇몇 한국의 사람들이 일러주었다. 또한 나는 지방에 심
지어 송도·대구·평양 같은 대도시에서조차 이들이 존재한다는 얘기
를 들은 적이 없다. 이 직업은 거의 벌이가 안 되는 것이지만 명예로
운 일로 생각되어 궁색해진 하층 양반들이 자진해서 하는 일이다. 책
을 빌린 한국인들은 잘 돌려주지 않아서 내가 확인한 바로도 세책가
의 장서는 금방 줄어들어 장서목록의 역할을 하는 조잡한 일람표와
전혀 일치하지 않았다. 이 일람표를 보고 내가 책을 주문할 때마다 그
책은 분실되었다는 것이다. (모리스 꾸랑)6)

두 사람이 얘기하고 있는 세책집에 대한 내용은 거의 비슷하다. 이
두 사람의 말을 종합해보면, 1890년대 세책집의 상황을 어느 정도 파악
할 수 있다. 두 사람의 말을 통해, 세책집은 서울에만 있었고, 이 세책
집은 이전보다는 쇠퇴했지만 여전히 많은 사람들이 이용하고 있었던
것을 알 수 있다.7)

다음의 자료는 이해조의 『자유종』 가운데 한 대목으로 고소설에 대
한 작자의 견해를 잘 보여주는 내용이다. 여기에 '등출한 세책'이란 필
사본 세책을 가리키는 말이다.

그나그쑨이오 혹긔도ᄒ면 아희를낫ᄂ다 혹산신이 강림ᄒ야 복을쥰
다 혹 면례를 잘ᄒ여 부귀를엇ᄂ다 혹불공ᄒ야 ᄌ익을막낫다 혹 돌구
멍에서 룡마가 낫다 혹 신션이 학을 타고 논다 혹 최판관이 붓을들고

<hr/>

6) 모리스 꾸랑, 『韓國書誌』, 이희재 역, 일조각, 1994, 3~4쪽.
7) 두 사람이 말하는 내용은 거의 비슷한데, 모리스 꾸랑의 『한국서지』 참고문헌
   에 오카쿠라 요시사부로의 「조선의 문학」이 들어 있다.

안졋다ᄒᄂᆞ는 계반악징의 괴괴망칙ᄒᆞᆫ 말을 다 국문으로 긔록ᄒᆞ야 츌판
ᄒᆞᆫ판칙도만코 등츌흔세칙도만아 경향 각쳐에 불ᄯᅩᆼ 쒸여빅이듯 업ᄂᆞᆫ집
이업스니 그것도오거셔라 평싱을보아도 못다보오
    그칙을 나도여간보앗거니와 됴흔죠회에 쥬옥갓흔 글시로 셰셰셩문
ᄒᆞ야 혹이숨권 혹슈십여권되ᄂᆞᆫ것이만코 빅권니외되ᄂᆞᆫ것도잇스니 그
ᄌᆞ본은젹으며 그셰월은 얼마나 허비ᄒᆞ얏겟소 빅힝무리흔 그칙을 갑을
쥬고사며 셰를쥬고 엇더보니 그돈은 헛돈이안이오. (이해조 『자유
종』)8)

소설가인 이해조가, 비록 소설 속의 내용이지만, 고소설을 이렇게 폄
하하고 있는 것을 통해, 20세기 초 조선 사회에서 고소설이 식자층에게
어떤 평가를 받았는지 잘 알 수 있다. 그리고 그런 취급을 받은 고소설
이 세책으로 얼마나 많이 유통되고 있었는가 하는 것도 잘 보여준다.9)
    세책에 관한 자료가 거의 없기 때문에, 세책집의 숫자가 얼마나 되었
었고, 세책집의 영업형태가 어떠했는지 현재로서는 알 수 없다. 그런데
최남선의 다음 글에는 세책집에서 소장하고 있었던 책의 목록과 책수
가 구체적인 숫자까지 나타나 있다.

    대저 諺文小說이란 것도 그 골시 여럿이 잇서서 그 가장 高級의 것
은 宮中에서 긔구 잇게 번역하야 보던 것으로 紅樓夢과 가튼 大部性
의 것과 禪眞逸史와 가튼 男女情愛 關係의 것까지 內外古今에 걸처
심히 多數의 種類를 包括하야 잇스며 그 가장 低級의 것은 一般民衆
을 對手로 하야 손쉽게 팔기를 目的으로 하야 아무조록 簡單短少한
것, 설사 원문이 긴 것이라도 긔어이 簡單短少하게 만드러서 열 장 수
므 장의 한 권으로 판각해 낸 것이니 이런 것은 아마 京鄕을 합하여
不過 四五十種쯤 될 것이며 이 두 가지의 중간을 타고 나간 것에 아

---

8) 이해조, 『자유종』, 대한황성광학서포, 융희4년, 11~12쪽.
9) 앞의 두 외국인은 세책집이 줄어들어 희귀해진다고까지 얘기하는 데 반해, 이
    해조는 세책이 매우 활발히 유통되고 있다고 했다.

마 京城에만 잇슨 듯한 貰冊이란 것이 잇으니 곧 大小長短을 勿論하
고 무릇 大衆의 興味를 끌만한 小說 種類를 謄寫하야 三四十張씩 한
卷을 만드러 만흔 것은 數百卷 한 帙, 적은 것은 二三卷 한 帙로 하야
한두 푼의 貰錢을 밧고 빌려주어서 보고는 돌려보내고 도라온 것을
또 다른 사람에게 빌려주는 組織으로 한참 盛時에는 그 種類가 數百
種 累千卷을 超過하얏섯습니다. 數十年 前까지도 서울 香木洞이란
데―시방 黃金町 一丁目 사이ㅅ골―에 貰冊집 하나가 남아잇섯는데
우리가 早晩間 업서질 것을 생각하고 그 目錄만이라도 적어두려 하야
貰冊 目錄을 벗겨 둔 일이 잇는데 이때에도 實際로 貰주든 것이 總一
百二十種, 三千二百二十一冊(內에 同種이 十三種 四九一冊)을 算하
얏습니다. 이 中에는 尹河鄭三門聚錄은 一百八十六卷, 林河鄭延은
一百三十九卷, 明珠寶月聘은 一百十七卷, 明門貞義義은 一百十六卷
인 것처럼 꽤 長編의 것의 것도 적지 아니합니다. 또 宮中 諺文冊 目
錄에는 紅樓夢 一百二十, 後紅樓夢 二百二十, 續紅樓夢 二十四, 紅
樓夢補 二十, 紅樓夢만이 合計 三八四卷에 오릅니다. 이것들 小說의
大部가 대개 家庭을 中心으로 人生 門路의 波瀾을 그리고 또 거긔
臨하는 態度를 가르처 준다 할 만한 것으로 沙漠 가튼 家庭에 이것이
샘ㅅ자리가 되고 골房 속에 가진[친] 婦人네에게 달 밝고 별 쌈박어리
는 시원한 하늘을 보여주는 것이 실로 小說의 世界이얏습니다. (최남
선 「朝鮮의 家庭文學」)[10]

최남선이 세책집의 목록을 조사한 것은 세책을 한국 소설의 주류로
파악했기 때문인 것으로 보인다. 아무튼 최남선의 이 기록에 의하면,
지금의 을지로 입구 쯤에 있었던 세책집에서 소장했던 세책의 양은 약
3천 책 정도이다. 세책집에서 소장하고 있던 세책의 총량에 관한 자료
한 가지를 더 보기로 한다.

오늘에 와서 貰冊臺本을 蒐集하기란 여간 어려운 것이 아니다. 이

---

10) 六堂學人, 「朝鮮의 家庭文學」 八 <各種小說類>, 『每日新報』 1938. 7. 30.

는 흔히 貰冊房에서 古代일수록 特別히 商號가 뚜렷한 것도 아니고,
또한 臺本에 商號나 그 밖에 貰冊臺本임을 確認할 수 있는 記錄을
남기지 않았기 때문이다. 實際로 日帝時代에 翰南書林에 있었던 金
同圭翁의 證言을 들어보면, 서울 西大門區 冷泉洞에 큰 貰冊房이 있
었는데, 그 貰冊房에 있던 臺本 三〇〇餘種은 그 大部分이 漢紙에 쓴
한글小說들을 기름을 먹인 것인데, 모두 購入해서 서울大學에 納品했
으나 臺本에는 아무런 特別한 記錄이 없었다고 한다.11)

이 기록에는 세책의 총 숫자는 안 나와 있지만, 세책이 300종 있었다
고 했다. 그리고 이런 정도면 큰 규모였던 것이라고 한 것으로 보아 당
시 세책집에서 보유하고 있었던 종류의 최대치가 대략 300종이었음을
알 수 있다. 최남선의 조사한 향목동 세책집에 129종 3,221책(이 가운데
동종이 13종 491책)이 있던 비율을 그대로 냉천동의 세책집에 적용한
다면, 냉천동의 세책집에 있었던 책수는 300종 약 7,500책 정도 된다고
볼 수 있다. 그런데 현재 우리가 파악하고 있는 세책의 숫자는 500여
책 정도이다. 이 숫자는 향목동에 있던 세책집에 있었던 양의 16%, 냉
천동에 있던 세책집의 7% 정도밖에 안 된다.

이상의 몇 안 되는 자료를 통해서 보더라도, 조선후기 서울에는 많은
세책집이 있었고, 또 이 세책집을 통해 많은 고소설이 유통되면서 독자
들에게 읽혔음을 알 수 있다. 그러나 이렇게 성행했던 세책에 관한 기
록은, 앞에서 본 것이 이제까지 알려진 것의 거의 전부이다. 세책에 관
한 자료를 보충할 수 있는 자료로, 1990년대 중반에 채록한 두 사람의
얘기를 보기로 한다.

---

11) 안춘근, 「韓國貰冊業變遷考」, 『서지학』 6호, 한국서지학회, 1973, 75쪽.
　　조동일은 서울대학교에 세책이 들어간 데 대해서, "1929년에 조윤제가 경성제
　　국대학 조수로 있을 때 폐업하는 세책가에서 사 모은 소설이 서울대학교 도서
　　관 고도서에 들어와 있는데, 그 사실을 조윤제로부터 직접 들었다."(조동일,
　　『한국문학통사』 4권, 지식산업사, 1986, 335쪽)고 했는데, 조윤제가 말한 세책
　　이 바로 김동규가 말한 것인지도 모르겠다.

1

이윤석 : 고향이 어디세요?

김을순 : 고향은 경기도 고양군 용강면, 지금 서강 발전소 있는 데. 당
인리 농바우 앞야. 농바우라구 제일 큰 바우가 있어.

이윤석 : 옛날 소설 가운데 생각나는 거 있으세요?

김을순 : 확실히 생각나는 건 유충열전허구, 숙영낭자전허구, 숙향전허
구, 심청전허구, 여장군전이라구 있었어, 삼국지두 읽었거든,
그런데 그런 거 본 생각은 나는데, 내용은 몰라. 춘향전 봤지.
그러니까 그때는 돈 생기면 가지고 가서 빌려봤지, 열 다섯,
열 여섯 때지.

이윤석 : 어떤 집이에요?

김을순 : 한국, 이런 집에서 노인네가 아주 연세 많은 노인네가 사랑방
에 앉아서 세를 주시더라구. 아는 사람이지. 이웃에 할아버지
지. 담배값이라두 할라구 그러나봐.

이윤석 : 어떤 책이에요?

김을순 : 옛날 책인데 겉장에 그림두 있어. 옛날 조선 종이에다 쓴 거
야. 굵게 쓴 거두 있구. 영감님이 베낀 건지. 세검정에 시집와
서두 밤이면 봤어. 그때는 한 번 보는 데 5전였나봐.

이윤석 : 서강 사실 때, 저녁 때 동네 사람들이 사랑에 모여서 얘기책
읽는 것 듣는 거 본 적 있어요?

김을순 : 동네 노인들이 책을 읽으면, 이렇게 소리를 내서 읽었거든.
밤이면 오신다구. 나는 그렇게 안 읽었지만. 우리 작은아버지
가 그렇게 책 읽는 소리가 아주 좋아. 소리하는 소리같애. 그
래서 그 목소리에 반해가지구 밤이면 노인네들이 빙 둘러 앉
아서, 등불을 들구댕기면서 와. 책읽는 소리가 너무 좋아. 시
방두 그전에 어렸을 때 들었어두, 그때 총각 때니까 삼촌이,
책보든 그 목소리가 지금 그 한국민요하는 거 같애. 삼촌이
그렇게 책을 보니까, 보구나서 그걸 또 내가 물려서 보구. 그
것두 빌려다 보지. 집에 있는 거는 그저 몇 권 있었는데, 그거
는 뭐. 그때 들으러 오시는 분들이 책소리를 이렇게 척 알아

듣는 분들이 오시더라구, 그래서 여기 읽으면 저기 미리 아는
할머니 할아버지들이, 그거두 아무나 못듣대, 아무나 못들어.
벌써 여기하면 척 벌써 앞을 알구, 그러는 분들이 들었어. 목
소리 좋아서. 그전에는 인제 그 사랑방에 노인네들이 젊은 사
람 불러다가 그걸 읽으라구 그러시구, 눈들이 어두시니까, 등
잔불에 읽을 수 읎으니까, 그걸 아주, 아주 귀루만 듣는거지.
그런데 그런 사람들두 척허면 알드라구, 글쎄 무척 들어서 그
런가봐, '가'자두 모르는데 저런 소리를 어떻게 저렇게 아나
참 이상하지. 우리가 책얘기 해달라구 조르거든, 할머니 어떤
책은 어떻구 하면, 앉아서 그냥 줄줄 얘기를 해줘. 그게 더 재
밌어. 애들 앉쳐놓구 이렇게 얘기루다 하지, 얘기루다. 그래서
그 소리 반해서 밤에 노인네 못 주무시게 하구.

이윤석 : 그때는 그걸 뭐라구 했어요?

김을순 : 그걸 옛날에는 그냥 얘기책이라구 했어. 얘기책. 소설이라는
　　　　소리는 못 들었지. 그런데 좀 있어가지구서는 고대소설이라
　　　　구 얘기를 하대.

이윤석 : 유충열전 이런거요?

김을순 : 웅, 그런거.

이윤석 : 이광수 소설 같은 거는 뭐라구 했어요?

김을순 : 이광수 소설은 나 여기 와서 봤어. 무교동 들어와서 봤어. 거
　　　　기서는 구경두 못했어. 거기만해두 시굴이라서 얘기책만 있
　　　　지.12)

②

이윤석 : 얘기책 보신 거 있으세요?

안석희 : 얘기책을 옛날에는 봤죠, 지금은 다 이렇하구 살지만. 색시적
　　　　에는 뭐해요, 노나, 책 보지. 밤낮 책 보지.

---

12) 김을순씨는 1916년 1월 마포 서강에서 태어나 여기서 자라고, 1934년 세검정
　　으로 시집가서 여기서 살다가 1941년에 무교동으로 이사했다. 1993년 1월 이
　　윤석 채록.

이윤석 : 어떤 책을 보세요?

안석희 : 이런 책 저런 책 다 보지.

이윤석 : 다른 할머니 얘기를 들으면, 동네에 얘기책 빌려주는 집두 있었다구 해요?

안석희 : 있어요, 것두, 뭐 갖다줘야 해.

이윤석 : 뭘 갖다줘요?

안석희 : 뭘 갖다주냐 허면, 인제 허다못해 예전에 왜 놋그릇 있잖아요, 쟁첩이구 뭐구 뚜껑이구 하나 갖다주구 와, 둔이 아니구. 주구 둔 내지. 멧 푼, 몇 푼 돼요, 2전이나 3전밖에 안되나봐, 옛날에.

이윤석 : 갖다주구 빌려보신 적 있어요?

안석희 : 빌려봤죠. 책을 봤어두 다 잊어버렸죠. 그릇 갖다주구 부리는 계집애 보내잖아. 보내면 인제 책 가져오죠. 인제 갈 적에 둔 하고 그릇하구 주면. 그릇은 나중에 가주구 오죠. 지금은 안 그래, 비디오. 저거 하루 보는 데 이천원씩 받데. 하루 보면 또 가져가구.

이윤석 : 그러면 주로 놋그릇 갖다주구?

안석희 : 그릇 갖다줘, 다른 건 주는 거 읂어. 그거 갖다주구, 그거 보증이지. 그러구 책 가져갈 때 둔 가져가지.

이윤석 : 책은 어떤 책이예요?

안석희 : 다 잊어버렸어. 책은 제법 책이지 왜, 옛날 책이 이렇지는 않아두, 인제 종이가 좀 다르죠. 인제 그거 한 번 봐버릇하면, 육장 그거, 이거 보구 저거 보구 그러지.

이윤석 : 시집 가기 전에 좀 보셨어요?

안석희 : 많이 봤죠. 뭐 할 일 있어요.

이윤석 : 돈은 어디서 나세요?

안석희 : 둔은 아버지가 주지.

이윤석 : 얘기 책 읽은 거 생각나는 거 없으세요?

안석희 : 다 잊어버렸어.

이윤석 : 심청전, 춘향전 같은 거는 어때요?

안석희 : 그건 재미있지. 이수일 심순애 같은 것도 재밌고. 색시 적에
　　　본 거라 다 잊어버렸어.[13)

김을순씨와 안석희씨의 얘기를 종합해 보면, 1910년대 말에서 1930
년대까지의 서울 지역의 세책집은 모리스 꾸랑이나 오카쿠라 요시사부
로가 말하는 세책집과 그 형태면에서는 별다른 차이가 없는 것 같다.
다만 세책집에서 빌려주는 소설의 종류가 늘어나서, 필사본만이 아닌
활판본 고소설도 있었고, 고소설만이 아닌 신소설이나 현대소설까지도
있었음을 알 수 있다.

4. 세책 고소설 연구의 필요성과 그 동안의 연구

우리는 세책 연구를 위해 세책 자료를 수집하여 정리하고 있다. 이와
같이 자료를 정리하는 기초 작업이 없으면 세책에 대한 체계적인 연구
가 어렵다. 세책의 대종을 이루고 있는 것이 소설이므로 세책의 연구는
자연스럽게 고소설 연구가 된다. 앞에서 얘기한 대로 우리나라 고소설
의 특징 가운데 하나는 한문으로 창작된 몇몇 작품을 제외하고는 대부
분 작품의 작자와 창작시기를 알 수 없다는 것이다. 그러므로 문학 연
구의 중요한 한 축인 작가에 대한 연구는 거의 불가능한 것이 우리 고
소설 연구의 현실이다. 한글로 창작된 작품의 작자나, 한문소설을 번역
한 번역자가 전혀 알려지지 않은 이유를 학계에서는 여러 가지로 추측
해왔으나 그 어떤 추측도 정설로 학계에 받아들여지지 않았고, 현재 이
문제를 다루는 학자는 거의 없다. 그러나 구체적으로 누가 창작했다는
것은 알 수 없더라도 적어도 어떤 계층의 사람이 어떤 목적으로 고소설
을 창작했는지를 알아내는 일은 중요하다. 세책 연구는 이 문제에 대해

---

13) 제보자 안석희씨는 1911년 서울 종로구 통의동에서 출생하여 여기서 자랐고,
　　시집은 종로구 안국동으로 간 서울 토백이이다. 1994년 봄 이윤석 채록.

어떤 해답을 제시할 수 있을 것이다.

세책 연구는 고소설의 창작과 유통, 그리고 독자에 초점을 맞춘 연구가 될 것이다. 이 연구를 통해서 구체적인 작자를 찾아낼 수는 없을 것이다. 그러나 세책집에서 세책 고소설을 어떤 방식으로 어떤 경로를 통해서 확보했는지를 파악할 수 있게 된다면, 적어도 세책집에서 유통시킨 소설의 작자는 어떤 계층의 인물이며 어떤 목적으로 소설을 만들거나 번역했었는지 알아낼 가능성은 좀더 커진다고 본다. 작자 연구에 있어서 직접 작자를 찾아내거나 작자에 대한 기록을 찾아내는 일도 중요하지만, 현재 남아 있는 작품을 면밀히 검토함으로써 구체적 개인이 아니라 어떤 계층이 작자였는가는 파악해낼 수 있으리라고 본다. 고소설 작자에 대해 이 정도만이라도 해결할 수 있다면 커다란 성과이다.

방각본 고소설이 나오기 이전까지 우리나라 고소설은 필사본으로 유통되었다. 필사본 고소설은 필사자가 자의적으로 내용을 변개시킬 가능성이 있기 때문에 필사본을 연구의 대본으로 삼을 때는 이 이본이 어떤 계열의 이본인가 하는 점을 매우 주의 깊게 살펴보지 않으면 안 된다. 그동안 상당한 양의 고소설 필사본이 영인된 자료로 출간되어 연구자들에게 많은 도움을 주고 있다. 그러나 이들 영인 자료들은 체계적으로 정리된 자료가 아니라 소장자(처)가 그저 수집한 것을 출간한 것이 대부분이었다. 수집이나 정리가 체계적으로 이루어진 것이 있다면 '낙선재본 고소설' 정도일 것이다. 낙선재본 고소설이 학계에 발표된 이후 여기에 대한 연구가 많이 이루어져서 장편소설 연구는 상당한 진전을 보게 되었다. 아직까지 낙선재본 고소설의 성격을 명확하게 밝히지 못하고 있기는 하나, 낙선재본 고소설 자료가 나옴으로써 고소설 연구는 새로운 방향을 설정할 수 있었다. 이것은 체계적으로 정리된 고소설 자료집의 필요성을 보여주는 것이다. 『영인방각본소설전집』이나 '낙선재본소설' 자료의 등장과 같이 하나의 단위로 묶을 수 있는 고소설 자료가 필요하다. 우리는 '세책 고소설'이라는 하나의 단위를 설정하고, 이 자료를 집중적으로 수집·정리함으로써 세책 연구를 활성화하여 고소설 연구의 차원을 한 단계 높일 수 있는 계기를 마련하고자 한다.

이제까지 우리가 조사한 바에 의하면, 1900년을 전후한 무렵에 서울에는 적어도 수십 군데 이상의 세책집이 있었다. 그리고 한 작품이 두 곳 이상의 세책집에 남아 있는 자료를 검토한 바로는, 비록 세책집은 다르더라도 각 세책집에서 빌려주던 세책의 내용은 대체로 같다. 이와 같은 사실은 세책집 사이에 내용을 공유하기 위한(또는 공유할 수 있는) 어떤 체제가 있었던 것으로 보인다. 이것은 고소설 연구에 있어서 매우 중요한 것인데, 왜냐하면 각 작품의 결정본이 이 세책집에서 만들어졌을 가능성이 크기 때문이다. 지금까지의 연구에 의하면, 세책집은 한글 방각본소설이 나오기 이전부터 성행했었다고 알려져 있다. 그리고 방각본소설은 대체로 축약본이므로 원본에서는 거리가 있다. 그렇다면 어떤 작품의 내용이 결정되어 독자들에게 널리 읽히게 되는 것은 바로 세책본에서 시작되는 것이라고 보아도 좋을 것이다. 세책 연구의 중요성은 여기에 있다.

세책 연구의 중요성 가운데 하나는, 세책집은 우리나라에만 있던 특수한 것이 아니라 도시가 발달한 나라에서는 흔히 볼 수 있는 보편적인 현상이라는 사실이다. 즉, 세책은 전세계적인 보편성 속에서 논의해야 할 과제라는 점에 있어서 중요한 의미를 갖는다. 어떠한 사회경제적인 조건 아래서 세책이 생겨나고, 또 이 세책은 그 사회에서 어떤 의미를 갖는지에 대한 다른 나라의 연구를 참조함으로써, 우리는 조선후기의 세책에 대한 연구의 심도를 더할 수 있다. 세책에 대한 연구는 조선이 식민지로 전락하기 이전까지 어떻게 독자적으로 도시의 유흥을 발전시켜왔는가 하는 점을 밝히는 데도 도움을 줄 수 있을 것이다. 선진자본주의 국가인 영국이나 프랑스 같은 나라는 물론이고, 서구의 영향이 무관한 시기에 일본에서도 세책이 성행했다는 것은 무엇을 시사하는가 하는 점에 대해서도 우리는 관심을 가질 필요가 있을 것이다.

우리나라의 세책 연구는 이제 초기 단계이다. 세책에 관한 연구가 부진한 가장 큰 이유는 세책에 대한 기록이 거의 없기 때문이고, 그 다음은 연구자들이 세책에 대한 중요성을 제대로 인식하지 못했기 때문이다. 19세기 이전의 기록으로 채제공과 이덕무의 세책에 대한 비난 이외에는 아직까지 우리나라 사람이 쓴 기록은 학계에 보고된 것이 없다. 조선시대에는 소설(특히 한글소설)을 매우 천시했기 때문에 기록을 남길 만한 능력을 갖춘 인물이라면 소설에 대한 기록을 남기는 것조차 꺼렸을 것은 분명하다. 조선시대 기록의 거의 전부가 한문이었던 것을 생각하면, 한문을 능숙하게 쓸 수 있었던 인물이 한글로 된 세책 고소설에 대한 기록을 남겼을 리가 없다. 한문을 능숙하게 읽을 수 있었던 계층은, 한글소설보다 훨씬 더 재미있는 중국소설을 원문 그대로 즐길 수 있었기 때문에 한글소설에 관심을 갖지 않은 것은 매우 자연스럽다. 사대부들의 일기에 중국소설이나 조선의 한문소설을 읽은 기록은 더러 있으나 한글소설에 관한 기록은 좀처럼 찾기 어렵다. 그러므로 앞으로도 세책 고소설에 대한 자세한 기록이 발견되기는 어려울지 모른다.

세책집과 여기서 빌려주고 있던 세책에 관심을 갖고 기록으로 남긴 사람이 일본인과 프랑스인이라는 점은, 일본이나 프랑스 같은 나라와 조선 사이에 소설에 대한 인식의 차이가 얼마나 큰 것이었나를 보여준다.

세책 고소설에 대한 그동안의 연구를 간단히 정리해보면 다음과 같다.

우리나라 최초의 소설사인 김태준의 『조선소설사』에는 세책에 대한 언급이 없다. 세책에 대해 처음으로 언급한 학자는 김동욱 교수이다. 김동욱 교수는 「이조소설의 작가와 독자에 대하여」에서 세책본의 형태에 대해서 간단히 언급하였다.[14)]

세책 고소설에 대해 본격적으로 논의를 전개한 학자는 일본학자 오

---

14) 김동욱, 「이조소설의 작가와 독자에 대하여」, 『장암지헌영선생 회갑기념논총』, 호서문화사, 1971.

오타니 모리시게[大谷森繁] 교수이다. 그는 자신의 박사학위 논문인『조
선후기소설독자연구』에서 세책에 대한 논의를 했고, 이후에 이를 바탕
으로「조선후기의 세책 재론」을 써서 최초로 세책에 대한 단일논문을
발표했다.15) 최근에 국내 학자들도 세책에 관한 논문을 발표했는데, 이
윤석은 몇 개의 구활자본 고소설을 대상으로 이들 작품의 대본이 세책
이었음을 밝힌 것으로, 구체적인 작품을 대상으로 세책 논의를 시도한
첫 논문이었다.16) 이다원은 세책본『현씨양웅쌍린기』의 연구를 통해
세책 필사본의 개념과 범주, 그리고 19세기 후반에서 20세기 초의 세책
과 세책업의 실상을 구체적으로 다루었다.17) 김영희는『구운몽』세책
두 종을 중심으로『구운몽』이본의 변이에서 세책이 갖는 위치를 찾아
보았다.18) 정명기는 국내외 도서관과 개인소장 세책 500여 책을 찾아내
어 이 정보를 제공하면서, 세책에 대한 서설적인 이해를· 위한 논의를
전개했다. 또 이제까지 확인된 세책 작품 전체의 목록을 제시하여 세책
에 대한 총체적 연구를 가능하게 했다.19) 유춘동은 3종의『금향정기』
세책 이본을 방각본이나 다른 필사본과 내용을 비교하고, 또『금향정기
』의 원천인 중국소설과도 비교하여 세책본『금향정기』의 특징을 밝혔
다.20)

---

15) 大谷森繁,『朝鮮後期小說讀者研究』, 고려대학교민족문화연구소, 1985.
   大谷森繁,「조선후기의 세책 재론」,『한국고소설사의 시각』, 국학연구원,
   1996. 이 논문은 이 책에 재수록했다.
16) 이윤석,「구활자본 고소설의 원천에 대하여-세책을 중심으로-」, 한국고전문학
   회 월례발표회, 2000년 4월. 이 발표문을 좀더 다듬어서 논의를 확대시킨 것
   은, 이윤석·정명기 공저,『구활자본 야담의 변이양상 연구』, 보고사, 2001에
   실려 있다.
17) 이다원,「『현씨양웅쌍린긔』연구-연대본『현씨양웅쌍린긔』를 중심으로」, 연세
   대 석사학위논문, 2000. 12.
18) 김영희,「세책필사본『구운몽』연구」,『연세학술논집』34집, 연세대 대학원 원
   우회, 2001. 8.
19) 정명기,「'세책 필사본 고소설'에 대한 서설적 이해-總量·刊所(刊記)·流通
   樣相을 중심으로-」,『고소설연구』12집, 한국고소설학회, 2001. 12.

세책 고소설 연구의 현황과 과제   65

근대적 학문이 시작된 이래 고소설 관련 연구논문은 이미 천 단위로 헤아릴 정도가 되었는데, 세책 고소설에 관한 논문은 고작 몇 편에 불과하다. 다른 학문 분야의 연구와 마찬가지로 고소설 연구에 있어서도 특정한 작품이나 작가에 관해서만 연구가 치우쳐 있는 것이 현재 학계의 실정이다. 고소설 연구의 방법에 있어서도 소설이 갖고 있는 순문예적인 성격을 중심으로 연구가 계속되어 왔다. 그러나 이런 방법으로 소설을 이해하는 데는 한계가 있다. 소설은 사회경제적인 조건과 긴밀하게 연관되어 있기 때문에 이 문제를 도외시하고 소설을 연구한다는 것은 애초에 정곡을 벗어난 일이다. 특히 한글소설이 나타나게 된 중요한 요인인 도시의 발달과 여가의 증가, 그리고 유흥업과의 관련을 생각하지 않고 소설의 발달을 얘기한 것은 문제라고 아니할 수 없다. 그리고 또 하나 지적할 수 있는 것은, 우리나라 고소설이 갖고 있는 특수한 사정을 고려하지 않고 연구하는 문제점이다. 한글 고소설은 거의 모두 작자와 창작시기를 알 수 없다. 그러므로 각 작품에는 다양한 이본이 있는데, 이들 이본 가운데 어떤 본을 중심으로 작품의 연구를 할 것인가 하는 점이 중요하다. 그러므로 고소설 연구에 있어서는 다른 어떤 장르보다도 본문비평의 중요성이 강조되어야 함에도 불구하고, 이제까지 고소설 연구에서 이본 연구는 매우 소홀하게 다루어졌다.

5. 세책 자료 현황

이제까지 우리가 확인한 세책 자료의 목록을 제시하기로 한다. 세책 자료의 현황을 쉽게 파악할 수 있도록 전체 작품 목록을 제시하고, 이를 세책집별로는 어떤가를 보기 위해 세책집별로 나눈 목록을 만들었고, 마지막으로 필사연도별로 작품목록을 만들었다.

───────────────

20) 유춘동, 「『금향정기』의 연원과 이본 연구」, 연세대 석사학위논문, 2002. 1.

5.1. 작품 총 목록

이 작품 목록에는 지금까지 우리가 확인한 실물 세책본과 함께 기록
만으로 남아 있다든가, 또는 도서관 장서목록에만 남아 있는 것도 함께
실었다.

5.1.1. 실물 목록

1.	고려보감	10권 10책, 동양문고본
2.	곽해룡전	1책(권2 현존), 橫山弘본(零本)
		2책(권1, 2 현존), 서울대본(영본)
		3권 3책, 동양문고본
3.	구운몽	7권 7책, 동양문고본
		9책(전 10권 중 권5 결), 이화여대본(영본)
4.	금동전	1책(권2 현존), 홍윤표본(영본)
5.	금령전	3권 3책, 동양문고본
6.	금향정기	6책(전 7권 중 권6 결), 영남대본(영본)
		7권 7책, 동양문고본
		7권 7책, 서울대본
7.	김씨효행록	1책(권1 현존), 정명기본(영본)
		4책(권4, 7, 8, 9 현존), 橫山弘본(영본)
8.	김원전	2권 2책, 고대본
		2권 2책, 서울대본
9.	김윤전	6권 6책, 하버드대본
10.	김진옥전	4권 4책, 동양문고본
11.	김홍전	4권 4책, 서울대본
12.	꼭두각시전	1권 1책, 경북대본
13.	남정팔난기	1책(권2 현존), 橫山弘본(영본)
		14권 14책, 동양문고본
		3책(권1, 3, 11 현존), 하버드대본(영본)

14. 당진연의   17권 17책, 동양문고본
15. 도앵앵   6권 6책, 여승구본
16. 만언사   2권 2책, 동양문고본
17. 모란정기   4권 4책, 연대본
18. 민중전중흥일기 1권 1책, 성균관대본
19. 북송연의   13권 13책, 동양문고본
20. 삼국지   69책, 동양문고본(영본)21)
                    19책(전 20권 중 권8 결), 하버드대본(영본)
21. 상운전   5책(전 6권 중 권3 결), 대전대본(영본)
22. 서용전   2권 2책, 이화여대본
23. 설인귀전   4책(권2, 3, 9, 10 현존), 이화여대본(영본)
24. 소대성전   2권 2책, 동양문고본
25. 소학사전   1책(권 미상), 단국대본(영본)
26. 수저옥란빙   8권 8책, 동양문고본
27. 수호지   15책(권8, 17, 19, 29, 32, 39, 40, 41, 51, 55, 56, 57,
                    58, 67, 68 현존), 이화여대본(영본)
28. 숙녀지기   5권 5책, 이대본
                    5권 5책, 동양문고본
29. 숙향전   4책(권1, 2, 4, 6 현존), 이화여대본(영본)
30. 심청록   1책(권2 현존), 서울대 가람본(영본)
    심청전   1권 1책, 서울대 일사본
31. 여교서편   1권 1책, 서울대본
32. 열국지   42권 42책, 동양문고본
33. 옥단춘전   2권 2책, 이대본

---

21) 이 본은 각기 다른 세 종의 세책『삼국지』를 권수만 맞춰 놓은 것이다. 이『삼
국지』 69책본이 이런 상태로 세책집에서 빌려주었던 것은 아니고, 동양문고에
세책을 납품한 상인이 각기 다른『삼국지』의 권수를 맞춰서 준 것으로 보인
다. 이 본에 대해서는 정명기가 고찰한 논문이 이 책에 실려 있으므로 자세한
것은 그 논문을 참조하면 될 것이다.

34. 옥루몽   30권 30책, 동양문고본
35. 월왕전   5권 5책, 동양문고본
36. 유충열전   7권 7책, 동양문고본
37. 유화기연   7권 7책, 동양문고본
38. 육선기   1책, 천리대본(영본)
39. 이대봉전   4권 4책, 동양문고본
40. 임장군전   2권 2책, 동양문고본
41. 임화정연기봉   1책(권95 현존), 정명기본(영본)
42. 장경전   2권 2책, 동양문고본
                     1책, 천리대본(영본)
43. 장자방전   2권 2책, 동양문고본
44. 장학사전   1책(권3 현존), 정명기본(영본)
45. 장한절효기   1권 1책(권4 현존), 정명기본(영본)
46. 적성의전   2권 2책, 동양문고본
47. 정비전   4권 4책, 동양문고본
48. 정을선전   3권 3책, 동양문고본
                     3권 3책, 서울대본
49. 조웅전   1책(권6 현존), 단국대본(영본)
50. 징세비태록   4권 4책(권3~6 현존), 이대본(영본)
                     4권 1책, 민병철본
51. 창선감의록   10권 10책, 동양문고본
52. 춘향전   10권 10책, 동양문고본
                     9권 2책, 동경대본
                     남원고사 5권 5책, 동양어학교본
53. 하진양문록   1책(권1 현존), 연세대본(영본)
                     26책(전 29권 중 권4, 5, 6 결), 고려대본(영본)
                     29권 29책, 동양문고본
54. 한후룡전   2권 2책, 서울대본
55. 현수문전   8권 8책, 동양문고본

                    2책(권3, 7 현존), 정명기본(영본)
56. 현씨양웅쌍린기   24권 24책, 연세대본
57. 홍길동전   3권 3책, 동양문고본
58. 화충전   1책(권2 현존), 이화여대본(영본)
                    화충선생전 2권 2책, 서울대본
59. 홍부전   1권 1책, 서울대 일사본

5.1.2. 기타 목록

　기타 목록이라고 하는 것은 현재 실물은 없고, 다만 그 책이 세책본
이었음이 분명한 소설의 목록이다. 우선 들 수 있는 것은, 서울대학교
소장본이라고 되어 있으나 현재 실물을 확인할 수 없는 작품목록이다.
도서목록에는 있으나 실물이 없는 것으로 보아, 일제시대에 들어온 것
이 그 사이에 없어진 것 같다. 일제시대에 경성대학에 세책을 넣었다는
증언(앞의 주 11 참조)으로 보아 그 때에 들어온 세책 가운데 일부일
가능성이 크다.

 1. 곽분양충절록   6권 6책
 2. 김홍전   5권 5책
 3. 모란정기   4권 4책
 4. 사씨남정기   5권 5책
 5. 삼설기   10권 10책
 6. 상운전   6권 6책
 7. 서용전   2권 2책
 8. 숙향전   6권 6책
 9. 쌍주기연   5권 5책
10. 양쥬봉전   4권 4책
11. 월봉기   12권 12책
12. 임화정연기   139권 139책

13. 장백전　　　　2권 2책
14. 장풍운전　　　　2권 2책
15. 장한절효기　　　2권 2책
16. 전운치전　　　　3권 3책
17. 경수경전　　　　2권 2책
18. 제마무전　　　　2권 2책
19. 토처사전　　　　4권 4책
20. 황운전　　　　　9권 9책

다음으로 실물이 남아 있는 세책 속의 기록을 통해서 세책으로 유통
되던 소설임을 알 수 있는 작품의 목록이다. 정명기와 이다원이 찾아낸
작품 목록이다.

1. □국지　　　　권2(연세대본 『현씨양웅쌍린기』 2-4 이면[22]))
2. □국지　　　　권4(연세대본 『현씨양웅쌍린기』 2-1 이면)
3. □평왕　　　　권5(연세대본 『현씨양웅쌍린기』 2-1 이면)
4. 구운몽　　　　권4(연세대본 『현씨양웅쌍린기』 2-1 이면)
　　　　　　　　권6, 3(연세대본 『현씨양웅쌍린기』 2-4 이면)
5. 금산사몽　　　권2(연세대본 『현씨양웅쌍린기』 2-4 이면)
6. 금송아지전　　권1(연세대본 『현씨양웅쌍린기』 2-4 이면)
7. 금향정기　　　권3(연세대본 『현씨양웅쌍린기』 2-1 이면)
　　　　　　　　권6(연『현씨양웅쌍린기』 2-1 이면)
8. 김학공전　　　권4(동양문고본 『슉녀지긔』 1-34-a)
9. 당진연의　　　권10(연세대본 『현씨양웅쌍린기』 2-1 이면)
10. 박씨전　　　　권4(연세대본 『현씨양웅쌍린기』 2-1 이면)
11. 사씨남정기　　권6(연세대본 『현씨양웅쌍린기』 2-1 이면)

---

22) 2-4는 권2의 제4장을 말하고, 이면이란 접힌 안쪽면을 의미한다. 그리고 a는
　　앞면, b는 뒷면이다.

12. 삼문규합   권6(연세대본『현씨양웅쌍린기』2-4 이면)
13. 서유기   권10(연세대본『현씨양웅쌍린기』2-4 이면)
                권10, 3(연세대본『현씨양웅쌍린기』2-4 이면)
                권7(연세대본『현씨양웅쌍린기』2-4 이면)
14. 서주연의   권4(연세대본『현씨양웅쌍린기』2-4 이면)
                  (연세대본『현씨양웅쌍린기』2-1 이면)
15. 서한연의   권4, 3(연세대본『현씨양웅쌍린기』2-4 이면)
16. 서상기   권5(연세대본『현씨양웅쌍린긔』14-32-b)
17. 손방연의   권9(이대본『셜인귀젼』9-뒷표지 이면)
18. 수저옥란빙   권1(연세대본『현씨양웅쌍린기』2-1 이면)
19. 수호지   권8(연세대본『현씨양웅쌍린기』2-4 이면)
20. 월봉기   권4(연세대본『현씨양웅쌍린기』2-1 이면)
21. 월왕전   권2(연세대본『현씨양웅쌍린기』2-4 이면)
22. 유충렬전   권6(연세대본『현씨양웅쌍린기』2-4 이면)
23. 윤하정삼문취록   (동양문고본『삼국지』63-2-a)
24. 임진록   권6(연세대본『현씨양웅쌍린기』2-4 이면)
                  (연세대본『하진양문록』1-2-이면)
25. 장백전   권2(연세대본『현씨양웅쌍린기』2-4 이면)
26. 장풍운전   권2(연세대본『현씨양웅쌍린기』2-4 이면)
                  (연세대본『모란졍기』1-32-6)
27. 장한절효기   권2(연세대본『현씨양웅쌍린기』2-4 이면)
                  (이대본『슉향젼』1-32-b)
28. 제마무전   권1(연세대본『현씨양웅쌍린기』2-4 이면)
29. 징세비태록   권6(연세대본『현씨양웅쌍린기』2-1 이면)
30. 진대방전   권3(연세대본『현씨양웅쌍린기』2-4 이면)
31. 창란호연록   권15(연세대본『모란졍긔』3권 앞 표지 이면)
                  (동양문고본『삼국지』63-2-a)
32. 하진양문록   (동양문고본『삼국지』63-2-a)
33. 화산기봉   권13(연세대본『현씨양웅쌍린기』2-1 이면)

34. 화씨충효   권2(연세대본『현씨양웅쌍린기』2-4 이면)
35. 화충선생전   (연세대본『현씨양웅쌍린기』2-1 이면)

또 하나 들 수 있는 것으로 앞에서 본 최남선의 글에 나오는 목록 네
가지이다.

1. 명문정의록   116권 116책
2. 명주보월빙   117권 117책
3. 윤하정삼문취록   186권 186책
4. 임하정연   139권 139책

5.2. 세책집별 작품 목록

세책 고소설 각 책의 맨 뒷면에 있는 간기에 동리 이름이 있는데, 우
리는 이것이 세책집의 상호라고 생각하고 있다. 여기서는 이 세책집 별
로 작품목록을 보기로 한다.

1. 누동(樓洞)
『남원고사』(동양어학교본) : 셰갑즈(1864) 하뉵월 망간 필셔(권1)
                        뉴월 넘오 필셔(권2)
                        칠월 상슌 누동 필셔(권3)
                셰긔스(1869) 구월 넘오 필셔(권4)
                        구월 넘팔 누동 필셔(권5)
2. 묘동(廟洞)
『하진양문록』(연세대본) : 셰긔묘(1879) 즁츄 묘동 즁슈(권1)
3. 토졍(土亭)
『김홍전』(규장각본) : 셰지경인(1890) 이월일(권1,3)
4. 약현(藥峴)

ⓐ『금향졍기』(규장각본) : 셰지신묘(1891) 밍동일(권1, 2, 3, 4, 5, 6, 7)

ⓑ『곽히룡젼』(규장각본) : 셰임진(1892) 유월일(권1, 2)

ⓒ『졍을션젼』(규장각본) : 셰지임진(1892) 눈육월일(권1, 3)

ⓓ『한후룡젼』(규장각본) : 셰임진(1892) 칠월일(권1, 2)

ⓔ『화츙션싱젼』(규장각본) : 셰지임진(1892) 눈뉴월일 약현 필셔
(권1)23)

5. 힝동24)

ⓐ『김씨효힝녹』(橫山弘) : 셰지졍유(1897) 칠월□□□(권4)

밍츄□□□(권7)

계□ 힝동셔(권8)

밍하 □□필셔(권9)

ⓑ『곽히룡젼』(橫山弘) : 셰ᄌ졍유 ᄉ월 □□□(권2)

ⓒ『남졍팔난긔』(橫山弘) : 권2

6. 갑동(甲洞)

『민듕젼듕홍일기』(성균관대본) : 갑오(1894) 납월 초구일 갑동필25)

7. 운곡26)

『뉵션긔』(천리대본) : 셰지갑오(1894) 졍월일 운곡셔(권1)

8. 아현(阿峴)

ⓐ『김씨효힝녹』(정명기본) : 셰□졍유(1897) 칠월 십칠일 필셔(권 1)

---

23) 이 작품에는 독자가 쓴 것으로 보이는 '눈뉴월일한동필셔'라는 간기가 또 있다. '한동'은 약현 근처에 있던 동 이름인 것 같다.

24) 아래의 3종 6책 가운데 '힝동'이라는 간소가 나오는 것은 『김씨효행록』권 8뿐이다. 그러나 이들 6책은 요코야마 히로시(橫山弘) 교수가 1960년대 쿄오토에서 한꺼번에 구입한 것이라고 하므로, 같은 세책집에서 나온 것이라고 보아도 무방할 것이다. 『남정팔난기』에는 "癸卯正月十九日阿峴金道也之本洞蔡興福南征八難記"라는 낙서가 있는 것으로 보아, 이 본은 아현동 쪽에 있던 세책집에서 쓰던 것으로 보인다. 癸卯는 1903년이다.

25) 다른 사람이 쓴 '경자팔월일대사동'이라는 간기가 또 있다. 경자년은 1900년이다.

26) 이 자료의 간소 부분은 정확하게 판독하기 어렵다. '운'은 분명한데 그 다음 글자는 명확하지 않다. 그런데 그 옆에 누군가가 한자로 '雲谷'이라고 적어 놓은 것이 있어서 여기서는 그것을 따랐다.

　　ⓑ 『현슈문젼』(정명기본) : 셰ᄌ긔히 (이하 파장) (권3)

　　　　　　　　　　　　　셰□긔희(1899) 스월일 이현 필셔(권7)

　　ⓒ 『장학사젼』(정명기본) : 셰지긔히 십월일 이현 필셔(권3)[27]

　　ⓓ 『남졍팔난긔』(하버드대본) : 셰지긔히 팔월일 이현 필셔(권1)

　　　　　　　　　　　　　　십월일 이현 필셔(권3)

　　　　　　　　　　　　　　십월일 이현 필셔(권11)

　　ⓔ 『장한졀효긔』(정명기본) 권 4종 : 표지에 '貰冊'이라 써 있음.

9. 향슈동

　　ⓐ 『고려보감』(동양문고본) : 셰무슐(1898) 칠월일(권1, 3, 4) 향슈동셔

　　　　　　　　　　　　　　　　팔월일(권 9, 10)

　　ⓑ 『금령젼』(동양문고본) : 셰무슐(1898) 유월일(권1)

　　　　　　　　　　　　　　중하(권2)

　　ⓒ 『만언사』(동양문고본) : 긔히(1899) 졍월일(권1,2)[28]

　　ⓓ 『녈국지』(동양문고본) : 셰긔히(1899) 칠월일 힝슈동필셔(권 12)

　　　　　　　　　　　　　셰계묘(1903) 칠월일(권1, 3, 5, 7, 8, 9, 11, 13,

　　　　　　　　　　　　　15, 17, 19, 21, 25, 29, 33, 41[29]) 향슈동중슈

　　ⓔ 『님장군젼』(동양문고본) : 셰경자(1900) 졍월일 향슈동필셔(권1, 2)

　　ⓕ 『곽히룡젼』(동양문고본) : 셰을사(1905) 졍월일 향슈동필셔(권1)

　　　　　　　　　　　　　　　이월일 향슈동필셔(권2, 3)

10. 파곡

　『심쳥녹』(서울대 가람본) : 셰지무술(1898) 계츈 넘오(권2)

---

27) 『장학스젼』은, 권 □의 □ 부분이 마모되어 있어, 몇 권에 해당하는지를 알 수
　　없었으나, 인천대 민족문화연구소에서 펴낸 『구활자본고소설전집』 12권, 동서
　　문화원, 1983, 473~548쪽에 수록된 『장학사젼』과 대비해보니 이 자료가 바로
　　권 3에 해당하는 권임을 알 수 있게 되었다. 이것으로 세책본 『장학스젼』은 4
　　권 4책으로 이루어진 자료임이 확인되었다.

28) 이 자료는 고소설이 아니라 안조환이 지은 가사이다. 여기서는 세책으로 가사
　　책 또한 존재했던 자취를 알려주는 좋은 보기라는 점에서 함께 제시해두었다.

29) 대곡삼번, 앞의 논문, 178쪽에서 권33의 간소를 '향목동'으로 밝히고 있으나,
　　확인 결과 '향슈동'의 오기인 것으로 드러났다.

11. 쳥파(靑坡)

『하진양문록』(고려대본) : 셰직경주(1900) 쵸하(권1, 2, 3)

밍하(권7, 8, 12, 13, 14, 15, 16, 17, 18, 19, 20)

뉵월 밍화(권9, 10)

뉵월의(권11)

칠월일(권28, 29)

12. 향목동(香木洞)

ⓐ 『츈향젼』(동양문고본) : 셰경주(1900) 구월일(권8)

셰갑진(1904)[30] 뉵월(권6)

셰긔유(1909) 구월일(권1, 2)

십월일(권3, 4)

셰신히(1911) ᄉ월일(권5, 7, 9, 10)

ⓑ 『모란졍긔』(연대본) : 셰임인(1902) 십월일(권3, 4)

셰을ᄉ(1905) 뉵월일(권2)

셰졍미(1907) 계츈일(권1)

ⓒ 『구운몽』(동양문고본) : 셰지임인(1902) 십일월일(권4, 6, 7)

셰긔유(1909) 십월일(권1, 2)

ⓓ 『유츙렬젼』(동양문고본) : 셰임인(1902) 십일월일(권2, 3, 7)

---

30) 이 권을 설성경, 김진영, 김석배 등은 '갑진'(1904)이 아니라, '갑자'(1924)로 읽는 반면에 대곡삼번, 정양완, 조희웅 등은 '갑진'으로 읽는 차이를 드러내고 있다. 이런 차이는 이 부분을 정확히 읽어내기 어렵기 때문이다. 그러나 우리는 이 부분을 '갑진'으로 읽는 것이 마땅하다고 생각한다. 그 이유는, 첫째, '세책본'의 경우 앞에서도 언급했듯이 1915년 이후 필사된 작품은 현재까지 전혀 확인되지 않고 있다는 점, 둘째, 영남대본 『금향졍긔』에서도 '갑진'이 아니라 '갑지'로 오표기된 경우가 나타나고 있다는 점, 셋째, '향목동'을 간소로 하는 세책업소 자료를 동양문고에서 사들인 시점이 1927년이라는 점, 넷째, 이 간기를 '갑자'(1924)로 보기에는 책의 상태가 너무 훼손되어 있다는 점(1924년이라고 할 때, 짧은 유통기간에 비하여 너무나 많은 낙서나 음화 등이 나타난 점) 등이다.

셰졍미(1907) 이월일(권1, 6)

십이월일(권4)

셰님ᄌ(1912) 이월일(권5)

ⓔ 『슉녀지기』(동양문고본) : 셰을ᄉ(1905) 삼월일(권1)

ᄉ월일(권3, 4, 5)

ⓕ 『이디봉젼』(동양문고본) : 셰을사(1905) 밍츈(권1)

즁츄의(권2)

셰을ᄉ 즁츄월(권4)

칠월일(권3)

ⓖ 『댱자방젼』(동양문고본) : 셰을ᄉ(1905) 오월일(권1)

셰을사 즁하일(권2)

ⓗ 『졍을션젼』(동양문고본) : 셰을ᄉ(1905) 삼월일(권1, 2, 3)

ⓘ 『현슈문젼』(동양문고본) : 셰을사(1905) 듕츄일(권1, 2, 3, 5)

계츄일(권4, 7, 8)

셰을희(1875) 즁츄일(권6)[31]

ⓙ 『유화기연』(동양문고본) : 셰을사(1905) 밍동일 향목동셔(권1)

셰을ᄉ 즁동일 향목동신판(권2)

셰을사 즁동일 향목동신판(권6)

즁츄일 향목동신판(권3)

계츄일 향목동신판(권4, 7)

셰긔유(1909) 뉴월일 향목동셔(권5)

ⓚ 『슈져옥란빙』(동양문고본) : 셰을사(1905) 계츄(권2)

셰을묘(1915) 뎡월일(권1, 3)

이월일(권4, 5, 6, 7, 8)

ⓛ 『玉樓夢』(동양문고본) : 셰무신(1908) ᄉ월일(권1, 3)

오월일(권4, 5, 6, 10~14)

삼월일(권7)

---

31) 이 간기는 '을사'의 오기일 가능성이 크다.

이월일(권8, 9)

뉵월일(권15~20)

칠월일(권21~25)

팔월일(권26~30)

셰무슐[32] 스월일(권2)

ⓜ 『김진옥젼』(동양문고본) : 셰긔유(1909) 팔월일(권1, 2, 3)

구월일(권4)

ⓝ 『남졍팔난긔』(동양문고본) : 셰신희(1911) 십월일(권1, 2, 3, 4, 5, 6, 7, 8)

지월일(권10, 11, 12, 13, 14)

ⓞ 『월왕젼』(동양문고본) : 간기 없음[33](권1)

셰임자(1912) 칠월일(권2, 3, 4, 5) 향목동셔

ⓟ 『금향졍긔』(동양문고본) : 셰님즈(1912) 원월일(권1, 3, 4, 5, 7)

뎡월일(권6)

셰님즈 이월일(권2)

ⓠ 『졍비젼』(동양문고본) : 셰갑인(1914) 오월일(권1, 2, 3, 4)

ⓡ 『젹셩의젼』(동양문고본) : 셰을묘(1915) 스월일(권1, 2)

13. 사직동(社稷洞)

ⓐ 『홍길동젼』(동양문고본) : 셰신츅(1901) 십일월일(권1, 2, 3)

ⓑ 『북송연의』(동양문고본) : 셰지임인(1902) 칠월일(권1~9)

팔월쵸일 〃 (권10, 11)

팔월일(권12, 13)

14. 사직동 + 향목동

『김원젼』(고려대본) : 셰신츅(1901) 십월일(권1) 스직동셔

셰을스(1905) 오월일(권2) 향목동 즁셔

15. 동문외 廣信號紙塵宅

---

32) '무슐'이라고 되어 있으나, '무신'의 오기일 가능성이 크다. 무술년은 무신년보다 10년 먼저인데, 이 권만 10년 전에 쓰였다고 보기는 어렵다.

33) 간기 부분이 상해서 간소를 정확히 알 수 없지만, 아래 권2~5와 같은 글자체인 것으로 보아 권1도 '향목동'에서 필사된 것으로 보아도 좋을 것 같다.

『김윤젼』(하버드대본) : 大韓 光武 六年(1902) 酉月七日(권1) 謄出

壬寅(1902) 泰月(1월) 念四日(권2) 竟出

歲在癸卯(1903) 一月二十四日爲始 二十八日

(권3) 竟出

癸卯 仲春 一日爲始 四日(권4) 竟出

歲在癸卯仲春 旬日爲始 旬三日(권5) 竟

歲在癸卯仲春 十日爲始 十七日(권6) 竟

16. 청풍백운동

『삼국지』(하버드대본) : 디흔 광무 칠연 갑진34) 춘이월(권6)

하ᄉ월(권7)

하오월(권9, 10)

디흔 광무 십연 병오   하오월(권1)

ᄒ오월(권2)

디한 광무 십연 병오   하육월(권3, 4, 5)

춘이월(권11, 12)

춘삼월(권13, 15)

츄삼월35)(권14)

하사월(권16)

하ᄉ월(권17)

디흔 광무 십연 병오   하ᄉ월(권18, 19)

17. 향슈동 + 향목동

ⓐ『삼국지』(동양문고본) : 셰무슐(1898) 지월일(권40) 향슈동필셔36)

셰긔희(1899) 즁츄(권43) 향슈동필셔

---

34) 광무 7년(1903)은 '癸卯'이고, '甲辰'은 광무 8년이다.

35) '춘삼월'의 오기로 보여진다.

36) 정양완, 앞의 책, 239~245쪽에서 권40~69에 대한 서술 가운데 간기가 낙장 또는 기타 이유로 나타나지 않는 곳과 간소가 명시되어 있지 않은 곳을 제외 하고서는 그 간소를 모두 '향목동'이라고 했으나, 원문을 확인한 결과 이는 모 두 '향슈동'이다.

셰경자(1900) 팔월일셔(권41)

윤팔월일(권49) 향슈동 즁슈

*권58은 '향슈동셔'로 나옴.

구월일(권59) 향슈동필셔

셰신츅(1901) 납월일(권56) 향슈동셔

셰임인(1902) 뉴월일(권42, 44, 45) 향슈동 필
셔

칠월일(권48, 51, 53, 54, 65) 향슈동셔

*권53, 65는 '향슈동'이 탈락.

*권54는 '향슈동필셔'로 나옴.

십월일(권 63) 향슈동필「셔」

지월일(권 61, 64, 67~69) 향슈동셔

*권64는 '향슈동필셔'로 나옴.

*권67은 '향슈동'이 탈락. '필셔'로 나옴.

셰신희(1911) 삼월일(권55) 향목동셔

구월일(권11, 13, 14, 19~21) 향목동셔

십월일(권3, 5, 6) 향목동셔

십일월일(권1, 2, 4, 17, 18) 향목동셔

납월일(권8~10, 12) 향목동셔

*권7은 '신희'가 탈락.

*권15, 16은 '십이월일'로 표기.

셰임ㅈ(1912) 삼월일(권23, 26) 향목동셔

*슘월일(권24, 25) 향목동셔

사월일(권27~30) 향목동셔

칠월일(권31, 33) 향목동셔

팔월일(권34~39) 향목동셔

ⓑ 『당진연의』(동양문고본) : 셰신츅(1901) 뉴월일(권4) 향슈동 필셔

셰경술(1910) 지월일(권1) 향목동 즁슈

셰지경술 오월일(권3) 향슈동 즁슈

　　　　　　　　　　　셰임자(1912) 이월일(권6,7) 향목동셔[37]
　　　　　　　　　　　삼월일(권8~14) 향목동셔
　　　　　　　　　　　사월일(권15, 16) 향목동셔
　ⓒ『쇼딕셩젼』(동양문고본) : 셰신튝(1901) 이월일(권1) 향슈동셔
　　　　　　　　　　　셰계튝(1913) 亽월일(권2) 향목동즁셔
　ⓓ『창션감의록』(동양문고본) : 셰지신튝(1901) 사월일(권4) 향슈동셔[38]
　　　　　　　　　　　셰을亽(1905) 사월일(권1, 2) 향목동셔
　　　　　　　　　　　셰임자(1912) 십월(권9) 향목동셔
　　　　　　　　　　　십월일(권5~9, 10) 향목동
　　　　　　　　　　　셔
　ⓔ『장경젼』(동양문고본) : 셰을亽(1905) 듕하일(권2) 향목동셔
　　　　　　　　　　　셰병오(1906) 팔월일(권1) 향슈동셔
　ⓕ『하진양문록』(동양문고본) : 셰무신(1908) 샤월일(권4) 향슈동셔
　　　　　　　　　　　셰무신(1908) 이월일(권1) 향목동셔
　　　　　　　　　　　삼월일(권2, 3, 5, 9) 향목
　　　　　　　　　　　동셔
　　　　　　　　　　　亽월일(권6, 7, 8, 11) 향목
　　　　　　　　　　　동셔
　　　　　　　　　　　오월일(권10, 12~16, 29)
　　　　　　　　　　　향목동셔
　　　　　　　　　　　*권29 '향목동셔'가 탈
　　　　　　　　　　　락.[39]

---

37) 대곡삼번, 앞의 논문, 178쪽에서 권6~16까지의 간소를 '향슈동'으로 밝히고
　　 있으나, 이는 '향목동'을 잘못 본 것이다.
38) 대곡삼번, 위의 논문, 171쪽에서 '향목동'으로 그 간소를 밝히고 있으나, 이는
　　 '향슈동'을 잘못 본 것이다.
39) 이에 대해 정양완은 앞의 책에서 "향슈동셔"라고 기술하고 있는 반면(92쪽),
　　 대곡삼번은 앞의 논문에서 "선명치 않음"(171쪽)이라고 하여 유보적 태도를
　　 드러내고 있다.

뉴월일(권17~19, 21~28)

셰긔유(1909) 십이월일 향목동셔(권20)

18. 숑교(松橋)

『상운젼』(대전대본) : 셰지뉴월일(권1,2) 숑교 필셔

셰지계묘(1903) 뉴월(권5)

셰지계묘 칠월일(권6)

19. 남쇼동(南小洞) + 향목동

『금향졍긔』(영남대본) : 셰갑진(1904) 납월일(권1) 필셔

갑지(진) 십이월(권2) 남쇼동셔

셰갑진 십이월(권3) 남슈동셔

셰을사(1905) 원월 쵸삼일(권4) 남쇼동셔

셰을사 원월일 셔(권5)

셰을ᄉ 원월일 향목동셔

20. 옥동(玉洞)

『징셰비티록』(민병철본) : 셰을사(1905) 맹하 옥동셔

21. 간동(簡洞)

『츈향젼』(동경대학교본) : 셰졍미(1907) 슘월일(권9) 간동셔

22. 농셔

ⓐ 『셔용젼』(이화여대본) : 셰뎡미(1907) 계ᄒ(권1) 농셔

중ᄒ(권2) 농셔

ⓑ 『화충젼』(이화여대본) : 셰뎡미(1907) 즁하(권2) 농셔

23. 금호 + 유호

『구운몽』(이화여대본) : 셰졍미(1907) 초동(권1) 금호셔

셰졍미 동(권3, 7, 9) 유호셔

셰졍미 쵸동(권4, 6, 8, 10) 유호셔

24. 금호(金湖)

ⓐ 『장경젼』(천리대본) : 셰지임인(1902) 밍하 금호셔

ⓑ 『징셰비티록』(이화여대본) : 셰졍미(1907) 지월일(권3, 4, 5, 6) 금호셔

ⓒ 『수호지』(이화여대본) : 셰지무신(1908) 계춘(권17)

모츈(권19)

스월일(권29, 40, 55)

밍하(권32, 39, 41, 51, 56)

오월일(권57)

즁하(권56, 67, 68)

ⓓ『숙향젼』(이화여대본) : 셰지무신(1908) 십월일(권1, 2, 4, 6) 금호셔

ⓔ『셜인귀젼』(이화여대본) : 셰무신(1908) 츈 필셔[40)](권2)

츄하슌 필셔(권3)

즁츄 즁슌 필셔(권10)

ⓕ『옥단츈젼』(이화여대본) : 셰지무신(1908) 구월일(권1) 금호 필셔

셰갑인(1914) 밍하□□(즁슈?)(권2)

ⓖ『숙녀지기』(이화여대본) : 셰지긔유(1909) 이월일(권2, 3, 4, 5) 금호

필셔

25. 동호(東湖)

『현씨양웅쌍린긔』(연세대본) : 셰긔유(1909) 듕츈 회젼(권2) 동호셔

듕츈 소회(권3,4) 동호셔

듕츈 회일(권5) 동호셔

눈이월일(권6) 동호셔

눈이월 초삼일(권7) 동호셔

눈이월초(권8) 동호당현셔

눈이월 상완(권9, 10) 동호셔

눈이월 슌젼(권11) 동호셔

눈이월 슌후(권13) 동호셔

눈이월 망젼(권14) 동호셔

눈이월 망일(권15) 동호당

현셔

눈이월 긔망(권16) 동호셔

---

40) 이 자료는 이화여대에 소장된 다른 본들과는 달리 간소가 없으나, '금호'에서
필사된 것일 가능성이 높다.

눈이일<월> 념젼(권18, 19)
동호셔

눈이월 념일(권20) 동호셔

눈이월 념후(권21, 22) 동호
셔

눈이월 하완(권23, 24) 동호
셔

*권24는 '동호당현'으로 표
기

26. 한림동(翰林洞)

ⓐ 『꼭두각시젼』(경북대본) : 갑인(1914) 슴월 할림동 즁슈

ⓑ 『소학ᄉ젼』(단국대본) : 셰갑인(1914) 오월일 할림동 필셔라

27. 안현(鞍峴? 安峴?)

ⓐ 『흥부젼』(서울대 일사본, 1책) : 계튝(1913?, 1853?) 칠월 이십칠일
안현 필셔

ⓑ 『심쳥젼』(서울대 일사본, 1책) : 갑인(1914?, 1854?) 이월 쵸이일 안
현 필셔

28. 미상[41]

ⓐ 『금동젼』(홍윤표본) 권2

ⓑ 『죠웅젼』(단국대본) 권6

ⓒ 『임화졍연긔봉』(정명기본) 권95

이상에 나오는 세책집의 동리 이름을 조선후기 지도상에 표시해보면
다음과 같다.

〈지도 1〉

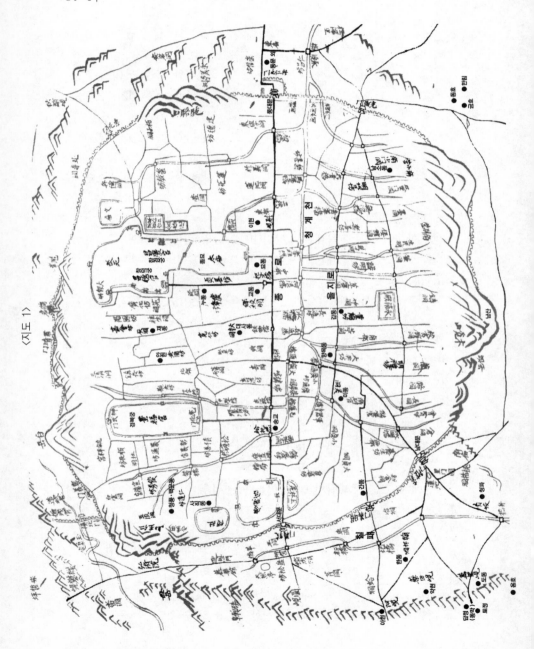

5.3. 필사연도별 작품 목록

필사 연도	종수	간소(세책집)	작 품 명	소장처
1864	1종	누동(樓洞)	『남원고亽』 권1, 2, 3	동양어학교
1869	1종	누동(樓洞)	『남원고亽』 권4, 5	동양어학교
1879	1종	묘동(廟洞)	『하진양문록』 권1	연세대
1890	1종	토정(土亭)	『김홍전』	서울대 규장각
1891	1종	약현(藥峴)	『금향정긔』	서울대 규장각
1892	4종	약현(藥峴)	『곽희룡전』, 『졍을션젼』, 『한후룡젼』, 『화츙션싱젼』 권2	서울대 규장각
1894	2종	갑동(甲洞)	『민듕젼듕홍일기』	성균관대
		운곡	『뉵션긔』 권1	천리대
1897	2종	아현(阿峴)	『김씨효힝녹』 권1	정명기
		힝동	『김씨효힝녹』 권4, 7, 9, 『김씨효힝녹』 권8, 『곽희룡젼』 권2	橫山弘
1898	4종	향슈동	『고려보감』, 『금령젼』, 『삼국지』 권40	동양문고
		파곡	『심쳥녹』	서울대 가람문고
1899	6종	향슈동	『만언亽』, 『열국지』 권12, 『삼국지』 권43	동양문고
		아현(阿峴)	『현슈문젼』 권3, 7, 『장학亽젼』	정명기
			『남졍팔난긔』 권1, 3, 11	하버드대
1900	5종	향슈동	『남장군젼』, 『삼국지』 권41, 49, 58, 59	동양문고
		향목동(香木洞)	『츈향젼』 권8	동양문고
		청파(靑坡)	『하진양문록』	고려대
		대사동(大寺洞)	『민듕젼즁홍일기』	성균관대
1901	6종	향슈동	『창션감의록』 권4, 『삼국지』 권56, 『소디셩젼』 권1, 『당진연의』 권4,	동양문고
		사직동(社稷洞)	『홍길동젼』	동양문고
			『김원젼』 권1	고려대
1902	7종	향슈동	『삼국지』 권42, 44, 45, 48, 51, 53, 54, 61, 63, 64, 65, 67, 68, 69	동양문고
		향목동(香木洞)	『모란졍긔』 권3, 4	연세대
			『구운몽』 권4, 6, 7 『유츙렬젼』 권2, 3, 7	동양문고
		사직동(社稷洞)	『북송연의』	동양문고
		금호(金湖)	『장경젼』 권1	천리대
		동문외(東門外) 광신호지전댁	『김윤젼』 권1	하버드대

필사 연도	종수	간소(세책집)	작 품 명	소장처
1903	4종	향슈동	『열국지』 권1, 3, 5, 7, 11, 13, 15, 17, 19, 21, 25, 29, 33	동양문고
		동문외(東門外) 광신호지전댁	『김윤전』 권2~6	하버드대
		송교(松橋)	『상운전』 권1, 2, 5, 6	대전대
		청풍빅운동	『삼국지』 권6, 7, 9, 10	하버드대
1904	2종	향목동(香木洞)	『츈향전』 권6	동양문고
		남쇼동(南小洞)	『금향졍긔』 권2, 3	영남대
1905	14종	향슈동	『곽히룡전』	동양문고
		향목동(香木洞)	『창선감의록』 권1, 2 『이디봉전』 『슉녀지긔』 권1, 3, 4, 5 『당자방전』 『졍을션전』, 『현슈문전』, 『장경전』 권2 『유화긔연』 권1, 2, 3, 4, 6, 7 『슈져옥란빙』 권2	동양문고
			『모란졍긔』 권2	연세대
			『김원전』 권2	고려대
		남쇼동(南小洞)	『금향졍긔』 권4, 7	영남대
		옥동(玉洞)	『징셰비티록』	민병철
1906	2종	향슈동	『장경전』 권1	동양문고
		청풍빅운동	『삼국지』 권1~5, 11~19	하버드대
1907	7종	향목동(香木洞)	『모란졍기』 권1	연세대
			『유츙렬전』 권1, 4, 6	동양문고
		간동(簡洞)	『츈향전』 권9	동경대학
		농셔	『서용전』, 『화츙전』 권2	이화여대
		금호(金湖)	『구운몽』 권1, 『징셰비티록』 권3~6	이화여대
		유호	『구운몽』 권3~4, 권6~10	이화여대
1908	6종	향슈동	『하진양문록』 권4	동양문고
		향목동(香木洞)	『옥루몽』 『하진양문록』 권1~3, 5~19, 21~28	동양문고
		금호(金湖)	『슉향전』 권1, 2, 4, 6, 『셜인귀전』 권2, 3, 10, 『옥단츈전』 권1	이화여대
1909	7종	향목동(香木洞)	『츈향전』 권1~4, 『구운몽』 권1, 2 『유화긔연』 권5, 『김진옥전』, 『하진양문록』 권20	동양문고
		금호(金湖)	『슉녀지긔』	이화여대
		동호(東湖)	『현씨양웅쌍린긔』	연세대

필사 연도	종수	간소(세책집)	작 품 명	소장처
1910	1종	향슈동	『당진연의』 권3	동양문고
		향목동(香木洞)	『당진연의』 권1	
1911	3종	향목동(香木洞)	『츈향전』 권5, 7, 9, 10, 『남정팔난긔』 권1~8, 10~14, 『삼국지』 권1, 2, 4~21, 23~31, 33~39	동양문고
1912	6종	향목동(香木洞)	『창선감의록』 권5~10, 『유츙렬전』 권5, 『월왕전』 권2~5, 『금향졍긔』, 『당진연의』 권6~15, 『삼국지』 권1~21, 55	동양문고
1913	2종	향목동(香木洞)	『쇼딕셩젼』 권2	동양문고
		안현(鞍峴?, 安峴?)	『홍부전』	서울대 일사문고

6. 결언

　소설이 상업적인 요소를 갖고 있다는 사실을 고소설 학계에서는 별로 주목하지 않았다. 그렇기 때문에 고소설 연구자들 가운데 이 방면에 관심을 갖고 있는 연구자가 매우 적다. 그러나 소설의 창작과 유통은 철저하게 상업적 속성을 갖고 있다. 세책 고소설이 중요한 점은 바로 이 상업성 때문이다. 세책 고소설이 어떤 유통구조를 갖고 있었는가를 밝혀낼 수 있게 되면, 그 동안 고소설 연구에서 해결하지 못했던 많은 문제를 풀 수 있는 실마리를 찾을 수 있을 것이다.

　조선후기 세책 고소설에 대한 연구는 이제 시작 단계이다. 세책은 그 특성상 남아 있는 자료가 적을 수밖에 없으므로, 우리는 자료의 수집을 그 1차적인 연구 과제로 삼았다. 앞에서 다룬 내용은 이제까지 우리가 모은 자료와 그 자료를 바탕으로 한 개략적인 해설이다. 우리의 이 작업이 세책 고소설에 관한 모든 문제를 다루는 것은 아니다. 실제로 세책 고소설에 대한 우리의 관심이 어떤 방향으로 어떻게 진행될지 우리

스스로도 정확하게 예측하기 어렵다. 왜냐하면 세책 고소설에 관해서
우리가 모르는 것이 너무 많기 때문이다. 그러나 우리의 이런 작업이
고소설 연구의 새로운 분야를 개척하는 것이라고는 생각한다.

우리가 이 작업을 하면서 생각한 몇 가지를 얘기하는 것으로 마무리
를 지으려고 한다.

우선 중요한 것은, 고소설 연구의 폭을 넓혀야 한다는 점이다. 지나
치게 몇몇 작품에 치우쳐 있는 작품론이나 작가론에서 벗어나야 할 뿐
아니라, 연구가 집중되어 있는 작품이나 작가에 대한 연구도 새로운 각
도에서 접근할 필요가 있다. 다음으로 실증적 연구를 소홀히 해서는 안
된다는 점을 다시 한 번 강조한다. 작가와 창작시기가 알려져 있는 것
이 별로 없는 고소설의 연구에서는 구체적 자료에 대한 해석을 바탕으
로 작품론을 전개해야 한다. 기왕의 고소설 연구에서 실증적 연구가 끝
난 것으로 생각해서는 안 된다. 세책 고소설에 대한 관심도 실증적 연
구의 차원에서 접근해야 한다. 또 하나 우리가 강조하는 것은, 고소설
연구에서 개념을 명확히 할 필요가 있다는 점이다. 소설이 갖고 있는
통속성과 상업성을 고려하여 고소설의 개념을 정립해야 한다. 고소설의
상업적 성격에 대해서 세책, 방각본, 활판본을 유기적으로 연계하여 연
구해야 이들의 상호 관계는 물론이고 고소설의 전반적 성격을 파악할
수 있을 것이다.

2
부

세책 〈춘향전〉에 들어있는 「바리가」에 대하여

이 윤 석

1. 서언

　〈춘향전〉 이본은 경판계열, 완판계열, 창본계열로 나누거나, 그냥 완판계열과 경판계열로 나눠왔다. 〈춘향전〉 연구 초기에는 완판계열 이본 가운데 84장본『열녀춘향수절가』를 대본으로 〈춘향전〉 연구가 이루어졌다. 특히 주석이나 영인은 이 완판 84장본이 중심이었다. 그러나 〈춘향전〉 연구의 심도가 깊어지면서, 완판 84장본을 중심으로 한 〈춘향전〉 연구의 문제점이 드러나기 시작했다. 완판 84장본이 완판 가운데서도 후기에 속하는 이본임이 확인되면서, 완판 84장본을 〈춘향전〉 연구의 주요 대본으로 삼기에는 무언가 부족한 점이 있다는 것을 연구자들이 느끼게 되었다.
　완판 84장본 일변도의 〈춘향전〉 연구에서 벗어나게 된 계기는, 김동욱 선생이『남원고사』를 학계에 소개한 것이라고 할 수 있다. 판소리 창본이나 완판과 전혀 다른『남원고사』의 원문이 영인되어 학계에 소개되고, 또 주석본이 출판이 되었지만,『남원고사』에 대한 접근태도는 기본적으로 판소리였다. 그리고 이렇게 『남원고사』를 판소리와 관련 속에서 논의하는 것은 현재도 계속되고 있다.

일찍이 육당 최남선이 신문관에서 찍어낸 『고본 춘향전』이나 이광수가 동아일보에 연재한 『춘향』은 『남원고사』와 관련이 있는 것이었고, 이명선이 『문장』에 활자화한 <춘향전>도 『남원고사』와 친연성이 있는 <춘향전> 이본이었다. 이렇게 완판이나 판소리 창본과는 전혀 다른 일군의 <춘향전> 이본이 일찍부터 소개되었으나 이에 대한 연구는 별로 이루어지지 않았다. 이 『남원고사』와 친연성이 있는 <춘향전>에는 경판 <춘향전>도 포함되는데, 이들 이본은 어떻게 형성되었으며, <춘향전>의 계통에서 어떤 위치에 있고, 또 어떤 의미를 갖는지에 대해서 정확하게 해석해내지 못하고 있다. 이렇게 된 가장 큰 원인은, 대부분의 연구자들이 『남원고사』(경판 <춘향전>을 포함한)계열의 <춘향전>을 판소리와 연관시켜 해석하려고 했기 때문인 것으로 필자는 파악하고 있다.

모든 <춘향전>을 "근원설화→판소리→판소리계소설"의 도식으로 이해하려고 하면, 『남원고사』는 해석할 길이 없다. 왜냐하면 『남원고사』의 내용은 완판이나 창본 <춘향전>과 전혀 다르기 때문이다. 『남원고사』가 생겨난 토양은 판소리가 아닐 가능성이 있다. 『남원고사』를 처음 소개한 김동욱 선생은, 동양문고본 『춘향전』이나 최남선의 『고본춘향전』 등과 『남원고사』의 사설이 비슷하다는 것을 지적했다. 그리고 동양문고본 『춘향전』은 세책이라는 것도 아울러 얘기했으나, 이 이본들을 세책의 관점에서 보는 문제에 대해서는 큰 관심을 갖지 않았다. 최근에 필자는 세책 고소설에 관심을 갖고 이 방면의 연구를 하고 있다. 이 글도 필자의 관심사인 세책 고소설 연구의 연장선상에서 세책 <춘향전>에 들어있는 「바리가」에 대해서 논하려는 것이다. 필자는 『남원고사』도 세책 <춘향전>이라는 큰 테두리 안에서 접근해야 올바른 이해가 가능하리라고 본다.

  몇 종의 세책 〈춘향전〉 텍스트를 면밀히 검토하면서 새롭게 깨달은
것은, 세책 〈춘향전〉을 연구하기 위해서는 조선후기 서울의 속악(俗
樂)에 대한 이해가 반드시 필요하다는 점이다. 세책 〈춘향전〉에는 많
은 서울의 노래(소리)가 실려 있는데, 이 가운데는 현재까지 전승되는
노래도 많지만, 어떤 노래는 그 성격이 전혀 알려지지 않은 것도 있다.
이 글에서 다루는 「바리가」는 완판이나 창본에는 거의 나타나지 않고
세책계열의 〈춘향전〉에만 나오는 노래인데, 이 「바리가」와 같은 내용
이 '짝타령'이라는 제목으로 잡가집 등에 수록되어 있다. 김동욱 선생을
비롯한 몇몇 〈춘향전〉 연구자들이 「바리가」에 대해서 언급하기는 했
지만, 너무 간단한 것이라 「바리가」가 어떤 노래인지 알 수 없었다.
  필자는 최근 1930년대에 녹음된 「짝타령」을 들었는데, 이것은 송서
(誦書)로 불린 것이다. 「짝타령」이 송서였다면, 세책계열 〈춘향전〉의
「바리가」도 송서였다는 것을 의미한다. 『삼설기』의 성격을 해명하는 데
'송서'가 어떤 도움을 줄 수 있을 것이라는 생각을 갖고 있던 차에, 세
책 〈춘향전〉의 「바리가」가 송서 「짝타령」과 같은 내용이라는 사실이
필자의 흥미를 끌었다. 1860년대에 필사된 『남원고사』는 세책계열의
〈춘향전〉이고, 여기에 들어 있는 「바리가」와 1910년대에 나온 잡가집
에 들어 있는 「짝타령」의 가사가 같다는 점, 그리고 1930년대에 녹음된
「짝타령」이 송서라는 사실 등을 바탕으로 세책 〈춘향전〉을 해석한다
면, 〈춘향전〉을 좀더 잘 이해할 수 있으리라고 생각한다.

  ## 2. 「바리가」

  ### 2.1. 「바리가」의 내용

  현재 가장 오래된 「바리가」는 『남원고사』에 들어 있는 것이라고 할
수 있다. 『남원고사』의 필사 시기는 1860년대 중반인데 이보다 선행하

는 세책계열의 <춘향전> 이본은 아직까지 발견되지 않았고, 「바리가」와 같은 내용인 「짝타령」도 『남원고사』보다 선행하는 것이 없기 때문이다. 먼저 「바리가」의 내용을 『남원고사』에서 보기로 한다. 『남원고사』는 순 한글로 되어 있어서 「바리가」도 한글 가사뿐이지만, 편의상 괄호 안에 한자를 병기하고 띄어쓰기와 단락나누기를 했다.

황셩(荒城)의 허됴벽산월(虛照碧山月)이오 고목(古木)이 진입창오운(盡入蒼梧雲)이라 ᄒᆞ던 니틱빅(李太白)으로 한 짝 치고, 삼년젹니관산월(三年笛裏關山月)이오 만국병젼초목풍(萬國兵前草木風)이라 ᄒᆞ던 두자미(杜子美)로 한 짝 치고, 낙하(落霞)는 여고목졔비(與孤鶩齊飛)ᄒᆞ고 츄슈(秋水)는 공댱텬일식(共長天一色)이라 ᄒᆞ던 왕자안(王子安)으로 웃짐 쳐셔, 빅노(白露)는 횡강(橫江)ᄒᆞ고 슈광(水光)은 졉텬(接天)이라 ᄒᆞ던 소동파(蘇東坡)로 말 몰녀. 둥덩.

좌무슈이종일(坐茂樹以終日)ᄒᆞ고 탁쳥텬이자결(濯淸泉以自潔)이라 ᄒᆞ던 한퇴지(韓退之)로 흔 짝 치고, 삼입낙양인불식(三入洛陽人不識)ᄒᆞ니 낭음비과동졍호(朗吟飛過洞庭湖)라 ᄒᆞ던 녀동빈(呂洞賓)으로 한 짝 치고, 유상곡슈(流觴曲水)의 혜풍(惠風)이 화창(和暢)이라 ᄒᆞ던 왕희지(王羲之)로 웃짐 쳐셔, 부광(浮光)은 약금(躍金)ᄒᆞ고 졍녕(靜影)은 침벽(沈璧)이라 ᄒᆞ던 범즁엄(范仲淹)으로 말 몰녀라.

어양비고동지닉(漁陽鼙鼓動地來)ᄒᆞ니 경파예샹우의곡(驚破霓裳羽衣曲)이라 ᄒᆞ던 빅낙쳔(白樂天)으로 한 짝 치고, 분슈탈샹징(分手脫相贈)ᄒᆞ니 평셩일편심(平生一片心)이라 ᄒᆞ던 밍호연(孟浩然)으로 한 짝 치고, 쳥산슈쳡(靑山數疊)의 벽계일곡(碧溪一曲)이라 ᄒᆞ던 도연명(陶淵明)으로 웃짐 치고, 통만고지득실(通萬古之得失)ᄒᆞ고 감뎨왕지흥망(鑑帝王之興亡)이라 ᄒᆞ던 ᄉᆞ마쳔(司馬遷)으로 말 몰녀라. 둥덩.

위쳔(渭川) 어부(漁父)로셔 쥬쳔(周天) 팔빅년(八百年) 긔업(基業)을 창긔(刱開)ᄒᆞ던 강틱공(姜太公)으로 한 짝 치고, 운쥬유악지즁(運籌帷幄之中)ᄒᆞ여 결승쳔니지외(決勝千里之外)ᄒᆞ던 댱자방(張子房)으로 한 쪽 치고, 디몽(大夢)을 슈션각(誰先覺)고 평셩(平生)을 아즈지(我自知)라 ᄒᆞ던 졔갈공명(諸葛孔明)으로 웃짐 쳐셔, 빅일공ᄉᆞ(百日

公事)는 뇌양(耒陽)의 일조(一朝)오 연환묘산(連環妙算)은 젹벽(赤壁)의 수공(首功)ᄒ던 방사원(龐士元)으로 말 몰녀라. 둥덩.

농셩오치망긔(龍城五彩望氣)ᄒ고 옥결(玉玦)을 자로 드던 범아부(范亞父)로 한 쪽 치고, 빅등(白登)의 히위(解圍)ᄒ고 뉵츌긔계(六出奇計)ᄒ던 진평(陣平)으로 한 쪽 치고, 팔십일쥬슈륙군(八十一州水陸軍) 디도독(大都督)으로 젹벽오병(赤壁鏖兵)ᄒ던 쥬공근(周公瑾)으로 웃짐 쳐서, 강남(江南)의 기가(凱歌) 불너 금능(金陵)으로 도라드던 됴빈(曹彬)으로 말 몰녀라.

빅슈변정(白首邊庭)의 탕소요진(蕩掃妖塵)ᄒ던 마원(馬援)으로 한 쪽 치고, 광초구군(誑楚救君)ᄒ여 망스보국(忘死報國)ᄒ던 긔신(記信)으로 한 쪽 치고, 미보국은(未報國恩)ᄒ고 공사졀의(空死節義)ᄒ던 댱슌(張巡)으로 웃짐 쳐서, 신ᄉ슈졀(身死守節)ᄒ여 튱관빅일(忠貫白日)ᄒ던 허원(許遠)으로 말 몰녀라.

영빅만지스(領百萬之師)ᄒ여 전필승(戰必勝) 공필취(功必取)ᄒ던 한신(韓信)으로 한 쪽 치고, 두발(頭髮)이 샹지(上指)ᄒ고 목지진열(目眦盡裂)ᄒ던 번쾌(樊噲)로 한 쪽 치고, 남궁운디(南宮雲臺) 중흥공신(中興功臣) 이십팔장듕(二十八將中) 졔일공(第一功)되던 등우(鄧禹)로 웃짐 치고, 튱의정셩(忠義精誠)이 앙관빅일(仰觀白日)ᄒ던 곽자의(郭子儀)로 말 몰녀라. 둥덩.

역발산긔긔셰(力拔山氣盖世)는 초픽왕(楚覇王)의 버금이오, 츄상졀녈일튱(秋霜節烈日忠)은 오자셔(伍子胥)의 우희로다. 봉금괘인(封金掛印)ᄒ고 독힝쳔니(獨行千里) ᄒ옵시던 관공(關公)으로 한 쪽 치고, 장판교상(長坂橋上)의 퇴병빅만(退兵百萬)ᄒ던 댱익덕(張翼德)으로 한 쪽 치고, 댱판파구아두(張坂坡救阿斗)의 일신(一身)이 도시(都是) 담(膽)이라 ᄒ던 됴자룡(趙子龍)으로 웃짐 쳐서, 〃량명댱(西凉名將)으로 보전뉵댱(步戰戮將)ᄒ던 마밍긔(馬孟起)로 말 몰녀라. 둥덩.

오호(五湖)의 편주(扁舟) 타고 범소빅(范小白) ᄯᅡ라가던 셔시(西施)로 한 짝 치고, 회두일소빅미싱(回頭一笑百媚生)의 뉵궁분디무안식(六宮粉黛無顔色)이라 ᄒ던 양옥진(楊玉眞)으로 한 쪽 치고, 만월영(滿月營) 옥장하(玉帳下)의 츄파(秋波)의 눈물 지던 우미인(虞美人)

으로 웃짐 치고, 영웅(英雄)의 댱쳐근지롤 일됴(一朝)의 이간(離間)ᄒ
던 초선(貂蟬)으로 말 몰녀라. 둥덩.

스마샹녀(司馬相如) 봉황곡(鳳凰曲)의 씨다라 드러가던 뎡경패(鄭
瓊貝)로 한 쪽 치고, 츈심궁익빅화번(春深宮掖百花繁)ᄒ더 영작(靈
鵲)이 비리보희언(飛來報喜言)이라 ᄒ던 니소하(李簫和)로 한 쪽 치
고, 안소부더남비거(安巢不待南飛去)ᄒ니 삼오셩희졍지동(三五星稀
正在東)이라 ᄒ던 진치봉(陳彩鳳)으로 웃짐 쳐서, 위쥬튱심(爲主忠
心)은 보〃샹쥬부잠시(步步相隨不暫捨)라 위션위귀(爲仙爲鬼)ᄒ던
가츈운(賈春雲)으로 말 몰녀라. 둥덩.

월듕단계(月中丹桂)롤 슈션졀(誰先折)이냐 금디문댱자유인(今代文
章自有人)이라 읊던 계셤월(桂蟾月)노 한 쪽 치고, 하북(河北) 명창
(名唱)으로 삼졀식쳔명(三絶色擅名)ᄒ던 젹경홍(狄驚鴻)으로 한 쪽
치고, 복파영듕(伏坡營中)의 월영(月影)이 졍류(正流)ᄒ고 옥문관외
(玉門關外)의 츈식(春色)이 〃희(依稀)라 ᄒ던 심요연(沈裊烟)으로
웃짐 쳐서, 쳥슈담(淸水潭)의 슈졀(守節)ᄒ여 음곡(陰谷)의 싱츈(生
春)이라 ᄒ던 빅능파(白凌波)로 말 몰녀라. 둥덩.

동졍츄월(洞庭秋月) 궃고 녹파부용(綠波芙蓉) 갓흔 츈향(春香)으로
한 쪽 치고, 낙양과긱(洛陽過客) 풍뉴호ᄉ(風流豪士) 니도령으로 한
쪽 치고, 종긔(鍾期)롤 긔우(旣遇)ᄒ니 쥬류슈이하참(奏流水而何慚)
ᄒ던 거문고로 웃짐 쳐서, 화란츈셩(花爛春城)의 만화방챵(萬化方暢)
홀 졔 월하승(月下繩)되던 방자놈으로 말 몰녀라. 둥덩.

「바리가」의 '바리'는 짐승의 등에 짐을 싣는 단위인데, 양쪽에 한 짝
씩 싣고, 그 위에 웃짐을 얹은 것을 한 '바리'라고 한 것이다. 「바리가」
에서는 양쪽의 각 한 짝과 웃짐에 한 사람씩 배치하고, 이 세 짐을 실은
말을 모는 사람 하나를 더 해서 각 연에 네 사람이 등장한다. 그런데 이
네 사람은 같은 성격의 인물들이다.[1]

---

1) 1920년대에 나온 활판본 <춘향전> 가운데 『우리뎔전』에도 「바리가」가 있다.
여기에 보면, 백낙천, 이태백, 도연명, 소동파가 나오는 연은 '문장바리'라고 하
고, 서시, 우미인, 초선, 양귀비는 '미인바리'라고 했다.

『남원고사』의 「바리가」는 12연으로 되어 있는데, 중간의 초패왕과 오자서를 언급한 부분을 제외하고는 모두 같은 형식으로 되어 있다. 그 형식은, 각 연에 4명의 인물을 배치해서, "~하던 누구로 한 짝 치고, ~하던 누구로 한 짝 치고, ~하던 누구로 웃짐 쳐서, ~하던 누구로 말 몰려라."로 통일되어 있다. 참고로 각 연에 등장하는 인물을 보면 다음 과 같다

> 1연 : 이태백, 두자미, 왕자안, 소동파
> 2연 : 한퇴지, 여동빈, 왕희지, 범중엄
> 3연 : 백낙천, 맹호연, 도연명, 사마천
> 4연 : 강태공, 장자방, 제갈공명, 방사원
> 5연 : 범아부, 진평, 주공근, 조빈
> 6연 : 마원, 기신, 장순, 허원
> 7연 : 한신, 번쾌, 등우, 곽자의
> 8연 : 초패왕, 오자서, 관공, 장익덕, 조자룡, 마맹기
> 9연 : 서시, 양옥진, 우미인, 초선
> 10연 : 정경패, 이소화, 진채봉, 가춘운
> 11연 : 계섬월, 적경홍, 심효연, 백능파
> 12연 : 춘향, 이도령, 거문고, 방자

『남원고사』에 들어 있는 「바리가」는, 세책인 동양문고본이나 동경대 학본 『춘향전』의 「바리가」와 자구가 일치한다. 동양문고본을 저본으로 이루어진 최남선의 『고본 춘향전』도 자구가 일치하고, 세책과 깊은 연 관이 있는 영남대학본도 완전히 같다. 판각본 가운데는 유일하게 경판 35장본에 「바리가」가 실려 있는데, 중간에 오자서와 초패왕을 언급한 대목만 없고, 나머지 내용은 『남원고사』와 완전히 같다.

이와 같이 세책으로 쓰이던 본이나, 세책과 관련이 있는 본에 들어 있는 「바리가」는 모두 같은 내용이지만, 그 밖의 〈춘향전〉 이본에 들

어 있는 「바리가」는 내용이 다른 경우가 대부분이다. 필자가 손에 잡히는 대로 본 몇몇 이본에 들어 있는 「바리가」를 보았는데, 이명선본『춘향전』처럼 34연이나 되는 매우 확장된 본이 있는가 하면, 고대본『춘향전』처럼 6연으로 축소된 본도 있다.

2.2. 「바리가」에 대한 기존 연구

「바리가」에 대한 기존 연구는 많지 않다. <춘향전> 삽입가요를 다룬 연구자들 가운데 이 「바리가」에 대해 간략하게 언급한 경우는 있으나, 단일 논문으로 「바리가」를 다루지는 않았다. 「바리가」는 완판계열이나 창본에는 나타나지 않고, 경판 가운데는 35장본에만 나오기 때문에 연구자들의 관심을 끌지 못했던 것으로 보인다.

김동욱 선생은 판소리 삽입가요를 논하면서 신재효본 <심청전>에 들어 있는 「짝타령」을 '타령(打令)'으로 분류하였다.[2] 그리고 이명선본 『춘향전』의 「바리가」를 '사설(辭說)'조에 넣고, "이 隻句辭說은 李古寫本 春香傳의 사랑가로 나온다"[3]고 하여 사랑가로 보았다. 김동욱 선생이 '바리가'라고 하지 않고 '척구사설'이라고 한 것은, 이명선본『춘향전』에는 '바리가'라는 말이 나오지 않기 때문에 '척구사설'이라고 이름을 지은 것으로 보인다. 이것을 보면, 김동욱 선생은 <심청전>에 들어 있는 「짝타령」과 이명선본『춘향전』에 있는 「바리가」를 연결시켜 생각하지는 않은 것 같다. 그러나『남원고사』를 소개하면서는, "'바리가'는 「남원고사」, 「경판35장본」, 「고본 춘향전」이 가장 긴 분량을 보이고 있는 대목이다. 이는 춘향의 칠현금에 맞추어 이도령이 만고의 영웅호걸과 충신절사들을 모두 모아 노래부르는 삽입가요이다."[4]라고 했다.

전경욱 교수는, "사설의 대부분은 기존가요를 차용하였으나, 마지막

2) 김동욱,『한국가요의 연구』, 을유문화사, 1961, 506쪽.
3) 김동욱, 앞의 책, 545쪽.
4) 김동욱 외,『춘향전 비교연구』, 삼영사, 1979, 163쪽.

부분을 개작하여 춘향가의 문맥에 어울리는 사설을 첨가한 가요"[5]로
「바리가」를 분류하였다. 김석배 교수는, 「바리가」를 "소설독자층의 기
호에 영합하기 위해 당시 서울에서 불리던 시정 잡가를 수용한 것이라
할 수 있다"[6]고 했다. 두 연구자 모두 기존에 있는 노래를 수용한 것으
로 보았는데, 특히 김석배 교수는 기존의 노래를 구체적으로 '시정 잡
가'라고 명시했다.

성현경 교수는 이명선본 『춘향가』를 주석해서 출판했는데, 「바리가」
에 대해서는, "이 부분은 '바리가' '짝타령' '구마가(驅馬歌)' 등의 명칭
으로 불리는 대목이다. 이 부분에서는 유명한 역사적 인물이나 당대 널
리 읽혔던 소설 속 인물들을 나름대로의 일관된 기준으로 4명씩 묶어
서 제시하고 있다."[7]고 했다.

「바리가」에 대해서 좀더 자세히 다룬 논문으로는 이문성씨의 석사학
위 논문 「경판 춘향전 연구」[8]가 있다. 이 논문에서 이문성씨는, 경판
〈춘향전〉을 이해하기 위해 19세기 서울의 유흥문화에 관심을 가져야
한다는 전제 아래, 경판 〈춘향전〉과 세책본 〈춘향전〉의 텍스트를 자
세히 읽고 여러 가지 재미있는 분석을 했다.

이상 간단히 「바리가」에 대한 국문학계의 기존 연구를 보았는데, 이
노래가 무엇이고, 또 이 노래가 어떻게 〈춘향전〉에 들어가게 되었나
하는 점에 대해서는 분명한 답을 못하고 있는 것으로 보인다.[9] 「바리가」
가 세책계열의 〈춘향전〉에만 들어 있다는 사실은, 세책계열 〈춘향전〉

5) 전경욱, 『춘향전의 사설형성원리』, 고려대학교 민족문화연구소, 1990, 195쪽.
6) 김석배, 「남원고사계 춘향전의 이본 연구」, 『논문집』 12, 금오공과대학, 1991,
  322쪽.
7) 성현경, 『춘향전』, 열림원, 2001, 52쪽.
8) 이문성, 「경판 춘향전 연구」, 고려대학교 석사학위논문, 1999.
9) 삽입가요를 다룬 논문은 몇 편이 있다. 윤용식, 「춘향가의 삽입가요 연구(1)」,
  『논문집』 1집, 한국방송통신대학, 1983 등이 있고, 판소리계 소설의 삽입가요
  를 다룬 논문도 있다. 최근에 윤덕진 교수와 임성래 교수는 공동작업으로 『남
  원고사』의 삽입가요를 연구하고 있다.

은 판소리와 분리해서 볼 필요가 있음을 시사하는 것이다. 그러나 현재
<춘향전> 연구의 현실은, <춘향전>을 판소리와 분리해서 연구한다는
것은 생각조차 하기 어려운 일로 여기는 것 같다. 그렇지만『남원고사』
만 놓고 보더라도 현재 우리가 알고 있는 판소리 <춘향가>나 완판
<춘향전>과는 분명히 다르다. 이렇게 세책계열 <춘향전>의 전체 내용
이 판소리계열(완판 포함)의 <춘향전>과 다른 것을 어떻게 설명할 수
있을까? 이 문제의 해결에 「바리가」는 어떤 실마리를 제공해줄 수 있
을 것 같다.

3. 짝타령

1910년대부터 활판본으로 출판된 잡가집에 「바리가」와 같은 내용의
노래가 '짝타령'이라는 제목으로 실려 있다. 정재호 교수가 편집해서 영
인한 잡가집10)의 상당수에 이 노래가 들어 있다. 잡가집에 실려있는 「짝
타령」의 내용을 『남원고사』에 들어 있는 「바리가」와 비교해보면, 첫머
리에 "대현(大絃)은 농농(哢哢)하야 노룡(老龍)의 울음이요 소현(小絃)
은 쟁쟁(錚錚)하야 청학(靑鶴)의 소리로다"라는 대목이 「짝타령」에 더
들어 있고, 「바리가」의 마지막에 이도령과 춘향이 등장하는 연이 「짝타
령」에는 없다. 그 나머지는 완전히 일치한다. 1930년대에 필사된 것으
로 알려진, 『가집』, 『악부』, 『아악부가집』11)에도 「짝타령」은 들어 있는
데, 『가집』과 『악부』에는 가사가 실려있고, 『아악부가집』에는 제목만
나와 있다. 『가집』에는 「짝타령」에 이어 「驅馬歌」라는 노래가 붙어 있
다.

---

10) 두 종의 영인본이 있다.
　　　정재호 편저,『한국잡가전집』전4권, 영인본, 계명문화사, 1984.
　　　정재호 편저,『한국속가전집』전6권, 영인본, 도서출판 다운샘, 2002.
11) 김동욱 · 임기중 편,『가집』,『악부』,『아악부가집』영인본 전5책, 태학사, 1982.

국악계에서 「짝타령」을 어떻게 보고 있는가를 알아보기 위해, 이창
배씨의 『한국가창대계』를 찾아보니, 이창배씨는 「짝타령」을 '단가(短
歌)'에 포함시켰다. 그리고 단가를 다음과 같이 설명했다.

　　(단가는) 이렇게 짧은 노래의 통칭이기도 하나, 여기서 말하는 단가
　　는 남도(南道) 소리를 가리킨다. 즉, 단가는 남도의 판소리에 붙은 단
　　편의 소리이며, 그 내용은 거의 다 인사(人事)를 읊은 것이 아니고 풍
　　경을 그린 3·4조의 짧은 노래로, 판소리를 부르기 전에 이 단가 한
　　편을 부름으로써 먼저 목을 푸는 것이 한 법칙과 같이 되었다.12)

　　이것을 보면, 이창배씨는 「짝타령」을 판소리를 부르기 전에 목을 풀
기 위해 부르는 단가로 보고 있음을 알 수 있다. 정재호 교수도 「짝타
령」을 판소리의 영향을 받아 춘향가에서 나온 것으로 보았다.13) 그러나
이창배씨와 마찬가지로 「짝타령」이 판소리와 관련된 노래라는 근거는
제시하지 않았다. 성기련씨는 서울 출신 가객으로 서울 지역에서 활동
한 이문원이 부른 「짝타령」을 '서울식 송서형 「짝타령」'이라고 하여 남
도출신 음악인들이 가야금 병창식으로 부르는 「짝타령」과 구별하여 부
를 것을 제안하였다.14)
　　신재효 판소리 창본에는 「짝타령」이 두 곳에 나온다. 하나는 앞에서
언급한 『심청가』이고, 또 하나는 『변강쇠가』이다. 『변강쇠가』에 「짝타
령」이 나오는 대목은 다음과 같다.

　　歌客의 擧動 보쇼. 楚漢歌를 흔참 홀 제. "日後英雄壯士덜아 楚漢
勝負 드러보쇼. 絶人之力 부지럽고 順民心이 웃씀일네. 漢沛公 十萬

12) 이창배, 『한국가창대계』, 홍인문화사, 1976, 627쪽.
13) 정재호,「잡가고」,『한국속가전집』 6권, 161쪽.
　　정재호, 김흥규, 전경욱 교주,『악부』, 고려대학교 민족문화연구소, 1992.
14) 성기련, 「서울 송서형 〈짝타령〉 연구」,『선화김정자교수 화갑기념논문집』, 민
　　속원, 2002.

大兵 九里山下 十四面에 大陣을 둘너치고 楚伯王을 집르랄졔, 거리
거리 馬兵이요 마로〃〃 伏兵이라." 부치를 쏵 펼치며 슘이 쏠각. 기
악고 노던 스롬 쏙打슘을 타노라고, "荒城에 虛照碧山月이오 古木은
盡入蒼梧雲이라 ᄒ던 李太白으로 한 쌱, 三年笛裏關山月이오 萬國
兵前草木風이라 ᄒ던 杜子美로 한 쌱. 둥덩〃지 둥덩둥." 그만 식고.
북 치든 늘근 총각 다시 치는 소리 엽고.15)

『변강쇠가』에 들어 있는「쌱타령」은 첫 연의 반만 부른 것인데, 가야
금 악사가「쌱타령」을 하기 전에 가객이 부른 노래는 서도소리인「초
한가」이다. 이것을 보면『변강쇠가』의「쌱타령」은 남도의 판소리라고
하기는 어려울 것 같다.

『심청가』에「쌱타령」나오는 대목은 다음과 같다.

    "여보쇼 뻥덕이네. 니가 비록 외촌 스나 오입쇽을 디강 아니. 일식
    게집 솔축ᄒ기 맛잇쎄 죽난질리ᄒ기보다 더 죠흔디, 우리 두리 맛난
    후의 아무 죽난 아니ᄒ고 밤낫스로 디고 파니 마시 업셔 못ᄒ것니, 쏙
    타령이나 ᄒ여보시." "인겨 쏙타령을 엇더케 흔다난가." "나 할게 들어
    보쇼." 심봉스가 쏙타령을 허되 거문고 쇼리 쏜으로 맛츄워 가것다16)

이렇게 심봉사와 뺑덕어미가 수작을 하다가 심봉사가 '쌱타령'을 하
는데, 심봉사가 하는「쌱타령」은 세 연이다. 첫 연에 등장하는 인물은,
두자미, 한퇴지, 이태백, 한굉이고, 둘째 연에는 한신, 조운, 관운장, 번
쾌이며, 셋째 연에는 양귀비, 왕소군, 서시, 뺑덕이네이다. 먼저 심봉사
가 세 연을 부르자, 뺑덕어미가 자기도「쌱타령」을 하나 하겠다고 하면
서, "취과양쥬귤만거ᄒ던 두목지로 흔 쌱, 쇼슈옥방젼의 시〃오불현ᄒ
든 쥬도독으로 흔 쌱, 동순슈기ᄒ던 스안셕으로 웃짐 치고, 인물리 일

---

15) 강한영,『신재효 판소리 전집』, 연세대학교 인문과학연구소, 1969, 변-25쪽.
16) 강한영, 앞의 책, 심-29쪽.

식이요 절머셔 동슘 먹고 그거시 즁팅불슥ᄒᄂ 봉스님으로 말 몰여라."
하고 한 연을 노래한다.

『심청가』에 들어 있는 「짝타령」은 심봉사가 부르는 세 연과 뺑덕어
미가 부르는 한 연 등 도합 네 연인데, 심봉사와 뺑덕어미가 부르는 한
연씩에는 뺑덕이네와 봉사님이 각각 들어 있다. 잡가집에 실려있는 「짝
타령」에는 『남원고사』에 들어있는 「바리가」의 마지막 연(이도령, 춘향,
방자가 나오는 연)은 없고 11연까지만 있다. 『남원고사』에 실려있는 「바
리가」가 기왕의 「바리가」에 춘향, 이도령, 거문고, 방자로 구성되어 있
는 한 연을 더한 것인지, 그렇지 않으면 「짝타령」이 세책계열 〈춘향
전〉의 「바리가」에서 춘향과 이도령이 나오는 마지막 연을 떼어낸 것인
지, 그밖에 다른 원천이 있는지, 여기에 대해서는 아직 단정적으로 말
하기는 어렵다. 그러나 세책계열 〈춘향전〉에 나오는 많은 삽입가요가
기존의 유행하던 노래였다는 점을 감안한다면, 세책계열 〈춘향전〉의
「바리가」는 기존의 노래에 춘향과 이도령이 등장하는 한 연을 더한 것
일 가능성이 크다. 〈심청가〉의 「짝타령」도 이 작품에서 창작된 것은
아니고, 기왕의 노래 가사를 임의로 바꿔 부른 것이다. 이렇게 『심청가』
에 「짝타령」이 실려 있으나, 이 노래가 판소리라고 단정지을 수는 없다.

『심청가』에 실려있는 '짝타령'과 『남원고사』의 「바리가」에 심봉사,
뺑덕이네, 춘향, 이도령, 방자 등이 등장하는 것은, 두 작품에서 「바리가
(짝타령)」를 상황에 맞춰 나름대로 변형시킨 것으로 보아야 할 것이다.
『남원고사』의 「바리가」는 기존 노래의 마지막에 한 연을 더 붙였고,
〈심청가〉는 한 연에는 뺑덕어미를, 다른 연에는 심봉사를 넣은 것으로
볼 수 있다면, 『남원고사』의 「바리가」는 연장형식에 한 연을 더 붙여
노래한 것이고, 〈심청가〉는 기존 노래의 가사를 바꿔 부른 것이다. 『남
원고사』나 〈심청가〉를 보면, 「짝타령(바리가)」은 네 사람이 등장하는
형식만 갖추면 내용은 자유롭게 상황에 맞춰 부를 수 있는 노래인 것으
로 보인다. 다만 『남원고사』의 「바리가」와 같은 내용이 일찍이 굳어져

서, 20세기초까지 그대로 쓰여서 잡가집에도 바로 가사가 실린 것이다. 「바리가」가 나오는 <춘향전> 이본마다 내용이 다른 것으로 보아, 이 노래는 상당히 유행했고, 또 부르는 사람들이 자유롭게 가사를 바꿔 불렀던 것으로 여겨진다.

「바리가」가 나오는 <춘향전> 이본들의 내용을 비교해보면 「바리가」의 내용은 상당한 차이를 보인다. 앞에서 얘기한대로 세책으로 유통되던 <춘향전>이나 이와 같은 계열의 <춘향전>의 「바리가」는 『남원고사』에 들어 있는 것과 내용이 완전히 일치하지만, 그 외의 이본에 나오는 「바리가」는 형식과 내용이 약간 다른 것도 있다. 홍윤표 교수가 소장하고 있는 154장본 『춘향전』에 들어 있는 「바리가」의 첫 부분은 다음과 같다.(띄어쓰기와 괄호 안에 한자를 넣은 것은 필자가 했다.)

> 니도령니 발니가을 흔든 거시여다
> 천황씨(天皇氏)로 흔 죽흐고 지왕시(地皇氏)로 죽을 지여, 복히시(伏羲氏)로 웃짐 쳐서 수인씨(燧人氏)로 말 몰여 실농시(神農氏)만 츠즈간다. 둥덩지둥.
> 황셩(荒城)의 허죠벽손월(虛照碧山月)이요 고목진입충오운(古木盡入蒼梧雲)이라 흔든 틱빅(太白)으로 흔 죽흐고, 숨연경니관손월(三年笛裏關山月)이요 만국병정초목풍(萬國兵前草木風)이라 흔든 두즘니(杜子美)로 죽을 지여, 낙흐여고목졔비(落霞與孤鶩齊飛)흐고 츄슈공중천일식(秋水共長天一色)이라 흔든 왕발(王勃)니로 웃짐쳐서, 빅노(白露)는 홍강(橫江)흐고 슈광(水光)은 접천(接天)이라 흔든 쇼동픠(蘇東坡)로 말 몰여셔 만고문중(萬古文章)만 츠즈간다. 둥덩지둥.

홍윤표본 『춘향전』의 「바리가」는 『남원고사』의 「바리가」와 같은 내용이지만, 뒷부분에 어디로 찾아간다는 대목이 더 붙어 있다. 몇몇 <춘향전> 이본의 「바리가」는 이런 형식으로 되어 있다.

홍윤표 교수 소장본은 그 성격이 분명치 않은데,[17] 여기에 들어 있는

「바리가」의 형식이 『남원고사』와 약간 다른 것을 해명할 수 있는 자료
가 있다. 현재 프랑스 파리 동양어문화대학에 보관되어 있는 『기사총
록』18)이라는 노래책인데, 여기에는 「십태가」라는 노래가 들어 있다. 전
문을 보면 다음과 같다.

　　각시님 거문고 타쇼, 나는 노릭 불너봄셰.
　　청풍은 흔 짝인데 명월노 짝을 지어, 화향으로 웃짐 언져 소동파로
말을 모라, 젹벽강 지날 젹의 그 아니 흔 바린가.
　　셔시로 흔 짝 치고 유직으로 짝을 지어, 니빅도화 웃짐 언져 여동빈
으로 말을 모라, 영쥬로 나갈 젹의 그 아니 두 바린가.
　　쥬쳔당 흔 짝 치고 만곡쥬로 짝을 지어, 뉴령으로 웃짐 언져 니티백
으로 말 모라, 치셕강 ᄂ갈 젹의 그 아니 셰 바린가.
　　감부인으로 흔 짝 치고 미부인으로 짝을 지어, 뉴현덕으로 웃짐 언
져 관공으로 말을 모라, 오관춤장 ᄂ갈 젹의 그 아니 네 바린가.
　　우미인으로 흔 짝 치고 초픽왕으로 짝을 지어, 용쳔금 웃짐 언져 쥬
란흔쵸로 말 모라, 오강으로 ᄂ갈 젹의 그 아니 오 바린가.
　　원부인 흔 짝 치고 니졍으로 짝을 지어, 자란으로 웃짐 언져 원통으
로 말을 모라, 틱항산을 지날 젹의 그 아니 육 바린가.
　　양귀비로 흔 짝 치고 당명황으로 짝을 지어, 동졍호로 웃짐 쳐셔 니
슌풍으로 말을 모라, 마외역을 지날 젹의 그 아니 칠 바린가.
　　월궁항아로 흔 짝 치고 봉닉션관 짝을 지어, 마고션녀로 웃짐 언져
화덕진군 말을 모라, 낙양동쳔 지날 젹의 그 아니 팔 바린가.
　　영영으로 흔 짝 치고 김싱으로 짝을 지어, 이모로 웃짐 언져 막종으
로 말을 모라, 노리골노 ᄂ갈 젹의 그 아니 구 바린가.
　　각씨님 흔 짝 치고 이 닉 몸 짝을 지어, 거문고로 웃짐 언져 벗님니

---

17) 홍윤표 154장본은 창에 관련된 표시가 많이 붙어 있는 본인데, 여기에 「바리
가」가 들어 있다. 홍윤표 154장본은 〈춘향전〉의 형성과 변화에 여러 가지 시
사점을 줄 수 있을 것 같다.
18) 윤덕진, 「가사집 『기사총록』의 성격 규명」, 『열상고전연구』 12집, 열상고전연
구회, 1999.

로 말을 모라, 힝화촌 드러가니 그 아니 열 바린가.
　열 바리 모도 실고 완월장취 ㅎ올리라.(띄어쓰기는 필자)19)

　「십태가」는 한자로는 '十駄歌'일 텐데, '바리'라는 말을 써서 노래 가
사를 만들었고, 한 짝, 또 한 짝 그리고 웃짐 얹어서 말 모는 형식이 「바
리가」와 같다. 다만 마지막에 어디로 찾아간다는 말이 더 들어 있다. 이
「십태가」가 들어 있는 『기사총록』은 총 18편의 가사가 실려있는 가사
집이므로, 「십태가」는 분명히 노래로 불린 것이다.20) 「바리가」와 「십태

---

19) 이와 같은 형식의 노래가 『악부』의 「夢遊歌」 뒤에도 붙어 있다. 전문은 다음
　과 같다(띄어쓰기와 단락나누기는 필자).
　　淸風으로 흔 짝 짓고 明月로 짝을 지어, 陶淵明 웃짐 치고 呂東賓·말 몰여라.
　　采石江 도라드니 이 아니 景일손야.
　　일광노 흔 짝인데 杜牧之로 짝을 지어, 張騫으로 웃짐 치고 蘇東破로 말 몰여
　　라. 玉京으로 올나가니 이 아니 흔 바린가.
　　쥬천광 흔 짝인데 만군쥬로 짝을 지어, 李謫仙 웃짐 치고 劉伶으로 말 몰여
　　라. 瀟湘江 도라드니 이 아니 흔 바린가.
　　麋夫人 흔 짝인데 甘夫人 짝을 치여, 劉玄德 웃짐 치고 關公으로 말 몰여라.
　　桃園結義 도라드니 이 아니 흔 바린가.
　　祝融夫人 흔 짝인데 貂蟬으로 짝을 치여, 呂布로 웃짐 치고, 三國風塵 도라
　　드니 이 아니 흔 바린가.
　　楚漢으로 흔 짝 짓고 戰國으로 짝을 치여, 楚覇王 웃짐 치고 韓信으로 말 몰
　　여라. 陰陵을 츠쳐가니 이 아니 흔 바린가.
　　安期生 흔 짝인데 赤松子로 짝을 치여, 웃짐 치고 원단구로 말 몰여라. 天上
　　으로 올나가니 이 아니 흔 바린가.
　　玉顔을 相對ㅎ니 如雲間之明月이요 朱脣을 半開ㅎ니 若水中之蓮花로다. 청
　　상룡궁젼익가를 일신으로 生覺ㅎ니, 두어라 運間明月 水中蓮花를 남 줄손야.
　　엇지 그리 단일손가. 꿈일시 分明ㅎ다. 꿈이라도 神奇ㅎ여 記錄ㅎ여 너여시
　　니, 이 말이 다 올은 말이미, 헛도이 아지말쇼.
20) 『기사총록』은 모리스 꾸랑의 『조선서지』에 426번으로 소개된 바로 그 책이다.
　모리스 꾸랑은 이 책에 대해서, "8음절로 된 시로 韻이 없는 한글 시들. 이 시
　들은 노래 불러질 수 없는 것들이다. 저자는 蓉湖 사람으로 이 시들은 癸未
　1883년(?)에 쓰여진 것이다."라고 했다. 모리스 꾸랑은 『기사여록』의 노래를
　부를 수 없다고 했으나, 이것은 노래에 대한 개념이 다르기 때문인 것으로 보

가」 사이의 연관에 대해서는 앞으로 더 연구해보아야 알 수 있겠으나,
두 노래 모두 말에 짐을 싣는 형상을 묘사해서 노래로 부른 것이다.
　「짝타령」이 노래로 불린 것은 세책 〈춘향전〉을 보면 더욱 명백해진
다. 「짝타령」과 같은 내용인 〈춘향전〉의 「바리가」는 대부분의 이본에
서 이도령이 부르는 노래이다. 몇몇 이본에서 「바리가」를 부르는 대목
을 보기로 한다.(띄어쓰기, 문장부호, 단락나누기는 필자)

> 츈향이 니론 말이,
> "그 노리 듯지 못ᄒᆞ던 노리요, ᄯᅩ 무슴 쇼리 ᄒᆞ랴ᄒᆞ오."
> "노리 말고 별 희한ᄒᆞᆫ 쇼리 ᄒᆞ디 아조 이상ᄒᆞᆫ 십상쇼리 ᄒᆞ마. 그칠
> 제마다 거문고로 녹게 맛초와 쥬면 잘 ᄒᆞ려니와, 그러치 아니ᄒᆞ면 ᄒᆞ
> 다가도 그만두ᄂᆞ니라."
> "그거시 무슨 쇼리오?"
> "다른 쇼리 아니라, 녯젹 문댱 영웅 호걸 튱신 열ᄉᆞ 일ᄉᆡᆨ드를 모도
> 모아 바리가ᄒᆞᄂᆞᆫ 쇼리라."
> "참으로 듯지 못ᄒᆞ던 별 쇼리오. 어셔 ᄒᆞ오. 듯ᄉᆞ이다."
> 니도령이 바리가 ᄒᆞ다. (『남원고사』 2권 제16장)

> 이ᄭᅢ 츈향이 뭇는 말이,
> "무슨 노리 ᄒᆞ랴 ᄒᆞ오."
> 니도령 니론 말이,
> "노리 말고 별 희한ᄒᆞᆫ 소리ᄅᆞᆯ ᄒᆞ디, 아조 이샹ᄒᆞᆫ 십샹소리ᄅᆞᆯ ᄒᆞ마.
> 그러미 ᄒᆞᆫ마디 ᄒᆞ고 긋츨 제마다 거문고ᄅᆞᆯ 물녹게 맛초와 주면 잘 ᄒᆞ
> 려니와, 그러치 아니면 ᄒᆞ다가도 그만 두ᄂᆞ니라."

인다. 송서(誦書)처럼 율격을 넣어 소리하는 것이나 가사를 읊조리는 것도 노
래의 범주에 포함되므로 『기사총록』에 들어 있는 노래는 당연히 노래하는 것
으로 보아야 한다. 『조선서지』의 427번은 집을 지을 때 달구질하는 소리이다.
이것을 노래라고 말하면서 『기사총록』의 소리를 노래할 수 없다고는 볼 수 없
다. 더구나 『기사총록』에 18편 가운데는 〈춘면곡〉이나 〈백구사〉 같은 것도
있으므로, 이들이 노래로 불린 것은 명백하다.

"그거시 무슴 소리오?"

"문쟝 영웅 호걸 튱신 녈스 일식들을 모도 모화 바리 믿는 소리."

"춤으로 듯지 못ᄒ던 별소리오. 어셔 ᄒ오."

니도령 소리흔다. (영남대본 2권 제1장)

"쏘한 희한ᄒ고 신통흔 소리롤 ᄒ리니, 귀졀마다 거문고롤 녹게 맛
쵸아 쥬면 ᄒ고, 아니 맛초면 ᄒ다가도 그만두나니라."

"그 무삼 소리오?"

"만고 영웅호걸 튱신열스 일식들을 모화보리라."

"참으로 듯지 못ᄒ던 별소리오. 어셔 ᄒ오. 트오리다." (동양문고본 3
권 제10장)

닛쎠 츈향니 셤셤옥수로 오헌금을 슬슝의 올여녹코, 둥덩지덩.

"젹벽강 흔 죽ᄒ고 티빅으로 죽을 지여 거문고로 웃짐 쳐셔 쇼동파
로 말 몰여라." 둥덩지둥.

니도령 ᄒ는 말니,

"너 혼즈 놀이흔니 나는 듯지 죠컨니와, 울고 부류는 경성의 쇼리 드
러보ᄋ라."

"뮤슴 쇼리 ᄒ시랴오."

"문즁 영흥 튱신 열여 일식들 모와 발니가 ᄒ마."

"듯지 못ᄒ든 별 쇼리요. 어셔 ᄒ시오."

니도령니 발니가을 ᄒ든 거시여다. (홍윤표 154장본 제37장)

　이본에 따라 「바리가」를 하기 전에 이도령이 다른 노래를 하기도 한
다. 그런데 여기서 한 가지 재미있는 것은, 춘향이 이도령에게 무슨 노
래를 하겠느냐고 물었을 때, 이도령이 대답한 내용이다.

　이도령은 「바리가」를 하기 전에, 자신은 노래가 아니라, "별 희한한
소리" 또는 "희한하고 신통한 소리" 또는 "울고 부르는 경성소리"를 할
것이라고 말한다. 이것은 「바리가」의 성격을 이도령이 말하는 것인데,
이도령의 이 말만으로는 어떤 형식의 '소리'였는지 알 수 없다. 다만 여

러 이본의 이 대목을 종합해서 볼 때, 「바리가」는 서울에서 부르는 특이한 소리인 것으로 보인다.

세책계열의 〈춘향전〉에는 많은 노래가 나온다. 이 가운데 지금까지 전승되는 노래는 그 노래의 가사만으로도 어떤 형식의 노래인지 알 수 있으나, 현재 전승이 되지 않는 노래는 어떻게 부르는 것인지 알 수 없는 것도 있다. 「바리가」도 그 가운데 하나이다.

최근 필자는 경기소리 명창 묵계월 선생을 인터뷰하고 있는데,21) 묵계월 선생은 자신이 1930년대 중반 이문원에게서 「짝타령」을 배웠다는 얘기를 다음과 같이 해주었다.

(이문원 선생님한테) 처음에 삼설기를 배웠지요. 짝타령도 선생님이 하시더라구요. 삼설기를 하시면, "아, 이선생, 그 짝타령도 하시오." 늘 들어보시던 분들은 청하시더라구요. 그래서 삼설기를 맨 먼저 중점적으로 배운 뒤에, "선생님 그 짝타령 좀 아리켜주세요." 그러니까, "그것두 배울래." 그러셔서, "그러믄요. 아리켜주시면 배워야지요". 그렇게 배우다가, 이 어른이 몸이 편찮으시고 뭐 어쩌고 그러시더라구요. 그러니까 집도 없는 분이죠. 집으로 찾아갈 수도 없어요. 집이 없으니까. 이 사랑 저 사랑 댕기시는 분이니까. 그러다 내가 좀 커지니까 내가 바빠지더라구요, 갈 데가 많아지고, 알려져서. 그래가지고 선생님을 뜨악하고 못 배웠어요. (등왕각서 같은 것두 했어요?) 그런 것두 했지요, 이문원 선생께서 하셨지요. 나두 쪼끔 흉내만 내구 그러다가 선생

---

21) 필자는 『삼설기』 가운데 한 편인 「삼사횡입황천기」의 내용 가운데 일부가 국악계에서 송서 〈삼설기〉로 전승되는 것을 고소설학회에서 발표하고, 여기에 대한 논문을 발표한 일이 있다(이윤석, 「『삼설기』 성격에 대하여」, 『열상고전연구』 14집). 이 송서 〈삼설기〉를 부를 수 있는 사람은, 중요무형문화재 제57호 경기민요 기능보유자인 묵계월 선생이 유일했다. 묵계월 선생은 현재 전수조교인 유창씨에게 전수하여 그 명맥을 이어가고 있다. 송서 〈삼설기〉에 대한 글을 발표하면서, 필자는 서울에서 전승되는 소리에 대해 관심을 갖게 되었는데, 세책 고소설의 이해를 위해서는 서울의 유흥문화를 알아야 하고, 그 가운데 서울 소리가 매우 중요하다는 것을 알게 되었다.

님하구 나하구 자꾸 거리가 생기고 멀어지는 동안에, 못 뵙는 동안에
돌아가신 것 같애요. 왜정 때 돌아가신 것 같애요. 해방까정 사신 것
같지 않아요.[22]

묵계월 선생은 이문원이 부르고 자신이 배운 「짝타령」을 송서라고
한다.

1930년대에 이문원이 부른 「짝타령」 음반을 국악음악박물관장 노재
명씨가 소장하고 있는데, 이 음반을 녹음해서 성기련씨가 묵계월 선생
에게 전해준 것을 필자가 얻어서 들어보았다. 여기에는 제3연의 중간까
지 녹음이 되어 있다. 유성기 음반의 한 쪽 면인데, 이 「짝타령」의 가사
는 『남원고사』의 「바리가」와 완전히 같다. 1860년대에 필사된 『남원고
사』에 들어 있는 「바리가」와 1910년대에 나온 잡가집에 들어 있는 「짝
타령」의 가사는 완전히 일치한다. 그리고 1930년대에 녹음된 송서 「짝
타령」의 가사도 같다. 필자는 「바리가」를 둘러싼 이런 몇 가지 사실이
세책계열 <춘향전>을 설명하는 데 도움을 줄 수 있을 것이라고 생각한
다.

4. 세책 <춘향전>

모든 <춘향전>을 일률적으로 판소리와 직접 연관시키는 데 대한 문
제제기가 그동안 조금씩 있었다. 그러나 이 문제가 본격적으로 제기되
지는 않았다. 이 글에서는, 세책계열 <춘향전>을 판소리와 연결시켜서
는 해결할 수 없는 문제를, 서울에서 유행한 노래와 연결시키면 해결할
수 있다는 전제 아래 몇 가지 필자의 생각을 제시하고자 한다.

현재 남아 있는 <춘향전> 가운데 세책으로 유통되었던 것으로 추정

---

22) 2002년 7월 12일 오후 2시~5시 30분, 종로구 무악동 중요무형문화재 제57호
    전수소.

되는 본은,『남원고사』, 동양문고본 그리고 동경대학본이다. 이 가운데
동양문고본은 필자가 직접 원본을 확인했는데, 이 본은 1910년대까지
세책으로 유통되던 것이다.『남원고사』와 동경대학본도 원본을 확인하
고 실제로 유통되던 본인지, 그렇지 않으면 세책본과 내용만 같은 본인
지 확인하려고 한다. 필자가『남원고사』와 동경대학본을 세책계열의
〈춘향전〉으로 보면서도 이 두 본이 실제로 세책으로 유통되었던 본이
라고 결정적으로 말하지 못하는 이유는, 두 본의 상태가 너무 깨끗하기
때문이다. 세책으로 유통되던 고소설에는 거의 대부분 지저분한 낙서가
있는데, 영인본으로만 확인한 것이지만, 이들 두 종의 〈춘향전〉에는
이런 낙서가 보이지 않는다. 그러므로 원본을 확인해야 실제로 세책으
로 유통되던 본인지 아닌지 판단할 수 있다. 그러나 책의 형식을 보아
서는, 두 본은 세책의 특성을 모두 갖추고 있다. 영남대학본은 내용상
으로는 세책계열 〈춘향전〉의 특색을 갖고 있으나, 책의 형식은 1900년
을 전후한 시기에 실제로 유통되던 세책과는 다르다. 영남대학본은 원
래 5권 5책인데, 첫 권이 없어지고 2권부터 5권까지 네 책이 남아 있다.
이 가운데 제2권에는 다른 세책계열 〈춘향전〉에 없는 노래가 여러 가
지 더 들어 있는 것이 영남대학본의 특색이다. 그러나 노래만 더 들어
있을 뿐이지, 노래를 제외한 그 밖의 내용은 세책계열 〈춘향전〉과 대
체로 같다. 영남대학본은 책의 크기나 글씨체 등이 세책으로 유통되던
본들과는 차이가 있다.23) 이밖에 세책본 〈춘향전〉과 내용과 자구가 같

---

23) 고소설 가운데는 좋은 종이에 궁체의 좋은 필체로 쓴 본들이 있다. '낙선재본'
으로 알려진 본이 대표적인데, 이제까지는 이런 본을 궁녀들이 쓴 것이라고
했다. 그러나 개인이 소장하고 있는 본 가운데도 이런 본이 있고, 심지어 동양
문고에 소장된 세책 가운데도 있다. 이런 본을 개인이 소장하기 위해 자신이
필사한 것으로 보는 데는 한계가 있다. 여기에는 상업성이 개재되어 있다고
보지 않으면 안 될 것이다. 판매를 위해 제작되는 고소설은, 활판본 고소설이
나오기 전까지는 방각본만 거론되었다. 그리고 필사본으로 상업성을 갖는 것
은 세책만 얘기했는데, 소설의 상업적 성격을 생각한다면, 판매를 위한 필사
본도 반드시 있었을 것이다. 필자가『남원고사』를 실제 유통되던 세책으로 보

은 본으로는 최남선의 『고본 춘향전』이 있는데, 이 본은 동양문고본을 저본으로 만든 것이다.[24] 이광수가 동아일보에 연재한 『춘향』은 최남선의 『고본춘향전』을 저본으로 했다.

세책계열 <춘향전> 가운데 대표적인 본인, 『남원고사』, 동양문고본, 동경대학본, 영남대학본 네 본의 스토리 진행은 별 차이가 없다.[25] 그런데 노래가 나오는 대목에서는 이들 네 본이 차이를 보인다. 예를 들면, 춘향과 이도령이 첫날밤을 지낼 때 부르는 노래의 종류가 다르고, 춘향이 옥에 갇혔을 때 왈자들이 부르는 노래도 다르다. 왈자들이 노래 부르는 대목을 네 본에서 보기로 한다.

이러트시 소일할 제, 흔 왈ㅈ 〃즌아닙 흐나 부르니, 흔 왈ㅈ 흐는 말이, "아셔라 우라 가스 흐나 흐ㅈ." 츈면곡 흐니, 쏘 흔 왈ㅈ 쳐스가 흐고, 쏘 흔 왈ㅈ 황계타령 흐고, 엇던 왈ㅈ 시조도 흐고, 쏘 엇던 왈ㅈ 언문칙 본다. (동경대본 7권 3장)

모든 왈자 버려 안자 위로흐여 소일홀 지, 한 왈ㅈ 흐는 말이, "우리 가스나 흐ㅈ." 츈면곡흐니, 쏘 한 왈자 상스별곡흐고, 쏘 한 왈ㅈ 쳐스가흐고, 쏘 한 왈자 황계타령흐고, 엇던 왈자 시조도 흐고, 쏘 한 왈자 언문칙 본다. (동양문고본 7권 4장)

모든 왈지 버러 안자 위로흐야 쇼일홀 제, 흔 왈지 자즈나닙 흐나 브

는 것에 유보적 태도를 갖는 것은 바로 이 때문이다. 영남대학교 도남문고에 소장되어 있는 궁체로 쓴 필사본 소설들은 판매용 필사본일 가능성이 있다.

24) 여기에 대해서는 박갑수 교수, 설성경 교수, 김석배 교수 등이 이미 확인한 바가 있다. 동양문고에 소장된 세책은 대부분 '향목동'이라는 세책집의 상호를 쓰고 있는데, 최남선은 일찍이 향목동에 있는 세책집의 목록을 조사한 일이 있다. 동양문고에 소장된 세책 가운데 향목동이라는 상호가 쓰여 있는 본은 최남선이 조사했던 바로 그 본이었을 가능성도 있다.

25) 이 책에 들어 있는 전상욱의 논문 「세책계열 <춘향전>의 특성」에서 자세한 비교를 했다.

르니, 흔 왈지 흐는 말이, "아셔라 우리 <u>가스</u>나 흐자." <u>츈면곡</u> 흐니, 흔 왈지 <u>샹스별곡</u> 흐고, 쏘 흔 왈지 <u>쳐스가</u> 흐고, 쏘 흔 왈지 <u>황계타령</u> 흐고, 엇던 왈지 <u>시됴</u>도 흐고, 쏘 엇던 왈지 <u>언문칙</u> 본다. (영남대학본 4권 17장)

세 본에 나오는 노래가 일치하지는 않지만, 대체로 비슷하다. 그러나 『남원고사』의 이 대목을 보면, 왈자들이 부르는 노래가 다르고, 또 이 노래의 가사가 모두 나온다. 『남원고사』의 이 대목을 보면 다음과 같다.

모든 왈지 버러 안즈 위로흐며 쇼일홀 졔, 흔 왈즈 <u>노래브르되</u>(노래 가사가 있음). 여러 왈즈드리 뎌여가며 가스 흐나식 흐는고나. 무슴 가스들 흐는고 하회룰 볼지어다.(3권 끝) 화셜 이 씨 모든 왈즈드리 <u>가스</u> 하나식 흐즈 흐고, 흔 왈지 <u>츈면곡</u> 흔다(춘면곡 가사 전체가 나옴). 쏘 흔 왈지 <u>쳐스가</u> 흔다(처사가 가사 전체가 나옴). 쏘 흔 왈지 <u>어부스</u> 흔다(어부사 가사 전체가 나옴). 쏘 흔 왈지 <u>언문칙</u> 본다.

『남원고사』는 다른 본에 비해 약 40년 정도 이른 시기에 필사된 것인데, 40년 정도의 시간 차이가 이런 변이를 가져온 것인지, 그렇지 않으면 이렇게 다른 내용의 이본이 각기 전승된 것인지는 알 수 없다.

노래가 가장 많이 나오는 영남대학본의 2권에는, 바리가, 호남가, 귀거래사, 계우사, 선유별곡, 낙빈가, 승가(3곡), 춘면곡, 어부사, 양양가, 처사가, 상사별곡, 장진주(정철), 장진주(이태백), 매화타령, 황계타령, 성주푸리, 덕자 운 노래, 비점가, 사랑가, 음양가 등이 나오는데, 이 가운데는 다른 이본에서는 볼 수 없는 노래도 여러 가지 있다. 영남대학본은 서울에서 유행하던 소리가 많이 들어가는 세책 〈춘향전〉의 한 특색이 극대화된 본이다. 왜 이렇게 많은 노래가 들어가게 되었을까를 알아내는 것은 앞으로 세책 〈춘향전〉의 성격을 파악하는 데 매우 중요하리라고 본다.

경판본 <춘향전> 가운데 「바리가」가 나오는 이본은 35장본뿐이다. 35장본 이외의 30장본, 23장본, 17장본, 16장본, 그리고 안성판 20장본에는 「바리가」가 없다. 경판 <춘향전> 연구자들은 대체로 35장본과 나머지 본의 계열을 다른 것으로 보고 있는데, 필자는 「바리가」가 있고 없음도 한 기준이 될 수 있다고 본다. 경판 30장본 이하의 본은 30장본을 축약한 것으로 보는데, 여기서 한 가지 재미있는 사실은 이본에 따라 같은 노래라도 내용이 다르다는 점이다. 경판이나 세책 <춘향전>에는 이본마다 실려있는 노래의 가사가 다르거나, 가사가 실려있는 본도 있고 없는 본도 있는데, 아마도 필사자나 판각의 대본을 쓴 사람이 자신이 알고 있는 노래나 당시에 알려진 유행하는 노래를 써넣은 것인지도 모른다. 세책이나 방각본은 상업적 목적이 가장 큰 것인 만큼, 세책이 필사된 시기나 방각본을 판각하는 그 당시의 유행하는 노래가사를 넣음으로써 독자들의 기호에 영합했을 가능성이 있다.

세책계열 <춘향전>에 이렇게 서울의 노래가 많이 나오는 이유를 밝히는 것은 <춘향전>의 형성을 이해하기 위해 반드시 필요하다. 그런데 세책계열 <춘향전>에 나오는 노래를 판소리와 관련시키려고 하지 말고 독자적인 서울 소리로 이해하는 것이 중요하다. 『남원고사』보다 시기가 앞서는 판소리 창본 <춘향가>를 필자는 아직 보지 못했다. 『남원고사』가 필사되던 1860년대에 불리던 판소리 <춘향가>의 구체적인 내용이 무엇인지 알 수 있다면, 세책계열 <춘향전>과 판소리 <춘향가>의 관계를 확인할 수 있을 것이다. 그러나 현재 남아 있는 자료만으로는 알 수 없으므로, 우선 세책계열 <춘향전>에 나오는 노래를 판소리와 떼어서 생각해 볼 필요가 있다.

이 문제는 시가나 음악 연구자들의 도움을 받으면 해결의 실마리를 얻을 수도 있을 것 같으나, 필자는 <춘향전>을 읽던 독자들이 어떻게 읽었을까 하는 쪽으로 접근해도 단서를 찾을 수 있으리라고 생각한다. <춘향전>에 노래가 있는 대목을 읽을 때, 독자들은 다른 대목과 마찬가지로 읽었을까, 그렇지 않으면 무언가 다른 방식으로 읽었을까? 판소리 〈춘향전〉의 창자는 아니리와 창을 적절히 배합해서 긴 서사물을 청중에게 들려주는데, 세책 〈춘향전〉을 읽는 낭독자는 어떻게 읽었을까? 이런 문제에 대해서도 관심을 가질 만하다.26)

〈춘향전〉을 노래와 연관지을 때 우리가 주의해야할 점은, '춘향전은 판소리'라는 기존의 관점에 너무 집착하지 말아야 한다는 것이다. 대표적인 것이, 만화본 「춘향가」를 유진한(柳振漢)이 판소리 공연을 보고 지은 것으로 지레 짐작하고, 1750년대에 불린 판소리 〈춘향가〉의 내용이 현재 공연되는 것과 별 차이가 없을 것으로 보는 견해 같은 것이다. 만화본 「춘향가」 156연의 "형틀의 칼을 이로 물어 풀라하니, 뭇 기생들이 입을 모아 삐죽이고 수군댄다.(桁楊接拾使齒決 衆妓尖脣穿似彙)"27)는 대목은 완판 〈춘향전〉이나 판소리 창본에서는 볼 수 없고, 경판이나 세책에 나타나는 대목이다.

지금까지 학계에 알려진 세책에 관한 기록 가운데 오래된 것은 채제공(蔡濟恭, 1720~1799)과 이덕무(李德懋, 1741~1793)의 글에 나오는 내용이다. 두 사람이 말한 내용은 세책의 폐단에 대해 얘기한 것인데, 18세기 중반 이후의 상황을 보여주는 것으로 학계에서는 파악하고 있

---

26) 1910년대부터 활판본으로 발행된 잡가집은 노래 가사를 실어놓은 것이고, 이 노래를 창하는 방법은 현재 대부분 알려져 있지만, 이 가운데 어떤 것은 현재 창이 전하지 않는 것도 있다. 그런데 활판본 잡가집보다 훨씬 더 많은 가사를 실어놓은 『가집』, 『악부』, 『아악부가집』 등에는 더욱 긴 가사가 들어 있다. 그 가운데 하나로 「한양풍물가」를 들 수 있는데, 어떤 소리로 부른 것인지 알 수 없다. 이런 문제를 해결하는 한 단서가 '송서'이다. 「추풍감별곡」, 「삼사횡입황천기」, 「짝타령」 등이 송서로 불렸다는 것이 확인되었고, 「회심곡」은 불교계에서만 불린 것이 아니라 일반 경기소리 하는 창자도 부르고 있는 것으로 보아 송서나 「회심곡」처럼 부르는 긴 소리가 있었던 것으로 보인다. 송강 정철의 몇몇 가사는 『가집』에도 그대로 실려있는데, 이들 송강의 가사를 부른 방법은 무엇이었을까 하는 점도 흥밋거리이다. 가사를 부르는 방법 가운데 하나로, 경상도 지방의 〈규방가사〉를 부르는(읊는) 것을 생각해 볼 수도 있다.

27) 이수봉, 『만화본 춘향가와 용담록』, 경인문화사, 1994, 48쪽.

다. 이들이 세책의 폐단을 얘기한 시기는 1860년대 『남원고사』가 필사
된 시기보다 약 100년쯤 전이다. 세책의 폐단이 논란이 될 정도면 상당
히 많은 종류의 소설이 유통되었던 것으로 보이는데, 이 때에 <춘향
전>도 세책으로 유통되었다면 어떤 내용의 <춘향전>이었을까 하는 것
은 생각해 볼 만한 일이다.

  1860년대 중반에 필사된 『남원고사』의 내용은 1907년에 필사된 동경
대학본이나 1910년경에 필사된 동양문고본의 내용과 비교했을 때 커다
란 차이는 없다. 같은 내용이 이본에 따라 선후가 바뀌었다거나 어구의
작은 차이는 있으나, 이들 모두는 같은 계열이다. 이와 같이 40여 년의
시간적 격차가 있는 이들 이본 사이에 내용의 차이가 별로 없다는 사실
을 염두에 두고, 『남원고사』보다 40년 전에 있었던 <춘향전>의 내용을
추정해보는 것도 재미있을 것이다. 만약 1820년에도 세책으로 유통되던
<춘향전>이 있었다면 그 내용은 『남원고사』와 어떤 차이가 있을까?
구체적 자료 없이 추정해보는 것이기는 하지만, 이러한 접근에서 가장
큰 걸림돌은 "근원설화→판소리→판소리계소설"이라는 도식에 따라 모
든 <춘향전>은 판소리에서 온 것이라고 보는 기존의 통설이다.

  세책이 유행해서 그 폐단이 논의되기 시작하는 18세기 중반에 서울
에서 읽힌 <춘향전>은 어떤 내용이었을까? 이 문제를 해결하는 데 경
판 <춘향전>이 어떤 도움을 줄 수 있을 것 같다. 경판 <춘향전> 가운
데 「바리가」가 있는 35장본과 「바리가」가 없는 30장본 이하의 나머지
본은 선행하는 동일본을 축약한 것으로 보기 어렵다는 것이 대체적인
의견이다. 이렇게 두 본이 다른 계열이라고 하더라도, 30장본과 35장본
은 완판이나 창본과 친연성을 갖는 것은 아니다.

  경판 35장본과 30장본이 축약의 저본으로 삼은 본은 차이가 있을 수
있지만, 방각본의 선행본을 계속 거슬러 올라가면 서울에서 만든 어떤
본이 될 것이다. 이 서울에서 만든 <춘향전> 원본의 내용은 『남원고
사』와 어떤 관계일까? 이 문제를 해결하기 위해서 필요한 것은 판소리

적 접근이 아니라, 서울에서 유행했던 소리로 접근하는 것도 도움이 될 수 있고, 또 몇몇 한문으로 된 〈춘향전〉 관련 자료들이 이 문제를 해결하는 데 도움을 줄 수 있을 것이다. 경판 35장본과 30장본의 차이가 선행하는 어떤 본의 내용을 선택적으로 수용한 것인지, 그렇지 않으면 다른 저본을 사용한 것인지는 알 수 없으나, 설사 다른 저본을 사용했다 하더라도 그 차이는 현재 35장본과 30장본 사이의 차이 정도일 것이다. 또 1900년을 전후한 무렵에 유통되던 세책본 사이에는 내용상의 차이가 별로 없는 것으로 보아서, 시기가 다르고 세책업소가 다르더라도 같은 제목의 소설이라면 내용은 별 차이가 없다고 보아도 큰 문제는 없을 것이다.[28]

5. 결언

필자는 경판 방각본 출판업자와 세책업자 사이에 어떤 연관이 있을 것으로 생각하는데, 이 문제는 조선후기의 상업에 관한 전체적인 틀 속에서 보면 좀더 명확해질 것이다.[29] 만약 상업적 성격을 갖고 있는 고소설인 방각본, 세책, 활판본을 연결하는 어떤 고리를 찾아낼 수 있다면 조선후기 고소설 전반에 대한 새로운 이해가 가능할 것이다. 이러한 작업의 일환으로 필자는 서울에서 유통된 세책, 방각본, 그리고 활판본 〈춘향전〉을 검토하고 있다. 현재까지 진행된 필자의 연구에서는 세책 〈춘향전〉과 판소리의 관련성을 찾지 못하고 있다.

세책계열 〈춘향전〉의 내용을 완판 〈춘향전〉이나 판소리 창본과 비교해보면, 큰 줄거리를 제외한 세부적인 내용에는 유사성이 별로 없다.

---

28) 현재 두 가지 이상의 이본이 남아 있는 세책이 몇 종 있는데, 이들 사이에 내용상의 커다란 차이를 발견할 수는 없다.

29) 활판본 고소설의 상당수가 세책본이 저본이었음을 필자가 밝힌 일이 있다.(이윤석, 정명기, 『구활자본 야담의 변이양상 연구』, 보고사, 2001)

같은 <춘향전>이라는 제목을 달고 있으면서 이렇게 세부적인 내용이
다른 이유는 무엇일까? 이들 사이에는 틀림없이 어떤 교섭이 있었을
텐데, 그 교섭의 구체적인 내용은 무엇일까? 이런 문제는 이제까지 모
든 <춘향전>을 판소리와 연관지어 해석한 방법으로는 해결되지 않는
다.

필자가 세책 <춘향전>에 들어 있는 「바리가」에 대해 관심을 갖은
이유는, 판소리로 해석할 수 없는 <춘향전> 문제를 「바리가」를 통해
그 해결의 실마리를 찾을 수 있으리라고 생각하기 때문이다. <춘향전>
삽입가요를 논하면서, 그 노래가 어디에서 불린 것인지는 고려하지 않
고, 다만 판소리와 관련만을 강조해서는 <춘향전> 삽입가요의 본질에
접근하기가 쉽지 않을 것이다.

세책계열 <춘향전>의 특징은 서울 소리가 많이 들어간 것인데, 이
서울 소리에 「바리가」가 포함된다. 「바리가」가 송서로 불렸다는 것이
확인되었는데, 송서와 소설은 어떤 관계일까 하는 점도 관심을 가질만
하다.

낭독하는 서사물과 노래로 하는 서사물을 생각해볼 수 있을까?

세책계열 <춘향전>이 만들어지는 데 판소리는 얼마만큼의 영향을
어떤 식으로 끼쳤을까?

만약 영향을 미쳤다면, 1860년대의 『남원고사』와 같은 내용의 <춘향
전>이 완성되었을 때 판소리 <춘향가>는 어떤 내용이었을까?

또 판소리가 세책 <춘향전> 형성에 아무 영향을 미치지 않았을 가
능성은 어느 정도인가?

등등의 우리가 생각할 수 있는 여러 가지 가능성을 열어두고 <춘향
전>에 대한 접근을 하지 않으면 안 된다. 이 글은 <춘향전>에 접근하
는 여러 가지 가능한 방법 가운데 하나라고 할 수 있다.

세책본소설의 간소에 대하여
-동양문고본『삼국지』를 통하여 본-

정 명 기

1. 들어가는 말

필자는 일찍이 동양문고본『삼국지』 69권 69책본(이하『삼국지』로 줄임)이 색다른 면모를 지니고 있음을 언급한 바[1]가 있다.『삼국지』에서 확인되는 구체적 실상을 바탕으로 하여 이런 면모에서 드러나는 몇몇 의미망 가운데, 여기서는 논의의 범위를 특히 세책본소설의 간소와 그 유통양상만으로 국한하여 이에 대한 필자의 새로운 견해를 제시하고자 하는 데에 본고의 궁극적인 목적이 있다.

세책본소설에 대한 학계의 관심은 그동안 그렇게 활발하게 이루어지지 않았던 것[2]으로 생각된다. 최근에 들어와서야 이들 세책본소설들을

---

1) 정명기,「세책필사본 고소설에 대한 서설적 이해」,『고소설연구』12집, 한국고소설학회, 2001. 12, 474쪽의 각주47 참조.
2) 정양완,『일본 동양문고본 고전소설해제』, 국학자료원, 1994 ; 대곡삼번,「조선

대상으로 한 몇몇 구체적인 논의3)가 제출되고 있는 상황이 이를 역으로 잘 보여준다. 사실 그동안 세책본소설의 간소에 대해서는 몇몇 논자들이 나름의 근거를 바탕으로 각자의 주장을 개진한 바가 있다(아래에서 해당 논자들의 주장과 그 문제점을 다루기로 한다). 필자의 주된 관심 또한 결국『삼국지』에서 드러나는 두 간소의 문제, 곧 '향목동'과 '향슈동'이란 간소의 관계 양상을 어떻게 파악해야 하는가 하는 문제에 다름아닌 것이다. 이런 점에서 필자의 논의 또한 선행 연구성과로부터 일정 부분 큰 빚을 지고 있음은 사실이다.

『삼국지』의 내용을 구체적으로 검토하다 보면, 이 자료가 분명 3종에 달하는 이본들의 부자연스러운 결합(이에 대한 구체적인 논의는 아래에서 이루어진다)으로 이루어져 있다는 사실을 알게 된다. 이런 현상을 가능하게 한 이유에 대해서는 앞으로 더 고찰해 보아야 하겠지만, 다음과 같은 양상을 우선 상정할 수 있지 않을까 한다. 본래『삼국지』를 포함한 많은 수량의 세책본소설들을 소유하고 있었던 세책업주들이 시대적 흐름의 여파로 인하여 그로부터 더 이상의 상업적 욕구를 충족할 수 없는 상황에 직면하게 되었을 때, 그들은 이들 자료를 필요로 하는 원매자에게 일괄적으로 넘겨주었을 것으로 보여진다. 그런 과정 속에서 짝이 맞지 않는, 곧 결권의 상태로 남아있는 자료들에 대해서는 외견상으로나마 완질의 형태를 갖추어 그 자체의 상품적 가치를 높이고자 했을 것은 극히 자연스러운 현상으로 이해된다. 남아있는『삼국지』의 면모로부터 역으로 추상하여 본다면, 1927년 동양문고에서『삼국지』를 구

_____

  후기의 세책 재론」,『한국고소설사의 시각』, 국학자료원, 1996.
 3) 김영희,「세책필사본『구운몽』연구」,『연세학술논집』34집, 연세대 대학원 원우회, 2001. 8 ; 이다원,「『현씨양웅쌍린기』연구」, 연세대 석사학위논문, 2000. 12 ; 유춘동,「『금향정기』의 연원과 이본 연구」, 연세대 석사학위논문, 2002. 1 ; 주형예,「향목동본『현수문전』의 서사적 특징과 의미」, 연세대학교 국학연구원 국학발표회, 2002. 10 ; 이윤석,「세책 <춘향전>에 들어있는「바리가」에 대하여」, 한국고소설학회 59회 학술발표대회, 고려대학교, 2002. 10. 26.

입하던 당시 이미『삼국지』는 완질 형태의 이본으로는 남아 있지 못했던 것이 아닌가 생각된다. 현재 동양문고에 소장된『삼국지』69책본은 세 종의 이본이 섞여있는 것이 분명하다. 이 세 종은 향수동 69책본과 향수동 58책본, 그리고 향목동 58책본이다.[4)]

현재 69책본으로 알려진『삼국지』가 세 종의 이본이 결합된 본이라는 사실은 다음과 같은 몇몇 문제에 관심을 갖게 하기에 충분한 것으로 보여진다.

첫째, '향목동'과 '향슈동'이라는 간소의 관계 양상에 따른 의문을 들수 있다. 과연 이들 두 간소의 관계 양상은 어떠한 것인가? 이들 간소는 동일 지명의 이표기(異表記)에 불과한 것인가? 아니면 전혀 별개의 간소인가? 그것도 아니라면 이들 두 간소는 동일한 지역 내에 기반을 두고 상호 경쟁적 관계를 형성하고 있었던 간소인가? 등등의 의문이 바로 그것이다.

둘째, '향목동'과 '향슈동'으로 간소를 달리하고 있는 이들 3종에 달하는 이본들이 각기 그 권수를 달리하고 있다(이에 대한 구체적인 논의 또한 아래에서 다루어진다.)는 점에서 확인되는『삼국지』의 유통양상에 대한 의문을 들 수 있다. 우리는『삼국지』가 '향목동'과 '향슈동'을 간소로 하고 있는 58책으로 이루어진 2종의 이본과 아울러 '향슈동'을 간소로 하고 있는 69책으로 이루어진 이본의 결합으로 이루어진 자료라는

---

4) 여기서 필자가 58책본『삼국지』의 존재 가능성을 상정하는 근거로는, 현전 자료에서 확인되듯이 69책본『삼국지』의 경우와는 달리,『삼국지』권56의 해당 장회가 원『삼국지』의 그것에 견주어 볼 때 116회인 <종회분병한중도 무후현성정군산>인 것으로 드러난다는 점을 들 수 있다. 이런 사실을 통하여, 우리는 이하 117회에서 120회까지의 장회가 최소한 2권 정도의 분량으로 이루어졌을 것으로 추단할 수 있다. 물론 이 부분에 대한 상당한 축약이 이루어져 해당 장회가 1권 정도의 분량으로 이루어졌을 가능성 또한 충분히 존재하지만, 여기서는 대략 2회 정도의 장회가 1권의 체제로 이루어진 다른 권들의 경우를 고려하여 해당 장회가 2권 정도로 묶여졌을 것으로 보고, 58책본『삼국지』라고 잠정적으로 부르기로 한다.

사실을 어렵지 않게 확인할 수 있다. 그렇다면 과연 이들 두 이본의 선후관계는 어떻게 파악해야 하는가? 즉 58책본 이본이 먼저 이루어진 것인가? 아니면 69책본 이본이 먼저 이루어진 것인가? 아니면 처음부터 이들 두 이본이 동시에 이루어진 것인가? 또한 이와 같은 현상이 나타나게 된 까닭은 어디에 있는 것인가? 이와 같은 면모에서 확인될『삼국지』의 유통양상에 대한 논의는 세책본소설에 대한 심도 있는 논의를 가능케 할 것으로 기대된다. 이런 점에서 세책본『삼국지』의 색다른 면모는 연구자들의 흥미를 유발하기에 족한 것으로 보여진다.

2. 동양문고본『삼국지』의 실제적 면모와 그 존재 양상

2.1.『삼국지』의 실제적 면모

필자는 앞에서『삼국지』가 '향목동'과 '향슈동'이라는 간소를 분명히 밝히고 있는 58책으로 이루어진 2종의 이본과 '향슈동'이라는 간소를 분명히 밝히고 있는 69책으로 이루어진 이본의 부자연스럽게 결합된 자료라는 점을 간단히 언급한 바가 있다.

『삼국지』는, 외형상 '향목동'을 간소로 하고 있는 권39까지의 전반부[5]와 '향슈동'을 간소로 하고 있는 권40 이하의 후반부로 이루어져 있다[6]. 그러나 논의를 이런 현상이 나타나고 있다는 단순한 지적에만 그치고 만다면, '향슈동'과 '향목동'의 관계 양상에 대한 보다 진전된 더 이상의 성과를 거두기는 힘들 것으로 여겨진다. 따라서 이에 대한 보다

---

5) 그 가운데 유독 권32만은 '셰무슐 지월일 향슈동셔'이라는 기록에서 드러나듯이, '향목동'이 아닌 '향슈동'을 간소로 하고 있는 것으로 달리 나타나고 있는 바, 이 자료가 갖는 의미는 뒤에서 논하기로 한다.

6) 후반부의 경우 하나같이 "향슈동"이 그 간소로 나타나는 데 비하여, 권55만은 이런 일반적 면모와는 달리 "셰신히 삼월일 향목동셔"로 나타나고 있다. 이것이 갖는 의미에 대해서는 뒤에서 다시 논하기로 한다.

진전된 논의를 거두기 위해서라도, 『삼국지』의 이질적 면모가 어떻게 드러나며, 또한 이러한 현상에서 확인되는 의미가 무엇일까에 대해 구체적으로 검토할 필요가 있다.

가정(嘉靖)본과는 달리 모종강(毛宗崗)본 『삼국지연의』는 120회 장회로 이루어져 있는 것으로 알려져 있다. 본고에서 논의의 대상으로 삼고 있는 현전 동양문고본 『삼국지』 또한 120회 장회로 이루어져 있고, 나아가 동일한 장회가 나타나는 것으로 확인된다는 점에서, 이 자료는 가정본에 비하여 모종강본과 더한 친연성을 띠고 있는 것으로 생각된다.

『삼국지』에 나타난 이질적인 면모의 실상부터 밝혀 논의의 단서를 마련하기로 하자. 곧 현전 『삼국지』의 권32에서 권39[7]까지의 부분이 다시 권41에서 권49까지에 걸쳐 중복 출현하고 있다는 점, 권54[8] 다음 부분이 권55에 해당하는 장회[9]로 바로 이어지는 것이 아니라, 장회를 건너뛴 채 111회 <등사지지픠강빅약 제갈탄의토ᄉ마소>와 112회 <구슈츈우젼ᄉ졀 춰장셩빅약오병>로 이어지고 있다는 점, 또한 권55의 경우 후반부의 일반적인 양상과는 달리 그 간소가 '향슈동'이 아니라, '향목동'으로 나타나고 있다는 점, 한편 116회 <종회분병한중도 무후현셩정군산>(권56) 부분이 권57로 이어지면서 그 장회가 다시 99회 <계갈냥딕파위병 사마의입구셔촉>으로 나타나고 있다는 점, 나아가 이들 111회에서 116회까지의 장회가 권65 이하에서 거듭 출현하고 있다는 점 등이 바로 그것이다.

이에 대한 이해를 돕기 위해 『삼국지』 가운데서 문제가 되는 해당 장회명과 권차를 알기 쉽게 <표>로 제시하면 다음과 같다.

---

7) 『삼국지연의』의 경우와 대비하면, 곧 75회 <관운장괄골요독 녀ᄌ명비(빅)의 도강>부터 89회 <무향후사번용계 남만왕오ᄎ조금>까지임.
8) 『삼국지연의』의 경우와 대비하면 96회 <공명휘루참마속 쥬방단발현(혐)조휴>에 해당.
9) 곧 97회 <토위국무후재상표 파조병강유사헌서>와 98회 <추한군왕상수주 구□□무후취승> 이하

장회	장회명	향목동 58책본	향슈동 58책본	향슈동 69책본	비고
75회	關雲長刮骨療毒 呂子明白衣渡江			권41	간소 불명
76회	徐公明大戰沔水 關雲長敗走麥城		권32	권42	
77회	玉泉山關公顯聖 洛陽城曹操感神	권33			
78회	治風疾神醫身死 傳遺命奸雄數終			권43	58책 장회 미출
79회	兄逼弟曹植賦詩 姪陷叔劉封伏法	권34			
80회	曹丕廢帝簒炎劉 漢王正位續大統			권44	
81회	急兄讎張飛遇害 雪弟恨先主興兵	권35			
82회	孫權降魏受九錫 先主征吳賞六軍			권45	
83회	戰猇亭先主得讎人 守江口書生拜大將	권36			69책 장회 미출
84회	陸遜營燒七百里 孔明巧布八陣圖			권46	간소 불명
85회	劉先主遺詔託孤兒 諸葛亮安居平五路	권37		권47	간소 불명
86회	難張溫秦宓逞天辯 破曹丕徐盛用火攻	권38			
87회	征南寇丞相大興師 抗天兵蠻王初受執			권48	
88회	渡瀘水再縛番王 識詐降三擒孟獲	권39			·
89회	武鄉侯四番用計 南蠻王五次遭擒			권49	
90회	驅巨獸六破蠻兵 燒藤甲七擒孟獲		권40		69책 장회 미출
91회	祭瀘水漢相班師 伐中原武侯上表				69책 장회 미출
92회	趙子龍力斬五將 諸葛亮智取三城			권51	
93회	姜伯約歸降孔明 武鄉侯罵死王朗			권52	간소 불명
94회	諸葛亮乘雪破羌兵 司馬懿剋日擒孟達			권53	
95회	馬謖拒諫失街亭 武侯彈琴退仲達			권54	
96회	孔明揮淚斬馬謖 周魴斷髮賺曹休				
97회	討魏國武侯再上表 破曹兵姜維詐獻書				69책 장회 미출
98회	追漢軍王雙受誅 襲陳倉武侯取勝				69책 장회 미출
99회	諸葛亮大破魏兵 司馬懿入寇西蜀			권57	
100회	漢兵劫寨破曹眞 武侯鬪陣辱仲達				간소 미상
101회	出隴上諸葛妝神 奔劍閣張郃中計			권58	
102회	司馬懿戰北原渭橋 諸葛亮造木牛流馬			권59	
103회	上方谷司馬受困 五丈原諸葛禳星	권 50			간소 불명
104회	隕大星漢丞相歸天 見木像魏都督喪膽			권60	간소 미상
105회	武侯預伏錦囊計 魏主拆取承露盤			권61	
106회	公孫淵兵敗死襄平 司馬懿詐病賺曹爽			권62	
107회	魏主政歸司馬氏 姜維兵敗牛頭山				간소 미상

장회	장회명	향목동 58책본	향슈동 58책본	향슈동 69책본	비고
108회	丁奉雪中奮短兵 孫峻席間施密計			권63	
109회	困司馬漢將奇謀 廢曹芳魏家果報				69책 장회 미출
110회	文鴦單騎退雄兵 姜維背水破大敵			권64	69책 장회 미출
111회	鄧士載智敗姜伯約 諸葛誕義討司馬昭	권 55		권65	
112회	救壽春于詮死節 取長城伯約鏖兵				
113회	丁奉定計斬孫綝 姜維鬪陣破鄧艾				69책 장회 미출
114회	曹髦驅車死南闕 姜維棄糧勝魏兵			권66	
115회	詔班師後主信讒 託屯田姜維避禍				간소 미상
116회	鍾會分兵漢中道 武侯顯聖定軍山		권56	권67	간소 미출
117회	鄧士載偸渡陰平 諸葛瞻戰死綿竹			권68	
118회	哭祖廟一王死孝 入西川二士爭功			촉후쥬예친출항 등이종회디 징공 강유일계히 슘현	
119회	仮投降巧計成虛話 再受禪依樣畵葫蘆				69책 장회 미출
120회	薦杜預老將獻新謀 降孫皓三分歸一統			권69 손오항진 삼분귀일통	

* 간소 불명은 책 자체의 해당 부분이 앞 장과 덧붙어 있는 관계로 해당 간기를 미처 파악할 수 없는 부분을 가리킴.
* 간소 미상은 책 후반부가 낙장, 또는 미완의 상태로 되어 있어 해당 간기를 정확히 밝힐 수 없는 부분을 가리킴.
* 간소 미출은 해당 간기가 명시되어 있지 않으나, 그 앞뒤 책과의 관련 양상 등을 고려할 때, 간소를 유추할 수 있는 부분을 가리킴.
* 회수의 번호는 羅貫中撰, 毛宗崗批, 饒彬校訂, 『三國演義』(삼민서국, 1976)의 목차를 기입한 것임.

앞에서 제시한 <표>를 통하여 동양문고본 『삼국지』의 실제적 면모와 아울러 '향목동'과 '향슈동'본의 존재, 또는 그 관계 양상, 나아가『삼국지』의 유통 양상이 어떠했으리라는 것을 어렵지 않게 발견해낼 수 있을 것으로 기대된다. 이에 대한 구체적인 논의는 항을 달리하여 살펴볼까 한다.

2.2. 『삼국지』의 존재 양상과 두 간소의 문제

앞에서 제시한 <표>에서 동양문고본 『삼국지』 권39까지는 '향목동'
을 간소로 하고 있는 반면, 권40 이하 부분은 대체로 '향슈동'을 간소로
하여 이루어졌다는 사실을 알 수 있다. 그런 가운데서 몇몇 권들은, 『삼
국지』의 존재 양상에 대한 일련의 정보를 담고 있는 것으로 보여지기
에 흥미를 끈다 하겠다. 그 정보는 다음과 같이 요약할 수 있을 것으로
생각된다.

첫째, '향슈동'을 간소로 하고 있는 권32(75·76회)[10]와 권40(89·90
회)[11], 그리고 권56(116회)[12]의 존재를 주목할 필요가 있다. 이들 3권이
지니고 있는 해당 장회는 '향슈동'을 간소로 하는 『삼국지』 권(41),[13]
49, (67)에서 다시 나타나고 있다. 그런데 이런 현상은 한 작품 내에서
는 나타날 수 없는 현상이다. 곧 '향슈동'을 간소로 하고 있는 해당 권
들은, 당시까지만 하더라도 69책으로 이루어진 이본과는 권차를 달리하
는 또 다른 이본이 실제적으로 유통되었다는 사실을 구체적으로 보여
주는 사실로 파악된다.

---

10) 이에 대해 정양완은 그 간기를 '없음'으로 밝히고 있고(238쪽), 한편 대곡삼번
은 이에 대해 "무슐지월일 향목동셔"라고 달리 밝히고 있다. 그러나 필자가
지난 2002년 2월 3~9일까지 도일하여 동양문고본 소장 자료를 직접 살펴본
결과 이 간기는 "무슐(1898년) 지월일 향슈동셔"인 것으로 드러났다.
11) 이에 대해 정양완은 "셰무슐 지월일 향목동셔"(239쪽)라고 밝히고 있으나, 검
토 결과 '향슈동셔'의 오기인 것으로 드러났다.
12) 앞의 경우와 마찬가지로 정양완은 이에 대해 "셰신축 납월일 향목동셔"(242
쪽)인 것으로 밝히고 있으나, 검토 결과 '향슈동셔'의 오기인 것으로 드러났다.
13) 이 자료의 경우, 비록 '향슈동'을 그 간소로 명기하고 있지는 않지만, 다른 권
들에서 나타나고 있는 간기들과의 동질성 등을 고려하여 '향슈동'을 간소로 하
여 나타났을 개연성이 더 높아보이기에 해당 권들에 대해 괄호로 묶어 표시한
것이다. 이하 권67도 마찬가지이다.

둘째, '향목동'을 간소로 하고 있는 권55(111·112회)의 존재를 주목할 필요가 있겠다. 권40 이하의 간소가 대부분 '향슈동'으로 나타나고 있는데 반하여, 유독 권55만은, '향목동'으로 분명히 그 간소가 달리 나타나고 있다. 그러나 이런 차이가 있음에도 그 서술내용이 바로 이어지는 권 56(이는 '향슈동'으로 그 간소를 달리하고 있는 것으로 이미 앞에서 밝힌 바 있다.)의 내용과 전혀 무리없이 이어지고 있다는 점[14]으로부터, 58책으로 이루어진 것으로 여겨지는 '향슈동'을 간소로 하는 이본과는 달리 '향목동'을 간소로 하는 또 다른 이본(이 이본 또한 58책본으로 이루어져 있었을 것으로 생각된다.)이 분명히 당시 존재했을 것이라는 사실을 충분히 미루어 짐작할 수 있다고 본다.

셋째, 그 간소가 미상인 권50의 존재를 또한 주목할 필요가 있다. 비록 그 간소가 어디인지를 현재로서는 정확히 밝혀낼 수는 없지만, 그것이 '향슈동'을 간소로 하는 69책본 가운데 권59와 같은 장회의 내용임에도 그 권차가 권50으로 달리 나타나고 있다는 점 또한 이 자료가 69책본과는 분명 그 권차를 달리하여 유통되고 있던 이본 가운데 하나라는 점을 잘 말해주는 예라고 하겠다.

위에서 이미 밝힌 바를 통하여, 『삼국지』는, 최소한 크게 58책본 2종과 69책본 1종이 존재했으리라는 사실을 확인할 수 있다. 먼저 58책본의 존재 가능성은 '향목동'을 간소로 하고 있는 권55의 장회가 모종강본 112회에 해당하고, '향슈동'을 간소로 하고 있는 권56의 장회가 모종강본 116회라는 점 등에서 그 단서를 구할 수 있다. 곧 모종강본이 120회로 이루어져 있고, 69책본 또한 120회로 끝나고 있다는 점, 그리고 권56의 장회가 116회라는 점 등을 묶어 생각해본다면, 117회 이하 나머지 4회는 대략 2권 정도의 분량에 수록될 수 있었을 것이라는 점에서 이렇

---

14) 여기서 '향슈동'을 그 간소로 하고 있는 권32와 '향목동'을 간소로 하고 있는 권33의 내용뿐만 아니라 장회의 차서까지도 극히 자연스럽게 연결되고 있다는 점은 이에 대한 좋은 한 방증이 된다.

게 추단할 수 있다. 나아가 58책본은 다시 '향목동'(권1부터 권31, 권33 부터 권39까지, 권55가 이에 해당)본과 '향슈동'(권32, 권40, 권56이 이에 해당)본이라는 간소에서 확인되듯이 최소 2종의 이본이 유통되었다는 사실 또한 알 수 있다. 이런 점을 근거로 『삼국지』가 2종의 58책본과 1종의 69책본으로 유통되고 있었다는 사실을 어렵지 않게 추단할 수 있다고 하겠다.

이제 그렇다면 여기서 '향목동'과 '향슈동'의 관계 양상은 과연 어떠한 것인가를 살펴보기로 하자.

현전하는 『삼국지』는 앞에서도 여러 차례 밝혔듯이 '향목동'과 '향슈동'이라는 두 간소에서 유통시킨 세책본의 자취를 지니고 있다는 점은 분명한 사실로 보여진다. 현재까지 남아 전하는 세책본소설들에 국한하여 이들 작품들을 유통시킨 간소들을 검토할 때, '향목동'과 '향슈동'을 간소로 하고 있는 작품들은 다른 간소의 작품들에 비하여 비교적 상당량 존재하고 있음을 알 수 있다. 그럼에도 이들 두 간소의 관계 양상에 대한 정론은 현재까지 분명히 제시되지는 못한 것으로 생각된다. 이에 대한 논의는 일찍이 정양완에 의하여 먼저 이루어졌다. 정양완은

　　필사본은 대부분 '향목동'에서 筆書된 것으로 적혀 있다. 최남선의 「조선의 가정문학」이라는 글에서 보면, 당시 香木洞에 세책집이 있었음을 알 수 있다. 일부 필사본의 경우 '향슈동'으로 적힌 경우도 있는데, 이는 흘려 쓴 '목'자를 再寫하면서 誤記된 것으로 보인다.15)

고 주장한 바, 그는 '향슈동'으로 간소가 밝혀진 작품들에 대해, "이는 흘려 쓴 '목'자를 再寫하면서 誤記된 것"으로 파악하여 결국 '향목동'과 '향슈동'을 동일 간소로 파악하는 태도를 보여준다. 그러나 그의 주장은 '향목동'을 간소로 하는 작품들이 '향슈동'으로 간소를 밝히고 있는 작

---

15) 정양완, 위의 책, 머리말, 4쪽.

품들에 비하여 대부분 시대적으로 뒤늦게 출현한 것이라는 점에 비추어볼 때 우선 논리적으로 당착을 드러낸다고 하겠다.

한편 최근 들어 이다원은 다음의 근거를 토대로, 전술한 정양완의 주장이 지닌 문제점을 아래와 같이 지적한 바 있다.

> 그러나 대곡삼번이 정리한 동양문고 세책필사본의 필사기를 보면, 한자로 필사기를 적은 것은 보이지 않는다. 이러한 상황에서 저본(底本)의 필사기가 한자로 되어 있을 것이라고 추정하는 것은 무리가 있다. 또한 필사자가 한 작품을 재사(再寫)하는 과정에서 어떤 권에서는 '木'자로 읽고, 어떤 권에서는 '水'자로 읽었다고 생각하기는 어렵다. 이 문제에 대해 아직 단정할 수는 없으나 다음과 같은 가설을 생각해 볼 수 있다. 하나는 한글 지명인 '향나뭇골'이라는 명칭을 한자로 옮겨 적으면서, '木'자와 '樹'자를 혼용하여 사용했을 가능성이다. 또 하나의 가설은 시간적 간격을 두고 같은 지역을 다르게 불렀을 가능성이다. 같은 작품 내에서 '향슈동'이라는 필사기가 보이는 권들은 다른 권들의 필사년도와 차이를 보이는 경우가 많으며, '중수(重修)'라는 표현이 자주 나타난다. 이것은 향슈동에서 재사(再寫)가 이루어진 시점이 후대일 가능성을 시사한다. 이 경우에는 향목동과 향슈동이 다른 곳의 지명일 가능성도 배제할 수 없다.16)

비록 그 자신이 이에 대해 가설(假說)이라는 단서를 달고 있지만, 그는 이 문제에 대한 극히 다양하기까지 한 몇몇 가능성—곧 첫째, '향목동'과 '향슈동'이 동일 간소일 것이라는 점, 둘째, 이들 두 간소의 경우 동일 간소이기는 하지만 '시간적 간격'을 두고 이와같이 다르게 불렀을 것이라는 점, 셋째, '향목동'과 '향슈동'이 다른 곳의 지명일 것이라는 점—을 두루 제시하고 있다는 점에서 정양완의 주장에 비하여 분명 한 걸음 더 나아간 주장이라 할 수 있다.

---

16) 이다원, 앞의 논문, 89쪽, 각주118.

한편 필자 또한 다음과 같은 몇몇 근거, 곧

> 다만 '향슈동'을 간소로 하는 작품들이 '향목동'을 간소로 하는 작품
> 들에 비하여 시대적으로 약간 앞선 것으로 나타나고 있다는 점, '향목
> 동'의 오표기(誤表記)로 '향슈동'이 나타나게 되었다는 정양완의 주장
> 을 뒷받침할 실증적 바탕을 전혀 찾아볼 수 없다는 점, 또한『삼국지』
> 라는 동일 작품 내에서 드러나는 '향슈동'을 간소로 하여 이루어진 권
> 이 '향목동'을 간소로 하여 이루어진 권에 비하여 시대가 앞선다는 사
> 실을 분명히 확인할 수 있다는 점 등을 고려하여 '향슈동'과 '향목동'
> 은, 간소를 달리한 세책업주로 봐야 하지 않을까[17]

라는 사실을 토대로 하여 이들과는 또 다른 견해를 제시한 바가 있다.
우리는 다음과 같은 몇몇 사실들을 토대로 이들 두 간소의 존재 양
상에 대한 일련의 정보를 밝혀낼 수 있을 것으로 기대한다. 곧 '향목동'
을 간소로 밝히고 있는 권들은 대부분 1911년과 1912년에 집중적으로
필사된 것인데 반하여, '향슈동'을 간소로 밝히고 있는 권들은 대부분
1899년에서 1902년 사이에 필사된 것으로 확인된다는 점이다. 이런 사
실을 통하여 '향슈동'을 간소로 밝히고 있는 작품들이 '향목동'을 간소
로 밝히고 있는 작품들에 비하여 분명 시대적으로 10여 년 정도 앞서
출현한 자료들이라는 점을 어렵지 않게 알 수 있다.
나아가 다음과 같은 몇몇 정황을 아울러 유념할 때, '향목동'은 '향슈
동'이라는 간소와 결코 동일한 지명에 해당할 가능성은 거의 없어 보인
다고 하겠다. 그 이유는 다음과 같다.
첫째, '향목동'과 '향슈동'이라는 간소가 같이 나타나고 있는 작품들의
필사년대를 들 수 있다. 두 간소가 아울러 나타나고 있는 작품들로는
『삼국지』를 포함하여『당진연의』,『쇼디셩젼』,『창선감의록』,『장경전』,
『하진양문록』등 6종을 들 수 있다. 그런데 이 자료들 가운데 '향슈동'

---

[17] 정명기, 앞의 논문, 473~474쪽.

에 비하여 그 시대가 앞서는 작품은 오직 『장경견』 1종 뿐으로, '향목동'을 간소로 하고 있는 권2가, '향슈동'을 간소로 하고 있는 권1에 비하여 1년 빠른 1905년에 필사된 것[18]으로 나타난다는 점.

둘째, '향목동'을 간소로 하는 권들의 지질(紙質) 상태는 '향슈동'을 간소로 하는 권들과는 비교할 수 없을 정도로 매우 조악한 것으로 확인된다(이점 특히 『삼국지』에서 두드러지게 나타난다.)는 점을 들 수 있다. 이것은 '향슈동'을 간소로 하는 작품들에 비하여 '향목동'을 간소로 하는 작품들이 그 유통범위라든가 독자들의 호응도가 예전과는 비교할 수 없을 정도로 매우 낮아졌던 저간의 상황을 말해주는 것으로도 달리 이해된다. 만약 예전처럼 유통범위가 넓고, 게다가 독자들의 호응이 상당한 수준의 것이었다면, '향목동'을 간소로 하는 세책업자들이 그들의 속성상 오늘날 확인되는 것과 같이 조악한 느낌마저 주는 지질의 이본들을 유통시켰을 까닭은 결코 없어 보인다는 점을 고려할 때 더욱 그렇다고 하겠다.

그렇다면, '향슈동'과 '향목동'본의 관계 양상을 과연 어떻게 파악해야 그 정곡을 기하는 것이라고 할 수 있는가? 필자는 앞에서 이미 몇 가지 사실을 통하여 암묵적으로나마 '향슈동'과 '향목동'은 다른 간소일 것이라는 점을 전제하고 논의를 진행해 왔다. 그러나 이에 대한 반론 또한 충분히 가능할 것으로 보인다. 그것은 다음과 같은 몇 가지 경우로 제기될 수 있을 듯하다.

첫째, '향슈동'과 '향목동'은 같은 간소에 대한 이칭에 불과하다.
둘째, '향슈동'과 '향목동'은 다른 간소일 수도 있고, 같은 간소의 이

---

18) 필자는 이에 대해 한편 동일 작품임에도 특이하게 간소가 달리 나타나고 있는 '세책본'의 존재를 주목할 필요가 있다고 하면서. 이런 현상은 "'향목동' 인근에 있던 세책업소들이 시대를 내려오면서 '향목동'을 중심으로 재편・결집되는 양상을 보여주는 좋은 보기로 이해하고자" 하는 시각을 드러낸 바가 있다.(471쪽 참조)

칭일 수도 있다.

셋째, '향슈동'과 '향목동'은 다른 지역에 속하는 간소이다.

넷째, '향슈동'과 '향목동'은 같은 지역에 속하는 간소이되, 상호 경쟁적 관계를 형성하고 있던 간소이다.

이들 주장에서 드러나는 문제점에 대해 구체적으로 논하여 보기로 하자.

먼저, 첫째의 주장은 정양완에 의해 제기된 것으로, 이에 대한 반론은 다음과 같은 점에서 그 해답을 마련할 수 있을 것으로 기대된다.

만약 '향슈동'과 '향목동'이 같은 지명이라면, '향슈동'을 간소로 하고 있는 작품들, 예컨대 『고려보감』, 『금령전』, 『만언사』, 『녈국지』, 『님장군전』, 『곽히룡전』 등이 1898년부터 1905년 사이에 이루어진 반면에, '향목동'을 간소로 하고 있는 작품들은 4종(『츈향전』, 『모란졍긔』, 『구운몽』, 『유충렬전』)을 제외하고서는 모든 작품들이 1905년 이후에 출현한 것으로 나타나고 있는 바, 만약 이들 두 간소가 같은 간소의 이칭에 불과하다면 이와 같이 '향슈동'과 '향목동'으로 굳이 달리 표현할 하등의 까닭이 없어 보인다는 점. 또한 『츈향전』을 포함한 다른 세 작품들 가운데 1905년 이전에 출현한 것으로 보이는 권들은 여러 정황을 고려할 때 원 '향목동' 세책본에 해당할 가능성이 거의 없어 보인다는 점(이것은 따라서 '향슈동' 세책본 또는 그것이 필사 대본으로 삼았던 '향슈동'본이 아닌 다른 선행 간소의 세책본일 가능성이 높음을 말하는 것이다.), 아울러 '향슈동'과 '향목동'이란 간소가 같이 나타나고 있는 작품들의 존재를 결코 무시할 수 없다는 점 등 때문이다. 특히 『당진연의』 권3과 『하진양문록』 권4의 존재는, 결코 '향슈동'과 '향목동'이 같은 지명일 가능성이 거의 없음을 말해주는 좋은 예라고 하겠다. 곧 『당진연의』 권3(1910년), 권4(1901년)를 제외한 나머지 모든 권들은 '향목동'을 간소로 하고 있는 바, 이들 권들은 하나같이 1910년(권1)과 1912년(권6부터 권16까지)에 나타난 것으로 되어 있다. 남아있는 기록을 그대로 준신한다면, 같은 해(1910년)에 출현한 것으로 드러나는 해당 권(곧 권1과 권3을 가리킨다.)의 간소가 이와같이 달리 나타날 수는 없다는 점. 한편『하진양문록』권4(1908) 또한 이런 정황을 뒷받침하는 좋은 증거로 생각된다. '향슈동'에서 이루어진 권4(1908년)를 제외한 나머지 모든 권들이 '향목동'에서 1908년과 1909년(권20)에 나타난 것으로 확인된다는 점에서도 '향슈동'과 '향목동'이 같은 간소에 해당한다는 정양완의 주장은 별 설득력이 없어보인다고 하겠다.

둘째의 주장은 이다원에 의해 제기된 것으로, 이에 대한 반론은 필자가 이미 다른 논문에서 그 한계를 지적한 바[19]가 있으므로, 더 이상의 상론은 피하기로 하고, 여기서는 다만 그의 주장 가운데 다음 부분의 문제점에 대해서만 논급하기로 한다. "같은 작품 내에서 '향슈동'이라는 필사기가 보이는 권들은 다른 권들의 필사년도와 차이를 보이는 경우가 많으며, '중수(重修)'라는 표현이 자주 나타난다. 이것은 향슈동에서 재사(再寫)가 이루어진 시점이 후대일 가능성을 시사한다. 이 경우에는 향목동과 향슈동이 다른 곳의 지명일 가능성도 배제할 수 없다."는 서술에서 드러나는 일부 오류사항이 바로 그것이다. 먼저 그는 '향슈동'본에서 "'중수'라는 표현이 자주 나타난다"고 지적하고 있는데, 실상은 전혀 그렇지 않은 것으로 확인된다. 그의 지적과는 달리 '향슈동'본 가운데 '중수'라는 표현은 다만『열국지』의 권1, 3, 5, 7, 11, 13, 15, 17, 21, 25, 29, 33[20](1903)과『삼국지』의 권49(1900), 그리고『당진연의』의 권3(1910)에서만 드러나고 있을 뿐, 그 외의 작품들에서는 결코 나타나지 않는다. 게다가 '중수'라는 표현 자체는 '향슈동'본 뿐만 아니라 '향목동'본『소디셩젼』권2(1913),『당진연의』권1(1910) 등에서도 마찬가지로 드러나는 바, 이런 사실만으로는 이들 두 간소의 관련 양상을 설득력있

---

19) 정명기, 위의 논문, 472~473쪽.
20) 대곡삼번, 앞의 논문, 178쪽에서 권33의 간소를 '향목동'으로 밝히고 있으나, 확인 결과 '향슈동'의 오기인 것으로 드러났다.

게 규명할 수는 없을 것으로 여겨진다. 다만 이런 사실은 이들 작품들의 '중수'가 그것들이 선행 대본으로 삼았던 작품들에 비하여 시대적으로 뒤늦게 출현했으리라는 점과 아울러 '향목동'본의 '중수' 또한 '향슈동'본의 '중수' 못지 않게 일어나는 바, 이 점을 통하여 보더라도 '향목동'본이 '향슈동'본의 작품들에 비하여 시대적으로 뒤늦게 출현하고 있다는 점을 거듭 확인할 수 있다고 본다. 그보다는 여기서 차라리 '향목동'본에서 드러나는 '신판'이라는 표현을 주목할 필요가 있다고 본다. '신판'이라는 용어 자체는 방각본의 경우에서도 확인되는 것과 같이, 후행본이 그보다 선행했던 본과 구별하기 위한 의도 아래 사용되었던 용례가 거의 대부분이다. 이런 하나의 예만을 미루어보더라도, '향목동'본이 '향슈동'본에 비하여 분명 시대적으로 뒤늦게 출현한 간소라는 점을 분명히 알 수 있을 뿐, 이들 두 간소의 관계 양상에 대한 결정적인 단서는 마련할 수 없을 듯하다.

여기서 또한 "이것은(필자 주 : '중수(重修)'라는 표현이 자주 나타난다는 점) 향슈동에서 재사(再寫)가 이루어진 시점이 후대일 가능성을 시사한다. 이 경우에는 향목동과 향슈동이 다른 곳의 지명일 가능성도 배제할 수 없다"라는 주장의 문제점을 들 수 있다. 앞에서 이미 지적하였듯이 '중수'는 '향슈동'뿐만 아니라 '향목동'에서도 일어나는 현상이라는 점에서 그가 논거로 삼고 있는 위의 추정은 실상에 어긋나는 것이 아닐 수 없다. 따라서 이들과는 다른 각도에서의 구체적인 접근이 요청된다고 하겠다.

셋째의 주장 또한 이다원에 의하여 제기되었다. 이들 두 지역이 분명 다른 간소라면, 먼저 '향슈동'의 현재 위치는 어디에 해당하는지가 '향목동'의 그것처럼 마땅히 드러나야 한다고 본다. 그러나 이에 대한 관련 자료를 두루 검토해 보더라도 '향슈동'이란 간소는 '향목동'의 그것과는 달리 그 존재 여부조차 분명히 드러나지 않는다. 자연 '향슈동'이라는 동명이 당시에 현실적으로 존재했던 지명인가에 대한 의문마저 제기된다. 그러나 다수의 작품들이 남아있는 현재의 여건을 고려한다면, 여기서 '향슈동'이라는 간소를 갖는 작품들의 존재 또한 결코 무시할 수는 없다. 그렇다면, 결국 '향슈동'과 '향목동'은 '향나뭇골'[또는 '상나뭇골'(청셕), '군당골']이라는 고유명칭을 한자로 바꾸면서 파생한 이름 가운데 하나일 가능성이 높아 보인다. '향나뭇골'의 '나무'에 대한 한자 표기는 '樹' 또는 '木' 등 어느 것이나 가능한 것이라는 점에서 그렇다고 하겠다. 이런 점에서 본다면, '향슈동'과 '향목동'이란 간소는 결국 같은 지역에 기반을 두고 있는 간소일 가능성이 가장 높아 보인다. 그렇다고 해서 이들 두 간소가 동일 업소에 해당한다는 이야기는 결코 아니다. 그것은 이미 앞에서 간략히 언급한 바와 같이, 이들 두 간소가 같은 간소의 이칭이라면, 작품들에 따라 달리 나타나고 있는 필사시기에 따른 선후관계(넘나듦)의 양상을 쉽게 설명할 수 없다는 점, 이런 연장선상에서 군이 이와 같이 '향슈동'과 '향목동'으로 달리 표기했을 객관적인 이유가 별달리 찾아지지 않는다는 점 등을 고려할 때, 그렇다고 하겠다. 그렇다면, '향슈동'과 '향목동'이라는 간소는 결국 '향나뭇골'이라는 동일 지역에 위치하고 있던 업소이기는 하지만, 1종의 작품 내에서도 '향슈동'과 '향목동'이라는 간소가 뒤섞여 출현하고 있다는 점 등을 고려할 때 이들 간소는 한 업소가 아니라, 상호 경쟁적 관계를 유지하고 있던 업소로 보아야 한다고 생각한다. 이런 지적이야말로 곧 이들 두 간소의 실상과 부합하는 면모가 아닐까 한다.

3. 『삼국지』의 유통 양상

앞에서 검토해 온 바를 토대로 우리는 현전 『삼국지』가 최소한 3종에 달하는 이본의 형태로 당시 유통되고 있었다는 사실을 밝혀낼 수 있었다. 그렇다면 이제 이들 3종의 이본들은 과연 어떠한 관련 양상을 갖고 유통되고 있었는가에 대한 의문이 발생한다. 이들 3종의 이본들이 크게 '향슈동'과 '향목동'을 간소로 하고 있는 58책본과 '향슈동'을 간소로 하고 있는 69책본으로 나누어진다는 것은 이미 여러 관련 문맥을 근거로 밝혀둔 바 있다.

여기서는 58책본과 69책본의 관련 양상, 곧 이들 이본들의 선후 관계는 어떠한 것인가에 대해 살펴보기로 하자. 이에 앞서 우리는 먼저 58책본 이본들의 관련 양상을 검토할 필요가 있다. 그러나 58책본의 경우, '향슈동'과 '향목동'으로 간소를 달리하고 있음에도 이들 양자의 관련 양상이 어떠했는가를 파악할 만한 자료가 현재 많이 남아있지 않기에 그 실상을 구체적으로 밝혀내기가 쉽지만은 않다고 하겠다. 그런 가운데 권32('향슈동' : 1898년)와 권33('향목동' : 1912년), 그리고 권55('향목동' : 1911년)와 권56('향슈동' : 1901년)의 존재는 우리의 논의에 한 단서를 제공해주는 것으로 여겨진다는 점에서 주목을 끈다. 이들 권의 간소가 이와 같이 다르게 나타나고 있음에도 그 서사내용과 장회가 앞의 권과 자연스럽게 이어지고 있다는 사실을 우리는 앞에서 제시한 도표를 통하여 쉽게 확인할 수 있다. 이것은 바로 '향슈동'본과 '향목동'본 58책 이본들은 그 분권이라든가, 나아가 그 서사내용, 그리고 장회 등에서 별반 두드러진 차이를 지니고 있지 않았을 개연성이 크다는 사실을 말해주는 좋은 증거로 생각된다. 그렇다면 '향슈동'본과 '향목동'본 58책의 선후 관계는 과연 어떻게 파악해야 하는가가 문제로 대두된다. 이에 대한 필자 자신의 결론부터 밝히자면, '향목동'본은 그 지질의 조악한 상태라든가 또는 그 필사연대 등을 고려할 때, '향슈동'본에 비하여 결코 선행하여 나타날 수는 없었던 이본으로 보여진다. 곧 '향목동'본 58책은 그보다 앞서 유행하고 있었던 선행 '향슈동'본 58책을 거의 그대로 전사하는 가운데 출현했던 이본에 불과한 자료로 여겨진다. 나아가 그 지질 상태 등을 고려하면 해당 이본이 당시 실제로 유통되었을 가능성 또한 결코 높아보이지는 않는 것으로까지 여겨진다.

한편 이어서 58책본과 69책본의 관련 양상에 대해 논의하여 보기로 하자. 이본들의 관련 양상에 대해 우리들은 책수가 적은 것을 부연, 확장하는 가운데 책수가 많은 이본이 산출되는 것이 일반적인 현상일 것이라고 파악해 왔다. 이런 태도의 일단을 김흥규의 다음과 같은 주장, "따라서 세책가는 전래의 필사본이든 방각본이든 많은 작품을 모으기에 힘쓰지 않을 수 없었고, 이 과정에서 새로운 작품의 창작이나 <u>기존 작품의 확장·개작이 적지않이 이루어진 듯하다.</u>"21)에서도 익히 확인할 수 있다. 과연 이런 주장이 『삼국지』의 58책본과 69책본의 경우에도 무리없이 적용될 수 있는 것일까? 물론 58책본과 69책본의 관련 양상에 대한 규명은 여러 각도(예컨대 이들 두 이본에서 확인되는 장회 제명의 출입 또는 장회 출현 위치의 차이라든가 서사내용상의 차이 등에 대한 구체적인 검토 작업이 바로 그것이다.)에서 해명이 가능할 것으로 생각된다. 그렇지만 여기서는 논의의 효율성을 고려하여 이들 두 이본의 문면에서 드러나는 차이만을 살펴보는 것으로 국한하여 논의를 전개하고자 한다.

그런데 58책본 가운데 또 다른 이본의 존재 가능성을 제시해주는 '향슈동'본 권32, 40, 56 등은 앞의 두 권이 1898년, 뒷권이 1901년에 이루어진 반면에, 같은 58책본으로 이루어진 '향목동'본은 거의 대부분 1911년과 1912년 사이에 이루어졌다는 차이점을 드러내고 있다. 한편 69책본으로 이루어진 '향슈동'본은 58책본으로 이루어진 '향슈동'의 그것과 거의 같은 시기인 1899년(권43)부터 1902년 사이에 나타난 것으로 확인된다. 이런 점에서 본다면, '향슈동'본 58책본과 69책본은 거의 같은 시대에 출현했던 것으로 보아도 별 무리는 없을 것으로 생각된다. 그렇다면 이것은 '향슈동'이라는 동일한 간소에서 거의 같은 시기에 다른 권수로 이루어진 이본을 유통시켰다는 사실을 가리키는 것이 아닐 수 없다. 결국 이것은 그만큼 세책본소설이 당시에 얼마나 활발히 유통되고 있

---

21) 김흥규, 『한국문학의 이해』, 민음사, 1995, 193쪽.

었는지를 여실히 보여주는 좋은 예로 생각된다. 여기서 세책본소설이 당시 독서계를 풍미하는 가운데 얼마나 많은 폐해를 유발하고 있었는가를 전하는, 아직껏 소개되지 않은 자료 하나를 제시하기로 하자.『만세보』의「諺文貰冊禁讀」이란 기사가 바로 그것이다.

> 日前 警務使 朴承祖氏가 自己 門人으로 더부러 談話ᄒ다가 慨歎ᄒ는 說이 國民의 知識이 發達치 못홈은 敎育이 업ᄂ 緣故ᄂ 然ᄒ나 至今이라도 一般 人民이 實心과 實力을 維持ᄒ랴면 不可不 急先務가 懶惰遊戲ᄒ야 証據업시 僥倖으로 福利를 바라고 求ᄒᄂ 習慣부터 禁훌 지니 吾 平生에 可憎ᄒ고 可憐ᄒ 者ᄂ 春閨花燭과 閭巷市井과 屏門長席에셔 所謂 諺文貰冊『洪吉童傳』·『春香傳』·『蘇大成傳』等 冊을 高聲大讀ᄒ면셔 嬉嬉呵呵ᄒ야 無情ᄒ 歲月을 空然히 지ᄂ니 該 諺文貰冊等이 人民 生活ᄒᄂ 程途에 무엇이 有益ᄒ리오? 我가 決斷코 此等 習慣을 嚴禁ᄒ깃다더라.[22]

물론 이 기사가『삼국지』가 유통되고 있던 시대보다는 약간 뒤늦은 시대의 언급이라는 점에서, 이것을 당시 세책본소설의 일반적 유통양상을 파악하는 척도로 바로 대입하기에는 나름의 어려움 또한 있는 것은 사실이다. 그러나 이런 기사가 당시의 언론 매체에 버젓이 수록될 정도였다는 사실은 그만큼 세책본소설이 상당할 정도로 유행하고 있었다는 점을 반증해주는 보기로 생각된다.

　다시 앞의 논의로 되돌아가 58책본과 69책본의 관련 양상을 살펴보기로 하자. 그 관련 양상의 가능한 면모는 크게 다음 세 가지 경우로 정리될 수 있을 듯하다.

　　첫째, 58책본이 선행하여 출현한 뒤, 일정 시간이 흐른 뒤에 이것을 바탕으로 한 69책본이 출현했을 가능성.

---

22)『만세보』1906년 7월 28일자 기사.

둘째, 그와는 반대로 앞서 출현한 69책본을 축약하는 가운데 58책본이 출현했을 가능성.

셋째, 위의 두 경우와는 관계 없이 58책본과 69책본이 각기 그 시차를 크게 두지 않고 거의 동시에 출현, 유통되었을 가능성.

여기서는 58책본과 69책본 가운데 상호 대비가 가능한 자료들에서 확인되는 몇몇 부분을 임의로 취택(取擇), 제시하면서 이 점을 살펴볼까 한다. 그것은 겹쳐 나타나는 이들 부분에서 드러나는 서사내용의 대비 검토만으로도 이에 대한 어느 정도의 해답을 마련할 수 있을 뿐만 아니라, 나아가 이들 자료로부터 확인될 면모가 이하 다른 권들의 경우에도 마찬가지로 드러날 것으로 여겨진다는 점에서 적용에 큰 무리는 없을 것으로 기대되기 때문이다. 먼저 해당 이본들의 관련 양상이 여하한 것인지를 극명하게 보여주는 몇몇 보기를 제시하면 다음과 같다.

㉮ 각셜 공명이 문무 중관과 한가지로 난가를 갓쵸와 한중왕을 쳥ᄒ여 뫼시고 단상의 니르러 한날긔 졔흘시 쵸쥬로 ᄒ여금 상층단의 올나 졔문을 닑으니 왈 "유 건안 이십오년 하ᄉ월 병오삭 십이일 졍수의 황뎨 뉴비는 감쇼고우황텬후토ᄒ옵ᄂ니 한뉴 텬하의 역슈무강이러니 셕일의 왕망이 찬역ᄒ미 션무 황뎨 진노ᄒ샤 왕망을 토멸ᄒ신 후 사직이 부존이러니 이제 조죄 농병잔인ᄒ여 쥬후를 시살ᄒ니 죄악이 관영ᄒ고 기자 조비 흉역이 심어기부ᄒ여 신긔를 찬역홀시 군하 장ᄉ드리 한조가 임의 진ᄒ다 ᄒ여 자힝무긔ᄒ미 뉴비 덕박ᄒ여 뎨위를 감당치 못홀 거시로듸 셔민과 하향 군장드리 다 갈오듸 '텬명을 가히 역지 못홀 거시오, 조종지업을 가히 바리지 못ᄒ며 ᄉ희의 가히 임군이 업지 못ᄒ리라.' ᄒ미 텬명은 두리오나 긔업을 포긔치 못ᄒ여 텬지의 졔고ᄒ며 황뎨의 시슈를 밧드러 ᄉ방을 무림코자 ᄒ오니 오직 신령은 흠향ᄒ고 한가 국조를 기리 평안케 ᄒ쇼셔." ᄒ엿더라. 졔를 맛찬 후의 공명이 중관을 거나리고 시슈를 밧드러 올니고 한즁왕긔 황뎨 위의 즉ᄒ시믈 쳥ᄒ니 (『삼국지』 권35, 1-앞~2-앞)

㉮ 모든 관원니 난가롤 베퍼 한쥬왕을 쳥ᄒ여 단의 올ᄂᆞ 텬지의 졔 홀시 쵸쥐 상칭의 잇서 쇼리롤 가다듬어 졔문을 넑고 졔롤 파ᄒᆞᆫ 후의 공명이 즁관을 거ᄂᆞ리고 식슈롤 밧드러 올니 〃 (『삼국지』 권44, 14-뒤~15-앞)

㉯ 우금이 방덕으로 ᄒᆞᆫ가지 산의 올나 물을 피ᄒᆞ고 칠군니 어즈러니 놉흔 곳으로 도망ᄒᆞ더니 (권32, 3-뒤)
㉯ 방덕 졔장과 ᄒᆞᆫ가지로 겨근 산의 올나 물을 피ᄒᆞᆫ든니 (권41, 3-뒤)

㉰ 외뎐의 나와 군신의 조회롤 밧고 화흠으로 사도롤 ᄒᆞ이고 왕낭으로 사공을 ᄒᆞ이고 더쇼 관원을 벼술을 더 ᄒᆞ이나 조비의 병이 일향 낫지 못ᄒᆞ니 허챵은 궁실이 요괴 만투 ᄒᆞ여 낙양으로 도읍을 옴기고 크게 궁궐을 지으니 셰쟉이 〃 쇼식을 셩도의 보ᄒᆞ디 (권34, 26-앞~뒤)
㉰ 외뎐의 나와 군신의 조회롤 밧고 화흠으로 ᄉᆞ도롤 ᄒᆞ이고 왕낭으로 ᄉᆞ공을 ᄒᆞ이고 더쇼 관원을 벼술을 도 〃 고 허챵은 궁실의 요괴 만타 ᄒᆞ여 낙양으로 도읍을 옴기고 크게 궁실을 지으니 셰죡이 〃 쇼식을 셩도의 보ᄒᆞ니 (권44, 10-앞)

㉱ 각셜 강위 화후피로 ᄒᆞ여금 군ᄉᆞ롤 거ᄂᆞ려 조양후을 바라고 나오더니 피 유다려 문왈 "이제 뷘 셩을 취ᄒᆞ여 무어세 쓰리오?" 위왈 "우리 여러 번 양식 잇ᄂᆞᆫ 곳을 취ᄒᆞ여시니 젹병이 반다시 나의 ᄯᅳᆺ을 아는지라. 이제 젹이 양식 잇ᄂᆞᆫ 곳을 직히려ᄉᆞ리니 우리 각 〃 군을 ᄂᆞ여 가마니 젹의 쥰비치 아닌 ᄲᅵ롤 타 승시ᄒᆞ여 즛치면 젹이 우리 계교의 속으믈 붓그려 ᄒᆞ리라." 화후피왈 "이는 묘ᄒᆞᆫ 의논이라. ᄂᆡ 맛당이 젼긔 되리니 공은 가히 후군이 되라." ᄒᆞ고 몬져 일지군 거ᄂᆞ려 조양의 이르러 보니 셩상의 한 긔치도 업고 문을 디긔ᄒᆞ엿거늘 피 의혹ᄒᆞ여 졔장다려 무르니 디왈 "이는 뷘 셩이라. 다만 쟝군의 오시믈 듯고 사쇼 빅셩이 다라난가 ᄒᆞ나이다." 피 밋지 아냐 말을 노화 셩 남편으로 가 보니 다만 빅셩이 왕니ᄒᆞ거늘 스스로 당젼ᄒᆞ여 드러가니 바야흐로

웅성 가의 이르러 믄득 일셩 향〃의 고각이 졔명ᄒ고 경긔를 들고 조
교를 셰우거늘 픠 디경왈 "그릇 계교를 맛치도다." ᄒ고 급히 퇴군ᄒ
더니 (권56, 4-앞~5-뒤)

㉰ 각셜 강위 화후픠로 젼부를 숨아 먼져 일군을 닛글고 조양셩을
아스라 ᄒ니 화후픠 군을 잇글고 셩하의 이로미 ᄒ낫 긔치도 업고 스
문니 다 열녀거늘 심하의 〃심ᄒ여 졔장을 도라보아 왈 "간ᄉᄒ 쾨 아
닌가?" 졔장왈 "이 조고만 빈 셩의셔 디병이 〃를 알고 다라ᄂᆞ미니 무
슴 쾨가 잇스리잇고?" 화후픠 밋지 아니ᄒ여 이의 말을 노화 갓가이
가셔 보니 셩 남편으로 빅셩들이 부로휴유ᄒ여 다라ᄂᆞ거늘 픠 디쇼왈
"과연 빈 셩이로다." ᄒ고 말을 노화 셩문의 그러가더니 일셩 방즈향
의 셩상의 긔치를 셰우고 〃각이 졔명ᄒ거늘 화후픠 디경왈 "그릇 간
계의 속앗도다." ᄒ고 급히 퇴군ᄒ려 ᄒ더니 (권66, 23-뒤~24-앞)

㉱ 권왈 "니 북으로 셔쥬를 취코져 ᄒ니 경은 엇더ᄒ다 ᄒ는고?" □
왈 "이졔 조쾨 먼니 하북의 잇시니 동으로 셔쥬를 도라볼 결을이 업고
직흰 군시 만치 아니ᄒ니 가이 취홀 거시로디 그 지셰가 육젼ᄒ기는
이ᄒ고 슈젼ᄒ기는 편치 못ᄒ니 비록 어드나 직희기 어려오니 먼져
형쥬를 취ᄒ여 장강의 험ᄒ믈 웅거ᄒᆫ 후의 별노히 조흔 모칙을 싱각
ᄒ미 조흘가 ᄒᄂᆞ이다." 권왈 "나도 본의가 형쥬를 취ᄒ랴 ᄒ니 첫 말
은 경을 시험코져 ᄒᆫ 말이니 경은 날을 위ᄒ여 속히 도모게 ᄒ면 나도
뒤좃차 졉응ᄒ리□." (권32, 12-앞~뒤)

㉲ 권왈 "괴 북으로 셔쥬를 취코자 ᄒ노라." 녀젹왈 "이지 죠쾨 멀니
하북의 잇셔 밋쳐 동을 도라볼 여긔 업고 셔쥬는 비록 으드나 직희기
어려오니 형쥬을 취홈만 못홀가 ᄒ나이다." 권왈 "괴 본의는 형쥬를
취ᄒ려 ᄒ미니 젼말은 희언이로다. 경은 고를 위ᄒ여 속히 형쥬을 취
ᄒ게 ᄒ라. 괴 맛당이 긔병ᄒ여 졉응ᄒ리라." (권41, 15-앞~뒤)

㉳ 공명이 좌우로 문방사보를 가져오라 ᄒ여 와탑의 노코 친필노 표
를 닥가 후쥬게 상달ᄒ게 ᄒ라 ᄒ고 쏘 양의다려 분부왈 (권50, 33-앞)

㉴ 공명이 문방ᄉ보를 취ᄒ여 와탑 갓가이 놋코 이의 일 장 표를 지

어 후쥬게 쥬달홀시 표의 왈 "업듸여 드르니 ᄉ셩은 유명ᄒ고 듸슈는 도망치 못ᄒᄂ니 신니 원컨듸 우츙을 다 베풀니이다. 신은 본듸 부셩이 우졸ᄒ고 씌롤 만ᄂ미 간난흔 지졀이라. 졀월을 잡아 군ᄉ롤 일우혀 북벌ᄒ더니 엇지 병이 골속의 드러 명이 조셕의 잇슬 쥴 긔약ᄒ여시리오? 폐하롤 죵ᄉ치 못ᄒ오니 한을 먹음미 무궁ᄒ온지라. 복원 폐하ᄂ는 쳥심 과욕ᄒ시고 빅셩을 ᄉ랑ᄒ고 효도롤 널니 베퍼 션황의 덕을 우쥬의 드리워 착흔 니롤 ᄂ오고 간ᄉᄒ니롤 물니치고 풍쇽을 후이 ᄒ쇼셔. 신의 집의 뽕나무 팡빅 쥬와 밧치 오십 이랑이 〃시미 ᄌ손의 〃식은 유여홀 거시오, 신의 쥭ᄂ는 날의 안으로 남은 비단니 잇고 밧그로 남은 지물이 〃시량이면 이ᄂ는 곳 폐하롤 져바리미니 신니 쥭은 후의 아루시리이다." ᄒ엿더라. 공명이 쓰기롤 맛고 쏘 양의롤 불너 왈 (권60, 22-뒤~23-뒤)

㉮ 근신이 쥬왈 "오ᄉ 졔갈건이 〃르럿나이다." 션쥐 젼지ᄒ여 불너 드리니 졔갈건이 복지ᄒ거늘 션쥐 문왈 "자위 먼니 왓시니 무삼 연괴 잇ᄂ다?" (권35, 18-앞)

㉯ 건신이 쥬왈 "오ᄉ 졔갈건니 〃르럿ᄂ이다." 션쥐 명(1.뒤)ᄒ여 드리지 말나 ᄒ니 황건니 쥬왈 "건의 아외 촉의 이셔 승상이 되엿고 이제 져의 오문 ᄉ괴 잇시미니 무슴 연고로 막으시ᄂ잇고? 맛당이 불너드려 그 말을 드러 가히 좃칠 만ᄒ면 좃고 그러치 아니면 져의 입을 비러 손권의게 흥병 문죄ᄒ믈 이르시미 언졍이슌홀가 ᄒᄂ이다." 션쥐 좃ᄎ 건을 부르니 건니 드러와 짜의 업듸거늘 션쥐 노문왈 "ᄌ유의 멀니 오문 무슴 연괸고?" (권45, 2-앞)

위에 번다할 정도로 제시해 둔 여러 예문들은 우리가 궁극적으로 살펴보려고 하는 58책본과 69책본의 관련 양상과 그 유통에 대한 매우 유용한 정보를 담고 있는 것으로 보여진다. 이들 이본들의 관련 양상 가운데 우선 상정할 수 있는 첫 번째 경우의 타당성을 검토하여 보기로 하자. 위에 제시한 ㉮에서 ㉱까지의 예문들에서 그 단서를 찾아낼 수 있을 것으로 보여진다. 이들 예문들의 경우, 58책본에서는 해당 문면이 위와같이 나타나고 있는 반면, 양적인 확대가 일어난 가운데 시대적으로 뒤늦게 출현한 것으로 보이는 69책본에서는 해당 부분이 전혀 출현하지 않고 있는 차이점들(본문 가운데 고딕 처리한 부분이 바로 그것이다.)을 예시한 것이다. 그것을 구체적으로 밝힌다면, ㉮에서는 제문(祭文)의 탈락, ㉯와 ㉰, 그리고 ㉱에서는 해당 서술문면의 탈락, ㉲에서는 대화부분의 탈락 등이 발생하고 있다는 것으로 요약된다. 이런 현상들은 일견 우리들의 이본형성에 대한 일반적 인식의 틀과는 매우 다른 것으로 보여진다는 점에서 결코 쉽게 이해되지 않는다고 하겠다. 만약 58책본이 선행하고, 그것을 토대로 69책본이 시대적으로 뒤에 출현한 것이라면, 위에서 지적한 바와 같은 면모가 출현한다는 점은 좀처럼 수긍하기 어려운 것이라는 점에서 그렇다고 하겠다. 이런 점에서 본다면 58책본이 69책본에 비하여 선행하여 출현했을 가능성은 결코 높아보이지 않는 것으로 생각된다.

나아가 두 번째 경우의 타당성을 검토하여 보기로 하자. 위에 제시한 ㉳와 ㉴의 예문들에서 마찬가지로 그 단서를 찾아낼 수 있을 것으로 기대된다. 이들 예문들은 앞의 경우와는 달리 69책본의 특정 문면이 도리어 58책본에서는 전혀 나타나지 않고 있는 부분들(위와 같이 고딕 처리한 부분이 바로 그것이다.)을 예시한 것이다. 곧 ㉳에서는 표문(表文)의 탈락, 한편 ㉴에서는 대화부분의 탈락 등이 발생하고 있는 것이 바로 그것이다. 물론 이런 경우는 이본 형성과정에서, 특히 축약으로 인하여 발생하는 새로운 이본들의 면모에서 흔히 드러나는 것으로써 결코 예외적인 현상으로는 생각되지 않는다. 그렇다면, 69책본이 58책본에 비하여 선행한 것이라고 봐도 좋은 것인가? 그러나 이럴 가능성 또한 그다지 높아보이지는 않는다고 하겠다. 왜냐하면 그것은 유통 형태를 달리하는 방각본소설이라든가, 필사본소설등의 경우와 비교해보더라도 이런 점은 쉽게 이해되지 않는 현상으로 여겨지기 때문이다. 또한 세책본소설의 영업주들이 지니고 있었을 나름의 영리 추구라는 상업적 측면을 아울러 고려한다면, 상업적 이윤의 폭을 극대화하기 위해 권질(卷帙)을 가능한 한 늘림으로써 그것을 굳건하게 확보하려는 의도를 지녔던 것으로까지 보여지는 그들로서는 그들 나름의 이익을 담보해주는 이러한 영업 전략을 버리면서까지 해당 이본들을 축약, 유통시킨다는 것은 현실적으로 결코 용이하지 않았을 것으로 생각된다는 점 등 때문이다.

그렇다면, 이제 마지막으로 남은 하나의 가능성으로 58책본과 69책본이 거의 같은 시대에 앞서거니 뒤서거니 하면서 출현, 유통되었을 경우를 상정할 수 있다. 구체적으로 이들 해당 자료의 서사문면을 대비·검토하다 보면, 두 이본의 특정 서사문면들에서 상호 영향을 긴밀할 정도로 주고 받은 흔적(이런 현상은 이들 이본들이 원 번역의 대본으로 삼았던 동일 자료의 면모로부터 파생했을 가능성이 높아보인다.) 못지 않게 약간씩 다르게 대치되어 있는 부분 또한 결코 어렵지 않게 확인하게 된다. 이런 사실은 이들 두 이본의 관련 양상이 우리들의 일반적인 기대와는 달리 그다지 크지 않음을 말해주는 좋은 예라고 하겠다. 한 예문만을 들어 보이는 것으로 이에 대한 구체적인 검토를 줄일까 한다.

공명왈 "늬 슈츠 고간ㅎ더 황상이 듯지 아니시니 민망ㅎ지라. 공등은 날을 뜨라 한가지로 드러가 간ㅎ여 보리라." ㅎ고 빅관과 한가지로 드러와 쥬왈 "폐히 쳐음으로 보위의 올나 만일 졍벌ㅎ려 ㅎ시면 북으로 조비롤 쳐셔 디의롤 텬하의 반포ㅎ고 뉵스롤 친히 거나려 졍벌ㅎ실 거시오, 동오롤 치고즈 ㅎ시면 일원 상장을 명ㅎ여 치시미 가ㅎ거눌 엇지 셩기 친졍ㅎ시도록 ㅎ리잇고?" (권34, 5-뒤)

공명왈 "늬 아모리 고간ㅎ나 텬지이 듯지 아니시니 금일은 공등이 날과 흔가지로 드러가 간ㅎ리라." 당하의 공명이 빅관을 잇글고 드러와 션쥬게 쥬왈 "폐히 쳐음으로 보위의 올ᄂᆞ 만일 북으로 한젹을 치고 디의롤 텬하의 펴ᄂᆞ 거시 올커늘 이제 폐히 뉵군을 친통ㅎ시고 동오

롤 치고져 ᄒ시니 엇지 텬하인의 바라는 비리잇가? 만일 오롤 치고져
ᄒ시거든 흔 상장을 명ᄒ여 문죄ᄒ시미 가ᄒ거늘 엇지 셩가롤 슈고로
이ᄒ여 친졍코져 ᄒ시나잇고?" (권44, 19-앞~뒤)

이런 점에서 본다면, 58책본과 69책본의 관련 양상 가운데 세 번째
경우가 실상과 가장 부합하는 것이 아닌가 생각된다. 거의 동시대에 권
차를 달리하는 2종('향목동'본까지 포함하면 3종이 되겠지만, 거의 같은
시기라는 위의 언명을 중시한다면 '향슈동'본 2종이라고 해야 사실과
부합된다.)의 이본이 '향슈동'이라는 한 간소에서 출현, 유통되었다는
사실이야말로『삼국지』의 경우만으로 한정한다고 하더라도 당시 상당
한 정도의 독자층이 형성되어 있었다는 점을 말해주는 결정적인 증거
라고 하겠다. 그런 가운데 굳이 이들 두 이본의 관련 양상을 좀더 좁혀
추론한다면, 세책본소설을 예전에 비하여 쉽게 향유할 수 있는 독자층
의 존재라는 엄연한 시장성을 결코 고려하지 않을 수 없었던 세책본업
주들은 우선 아무래도 상대적으로 위험 부담이 컸을 69책본보다는 적
은 권질로 이루어진 58책본을 먼저 유통시키는 가운데 독자들의 호응
도를 눈여겨 보았을 것으로 생각된다. 이런 움직임과 더불어 이윤을 보
다 극대화하려는 의도 아래, 그들은 자연스럽게 58책본에 바로 이어 69
책본『삼국지』를 또한 유통시켰던 것으로 보여진다. 이런 상황 속에서
『삼국지』의 서사세계를 보다 구체적으로 그리고 있는 것으로 보이는
69책본이 58책본을 밀어내고 세책본소설『삼국지』의 이본 가운데 주류
로 자리잡게 된 것이 아닐까 한다. 앞에서도 밝힌 바 있지만, '향목동'본
58책본의 경우, 세책본소설이라고 하기에는 너무나 조악한 지질로 이루
어져 있고, 또 그 간기 등을 두루 고려할 때, 이 이본이 실제적으로 유
통되었을 가능성은 그다지 높아보이지 않는다는 점 등을 고려하더라도
그렇다고 할 수 있다.

4. 맺는말

이제까지 앞에서 논의해 온 바를 간추려 맺는말로 대신할까 한다.

현전 동양문고본 『삼국지』의 존재를 통하여, 이 자료가 크게 3종에 달하는 이본들의 결합으로 이루어져 있다는 사실을 밝힐 수 있었다. 곧 '향목동'과 '향슈동'을 간소로 하는 2종의 58책본 존재와 '향슈동'을 간소로 하는 69책본의 존재가 바로 그것이다. 이런 사실과 아울러 이들 두 간소에서 유통시킨 것으로 확인된 여러 세책본소설들을 두루 고려할 때, '향슈동'과 '향목동'이란 간소는 결국 '향나뭇골'이라는 동일 지역에 위치하고 있던 업소이기는 하지만 동일한 업소가 아니라, 상호 경쟁적 관계를 유지하고 있던 업소로 보아야 한다고 주장하였다.

한편 58책본 2종의 이본은 남아있는 자료에 근거하여 그 편차가 거의 없는 이본일 것이라고 파악한 뒤, 이어 58책본과 69책본과의 대비적 검토를 통하여 어느 한 이본이 다른 이본에 비하여 결코 먼저 출현, 유통되었던 것이 아니라, 이들 두 이본이 거의 동시대에 출현한 이본이며, 시대가 내려와서는 69책본이 세책본소설 『삼국지』의 주류로 자리잡게 된 것으로 이해하였다.

여기서는 여러 여건으로 인하여 세책본소설의 면모를 갖고 있는 것으로 보여지는 하버드대본 『삼국지』와의 대비적 검토, 또는 세책본소설 『삼국지』의 원천과 그 번역양상 등에 대해서는 미처 관심을 쏟지 못했다. 이 점 뒷날의 과제로 미루어둔다.

세책 계열 〈춘향전〉의 특성
-서지 사항과 서사 단락을 중심으로-

전 상 욱

Ⅰ. 머리말

본고의 목적은 〈춘향전〉 가운데 세책(貰冊)으로 유통되었거나, 세책과 텍스트의 양상이 유사한 4종의 필사본을 중심으로 세책으로서의 특징을 살펴보는 데에 있다.

〈춘향전〉의 계열·계통에 대한 기존의 연구 성과를 살펴보면, 〈춘향전〉 계열은 대체로 남원고사 계열(또는 경판 계열), 완판 계열(또는 별춘향전 계열), 옥중화 계열로 나누는 것이 일반적이다.1) 이 가운데

---

1) 〈춘향전〉의 계열과 관련한 기존의 연구 성과로는 아래의 논저들을 참조할 수 있다. 조윤제, 「춘향전 이본고」, 『진단학보』 11 및 12, 진단학회, 1939 및 1940 ; 김동욱, 「춘향전 이본고」, 『논문집』, 중앙대, 1955 ; 설성경, 「춘향전의 계통수 연구」, 연세대 박사학위논문, 1980 ; 전경욱, 「춘향전 작품군 가요의 형성과 기능」, 고려대 박사학위논문, 1989 ; 김석배, 「춘향전 이본의 생성과 변모양상 연구」, 경북대 박사학위논문, 1993. 최근에 설성경 교수는 기존의 계열 분류법을 수정하여, 이도령 중심 계열, 춘향 중심 계열, 이도령·춘향 공동 중심 계

남원고사 계열로 분류되던 이본들이 대체로 본고에서 주목하고 있는
작품들과 일치하는데, 본고에서는 이를 '세책(貰冊) 계열'로 이름하기로
한다. 기존에는 완판본과 상대적인 위치에 있는 경판본을 주목해서 '경
판 계열'이라고 명명하거나, 이 계열의 이본 가운데 가장 필사연도가 이
른 것으로 여겨지는 『남원고사』를 대표적인 작품으로 생각해서 '남원고
사 계열'로 명명했었다. 그러나 세책집[貰冊家]에서 영업을 하기 위한
대본(貸本)으로 빌려주던 텍스트(또는 그 텍스트의 자장권)라는 점을
부각시켜 작품을 이해하는 편이 앞으로 우리에게 훨씬 풍부한 정보를
줄 수 있을 것이라고 생각하기 때문에 본고에서는 '세책 계열'로 이름하
고자 하는 것이다.[2]

이 세책 계열에는 프랑스 파리 동양어학교 소장 『남원고사』(이하
<남원>으로 약칭), 일본 동양문고 소장 『춘향전』(이하 <동양>), 일본
동경대 아천문고 소장 『춘향전』(이하 <동경>), 영남대 도남문고 소장
『춘향전』(이하 <도남>), 신문관 발행 『고본 춘향전』(이하 <고본>), 경
판 35장본(이하 <경35>) 등의 작품이 포함된다.[3] 이 중에서 본고에서

열로 새롭게 계열을 나누고 있다. 설성경, 『춘향전의 비밀』, 국학연구원, 2001
참조.

2) 본고에서 필자는 <춘향전> 전체 이본을 대상으로 계열 분류를 새롭게 시도하
지는 않았다. 다만, <춘향전> 이본 가운데 세책(貰冊)과 관련되는 일부 이본
만을 뽑아서 '세책 계열'이라는 명칭을 사용한 것이다. 전체 <춘향전>에 대한
계열(계통) 분류는 향후 필자의 과제로 생각하고 있는데, 작업이 완료되면 세
책 계열에 속하는 이본의 범위도 보다 명확해질 것이다. 따라서 본고에서 주
로 검토한 작품들은 '순수한' 세책 계열이라고 할 수 있겠다.

3) 기존 연구에서는 경판(안성판 포함)본 <춘향전> 모두를 세책 계열(구 남원고
사 계열)에 포함시키는 경우가 일반적이었으나 경판 30장 이하본(경판 30장
본, 경판 23장본, 안성판 20장본, 경판 17장본, 경판 16장본)들의 경우, 세책 계
열 <춘향전>과는 서사단락이나 표현 등 여러 가지 면에서 변별되는 양상을
보이므로 아직 논란의 여지가 남아있다. 경판 30장 이하본들은 현재의 연구
성과만으로 군이 계열 분류를 하자면 어쩔 수 없이 '세책 계열'에 포함시켜야
하겠지만, 아직 경판 30장본의 성립 과정에 대한 비밀이 풀리지 않았고 부분
적으로 세책 계열뿐만 아니라 완판 계열과도 친연성을 보이고 있기 때문에 본

는 〈남원〉, 〈동양〉, 〈동경〉, 〈도남〉 등 모두 4종을 중심으로 검토하기로 한다.

텍스트의 양상으로만 본다면 〈고본〉과 〈경35〉도 비교 검토의 대상이 되어야 마땅하겠으나 본고에서는 이들 이본에 대한 언급은 최소화하고자 한다. 1913년 신문관에서 발행한 〈고본〉은 세책 계열이 1910년 이후 활자본의 시대에 들어와서 어떤 변모 양상을 보이는가를 살펴보는 데에 보다 유효하기 때문에 본고의 논지와는 일정한 차이를 보이고, 〈경35〉는 세책 계열의 이본을 대상으로 행문을 축약·탈락하면서 성립된 이본이므로 경판 30장본 등의 이본과 함께 비교해서 살펴볼 때에 의미가 보다 분명해질 것이기 때문이다.

논의의 순서는 우선 Ⅱ장에서 〈남원〉, 〈동양〉, 〈동경〉, 〈도남〉의 서지적인 특성에 대해, 세책(貰冊)을 염두에 두고 살펴본 후, Ⅲ장에서 이들 이본들을 토대로 서사 단락을 추출하여 각 단락별로 세책 계열에서 나타나는 특징을 파악해 보고자 한다.

Ⅱ. 세책 계열 〈춘향전〉의 서지적 특성

본고에서 논의의 대상이 되는 4종의 이본들은 텍스트 내용만을 놓고 볼 때에는, 몇몇 단락에서 나타나는 특징적인 화소를 제외하고 나면, 작품의 의미가 달라질 만큼의 본질적인 차이를 발견할 수 없다. 그러나 서지적인 면을 중심으로 살펴보면, 각각의 이본들이 가지는 독특한 특성이 쉽게 드러난다. 이렇게 형식적인 면에서 차이가 나타나는 이유는 이들 이본 가운데 실제로 세책(貰冊)으로 유통된 이본과 그렇지 않은 이본이 있기 때문이며, 또 각각의 이본들이 생성된 연대(年代)와 생성 목적이 같지 않기 때문이다.

고에서는 일단 보류해 두기로 한다.

1. 프랑스 파리 동양어학교 소장『남원고사』

현재 프랑스 파리 동양어학교에 소장되어 있는 <남원>은 전체 5권 5책으로, 각 권은 43장 내외(권1 42장, 권2 45장, 권3 46장, 권4 43장, 권5 40장)로 되어 있고, 크기는 17.5cm×27cm이다. 면당 행수는 12행, 행당 자수는 17자 내외로, 총 85,000여 자[4] 분량이다.

각 권의 말미에 다음과 같은 필사기가 적혀 있어 필사 시기와 필사 지역을 알 수 있다.

> 권1 : 셰갑즈 하뉴월 망간 필셔
> 권2 : 셰갑즈 뉴월 넘오 필셔
> 권3 : 셰직갑즈 칠월 샹슌 누동 필셔
> 권4 : 셰긔亽 구월 넘오 필셔
> 권5 : 긔亽 구월 넘팔 누동 필셔

권1・권2・권3은 갑자(甲子)년인 1864년에, 권4・권5는 기사(己巳)년인 1869년에 필사되었고, 필사한 지역은 '누동'임을 알 수 있다. 서울의 누동(樓洞)에 있던 세책집에서 유통되던 세책본으로 생각된다.[5]

작품의 필사 시기가 1864년과 1869년으로 5년 차이를 보이는 것은, 5년의 시간을 두고 <남원>을 필사해서 완성한 것이 아니라, 누동(樓洞)

---

4) 김동욱 교수는『춘향전비교연구』, 삼영사, 1979에서 <남원>의 총 자수가 10만여자(94350자)에 이른다고 언급했지만, 실제로 글자수는 이보다 조금 적은 85000자 정도 된다.

5) <남원>은 일찍이 모리스 꾸랑이『한국서지』를 집필할 당시인 1894년에 벌써 프랑스 파리 동양어학교에 소장되어 있던 이본으로, 비교적 이른 시기부터 작품의 존재에 대해서는 알려졌던 이본이다. 그러나 1976년이 되어서야 우리 나라에 실체가 소개되어 연구되기 시작하였고, 상세한 서지 사항은 아직도 언급한 연구자가 거의 없기 때문에 이 책을 실제로 보기 전에는 세책집에서 영업의 대본으로 사용되었던 세책(貰冊)인지 여부는 확정할 수 없을 것 같다. 본고에서는 김동욱 교수의 선견을 준신하여 <남원>이 세책으로 유통되었다고 가정하고 논의를 진행하기로 하겠다.

세책집에 두 질(帙) 이상의 세책 〈춘향전〉(누동 세책집에서는 '남원고사'라고 작품을 명명했던 것 같다)이 있었던 것으로 이해해야 할 것이다. 1864년에 한 질의 〈남원〉을 만들어 영업하다가, 권4와 권5가 파손되어서 1869년에 파손된 권만 보충했다고 생각할 수도 있으나, 일반적으로 세책집에서 영업하는 책들은 질(帙)의 앞 권들이 파손될 가능성이 상대적으로 높다는 것을 염두에 둔다면, 누동 세책집에는 1864년에 필사된 한 질, 1869년에 필사된 한 질 등 모두 두 질 이상이 존재했었고, 이 책이 프랑스로 넘어갈 당시에 수습된 상태가 현재 우리가 볼 수 있는 상태의 권질(卷帙)이라고 이해하는 편이 보다 합리적이다.

2. 일본 동양문고 소장 『춘향전』

현재 일본 동경의 동양문고(東洋文庫)에 소장되어 있는 〈동양〉은 전체 10권 10책으로 각 권은 30장 내외(권1 29장, 권2 29장, 권3 26장, 권4 34장, 권5 30장, 권6 26장, 권7 30장, 권8 26장, 권9 30장, 권10 30장)로 되어 있고, 크기는 18.5cm×21.0cm이다. 면당 행수는 11행, 행당 자수는 14자 내외로, 총 86000여 자 분량이다.

각 권의 말미에 적혀 있는 필사기는 다음과 같다.

> 권1 : 셰긔유 구월일 향목동셔
> 권2 : 셰긔유 구월일 향목동셔
> 권3 : 셰긔유 십월일 향목동셔
> 권4 : 셰긔유 십월일 향목동셔
> 권5 : 셰신히 스월일 향목동셔
> 권6 : 셰갑지 뉵월 향목동셔
> 권7 : 셰신히 스월일 향목동셔
> 권8 : 셰경즈 구월일 향목동셔
> 권9 : 셰신히 □□(스월?)일 향목동셔
> 권10 : 셰신히 스월일 향목동셔

이 필사기를 통해서 권1·권2·권3·권4는 기유(己酉)년인 1909년
에, 권5·권7·권9·권10은 신해(辛亥)년인 1911년에, 권8은 경자(庚
子)년인 1900년에 필사되었음을 알 수 있다.[6] <동양>이 필사된 지역은
'향목동'으로 되어 있는데, 서울의 향목동(香木洞)에 있던 세책집에서
유통되던 세책본이다.

<동양>도 <남원>과 마찬가지로 작품의 필사 시기가 일정하지 않다.
<동양>은 세책(貰冊)으로 유통되었던 작품이 확실하므로, 향목동 세책
집에는 1900년에 필사된 한 질, 1904년에 필사된 한 질, 1909년에 필사
된 한 질, 1911년에 필사된 한 질 등 모두 네 질 이상의 세책 <춘향전>
이 존재했었을 것으로 추정된다. 그 후 이 작품들은 세책업의 사양화
(斜陽化)에 따라 더이상 영업 대본으로 사용되지 못하고, 1927년 이전
에 다른 세책(貰冊)들과 함께 서울 한남서림(翰南書林)에 팔렸다가,
1927년 일본의 동양문고(東洋文庫)에서 이 책들을 인수함에 따라 소장
처를 옮기게 된다.[7] 마지막으로 동양문고에 소장될 당시에 수습된 상
태가 현재의 권질일 것이다.

<동양>은 모두 10권으로 분권되어 있어서, 5권으로 분권된 <남원>
과 차이를 보인다. 그러나 내용상의 차이는 크게 나타나지 않는다. 단
지 5권으로 분권된 것을 권수를 늘려 10권으로 분권했을 뿐이다. 이러

---

6) 권6 필사기의 "갑지"가 문제인데, 기존에는 이를 "갑자"의 오기로 인식해서 갑
   자(甲子)년인 1924년에 필사된 것으로 이해하기도 하였다. 그러나 원본을 직
   접 살펴본 결과, 필사기 왼쪽에 "甲辰十月十□□□□嚴生員"이라는 기록이
   흐리게나마 나타나 있고, <동양>이 세책(貰冊)이라는 점을 염두에 둔다면
   "갑진"의 오자로 보아 1904년에 필사된 것으로 이해하는 것이 타당하다. 세책
   (貰冊)과 관련해서 권6의 필사기를 살펴본 논의로는 정명기, 「세책 필사본 고
   소설에 대한 서설적 이해」, 『고소설연구』 12, 한국고소설학회, 2001, 458쪽, 각
   주 27을 참조할 수 있다.
7) 향목동 세책집의 책들이 한남서림을 거쳐 동양문고에 소장되었다는 것은 오
   오타니 모리시게[大谷森繁] 교수가 언급한 바 있다. 오오타니 모리시게, 「조
   선후기의 세책 재론」, 『한국고소설사의 시각』, 국학자료원, 1996 참조.

한 차이는 세책집에서 일반적으로 추구하던 영업 방식이, 1860년대 중·후반에서 1900년대 초반에 이르는 사이에, 변화되었음을 보여주는 것이다. 즉, 19세기 중반에는 권당 40장 이상으로 필사되는 것이 세책집에서의 일반적인 경향이었다면, 19세기 말이나 20세기 초에는 권당 30장 내외로 필사되는 것으로 경향이 바뀌게 된 것이다. 이런 변화의 근저에 이윤을 높이려는 세책업자의 의도가 깔려있었음은 당연한 사실이다. 따라서 〈남원〉과 〈동양〉을 통해서 19세기 중반에서 20세기 초에 이르는 사이에 세책(貰冊)에서 나타났던 대체적인 변모 양상을 확인할 수 있다.

3. 일본 동경대학교 아천문고 소장 『춘향전』

현재 일본 동경대학교 아천문고(阿川文庫)에 소장되어 있는 〈동경〉은 전체 9권 2책(상책 : 권1~5 121장, 하책 : 권6~9 107장)으로 각 권은 25장 내외(권1 27장, 권2 28장, 권3 20장, 권4 21장, 권5 25장, 권6 20장, 권7 35장, 권8 24장, 권9 28장)로 되어 있고, 크기는 18.2cm×27.5cm이다. 면당 행수는 10행, 행당 자수는 19자 내외로, 총 84000여자 분량이다.

〈동경〉은 권9의 말미에만 "셰졍미 슘월일 간동셔"라는 필사기가 나타나는데, 이를 통해서 정미(丁未)년인 1907년에 필사되었고, 필사된 지역은 간동(簡洞)임을 알 수 있다.

이 작품은 〈남원〉, 〈동양〉 등과 비교해 볼 때, 행문 차원에서까지 동일한 부분이 매우 많기 때문에, 텍스트 자체는 세책(貰冊)의 영향권 내에 있음이 분명하지만, 세책집에서 직접 영업의 대본으로 사용했는지에 대해서는 아직 확신할 수 없다. 작품의 분권(分卷) 방식이 〈남원〉, 〈동양〉에 비해 이질적인 데다가, 작품 내에 선행 모본의 낙장으로 인해 필사를 하지 못했다는 언급이 모두 다섯 군데에서 나타나기 때문에 이 작품을 가지고 영업을 하기에는 많은 어려움이 있었을 것으로 추측된다. 당시에 영업을 하던 세책집이었다면 낙장된 부분을 바로 보충해서 완전한 텍스트로 만든 후 영업에 사용했을 것이기 때문이다.[8]

<동경>은 모두 9권으로 분권되어 있는데, 권1~권6까지는 10권으로 분권된 <동양>과 분권되는 지점이 거의 동일하다. 그러나 권7~권9를 <동양>과 비교해 보면, 네 권 분량을 세 권으로 만들었음을 알 수 있다.[9] 영업상의 전략이었는지, 필사 과정에서의 오류(분권 지점을 지나침)였는지는 정확하게 알 수 없지만, <동경>의 필사자가 10권 분량의 세책 <춘향전>을 모본으로 필사하면서, 후반부의 분권 체제에 변화를 주어 모두 9권짜리 분량의 이본을 만들어 낸 것은 확실하다.

따라서 <동경>은 기존에 존재했던 10권으로 분권된 세책본을 '간동'에 사는 누군가가 빌려보고 나서, 어떤 목적에 의해서, 텍스트의 행문은 매우 충실하게 전사하면서도, 분권의 방식에 있어서는 변화를 일으켜 모두 9권 분량으로 만든 이본이라고 이해할 수 있다.

4. 영남대학교 도남문고 소장 『춘향전』

현재 영남대학교 도남문고(陶南文庫)에 소장되어 있는 <도남>은 세책 계열 이본 가운데 가장 최근에 학계에 소개된 이본이다.[10] 원래는 5권 5책이었을 것으로 추정되는데, 권1이 낙질되어서 4권 4책만 남아있다. 각 권은 46장 내외(권2 48장, 권3 45장, 권4 46장, 권5 44장[11])로 되

---

8) 설사 이런 불완전한 작품을 가지고 영업을 했다고 가정하더라도, 1907년 당시에 다른 세책집에서 빌려주던 대여비에 비해 상대적으로 싼 값에 빌려주는 영업 방식을 취했을 가능성이 높다. 만약 그렇다면 <동양>처럼 10권이 아니라 9권으로 분권한 것은 이런 사정과 관련이 있을 것이다.

9) <동경>의 권7, 권8, 권9는 각각 35장, 24장, 28장으로 되어 있는데, 이 분량을 권1~6처럼 각 권 23장 내외로 분권했으면 충분히 네 권으로 만들 수 있었다.

10) 김석배, 「남원고사계 춘향전의 이본 연구」, 『논문집』 12, 금오공과대학, 1991 에서 처음 소개되었다.

어 있고, 크기는 21.0cm×30.5cm이다. 면당 행수는 10행, 행당 자수는 22자 내외로 총 78,000여 자 분량이다.

〈도남〉에는 필사기가 전혀 없기 때문에 필사 시기, 필사 지역을 알 수가 없다.

이 작품도 〈동경〉과 마찬가지로, 세책(貰冊)과 내용상의 관련성은 매우 높지만, 세책집에서 실제로 영업을 하던 대본이었는지는 확신할 수 없다. 책의 크기가 〈동양〉에 비해 상대적으로 크고, 글씨체도 전형적인 세책의 글씨체와는 다른, 소위 '궁체'(낙선재 소장 필사본에서 나타나는 글씨체)로 쓰여 있는 등 이질적인 면모를 많이 가지고 있기 때문이다. 또한 책의 장차(張次) 표기에 있어서 오기(誤記)를 자주 범하고 있어서 영업의 대본으로 사용되기에는 문제가 있었을 것으로 추측된다.[12]

또한 〈도남〉은 권2 4뒤에서 38앞까지 무려 34장 정도 분량(14,000여자, 권2의 75%)은 다른 이본의 같은 대목에서 전혀 나타나지 않는 노래(18곡)들로 구성되어 있는데, 이 노래들 때문에 분권 체제상의 기형성이 나타나게 되었다.

남원	1		2		3		4		5	
동양	1	2	3	4	5	6	7	8	9	10
동경	1	2	3	4	5	6	7		8	9
도남	(1)		2		3		4		5	

---

11) 권5 제15장이 낙장되어 있다.
12) 대부분의 세책(貰冊)에는 각 장(張)의 앞면 상단에 한자(漢字)로 장차(張次) 표기가 선명하고 정확하게 나타나 있다. 이는 세책집에서 대본을 관리하기 위한 하나의 방식이다. 대여했다가 회수한 대본에 문제가 있는지 없는지를 신속하게 확인하기 위해서는 장차(張次)를 정확하게 표기했어야 했을 것이다. 〈도남〉에서 장차 표기의 오류가 나타난다는 것은 세책으로 유통되지 않았을 가능성이 높다는 것을 의미한다. 〈도남〉에 나타나는 장차(張次) 표기 오류를 정리하면 다음과 같다. 권2 8장→10장, 36장→38장, 권3 43장→45장, 권5 22장→□→23장.

　위의 표는 비교적 분권 체제에 있어서 정형성을 보이는 <남원>과 <동양>을 기준으로 해서 권에 따른 서사 진행 정도를 표시하고, 이에 맞추어 <동경>과 <도남>의 경우도 비교할 수 있도록 표시해 본 것이다. <도남>의 권2는 나머지 권에 비해 장수(張數) 및 자수(字數)에 있어서 크게 차이가 나지 않음에도 불구하고, 독특하게 삽입된 노래로 인해서 서사 진행이 거의 이루어지지 않았음을 살펴볼 수 있다.

　이미 언급했듯이 <남원>은 5권으로 분권되어 있고, <동양>은 5권 분권 체제를 10권으로 변화시켰다. <동경>도 마찬가지로 10권 분권 체제를 따르다가, 권7에 와서 체제를 변화시켜 네 권 분량을 세 권 분량으로 만듦으로써 9권짜리 이본이 되었다. 이에 비해서, <도남>은 <남원>처럼 5권으로 분권된 어떤 이본을 토대로 필사되었을 가능성이 높은데, 기존의 이본에는 나타나지 않았던 노래를 권2에 다수 삽입함으로 해서 서사적 진행은 거의 이루어지지 않았고, 이에 따라 전체적인 분권 체제를 변화시킬 수밖에 없었던 것이다.

　<도남>에서 나타나는 이러한 분권 체제상의 변화는 세책집의 영업 전략으로 볼 수는 없을 것 같다. <남원>과 같은 5권 체제이면서도 <남원>보다 12,000여 자나 많은 분량[13]의 세책(貰冊)을 만들기 위해서는 그 만큼의 생산비가 더 소요되었을 것이기 때문이다. 그렇다고 <도남>이 <남원>보다 생성 시기가 더 오래되었다고 확신할 만한 근거도 전혀 없다. 따라서 이러한 변화는 <도남>을 필사하거나 향유한 계층에 의해서 이본의 생성 단계에서 발생한 일시적인 변화로 이해하는 것이 현재로서는 가장 합리적인 이해가 아닌가 생각된다. 실제로 <도남>에는 각 책의 앞뒤로 필사자나 독자가 쓴 듯한 시조 등의 노래가 여러 편 적혀 있는 것을 볼 수 있는데, 이를 통해 노래에 상당한 관심이 있었던 사람

---

13) 만약 <도남>에 세책 계열의 다른 이본과 유사한 분량의 권1이 남아있었다면 총 97,000여 자 분량이었을 것으로 추정된다. 따라서 85,000여 자 분량의 <남원>과 비교하면 12,000여 자 정도의 분량 차이가 있는 셈이다.

에 의해서 필사되었거나 그러한 성향의 독자들을 위해서 필사된 이본
으로 추정할 수 있다.[14]

〈도남〉은 세책(貰冊)으로 유통되었던 이본은 아니지만, 권2의 전반
부에 나오는 노래들을 제외하고 보면 다른 세책 계열의 이본들과 내용
상 큰 차이가 나지 않기 때문에 세책 계열에 포함시켜서 논의해야 하는
작품이다.[15]

Ⅲ. 세책 계열 〈춘향전〉의 서사 단락별 특징

세책 계열 〈춘향전〉의 서사 단락에 대해서는 일찍이 김동욱 교수가
『춘향전 비교연구』(1979)에서 〈남원〉을 대상으로 89개의 단락으로 구
분한 바가 있었다. 이후 대부분의 연구자들이 이 결과를 차용하여 논의
의 틀로 사용해왔고, 〈남원〉과 〈동양〉, 〈동경〉, 〈도남〉이 내용상 큰
차이를 보이지 않기 때문에 새롭게 서사 단락을 구분한다는 것이 어쩌
면 〈춘향전〉을 연구하는 데 있어서 혼란만을 가중시킬 가능성도 없지
않다. 그러나 김동욱 교수의 단락 구분 결과가 대체로 장면과 삽입 가
요를 중심으로 구분한 것이기 때문에, 하나의 단락에 포함된 분량의 차
이가 천차만별인 데다가 단락 사이의 층위도 일정하지 않게 되었다. 따
라서 작품의 서사적 틀을 이해하고, 다른 이본과 비교하는 작업을 수행
하는 데에 있어서는 일정하게 불편함이 있었던 것도 사실이다.

본고에서는 세책 계열 〈춘향전〉 4종을 대상으로 서사 단락을 새롭
게 구분해 보고자 한다. 서사적 줄거리를 중심으로 총 17개의 상위 단
락을 구분하고, 상위 단락의 서사적 내용을 구성하는 중위 단락, 그리

---

14) 김석배, 앞의 논문에서는 〈도남〉이 유려한 궁체의 글씨체로 필사되어 있다는
   점을 들어 궁중의 여성 독자용으로 필사된 이본으로 추정하고 있다.
15) 이 노래를 제거하고 또 권1이 있다고 가정한다면, 작품의 총 분량은 83,000여
   자로 다른 세책 계열 이본과 별반 차이가 나지 않는다.

고 중위 단락을 구성하는 사설과 삽입 가요를 하위 단락16)으로 설정함
으로써 <춘향전> 서사를 보다 간명하고, 체계적으로 이해할 수 있도록
의도하였다. 또한 기존 연구자들의 관습에 따른 혼란을 줄이기 위해 김
동욱 교수의 단락 구분 결과를 함께 표기하였다.17)

그러나 본고의 궁극적인 목적이 단락 구분을 시도하는 데에 있지는
않으며, 어떤 작품이 단락 구분의 결과에 따라 특징이 다르게 나타나지
는 않을 것이기 때문에, 본고의 구분 결과는 당연히 절대성을 갖지 못
한다. 연구의 목적에 따라 보다 효율성 있는 단락 구분은 언제나 가능
하리라 생각한다.

그럼, 본고에서 나눈 17개의 상위 단락을 순차적으로 따라가면서, 각
단락이 포함하고 있는 중위, 하위 단락의 내용, 각 단락에 나타나는 세
책 계열 <춘향전>의 특성,18) 그리고 4종의 세책 계열 이본 사이에 나
타나는 차이점을 중심으로 특징을 파악해 보도록 하겠다.

1. 서사(序詞)

춘향전 전체의 배경을 설정하는 단락으로, 세책 계열 춘향전의 서사
는 (1) 시간(시대)적 배경을 제시하는 긴 분량(1,400여 자)의 허두(虛
頭), (2) 인물(이도령) 소개 등으로 구성되어 있다.

---

16) 하위 단락으로 나눈 결과가 이본 사이의 특성을 효과적으로 드러내지 못하는
   경우에 있어서는 이를 다시 '미세 단락'으로 나눈 경우도 있다.
17) 필자가 본고에서 구분한 서사 단락은 본 논문 뒤에 [부록]으로 정리해서 싣기
   로 한다.
18) 세책 계열의 특성을 드러내기 위해서는 다른 계열의 이본과의 비교가 필수적
   이다. 본고에서는 다음의 이본들을 중심으로 세책 계열과 비교함으로써, 세책
   계열에서 드러나는 상대적인 특성을 추출하고자 한다. 만화본(晩華本) <춘향
   가>(이하 <만화본>), 신재효 창본 <남창춘향가>(이하 <남창>), <동창춘향
   가>(이하 <동창>), 완판 84장본(이하 <완84>), 경판 30장본(이하 <경30>),
   장자백 창본(이하 <장자백>), 이명선 소장 『춘향전』(이하 <이명선본>), 홍윤
   표 소장 『춘향전』(154장본)(이하 <홍윤표본>), <옥중화>.

(1) 허두는 앞으로 전개될 본격적인 사건의 배경이나 분위기 등을 조성하는 역할을 담당한다. 대체로 다른 〈춘향전〉 이본에서는 시대적 배경이 '태평성대'임을 강조하는, 그리 길지 않은 분량의 서사 허두(虛頭)가 나타나지만, 이 세책 계열에서는 시조(사설시조)와 가사의 형식을 차용하여 앞으로 이도령과 춘향의 사랑 이야기가 전개될 '경치 좋은 봄날의 분위기'를 설정한다. 그리고 나서 이렇게 좋은 시절에 매우 '이상' '신통' '거룩' '기특' '패려' '맹랑'한 일이 있었다는 말로써 작품의 시작을 알리는 도입 사설이 나타나고, (2) 이도령에 대한 소개로부터 작품이 시작된다.

세책 계열에서 허두는 다시 사설시조 형식으로 〈구운몽〉에서 성진과 팔선녀가 만난 내용을 차용한 허두가(虛頭歌), 강호가사 형식의 산천경개풀이, 금강경 사설 등으로 구성되어 있는데,19) 〈남원〉에는 이 중 금강경 사설이 탈락되어 있다. 등장 인물에 대한 소개에서 '춘향'이 아닌 '이도령'을 먼저 소개하는 것도 세책 계열의 특징이다.

2. 이도령-춘향 봄놀이

이도령이 춘흥을 못 이기고 광한루로 봄놀이를 나가게 되는 것으로 사건은 시작된다. 이 단락은 (1) 이도령 봄놀이, (2) 춘향 추천, (3) 정체 확인 등으로 구성되어 있어, 큰 줄기에 있어서는 이본에 따라 큰 차이가 나타나지 않는다. 그러나 세부적인 차원으로 내려가면 세책 계열의 특징을 찾을 수 있다.

(1) 이도령 봄놀이는 이도령의 춘흥(봄타령), 남원 경처, 광한루 행차 등으로 구성되어 있다. 이도령이 광한루로 나가는 때는 '봄'이다. 이것은 다른 〈춘향전〉에서도 마찬가지이다. 세책 계열의 서사(序詞) 허두

---

19) 세책 계열의 허두(虛頭)에 대해서는 설성경, 『한국고전소설의 본질』, 국학자료원, 1991과 임성래·윤덕진, 「남원고사 연구(1)」, 『열상고전연구』 13집, 열상고전연구회, 2000에서 그 원류와 작품 내적 의미를 상세하게 분석한 바 있다.

에서도 강조한 것이 봄이라는 시간이었는데, 여기서 다시 한번 봄이라
는 시간을 강조하고 있다. 그런데 세책 계열에서는 이도령이 단지 '봄'
이기 때문에 광한루로 나가는 것으로 설정하지 않고 나름대로의 이유
를 설명하고 있다. 이도령의 부친은 이도령이 색(色)에 빠질까 염려하
여 일체 수청을 엄금하고, '귀신'같이 생긴 방자로 하여금 이도령의 시
중을 들게 한다. 한창 혈기왕성한 이도령이 이러한 자신의 신세를 한탄
하면서 서러워하고 있는, 바로 그 때가 '봄'이었다고 설정하고 나서 성
적(性的)인 내용의 봄타령이 이어짐으로써, 다른 어떤 이본보다도 이도
령이 봄놀이를 나가게 될 수밖에 없는 사정을 잘 설명하고 있다.20) 이
도령이 남원의 경처(景處)를 물어보는 장면에서 방자는 소상팔경(瀟湘
八景), 관동팔경(關東八景), 중국과 조선의 누대 등 경치 좋은 곳들을
먼저 열거하고 나서 남원에서는 광한루(廣寒樓)가 가장 좋다고 소개한
다.21) 이도령이 광한루에 행차하는 장면에서 나타나는 세책 계열의 특
징은 광한루까지 가는 과정에서 <유산가>, <버들타령>, <꽃타령>,
<나무타령>, <새타령>, <짐승타령> 등 주위의 자연 경관에 대한 경개
풀이가 길게 이어진다는 데에 있다. 대신 광한루에 올라서 주변 경치를
감상하는 장면의 내용이 상대적으로 소략하게 처리되었다.22) 세책 계
열 이본 사이에서는 <남원>이 행문 차원에서 <동양>·<동경>에 비

---

20) 세책 계열을 제외하면, 몇몇 이본에서 그나마 '봄'이라는 시간을 강조하는 <봄
  타령>이 나타나기도 하지만, 대체로 이도령이 춘흥을 못 이겨서 방자에게 남
  원 경처를 물어보는 것으로만 단순하게 서술되고 있다.

21) 세책 계열이 아닌 이본에서는 대체로 이도령이 남원의 경치를 물어보면 방자
  가 '공부하는 도련님이 경치를 찾아 무엇하느냐'고 대답하고 이에 다시 이도령
  이 '예전의 유명한 사람들도 경처를 찾아서 놀았다'는 소위 <기산영수>가 나
  타나고, 방자가 남원의 사방 경치를 소개하는 순서로 전개된다는 점에서 차이
  를 보인다.

22) 다른 계열의 이본들에서는 광한루에 가기까지의 과정은 매우 소략하고, 광한
  루에 도착하고 나서의 장면에서 <적성가>, 연치(年齒) 음주, 사방경개풀이 등
  이 나타난다.

해 간략하게 처리된 부분이 많다.

(2) 춘향 추천은 추천하기 전의 춘향 자태와 추천하는 춘향의 모습으로 구성되어 있는데, 세책 계열 이본 사이에서 뿐만 아니라 다른 계열의 이본과 비교해 보아도 큰 차이점이 나타나지 않는다. 다만 세책 계열에는 춘향의 자태(姿態)에 대한 묘사가 상대적으로 부연되어 있고, 다른 계열 중 〈만화본〉, 〈고대본〉, 〈홍윤표본〉 등에 나타나는 '목욕' 화소가 보이지 않는다는 정도의 차이만 존재한다.

(3) 정체 확인은 춘향을 발견한 이도령이 방자에게 추천을 하는 미인의 정체를 확인하는 장면으로 동문서답, 금옥사설, 정체 확인의 순으로 내용이 전개된다. 세책 계열 〈춘향전〉은 이도령이나 춘향에 대한 이상화(理想化) 정도가 매우 낮은 편이다. 이도령이 방자에게 춘향의 정체를 확인하는 과정에서 애걸복걸하는 모습을 보이거나 방자를 통해 확인한 춘향의 신분이 전임 부사의 서녀(庶女)라든지 대비정속 '면천'하지 않은, 단지 '기생 월매의 딸'로 나타난다는 점에서 이를 확인할 수 있다. 〈남원〉에는 방자에게 애걸하던 이도령이 급기야 돈·예물·창방제구 등을 주겠다고 약속하는 화소가 나타난다. 〈동양〉·〈동경〉에는 이 화소가 없다.

3. 이도령-춘향의 만남 (광한루에서의 만남)

춘향의 정체를 확인한 이도령이 춘향을 불러오게 하고, 광한루에서 두 사람이 만나 혼약을 정하는 내용의 단락이다. 단락의 구성은 크게 (1) 춘향 초래, (2) 방자-춘향 힐난, (3) 춘향 현신, (4) 이도령-춘향 만남 등으로 나누어 볼 수 있는데, 각각의 장면에서 세책 계열의 특징이 잘 나타난다.

(1) 춘향 초래는 이도령의 초래령, 방자의 초래불가사설, 이도령의 애걸사설, 방자 거동의 순서로 전개된다. 방자를 통해 춘향이 기생의 딸

신분이라는 것을 확인한 이도령은 춘향을 불러오라고 하고, 이에 대해
방자가 춘향을 불러올 수 없음을 이야기하는 초래불가사설을 펼친다.
춘향의 신분이 이상화되어 있는 이본에서는 춘향의 인물과 성품에 불
러서 올 리가 없다고 대답하는 데 비해, 세책 계열에서는 "져롤 부르려
면 밥풀을 물고 쇠삿기 부르듯 아조 쉽기 여반장"(<동양>1 : 23)이지만
사또의 분부의 때문에 두려워서 불러올 수 없다는 대답을 한다. 춘향의
신분이 기생이므로 불러오기는 쉽다는 말에서 세책 계열에서 설정한
춘향의 신분과 정체성을 확인할 수 있다. 방자가 춘향을 불러올 수 없
다고 하자 이도령은 방자에게 애걸하면서 매달리는데, 다른 계열에서는
이도령이 '물각유주(物各有主)'라는 말만으로 방자를 설득하는 것으로
나타난다.

  춘향을 부르러 간 방자와 춘향이 벌이는 (2) 방자-춘향 힐난 장면은
초래에 대한 춘향의 거절과 방자의 회유·협박의 순서로 전개된다. 방
자가 이도령의 인물이 뛰어나다는 점을 전면에 내세우면서 이면으로는
덕분에 자신도 관청 고자(庫子)나 해보자는 말로 춘향을 회유하다가,
결국에는 월매가 화를 당하리라고 협박을 하는 데까지 이르자 춘향은
어쩔 수 없이 방자를 따라나서게 된다. 이도령의 초래에 대한 춘향의
대응 태도에 따라 <춘향전> 이본에는 다양한 유형이 나타나게 되는데,
세책 계열 이본들은 모두 이도령의 초래에 춘향이 바로 응하는 것으로
나타난다.23)

---

23) 세책 계열이 아닌 이본 가운데는 춘향이 이도령의 초래에 응하지 않고 바로
    집으로 돌아갔다가 다시 집으로 방자가 부르러 오자 월매의 허락을 받고 광한
    루로 나가는 작품(<완84>)도 있고, 또 이도령을 만나러 광한루로 가지 않는
    이본도 있다. 이는 춘향의 신분 문제와 관련해서 춘향이 가볍게 움직여서는
    안 된다는 개작자의 의식이 작용한 결과이다. 광한루에서의 만남이 이루어지
    지 않는 이본에는, 애초에 이도령이 방자에게 글귀를 적어보내는 형식으로 춘
    향을 초래하는 점잖은 경우(<남창>)와 방자의 회유와 협박에도 굴하지 않고
    춘향이 이도령의 의도를 시험하고자 글귀를 적어 방자편에 보내는 경우(<이
    명선본>·<옥중화>) 등이 있다. 이러한 이본들은 비록 직접적인 만남은 이루

(3) 춘향 현신에 이어 이도령과 춘향은 (4) 광한루에서의 만남을 갖게 된다. 세책 계열은 광한루에서의 만남에서 이도령이 춘향에게 청혼을 하고 춘향이 이를 받아들여 혼약이 성사되는 것으로 내용이 진행된다는 것이 특징이다. 세책 계열이 아닌 이본 가운데 광한루에서 직접적인 만남이 나타나는 경우, 춘향과 이도령은 단지 인사를 나누며 서로의 용모를 확인한 후 춘향이 이도령에게 자기 집을 가리키는 정도로 내용으로 서술되어 있는 데 반해, 세책 계열에서는 이도령의 청혼에 대해 춘향은 일단 거절했다가 불망기(不忘記)를 받고서 청혼을 수락하는 것으로 나타난다. 그래서 이도령은 즐겁게 〈사랑가〉를 부르게 되고, 춘향은 "어늬 날노 뵈오릿가"(〈동양〉2 : 10)라고 물으면서 "월영이 상난간토록 기다리게 마옵소셔"(〈동양〉2 : 11)[24]라고 말할 수 있는 것이다.[25] 이러한 일련의 내용도 역시 기생이라는 춘향의 신분과 밀접하게 관련된다.

춘향과 이도령이 서로 인사를 하는 장면에서 춘향의 성(姓)을 알 수 있는데, 〈남원〉은 '김'으로, 〈동양〉·〈동경〉은 '셩'으로 달리 나타난다.[26] 또한 〈동양〉·〈동경〉에는 춘향이 자신의 이름자인 '춘(春)'과 '향(香)'자에 대한 글자풀이가 나타나는 특징이 있다.[27]

───────────

어지지 않지만 글귀를 통해서 서로의 의사를 확인한다는 점에서는 간접적인 만남을 한다고 할 수 있다. 한편 특이하게 춘향의 시험과 광한루 만남이 모두 나타나는 〈홍윤표본〉과 같은 이본도 있다. 〈홍윤표본〉에 대해서는 졸고, 「홍윤표본 〈춘향전〉(154장본)에 대하여」, 『동방고전문학연구』 5, 동방고전문학회, 2003. 9 참조.

24) 〈남원〉에는 이 표현이 없다.
25) 〈완84〉의 경우 광한루에서 이도령이 청혼을 하기는 하지만 춘향이 이를 받아들이지 않고 거절하는 것으로 형상화되고, 두 사람의 정식 혼약은 춘향집에서 다시 만났을 때 성사된다.
26) 〈도남〉은 이 부분이 낙질된 권1에 포함되어 알 수 없으나 뒤에 봉사가 춘향 꿈을 해몽하는 단락에 "곤명 김시 츈향 갑인싱"(〈도남〉5 : 7~8)이라는 표현이 있는 것으로 보아 〈남원〉과 마찬가지로 '김'임을 알 수 있다.
27) 이 글자 풀이는 세책 계열 이외의 이본에서는 거의 나타나지 않는 독특한 화

4. 춘향 생각

춘향과 헤어지고 집으로 돌아온 이도령이 오매불망 춘향을 생각하며 시간을 보내다가 퇴등한 후에 춘향집을 찾아가는 단락으로, (1) 춘향 생각, (2) 춘향집으로 등으로 구성되어 있다.

(1) 춘향 생각은 다시 춘향 환영(幻影), 밥사설, 서책 풀이, 보고지고, 부친 염문 등의 순서로 전개된다. 이 가운데 '밥사설'은 세책 계열에만 나타나는 화소로, 관아의 모든 사람이 춘향으로 보이던 이도령이 저녁상을 받고도 춘향 생각에 먹지 못하고 방자와 '밥'에 대해 수작하는 내용인데, 이도령이 "식불감ᄒ니 침불안이 쉬오리라"(<동양>2 : 12)고 하여 서책 풀이로 자연스럽게 장면이 전환되는 효과도 거두고 있다.[28] 세책 계열의 서책 풀이는 '천자뒤풀이'가 빠져 있고, 노루글과 글자 착시(錯視) 사설로만 구성되어 있다. 천자뒤풀이는 이도령과 춘향의 사랑 대목에서 이도령이 부르는 노래 가운데 하나로 등장한다.

(2) 춘향집으로는 해가 지기를 기다리는 이도령의 애타는 심정을 잘 나타내는 시간확인문답(해사설)과 방자가 거드름을 피는 장면, 이도령과 방자가 춘향집으로 가는 장면의 순으로 내용이 전개된다.

5. 춘향집에서의 만남

방자와 함께 춘향집에 도착한 이도령이 춘향과 만나는 단락으로, (1)

소인데, 특이하게도 활자본 『증상연예 옥중가인』(신구서림, 1914)에 이도령이 춘향의 이름을 듣고 풀이하는 장면이 나타난다. <옥중화> 이후의 활자본 <춘향전> 가운데는 <옥중화>와 차별성을 두기 위한 방안으로, 세책 계열의 화소를 일부 차용한 이본들이 존재한다. 물론 이들 활자본은 <남원>이나 <동양>을 차용한 것이 아니라, <고본>에서 직접 차용한 것이다.

28) 다른 계열에서는 대체로 <보고지고>에 이은 부친의 염문이 서책 풀이에 앞서서 나타나는데, 이도령의 변명을 곧이 들은 부친이 '초[燭]'를 내어주며 밤새 책을 읽으라고 분부함으로써 자연스럽게 서책 풀이로 장면이 전환되는 차이를 보인다.

춘향집 도착(월매와의 수작), (2) 춘향과의 만남(집치레·방치례)으로 구성되어 있다.

이 단락의 내용은 다른 이본들에 비해 세책 계열에서 가장 축소된 모습을 보이는데, 그것은 광한루 만남에서 이미 이도령과 춘향은 혼약(婚約)을 맺었으므로 사랑을 위한 일정한 절차29)가 필요없었기 때문이다. 그래서 이도령을 기다리는 춘향은 〈칠월편〉이나 『열녀전』을 읽고 있는 것이 아니라 거문고를 연주하며 〈대인난(待人難)〉이라는 노래를 부르는 것이고, 이도령은 아무 주저함 없이 곧바로 춘향을 부를 수 있었던 것이다. 이도령이 춘향을 만나서 사랑을 나누기까지의 과정에서 제지당한 것이라곤 춘향을 부르는 방자의 소리에 한밤중에 야단이라며 꾸짖는 월매에게 광한루에서의 일을 설명(통보)하는 것뿐이었다. '기생' 춘향은 광한루에서의 혼약에 대해 모친 월매에게 이야기도 하지 않았고,30) 월매 또한 그러한 춘향을 나무라지 않고 간섭하지도 않는다. 다른 계열에서 월매가 혼약의 과정에서 주도적인 역할을 하는 모습과는 매우 다른 양상이다.

춘향을 따라 들어가는 장면에서 나타나는 집치레와 방치례는 기생의 집답게 매우 화려한 모습으로 형상화되어 있다.

6. 춘향과의 사랑

사랑 장면은 다양한 노래의 삽입과 성희(性戲)의 표현으로 계열에 따라, 이본에 따라 다양한 양상을 보이는 대표적인 단락이다. 내용은 크게 (1) 음식 대접, (2) 이도령과 춘향의 노래, (3) 초야, (4) 사랑의 지

---

29) '불망기'가 대표적이다. 세책 계열이 아닌 이본 가운데 '불망기'가 나타나는 이본(〈만화본〉·〈남창〉·〈옥중화〉·〈이명선본〉·〈홍윤표본〉)들은 모두 춘향집에서의 만남 단락에서 불망기가 나타난다.

30) "방즈놈 어희업셔 춘향 보며 흐는 말이 이 익 이거시 병이로구다 그 다이 말을 너 어머니더러 아니 흐엿나 보구나" (〈동양〉2 : 21)

속(초야 이후) 등으로 구성되어 있다.

방안으로 이도령을 인도한 춘향은 우선 담배를 권하고, 이어서 술과 음식을 대접한다. 술·음식을 대접하는 내용의 음식상 사설은 화려한 묘사가 돋보이는데, 사설의 끝에 "이 말은 다 전례판이라 약쥬가 한 병이오 고쵸장의 관묵 찐 것 감동졋히 무쌱독이 열무침치 들기롬 치고 광쥬 분원 사긔잔의 츈향이 술 부어 손의 들고 도련님 약쥬 잡슈"(<동양>3 : 2~3)[31]라고 서술자가 개입하여 문맥을 현실적으로 수정했다. 이러한 서술자 개입은 다른 계열에서는 여러 곳에서 다양하게 나타나는데,[32] 세책 계열에서는 이 장면 외에는 직접적인 서술자 개입이 더이상 보이지 않는다.

이도령과 춘향이 부르는 다양한 사랑의 노래와 초야를 치르는 장면에는 세책 계열의 특징이 잘 드러난다. 이미 여러 연구자들이 언급한 것처럼 세책 계열에 나타나는 노래는 매우 다양하고 수도 많다. 다른 <춘향전>에는 없으면서 세책 계열에만 나타나는 특징적인 노래도 있고, 계열 내의 이본 사이에 심한 차이를 보이기도 한다.

다른 계열과 비교해 보면, 우선 전형적인 사랑가류의 노래가 곡수에 있어서 상대적으로 적고 노래의 길이도 짧다. 이는 광한루의 만남 단락에서 춘향의 허락을 받은 이도령이 이미 사랑가(<긴사랑가>, <본조사랑가>)를 부르는 장면이 있었기 때문에 반복하지 않으려 했던 것으로 생각된다. 세책 계열의 사랑 대목이 보이는 특징 중 하나는 다른 계열보다 훨씬 농도 짙게 서술되고 있다는 것이다. 특히 <동양>·<도남>이 그러한 경향이 강하다.

> 네 정별 슈지겻기 하나 가른칠 거시니 뉘가 자로 잘ᄒᆞ노 나기ᄒᆞᄌ

---

31) <남원>에는 이러한 서술자 개입이 나타나지 않는다. 경판본 중에는 <경35>에는 나타나고, <경30> 이하본에는 나타나지 않는다.

32) 서술자 개입에 대해서는 김석배, 「춘향전의 지평 전환과 후대적 변모」, 『문학과언어』 10, 문학과언어연구회, 1989에서 자세하게 논의한 바 있다.

김계 만경 위암뜰의 거문 암소 미방울이 달낭 이 소리롤 무림산중슈
용셩의 진토 즈로 홀 적마다 영낙업시 흐여라 압졀 북이 둥둥 뒤졀 북
이 둥둥 이 소리롤 니 맛초마 둥둥 소리롤 니 흐리라 한창 이리 노닐
젹의 김계 만경 위암이들의 거문 암소 쑬의 미방울이 달낭 압졀 북이
둥둥 뒤졀 북이 둥둥 졈졈 자조 진퇴흐고 오쟝 마로의 올나갈 지 말이
츠츠 감흐인다 김계 만경 위암의뜰의 달낭 압졀 북이 둥둥 김계 만경
달낭 압졀 북이 둥둥 김계 달낭 북이 둥둥 달낭 둥둥 한창 이리 자로
굴 졔 호조도 두 돈 오 푼 션혜쳥이 두 돈 오 푼 냥영쳥은 한 돈 칠 푼
하날이 돈쌱이오 남디문이 괴궁기오 종노북이 미방울이오 발가락이
뉴갑흐고 손가락이 셈을 놋코 쟝단지의 우물 파고 오금의 쟝마지니
월쳔군아 날 살여라 인간지락이 이 쪄로다 사롬의 골졀이 다 녹난다
(〈동양〉3 : 21~22)

위의 인용문은 이도령과 춘향이 나누는 사랑(성교)의 극치감을 표현
하는 장면인데, 서로의 말이 차츰 짧아지는 것으로 엑스터시를 표현하
는 수법이 상당히 세련된 면모를 보인다. 이 표현은 세책 계열 가운데
에서도 〈동양〉·〈도남〉에만 나타나는 특징적인 화소인데, 세책 계열
외의 이본 가운데에는 〈홍윤표본〉, 〈益夫傳〉(한문본) 정도에서만 나
타난다.[33]

또 세책 계열의 사랑은 이도령이 춘향집을 찾아간 첫날밤에 집중되
어 있다. 그러나 춘향이 이상화된 이본에서는 첫날밤에 서로 옷을 벗기
는 문제로 힐난하는 내용이 중심적으로 서술되고, 초야를 치룬 이후에
야 두 사람이 부끄러움을 잊고 사랑가를 부르며 즐기는 것으로 나타난
다.[34] 세책 계열의 사랑이 첫날밤에 집중되어 있는 것은 '기생' 춘향과

---

33) 졸고, 앞의 논문 참조.
34) 〈장자백〉, 〈완84〉, 〈옥중화〉 등에서 이러한 양상을 확인할 수 있는데, 〈완
84〉의 경우, "둘이 안고 마주 누웠으니 그대로 잘 리가 있나 골즙낼 제 삼승
이불 춤을 추고 샛별 요강은 장단을 맞추어 청그렁 쟁쟁 문고리는 달랑달랑
등잔불은 가물가물 맛이 있게 잘 자고 났구나 그 가운데 진진한 일이야 오죽

‘오입쟁이’ 이도령의 사랑이기에 부끄러워하거나 시간을 끌 필요가 없었다고 판단했기 때문으로 보인다.

세책 계열 4종을 대상으로 춘향과 이도령의 사랑 장면에 나타나는 노래와 특징적인 사설을 순서대로 정리해 보면 다음 표와 같다.

1~30은 이도령과 춘향이 초야 전에 술을 마시며 노래를 주고받는 장면에서 나타나는 노래와 사설이고, 31~37는 초야 장면에서 나타나는 것이며, 38~39는 초야를 치르고 난 이후 이도령이 춘향집을 자주 드나들면서 벌이는 사랑 놀음 중에 나타나는 노래이다. 대부분의 노래가 본격적인 초야를 치르기 이전에 집중되어 있는 것도 세책 계열의 특징 가운데 하나이다. <도남>은 전술했듯이 권1이 낙질이기 때문에 1~10까지의 노래와 사설에 대해서는 알 수 없고, 권2가 시작되는 11(바리가) 이후의 양상만을 파악할 수 있다. 12~29까지의 노래 18곡은 <도남>에만 나타나는 특징적인 것으로, 다른 세책 계열 이본과 <도남>을 구분하는 중요하면서도 유일한 요소이다. 마찬가지로 5·7도 <동경>을 구분하는 특징적인 것이다.

이런 특징적인 노래들을 제외하고 보면 4종의 이본 사이에 연관성을 발견할 수 있다. 1~4는 <동경> 권2에 해당하는 부분이고, 5부터는 <동경> 권3에 나온다. <동경>은 권1 처음부터 <남원>보다는 <동양>과의 친연성을 강하게 보여 행문까지도 거의 일치하는 양상을 보여왔다. 그런데 권3에 접어들면서는 5·7·39의 노래와 사설을 제외하고는 <남원>과의 친연성이 행문 차원에까지 나타난다.[35] <도남>은 권1의

하랴 하루 이틀 지나가니 어린 것들이라 신맛이 간간 새로워 부끄럼은 차차 멀어지고 그제는 기롱도 하고 우스운 말도 있어 자연 사랑가가 되었구나”(<완84> 27)라고 서술되어 있다. <남창>에서는 사랑 자체가 너무 점잖게 그려졌기 때문에 이렇게 처리할 필요조차 없었던 것으로 보인다.

35) 같은 노래의 경우에서도 이런 양상을 발견할 수 있는데, <동경> 권2에 해당하는 2의 경우 <동양>과 행문까지 거의 같은 반면, 권3에 있는 9의 경우는 <남원>과 거의 유사하다.

	남원	동경	동양	도남	비고
1	×	말장난(수수)	말장난(수수)	–	이도령
2	권주가	권주가	권주가	–	춘향
3	×	권주사설	권주사설	–	이도령
4	횡설수설	횡설수설	횡설수설	–	이도령
5	×	시조(5수)	×	–	춘향
6	백구사	백구사	백구사	–	춘향
7	×	춘면곡	×	–	춘향
8	말장난(삼강오륜·거문고)	말장난(삼강오륜·거문고)	말장난(삼강오륜·거문고)	–	이도령
9	탄금노래	탄금노래	탄금노래*	–	춘향
10	천자뒤풀이	천자뒤풀이	천자뒤풀이	–	이도령
11	바리가	바리가	바리가	바리가	이도령
12	×	×	×	호남가	이도령
13	×	×	×	귀거래사	춘향
14	×	×	×	계우사	춘향
15	×	×	×	선유별곡	춘향
16	×	×	×	낙빈가	이도령
17	×	×	×	송여승가	이도령
18	×	×	×	승답가	춘향
19	×	×	×	재송여승가	이도령
20	×	×	×	춘면곡	춘향
21	×	×	×	어부사	춘향
22	×	×	×	양양가	이도령
23	×	×	×	처사가	이도령
24	×	×	×	상사별곡	춘향
25	×	×	×	장진주	춘향
26	×	×	×	장진주	이도령
27	×	×	×	매화타령	춘향
28	×	×	×	황계타령	춘향
29	×	×	×	성주풀이	춘향
30	'덕'자 노래	'덕'자 노래	'덕'자 노래	'덕'자 노래	이도령
31	외설사랑가	외설사랑가	외설사랑가	외설사랑가	이도령
32		×	옷벗기기 사설	옷벗기기 사설	이도령
33	×	×	수수께끼1	수수께끼1	이도령
34	×	×	수수께끼2	수수께끼2	이도령
35	비점가	비점가	비점가	비점가	이도령
36	'인'자 타령	'인'자 타령	×	×	이도령
37	'연'자 타령	'연'자 타령	×	×	춘향
38	사랑가	사랑가	사랑가	사랑가	이도령
39	×	업음질	업음질	업음질	이도령·춘향

양상을 알 수 없지만, 12~29을 제외하면 <동양>과의 친연성이 매우 강하다. <남원>과 <동양>을 기준으로 놓고 볼 때, <동경>과 <도남>의 양상은 권에 따라 친연성의 양상이 달리 나타나는 특징이 있다. 특히 <동경>의 경우는 그러한 경향성이 매우 심하다.

7. 이별 소식

춘향과의 사랑에 빠져있던 이도령이 부친의 승차(陞差) 소식을 듣고 춘향에게 소식을 전하고 슬퍼하면서 이별가를 부르는 단락으로, (1) 이별 소식, (2) 춘향 원망으로 나누어 볼 수 있다.

승차 소식을 부친이나 방자 등 구체적으로 누구에게 전해 들었다는 표현이 나타나지 않고 단순서술로 제시된다. 이도령은 소식을 듣자마자 슬퍼하면서 춘향집으로 가서 부친의 승차 소식과 서울로 데려갈 수 없는 사정을 이야기한다. 이도령의 말을 들은 춘향은 이도령의 처사와 자신의 운명을 원망하면서 이별가를 부르고, 이도령과 춘향은 신물(信物)을 교환하고 또 몇 곡의 이별가를 부른다.

세책 계열에 나타나는 이별 소식 단락은 사랑 대목에서와 마찬가지로 월매의 개입이 전혀 없다는 것이 특징이다. 다른 계열에는 이별 소식을 듣게된 월매가 방안으로 뛰어들어 이도령에게 발악을 하는 장면이 대체로 나타나는데, 세책 계열에는 이도령과 춘향 당사자들의 슬픔만이 나타난다. 또한 세책 계열에는 상당히 많은 이별가가 나타나고 그 길이도 긴 편인데, 그 중 몇 곡은 다른 <춘향전>에는 거의 나타나지 않는 노래도 있다. 이별 소식 단락에서 이렇게 많은 수의 이별가가 나타나는 이유는 세책 계열에서 이별의 중심 장소가 십리정(또는 오리정)이 아니라 춘향집이라는 것을 말해준다. 신물 교환 사설이 이 단락에서 나타나는 것도 마찬가지의 이유에서이다. 실제로 다음 단락인 이도령-춘향 이별에서는 두 사람의 이별 장면보다는 춘향을 두고 떠나가는 이

도령의 슬픔과 이별 후 공방(空房)에 돌아온 춘향의 슬픔을 표현하는
데 서사의 중심이 치우쳐 있다.

　이별 소식을 춘향에게 전하면서 이도령이 부르는 〈이별음양가〉[36]는
다른 계열의 이본에서는 사랑 대목에서 여러 사랑가와 함께 〈사랑음양
가〉의 형태로 나타나는 것이 일반적인데, 본고에서 검토하는 〈남원〉,
〈동양〉, 〈동경〉, 〈도남〉 등 4종의 이본에서는 이별 대목에서 이별가
의 하나로 나타난다는 점이 특이하다.[37] 또 이도령이 춘향에게 후일을
기약하자며 부르는 〈구구가〉는 일종의 숫자풀이 사설인데, 신재효의
단가(短歌) 가운데 유사한 형태의 노래가 보인다.[38] 석경과 옥지환으로
신물을 교환하고 나서 부르는 시조 형식의 이별곡도 다른 계열에서는
거의 나타나지 않는 노래이다.[39]

---

36) 음양가(陰陽歌)는 '사후기약 사설'로도 불리는 노래로, 춘향으로 상징되는 음
　　성(陰性)의 사물과 이도령으로 상징되는 양성(陽性)의 사물을 열거하면서 현
　　재의 사랑을 죽어서도 계속 이어가자는 내용이다. 이러한 내용의 노래가 〈춘
　　향전〉에는 사랑 대목에서 나타나기도 하고, 이별 대목에 나타나기도 한다. 거
　　의 같은 내용의 노래이지만, 나타나는 위치에 따라 분위기가 완전히 달라진다.
37) 흥미로운 것은 세책 계열의 필사본을 대상으로 행문을 축약하거나 탈락시키
　　는 방식을 통해 성립되었다고 알려져 있는 〈경35〉의 경우에는 사랑 대목과
　　이별 대목에서 모두 〈음양가〉가 나타난다는 사실이다. 〈경35〉는 〈사랑음양
　　가〉 부분을 제외하고는 세책 계열 이본과 내용상 차이가 없다는 점으로 미루
　　어 볼 때, 이 부분만 즉흥적으로 변개되었을 가능성은 높지 않다. 따라서 〈경
　　35〉를 성립시킨 모본은 현재 전하는 〈남원〉, 〈동양〉, 〈동경〉, 〈도남〉이 아
　　닌 또다른 세책 계열 이본이었을 것이고, 그 이본의 사랑 대목에는 〈음양가〉
　　가 들어있었을 것으로 생각된다.
38) 강한영 교주, 『신재효판소리사설집』, 민중서관, 1972, 689쪽.
39) 〈남원〉·〈동경〉의 경우 이도령과 춘향이 각각 1수씩 모두 2수가 나타나고,
　　〈동양〉·〈도남〉의 경우 앞의 2수 외에도 각각 1수씩 더 불러 모두 4수의 이
　　별가가 나타난다. 이들 시조 형식의 이별곡은 『정본시조대전』(심재완 편, 일
　　조각, 1984)에도 수록되지 않고, 다만 〈경30〉 이하본에 약간 변형된 형태로
　　나타날 뿐이다.

8. 이도령-춘향 이별

이별가를 부르며 한창 슬퍼하던 이도령은 부친이 부른다는 말을 듣고 관아로 들어가 서울로 올라갈 행차를 준비해 발행하게 되고, 춘향은 이도령을 마지막으로 보기 위해 오리정으로 전별준비를 해서 나간다. 이별을 하고 떠나는 이도령은 마부와 대화하면서 춘향과의 사랑을 회상하고, 집으로 돌아온 춘향은 빈방에 앉아 이도령과의 사랑을 떠올리며 슬픔으로 세월을 보내게 된다. 이도령-춘향 이별 단락은 (1) 부친분부, (2) 이별, (3) 이도령의 춘향 생각, (4) 춘향 공방망부 등으로 구성되어 있다.

세책 계열에서 나타나는 특징은, 전술한 바와 같이 마지막 이별의 현장이 춘향의 집이 아니라 남원 지경(地境) 송림(松林)[40]으로 나타나기는 하지만 서사의 비중은 매우 축소되었다는 것과 이도령을 이별하고 집으로 돌아온 춘향이 대비정속 면천(免賤)을 한다는 사실이다. 이도령과 춘향이 이별하는 모습은 이미 앞의 이별 소식 단락에서 자세하게 표현되었으므로, 이 단락에서는 이별 이후 이도령과 춘향의 슬픈 감정을 그리는 데에 집중하고 있는 것이다. 또 '기생' 신분이었던 춘향을 이도령과 이별하고 나서 면천하게 함으로써 앞으로 서술될 신관 변부사와의 대립을 예비하고 있다.

이별 후 춘향이 부르는 '공방망부사'는 고난 대목에 나타나는 '옥중망부사'(옥중자탄가), 옥중 상면 단락에서 나타나는 '춘향 유언'과 함께

---

40) 세책 계열에서 이도령과 춘향이 마지막 이별하는 장소는 '십리정' 또는 '오리정'으로 나타난다. <장자백>, <완84>, <옥중화>처럼 춘향집에서 이별하는 것으로 개작한 이본을 제외하고는, 대부분 <춘향전>에서 이별의 장소는 오리정(五里亭)으로 나타나는데, 세책 계열에서는 오리정에서 이별하는 이본이 <동양>밖에 없고, <남원>·<동경>·<도남>은 십리정(十里亭)에서 이별하는 것으로 되어있다. 원래부터 이별의 장소가 '오리정'으로 고정되어 있었던 것이 아니었음을 알 수 있다. <경35>에는 '십리정'으로, <경30> 이하본에서는 '십리밖'으로 나타난다.

〈춘향전〉에서 슬픈 정조를 표출하는 대표적인 노래(사설)인데, 〈남원〉·〈동양〉에는 정철(鄭澈)의 〈사미인곡(思美人曲)〉을 약간 변개한 형태로 나타나고, 〈동양〉·〈도남〉에는 이도령과의 사랑을 회상하는 내용으로 서로 다르게 표현되어 있다. 특히 〈동양〉·〈도남〉에 나타나는 공방망부사는, 이도령이 춘향과 이별 후 서울로 올라가면서 춘향과의 사랑을 회상하는 사설과 더불어, 상당히 핍진하면서도 현실적인 묘사가 두드러진다.[41]

이도령이 서울로 올라가면서 부치는 편지나 이도령 부모가 춘향에게 물질적인 보상(원조)을 해준다는 등의 내용은 세책 계열에 나타나지 않는다.

9. 신관 도임

신관 도임 단락은 (1) 신연관속 현신, (2) 남원 행차, (3) 기생 점고 등으로 구성되어 있다.

(1) 신연관속 현신은 신관 변학도 인물, 신연관속 현신 및 축출, 길방자의 대화 등의 순으로 내용이 전개되는데, 하루빨리 남원으로 도임하고 싶은 변부사의 심정과 인물 됨됨이를 신연관속·길방자와의 대화를 통해서 효과적으로 표현하고 있다. 세책 계열 사이에서의 차이점은 거의 없다.[42]

---

41) 인용문의 분량상 해당 사설의 위치만 표시하기로 한다. 이도령의 춘향자랑(회상)사설은 〈동양〉4 : 22~26에 나타나고, 춘향의 이도령회상사설(망부사)는 〈동양〉4 : 28~34에 나타난다.

42) 다만, 〈동양〉과 〈고본〉의 관계를 재검토해 볼 만한 단서가 변부사-길방자와 대화에서 나타난다. 선행 연구에 따르면 〈고본〉은 세책 계열 이본 가운데 〈동양〉을 직접적인 모본으로 활자화해서 성립된 것으로 알려져 있다. 본고에서 검토의 대상이 되는 4종의 이본과 〈고본〉을 함께 비교해 볼 때, 나머지 3본에는 없지만, 〈동양〉에만 나타나는 표현이 〈고본〉에도 그대로 나타나는 경우가 있고 또 여러 가지 정황적 증거 때문에 〈고본〉은 〈동양〉을 대본으로

(2) 신관의 남원 행차는 신관을 수행해서 내려가는 남원신연들의 복식치레, 서울에서 남원까지의 노정기, 남원 관아에서의 신관 영접사설, '양'자 사설의 순서로 내용이 전개된다. 다른 계열과 비교해 볼 때, 화소의 순서가 달리 나타나는 경우가 있으나 대체로 내용상으로는 큰 차이가 없다.

(3) 기생 점고 장면도 <춘향전> 이본 전체에서 본질적인 차이가 발견되지 않는 부분이다. 호명하는 기생들의 이름과 숫자, 그리고 호명하는 방식에서 차이를 보일 뿐 큰 차이가 나타나지 않는다. 다만, 세책 계열에는 기생 점고에 춘향이 나타나지 않자 신관이 짜증을 내며 역정을 부리는 장면이 부연되어 있는 것 정도가 특징이라고 하겠다.43)

10. 춘향 수청 거부

기생 점고에 춘향이 불참하자 변부사가 군노사령 등을 동원하여 춘향을 현신시키고, 춘향은 불경이부(不更二夫)를 내세워 수청을 거절하는 단락으로, (1) 춘향 초래, (2) 춘향 항거로 나누어 볼 수 있다.

해서 성립된 이본이라고 이해하는 데는 큰 무리가 없어 보인다. 그런데 문제는 <동양>과 <고본> 사이에도 행문의 차이가 보이는 대목이 꽤 많은데, 이러한 차이가 최남선(崔南善)의 개작 원칙(음란성 제거, 분위기의 한국화(韓國化))과 관련이 없는 부분에서도 나타난다는 것이다. 이러한 예는 <동양>의 여러 부분에서 나타나는데, 여기서는 변부사와 길방자 사이의 대화 부분에서 보이는 것만을 인용하고, 자세한 것은 고(稿)를 달리하여 논의하도록 하겠다.
"방임이 셔너 자리   롤 모도 다 식이니라" <동양> 5:3~4
"방임이 셔너 자리 되옵나이다 그러면 너를   다 식이리라" <고본> 93

43) 기생을 점고하는 장면에서 <동양>과 <동경>에는 문맥상의 오류가 나타난다. <동양>은 추월이부터 범덕이까지 모두 43명이 호명되고, <동경>은 추월이부터 부전이까지 34명이 호명되는데, 두 이본 모두 '뺑네'라는 기생의 이름은 나타나지 않는다. 그런데 변부사가 역정을 부리는 장면에서 "춘향이가 뺑네 아리란 말이냐"라는 발화가 나타나 문맥이 통하지 않는다. '뺑네'라는 기생을 마지막으로 호명했어야 문맥이 자연스럽게 통하는 것이다. <남원>과 <도남>은 '뺑네'가 나타난다.

변부사의 초래령을 듣고 춘향을 부르러 가는 군노사령과 춘향의 대화가 중심이 되는 (1) 춘향 초래는 다시 변부사의 초래령, 춘향의 사령 접대, 사령의 술주정 고관(告官), 춘향 재초래, 춘향 현신의 순서로 내용이 전개된다. 춘향을 부르러 가는 군노사령들이 춘향에 대해 가지고 있는 기본적인 태도는 비우호적이다. 다른 계열의 이본에도 대체로 춘향을 부르러 가는 사람(군노사령 또는 행수 기생)들의 태도는 춘향에게 비우호적이지만, 그 이유에 대해서는 자세하게 언급하지 않는 경우가 대부분이다. 그러나 세책 계열에서는 춘향이 구관(舊官) 자제 이도령과 혼약을 맺고 나서 "ᄉᆞ지고 도고ᄒᆞ여", 이도령을 만나러 관아에 들어갈 때, 담배나 얻어달라고 부탁했던 사령들을 무시했던 전력(前歷)이 있었음을 드러낸다. 이도령과 이별 후에는 '대비정속 면천'을 했으니 더더욱 관계를 맺기가 어려웠을 것이다. 군노사령의 입장에서 볼 때 춘향은 신분은 '기생'인데, 행동하는 바는 '기생이 아닌 척'을 하고 있었기에 그녀에게 불만이 생긴 것이다. 그래서 단단히 벼르고 춘향집에 도착했는데, 기생으로서의 기본기가 갖춰진 춘향은 뭔가 불길한 낌새를 채고 군노사령을 술과 음식으로 환대한다. 생각지도 못했던 춘향의 환대에 사령들은 애초에 가지고 있었던 생각은 온데간데 없어지고 술과 돈, 그리고 춘향의 태도에 미혹되어 변부사에게 엉터리 고관(告官)을 하게 되고, 변부사는 다시 다른 사령을 보내 결국 춘향을 현신시킨다.

이 장면에서 춘향을 부르러 사령을 두 번씩이나 보내는 것으로 설정한 이유는 군노사령으로 대표되는 관속(좀더 확장시킨다면 남원 기생을 포함한 부중의 일반 백성)들이 춘향에게 가지고 있던 태도를 보여주고자 했기 때문으로 판단된다. 그들은 자신들과 동류(同類)라고 생각했던 춘향이 이도령과 인연을 맺고 나서 보여준 모습에서 적대적인 감정이 발생하게 된다. 춘향이 임기 응변책으로 접대를 하기는 하였으나 그들의 불만이 풀린 것은 아니다. 술과 돈 때문에 일시적으로 마음이 풀어진 것뿐이다. 관속들의 태도가 근본적으로 변화하는 것은 관정(官廷)

에서 변부사에게 항거하다가 형장을 당하는 춘향의 모습을 보고나서부터이다.44) 이렇게 춘향의 신분 문제를 인식하는 관속들의 변화되는 의식을 세책 계열 이본에서 잘 포착하고 있는 것으로 생각된다.45)

세책 계열 가운데 <동양>은 군노사령이 춘향으로부터 융숭한 대접을 받고 술에 취해 엉터리로 고관하는 장면에서, 춘향의 이름을 '추향'으로 발음하는 것으로 표현하여 술에 취해있는 상황을 적절하게 묘사한 흔적을 발견할 수 있다.46)

(2) 춘향 항거는 춘향의 원정(原情)과 수청 거절의 순서로 내용이 진행된다. 신관의 수청 명령에 춘향은 미리 준비해 두었던 원정(原情)을 신관에게 바치고, 술에 취한 형방이 이 원정에 대해 엉뚱하게 제사(題辭)하였다가 변부사의 마음에 들도록 다시 해석하는 장면이 이어진다. 신관의 갖가지 회유에 대해 '열불경이부(烈不更二夫)'를 내세워 수청을 거절하던 춘향은 신관이 자신을 그대로 놓아줄 리 없다고 판단하는 순간 마지막으로 결정적인 항거를 한다.

스도게셔 국녹지신 되어 나셔 츌쟝입상ᄒ시다가 타루지변 당ᄒ오면
귀ᄒ 일명 살냐 ᄒ고 도적의게 투항ᄒ여 두 님군을 셤기랴 ᄒ오 츙불
ᄉ이군이오 열불경이부어늘 불경이뷔 죄라 ᄒ고 위력으로 겁탈ᄒ니

44) "집장뇌즈 거동보쇼 형틀 압히 나아가셔 춘향을 나려다 보니 마음이 녹는 듯
쎠 믓치 져리고 두 팔이 무긔ᄒ니 젼 혼즈 ᄒ는 말이 거힝을 아니ᄒ면 응당
구실티거 ᄒ지 구실은 못단녀도 참아 못홀 거힝이라 쥬져홀 졔"(<동양> 6 :
13) 등에서 그러한 변모된 의식을 발견할 수 있다.
45) <완84>에서 보이는 관속들의 태도에는 세책 계열에서와 같은 변화가 제대로
드러나지 않는다. 변부사의 춘향 초래령을 듣고 부르러 가는 사령들은 이미
춘향에게 동정의 감정을 가지고 있어서("불상하다 춘향 정졀 가련케 되기 쉽
다"<완84> 51뒤), 형장 장면에서 집장사령이 보여주는 동정 섞인 우호적인
태도("한두 기만 견듸소 엇졀 수가 업네 요 다리는 요리 틀고 져 다리는 져리
틀소"<완84> 57앞)가 변화된 의식에서 비롯된 것이 아니라 원래부터 춘향에
게 가지고 있었던 감정으로 이해할 수밖에 없도록 작품이 서술되어 있다.
46) <동양> 5 : 25 참조.

> 스도의 츙졀유무는 일노좃ᄎ 아느이다 역심 품은 스도 압히 무슴 말
> 삼ᄒ오릿가 쇼녀를 범상죄로 이지 밧비 죽이시더 원티로나 죽여쥬오
> (〈동양〉 6 : 9~10)

　변부사를 두 임금을 섬기는 역심(逆心)을 품은 사람으로 몰아세움으로써 변부사에게 극단적인 선택을 할 수밖에 없는 상황을 만들었고, 이미 춘향도 예상하고 있었듯이 변부사는 춘향을 그대로 용서하고 방송(放送)하지 않았다. 춘향은 결국 형장을 당하게 되는 것이다.[47]

　세책 계열 사이에서 나타나는 차이점으로는 〈수(數)사설〉이 있다. 〈수사설〉은 춘향이 변부사의 수청 제의를 거절하는 내용으로, 1(일)부토 10(십)까지의 숫자로 말을 만든 일종의 숫자풀이 사설인데, 십장가(十杖歌) 장면에서의 춘향 발화와 상당히 유사한 양상을 보인다. 〈남원〉·〈도남〉에는 이 〈수사설〉이 춘향이 항거하는 장면(위의 인용문 바로 앞)에서 나타나는 데 반해 〈동양〉·〈동경〉에는 〈수사설〉은 탈락되고 대신 춘향이 형장을 당하는 장면(춘향 하옥 단락)에서 〈십장가〉가 나타난다. 이 〈수사설〉을 전후[48]로 해서 4종 이본 사이의 친연성에 변화가 생기는데, 〈도남〉의 경우는 권2 초반부부터 〈동양〉과 친

---

47) 대부분의 〈춘향전〉에서도 춘향이 형장을 당하게 되는 결정적인 계기는 변부사를 '두 임금을 섬기는' 역적으로 몰아세우는 데서 비롯되는데, 특이하게도 〈옥중화〉에서는 이런 춘향의 비판 논리가 상당히 약화되어 있다. "春香이 결을 니여 不分死生 엿ᄌ오디 使道는 兩班이라 禮節을 아시려든 守節婦女 抑奪ᄒ면 爲民父母 道理節次 切當ᄒ다 ᄒ오릿가 毁節ᄒ는 不正男女 切齒腐心ᄒ옵닛다"(89) 〈옥중화〉의 춘향 항거 대목은 〈남창〉과 행문 차원에서까지 동일함을 보이다가 이 춘향의 발화만 변개되는데, 이는 〈옥중화〉의 작가(개작자) 이해조(李海朝)의 의식을 반영한 것으로 생각된다. 〈남창〉의 해당 부분을 인용하면 다음과 같다. "춘향이가 절이 나셔 불고사싱 디답ᄒ다 졀힝의는 상하 업셔 필부의 가진 졍졀 쳔ᄌ도 못 쎗거든 사쏘 탈졀ᄒ실 테요 예양의 본을 바다 지쵸슈졀 ᄒ라시니 사쏘도 그 본바다 두 님금을 셤기실야우"
48) 보다 정확히 지적하자면 춘향의 원정(原情)을 올리는 장면부터이다. 이 장면은 〈동양〉과 〈동경〉의 경우 권6이 시작되는 부분이다.

연성을 보이다가 이 부분에서 <남원>과 친연성을 보이는 것으로 바뀌
고, <동경>은 반대로 권3부터 <남원>과의 친연성을 보이다가 이 부분
에 와서는 <동양>과 친연성을 보이는 것으로 양상이 바뀐다.49)

11. 춘향 하옥

변부사에게 항거하던 춘향이 결국 형장(刑杖)을 당하고 하옥되어 옥
중에서 자탄하는 단락으로, (1) 춘향 형장, (2) 춘향 하옥, (3) 옥중 자탄
등으로 구성되어 있다. 다른 계열의 이본 가운데는 옥중에서 자탄하던
춘향이 비몽사몽간에 황릉묘(黃陵廟)로 몽유(夢遊)하고 또 꿈을 꾸고
해몽하는 장면이 나타나는 경우도 있지만, 세책 계열에는 몽유 화소가
나타나지 않고, 춘향이 옥중에서 꾸는 꿈과 이에 대한 봉사의 해몽은
뒤의 옥중 상봉 단락에서 나타난다는 차이점이 있다.

세책 계열에서 춘향이 형장을 당하는 장면은 다짐 사설, 형장 배설,
십장가(<동양>·<동경>), 신관 아쉬움 사설의 순서로 내용이 전개되
는데, 다른 계열의 이본 가운데는 다짐장을 받지 않고 바로 형장을 가
하는 경우(<완84> 등)도 있고,50) 신관이 아쉬움을 표출하지 않는 경우

---

49) <동경>에서 보이는 이러한 친연성의 변화는 변부사의 옆에서 횡설수설하기
   만 하는 인물로 그려지는 '낭청'을 통해서도 알 수 있다. 변부사가 데려온 낭
   청은 춘향 현신 장면부터 등장하는데, <동경> 권5에서는 '이'낭청으로, 권6에
   서는 '정'낭청으로 표기되어 있다. <남원>에는 줄곧 '이'낭청으로 나타나고,
   <동양>에는 줄곧 '정'낭청으로 나타나는 것을 감안한다면, <동경>은 '성격이
   다른 두 개의 텍스트(또는 이러한 이중적인 성격을 이미 가지고 있던 텍스트)'
   를 모본으로 해서 필사된 이본으로 이해해야 할 것이다. 그렇다고 <동경>이
   <남원>과 <동양>을 선택적으로 추출해서 필사한 것은 아니다. 왜냐하면
   <동경>에는 모두 5군데에서 모본의 낙장으로 인해 필사를 하지 못했다는 필
   사자의 언급이 있는데, <남원>과 <동양>에는 해당 장(張)의 위치가 다르고,
   낙장도 되지 않았기 때문이다.
50) 형장을 시행하기 전에 다짐장을 받는 것은 정당한 절차였으므로 대부분의 이
   본에는 다짐을 받는 장면이 나타나는데, 화가 머리끝까지 난 변부사의 모습을

(〈장자백〉 등)도 있다.51)

　춘향을 하옥시키는 장면은 하옥 분부, 춘향의 탄식, 남원 한량의 위
로 등의 순서로 전개되는데, 남원 한량들이 춘향을 찾아와 위로하고 옥
방까지 칼머리를 들고 인도하며 옥방 앞에서 갖가지 놀이를 벌인다는
내용이 세책 계열에 특히 부연되어 있고, 세책 계열 내에서도 행문의
차이가 나타난다. 우선 남원 한량들이 춘향이 형장을 당했다는 소식을
듣고 춘향을 찾아가 청심환을 먹이고 입가심을 시키는 장면과 옥방으
로 가면서 선소리를 부르는 장면, 그리고 옥방 앞에서 노래, 언문책(소
설), 노름을 하는 장면이 이어져 나온다. 이 가운데 옥방 앞에서 한량들
이 노래를 부르는 장면은 〈남원〉이 특히 부연되어 있다. 〈남원〉에는
〈유산가〉, 〈춘면곡〉, 〈처사가〉, 〈어부사〉 등의 노래가 노래말(가사)
과 함께 길게 인용되어 있는 반면, 나머지 3종의 이본에는 그러한 노래
를 불렀다는 내용만 단순 서술되어 있는 차이점을 보인다. 또한 언문책
을 보는 장면에서는 〈남원〉·〈도남〉에서 〈화용도〉, 〈수호지〉, 〈서
유기〉 등의 작품 내용이 인용되고 있는 반면 〈동양〉·〈동경〉에는
〈화용도〉만 짧게 인용되어 있다. 결국 이 남원 한량 대목은 〈남원〉에
가장 부연되어 있는 셈인데, 나머지 3종의 이본에서는 이러한 내용이
너무 길고 번잡하다는 판단 때문에 축소시킨 것으로 보인다.52)

　　강조하려 했던 이본에서는 그러한 절차를 무시하는 것으로 형상화한 것으로
　　보인다.

51) 변부사가 춘향에게 형장을 가하면서도 속으로는 못내 아쉬운 감정을 가지고
　　있음을 표출하는 것은 앞에서 춘향이 변부사를 '두 임금을 섬기는 역적'으로
　　몰아세움으로써 더이상 선택의 여지가 없게 되었던 것과 관계되는 화소이다.
　　이러한 변부사의 미련을 극단적으로 표현한 이본에는 〈홍윤표본〉이 있다.
　　〈홍윤표본〉에는 변부사가 형장을 가하고 하옥시킨 춘향에게 매파를 보내 다
　　시 한번 회유하는 화소가 첨가되어 있다.

52) 〈경35〉에는 아예 이 대목이 탈락되어 있고, 〈경30〉 이하본에는 간략하게 서
　　술되어 있다. 모두 작품 분량을 고려한 탈락·축약이다. 한편 〈남창〉, 〈장자
　　백〉, 〈완84〉, 〈옥중화〉 등에도 남원 한량 대목이 나타나지 않는데, 이는 춘
　　향의 신분을 고려하여 탈락시킨 것으로 보인다. 이 이본들은 모두 춘향을 이

춘향이 옥방에서 자탄하는 장면은 옥방 풍경, 춘향 옥중자탄가, 월매
춘향구호사설, 월매 탄식의 순서로 내용이 전개되는데, 월매가 옥방에
서 자탄하는 춘향을 구호하는 장면이 세책 계열에서 상당히 부연되어
있다. 춘향이 형장을 당하고 옥방에 갇힌 시기는 춘향의 고난을 극단적
으로 강조하기 위하여 12월[臘月]로 설정하였다. 그래야 "삭풍은 쎠롤
불고 스믜약이 훗날이니 골절이 져려"오는 춘향의 비참함을 잘 드러낼
수가 있다. 그리고 "겨울 가고 봄 지나고 하늬월 다다르니 완연흔 구
슈"가 된 춘향은 이도령에게 한 장 소식도 없고 희망도 보이지 않는 자
신의 처지를 탄식하게 되는 것이다.53) 세책 계열에 나타나는 춘향 구호
사설은 춘향의 옥중자탄가를 듣고난 월매가 의원을 불러 온갖 약재(藥
材), 탕약(湯藥), 침구(鍼灸)를 동원하여 춘향을 치료하고, 또 무녀를 불
러 독경(讀經)까지 한다는 내용인데, 세책 계열이 아닌 이본에서는 거
의 나타나지 않는 독특한 사설이며, 이 가운데 약재·탕약·침구 사설

도령과의 만남 이전부터 대비정속하여 면천한 신분으로 설정했는데, 그렇기
때문에 춘향이 오입쟁이 한량들과 관계를 맺는다는 것 자체를 인정할 수 없었
던 것으로 보인다. 그러나 억울하게 형장을 당한 춘향이, 월매나 상단이 아닌,
보편적인 공감대를 획득할 수 있는 제3자로부터 위로받아야 한다는 의식 때
문에 <장자백>이나 <완84>에서는 '기생'들이 춘향을 찾아와 위로하는 것으
로 대체했고, <옥중화>에서는 춘향이 기생이 아니기 때문에 오입쟁이·기생
들이 인사하러 왔을 리가 없다고 서술자가 개입하면서 대신 '노인과부'들이 위
로하는 것으로 설정했다. <남창>의 경우는 이런 위로마저도 춘향의 '열절(烈
節)'에 누(累)가 된다고 생각하여 아예 아무런 언급을 하지 않은 것으로 생각
된다.

53) 세책 계열에 나타나는 <옥중자탄가>는 길이가 2,100여 자 내외(<동양> 7：
8~14)로 상당히 긴 편이다. 옛날 성현들도 죄없이 옥에 갇혔다가 풀려난 전
례를 들어 자신도 언제가는 풀려나지 않을까라는 기대와 함께 현실적으로 희
망이 보이지 않는 자신의 처지를 비관하여 급기야 월매에게 유언을 하는 것까
지 복잡다단한 춘향의 심정을 잘 드러내고 있다. 김석배는 <남원>의 옥중자
탄가(옥중망부사)가 <완30> 등의 '초기옥중망부사'를 바탕으로 시정의 잡가
(雜歌)를 수용하여 확장했다는 언급을 한 바 있다. 김석배, 「춘향전 이본의 생
성과 변모 양상 연구」, 경북대 박사학위논문, 1992. 12, 118~119쪽 참조.

은 〈동양〉·〈도남〉에만 나타난다.

한편 다른 계열의 일부 이본(〈완33〉·〈완84〉·〈장자백〉 등)에서
는 춘향이 옥중에서 자탄하다가 비몽사몽간에 잠이 들어 황릉묘(黃陵
廟)로 몽유(夢遊)해서 이비(二妃) 등 역사상의 대표적인 열녀(烈女)들
을 만나고 돌아오고, 또 앵도화, 거울, 허수아비 등이 보였다는 서술이
나타나는데,54) 세책 계열에서는 몽유(夢遊)가 나타나지 않고 이후의 옥
중 상봉 대목에서 춘향이 '파경몽(破鏡夢)'55)을 꾸는 것으로만 나타나
는 차이점이 있다.

12. 이도령 과거 급제

이제 장면이 바뀌어 서울로 올라간 이도령이 과거에 응시, 급제하여
전라어사를 제수받고 남원으로 내려오게 된다. 이 단락은 (1) 과거급제,
(2) 남원 발행으로 구성되는데, 내용상 다른 계열과 큰 차이점을 보이

---

54) 황릉묘 몽유와 춘향 꿈을 결합시킨 것은 열녀(烈女)로서의 춘향을 강조하기
위해서 후대에 작위적으로 개작한 것으로 보인다. 몽유(夢遊)와 파경몽(破鏡
夢)이 연결되는 부분의 행문을 잘 살펴보면 부자연스럽게 결합되었다는 것을
알 수 있다. "오리 유치 못할지라 여동 불너 하직할 시 동방 실솔셩은 시르렁
일쌍 호졉은 펄펄 춘향이 깜짝 놀니 끼여보니 꿈이로다 옥창 잉도화 써러져
보이고 거울 복판이 끼여져 뵈고 문 우에 허수이비 달여 뵈이거늘 나 죽을 꿈
이로다"(〈완84〉 64앞) 황릉묘로 몽유한 것이 춘향이 꾼 꿈이었는데, 놀라 꿈
을 깨어보니 앵도화, 거울, 허수아비가 보였다는 것이다. 전후의 연관성을 찾
아볼 수 없는 데다가 바로 뒤에 서술되는 문복(問卜) 장면에서도 이 황릉묘
몽유에 대한 언급은 전혀 없다.
55) '파경몽'이라는 용어는 이창헌, 「경판 방각소설 〈춘향전〉의 순차단락 고착화
양상 연구」, 『고소설연구』 15, 한국고소설학회, 2003. 6을 참고했다. '파경몽'과
'황릉묘 몽유'를 포함한 춘향 꿈은 화소의 위치와 내용면에서 볼 때, 〈춘향
전〉에서 매우 다양하게 나타나므로 이본 연구에서 반드시 주목할 필요가 있
지만, 논의가 너무 번다해질 우려가 있으므로 본고에서는 생략하고 후고(後
稿)를 기약하기로 한다. 경판본에서 나타나는 양상에 대해서는 이창헌, 앞의
논문을 참조할 수 있다.

지는 않는다.

서울로 올라온 이도령은 춘향을 생각하며 학업에 열중하여 과거에 급제하고, 임금이 소원을 묻자 전라어사를 자청(自請)한다. 세부적인 차원에서 다른 계열과 비교해 보면, 과거의 종류와 시제(試題), 그리고 어사 임명의 과정에 있어서 다양한 양상을 보이는데, 세책 계열에서는 대체로 이도령이 알성과(謁聖科)에 응시하여, '강구문동요(康衢聞童謠)'라는 시제를 받고, 장원급제를 하자마자 전라어사를 자청하여 임명되는 것으로 나타난다.56) 이후 어사를 제수 받고 거지 복색을 차리고서 서울에서 전주까지 내려가는 노정기(路程記)57)가 이어진다.

13. 어사 민정 염탐

전주(全州)를 지나면서 어사는 염탐(廉探)을 시작한다. 민정 염탐 대목은 이어사가 다양한 사람들을 만나면서, 다양한 내용의 민정을 수집하는 내용으로, <춘향전> 이본에 따라 양상이 매우 다르게 나타나지만, 대부분의 이본들이 공통적으로 포함하고 있는 핵심적인 내용은 이도령이 농부들을 만나 봉욕을 당하면서도 신관의 정사와 춘향의 소식을 알아낸다는 것과 염탐하는 도중에 춘향의 편지를 가지고 서울로 올라가는 아이를 만나 편지 내용을 본다는 것이다. 이어사가 봉욕을 당한

---

56) 세책 계열 중에는 <동양>이 좀 특이한데, 과거 종류에 해당하는 부분에 "격양가"라고 오기(誤記)를 범했으나, <고본>을 참조해 보면 "알성과"로 추측할 수 있고, 과거 시제도 "춘당춘색고금동(春塘春色古今同)"으로 나타난다.

57) 세책 계열에 나타나는 노정기는 몇 가지를 오류를 범하고 있다. 우선 노정(路程) 가운데 남태령, 과천, 인덕원 등이 나타나는 부분에서 4종의 이본 모두 '남태령→인덕원→과천'의 순으로 적고 있다. 이는 <고본>, <경35>에서도 마찬가지이다. 이러한 오류를 바로 잡은 이본으로는 <경30>, <경23>, <안20> 등이 있다. 다른 이본에는 대체로 '인덕원'이라는 지명이 보이지 않는다. 또한 <동양>에서는 "노구바회" "임실"이라는 지명이 두 번 나타나서 노정상의 중복이 발생한다. 필사시의 오류로 보인다.

다는 것은 세책 계열이 가진 골계적 성격을 드러내는 것이면서 동시에, 신관의 정사를 통해서 표출하는 것과 마찬가지로, 양반·신관에 대한 민중의 비판 의식을 보여주는 것이기도 하다. 춘향의 편지를 통해서는 춘향이 현재 처한 극한적 상황을 다시금 환기시키면서 옥중에서의 상봉을 예비하고 있는 것으로 보인다.

　세책 계열에서도 이어사는 상당히 많은 사람들을 만나는데, 전주를 지나면서는 열읍(列邑) 수령들이 암행어사가 내려온다는 소문을 듣고 분주하게 대비하는 것을 목도하고, 농부들을 만나 신관의 공사(公事)와 춘향의 소식을 듣게 되고, 불당에서 공부하는 선비들에게 속아 초분(草墳)에서 망신을 당하기도 하며, 초동·목동·농부 등을 만나 민정을 파악하고, 주막에 들어가 주인으로부터 춘향의 소식을 다시 듣고, 이어 춘향의 편지를 가지고 서울로 올라가는 아이를 만나 편지 내용을 읽어 보며, 마지막으로 하층 관리들이 민간수렴하는 장면도 목도하게 된다. 염탐하는 중간중간에 이어사의 한시(漢詩)나 백성들이 부르는 다양한 노래가 다수 나타나는 것도 세책 계열의 특징이라고 할 수 있다.

　세책 계열 내에서도 이 단락은 행문의 차이가 여러 군데에서 나타난다. 전주에서부터 염탐을 시작해서 임실(任實)에 다다라 농부들을 만나기 전에 〈남원〉·〈동경〉에는 시기가 '봄'임을 알려주는 〈산천경개풀이〉[58]가 나타나고, 이어서 〈농부가〉로 연결된다. 또 어사가 농부들에게 봉욕을 당하고 있을 때, 늙은 농부가 나타나서 장난을 제지하는 장면도 〈남원〉·〈동경〉에만 나타난다. 한편 이어사가 춘향의 편지를 보게 되는 과정에 대한 서술은 〈남원〉·〈도남〉과 〈동양〉·〈동경〉에서 각각 달리 나타난다. 〈남원〉·〈도남〉의 경우는 춘향의 편지를 주막 주인의 아들이 가지고 있는 것으로 설정하여 주막에서 주인에게 춘향의 소식을 들으면서 바로 춘향의 편지를 확인하게 되지만, 〈동양〉·

---

58) 〈남원〉은 새타령, 초목타령으로 구성되어 있고, 〈동경〉은 새타령이 탈락되어 있다.

<동경>에서는 주막에서 나와 길을 가다가 <신세타령>을 부르며 가는 아이를 만나 춘향의 편지를 보게 되는 것으로 서술하고 있다. <동양>·<동경>의 경우가 대다수 <춘향전>에서 보여지는 춘향 편지 화소와 유사하다.

14. 옥중 상봉

민정을 염탐하고 다니던 이어사가 남원에 도착하여 춘향집을 찾아가 월매를 만나고, 다시 옥방으로 춘향을 찾아가 슬픔의 상봉을 하는 단락이다. 이 단락은 크게 (1) 월매 상봉, (2) 옥중 상봉, (3) 귀로 및 출도 준비 등으로 구성되어 있다.

남원에 당도한 이어사는 박석틔[博石峙]에 올라서서 예전에 보던 산천을 다시 보며 감회에 젖지만, 이어 다 허물어져 퇴락한 춘향집을 찾아 보고는 희비의 감정이 교차한다. 거지꼴로 춘향집을 찾아들어간 이어사는 월매를 만나 거짓으로 그간의 사정을 이야기하고, 이에 월매는 분노와 절망의 탄식을 하게 된다. 세책 계열 가운데 <동양>·<동경>에는 춘향집을 찾아간 이어사가 목욕재계하고 축원하는 월매의 모습을 보고 "나의 벼슬이 션음으로 아라더니 샹풍 춘향어미 정성이로다"(<동양> 8 : 16)라고 감탄하는 화소가 나타나지만, <남원>·<도남>에는 이것이 탈락되어 있는 차이를 보인다.

춘향과 이도령이 옥중에서 상봉하는 장면은 춘향의 꿈과 문복(問卜), 옥중 상면, 춘향 유언의 순서로 내용이 진행된다. 꿈과 문복 장면은 불길한 내용의 꿈(파경몽)을 꾼 춘향이 지나던 봉사를 불러 문복함으로써 일말의 희망을 가지게 되는 내용으로, 나타나는 위치는 이본에 따라 다양한 양상을 보이지만, 모든 <춘향전>에서 발견되는 핵심적인 화소이다.59) 세책 계열에서는 바로 이어져 나오는 옥중 상면에서 희망에서 절

---

59) 현재 남아있는 <춘향전> 이본 가운데 가장 오래된 <만화본>에도 "村盲昨訊

망으로 바뀌는 춘향의 심정을 부각시키는 역할도 수행한다. 슬픔과 절
망의 분위기에서 인물의 희화화를 통해 미감을 혼합하는 수법은 세책
계열에서 자주 보이는데,[60] 이 장면에서도 문복을 하는 봉사의 음행(淫
行)을 부연하여 골계적으로 그려냄으로써 이런 효과를 획득하고자 했
던 것으로 보인다. 또 문복하는 장면에서 나타나는 축문(祝文) 사설이
나 점괘풀이 사설은 다른 계열보다 훨씬 부연되어 있고 내용 자체도 독
특하다. 까마귀 울음 소리를 '가옥(佳屋)'으로 풀이하는 내용은 〈남
원〉·〈도남〉에 나타나지 않는다.

　꿈에 그리던 이도령을 옥방 너머에서 만난 춘향이 더이상 희망이 없
음을 깨닫고 절망하지만, 애써 체념과 절망의 감정을 절제하면서 이도
령과 월매에게 뒷일을 부탁하는 모습과 그런 춘향의 마음을 알고 있는
이도령의 복잡한 심경이 옥중 상면 장면에서의 핵심이라고 할 수 있다.
세책 계열에는 춘향뿐만 아니라 이도령의 심경도 잘 표현하고 있는데,
춘향의 유언을 듣고 돌아서는 이도령의 모습에서 그런 인간적인 모습
을 발견할 수 있다.

　　어시 한참 오다가 싱각ᄒ니 졔가 니 몰골 된 거슬 보고 여망이 아조
　업는 쥴노 아라 일편된 회곡ᄒ 마음의 ᄉ라 무엇ᄒ리 ᄒ고 밤의 자슈
　ᄒ기가 여반장이라 어허 못ᄒ깃다 〃시 도라와셔 이 이 츈향아 그러
　치 아니ᄒ 일 닛다 춘향이 디답ᄒᄃ 엇지ᄒ여 가시다가 도로 왓쇼 듯
　거라 네 앗가 날다려 유언쳐로 만번이나 부탁 닛거니와 그러ᄒ기의
　나도 네게 부탁홀 말 닛다 너일이어니 모리어니 니 얼골을 다시 보고
　죽어야 네 부탁디로 역낙업시 ᄒ려니와 만일 다시 날을 아니 보고 죽

　　夜來夢 天命無常云願諟 粧臺鏡破豈無聲 庭樹花飛應結子 朝鮮通寶擲錢占
　伏乞神明昭示俾 重天乾卦動靑龍"라고 구체적으로 표현되어 있는 것으로 보
　아 〈춘향전〉이 발생한 초기부터 있었던 본질적인 화소였던 것으로 보인다.
60) 춘향 하옥 장면에서의 남원 한량 등장, 어사 염탐 장면에서의 풍류랑(風流郞)
　의 모습, 다음에 이어지는 옥중 상면 장면에서의 이어사의 입맞춤 장면 등이
　그것이다.

으면 네 소원디로는 시로이 네 송장이 길가의 너머져 긴쳔 궁그로 드
러가 긴 도야지가 손목 발목을 무러 뜻고 가막가치가 디강이의 올나
안자 두 눈을 칵 〃 쏘아도 모로는 쳬흐고 쫏지도 아니흐고 악착흔 원
슈로 알니라 그러흐미 부디 날을 잠간이라도 보고 죽고 살기룰 결단
흐여라 츈향이 디답흐디 이고 글낭은 그리 흐오리이다 어시 만번이나
부탁흐고 츈향어미 쓰라오니 (<동양> 9 : 24~25)61)

자신이 죽고 난 이후의 상황을 상정하면서 뒷일 부탁하는 춘향의 유
언을 듣고 돌아서던 이도령은 혹시나 춘향이 다음날의 어사출도를 기
다리지 못하고, 오늘밤에 자결(自決)하지 않을까 하는 걱정에 다시 옥
방으로 돌아와서 당부하는 장면이다. 다른 계열의 이본에서는 대체로
하늘이 무너져도 솟아날 구멍이 있으니 기다려 보라는 정도의 위로만
하고 돌아서는 것에 비하면 상대적으로 인간적인 면모를 잘 보여준다
고 할 수 있다.62) 세책 계열에서는 춘향과 마찬가지로 이도령의 성격
또한 이상적인 도덕군자로 설정하지 않았기 때문에 이런 장면이 나타
날 수 있었던 것으로 보인다.
　옥중 상봉 장면 가운데 춘향이 월매에게 이도령을 잘 대접하라는 당
부와 위에서 인용한 이도령이 춘향에게 당부하는 내용은 4종의 이본
중 <남원>에만 탈락되어 있다.
　춘향을 만나고 돌아온 이도령은 월매의 홀대에 춘향집이 아닌, 객사
공청(客舍公廳)에서 잠을 자고 새벽에 각 읍에 염탐을 보냈던 서리·
군관들을 청운사(靑雲寺)에서 만나 염문기(廉問記)를 받고 출도 약속
을 정한다.

15. 변부사 생일잔치

---

61) <남원>에는 나타나지 않는다.
62) 세책 계열이 아닌 이본 가운데에는 <장자백> 정도에 이런 장면이 나타난다.

변부사 생일잔치 단락은 (1) 잔치치례, (2) 이어사 잔치 참석으로 구성되는데, 세책 계열뿐 만 아니라 대부분의 〈춘향전〉에서 나타나는 양상이 크게 다르지 않다. 다만, 이어사가 잔치에 입장하기까지의 과정과 잔치에 참석하여 일부러 행패를 부리는 장면 등에서 일부 화소들이 달리 나타날 뿐이다.

변부사의 생일잔치가 벌어지는 광경을 묘사한 (1) 잔치치례는 본부 동헌63) 잔치판의 휘황찬란한 장식들, 열읍 수령들이 하나둘씩 등장하는 광경, 기생들이 노래를 부르는 풍류판의 모습 등을 순서대로 묘사하고 있다. 화려하게 치장한 생일 잔치에 열읍 수령들이 등장하는 성대한 모습을 표현하는 것이 (1) 잔치치례 장면의 목적인데, 대부분의 이본들에서도 양상은 크게 다르지 않고, 묘사의 분량과 정도에서 차이가 나타날 뿐이다. 세책 계열 가운데는 〈남원〉·〈도남〉에서 기생들의 풍류판에 대한 묘사가 상대적으로 간략하게 나타난다는 차이점이 있다.

거지꼴을 한 이어사가 잔치에 참석하여 행패를 부리는 (2) 잔치 참석은 잔치에 입장하려던 이어사가 쫓겨나는 장면, 쫓겨난 이어사가 동네 노인에게 본관 공사(公事)를 물어보는 장면(소코뚜레 공사), 문지기들이 잠시 자리를 비운 사이에 잔치판에 들어가는 장면, 운봉 영장이 이어사의 관상(觀相)을 보고 잔치 참석을 허락하는 장면, 잔치에 참석한 어사가 음식상을 받고 행악하는 장면, 권주가를 듣고 담배 피우는 장면, 방귀를 뀌어 잔치판이 술렁이는 장면의 순서로 내용이 전개된다. 세책 계열 사이에서는 행문의 차이만 나타나는 정도로 유사한 양상을 보이는데, 본관의 공사를 다시 물어보는 장면64)이라든지, 운봉 영장이 이어

---

63) 세책 계열에서 생일 잔치가 벌어지는 장소는 '본부 동헌'으로 나타나고 다른 대부분의 이본들도 마찬가지인데, 〈남창〉, 〈홍윤표본〉과 같은 이본들은 '광한루'에서 잔치를 벌이는 것으로 나타나는 특징을 보인다.

64) 변부사의 공사(公事)가 잘못되었다는 것은 민정을 염탐하는 대목에서도 여러 차례 강조되었던 내용이므로 이 장면에서 이를 다시 반복해야 할 본질적인 필요성은 없다고 볼 수도 있다. 그러나 기본적으로 세책 계열의 성격이 상층지

사의 관상을 보는 장면에 대한 묘사, 방귀를 뀌어 잔치판이 술렁이는
장면 등은 다른 계열에서는 거의 나타나지 않는 화소들이다.

16. 암행어사 출도

이어사가 금준미주(金樽美酒) 시를 짓고 나서 암행어사 출도를 하고
죄인으로 끌려나온 춘향과 재회하는 단락으로, <춘향전>에서 절정에
해당하는 부분이다. 이어사가 지은 시를 돌려보는 수령들의 긴장감, 암
행어사 출도 장면에서의 해학적이면서도 긴박한 상황 묘사, 춘향과의
감격적인 해후 등이 중심적인 내용이라 할 수 있다. 이 단락은 계열을
초월해서 대부분의 이본들에서 형상화된 양상이 크게 다르지 않다.[65]
세부적인 차원에서 차이를 보이는 부분을 중심으로 특징을 추출해 보
면 다음과 같다.

우선 이어사가 금준미주(金樽美酒) 시를 짓게 되는 계기를 마련하는
데에서 이본에 따라 차이를 보인다. 세책 계열에서는 이어사가 방귀를
뀌어 잔치판의 분위기가 술렁이자, 변부사가 주담(酒談)으로 준민고택
(浚民膏澤)하는 경험담을 이야기하고, 이를 무안하게 여긴 운봉 영장이
풍월귀(風月句)나 읊자는 제안을 하는 것으로 설정하였다. 변부사가 관
속들과 담합하여 백성들에게 악정(惡政)을 하는 내용은, 변부사 생일잔
치 대목에서 이어사가 잔치에 참석하기 전에 본관의 공사가 소코뚜레
공사라는 것을 확인하는 내용과 더불어 세책 계열의 지향점이 다분히
민중지향적이라는 것을 재확인할 수 있게 한다. 이에 비해 <장자백>,

향적이 아니라 민중지향적이라는 것을 상기한다면, 다시 한번 반복함으로써
변부사가 반드시 징치되어야 할 인물이라는 것을 강조한 것으로 이해해야 할
것이다. 또한 세책 계열 이본들이 8만 5천여 자 내외의 장편임을 염두에 둔다
면 암행어사 출도를 앞두고 변부사의 악행을 다시 한번 환기할 필요성도 있었
을 것이다.
65) <옥중화> 등 극히 일부 이본에서만 변부사의 징치에 대한 양상이 다르거나
남원 과부들의 등장(等狀) 화소가 나타나는 등의 차이를 보인다.

〈옥중화〉 등에서는 변부사가 행패를 부리는 걸인 이어사를 내쫓기 위해서 시 짓기를 제안하는 것으로 설정하였다. 그외 다른 대부분의 이본에서는 시를 짓게 되는 계기에 대한 설명 없이 좌중 가운데 어느 한 사람이 제안하여 시를 짓게 되는 것으로 설정함으로써 서사적 인과성이 상대적으로 결여된 양상을 보인다.

세책 계열에서는 이어사가 시를 짓고 퇴장하자 운봉을 비롯한 몇몇 수령들이 시를 읽어보고는 이런저런 핑계를 대며 자기 고을로 돌아가려 하는 상황에서 바로 암행어사 출도가 이루어진다. 그러나 다른 계열의 일부 이본에서는 수령들뿐만 아니라 남원부의 관속들도 암행어사 출도가 임박했음을 눈치 채고 육방을 단속하며 출도에 대비하는 장면이 나타나기도 한다.66) 이런 장면이 나타나는 이본들은 상황적 합리성을 염두에 두고 개작한 것으로 보인다. 즉 이어사가 아무리 거지 차림을 하고 있다 하더라도 변부사의 생일 잔치에 참석하여 행악을 부리고 시까지 짓는 과정에서 남원부의 관속들 정도라면 어사의 정체에 대해 눈치를 챌 수 있었으리라는 이해에 바탕을 하고 있다고 생각된다. 세책 계열에서는 이러한 상황적 합리성에 대한 고려가 없었고, 대신 이어사의 정체를 철저하게 노출시키지 않음으로써 어사 출도와 춘향과의 재회에서 느낄 수 있는 감정을 집중화해서 표현하고자 했던 것으로 판단된다.67)

---

66) 〈남창〉, 〈장자백〉, 〈완84〉, 〈옥중화〉, 〈홍윤표본〉 등에서 이런 장면이 나타난다. 이 가운데 〈완84〉의 경우는 운봉 영장이 주도적으로 육방을 단속하며 출도에 대비하는 것으로 나타나는 특징을 보이며, 〈홍윤표본〉의 경우에는 관속들뿐만 아니라 구경하는 남원부의 백성들도 눈치를 채고 수군대는 장면이 여러 차례 나타난다.

67) 다른 계열의 이본에서 암행어사 출도 단락 이전에 자신의 정체를 자의적, 타의적으로 노출시키거나 발각되는 장면이 나타나는 경우도 마찬가지로 이해할 수 있다. 세책 계열에는 이어사가 출도하여 춘향과 상봉하기 전까지는 정체가 철저하게 감춰지는데, 다른 계열의 이본들에서는 대체로 이어사의 신분이 노출되는 장면이 나타난다.

  이어사와 춘향이 감격적인 상봉을 하는 장면도 이본에 따라 양상이
다양하게 나타난다. 이 장면이 가지고 있는 문제의 소지는 월매의 위치
에 있었다. 세책 계열에서 월매는 춘향이 어사에게 불려들어가는 모습
을 보고 춘향이 또다시 당할 고초를 보기 싫어 냇가에 빨래하러 나가는
것으로 설정하였다.68) 상봉의 장소에 월매가 위치하지 못하도록 설정
한 것이다. 또한 월매가 춘향에게 먹일 미음을 준비하러 집에 다녀오는
것으로 설정한 이본69)도 있는데, 이는 춘향이 변부사에게 죽임을 당할
위기는 일단 넘겼지만, 어사가 '죄인' 춘향을 불러들이는 긴장된 상황에
서 어떻게 월매가 '빨래'를 하러 갈 수 있었겠느냐는 의문에 기반한 변
이형으로 보인다. 그러나 다른 계열의 대부분의 이본에서는 빨래터로
갔건 미음을 준비하러 집으로 갔건 모두 다 합리적인 서술이 아니라고
판단함으로써, 월매는 "삼문간(三門間)"이나 "관문 밖"에서 초조하게
춘향의 일을 걱정하다가 상황을 파악하는 것으로 설정하게 되었다. 이
장면을 이해하는 방식에 있어서 차이를 보이는 것이다. 세책 계열에서
빨래 화소를 수용함으로써 합리성의 측면에서는 얼마간 오류를 발생시
켰다 하더라도, 이 빨래 화소 덕분에 어사가 바로 이도령이라는 사실을
알지 못한 월매가 관아로 뛰어들어와 이도령을 보고 궁색한 변명을 늘
어놓는 골계적인 장면을 연출할 수 있었다. 이 장면에서 세책 계열의

---

68) 세책 계열 외에도 <이명선본>, <경35> 등에서 이런 '빨래화소'를 발견할 수
   있다. 류준경은 한문본 춘향전인 <익부전(益夫傳)>에 월매가 빨래하러 갔다
   가 춘향의 소식을 듣고 관아로 달려오는 내용에 대해 서술자가 비판하는 부분
   이 있다는 것을 인용하면서, <익부전>이 참고한 이본이 남원고사 계열이라고
   하였고, '빨래화소'는 남원고사 계열만이 가지는 독특한 면모라고 밝힌 바 있
   다. 류준경, 「익부전의 서사적 특성과 그 의미」, 한국고소설학회 제61차 정기
   학술대회(2003. 5. 10) 발표문 참조.

69) <홍윤표본>이 대표적이다. 세책 계열에서와 마찬가지로 춘향을 불러들이라
   는 어사의 명령을 들은 월매는 춘향에게 말을 잘 해보라는 당부를 하고 춘향
   에게 먹일 미음을 준비하러 집으로 돌아가는 것으로 설정하였다. <경30> 이
   하본에서도 월매가 미음 그릇을 들고 들어오다가 춘향의 소식을 듣는 것으로
   서술되어 있으므로 상봉의 순간에는 관아에 있지 않았음을 짐작할 수 있다.

지향점은 합리성이 아니라 골계성에 있었던 것으로 보인다.

　암행어사 출도 단락에서 보이는 세책 계열 내의 차이점은 〈남원〉에서 주로 나타난다. 〈남원〉에는 남원부의 기생들을 시켜 춘향이 쓰고 있는 칼을 입으로 벗기라는 주문을 하는 해칼 장면 바로 앞에 이어사가 기생들을 점고(點考)하는 화소가 나타난다. 이 화소는 〈춘향전〉 이본 가운데 〈남원〉에만 나타나는 독자적인 모습으로 보이는데, 기생들을 점고해서 모두 불러 모아야 다음에 서술되는 기생 해칼 장면으로 자연스럽게 이어질 수 있다는 판단에서 기인한 결과로 보인다. 그러나 다른 이본에서는 변부사에 의한 기생 점고가 이미 작품 내에 존재하므로 반복하는 것은 번다하고 상황적으로도 필요하지 않다고 판단해서 탈락시켰을 가능성이 높다. 이외에도 〈남원〉에는 행문 차원에서 나머지 3본에 비해 확장된 부분이 많다. 〈남원〉의 이런 양상은 작품의 끝까지 이어진다. 〈남원〉을 제외한 나머지 이본들은 대체로 유사한 양상을 보이며, 특히 〈동양〉과 〈동경〉은 행문 차원에서까지 친연성을 발견할 수 있다.

17. 부귀영화

　〈춘향전〉의 대단원인 부귀영화 단락은 이도령과 춘향이 상경(上京)하는 장면과 임금으로부터 칭찬을 받고 춘향이 가자(加資)되어 영화를 누리는 장면으로 구성되어 있는데, 대부분의 고소설 결말부가 그러한 것처럼 묘사는 소략하고 단순히 서사적 내용을 진술하는 양상을 보인다.70)

　세책 계열이 아닌 이본 가운데는 특이하게 춘향이 가자(加資)되지 않는 경우도 있다. 〈남창〉에서는 이도령이 부모에게 춘향의 일을 고하

---

70) 이러한 고소설의 일반적인 결말 방식과는 달리 〈만화본〉, 〈홍윤표본〉에서는 후일담에 대한 서사가 장황하게 부연되어 있는 특징을 보인다.

고 서울로 불러와서 자식 낳고 잘 살았다는 내용만 보이는데, 이는 <남창>이 추구했던 합리성에 비추어 볼 때, 양반 신분이 아닌 춘향이 임금으로부터 직첩을 제수받는 것이 불가능하다는 인식이 작용한 결과로 이해된다.71) 또 <완29>에는 서울로 올라갔다는 내용에서 작품을 서둘러 끝냈기 때문에 이 내용이 탈락한 것으로 판단된다.

세책 계열 사이에서는 암행어사 출도 단락에서와 마찬가지로 <남원>이 <동양>·<동경>·<도남>에 비해 상대적으로 부연되어 있고, 행문도 달리 나타나는 차이점이 발견된다.

Ⅳ. 결론

본고는 <춘향전> 가운데 세책(貰冊)으로 유통되었거나 세책을 대본으로 해서 필사된 4종의 이본(파리 동양어학교 소장『남원고사』, 일본 동양문고 소장『춘향전』, 일본 동경대학교 아천문고 소장『춘향전』, 영남대학교 도남문고 소장『춘향전』)을 중심으로, 서지적 특성과 서사 단락별 특성을 살펴보는 데에 목적이 있었다.

서지적 특성을 통해서 4종의 이본 가운데 <남원>과 <동양>은 실제 세책으로 유통되던 이본으로서 19세기 중반에서 20세기 초반에 이르는 세책의 변모 양상을 살펴볼 수 있는 이본임을 밝혔고, <동경>과 <도남>은 세책으로 유통되던 이본은 아니지만, 세책 <춘향전>을 모본으로 필사된 이본으로서 분권 체제 등 형식적인 변화를 나타났음을 살펴보았다.

한편, 세책 계열 이본들의 내용상 특징을 효과적으로 살펴보기 위해

---

71) <남창>에는 남원에서 춘향과 이별한 이도령이 서울로 올라가서 춘향이 아닌 재상가의 부인을 얻었다는 내용("이 찌의 도령님은 본퇵의 올나가셔 직상딕의 셩혼하고 글공부만 힘씨더니")도 나타나는데, 이것도 마찬가지 인식의 결과로 보인다.

서 작품 전체를 17개의 상위 단락으로 구분하고, 각각의 상위 단락을
중위, 하위, 미세 단락으로 다시 구분하여 다른 계열의 이본들과 비교
고찰하였다. 내용상의 특징으로 추출된 결과들은 아직 필자의 게으름과
미숙함으로 인해 '세책' 계열의 특징으로 정립할 수 있을 만큼 일목요연
하고 체계있게 정리되지는 못했지만, 여타 다른 계열 작품들과의 차이
점을 세세하게 밝힘으로써 향후 〈춘향전〉 이본 연구에 있어서의 발판
을 마련하고자 하였다.

    이상의 논의 결과를 토대로 해서, 〈춘향전〉에 대한 이본 연구, 특히
세책 계열 이본을 중심으로 전체 〈춘향전〉을 살펴보는 작업을 과제로
남겨두며 결론을 대신하고자 한다.

[부록]

세책 계열 〈춘향전〉 서사 단락*

1. 서사
 1.1. 배경 제시 #1
   1.1.1. 허두가
   1.1.2. 산천경개풀이1
   1.1.3. 금강경사설 [동양·동경]
   1.1.4. 산천경개풀이2
   1.1.5. 도입 사설
 1.2. 인물(이도령) 소개 #2

2. 이도령-춘향 봄놀이
 2.1. 이도령 봄놀이
   2.1.1. 춘흥
     2.1.1.1. 수청엄금 사설
     2.1.1.2. 방자 인물 치레
     2.1.1.3. 이도령 신세탄식
     2.1.1.4. 봄타령 #3
   2.1.2. 남원 경처
     2.1.2.1. 소상팔경
     2.1.2.2. 승지 풀이

---

* 각 층위 단락 가운데 〈남원〉, 〈동양〉, 〈동경〉, 〈도남〉 중 일부의 이본에만
나타나는 단락에는 그 단락이 나타나는 이본명을 표시하였다. 또한 김동욱,
『춘향전비교연구』, 삼영사, 1979에서 시도했던 단락 번호를 해당 단락이 시작
되는 단락명 뒤에 병기함으로써 서로 비교할 수 있도록 하였다.

향목동본『현수문전』의 서사적 특징과 의미

주 형 예

논의를 시작하기 전에

조선 후기 소설들에 대해 많은 연구들이 있지만 상업적 유통 시스템과 당대 문화의 역동성이 추동한 작품의 변모상에 대한 본격적 논의는 드물다. 당대의 각 작품들은 이윤을 추구하는 자본의 속성과 결탁하는 한편, 그 시기까지 축적된 소설적 역량을 다양하게 내면화하면서 조선 후기 문화의 지형에서 자기 몫을 담당하였다. 특히 19세기 소설들은 전대에 형성되었던 소설 관습들을 수용하여 유형을 형성하고 복제하면서 이 시대에 두텁게 형성된 서민 독자층의 요구를 수용하였기 때문에, 각 소설의 형성에 관여한 유통의 역학과 그에 내재한 독자들의 욕망에 대한 관심이 필요하다.[1]

서울에 있었던 세책점과 세책 필사본의 실체를 서울의 시정 문화 속

---

[1] 소설의 상업성은 대중 독자를 의식한 창작과 출판·유통구조의 제약성이 이윤추구의 속성으로 결집된 것이다. 그러므로 출판 매체와 유통상의 정황을 이해하고 독자 욕망의 추이를 읽어내야 할 것이다.

에서 재구하기 위해서는 개별 작품들의 실상을 드러내고, 방각본이나 활판본과 구별되는 세책 필사본 고소설의 특징을 발견해야 한다. 드러난 목록에서 세책 필사본 고소설이 차지하는 비중으로 볼 때 그 중요성은 간과될 수 없을 것이다. 또한 세책점의 취급 목록이나 위치 등을 밝혔다 하더라도 대여했던 작품들 각각의 형성과 서사적 특징을 점검하기 전에 세책 전반에 관한 논의로 일반화하기는 어려울 것이다.[2] 기존의 작품을 그대로 수용했을 수도 있고, 약간의 체제적 정형성만을 가했을 수도 있으며, 상품의 다양화를 위해 기존 서사들을 모방하여 촉급하게 복제하는 생산 방식을 택하거나 독자의 구미에 맞는 창작을 시도했을 수도 있기 때문이다. 실제로 세책점 취급 목록에서 발견되는 연의소설, 장편 가문소설과 군담 소설, 판소리계 소설 등의 공존 현상은 여러 가지 풀어야 할 간단하지 않은 문제들을 내포하고 있다. 그러므로 총체적 이해를 위해 세책점의 실체를 확인하는 실증적 작업과 더불어 개별 작품의 서사적 특징을 파악하여 소설의 형성 경로와 원리를 독자의 취향을 의식한 상품화의 진행과 관련 지어 이해하는 과정이 필연적으로 요구된다.

이 글은 향목동에서 필사된 세책 『현수문전』을 중심으로 논의될 것이다. 이미 세책 필사본이 쇠퇴기에 접어들었던 20세기 초반에 수집된 것을 대상으로 하기 때문에 18세기 세책 필사본[3]에 대한 논의들과는

---

2) 이다원, 「현씨양웅쌍린기 연구」, 연세대학교 석사학위논문, 2000 ; 유춘동, 「조선후기 세책의 현황과 유통 연구(1)」, 연세대학교 고전문학연구회 제87차 월례발표회, 2000 ; 정명기, 「세책본 고소설에 대한 서설적 이해」, 『고소설연구』 제12집, 2001 ; 김영희, 「세책 필사본 구운몽 연구」, 『연세학술논집』 34집, 2001 등에서 이러한 일련의 작업들이 진행되어 왔다.

3) 18세기의 세책의 상황은 널리 알려진 채제공(蔡濟恭)의 <여사서서(女四書序)>의 기사나 이덕무(李德懋)의 <사소절(士小節)>에 나타나는 기사를 통해 추정할 수 있다. 당대 주 독자층은 사대부 여성들이었을 것이나 19세기에 이르러는 서민들이 광범위하게 독자층으로 부상하게 된다. 이는 현재 남아있는 세책의 낙서들을 통해서도 짐작할 수 있다. 그런데 세책 변모의 기준은 무엇

변별적인 19세기의 문제에 한정될 것이다. 향목동본을 비롯한 지금 우리가 볼 수 있는 세책 필사본에 남아있는 낙서들로 판단컨대 이미 독자층은 일반 서민들로 광범위하게 확산되었고, 방각본 독자들과는 계급적 구별이 불가능할 정도로 얽혀 있었던 것으로 추측된다.4) 현재 남아 있는 19세기 후반기 이후 세책 필사본만으로는 조선 후기 소설 독자층의 전모를 밝힐 수 없겠지만 세책 필사본과 방각본, 활판본이 어느 정도 시기적 겹침과 차별화를 보이고 있기 때문에 유통과 독자, 문화에 던져주는 암시는 풍부하리라 기대된다.5)

인가에 대한 논란이 있을 수 있다. 필자는 세책이 유일한 소설 유통 방식이었다가 방각본 활판본으로 이어지는 출판 양식의 등장으로 주도적 역할에서 물러서는 것을 변모라고 보고 있다. 물론 방각본 활판본들도 세책점의 취급목록으로 포함되었던 것은 분명하다. 하지만 그것은 방각본 활판본들의 소설 판매 양식과 공존하는 것이며, 18세기적 세책점에서 변모된 후대적 양상에 해당될 것이다.

4) 오오타니 모리시게[大谷森繁]는 「朝鮮 後期의 貰冊 再論」, 『한국고소설사의 시각』, 국학자료원, 1996, 147~181쪽에서 19세기 세책은 18세기 방각본이 출현한 이후에도 방각본 독자와는 구별되는 독자를 가지고 있었다고 보고 있다. 세책업과 방각본을 서로 다른 욕구를 가진 독자층을 대상으로 하는 유통 형태로 이해하고 있으며 세책의 독자층을 주로 여성독자로만 국한하여 생각하고 있다. 19세기 말 세책업이 사양화된 이후에야 세책이 교양수준이 낮은 사람들의 독서수단으로 전락하였다고 보는 입장이다. 하지만 세책업은 서민 독자층의 확산에 기여하고 욕구를 충족시키면서 다음 단계 출판의 계기를 마련하는 적극적 역할을 하였던 것으로 보인다. 연의소설이나 장편 가문소설에 국한되지 않는 군담 소설이나 판소리계 소설 등 다양한 취급 품목은 방각본의 목록들과 겹침이 있다. 이는 독자층을 공유하면서 차별화와 판도 재편을 이루어가는 과정이었다고 볼 수 있는 부분이다. 세책 필사본의 서사를 보더라도 작품에 따라 지향하는 가치가 변모하는 양상을 확인할 수 있다. 세책업이 유통의 주도적 역할에서 물러나는 상황이었지만 공존과 영향력을 파악하는 일은 소설 유통의 변모 동인을 이해하는 데 필수적이다.

5) 이창헌은 방각본이 지닌 작품 구성의 주요한 방법으로 구체적인 묘사나 설명과 관련된 행문들을 누락시키고 사건의 線條的 진행과 관련된 행문만을 중심으로 축약하는 방법에 대해 시사한 바 있다.(이창헌, 「경판방각소설 판본 연구」, 서울대 대학원, 1995, 2쪽) 그는 사건 자체에 관심을 갖는 독자층과 행문

1. 연구사에서 제기된 문제들

<현수문전>은 군담소설 혹은 영웅소설 일반 논의를 위한 자료로서
언급되어 왔으며, 개별 작품론으로는 김종철의 「현수문전의 분석」(『인
문논총』 제1집, 1990, 41~62쪽)과 조혜숙의 「현수문전 이본고」(『한국
국어교육연구회 논문집』 49, 1993, 59~88쪽)가 있을 뿐이다. 조동일은
「17세기 이후 상업의 발달과 영웅소설」(『한국학논집』 4, 1980, 674~
704쪽)에서 이 작품을 영웅소설 2기의 작품으로 간주하면서, 작가층은
몰락 양반이었을 가능성이 있으나 평민독자의 의식을 반영하는 부분도
있어 그들의 요구를 받아들인 작품으로 보인다고 하였다. 그의 모호한
언급은 이 작품이 가지고 있는 복합적 성격 때문이기도 한데, 이에 대
한 정확한 지적은 김종철에게서 이루어졌다. 김종철은 이 작품에 반영
되어 있는 세계상 및 주제, <현씨양웅쌍린기>와의 관계를 주목하였다.
실제 그의 논의는 전자의 문제에 한정하여 진행되었는데, 끊임없는 반
란과 침입으로 점철되어 있는 세계상과 개인주의의 발현을 논의하였다.
경판본 계열과 활판본 계열로 서사의 계열을 양 대별하고, 경판본보다
활판본에서 '붕괴되어 가는 봉건체제 내에서 성장하는 개인의식의 모
습'을 명징하게 보여준다고 결론짓고 있다. 조혜숙은 앞서 김종철의 논
의에서 빠졌던 필사본 계열을 포함시켜 이본 연구를 진행하면서 서술
의 인과적 요소로 볼 때 경판본이 가장 완전한 선행본일 가능성이 있으
나 활판본 모본이 선행했을 수도 있다고 하였다.

이들 이본 연구에서 공통적으로 지적될 문제는 향목동본에 대한 검
토가 없었기 때문에 세책 필사본의 특징을 활판본의 것으로 오인하거
나, 경판본 선행설을 주장하게 되었다는 점이다. 또한 이에 따라, 이 작

자체에 관심을 갖는 독자층을 설정하면서 이를 방각소설을 통한 유통과 세책
을 통한 유통으로 대별할 수 있다고 하였다. 이는 상당히 흥미로운 지적이지
만 독자층의 욕구만으로 논의할 수 있을 것인가 하는 의문이 남는다. 텍스트
의 정체성 형성 과정은 좀 더 다양한 변인들을 내포하고 있기 때문이다.

품은 세책 필사본의 고유한 서사적 개성이 드러나는 드문 작품인데 그
의미를 부각시킬 수 없었다는 점도 지적될 수 있다. 그러므로 이 글은
선행 연구를 바탕으로 하여 향목동본의 특징을 면밀하게 드러내어 구
체적으로 서사와 독자·창작의 문제를 논의하는 데 주력할 것이다.

2. 이본의 비교 – 향목동본과 경판본을 중심으로

<현수문전>이본은 지금까지 방각본 2종, 활판본 5종, 필사본 8종이
알려졌다.6) 필자는 이본 검토 과정에서 서사를 방각본 계열과 활판본

---

6) 대략 이본의 현황을 정리해 보면 다음과 같다. 필사본 중 향목동본은 세책(8
   권 8책)이며 전형적 세책 글씨이다. 한 면당 11행, 한 행은 대략 14자 정도이
   며, 전체는 대략 76,040자이다. 간기는 '셰 을사 중츄 향목동 셔'(1,2,3,5,6,8권)
   와 '셰 을사 계츄일 향목동 셔'(4,7권)로 나뉘는데 '을사'는 1905년으로 보는 것
   이 합당할 것이다. 4권과 7권은 대여하면서 분실된 부분을 다시 필사했을 것
   이다. 사재동본(19×28㎝, 117장)은 권수제는 '현슈문젼 일이삼'이고 뒷부분이
   결락(缺落)된 본이다. 한 면당 11행, 한 행당 24자 내외, 전체 글자 수는 대략
   31,260자 정도로 전체 서사단락의 반 정도 필사되어 있다. 여러 사람의 필체가
   섞여 있고 입말에 충실한 쓰기 경향이 나타난다. 김동욱본은 한문본으로 알려
   져 있었는데 확인 결과『醫方要草』의 뒷면에 필사한 한글본이었다. 워낙 조잡
   한 글씨로 필사한데다가 묵이 옅고『醫方要草』의 내용이 배어나와 있어 제대
   로 읽기 어렵다. 서사 진행상 사분의 일 정도의 분량만 필사한 불량한 필사본
   이었다. 연세대학교 소장본은 보관 상태가 좋지 않아 존재 여부만을 확인할
   수 있었는데 한 권인 것으로 보아 낙질(落帙)인 듯하다. 홍윤표본(4권4책)은
   중심 서사로 보면 향목동본과 유사하나 표현상 차이를 발견할 수 있으며, 세
   책의 정형성을 갖추고 있지도 않고 장회명이 나오기도 하지만 글씨는 세책 글
   씨로 보이기 때문에 성격을 규명하는 데 어려움이 있다. 또한 정명기본(2권2
   책)은 낙질(落帙)이면서 아현 필사 세책이며, 향목동본과 동일한 서사이고 면
   당 행수는 11행으로 같지만 한 행당 글자수가 29자 정도이기 때문에 면당 글
   자수가 더 많다. 그 외 박순호 소장본과 천리대 소장본이 있으나 아직 확인하
   지 못했다.
   경판본은 현재『景印古小說板刻本全集』(3권, 5권)에 수록되어 있는 상(20장
   본)·중(23장본)·하(22장본)를 확인할 수 있다. 파리 동양어학교(전집5)와 김

계열로 나누거나 방각본 계열, 활판본 계열, 필사본 계열로 나누는 분류에서 간과된 문제를 발견하였다. 확인할 수 있었던 조선서관본과 세창서관본, 두 종의 활판본은 한 면당 행수와 한 행당 글자수 정도를 제외하고는 거의 유사하였는데 이들의 인쇄 대본이 되었던 것이 필사본인 향목동본이기 때문이다. 그런데 향목동본이 세책본이기 때문에 이본 분류에서 유통을 고려한 다른 시각의 접근이 필요하다. 보통의 필사본들과는 달리 향목동본은 본격적 출판 양식으로 진입하기 이전의 전(前)출판양식의 형태를 갖춘 필사본이기 때문에 보통의 필사본과는 다른 정형성과 서사를 형성하였던 것으로 보인다. 또한 <현수문전> 향목동본과 활판본의 연계7)는 방각본과 활판본의 차별화를 이해하는 중요 단서가 될 수 있다. 서사에서도 <현수문전> 결말 부분의 문제적 성격은 주의를 요하는데, 이 부분의 형성이 활판본보다 앞서는 향목동본에서

동욱 소장본(전집3)으로 되어 있는 같은 판목의 삼권본이다. 권수제는 '현슈문전 권지상'이며 반엽 15행, 한 행은 24자, 전체 46,280자 정도이며, 상화문어미, 판심제는 '현상' '현즁' '현하'로 나타난다. 간기는 '油洞新刊'으로 찍혀 있다. 양권본은 삼권본과 같으나 분권상의 차이만 가지고 있을 것으로 추정하고 있다.

  마지막으로, 활판본 중 지금까지 소개된 것은 ① 조선서관본(1915, 124면, 박건회 발행. 앞에 '현수문전 목록'을 싣고 있다. '럴필 소를 먹어다 ㅎ고 오디승을 퇴살ㅎ다'라는 야담과 광고가 덧붙어 있다. 야담과 광고를 제외하면 122면) ② 태화서관본(1918, 110면, 박건회 발행) ③ 신구서림본(1922, 122면, 박운보 발행) ④ 대산서림본(1926, 115면) ⑤ 세창서관본(1952, 110면, 신태삼 발행. ①과 비교할 때 서두의 '현수문전 목록'과 1면의 '編輯 朴健會'가 빠져 있고 마지막 여섯 장은 ①에서 여덟 장 분량을 글자 간격을 촘촘하게 하여 찍었다.)의 다섯 종이다. 그 중에 확인할 수 있었던 것은 조선서관본(인천대학교 민족문화연구소 영인, 舊活字本 古小說全集 16권)과 세창서관본(고려대학교 소장)이었다. 조선서관본에 비해 세창서관본은 한 면당 행수와 한 행당 글자수를 조금씩 늘렸다.
7) 활판본 고소설의 원천으로서 세책에 대한 논의는 이윤석, 「구활자본 고소설의 원천에 대하여」, 고전문학회 월례발표회, 2000과 이윤석 정명기 공저, 『구활자본 야담의 변이양상 연구-구활자본 고소설의 변이양상과 비교하여』, 보고사, 2001에서 이루어졌다.

비롯되었기 때문에 활판본의 성격으로 논한다면 형성된 시기와의 중요한 연관성을 포착하는 데 실패하게 된다. 그러므로 다음 글에서는 <현수문전> 향목동본과 경판본을 비교 검토하여 두 이본의 차별적 성격과 친연성을 밝혀 공식적 유통 상황에서의 관계상을 그려보고자 한다. 하지만 여전히 남는 문제는 향목동본 『현수문전』의 문체상 특징들이 필사본들의 그것과 차별화되기 어렵다는 점이다. 곧, 세책 필사본과 경판본의 문체상 차이가 필사본과 방각본의 차이인지, 세책본과 방각본의 차이인지 구별하기 어렵다는 뜻이다. 하지만 이 차이가 <현수문전> 향목동본과 경판본의 차이인 것은 분명하며, 이들이 동 시점에 유통되었다면 경판본이 차별화하는 준거로 의식했던 것은 개인 필사본이 아닌 세책 필사본이었을 것이므로 이 논의는 제한적으로 유효하다. <현수문전>이 세책점에서 형성되었던 작품이라면 논의가 좀 더 선명해질 수 있으나 이전 다른 필사본들을 연원으로 했을 가능성도 배제할 수 없기 때문에 앞으로 서술될 문체 논의는 동 시점에 유통되었을 두 이본의 차이를 드러내는 것으로 의미를 제한하도록 한다.

2-1. 장면 묘사와 서사 전개의 차이

경판이 스토리 위주로 서술을 축약하고 있다는 것은 이미 널리 알려져 있다. 그것은 출판 비용을 줄이려는 분량 축소의 문제로 보이나, 결과적으로 서사 진행 시간을 단축하게 되었다. 그러나 <현수문전> 경판본은 향목동본과 비교할 때, 어휘나 문장을 기계적으로 축약하는 조야한 방식은 아니었으며, 서사적 정보들을 고려하여 축약한 것으로 보인다.

① 슈문을 불너 문 왈, "나의 성명은 알아거니와 총상즁 너의 닉력을 뭇지 못ᄒ여거니와 네 부모ᄂᆞᆫ 뉘라 ᄒᆞᄂᆞ뇨." ② 슈문니 초창 딩왈, "소ᄌ의 부모 명ᄌ 삼셰의 니별ᄒ오미 아지 못ᄒ오나 스람드리 부르기롤

시랑 현랑이라 ᄒᆞ더니 난을 만나 모친을 일코 도적이 소ᄌᆞ를 ᄃᆞ려다
가 노즁의셔 ᄇᆞ리고 가거ᄂᆞᆯ 거리로 ᄇᆞ즈니더니 한 노인을 만나 ᄃᆞ려
다가 팔구년을 양휵ᄒᆞ더니 인년이 진ᄒᆞ다 ᄒᆞ고 보ᄂᆡᄋᆞᆸ거ᄂᆞᆯ 갈 바를
아지 못ᄒᆞ든 ᄎᆞ ᄃᆡ인을 구ᄒᆞ시믈 닙ᄉᆞ와 이리 왓ᄉᆞ오니 거쥬를 엇지
알니잇고." ③ 셕공이 탄 왈, "영웅호걸이 쇼년의 곤치 아니리 업다."
ᄒᆞ고 인ᄒᆞ여 왈 "ᄂᆡ 너를 더ᄒᆞ여 홀 말이 잇ᄂᆞ니 능히 용납ᄒᆞ랴." ④
슈문이 ᄃᆡ왈 "쇼ᄌᆡ 엇지 ᄃᆡ인의 명을 봉치 아니리 잇고." ⑤ 공 왈,
"초취 부인 조시 일녀를 ᄉᆡᆼᄒᆞ고 기셰ᄒᆞᆫ지라. 녀의 장셩ᄒᆞ나 가우를 만
나지 못ᄒᆞ여 근심ᄒᆞ더니 오날〃 그ᄃᆡ를 만나니 하날이 쥬시미라. 노인
의 말을 능히 용납ᄒᆞ랴." ⑥ ᄉᆡᆼ이 피셕ᄃᆡ 왈 "ᄃᆡ인니 쇼ᄌᆞ로뻐 동상을
허고져 ᄒᆞ시니 엇지 황감치 아니리잇고." ⑦ 공이 흔연 왈, "그ᄃᆡ 말이
불가ᄒᆞ다. 그ᄃᆡ 필연 녀아의 현부를 의려ᄒᆞ려니와 그ᄃᆡᄂᆞᆫ 의려치 말
나. 녀아 비록 슉녀ᄂᆞᆫ 못될지라도 군ᄌᆞ의 건즐은 밧드럼즉 ᄒᆞ니 모로
미 쾌히ᄒᆞ여 노부의 마음을 시원케 ᄒᆞ라." ⑧ ᄉᆡᆼ이 년망이 ᄃᆡ 왈, "ᄃᆡ
인니 쇼ᄌᆞ의 비천ᄒᆞᄆᆞᆯ ᄉᆡᆼ각지 아니ᄒᆞ시고 여ᄎᆞ 은논ᄒᆞ시니 쇼ᄌᆡ 엇지
존명을 거역ᄒᆞ리잇고." ⑨ 공이 ᄃᆡ열 왈, "그ᄃᆡᄂᆞᆫ 나의 금일지언을 잇
지 말나." (향목동본 1권, 26뒤~28앞)

일〃은 셕공이 슈문을 불너 문 왈 ⓐ "네 어려셔 부모를 실산ᄒᆞ여
그 근본을 아지 못ᄒᆞ거니와 ⓑ 노뷔 초취 조시의 일녜 이시니 츈광이
삼외라. 비록 아름답지 못ᄒᆞ나 군ᄌᆞ의 비필되미 욕되지 아니리니 그윽
히 ᄉᆡᆼ각건ᄃᆡ 널과 셩혼코ᄌᆞ ᄒᆞᄂᆞ니 아지 못게라. 네 ᄯᅳᆺ이 엇더ᄒᆞᆫ뇨?"
슈문이 쳥파의 감격ᄒᆞᄆᆞᆯ 니긔지 못ᄒᆞ여 두 번 졀ᄒᆞ여 왈 "대인이 위ᄌᆞ
ᄒᆞ시미 이 갓치 니르시니 황공무지ᄒᆞ오나 일기 걸인을 거두어 천금
귀 소져로 비우를 졍코ᄌᆞ ᄒᆞ시니 불감ᄒᆞᄆᆞᆯ 니긔지 못ᄒᆞ리로소이다."
셕공이 소 왈 ⓒ "이ᄂᆞᆫ 하ᄂᆞᆯ이 쥬신 인연이라. 엇지 다힝치 아니ᄒᆞ리
오." (경판본 상 7뒤~8앞)

위에 제시된 부분은 향목동본이 훨씬 길게 서술되어 있지만 경판본
은 향목동본에 나온 중요한 정보를 모두 포함하고 있다. 향목동본의 장

황한 표현은 부모에 대한 물음(①②③)-딸의 배우자가 되기를 청하고 수문이 허락함(④⑤⑥⑦⑧)-석공이 기뻐함(⑨)의 세 부분으로 정리될 수 있다. 그 중 가장 긴 부분인 ②는 수문의 지금까지 경험을 되풀이 전달하는 부분으로서 충분히 생략하는 것이 가능하다. 오히려 서사의 진행을 방해하는 부분으로서 독서(讀書)보다는 낭독(朗讀)할 때 기억을 보조하기 위한 기능으로 이해할 수 있을 것이다. 경판본은 전개상 필요한 정보를 빠뜨리지 않으면서 반복이나 수식들을 제거하여 빠른 서사 진행을 도모하는 차별화 전략을 취하였다. 곧 <현수문전> 경판본은 서사단락을 압축하면서도 필요한 정보를 모두 갖추며 서사 진행의 속도를 가속화하는 방향으로 세책 필사본과는 차별적 정체성을 형성하였다고 말할 수 있다.

그렇다면 향목동본의 장황한 서술이 산출한 효과는 무엇이었을까.

츠시 셕소졔 어시 현셩의 모습과 갓흐믈 구경ᄒ다가 어스의 눈의 마조치미 붓그려 신시를 츠탄ᄒ고 침셕의 누엇더니 쳔만 의외의 노승이 드러와 고ᄒ되, "공쥬의 일가되신다 ᄒ든 상공이 드러오시ᄂᆞ이다." ᄒ거늘 소졔 누엇다가 <u>이 말을 듯고 마음의 놀납고 슈괴ᄒ여 옥면을 가리고 요동치 아니ᄒ다가 ᄒ릴업셔 이러나 셔로 보기를 파ᄒ민 쇼졔 고기를 숙이고 일언을 아니ᄒ나, 어시 반가오믈 니긔지 못ᄒ여 빅년가우를 엇지 몰나보리오.</u> 양구후 갈오되, "이 아니 셕소져신가. 비록 변복ᄒ여시나 니 쥬야의 스모ᄒ여 오미불망ᄒ든지라. 하일 하시의 싱각이 필ᄒ리오." 소졔 이 말을 드르미 <u>황괴즁이나 슈괴ᄒ여 머리를 숙이고 진진이 늣기다가 인연니 통곡ᄒ거늘,</u> 어시 역시 함구무언니러니 강잉 위로 왈, "셰상시 다 텬의라 현마 엇지 ᄒ리오 그디는 관억ᄒ소셔." 츠시 <u>츈셤이 ᄂᆞ가다가 어시를 보고 소리 질너 왈, "낭군니 어디로 갓다가 이의 오신고." ᄒ며 어스의 스미를 붓들고 통곡ᄒ니 모든 니긔의 경상을 보고 다 슬허ᄒ더라.</u> (향목동본 3권, 4뒤)

잇써 셕소졔 어스의 힝츠를 구경ᄒ다가 셔로 눈이 마조치미 낫치 심

이 닉으므로 가군을 싱각ᄒ고 침석의 누어더니 문득 니긔 급히 드러
와 고 왈, "젼일 〃가라 ᄒ고 반겨ᄒ던 현상공이 어ᄉ로 맛츰 와 계시
미 공ᄌ롤 위ᄒ여 뫼시고 왓ᄂ이다." 소졔 미급답의 어시 드러보니 비
록 복식을 곳쳐시나 엇지 쥬야 샤모ᄒ던 석소져를 몰나보리오. 반가옴
을 니긔지 못ᄒ여 반향이나 말을 일우지 못ᄒ더니 오린 후 졍신을 찰
혀 소져롤 디ᄒ여 왈 "그디 모양을 보니 방시의 화롤 보고 피ᄒ여시믈
짐작ᄒ거니와 이곳의셔 만날 줄 엇지 뜻ᄒ여시리오." 소졔 그졔야 현
싱이믈 알고 누쉬 여우ᄒ여 진 〃이 늣기며 (경판본, 상 18앞)

향목동본은 현수문이 석소저와 만나는 장면에서 경판본보다 독자의
감정을 풍부하게 자극하는 부연된 서사를 갖추고 있다. 소저뿐만 아니
라 춘섬과 승려들까지 우는 장면 서술은 독자들에게 그들의 감정을 함
께 느끼도록 몰아간다. 이처럼 향목동본은 경판본과 비교해 볼 때 장면
의 공감적 서술을 꾀했던 본이라고 할 수 있다.[8]

2-2. 화소의 출입(出入)에서 비롯된 효과

향목동본과 경판본은 결말 부분을 제외하고는 대개의 서사 단락을
공유하지만 몇몇 화소들의 출입이 눈에 띈다. 화소들을 주목하는 이유
는 <현수문전> 각 이본들이 고유의 성격을 형성하면서 화소의 풀
(pool)[9]에서 취사선택하는 과정을 밟았을 것이기 때문이다. 몇몇 화소
들은 서사의 흐름에 영향을 주지는 않으면서도 각 텍스트의 성격을 구

---

8) 이는 필사본들에서 흔히 발견된다. 방각본보다 분량의 제한성과 서사 전개에
   각기 적당한 분량을 할당해야 한다는 압력에서 자유롭기 때문에 장면의 확대
   나 공감적 서술 등이 가능하다. 그러므로 이는 세책본의 특징이라기 보다는
   필사본의 특징에 가까울 것이다.

9) 고소설 텍스트들의 서사 단락보다 작은 단위인 화소들의 집합을 상정해 보았
   다. 선행하는 본이나 기존 고소설들이 포함하고 있었던 화소들을 포함하는 풀
   을 가정한다면, 많은 군담소설들은 관습적 기본 서사를 기준으로 화소의 풀에
   서 화소들을 취사선택하는 과정을 밟는 것으로 생각할 수 있다.

성하는 데 기여하기도 한다. 경판본에는 없으나 향목동본에만 나타나는 다음의 화소는 인물을 구체화하는 역할을 한다.

> 일″은 소졔 니괴롤 디흐여 왈, "니 오릭 머물며 몸이 한가흔지라. 엇지 무단니 유식지인니 되리오, 니 비록 지죄 업ᄉ나 화본을 잠간 아 눈지라. 족ᄌ롤 그려 팔고져 흐노라." 니괴 기거 일폭 빅능을 쥬거놀, 소졔 붓살 들며 외로온 셤의 미화 하나홀 그려쥬며 파라오라 흐니, 니 괴 산의 나려 가더니 아모도 ᄉ리 업더니 낮의 남경 상고 왕연니 보고 기려 왈, "짐짓 보비로다."흐고 은ᄌ 빅냥을 쥬고 가거놀 니괴 도라와 탄복ᄒ더라. (향목동본, 2권 18)

서사 전개만을 중요하게 생각하는 텍스트라면 충분히 생략할 수 있 는 부분이다. 하지만 이 화소 덕에 석소저의 재능이 구체화된다.[10] 앞 서 언급한 향목동본의 장면 중심 서술이 독자의 공감과 몰입을 유도한 다면, 위와 같은 화소 역시 인물을 구체화하여 상상력을 북돋우고, 몰 입 효과를 한층 더 강화한다. 또한 향목동본은 경판본이라면 생략시킬 표문(表文)이나 과시(科詩) 등을 생략하지 않는다. 그런데 향목동본 필 사 당시 이미 필사자가 글의 뜻을 이해하지 못하고 필사하는 재미있는 현상이 나타난다.

> 천고지져혜여 셩군니득지로다/광흥응텬혜여 츙냥이고″로다/덕해겹 텬혜여 힉니병녕이로다/이안교목혜여 고명고국이로다/분경상하혜여 차당팔역이로다 (향목동본 2권, 22뒤)

---

10) 이러한 화소들은 좀 더 복잡한 논의를 요구한다. <현수문전>에서는 향목동본 이 보유한 독특함으로 이해되지만 <현씨양웅쌍린기>에서 이미 출현한 적이 있었던 화소이기 때문이다. 이 미미한 단서를 통해서도 <현수문전>과 <현씨 양웅쌍린기>의 관계를 미루어 짐작해 볼 수 있을 것이다. 하지만 그 화소를 다른 본이 아닌 향목동본에서 선택했다는 것에서 이본의 경향성을 가늠할 수 있다.

라고 한 다음 '하늘이 놉고 짜혼 나지미여 어진 님군니 쩌를 득ᄒ시도
다/우와 아리룰 분명이 졍ᄒ시여 츙냥이 놉고 놉도다/널니 홍거ᄒ여 하
날이 졉ᄒ시미여 희니 길이 평안ᄒ도다/덕히 ᄒ늘의 니르미여. 이 맛당
이 팔비긔 화ᄒ리로다/저 이웃 나라룰 소긔미여 일홈이 놉고 나라히 놉
도다.'라고 풀고 있다. 그렇다면 올바른 배치는,

> 천고지져혜(天高地低兮)여 셩군(聖君)니 득시(得時)로다/분졍상하
> 혜(分定上下兮)여 츙냥(忠良)이 고〃(高高)로다/광홍응텬혜(廣興應
> 天兮)여 희니병녕(海內駢?寧)이로다/덕혜졉텬혜(德惠接天兮)여 차당
> 팔역(此當八域)이로다/이안교목혜(以眼巧目兮)여 고명고국(高名高
> 國)이로다/

로 해야 한다. 이미 향목동본의 필사 단계에서는 한자(漢字) 어휘의 흔
적은 남아 있으나 의미를 모른 채 장식(粧飾)으로 놓아두고 있을 뿐이
다. 의미를 모르면서도 전래의 본을 무작정 필사하여 오류를 만들어 낸
것인데, 이처럼 과시(科詩)는 시험 장면을 구체화하는 장식적 효과로
기능할 뿐이다. 또한 향목동본 4권 15장 앞면과 17장 뒷면은 경판본에
서는 당연히 생략된 제문(祭文)을 꽤 긴 분량으로 그대로 싣고 있다.
이는 향목동본의 모본 세책본 창작자가 한자 사용층이었던 몰락양반이
었을 것이라는 조동일의 주장을 뒷받침해 주는 증거로 보이기도 하나
향목동본 즈음에 이르러서는 필사자와 독자 모두에게 한시란 의미 없
는 장식적 효과에 불과했던 것이다.

2-3. 서사적 결함의 문제

향목동본『현수문전』텍스트 이전에 세책 필사본으로서 앞선 텍스트
가 있었음은 정황으로 추측할 수 있는 일이다.[11] 1900년대 초의 세책본

---

11) 향목동본『현수문전』의 서사 전개에서 빠지고 필사본인 사재동본에서는 발견

인 향목동본은 세책 필사본 고소설의 정형화된 형태를 가지고 있으며 개인 필사본에 비해 입말을 따르는 경향이 적다. 향목동본이 지니고 있는 서사적 결함은 세책 필사본 전반의 특징이라기보다는 19세기 말 20세기 초 세책 필사본의 실상이라고 해야 적절할 듯하다. 이 텍스트는, 세책점에서 보유하고 있었던 정제된 텍스트가 방각본 텍스트에 밀려나면서 점차로 부주의한 필사자들의 손을 거쳐 손상된 모습일 것이다. 최초 창작자는 독자들이 선호하는 영웅서사에서 형성되어 온 다양한 화소들을 취사선택하여 이 작품을 생산하였을 터인데, 방각본과 경쟁하면서 경쟁력이 저하되었고, 마침내 텍스트의 질적 하락을 겪게 되면서 현재 우리가 접하는 향목동본 텍스트에 이르게 되었을 것이라는 가설을 세울 수 있다. 질적 하락이라고 할 수 있는 근거는 사재동본 등의 개인 필사본에서 인과성을 갖춘 <현수문전>의 면모를 엿볼 수 있기 때문이다. 그런데 서사적 결함도 향목동본과 경판본의 서사의 관련성에 근거를 제공한다.

> 현셩이 고셩이 자심ᄒ니 쩌날 뜻시 간절ᄒ나 거취 양난ᄒ물 싱각ᄒ니 졍신니 아득ᄒ고 일신니 곤비ᄒ여 약간 칙을 궁구ᄒ다가 문득 싱각하되, '젼일 션싱게셔 봉셔롤 쥬시며 어려운 닐 닛거든 쩌혀보라 ᄒ여시니 닉여보리라.'ᄒ고 제 일 ᄯ 쓴 봉셔롤 쩌혀보니 ᄒ여시되, '셕공이 사후의 방시 간계 빅츌ᄒ여 독약을 메일 거시니 밥을 쥬거든 <u>단져롤 닉여 불면 독긔 소삭ᄒ리라.</u>'ᄒ여거놀 (향목동본 1권, 8뒤~9앞)

앞부분에 일광대사에게 저(笛)를 배우는 장면이 없어 갑자기 이 화소의 등장이 돌연한 느낌을 준다. 그런데 경판에는,

---

되는 화소가 있는데, 그 화소가 있었던 향목동본의 모본이 된 세책본이 있었으리라고 가정할 수 있을 것이다. 세책본은 책의 대여시 분실이나 파손이 빈번하게 일어났을 것이므로, 하나의 필사본이 오랜 기간 유통되었을 가능성은 적다.

> 슈문을 다려온 이후로 심히 사랑ᄒ며 단져롤 니여 곡조롤 ᄀᄅ치니
> 오라지 아니ᄒ여 온갓 곡조롤 통ᄒ니 노인이 즐겨 왈 "네 지조롤 보니
> 족히 큰 사룸의 니룰지라. 미양 티평흔 쎄가 업스리니 네 이거슬 승상
> ᄒ라." (경판본 상, 5앞)

고 앞부분에 제시되어 있어 논리적 전개에 전혀 무리가 없다. 이 부분
이 이전 세책 필사본의 서사에서는 있었던 것인데 향목동본의 필사 과
정에서 생략되었는지, 이전부터 없었는지 결론을 내릴 수 없다. 하지만
'저'는 중요한 소재이기 때문에 앞에서 대사에게 배우는 과정이 있었겠
지만, 반복된 필사 과정에서 누락되었으리라 생각된다. 경판본은 형성
당시 공식적으로 유통되고 있었던 세책 필사본의 영향을 받았을 것이
나, 그 장면이 누락되지 않은 것으로 보아 향목동본 이전의 세책 텍스
트를 대본으로 했거나, 세책 텍스트의 결함을 다른 필사본을 바탕으로
보완하며 판각(板刻)했을 가능성이 있다. 판각에 참고했던 향목동본 이
전의 세책에는 그 부분이 있었을 것이라는 가능성, 또 동시대 다른 세
책점에서 보유하고 있었던 다른 종류의 세책을 참고했을 가능성, 아니
면 적극적 방각본 편집자가 서사적 개연성을 확보하기 위해 창작하여
채워 넣었을 가능성 등을 생각할 수 있다. 그러나 필사 연대를 알 수 없
고, 경판이나 세책과도 친연성이 적은 사재동본[12]에도 저 배우기 장면
이 나오는 것을 보아서는 세 번째 가능성은 그리 높지 않은 듯하며, 향
목동본 이전에 존재했던 양질의 세책 필사본을 대본으로 했을 가능성
을 상정하는 것이 합리적일 듯하다. 경판본과 향목동본의 친연성은 다
음 누락된 부분을 공유하는 데서도 엿볼 수 있다.

> 각셜 현원쉬 셔쳔의 이르러 빅셩을 안무ᄒ고 긔민을 진휼홀 시 빅셩
> 이 터반이나 오야로 가는지라. 나아가 빅셩의 거쥬롤 무러 각〃 본향

---

12) 노인이 웃고 왈 너히 모친은 아즉 무사이 지닉신이 염여말고 닉겨 잇셔 칼쓰
　　기와 져불기을 비호라

으로 보니 허다 스민니 은혜롤 스례ᄒ더라. 그 중의 한 부인니 눈물을
흘니고 칭스ᄒ거늘 원쉬 살펴보니 그 부인니 턱아픠 알갓튼 혹이 잇
거늘 문득 모친을 싱각고 눈물을 흘니러니 인ᄒ여 흉격이 막혀 답〃
ᄒ거늘(향목동본 4권, 6앞)

  어시 믄득 댱부인의 턱 아러 혹이 〃시를 보고 ᄆ옵이 ᄌ연 슬허 ᄌ
긔 모친 싱각ᄒ고 갓가이 오믈 닐너 별좌ᄒ고(경판본, 중, 6앞)

  두 텍스트가 똑같이 지닌 서사적 결함은 이 작품 전체 서사의 결함
으로 규정하도록 유혹하지만, 사재동본은 재미있는 증거를 보여 준다.

  부친을 이별 후의 모친을 뫼시고 지니며 그 모친의 턱 아러 젓갓튼
혹이 〃시믹 상ᄒ 그 혹 사랑ᄒ야 만진니 부인이 수문의 머리를 만지
며 눈물을 흘이거날(사재동본, 6)

  사재동본에 나타난 화소는 향목동본의 선행 모본에서도 상봉 부분의
혹 화소가 앞선 서사에서 복선으로 제시되어 있었을 가능성을 암시한
다. 물론 이 가정은 늘 뒤집힐 수 있다. 결함이 사재동본 필사자의 손을
거치면서 논리를 보완하기 위해 새로운 화소를 얻었던 것일 수도 있는
것이기 때문이다. 또한 향목동본에서는 북토왕의 침입과 석상왕의 침입
에서 모두 같은 이름 혹은 같은 인물인 '약대'가 나오는 부주의함 혹은
논리적 모순을 보이는데 경판본에도 역시 같은 오류가 나타나 있다. 그
러나 사재동본에는 북토왕(토번왕)의 침입에는 '뉴이더'를 등장시키고
서번왕의 경우에는 '약더'를 등장시켜 다른 인물임을 분명히 하고 있다.
그 외에 향목동본과 경판본은 석공이 졸(卒)하면서 봉서를 주는 장면
없이 뒷부분에 소저가 봉서를 뜯어보는 것으로 나오지만 사재동본은
봉서를 주며 주의를 주는 장면이 있다. 그렇다고 사재동본이 선본(善
本)이라고 할 수는 없다. 화소 보유 외의 면, 문체상 정제성이나 서사

단락간 분량 조절, 형식적 정형성의 기준으로 볼 때는 덜 다듬어진 본이기 때문이다. 다만 향목동본과 경판본의 서사적 결함을 확인해 주고 나아가 이들의 친연성을 증명할 수 있으리라는 판단에서 대비하였다. 이처럼 서사적 결함이 동일하게 나타나는 향목동본과 경판본은 어느 정도 친연성을 논할 수 있는 본으로 이해할 수 있을 것이다.13)

2-4. 결말 서술의 차별화

향목동본과 경판본, 두 텍스트의 결말 부분은 재미있는 논쟁거리를 제공한다. 두 이본이 보유하고 있는 결말 서술의 차이는 두 본이 서로

---

13) 향목동본에서는 현수문의 아들 현담을 천자가 젓담는 화소도 나와야 할 곳에 나오지 않고 뒤에 언급되어 서사적 결함을 나타낸다. 그러나 경판본은 제대로 보여 준다. 또 한 가지 재미있는 사실은 현수문이 천자에게 천거한 세 사람의 신하 이름이 사재동본에서는 과거 보러 갈 때 사귄 친구들인데 현수문이 그들의 글을 봐 줘서 벼슬을 하게 되는 인물로 나타난다. 사재동본의 내용을 다 포함한 세책본이 존재했을 가능성 또한 생각해 볼 수 있을 것이다. 이를 뒷받침할 수 있다면 세책본이 전성기를 지나면서 어떤 결함들을 보유하게 되었는지 확인할 수 있을 것이며, 이는 세책본 독자들의 변천상을 유추하는 데도 도움을 줄 수 있을 것이다.
좀 더 직접적으로 친연성을 엿볼 수 있는 문장 단위의 증거가 있다.

상공이 기셰ᄒ신 후로ᄂ 가ᄉ롤 닉 친집ᄒ여 ᄌ연 닐이 공총ᄒ여 현셔롤 ᄌ로
상공이 기셰ᄒ신 후   가ᄉ롤 닉 친집ᄒ미   현셔롤 ᄌ로

쳥치   못ᄒ니 심이 셔어ᄒ거니와 현셔야 아녀ᄌ의 혐익ᄒ믈 혐의ᄒ리오
위로치 못ᄒ니 심이 셔어ᄒ거니와

노복이 ᄯ한 다사ᄒ기로 츈경을   못ᄒ여 ᄶ롤 일케되니 그디 엇지 모로나냐.
              요사이 츈경을 다 못ᄒ여   아마 산ᄒ

산간의 약간 젼장이 잇더니 과시ᄒ지라 현셔ᄂ 오날 그 곳의 나아가 농ᄉ롤
의 밧치 불농ᄒ기의 니르니   현셔ᄂ   그 밧홀

보살피미 엇더ᄒ뇨(향목동본, 2권, 6앞)
갈아주미 엇더하뇨(경판본, 상권, 9뒤)

다른 계통에서 비롯되었다는 증거인지, 편집자가 의도적으로 개입한 증거인지 입장을 결정하기가 쉽지 않다. 그러나 두 텍스트의 면밀한 비교는 후자의 입장을 지지하도록 유도한다. 두 이본은 송의 멸망과 관계된 서사단락 42에서 52까지 서로 전혀 다른 방향으로 전개된다. 지금까지의 검토로 보아 경판본은 향목동본과 같은 계통의 서사를 보유하고 있었다. 그러나 결말 부분에서 의도적으로 다른 서사를 선택하도록 유도한 동인이 있었던 것으로 보인다.

경판본에서 무양춘14)이 산에 이르러 노옹을 만났을 때 노옹의 예언은 향목동본과 유사하다.

노옹 왈 "현슈문은 일광대ᄉ의 슐법을 비와시니 뉘 능히 당ᄒ리오. 니 텬문을 보니 송티지 위왕을 박디ᄒ여 망ᄒ기의 니르러시니 엇지 하늘이 무심ᄒ리오. ⓐ위왕이 ᄒ 번 공을 갑흔 후 다시 아니 도우리니 ⓑ그디ᄂᆞᆫ 녀진국의 가면 반드시 황휘 되리니 텬긔롤 누셜치 말나."(경판본 하권, 7앞)

그런데 경판본은 결말을 따르면 초월 세계 인물의 예언이 빗나간 것이 되고 만다. 이는 뒷부분을 무리하게 변개시키면서 서사적 일관성을 배려하지 못했기 때문이다. 위왕이 한 번 도와준 후 다시 돕지 않는다고 노옹은 예언했고(ⓐ), 향목동본은 예언대로 되어 송이 멸망했으나, 경판본에서는 ⓑ와 달리 위왕이 다시 출전하여 송의 사직을 보존하였고 무양춘은 황후가 되지 못하였다.

위왕 현슈문이 텬ᄌᆞ의 박졀ᄒ시믈 통훈이 넉이나 그러나 조곰도 원망치 아니ᄒ며 미양 텬심이 손상ᄒ믈 한ᄒ고 국운이 오라지 아니믈 슬허ᄒ며 여러 ᄋᆞ들을 불너 경계 왈 "노뷔 츌어 셰상ᄒ여 허다 고초롤 만히 지니고 일즉 농호방의 좀녀ᄒ여 츌장닙상ᄒ니 이는 텬은이 망극

---

14) 향목동본에서 계양춘에 대응되는 인물이다.

혼지라. 갈스록 텬은이 융성ᄒ여 벼슬이 왕작의 거ᄒ니 이는 포의 〃
과국혼지라. ⓐ이러므로 몸의 맛도록 나라흘 돕고져 ᄒ나니 녀등은 진
튱갈역ᄒ여 텬즈롤 셤기고 소 〃혼 현담의 일을 싱각지 말나."(경판본
하권, 11앞)

위왕이 남필의 일변 놀라고 일변 슬허 흐르는 눈물이 빅슈로 좃ᄎ
이음ᄎ며 양인무언이러니 오린 후 표롤 닷가 샤관을 돌녀 보니고 ⓑ
<u>급히 군스롤 발ᄒ여 텬즈롤 구코즈 홀 ᄉᆡ</u> (경판본 하권, 12앞)

ⓐ는 앞서 아들 현담의 일을 겪은 후, 흉노가 침입하자 위왕은 '황제
무단이 복의 즈식을 죽여 젓담아 보니니 그 일을 아지 못ᄒ고 쏘 긔병
ᄒ여시니 이는 적국이라. 현형은 다시 니르지 마로소셔'라며 출전하기
를 거부하다가, 진단의 간곡한 설득에 억지로 기병하던 태도와는 상당
히 다른 모습을 보여준다. 더군다나 출전해서 승리했으나 위왕은 황제
에게 대접받지 못했고, 한중까지 베어 준 서사 단락 다음 ⓑ와 같은 화
소가 등장하는 것은 초월적 존재인 노옹의 예언이 빗나가는 논리적 모
순을 드러내며, 전개에서도 매끄럽지 못하다. 향목동본에서 '영웅 현수
문'의 맥락이 지켜졌다면, 경판본 결말 부분에서는 영웅보다는 충(忠)
의 인물 현수문으로 새로이 형상화되었음을 알 수 있다. '충'의 전면 부
각은 전제되었던 다른 텍스트에서 '충(忠)아님'이 두드러졌던 것에 대
한 반발로 읽힌다. 그것을 강조하기 위해 경판본은 전반적 축약의 경향
에 따라 다른 부분에서는 있었던 것도 생략하였던 표문 형식을 끌어들
여 의견을 드러내면서 애써 합리성을 확보하고자 한다.

위왕 현슈문은 삼가 황상 용탑하의 올니옵ᄂ니 신이 본디 하방 쳔셩
으로 션계의 망극혼 은혜롤 만히 닙ᄉ오미 그 갑흘 바롤 아지 못ᄒ와
몸이 맛도록 셩은을 닛지 아니ᄒ옵더니 이제 폐하 션계의 뒤흘 이으
샤 신의 용열ᄒᄆᆞᆯ 씨다르시고 셔쳔일지롤 도로 거두시며 죄롤 즈식의

게 미루어 그 위흘 쓴코즈 ᄒ시니 신의 ᄆᆞ음이 엇지 두렵지 아니리잇
고마는 본더 츙을 직희는 뜻이 간졀ᄒᆞᆫ 고로 져 적 흉노의 난을 형졍ᄒᆞ
고 폐하의 위티ᄒᆞ믈 구ᄒᆞ여시나 뵈옵지 아니코 가믄 폐해 신을 보기
슬흔 뜻을 위ᄒᆞ미러니 이제 ᄯᅩ 녀진이 반ᄒᆞ여 황셩의 니르미 그 위티
ᄒᆞ믈 보시고 구완을 쳥ᄒᆞ시니 신이 엇지 적병이 니ᄅᆞᆫ 쥴 알면 편이 〃
시믈 취ᄒᆞ리잇가마는 쳔흔 나히 발셔 칠순의 갓가온지라. 다만 힘이
젼만 못ᄒᆞᆷ믈 두려 양ᄋᆞ룰 다리고 군을 발ᄒᆞ여 니르러시나 녯날 황츙
만 못ᄒᆞ지 아니ᄒᆞ오리니 ᄇᆞ라건더 폐ᄒᆞᄂᆞᆫ 근심치 마르소셔(경판본 하
권, 12뒤~13앞)

위왕의 표에서 '츙'으로 나아간다는 말이 가장 두드러진다. 위왕의 행
동에 합리성을 부여하기 위해 표방한 합리적 이유인 셈이다. 그리고 천
자가 위왕 현수문의 죽음에 보낸 제문까지 실려 있어, 소설의 결말 부
분에 이르러 지금까지 경판본의 서술 태도와 달리 제문이나 표 등의 글
형식이 길게 서술되는 점도 부자연스럽게 여겨진다. 그리고 현침의 차
세대도, 영웅의 수련과정을 거쳐 몽고를 도와 새로운 천자를 세우는 향
목동본과 다른 길을 택하고 있다. 또한 현침이 송 천자를 환약으로 개
심시키는 화소는 억지스러운 덧붙임으로 보인다.

경판본 결말 부분의 화소 배치는 서사의 합리성을 따져 볼 때, 세책
본의 파격적 서사에 반발하여 편집자의 주관적 입장을 강하게 개입시
킨 듯하다. 그 과정에서 서사적 앞뒤 논리의 일관성이 흐트러지고, 등
장 인물의 말과 행동에서 모순이 나타났는데, 이러한 변화는 방각업자
들의 편집자적 의식을 가늠할 수 있는 중요한 지점이다.

이처럼 향목동본은 장면 중심 서술 경향이 두드러지며, 이에 대해 경
판본은 서사전개는 향목동본과 친연성이 있으나 의도적 개작의식을 가
지고 결말 서술을 변형시킨 본으로 판단된다.[15] 그러므로 앞선 연구들

───────────────

15) 그 외에 경판본에는 향목동본에 없는 신물 화소가 나타나는데 이는 원래의

에서 제시하였듯이 이 작품을 경판본계와 활판본계로 구분한다면 친연
성과 변모상을 놓치게 될 것이다. <현수문전>은 경판본과 세책 필사본
이 공유하는 서사적 결함과 문장 단위의 축약 증거를 바탕으로 경판본
이 향목동본의 모본이었을 세책 필사본에서 비롯되었을 가능성을 논할
수 있으며, 또한 세책 필사본이 활판본의 대본이 되었던 것으로 잠정
결론을 내릴 수 있다.16) 향목동본을 중심으로 정리하면, 경판본보다 장
면과 인물의 서술에서 상당히 구체적이고 부연된 서술 경향이었으며,
결말 서술에서 장르관습을 이탈하는 '새로움'을 추구하였다. 이것의 의
미는 서사의 특징을 점검하는 가운데 조심스럽게 논의될 부분이다.

3. 향목동본 『현수문전』의 서사

다른 군담소설들과 비교해 볼 때, <현수문전>은 뒷부분 군담서사의
반복이 가장 두드러진 성격으로 지적될 수 있다. 앞부분 영웅서사는 관
습적 방식들을 되풀이하고 있을 뿐, 다른 군담소설들과 특별한 변별성
을 갖고 있지 못하다.17)

<현수문전>에는 있었으리라 추측된다. 필사본에서도 발견되기 때문이다. 하
지만 향목동본과 경판본만을 비교 대상으로 놓았을 때 서사전개에 필수적이
지 않은 신물화소를 생략하지 않았던 동인은 당대 소설에 빈번하게 등장하는
신물화소의 흥미성에 주목하였던 듯하다. 곧 경판본 서사의 정체성은 빠른 서
사 전개, 흥미소의 강조, 기대에 부응하는 서사 등으로 정리될 수 있을 것이
다.
16) 이 부분은 이본 연구를 통해 정리할 것이다.
17) 영웅서사가 관습성을 따르고 있다면 군담서사 부분은 상대적 자율성을 보여
주고 있다. 박일용의 「장경전의 형상화 방식과 그 문학적 의미」, 『인문과학』
1, 1994도 전반부 후반부를 구분하여 분석하였다. 류준경도 「영웅소설의 장르
관습과 여성영웅소설」, 『고소설연구』 12, 한국고소설학회, 2001에서 「홍계월
전」을 거론하며 전반부의 관습성과 후반부의 상대적 자율성을 지적하였다.

3-1. 영웅서사의 관습성과 통속성

유사한 서사 유형이 오랜 세월 반복되더라도, 시대에 따라 각기 다른 의미로 수용되는 현상을 주목할 필요가 있다. 영웅신화를 한 집단 전체가 진지하게 내면화하고 정체성의 근거로 삼았던 시대를 벗어난 시점에서, 영웅신화 구조를 복제한 텍스트는 그 구조에 연루되어 있는 일부 특정 집단의 성향을 분석하는 근거 자료가 된다. 특히 영웅서사를 독서인들의 욕구를 구체화하는 서사로 선택하여 상업적 이윤추구 행위와 결합시킨 군담소설에 대한 이해는, 우선 영웅서사가 독서계층의 요구와 결합하는 지점에 대한 분석을 필요로 한다. 이미 오랜 시간의 축적을 거쳐 형성된 영웅서사가 대중서사[18]로 전환된 배경에는 대중의 내면적 요구를 수용한 창작-생산자층의 이윤추구 행위와 결합되는 과정이 있었다고 보아야 한다.

향목동본 『현수문전』의 영웅서사에서 주인공은 그를 위해 예비해 놓은 과제들을 풀어가야 한다.[19] 주인공은 자기 의지로 삶을 선택하는 것

---

18) '대중'이라는 말을 쓰기 조심스러운 것이 사실이다. 현대적 의미의 '대중'은 특정 계급을 지칭하는 것이 아니라 문화적 개념으로 이해해야 하기 때문이다. 그에 비해, 상인들의 거주지를 주변으로 형성되어 있었던 세책본의 독자들은 경제적 요인이 좌우하는 계급의 특징들을 지니고 있음을 부인하기 어렵다. 그렇다고 그들에게서 '민중'이라는 정치적으로 전복적 견해를 표명하는 집단의 속성을 발견하기도 어렵다. 그럼에도 '대중서사'라고 한 것은, 이 서사가 현재의 대중서사에 연속하는 부분들을 발견할 수 있기 때문에 그 점을 주목하여 지칭한 것이다. 그 시기에 현대적 의미의 '대중'이 형성되지는 못했지만 자신들의 취향을 문화적으로 내세우고 향유하는 집단이 형성되고 있었고, 그들에게서 현대 대중의 성격을 가늠할 수 있는 속성들이 발견된다는 점에 주목하고 싶다.

19) 박희병은 「한국 고전소설의 발생 및 발전단계를 둘러싼 몇몇 문제에 대하여」, 『관악어문연구』 17, 1992에서 설화와 소설의 문제를 논하면서 설화는 단지 인물의 외면에만 관심을 쏟을 뿐이지만 소설은 내면을 드러낸다고 하였다. 그런데 <현수문전>을 비롯한 조선후기 군담소설에서는 인물의 내면이 그다지 심도있게 드러나지 않고, 서사에서 제시된 단계들을 밟아가는 '진행' 정도로 나타난다. 전기 소설에서 일찍이 성취한 서사적 디테일이나 인물 형상의 방식들

이 아니라, 이미 과제가 장치되어 있는 길을 따라가는 수동적 존재일
뿐이다. 영웅의 관념화된 삶일 뿐, 디테일이나 사실성의 확보를 전혀
의도하지 않았다는 것도 또한 이 작품의 관념성과 통속성[20]을 드러낸
다. 삶의 현장과 인간의 내면을 작품 속에 반성(反省)적으로 수용하려
는 노력이 있었다면 형식의 답습으로는 담아낼 수 없는 부분들이 표현
되었을 터인데, 그러한 고민의 흔적 없이 장르 관습을 반복했을 뿐이다.
그러므로 이러한 관습적 반복을 가능하게 하는 대중의 호응, 선호가 구
체화되어 상업적 요구와 관련되는 방식을 파악하여 군담소설의 형성과
유행 현상, 나아가 현대 대중문화의 흐름으로 이어질 수 있는 속성을
포착하고자 한다.

영웅서사에서 가장 핵심은 영웅을 사회적으로 승인하는 것이다. 특
히 군담소설 영웅서사에서는 가족의 창안이 중심 과제로 등장하며, 어
린아이가 가족의 와해로 홀로 사회에 던져진 후 다시 가족을 결집시키
고 세대의 주도권을 획득한다는 데 초점을 두고 있다. 가족을 결집시킬
수 있는 자격은 과제를 해결하면서 획득하는데, 그 내용은 이미 군담소

이란 계급적 범주에서 이해되어야 할 부분이라고 생각된다. 이러한 논의는 자
칫하면 소설의 침강문화적 흐름을 상정하도록 하기 때문에 주의를 요한다. 이
논문에서 나말여초 전기소설의 소설적 특징을 거론할 때 들었던 준거들은 조
선후기 군담소설에 적용할 때는 충족시키기 어려운 부분들이 많다. 그러므로
'소설'의 발생을 시기적으로 확정짓기보다는 각 시기에 이루어진 특정 서사 장
르들의 속성과 조건들을 밝혀, 같은 '소설'로 범주화하더라도 '창작, 수용, 유
통'의 다각적 요인들을 통해 연속의 지점과 변별의 특징들을 분명히 해야 할
것이다.

20) '통속성'이란, 소수가 훈련 결과로서 누릴 수 있는 예술적 취향이 아니라, 익숙
한 것이기에 부담 없으나 '교육받은 자'들에게 가치를 인정받지 못하는 문화적
취향을 지칭하는 개념으로 썼다. 여기에서 새로이 문화적 주체로 등장한 시정
상인들의 문화적 취향이 나름의 영역—다른 계급과의 구별짓기—을 구축해
가고 있었음을 확인할 수 있다. '통속성'은 인간 보편에 내재한 성향일 터인데,
상층 교양 집단들은 인정하기 꺼리는 영역이다. (이 개념의 윤곽은 박성봉,『대
중예술의 미학』, 동연, 1995과 부르디외,『구별짓기 : 문화와 취향의 사회학』,
새물결, 1995에서 도움 받은 것이다.)

설 영웅서사에서 장르 관습으로 결정되어 있다. 이 작품은 장르관습을 변용하려는 의도 없이 복제한다. 사회적 승인을 얻어 가족을 재건, 창안하는 영웅서사는 기자(祈子)-이산(離散)-사사(師事)-등과(登科)-상봉(相逢)의 과정으로 정리될 수 있다.21) 장르 관습을 그대로 수용했으며 별다른 창의적 구성력을 보이지 않는다는 점에서 이 작품의 영웅서사의 성취 수준은 대단하지 않다. 과제들은 앞선 서사에서 발생의 기미나 해결의 실마리들이 예비되지 않은 채, 일회적으로 제시되고 해결된다.

예를 들어, 가족이 몰락하는 과정을 보면 가족의 이산(離散) 이유가 간신의 참소(讒訴)나 적대자의 의도적 모함(謀陷)에서 비롯된 것인지 그 정황에 대한 구체적 서술이 없다. 서사는 현수문의 부친 현택지가 역률에 드는 '이유'를 중요하게 배려하지 않기 때문에, 갈등하는 적대자를 설정하여 긴장도를 높이려는 서사적 세밀함을 갖추지 못했다. 이는 부친이 부재(不在)하는 상황을 설정하여 영웅 만들기의 필수적 조건을 마련하는 것 이상을 기획하지 않았음을 뜻한다.

> 잇써 황슉 연평왕이 불의지심이 잇셔 우수장군 장흠 등을 쳐결ᄒ여 더역을 도모하다가 일이 임의 발각ᄒ미 연평왕은 사사ᄒ고 그 아들임을 원지의 경비ᄒ시고 지츠는 능지쳐참ᄒ여 숨족을 멸ᄒ시니라. 잇써 니부시랑 현틱지도 쏘한 넉늘이 드러는지라. 사관이 나려와 나슈엄 문ᄒ미 시랑이 부복읍쥬왈 신이 일즉 칠디조로부터 국은을 닙스와 신의 벼살이 임의 니부시랑의 잇습고 지산니 만니라. 무어시 부족ᄒ여 역모롤 동참ᄒ리잇고. 복원 셩상은 신의 일단심을 살피소셔(권지일, 6뒤~7앞)

---

21) 영웅서사를 가족의 창안과 사회적 승인이라는 주제의식으로 다시 정리하면, 수련의 과정인 '사사(師事)'나 '등과(登科)' 등의 계기에 대한 언급이 꼭 필요하리라 생각된다.

위의 서술에서 현수문의 아버지 현택지가 역모에 이름이 오른 앞 뒤 정황에 대한 설명이 없다. 부친 대의 복수를 서사의 개연성을 위한 실마리로 예비하고 있는 몇몇 작품들에 비해 허술한 논리성을 엿볼 수 있는 부분이다. 가족을 해체시켜야 하는 영웅서사의 조건을 충족시키기 위해 마련된 부분이지, 여타 서사적 긴장과 개연성을 위한 배려가 없다는 점을 확인할 수 있다. 또한 서사 내적으로 보면 인물들의 내면 논리가 취약하여 슬픔이나 기쁨 등 정서의 직접적 표출은 있으나, 외적 원인 서술 부분은 미처 갖추지 못하였다.

그런데 사회적 교육에 할당되어야 할 서사의 상당 분량이 고난과 복수에 바쳐지고 있다는 점은 주목을 요한다. 사사(師事) 부분에서는 영웅서사에서 필수적인 새로운 질서 연습 과정으로서의 사회적 교육이 지닌 비중을 축소하면서 장모의 핍박이라는 흥미소를 확장시켰다. 이러한 경향은 이 소설이 보유한 통속성과도 관련 깊은 부분이다. 현수문은 석공이 기세(棄世)한 후 장모에게 핍박당하는데, 여기에는 이미 가정소설에서 형성된 화소들을 끌어다 쓰고 있으나, 이 차용 역시 상당히 조잡한 수준에서 이루어지고 있다. 가정소설에서는 장모가 아닌 계모가 악역을 담당한다는 점이 다른데, 계모와의 갈등 이유를 계모의 성격적 결함으로 설명하는 것은 '이 갈등의 본질적 문제점을 제대로 이해하지 못했거나 외면한 것'이며 '작자의 문제의식이 약화 내지 결여'22)되었기 때문이라고 할 수 있다. 그런데 향목동본 『현수문전』에서도 장모―석소저에게는 계모―의 악행은 장모의 성격적 결함이고, 본능적 질투에서 나오는 것일 뿐, 합리적 이유가 제시되어 있지 않다. 갈등 상황을 제시하는 데 초점이 있으며, 갈등의 원인을 분석하고 그것을 개연성있는 갈등으로 구체화하는 서사적 안목이 없다는 것을 확인할 수 있는 대목이다. 이 단계에서 현수문에게 몇 가지 과제들이 주어지는데, 이 단락들에서는 사적(私的)인 영역에 놓여있는 통속적인 '가정내 갈등'에 대한

---

22) 이승복, 『고전소설과 가문의식』, 월인, 2000, 322쪽 참조.

관심을 엿볼 수 있다.23) 그러나 서술은 역시 안이하다. 장모 방씨가 수
문을 죽일 계략을 짜고 독약을 밥에 섞었는데 '마침' 그는 일광대사의
봉서를 뜯어 본다. '셕공이 사후의 방시 간계 빅츌ᄒ여 독약을 메일 거
시니 밥을 쥬거든 단져롤 니여 불면 독긔 소삭ᄒ리라'고 되어 있어 단
져를 부니 무탈했다고 하였다. 편지를 뜯어 보는 장면도 '문득 싱각'한
것이기 때문에 역시 개연성의 면에서는 취약한 일면을 보이고 있다. 또
한 방씨가 석소저를 자신의 동생 방덕에게 개가(改嫁)시키려고 음모를
짰는데, '마침' 석소저의 이복동생 방침이 방밖에서 모친의 말을 엿듣고
누이에게 일러 도망가도록 한다. 여기에서 석소저는 역시 '문득' 부친의
유서를 생각하고 뜯어보니 '니 죽기롤 임ᄒ여 디강 긔록하나니 죽은 후
반다시 너의 부부롤 일정 히코져 ᄒ리니 만닐 급혼 날이 잇거든 남복을
기착ᄒ고 도망ᄒ여 금산ᄉ 칠보암을 가면 ᄌ연 구홀 ᄉ람이 잇시리
라'24)고 하여 그에 따른다. 일광대사의 봉서나 부친의 유서는 문제 발
생 이후 돌연하게 제시될 뿐, 앞선 서사에 언급되어 있지 않으므로 서
사의 긴밀성을 떨어뜨린다.

　여기에 연결해 생각할 또 하나의 문제는 '복수'이다. 우리 소설을 중
국소설과 같은 복수에 대한 집념이 없다고 평가하기도 한다.25) 향목동

───────────────

23) 장모의 핍박과 이에 대한 훗날 복수 부분의 서사분량이 군담을 제외한 영웅
　　서사의 분량으로 놓고 볼 때, 상당히 큰 비중을 차지한다는 것을 알 수 있다.
　　이 부분이 서사적 중요도 이상으로 확대되었다면 '가정내 갈등'에 현실적 관심
　　을 표했던 독자와 그에 조응하는 작가, 유통의 측면에서 볼 때는 생산자와 소
　　비자를 상정할 수 있을 것이다.

24) 석소저가 금산사 칠보암에 도착했을 때 필사본 사재동본에서는 '운슈자'로 칭
　　하는 대목이 나온다. 이는 <현씨양웅쌍린기>에서 윤소저가 '운유자'로 불렸던
　　것에서 본뜬 것으로 보인다. 하지만 <현씨>의 여성들이 개성적이며 생동감있
　　는 성격으로서 인물간의 관계를 주도해 나가는 데 비해, <현수문전>의 석소
　　저는 평면적이며 비중이 축소되어 기능적 인물로 제시될 뿐이다.

25) 이혜순, 「김학공전에 나타난 복수 플롯의 수용양상」, 『진단학보』 45권, 1978.
　　그는 우리 소설에서는 복수 사상이 별로 두드러지지 않으며, 악인에 대한 징
　　벌은 개인적 차원에서 이루어지지 않는다고 하였다. 적극적 보복 의사나 집념

본『현수문전』에서 현수문이 계모 방씨에게 행하는 복수는 사적(私的) 차원이다. 하지만 처절한 집념의 실현이라기보다는 유희적 성격이 강하다. 직접적으로 상대에게 위해를 가하지는 않지만, 그가 죽기를 바랐던 계모 방씨 앞에 금의환향(錦衣還鄕)함으로써 통쾌하게 설욕하며 복수의 쾌감을 누린다. 직접 가해하지 않음으로써 효(孝) 가치를 침범하지 않으면서도 복수를 행하는 과정은 '본능과 감정'26)의 충족 기능에 충실한 작품의 한 면을 보여준다.27)

그러면서도 이 작품은 영웅서사의 목적을 충실하게 이행한다. 영웅서사에서 사회적 인정의 획득은 가족의 결합을 가능하게 한다. 그러나 현수문을 중심으로 다시 결합한 가족은 예전의 아버지 현택지 중심의 가족이 아니다. 이것은 장편 가문 소설에서 시종일관 아버지의 존재를 핵심에 놓고 서술하는 것과는 확연하게 달라진 부분이다.28)

지금까지 살펴 본 바, 향목동본『현수문전』의 영웅서사는 가족의 이산(離散)과 상봉(相逢)을 통해서 사회적 승인을 획득하는 목표 수행의 과정을 보여주고 있지만, 그것이 인과성과 구체성을 확보하면서 서사의 긴장을 도모하려는 창의적 소설 구성의 마인드로 나타나지 않았음을 알 수 있다. 과제를 푸는 실마리들은 서사적 단계를 따라 예비되지 않았으며, 과제에 봉착했을 때 우연하게 등장하는 도움이나 조언—장인이

이 전혀 나타나지 않는다고 보았다.

26) 전재경(『복수와 형벌의 사회사』, 웅진출판, 1996, 23쪽)은 복수가 본능과 감정의 소산이라면 형벌은 제도와 이성의 산물이라고 정의하였다.

27) <현수문전> 서사에서 충이나 효와 같은 도덕적 윤리적 사회적 명분들이 나타나기는 하지만 한편으로는 사적 차원, 개인적 차원의 대결과 욕구 충족, 힘에 대한 지향들이 강하게 표출된다. 다른 여러 작품들에서 복수의 본능과 감정을 형벌이라는 제도와 이성의 산물로 전환시킨 데 비해, 이 작품은 개인적 차원에서 마무리 짓고 있는 점이 그러한 생각을 방증하고 있다.

28) 장편 가문소설이 가문의식을 확인하는 과정이라면, 영웅서사는 '개인'의 성장과 관련된 행로이다. 그렇다면 장편 가문소설보다는 영웅서사가 쉽사리 '개인의식'을 반영할 수 있는 틀로서 변형될 수 있음을 예감할 수 있다. 좀더 근대적 욕구를 대변할 수 있는 형식으로 전환할 수 있는 조건이라는 뜻이다.

나 사부의 봉서(封書)—의 힘으로 해결하게 된다. 영웅으로 운명지어진 현수문이 처음부터 결정되어 있는 단계를 밟아 사회적 승인에 이르는 예정된 과정을 제시할 뿐, 서사적 긴장과 흥미 유지를 위한 전략을 구성하거나 구체성을 확보하고 인물의 내면적 성숙 과정을 서술하는 소설적 완성도의 면에서 판단한다면, 상당히 취약한 작품이라고 평가할 수 있다. 영웅서사에서 장모의 핍박과 수문의 복수 부분은 흥미소로서 비중이 확장되었다는 점에 유의해야 한다. <현수문전>의 통속성을 이루는 데는 관습적 서사를 선택하여 독자의 기대에 부응하는 측면과 함께 이러한 흥미소에 대한 관심들도 한몫하는 것이기 때문이다.

19세기의 서민들은 문화 향유의 한 주체로 떠오르면서, 자신들에게 익숙한 영웅서사를 다시 군담소설이라는 확고한 장르로 실현시키는 데 큰 영향력을 발휘하였다. 소설적 성취로 볼 때, 군담소설보다 수사나 인물 형상, 디테일의 실현이라는 면에서 훨씬 앞선 가문소설이나 전기소설 등이 있었는데, 예술적 성취를 되돌리는 듯한 군담소설의 유행현상은 퇴영적(退嬰的)으로 여겨진다. 하지만 사회상과의 관련에서 파악한다면 이것은 자연스러운 현상이라고 할 수 있을 것이다. 향목동본 『현수문전』의 서사는 통시적으로는 이미 오랜 시간에 걸쳐 형성되고 공유되어 온 장르 관습화된 영웅서사를 복제하고, 공시적으로는 다른 여러 소설들에서 끌어 온 듯한 화소들을 포함하면서 이루어졌다. 그 시기에서 현대적 의미의 문화 개념으로서 '대중'의 형성을 논하기 어렵지만, '대중문화'의 속성과 맞닿아 있는 문화 집단의 성장을 추론할 수는 있을 것이다. 향목동본 『현수문전』은 영웅서사의 성취 수준으로 볼 때, 같은 군담소설 군에서도 잘 다듬어진 작품으로 볼 수 없었다. 다른 군담소설들을 포함해 향목동본 『현수문전』은 독자의 기대에 어긋남이 없이 반응하려는 전형적 대중문화의 성격을 가지고 있음을 알 수 있다. 독자들은 이 작품에서 새로운 발견의 기쁨을 누리기보다는 자신들이 알고 있는 것을 확인하는 즐거움으로 독서했을 것이다. 곧 당대 소설 독자들은

자기반성적 문화보다는 감각적으로 누리는 문화, 현재의 대중문화적 속
성을 지닌 문화의 향유자로서 전면에 드러나는 단계였다고 할 수 있다.

3-2. 군담, 능력신장의 서사에 반영된 현실의 기미

향목동본『현수문전』은 영웅서사 부분과 달리 군담서사에서는 주인
공 개인과 다음 서사에 앞선 사건 해결의 결과들이 축적되어 영향을 미
치므로, 군담서사의 진행을 따로 분리해서 살펴 볼 필요가 있다. 군담
서사에서는 한 단계가 끝날 때마다 인물의 사회적 지위와 주변의 인식
이 달라지고 있음을 명시하기 때문에, 단계를 밟아갈수록 게임처럼 능
력이 신장되어가는 주인공의 변모상을 확인할 수 있다.

'게임처럼'[29]이라고 했는데 그것은 군담의 배치와 서술의 양상을 통
해 확인할 수 있다. 현택지가 연루되는 첫 번째 변란과 현수문이 어머
니와 헤어지는 두 번째 변란은 본격적 군담의 성격이 약하다. 이들은
국가에 어떤 위협도 가하지 못한 채, 현씨 일가의 이산(離散)에 기여하
였을 뿐, 현수문의 사회적 지위 향상에는 전혀 영향을 미치지 못하였다.
이것은 주인공이 사회적 인정을 얻기 전의 군담이기 때문에, 주인공에
대해 일방적 우위의 입장을 점유하고 있으므로, 이들은 주인공이 주체
로서 대적할 수 있을 때 벌어지는 군담과 구분되어야 한다. 한 번은 미
리 발각되었고 두 번째는 격문으로 국가 반성의 계기가 되었을 뿐 그대
로 무마된다.[30] 현수문이 등과(登科)한 뒤, 첫 과제는 남만왕의 반심(叛

---

29) 군담소설의 서사진행 원리와 게임의 원리는 재미있는 비교 대상이 된다. 어드
벤처 게임에서는 주인공의 성격이나 능력이 고정되어 있는 반면, 롤플레잉 게
임에서는 등장인물이 성장하거나 능력이 신장되기도 한다. 향목동본『현수문
전』은 영웅서사 부분에서는 어드벤처 게임의 성격과, 군담서사 부분에서는 롤
플레잉 게임의 성격과 유사한 일면을 보여준다. (최유찬,『컴퓨터 게임의 이해』,
문화과학사, 51~53쪽 참조)

30) 앞부분의 군담을 송(宋) 황실(皇室)을 둘러싼 위기 상황을 암시하는 복선적
기능으로 해석(김종철, 앞의 논문, 51쪽)하기도 한다. 하지만 이 부분의 군담

心)을 제압하는 것이었으며, 그는 이 과제를 용기와 충성심으로 해결한
다. 처음으로 현수문 자신의 능력을 발휘해 해결한 과제였다. 이러한
과제들은 이전에 암시되어 있었던 사건들이 아니라 앞뒤 없이 '남만왕
이 반심을 둔 지 오린지라'하면서 느닷없이 시작하는 특징이 있다. 이
러한 서사의 흐름은 현수문의 능력을 확인시키는 것에 있지, 그를 둘러
싼 세계의 정황을 구체화하려는 의도로서 작용한다고 볼 수는 없다. 두
번째 군담은 북토왕이 반(叛)하였고, 현수문은 그를 막기 위해 자발적
으로 나선다. 그런데 그의 부재(不在)시 또다시 '석성왕'이 침범하여 국
가의 안위가 풍전등화(風前燈火)가 된 상황을 설정한다. 이러한 설정은
현수문의 입지를 굳건하게 다지는 계기로 작용한다.

> 방금의 현슈문니 북망의 근뇌ᄒ여 아즉 도라오지 못ᄒ고 남은 장졸
> 이 업ᄉ니 눌노 딕장을 삼아 흉적을 막을고 하시고 탄식ᄒ시더니(권
> 지삼, 10뒤)

현수문이 비운 자리를 채울 사람이 없기 때문에 위기의식은 고조되
었고, 이는 현수문의 사회적 입지를 반증하는 사건이 되었다. 이들 군
담을 승리로 이끈 현수문에게 천자는 '천하강산을 다 현슈문을 쥬리라'
고 하면서 '짐의 목슘이 두 번 죽을거슬 살녀니믄 다 원슈의 덕이라. 그
공덕을 무어사로 갑호리오'한다. 이것은 전적으로 현수문에게 의지하는
모습이며, 군신의 위계질서를 넘어서는 대목이기도 하다. 세속적 권력
은 천자 휘하에 있지만 능력으로는 천자 이상을 인정받는 순간이다. 그
렇기 때문에 현수문이 모함을 당하는 사건이 뒤따른다. '우ᄉ긔'라는 인
물의 입을 빌려 '천히 임의 늬 장중의 잇는지라. 엇지 번신으로 칭신ᄒ
리오'라고 말하고 있는데, 이는 이미 그런 모함이 가능한 분위기가 조성
되었음을 의미한다. 사태는 현수문의 무공(武功)을 다시 한번 널리 알
_____
은 현수문 가족 이산의 계기적 사건으로 제시되는 것일 뿐, 더 이상의 의미부
여는 과잉해석일 수 있다.

리는 계기로 정리되었으며, 이 단락에서는 앞선 사태들이 다음 군담을
예비하는 기능을 하는 인과적 흐름이 포착된다. 영웅서사 단락들이 개
연성 면에서 취약성을 보이는데 비해, 군담에서는 갈등의 심화나 인과
적 관계성들을 고려하면서 서사가 진행된다. 토번을 칠 때 피신한 토번
왕의 가족들이 복수를 다짐하며 그 다음 군담을 이끄는 대목이 바로 그
러한 예이다.

> 우리 부친니 불힝ᄒ여 현슈문의 죽은 비 되고 노연즁이 우리 일을
> 죽이고 가산전답을 다 속공ᄒ니 이는 다 슈문의 죠홰라. 드르니 슈문
> 니 그 공뇌로 셔천 위왕을 봉ᄒ미 위국을 창긔ᄒ엿다 ᄒ니 국기쵸셜
> ᄒ미 궁녀롤 쓸거시니 우리 몸을 굴ᄒ여 위왕을 셈기면 위왕은 소년
> 남지라. 필연 우리 등을 갓가이 흘거시니 그 ᄯᆷ룰 타 부형의 원슈롤
> 갑고 죽으면 지하의 가도 부친을 뵈오려니와 그러치 못ᄒ면 하면목으
> 로 세상의 쳐ᄒ리오 (권지오, 5앞)

라는 말은 계양츈과 유양츈의 말로 되어 있지만, 그들 중 누구의 말인
지 불분명하여 인물의 변별적 제시와 상황에 대한 구체적 장면화에 이
르지 못하고 부주의하게 서사가 전개되고 있음을 알 수 있다. 하지만
복수를 위한 그들의 다짐은 뒤이어 나올 장면을 예감하도록 하는 효과
가 있어, 군담이 개연성 있는 서사적 짜임새를 추구하고 있음을 알려준
다. 하지만 그들의 일차적 복수는 다른 서사 과제들처럼 안이한 해결방
식에 걸려 좌절된다. 일광대사가 꿈속에 '표연이' 나타나 '이 궁중의 뉴
양츈 계양츈은 녁적의 쏠노 도망ᄒ여 그디롤 히ᄒ라 왓시니 명일 맛당
이 국도의 멀니 너치라'고 모든 정보와 해결 방식을 일러준다. 두 여자
의 복수가 다음 서사단락까지 지속된다는 점에서 일회적 출현이라고
할 수는 없지만, 당면한 위협 과제를 해결하는 방식은 앞서와 동일하다.
하지만 이들은 사적(私的)인 복수가 좌절된 후, 다음의 방법을 도모하
면서 군담의 긴장감을 고조시킨다. 곧 현수문의 능력을 신장시키는 군

담의 기본적 성격에서 나아가, 일회적 적장이 아닌 구체화된 인물을 설정하여 그의 욕망과 주변 인물의 이해 관계를 얽어 좀 더 긴장과 개연성을 갖춘 적대관계를 보유한 군담을 이룬 것이다. 중원을 넘보는 진왕의 야망과 계양춘, 유양춘이 의기 투합한 복수의 집념은 그들과 현수문의 대치(對峙)에 탄탄한 개연성과 긴장감을 부여하였다. 물론 그 외 많은 등장인물의 일회성31)은 여전하지만 군담 전체를 두고 평가할 때 앞선 군담들과는 긴장감을 자극하는 측면에서 확연하게 차별화된다. 더군다나 이들은 황제의 위(位)에 오르며 승승장구하는 등 예전의 현수문 절대 우위의 일방적 관계와는 다른 대치 상태를 형성한다는 점에 주목할 만하다. 또한 이러한 설정이 송(宋)에서 원(元)으로 넘어가는 역사적 단계를 염두에 두고 그 혼란기의 시발(始發)을 암시하는 것으로 그려졌기 때문에, 주인공만을 부각시키기 위한 앞서의 군담들과 구별되면서, 역사상의 반영으로 긴장감을 높이고 있다.32) 싸움이 녹록치 않았음은 '피빗치 낭ᄌ'했고 '토산마롤 닛그러닉니 업더져 죽'는다는 표현으로 짐작할 수 있다. 서사 분량도 다른 군담들에 비해 확연하게 확대되어 있으며 여러 가지 진법(陣法)이나 전술들, 싸움의 과정들이 표현되어

31) 호골더, 구골더, 왕골더 등 부수적 인물들은 인물에 대한 아무런 소개 없이 등장했다 사라진다. 현수문과 석소저 이외에는 인물의 외모나 성격에 관한 표현이 거의 없다는 것도 이 작품이 시각적 상상력, 구체적 상황 설정 등의 필요성을 자각하지 못하고 있음을 증명한다.

32) 전대의 화이론(華夷論)적 사고에서 벗어나는 면모라고 할 수도 있을 것이다. 여기에는 좀 더 세밀한 주의가 필요한데, 이 세책본이 유통되던 계층에서 화이론적 사고에 대한 반론이 일어났다고 할 수도 있다. 하지만 이러한 파격은 이념 논쟁의 문제가 아니라 현실을 가감없이 드러낼 수 있는 자유로운 정신이었다고 이해할 수 있을 것이다. 이미 역사에 드러난 사실들을 외면하면서까지 지켜야 할 신념이 없었다는 설명이 타당할 것이다. 이 생각은 경판본 『현수문전』의 개작에 비추어 힘을 얻을 수 있는데, 경판본은 좀 더 보편적으로 읽히기를 의도했기 때문에 특정 계층 의식을 배제한 무난하고 보수적인 서술을 선택했다고 생각된다. 독자층의 범주에 따른 서사적 선택을 추론할 수 있는 부분이다.

디테일의 성취라는 면에서도 주목할 만한 부분이다.

> 진번디장 구골디 군스롤 모라 한즁을 바라고 나오더니 무게쳔니 니
> 르러 보니 한 농뷔 길가의 밧츨 갈거눌 구골디 문왈 너히 어디 잇느뇨
> 그 농뷔 왈 위국 화룡현의 잇거니와 장군니 엇지 무르시눈잇고 골디
> 왈 녜셔 위국 됴셩이 얼마나 되느뇨 ⓐ농뷔 왈 뉵빅니언니와 드르니
> 셔번니 셔쳔을 치고 디국병이 도셩을 치니 위왕이 당치 못ᄒ여 줌뎐
> 과 셰ᄌ디군을 거느리고 거창산즁으로 피란ᄒ다ᄒ시더이다 (권지육,
> 21뒤~22앞)

> 현위 뎡조원으로 ᄒ여금 화약・념초을 감초고 산셩의 가 빅셩을 치
> 우고 젹병 오기롤 기다릴 시 구골디 군스롤 모라 황음셩의 이르니 ⓑ
> 빅셩이 길가의 울거눌 골디 문왈 너의 엇지 우나뇨 빅셩이 디왈 위왕
> 이 셔번의게 쫏치여 거창 산셩의 드러 피란ᄒ고 빅셩을 모하 군스롤
> 삼으니 견디지 못ᄒ여 각각 쳐ᄌ롤 싱각ᄒ고 우느이다 (권지육, 23앞)

ⓐ와 ⓑ의 '농뷔'와 '빅셩'은 전술을 위해 위장한 인물들이다. 이 서사
단락의 서술은 '원쉬 분긔 츙텬ᄒ여 말을 치쳐 젹진을 츙살ᄒ여 드러갈
시 향ᄒ눈 바의 장졸이 머리 츄풍낙엽 갓더라'와 같은 앞선 군담의 단
순 서술에 비해 상당히 구체화되었다고 평가할 수 있다.

이 전투는 천자가 '친히 동가(動駕)ᄒᄉ 삼십니 밧게 나와 영졉ᄒ'며
극진하게 맞이하는 결과를 낳는다. 여기에서 계양춘은 또 도망하여 여
진으로 가면서 다음에 일어날 사건을 예비한다. 이로써 위왕 현수문의
업적은 절정에 올라 복록을 누리는 것으로 일단락되었지만, 계양춘이
도주함으로써 문제를 일으킬 소지는 남아 있다. 앞서 가까스로 유지되
었던 황실의 부패상을 여실히 드러내면서, 위왕이 황실과 척(隻) 지는
사건들을 잇달아 서술한다. 천자의 붕(崩)함과 신황제와 측근들의 영지
반환 요구, 다른 번국(藩國)을 움직여 위왕을 치려는 음모, 위왕의 아들
현담을 참혹하게 죽인 사건33) 등을 차례로 제시하고 있다. 지금까지의

밋밋한 군담과는 다르게 내부 갈등과 음모 서술을 통하여, 대외적 갈등들을 해결하며 승승장구했던 현수문의 행로에 새로운 형태의 과제들을 제시한 것이다.

> 황슉 등이 산중의 피ᄒᆞ엿다가 상이 붕ᄒᆞ시믈 듯고 드러와 신황을 도울 시 교언영식으로 쳔ᄌᆞ를 달니여 간신니 되니 상이 부황의 유언을 잇고 간신의 교언을 미드ᄉᆞ 현신을 의심ᄒᆞ시니 졍시 날노 어ᄌᆞ러운지라. (권지육, 14앞)

천자와 위왕의 우호적이며 안정적인 관계가 새로운 천자의 등극과 함께 무너진다. 세대교체는 질서의 재편을 요구하는 것이며, 이러한 서사 단락은 '인물'의 완성 과정에 기여하기보다는 세계상의 변환 원리를 반영하는 것이다. 서사의 지향이 달라지는 것인데, 세계가 영웅의 형성을 위한 기능적 조건으로 그려진 영웅서사나, 영웅의 능력신장을 증거하던 앞서의 군담들과는 구분된다. 향목동본 『현수문전』 후반부의 군담서사는 이미 완성된 영웅이 세계의 질서 개편 과정을 수용하고 감내하며 자기 신념을 지키는 과정을 그리는 데 주력하고 있다. '인물-영웅'의 사회적 승인과 능력 신장의 과정이 전제되어 있는 바탕에서, 이 부분의 서사는 세계의 복잡다난(複雜多難)한 양상과 '인물'의 내적 갈등이 그려진다는 점에서 주목을 요한다.

군담 자체에서도 전술의 지시와 실현 과정, 황제의 후회와 또 다시 간신의 유혹에 빠져드는 장면 등, 앞서의 군담서사와는 다른 양상들이 드러나 있어 본격적으로 군담의 재미를 추구하려 했던 의도성을 확인

---

33) 향목동본의 결함은 이 부분에서 확실하게 드러난다. 현수문 아들 현담의 참혹한 죽음이 제시되지 않다가 나중에 신하들이 신황제에게 전후사를 고(告)하는 대목에서 황제의 과오를 거론하며 '그 아들을 죽이시며'와 같이 간단하게 나타난다. 아마 향목동본의 부주의한 필사로 결락된 듯하다. 하지만 경판본에서는 이 부분에 대해 신황제가 현담을 '젓담아 보내'는 사정이 서사적으로 구체화되어 있다.

할 수 있다. 군담의 긴장을 높여 소설적 재미를 심화시키려는 노력이
장면 서술의 세밀화로 연결되고, 기존의 관습적 화소나 상투적 서사와
도 결별하는 바탕이 되었음을 알 수 있다.

다음은 앞서 예비되었던 계양춘이 실마리가 되는 서사가 이어진다.
특이한 점은 계양춘이 영웅의 수련과정인 스승과의 만남을 경험한다는
사실이다. 이것은 현수문의 일방적 우위에서 진행되었던 군담에 군웅
(群雄)의 할거(割據) 같은 인상을 부여하는 효과를 가져온다. 더군다나
모사(謀士) 신비회와의 만남은 계양춘 무리의 비중을 의미 있게 한다.
이렇게 적대 세력을 서사적으로 확대하고 부각한 데는 송(宋)의 멸망이
라는 역사적 사실을 반영하려는 의식이 뒷받침되어 있으며, 결과적으로
이는 사건에 긴장감을 부여하게 된다. 서사에서는 천자의 무도함이라는
도덕적 이유와 주변국의 강성이라는 세계상의 변화로 송의 멸망을 해
석하였다. 앞서 말했듯이, 새로운 황실의 탄생을 부각시키는 서술은 주
인공 중심의 서사에서 그가 속한 세계의 모습을 드러내는 서사로의 전
환을 의미한다. 이러한 서술에 이르러 인물과 세계간의 긴장이 강화되
고, 인물의 내적 고뇌가 표현된다. 앞에서는 영웅의 고정된 배경으로서
세계가 있었다면, 이 부분에 이르러 역동하는 세계가 표상되고, 이에
따라 영웅에게 영향을 미치며 내면적 갈등을 일으키는 세계상이 구현
되는 것이다.

역사적 전환을 반영한다고 해도, 위왕을 강자(强者)에 충성하는 인물
로 그리는 무리수를 두지는 않았으며, 사라져가는 황실에 대해 지조를
지키는 인물 정도로 정리하고 있다. 향목동본『현수문전』에 그려진 영
웅이 파격적 영웅이라고 할 수는 없으나, 세계상의 변모를 감당해야 하
는 변화된 영웅상임을 확인할 수 있는 대목이다. 자신에게 가혹하며 어
리석기 그지없는 신 황제와 관계 맺는 방식은, 이 영웅을 혁명적 성격
을 갖춘 체제 전복적 인물로서가 아니라 고통스러움 속에서도 체제와
명분을 수호하며 사라져가는 인물로 남기를 요구했던 독자층의 의식을

보여준다. 세계상이 요구하는 여러 가능성 중 하나를 선택하는 인물은 기능적 인물 유형에서 벗어나 입체적 성격 구성의 전조(前兆)를 보일 수밖에 없다. 아들의 죽음을 극복하고, 자신을 배반한 황실에 대해서도 최대한 예를 갖추는 인물, 고통을 견디면서 노년을 맞이하고 죽음을 준비하는 강인한 정신의 인물, 세계상의 변화를 예감하고 자신의 행동 방식을 선택해야 했던 인물, 그것이 향목동본『현수문전』에서 특징적으로 그려낸 영웅이라고 할 것이다.

차세대(次世代)의 주인공 현침을 영웅으로 다시 세우기 위해서는 스승과 만나 연마하도록 기회를 제공해야 한다. 그는 스승을 만나는 과정에서 한 아내를 얻고, 몽고 왕을 만나 다음 황제를 보필하는 자리에 서게 된다. 뒤이어 원의 건국을 배경으로 한 현침의 무용담과 그가 기왕으로 봉해지는 과정이 서술되어 있다. 전대의 서사 공식을 반복하는 것으로 보이지만 현수문과 현침으로의 이어짐은 역사의 전환국면을 바탕으로 하고 있다는 점에 주목해야 한다. 황실의 패망과 새 황실의 창건에도 주인공 현수문은 자신의 지조를 꺾지 않는 인물로 사라지도록 했으며 다음 시대, 체제 전복의 결정적 역할은 현침에게 맡기고 있다. 뛰어난 영웅이 황제가 되는 서사가 아닌 황제를 보조하는 서사는 체제 내의 영웅을 그리는 장르 관습에서 나왔다고 할 수 있겠으나, 무도한 황제에게 협력하지 않는 인물형상은 관습적 서사를 답습하지 않은 독특한 부분으로 판단된다. 인물 주변의 현실적 여건들에 대한 서술 과정에서 역사적 리얼리티가 개입하는 양상은, 공식화된 스토리 전개에서 벗어나 사실적 상황에 대한 구체적 관심과 내면 갈등을 표현하는 서술상의 변화로 나타나며, 이는 작품의 완성도와는 별개로 주목할 만한 양상이라고 할 수 있다.

이러한 문제적 현상을 독자층의 요구에서 촉발된 것이라고 단순하게 설명하고 넘어간다면, 19세기 문화적 욕구를 표출했던 시정문화 주역들과의 역동적 관계성을 놓치고 말 것이다. 앞부분의 영웅서사에서, 인물은 제시된 과제들을 수행하는 수동적 입장에 머무는 데 비해, 군담 부분에서 인물은 내면의 갈등을 요구하는 상황들에 직면하여 선택과 의지, 자기 극복의 과제를 해결하도록 요구받으며, 그 대가로 힘을 얻고 성장한다. 복잡한 세계에서 과제를 하나씩 해결할 때마다 힘을 배가시키면서 헤게모니를 장악해 간다는 면에서 관습적 영웅서사 서술과는 다른 욕망을 반영하는 것이라고 할 수 있다. 이 작품은 군담에 나타난 힘의 축적 과정으로 볼 때, 그러한 힘을 자신들의 힘으로 동일시했던 담당층의 욕망이 투영된 것으로 이해된다. 앞서 영웅서사에서 점검했듯이, 향목동본『현수문전』은 작가의 창조적 욕구가 강한 작품은 아니지만 독자들은 소소한 '새로움'을 요구하면서 자신들의 욕망을 드러냈으며, 이는 동질적 독서층을 형성하였던 특정 세책점의 권역내에 포함되어 있던 독자들이기에 가능했던 것으로 판단된다. 그런 의미에서 당대 소설 생산에서 군담소설에 대한 경도(傾度)와 특히 군담의 비중이 강화된 향목동본『현수문전』의 의의는 시정에서 형성된 서민의 성장하는 힘, 힘에 대한 욕구가 소설의 외피(外皮)를 쓰고 나타난, 그 점이라고 할 수 있을 것이다.[34]

맺으며

1.

지금까지 향목동본『현수문전』의 이본으로서의 성격과 서사의 특징을 살펴보았다. 향목동본은 세책필사본으로서의 정형성을 갖추고 있는

---

34) '가문'이나 '집단'의 문제가 아닌 '개인'의 성장과 성공이라는 점에서도 군담소설 내 영웅서사의 근대적 전환 가능성을 발견할 수 있을 것이며, 특히 향목동본『현수문전』에 나타난 구체적 역사상에 대한 반영은 방각본의 보수적 세계관과 비교하여 소설사적인 면에서, 수용층의 면에서 관심을 필요로 하는 부분이다.

것이 특징으로 지적될 수 있다. 정형성은 대량생산을 위한 규격화의 기미이며, 이는 출판 양식의 변화가 매체의 변화와 함께 단번에 이루어진 것이 아니라, 매체의 변화를 추동해 내는 소설사적, 사회 문화사적 조건 형성의 과정이 뒷받침되고 있음을 보여준다. 여기에는 '세책점'이라는 전(前) 출판단계의 유통 양태가 작용하고 있는 것이다. 향목동본의 서사적 특징과 결함들은 향유층, 독서대중들의 취향과 수준을 짐작할 수 있게 하며, 다음 단계의 출판 양식으로 전환되는 쇠퇴의 흔적을 담고 있는 것으로 판단된다. 세책 필사본은 세책점에서 정형화된 형식─복제의 관습, 형태적 규범─을 만들어 상업적 유통의 첫걸음을 내디뎠던 흔적을 담고 있었다. 하지만 직접 필사해야 한다는 제약성은 유통범위의 제한을 가져왔을 것이며, 그래서 서울 내 세책점의 영향권은 일정 범위를 넘지 못했으리라 추정된다. 이것이 바로 향목동본 『현수문전』의 독특성을 유발한 요인이기도 할 것이다. 하지만 <현수문전> 향목동본과 경판본의 문체적 차이로 지적된 요소들은 필사본과 경판본의 차이와 일부 겹침이 있을 것이다.

향목동본 『현수문전』과 경판본의 결말 부분에 나타나는 의견 차이가 특히 문제적인데, 아마도 방각본 편집자들이 좀 더 보편적이며 상식적으로 서술 논리를 구성하려는 경향이 있었기 때문일 것이다. 그들은 더 넓은 독자층을 고려해야 했기 때문에 쉽게 수용될 수 있는 관습적 결말을 선호했던 듯하다. 바꿔 말하면, 세책 필사본의 독서인들은 지역적, 문화적 동질성을 지니고 있었을 것이므로 새로움에 대한 요구를 쉽게 반영시킬 수 있었을 것이라는 뜻이다. 세책 필사본과 경판본의 관계에서, 경판본이 축약의 대본으로 삼았던 본이 세책 필사본이었을 가능성을 문장의 유사성이나 서사의 동질성 등에서 발견할 수 있었으나, 향목동본이 바로 경판본의 대본이 되었을 확률은 적다. 하지만 경판본이 향목동본보다 선행하는 세책 필사본을 대본으로 했다 하더라도, 향목동본과 많은 서사적 결함을 공유하고 있는 것으로 보아, 그보다 많이 앞서는 본은 아니었으리라 추측된다.

   2.

   그렇다면 이제 서사가 독자들의 욕망과 맺는 관련을 살펴 볼 차례이
다. 영웅서사는 그것을 읽는 독자들의 정신구조의 은유로 이해된다. 독
자들은 실재하는 대상에 대한 욕망을 모호한 환상으로 변형시킨다.[35]
영웅서사는 작가는 물론 독자들의 욕망을 은유적 환상을 매개로 하여
대변하는 것이다. 이에는 언어 구조를 통해 욕망을 구체화하는 방법이
있을 터인데, 독서에서 만들어지는 환상이란 독자들의 잉여향유[36]의
대상으로서 기능하게 마련이므로, 텍스트를 구성하는 언어 구조의 의미
를 통해 독자의 욕망을 점검하는 과정이 필요하다. 영웅서사의 은유성
은 그것을 즐기는 독자들이 서민층이라는 모순적 상황에서 발생한다.
영웅서사가 드러내는 '이산'과 '상봉', '사회적 인정'이란 독자들이 바라
보는 삶의 비전이면서도, 영웅들이 드러내는 명예와 성공의 드라마는
독자층들이 가질 수 없는 것들에 대한 환상적 충족 방식이었다. 영웅서
사를 전면에 내세운 독서물이 서민 계급에 중심적으로 향유된 시점은
그들이 계급적 정체성을 시정에서 형성한 시기와 겹침이 있다. 이는 당
대의 서민들이 군담소설을 독서하며 자신들의 욕망을 환상적 방식으로
표출하고 있었다는 뜻으로 수용할 수 있다. 곧 군담소설은 서민들이 상

---

35) 홍준기, 「자끄 라깡·프로이트로의 복귀」, 『라깡의 재탄생』, 창작과 비평사,
    2002, 83~86쪽. 라깡은 환상이란 현실적으로 존재하는 어떤 대상을 '모호한'
    욕망의 대상으로 변형시키는 은밀한 장소라고 했으며, 완전히 충족될 수 없는
    인간의 욕망은 끊임없이 새로운 대상을 찾는다고 하였다. 라깡은 욕망의 이러
    한 작용방식을 환유에 비교하고 있다.
36) 역시 라깡의 개념이다. 대상a를 통해 환상 속에서 잉여향유를 체험할 수 있는
    데, 이것은 지나친 잉여향유는 주체의 고유한 욕망과 충동의 만족을 포기하도
    록 한다고 설명한다. 현대인의 대중문화 소비는 잉여향유가 지나쳐서 자신의
    주체적 특수 욕망과 충동을 포기하는 경향이 나타난다고 할 수 있다.

업자본의 발달에 수동적으로 조응한 산물 이상으로 그들의 문화적 욕구와 적극적 욕망이 표출된 양식으로 이해할 수 있다는 뜻이다. 상업자본의 흐름을 구체화한 데는 바로 독자들의 성향이 뒷받침되어 있었다는 의미이다.

특히 이 작품에 두드러진 군담서사의 반복적 연쇄는 충족되지 않는 욕망의 환유적 자기 표출 방식이라고 볼 수 있을 것이다. 담당층은 왜 한 작품에서 반복적으로 군담 단락들을 서술하고 독서하기를 원했는가? 반복적 군담을 요구했던 정신적 동인(動因)을 위에서 '힘에 대한 욕망'이라고 해석하였다. 반복하면서 조금씩 강도를 높여가는 군담의 제시는 현실적으로 충족되지 않는 힘에 대한 욕망을 반영하는 것이라고 할 수 있다. 서민 독자들은 <현수문전>과 같은 독서물을 향유하며, 그 환상에서 촉발되는 힘을 다시 현실적 에너지로 끌어들이는 계급 형성적 위치에 있었다. 작품의 표면에는 체제 안의 영웅을 표상하는 보수성이 있으나, 언어 구조에서는 담당층의 힘에 대한 욕망과 자기 현시의 욕구가 더 두드러지게 읽힌다. 아직 상업자본이 강화되어 상업적 기획이 대중의 욕망을 생산하는 단계에 이르기 전, 전(前) 자본주의적 독서물의 양상은 오히려 서민 욕망의 지도를 반영하는 것으로 읽을 수 있을 것이다.

[부록]

〈현수문전〉의 서사단락
―〈향목동본〉과 〈경판본〉, 〈사재동본〉을 중심으로―

1. 송나라 때 이부상서 현택지와 장씨는 기자치성으로도 효험이 없었으
   나, 우연한 시주로 아들 현수문을 얻게 된다.
2. 현수문은 학업에 힘썼고, 병법을 익혀 아버지의 걱정을 든다.
3. 황숙 연평왕의 역모에 현택지의 이름이 관계되어 유배당하다.
4. 장부인이 슬퍼하자 수문이 위로하다.
5. 운남왕이 중원을 침범하여 피란하던 수문은 어머니와 헤어지다.
6. 운남왕의 장수 범녕은 황제에게 실덕(失德)을 간하는 표를 올리고
   물러나다.
7. 장부인이 수문을 잃고 적소로 현시랑을 찾아가다.
8. 수문이 일광대사에게 병법을 배우다.
9. 장부인이 시랑을 적소에서 만나 함께 슬퍼하고 위로하다.
10. 수문이 석광위의 딸 운혜와 결혼하다. (향목동 1권 終)
11. 석광위가 죽고 그의 후처 방씨가 수문을 박대하다.
12. 수문이 밭을 갈다 순은갑과 금투고와 자룡검을 얻다.
13. 방씨가 수문을 독으로 죽이려 하나 수문이 저를 불어 해독하다.
14. 수문이 석씨의 집을 나와 주점에서 시주하다.
15. 석소저가 방씨를 피해 집을 나와 금산사 칠보암에 몸을 의탁하다.
16. 수문이 문무 과거에 급제하다.
17. 남만왕이 반심(叛心)을 품었지만 수문이 사신으로 가서 감복시키다.
    (향목동 2권 終)
18. 수문이 금산사에서 부인 석씨를 만나다.
19. 북토왕의 침입을 수문이 막아내다.

20. 천자가 약대와 양형공을 앞세운 석상왕의 침입에 항복할 지경에 처하다. (경판 상권 終)
21. 수문이 단기로 나타나 천자를 구하고 약대를 베다. (향목동 3권 終)
22. 수문이 어머니를 만나다.
23. 수문이 방씨를 찾고 석공의 묘에 제를 지내다.
24. 수문이 아버지를 만나다.
25. 황친 조길이 역모를 꾀하고 수문을 모함하나 천자가 믿지 않다. (향목동 4권 終)
26. 수문이 조길의 목을 베다.
27. 수문과 석씨가 금의환향(錦衣還鄕)하여 방씨 앞에 나타나자, 방씨가 분이 나서 죽고 침이 장사지내다.
28. 양형공과 약대의 딸 계양춘 유양춘이 궁녀로 가장하고 위왕 수문을 죽이려 하나 일광대사가 현몽하여 구해주다.
29. 계양춘 유양춘이 진왕을 부추겨 기병하여 천자가 위기에 몰리다.
30. 조회하러 오던 위왕이 위기를 듣고 단기(單騎)로 들어와 천자를 구출하다. (향목동 5권 終)(경판 중권 終)
31. 위왕이 진을 파하고 돌아가 복을 누리며 부친이 일기를 다하고 돌아가다. (사재동본 終)
32. 천자가 위왕의 이자 현담을 태자의 보좌역으로 부르고 곧이어 崩하다.
33. 새 천자가 간신의 말을 듣고 위왕에게 번왕의 예를 요구하다.
34. 위왕이 대로하여 표를 올리자 천자는 서번과 진번으로 위왕을 치도록 하다.
35. 위왕이 서번 진번을 물리치다.
36. 천자가 간신의 말을 듣고 위왕에게 사과하지 않다.
37. 흉노가 중원을 치자 진간이 위왕을 설득하여 기병하여 황제를 돕도록 설득하다. (향목동 6권 終)
38. 위왕이 흉노를 물리쳐 천자를 구하나 천자는 간신의 말을 듣고 하례하지 않다.

39. 계양춘이 백발 노인의 도움으로 여진에 들어가 왕과 연을 맺다.

40. 계양춘이 왕을 부추겨 신비회를 모사로 기병하도록 하다.

41. 위왕이 한중을 천자에게 베어 주다.

42. 송 천자가 진군을 피하여 자하수에 빠져 죽다.
   (경 : 위왕이 천자를 원망하지 않고 또다시 천자의 위기를 구하러 기병하다.)

43. 진왕이 황제로 등극하고 계양춘이 황후가 되다.
   (경 : 위기에 빠진 천자를 구하고 천자가 잘못을 뉘우치다.)

44. 천자가 신비회를 앞세워 위왕을 치다. (향목동 7권 終)
   (경 : 위왕이 여진왕을 죽이고 천자의 하례를 받다.)

45. 위왕이 신비회 방골대 등을 잡고 천자를 간하다.
   (경 : 아골대가 여진으로 돌아가 다시 반할 마음을 품다.)

46. 위왕이 송실 가족에게 한중을 주도록 청하다.
   (경 : 왕비의 간(諫)을 좇아 금산사 칠보암에 옛 정을 표하다.)

47. 위왕이 薨하다.

48. 현침이 즉위하고 사냥갔다가 최공을 만나 그 딸과 가약을 맺고 칼을 받다.
   (경 : 천자가 친히 제문을 지어 보내다.)

49. 현침이 남정산에 가서 엄도사를 만나 병법을 배우고 작은 최공에게 용총마를 받다.
   (경 : 천자가 간신의 부추김을 받아 왕작을 거두고자 하다.)

50. 현침이 몽고왕을 도와 원을 건국하다.
   (경 : 현침에게 일광대사가 현몽하여 저를 불어 위기를 모면하라고 가르쳐 주고 천자를 위한 약을 주다.)

51. 진 천자가 신비회에게 왕위를 전하라고하나, 신비회가 진 천자를 베다.
   (경 : 현침이 천자의 표를 보고 황성으로 가서 저를 불어 위기를 넘기고 환약으로 천자를 구해내다.)

52. 현침이 긔왕에 봉해지고 복록을 누리다가 칠십오세로 薨하고 세자

달이 즉위하다. (향목동 8권 終)

(경 : 석공의 묘를 참배하고 대대로 복록을 누리다.) (경판 하권 終)

세책 〈구운몽〉 텍스트의 형성 과정 연구

김 영 희

1. 서론

소설의 대중화·상업화는 자본주의적인 생산과 유통 방식에 따라 소설이 하나의 상품으로 소비되기 시작하면서 급격하게 진전되었다. 상업적 상품으로서의 소설의 유통은 소설의 생산 및 향유 과정이 상업적인 이윤 추구의 목적에 종속되는 결과를 초래하기도 했지만 다른 한편으로 독자층의 확대를 통해 소설적 지평을 넓히는 긍정적인 결과를 낳기도 하였다.

소설 작품의 자본주의적인 생산과 유통은 대량생산 및 유통을 가능하게 하는 출판 및 세책업의 발달과 깊은 연관이 있다. 우리나라에서도 18세기 이후에 소설 작품의 상업적인 생산과 유통이 점차 활발해지기 시작하는데 방각본과 세책, 그리고 20세기 초에 등장한 구활자본 고소설1) 작품들이 바로 이러한 상업적이고 대중적인 소설 유통의 예라고

---

1) '방각본 고소설'과 '구활자본 고소설'은 고소설 텍스트의 인간(印刊) 방식을 중

할 수 있다. 특히 서울을 중심으로 상업과 수공업 등이 발달하면서 일반 평민이나 중인 계층의 인물들 가운데 상당한 부를 축적한 사람들이 나타나게 되었고, 구매력을 갖춘 독자층이 형성되면서 다수의 소설 작품들이 시정문화의 꽃으로 대중에 의해 향유될 수 있었다.

이와 같은 상업화, 대중화의 흐름 속에서 소설 작품은 양적 팽창을 거듭하기에 이르렀다. 양적 성장의 바탕에는 기존에 유통되던 소설 작품들이 부연·개작되는 확대·재생산 과정이 주를 이루었으나 양적 성과의 축적이 새로운 소설 작품의 탄생을 자극하는 생산적인 결과를 낳기도 하였다. 물론 상업화의 결과로 소설 작품의 질적 하락을 지적하는 연구자들도 많지만 독자층의 확대와 새로운 서사물에 대한 욕구 수용, 소설 창작·향유 경험의 일정한 축적 등 긍정적인 측면을 부인하기는 어렵다.

그럼에도 불구하고 이제까지 구활자본이나 세책 고소설은 고전 소설과 현대 소설이라는 이분법적인 구도 속에서 그 어느 쪽의 주목도 받지 못한 채 문학사의 그늘에 묻혀 있었다. 많은 연구자들이 이들 작품에 대하여 선험적으로 상업소설로서의 한계만을 상정한 채 그보다 앞선 시기의 작품 연구에만 매달려 왔던 것이다. 이로 인해 우리 소설사는 두 동강이 난 채 방치되고 말았으며 근대 소설의 탄생 역시 외래 문화의 영향과 자극에 의한 것으로 설명할 수밖에 없었다.

그러나 최근에 와서 이러한 문제의식을 공유하는 연구자들이 하나둘

심으로 형성된 개념이다. 이는 이들 텍스트의 성격을 규정하는 데 있어서 텍스트 인간 방식이 주요한 요인으로 작용하기 때문이다. 반면 '세책 고소설'은 고소설 텍스트의 유통 방식을 중심으로 설정한 개념이다. 이는 '세책 고소설' 범주에 속하는 텍스트들의 성격을 규정하는 데 있어서 텍스트 유통 방식이 주요한 요인으로 작용하고 있다고 판단했기 때문이다. 따라서 '세책 고소설'의 개념은 연구 시각과 논점에 따라 연구 대상의 범주를 구체화하는 과정에서 설정된 개념임을 밝혀둔다. 단, '세책 고소설'의 텍스트에 주목하여 논의를 전개할 경우 '세책 고소설 텍스트', 혹은 '세책본 고소설'의 용어를 함께 사용하기로 한다.

나타나기 시작하면서 방각본이나 구활자본 고소설에 대한 실증적인 연구가 활발하게 전개되기 시작하였다.[2] 이들 연구는 대체로 방각본과 구활자본에 집중되었는데 세책본에 대한 논의가 빠짐으로써 기존의 국한문 필사본들과 이들 세책본 사이의 관계가 여전히 불투명한 상태로 남았다. 그래서 당시 소설 유통의 또 하나의 핵심 축이었던 세책에 대한 본격적인 논의 없이 조선 후기 소설사를 구상하는 것에 대해 여러 가지 문제가 제기되기 시작하였다.

세책 고소설에 대한 논의는 1960년대부터 나타나기 시작했으나 대부분 조선 후기 문헌 기록을 근거로 하여 세책업의 형성과 세책 고소설의 독자층, 장편소설과의 관계 등을 논증하는 데 주력하였다.[3] 따라서 이들의 논의는 모두 제한된 자료에 기반한 추정에서 더 나아갈 수 없었

---

2) 대표적인 연구성과 몇 가지를 들면 다음과 같다. 권순긍, 「1910년대 활자본 고소설 연구」, 성균관대학교 박사학위논문, 1990 ; 이창헌, 「경판방각소설 판본 연구」, 서울대학교 박사학위논문, 1995 ; 이주영, 「구활자본 고전소설의 간행과 유통에 관한 연구」, 서울대학교 박사학위논문, 1997.

3) 정병욱이 구왕실 인척으로 낙선재본 소설을 60여 년 간 탐독했던 윤백영씨의 증언을 토대로 낙선재본 소설들이 원래는 가난한 시골 선비들의 창작물로 세책가를 통해 유통되다가 궁중으로 흘러들어온 것이라는 주장을 전개한 이래 (정병욱, 「조선 말기 소설의 유형적 특징」, 『문화비평』 1, 1969) 이상택, 장효현 등이 육당의 기록 등을 참조하여 세책업의 성행이 장편소설에 대한 독자층의 요구와 맞물려 있음을 논증하였다. (이상택, 「조선조 대하소설의 작자층에 대한 연구」, 『고소설의 저작과 전파』, 한국고소설연구회, 아세아문화사, 1994 ; 장효현, 「장편 가문소설의 성립과 존재양태」, 『고소설의 저작과 전파』, 한국고소설연구회, 아세아문화사, 1994) 정병설은 1860년 이후 장편소설이 급격히 퇴조하였다는 주장을 전개하기도 하였다. (정병설, 「조선후기 장편소설사의 전개」, 『한국고전소설과 서사문학(상)』, 집문당, 1998) 이에 대해 이주영은 20세기 초에도 여전히 세책업이 성행하고 있었음을 보여주는 월탄 박종화의 증언, 그리고 꾸랑의 기록이 제한적이라는 사실, 독자층의 문제 등을 들어 정병설의 주장에 대한 의문을 제기하면서 석유 수입 등으로 인한 독서 행태의 변화가 19세기 말부터 세책가의 변화를 촉진시켰을 것이라고 추정하였다. (이주영, 「고소설 독자에 대한 몇 가지 문제」, 제34회 전국어문학연구 발표대회, 2000. 10)

다. 그러나 大谷森繁4)과 정양완5)에 의해 일본의 동양문고에 소장되어
있던 고소설 텍스트들이 세책본임이 밝혀지면서 세책 고소설 연구는
새로운 전기를 맞게 되었다.

　동양문고에 소장된 세책본들이 연구되기 시작하면서 본격적으로 세
책 고소설의 형태서지적 특징들이 규명되었고 이에 따라 각 대학 도서
관을 비롯한 여러 공공 도서관에 소장된 세책본들이 조사, 수집되기에
이르렀다.6) 이러한 조사에 기반하여 세책 고소설 연구는 세책 고소설
의 개념과 범주, 현전하는 세책 고소설 텍스트의 규모와 종류를 규명하
는 데까지 나아갔으며 점차로 세책 고소설과 구활자본 고소설 작품들
사이의 관계나 세책 고소설의 유통 양상을 규명하는 등 그 논의를 확장
시켜 가고 있다.

　이들 선행 연구에 따르면 세책은 조선 후기 서울에서 성행했던 것으
로, 전문 필사자가 필사한 텍스트를 일정한 돈을 받고 빌려 주는 도서
유통 방식을 가리키는 개념이다. 이들 세책 가운데 대다수는 고소설 작
품들이었는데 이때 유통되었던 소설들을 '세책 고소설'이라고 명명하는
것이다. 세책은 겉표지 크기 23～24.5㎝×18～19.5㎝, 각 권 장수 32장
내외, 매면 11행, 매행 11～14자 내외의 형태적 특질을 지닌다. 또 책의
장차(張次)를 표시하는 숫자가 각 장 앞면 상단에 표시되어 있고, 책장
을 넘길 때 손이 닿는 부분은 몇 글자씩 비워두는 경우가 많으며 글씨
는 일반적인 필사본의 글씨체보다 큰 흘림체로, 본마다 어느 정도 일정

　4) 大谷森繁,「조선조 소설독자 연구」, 고려대학교 박사학위논문, 1984 ; 大谷森
　　繁,「조선 후기의 세책 재론」,『한국 고소설사의 시각』, 국학자료원, 1996.
　5) 정양완,『일본 동양문고본 고전소설 해제』, 국학자료원, 1994.
　6) 이윤석,「구활자본 고소설의 원천에 대하여-세책을 중심으로-」, 한국고전문학
　　회 월례발표회, 2000. 4 ; 이윤석,「구활자본 고소설의 변이양상」,『구활자본
　　야담의 변이양상 연구-구활자본 고소설의 변이양상과 비교하여』, 보고사,
　　2001 ; 정명기,「세책본 고소설에 대한 서설적 이해」,『고소설연구』12, 2002 ;
　　이다원,「<현씨양웅쌍린기> 연구」, 연세대학교 석사학위논문, 2000 ; 유춘동,
　　「세책본 금향정기의 특성 연구」, 동방고전문학회 정례학술발표회, 2002. 8.

한 유형성을 띠고 있다.

이러한 연구 및 조사 활동을 통해 세책본의 실체를 확인하지 못했던 기존 연구의 여러 가지 문제점들이 새롭게 지적되기도 하였다. 우선 세책업이 19세기에 완전히 쇠퇴하지 않고 오히려 1910년대까지 존속했을 뿐 아니라 한창 전성기 때의 모습은 아니라 하더라도 19세기 말~20세기 초에도 어느 정도의 규모를 유지하였음을 확인하게 되었다. 또한 독자층의 문제에 대해서도 간소의 위치나 필사지 이면의 세책업소 장부 기록, 낙서 등을 통해 세책 고소설의 독자가 19세기 말에서 20세기 초에 이르는 시기 동안에는 사대부가의 부녀자나 유한 계층 여성에 국한되지 않았음을 알게 되었다.7)

또한 세책점에서 유통되던 작품들이 대부분 장편가문소설이었을 것이라는 기존의 추측 역시 19세기 말 이후의 상황에 대해서도 반드시 그러한 것은 아니라는 견해가 대두되었다. 앞에서 언급한 필사지 이면의 기록이나 실제 세책본으로 확인된 여러 작품들을 통해서 장편가문소설이 아닌 작품들 상당수가 역시 세책으로 유통되었음이 밝혀진 것이다. 그리고 이들 세책본과 구활자본 사이의 이본 대조를 통해 세책본이 구활자본 형성에 일정한 영향을 미쳤음이 논증되기도 하였다.

그러나 현재는 연구의 초기 단계일 뿐 아니라 부족한 자료와 산적한 문제들로 인해 아직 '세책'이라는 커다란 빙산의 일각조차 제대로 드러

---

7) 고대본 『하진양문록』이나 연대본 『현씨양웅쌍린기』의 필사지 이면—세책업소 장부의 일부분—에는 '이판서댁'이라는 표시, 가게집의 이름, 수많은 남자 이름, 내전 상궁들의 이름 등이 나타나고 있다. 따라서 적어도 19세기 말에서 20세기 초에 이르는 시기 세책 고소설의 독자층은 상층 부녀자에 국한되지 않았음을 알 수 있다. 또한 세책본의 필사기에 언급된 지역들을 검토한 결과 유의미한 공통점을 발견할 수 있었다. 이들 지역은 칠패, 이현, 청계천변, 한강변 등의 지역을 비롯하여 사대문과 한강 나루터로 이어지는 도로 주변 지역으로 대체로 조선 후기에 시장이 형성되어 상업이 활발했던 곳이다. 또한 운종가로 알려진 종로 거리 주변과 양반 일부 계층·궁궐 잡직 종사자들이 살았던 사직동 일대 역시 세책업소가 있었던 것으로 나타나고 있다.

내지 못하고 있는 실정이다. 세책의 생산·유통 및 세책업을 둘러싼 배경을 이해하기 위해서는 마치 퍼즐 조각을 맞추듯이 하나 하나의 단서들을 찾아 그것들을 연결하고 있는 숨은 연결고리를 찾는 작업을 계속해 가야 하는 것이다. 중요한 것은 이러한 단서들이 대부분 세책 텍스트 안에 숨어 있다는 사실이다. 따라서 세책 고소설 연구가 현단계에서 가장 많은 관심과 노력을 기울여야 할 부분은 바로 세책 고소설의 '텍스트' 분석이라고 할 수 있다.

세책 고소설의 형성 과정 및 유통 양상을 전반적으로 이해하기 위해 텍스트를 분석할 때 가장 주목할 점은 작품별로 이본군 안에서 세책 고소설 텍스트들이 다른 이본들과 맺고 있는 관계이다. 특히 이 관계망 고찰에서 유의할 두 가지 사항은 세책 고소설 텍스트가 지닌 '이질성'과 방각본·구활자본과의 상관 관계이다.

세책 고소설 텍스트의 이질적 구성은 텍스트 형성 단계에서 이루어진 것이거나 유통 단계에서 기계적으로 이루어진 것일 수 있는데 이러한 이질적 구성의 양상을 분석함으로써 세책 고소설 형성과 유통 과정을 이해할 단서들을 찾을 수 있다. 또한 세책과 마찬가지로 상업적으로 유통되었던 방각본이나 구활자본이 세책본과 어떤 연관을 맺고 있는지 살펴보면 좀더 차별화된 세책 고소설 텍스트의 성격을 명확하게 파악할 수 있을 뿐 아니라 조선 후기 상업적인 대중 소설들이 어떤 지형도 속에 있었는지 그 구체적인 양상을 이해할 수 있을 것이다.

세책 <구운몽>은 이와 같은 맥락에서 좀더 주목할 만한 텍스트라고 할 수 있다. <구운몽>은 우리나라 고소설 가운데 가장 대중적으로 읽힌 작품에 속하며 이미 여러 이본에 대한 연구 성과가 상당히 축적되어 있고 현전하는 세책본이 두 종이나 있기 때문이다. 이에 따라 이 글에서는 <구운몽> 이본 전승 흐름에서 중요한 역할을 해온 것으로 판단되는 몇몇 이본들과 세책인 '동양문고본 <구운몽>'·'이대본 <구운몽>'의 텍스트를 비교·분석하고자 한다. 이러한 비교를 통해 세책인 두 본의 형성 과정에 생산적인 영향을 미친 이질적인 텍스트들의 흔적을 분석함으로써 세책 텍스트의 형성 및 유통 과정의 배후를 짐작해 보고자 하는 것이다.

2. 〈구운몽〉의 이본 현황과 비교 대본의 선정

현재 학계에서 논의되고 있는 〈구운몽〉의 이본은 약 40여 종인데 그 가운데 한문본이 20여 종, 한글본이 20여 종에 이른다. 현재 여러 연구자들에 의해 학계에 보고되어 연구된 이본들이 그렇다는 것일 뿐 실제 이본의 수는 그보다 훨씬 많을 것으로 예상된다. 이와 같이 많은 이본의 수는 대중소설로서 〈구운몽〉이 얼마나 인기있는 소설이었는지, 다시 말해서 얼마나 상업성 있는 소설이었는지를 보여준다. 더구나 나주 남문에서 간행된 〈구운몽〉 '을사본(한문 방각본, 1725년)'은 작가인 김만중이 세상을 떠난 지 33년 밖에 지나지 않은 시기에 등장한 본이라는 점에서 더욱 주목을 끈다.

〈구운몽〉 이본에 대한 논의로는 대표적으로 정규복과 설성경, 이재수, 부세 등의 연구가 있다. 특히 정규복은 평생에 걸쳐 〈구운몽〉의 이본을 연구해 왔는데[8] 그는 한문 원본 창작설을 제기하면서 한문본을 크게 세 계열로 구분하였다.

```
(노존A-재구본) → 노존B(강전섭본 ;   → 서울대본      → 경판본
              한문 필사본)         (한글 필사본)    (한글 방각본)
              1725년 이전  을사본(1725,       → 완판본
                           한문 방각본)        (한글 방각본)
                           계해본(1803,      → 구활자본(신번,
                           한문 방각본)        현토, 연정구운몽)
```

---

8) 정규복, 『구운몽 연구』, 고려대학교 출판부, 1974 ; 정규복, 『구운몽 원전의 연구』, 일지사, 1977 ; 정규복, 「〈구운몽〉 노존본의 첨보작업」, 『동방학지』 107, 연세대학교 국학연구원, 2000.

설성경은 정규복의 한문 원본 창작설에 대해 한문·국문 원본 창작
설을 제기하고 있으나[9] 두 사람 모두 '강전섭본'과 '을사본'[10]을 <구운
몽> 이본 전승의 주요한 두 흐름으로 파악하고 있다. 정규복이 '계해
본'[11]을 또 다른 이본 계열로 파악하고 있기는 하나 그가 이미 지적하
였듯이 '계해본'은 '을사본'과 비교했을 때 큰 차이가 없을 뿐 아니라 차
이가 나는 부분은 대부분 '계해본'에서 이루어진 오류들이므로[12] <구
운몽> 이본 전승의 주요 흐름을 '강전섭본'과 '을사본'으로 파악하는 데
는 큰 문제가 없다.

그러므로 세책 <구운몽> 텍스트의 형성 과정 파악이라는 첫 번째
연구 목적을 고려할 때 '강전섭본'과 '을사본'은 첫 번째 이본 비교 대상
본으로 선정되어야 한다. 여기서 '한문본이 어떻게 한글 필사본인 세책
<구운몽>의 첫 번째 이본 비교 대상본이 되는가'라는 문제가 제기될
수 있다. <구운몽>의 여러 한글본들을 검토한 결과 세책 <구운몽> 텍
스트와 직접적인 선후 관계에 놓여 있다고 할 만한 이본을 발견할 수
없었다. 따라서 <구운몽> 이본 가운데 전승 흐름의 좌표 역할을 하는,
이본 계열의 두 대표 본에 주목할 수밖에 없는 것이다.

그러나 한글 필사본 가운데 '이가원본'은 이본 비교 대상본으로 선정
하였다. 정규복이 '이가원본'과 구활자본 '연정 구운몽'이 '이대본'과 가
장 유사하다고 지적한 바 있기 때문이다.[13] 또한 일차 검토 결과 '이가
원본'은 한문본인 '을사본'과의 친연성이 아주 높은 본이었다. 그런데
'이가원본'은 분권되지 않고 한 권으로 묶여 있는 한글 필사본으로 현재

9) 설성경은 한문·국문 원본 창작설을 제기하면서 한문노존사본계에서 '강전섭
본'이 나왔으며 국문노존사본계에서 '나손본'과 '서울대본'이 나왔다고 주장하
였다. 그리고 뒤에 연화봉본계가 형성되어 '을사본'과 '계해본'으로 그 흐름이
이어졌다고 하였다. (설성경, 『구운몽 연구』, 국학자료원, 1999)
10) 「구운몽(을사본)」, 『구운몽 원전의 연구』, 일지사, 1977.
11) 「구운몽(계해본)」, 『고전소설 제2집 구운몽(한문본)』, 고려서림, 1986.
12) 정규복, 『구운몽 원전의 연구』, 일지사, 1977.
13) 정규복, 앞의 책.

는 망실되어 전해지지 않는다. 다만 이가원이 다른 본들과 대조하여 주
석한 것이 출판되어 전해질 뿐이다.[14) 이 본은 원래 단락이나 장회구분
없이 필사된 것을, 이가원이 한문본과 대조하여 주석을 하면서 단락과
장회를 구분했을 뿐만 아니라 오류라고 생각되는 부분들을 직접 수정
하였다. 따라서 '이가원본'은 세부 문맥과 구체적인 표현을 대조하기에
적합한 본은 아니다. 그래서 본 연구에서는 서사단락만을 비교하기로
한다.

본 이본 비교의 두 번째 목표는 상업적인 소설로 유통되었던 방각본
과 구활자본, 그리고 세책본 사이의 상호 관계를 밝히는 것이다. 세책
업이 서울에서만 성행했다는 여러 기록을 참조하여 방각본 중에서 지
리적으로 연관성이 높은 경판본을 이본 비교 대상으로 삼는다. 경판은
'32장본' 두 종과 '29장본' 한 종이 있는데, '32장본' 두 종은 31장까지 행
문이 일치하는, 서로 번각 관계에 있는 본이며, '29장본'은 '32장본'과 28
장까지 일치하다가 마지막 부분을 축약한 후대본이다. '32장본' 두 종
가운데 간기가 없고 한남서림의 판권지가 붙어 있는 '32장본'이 효교신
간에서 나온 '32장본'에 앞선 본일 가능성이 높으므로 간기가 없는 '32
장본'[15]을 이본 비교 대상으로 삼는다.[16)

구활자본으로는 약 18종이 있는데 대부분 1913년에 신구·동문서림

---

14) 이가원 주석, 「구운몽」, 『이가원전집』 18, 정음사, 1970. 1954년에 연세대학교
   출판부에서 초판이 발행되었다.
15) 「구운몽(경판 32장본)」, 『고전소설 제1집 구운몽(한글본)』, 고려서림, 1986.
16) 이창헌은 이 세 본 사이의 선후 관계에 대하여 다음과 같이 두 가지 방향으로
   추정하고 있다. 첫 번째는 효교 신간의 간기가 붙어 있는 32장본이 선행 판본
   으로 이 판본의 번각본이 한남서림의 32장본이며, 상품으로서의 경쟁력을 강
   화하기 위해 나온 것이 29장본이라는 추정이다. 두 번째는 한남서림의 32장본
   이 선행 판본으로 이 본의 오류를 수정하면서 번각한 본이 효교 신간의 32장
   본이며 이 32장본이 시장성을 확보하지 못하여 나온 것이 29장본이라는 추정
   이다. 그는 이 두 가지 가능성 가운데 후자의 가능성이 높다고 보았다. (이창
   헌, 『경판방각소설 판본 연구』, 서울대학교 박사학위논문, 1995, 8~15쪽)

에서 발간한 '신번 구운몽'과 같은 해 7월에 유일서관에서 발간한 '연정 구운몽', 1916년에 유일서관에서 발간한 '한문현토 구운몽'을 다시 찍어 낸 것들이다. '한문현토 구운몽'은 한문현토체로 '신번 구운몽'과 내용이 같으므로 '신번 구운몽'17)을 이본 비교 대상본으로 삼고 '연정 구운 몽'18) 역시 정규복에 의해 '이대본'과의 친연성이 지적된 바 있으므로 이본 비교 대상본으로 삼는다.19)

　본 이본 비교의 중심축은 세책본인 '이대본'과 '동양문고본'이다. '이 대본'과 '동양문고본'은 각각 30~35장 내외의 장수가 한 권으로 묶여 있고 책장 넘기는 자리가 비어 있을 뿐 아니라 전형적인 세책본의 필체 를 보여주는 등 앞에서 언급한 세책본의 형태서지학적 특질들을 모두 공유하고 있다. '이대본'은 전체 10권 10책의 분량이나 제 5권이 망실되 어 9권이 남아 있고 '동양문고본'은 7권 7책 모두 남아 있는 상태다.

　'이대본'은 정미(丁未-1907)년에 필사된 본으로 필사기에 '금호'와 '유호'의 지명이 나와 있다. 1권에만 간소가 '금호'로 표시되어 있고 2권 에는 마지막 장이 훼손되어 남아 있지 않으며, 나머지 권에서는 간소가 '유호'로 표시되어 있다. 필사 시기는 정미년 겨울로 나와 있는데 필사 기의 기록으로 보아 순서대로 필사한 것은 아닌 듯하다.

　'동양문고본'의 1권과 2권은 필사 시기가 기유(己酉-1909)년으로 제 시되고 있는데 3권은 필사기가 없고 4권부터 7권까지는 임인(壬寅 -1902)년에 필사된 것으로 제시되어 있다. 또한 1권과 2권은 30장씩 묶 인 데 반해 3권부터는 36, 37장 등으로 장수가 불규칙적이고 '하회를 석 남하라'는 표현이 권 중간에 나타나기도 한다. 또한 2권에서 3권으로 넘어가는 부분에 많은 내용이 생략되어 있다.

17)「신번 구운몽」, 인천대 민족문화연구소, 『구활자본 고소설전집』19, 은하출판 사.
18)「연정 구운몽」, 인천대 민족문화연구소, 『구활자본 고소설전집』2, 은하출판 사.
19) 정규복, 앞의 책.

이처럼 '이대본'과 '동양문고본'은 형태상의 특질을 통해서도 '이질성'
이 분명하게 드러난다. 이제 내용 비교를 통해 이들 두 텍스트가 지닌
이질성을 좀더 구체적으로 살펴보도록 하자.

3. 〈구운몽〉의 서사 단락 비교

먼저 원본에 가장 가까운 본으로 알려져 있는 '강전섭본'을 기준으로
〈구운몽〉의 서사단락을 분석하면 다음과 같다.[20]

<1회>
1. 천하에 이름난 산이 다섯이 있는데 그 중에 형산이 가장 높다.
2. 남악 형산 연화봉에 육관대사가 법당을 열다.
3. 육관대사가 성진을 동해 용왕에게 보내다.
4. 팔선녀가 육관대사를 찾아와 보물을 전하고 돌아가는 길에 형산의
   경치를 구경하다.
5. 성진이 용궁에 갔다가 술을 마시고 돌아오는 길에 팔선녀를 만나
   다.
6. 성진이 돌아와 번민하다.
7. 성진이 육관대사에게 불려가 야단을 맞고 염라대왕에게 끌려가다.
8. 팔선녀 역시 염라대왕에게 끌려오다.
9. 성진이 양소유로 환생하다.
10. 양처사가 승천하다.

<2회>
11. 양소유가 과거를 보러 경성으로 떠나다.

---

20) 단락 구분에서 서사의 분량이나 서사 전개의 논리성, 서사 전개 흐름 상의 지
    위·역할을 고려하기는 했으나 이본 비교의 용이성을 더 우선적으로 고려하
    였다.

12. 양소유가 화음현에서 진채봉을 만나다.
13. 진채봉의 유모가 객관으로 양소유를 찾아와 채봉의 편지를 전하
    다.
14. 진채봉을 만나기로 한 새벽에 변란이 일어나다.
15. 양소유가 남전산에 올라가 도인을 만나 거문고를 배우다.
16. 양소유가 남전산에서 내려와 난은 평정되고 과거는 연기되었다는
    소식을 듣다.
17. 양소유가 진채봉의 아버지가 처형당하고 채봉이 노비가 되었다는
    소식을 듣다.
18. 양소유가 집에 돌아갔다가 다시 과거를 보러 경성으로 떠나다.
19. 양소유가 낙양에 이르러 주점에 들어갔다가 천진교에 술을 마시러
    가다.

<3회>
20. 양소유가 천진교 누각 위에서 기생들과 놀고 있는 유생들 틈에서
    시를 지어 계섬월을 만나다.
21. 양소유가 계섬월의 집으로 찾아가 운우지정을 나누고 적경홍의 이
    야기를 듣다.

<4회>
22. 양소유가 경성에 가서 두련사를 만나 정경패를 몰래 살펴볼 계교
    를 꾸미다.
23. 양소유가 여장을 하고 정사도의 집에 들어가 거문고를 타다.
24. 양소유가 거문고를 타며 곡조에 대해 정경패와 이야기를 나누다.
25. 정경패가 양소유가 여장한 남자임을 눈치채고 가춘운에게 이야기
    하다.
26. 정사도가 최부인에게 장원급제한 양소유를 사위로 삼자고 제안하
    다.

<5회>

27. 양소유가 장원급제하여 찾아온 후 정사도와 최부인이 양소유와의 혼사를 논의하다.
28. 정경패가 가춘운을 통해 양소유를 속이기로 작정하다.
29. 양소유가 정십삼과 자각봉에 놀러 가다.
30. 양소유가 자각봉에서 선녀로 변장한 가춘운을 만나다.
31. 정십삼이 양소유를 데리고 장여랑의 무덤으로 가다.
32. 밤에 장여랑으로 변장한 가춘운이 양소유를 찾아오다.

<6회>
33. 정십삼과 두진인이 찾아와 부적을 숨겨 놓고 간 후 양소유가 장여 랑과 헤어지다.
34. 양소유가 정십삼과 두진인을 탓하다.
35. 정사도가 양소유에게 사건의 전말을 말해주다.
36. 양소유가 장여랑이 가춘운이었음을 알고 함께 밤을 보내다.
37. 양소유가 모친을 모시러 가려다 토번이 난을 일으키자 양소유가 조서를 써서 굴복시키다.
38. 양소유가 정사도에게 인사하고 연왕을 치러 떠나다.
39. 양소유가 낙양에 들러 계섬월의 소식을 듣고 시를 방으로 붙이다.
40. 양소유가 연왕의 항복을 받고 돌아오는 길에 소년으로 변장한 적 경홍을 만나다.
41. 양소유가 계섬월을 만나다.

<7회>
42. 양소유가 계섬월과 적경홍의 관계를 알다.
43. 양소유가 예부상서가 되어 퉁소를 불다 이소화를 만나다.
44. 양소유가 태후·천자와 경사, 시를 논한 후 술에 취해 돌아오다.
45. 월왕이 찾아와 난양공주와의 혼사를 제안하나 양소유가 거절하다.
46. 진채봉이 양소유의 글을 알아보다.

<8회>

47. 진채봉이 천자에게 양소유와의 인연을 아뢰다.
48. 상이 양소유를 설득하려 하나 양소유가 거절의 뜻을 밝히다.
49. 정사도 부부가 근심에 싸이고 불문에 의탁하려는 정녀의 생각을
    가춘운이 양소유에게 말하다.
50. 양소유가 난양공주와의 혼인을 거절하는 상소를 올리고 하옥되다.
51. 토번이 침공하여 양소유를 풀어주다.
52. 양소유가 적을 무찌르고 군중에서 상소하여 청병하자 천자가 양소
    유를 원수로 삼고 군대와 말, 그리고 여러 하사품을 보내다.
53. 양소유가 적석산 아래서 점을 쳐 자객이 올 것을 알고 심요연을
    만나다.

<9회>
54. 양소유가 심요연과 인연을 맺고 심요연이 다시 떠나며 앞일을 일
    러주다.
55. 반사곡에서 병사들이 물을 마신 후 병에 걸리고 양소유가 꿈에 여
    동을 따라 가다.
56. 양소유가 동정용왕의 딸인 백능파를 만나다.
57. 양소유가 남해용왕의 아들과 한판 승부를 벌이다.

<10회>
58. 용궁에 가 잔치를 하다.
59. 양소유가 남악 형산에 올라 육관대사를 만나는 꿈을 꾸다.
60. 백룡담의 물로 병사들을 살리고 승전보가 이어지다.
61. 공주가 태후에게 정녀를 만나 보겠다고 하다.
62. 태후와 공주가 정녀가 쓴 발원문을 보다.
63. 난양이 미복하여 정녀의 집에 가 정녀 모녀와 가춘운을 만나다.

<11회>
64. 난양이 자신이 수놓은 남해대사의 상에 찬을 받으러 정녀의 집에
    가다.

65. 난양과 정녀가 함께 궁으로 들어가 태후를 뵙다.
66. 태후가 정녀를 양녀로 삼고 두 딸을 모두 양소유에게 시집보내려
    하다.
67. 난양과 정녀가 시를 짓고 태후가 그 시를 평하다.

<12회>
68. 태후가 정녀를 영양공주에 봉하고 진씨의 사정을 알게 되다.
69. 진씨와 춘운이 차례로 태후를 뵙고 시를 짓다.
70. 진씨가 양소유가 자신을 잊지 않고 있음을 알고 태후와 공주 등이
    양상서를 속이기로 하다.
71. 양상서가 토번을 평정하고 돌아와 큰 상을 받다.
72. 양소유가 돌아오자 모두들 정녀가 죽었다고 하다.

<13회>
73. 천자가 양소유를 불러 영양, 난양 공주 및 진숙인과 혼인할 것을
    제안하고 난양, 영양 공주가 서로 제일 부인이 되는 것을 사양하다.
74. 양소유가 두 공주 및 진숙인과 결혼하고 그들과 각각 하룻밤씩을
    보내다.
75. 두 공주, 진씨, 춘운이 양소유를 속이고 쌍륙을 하며 지난 사연을
    농담으로 주고받다.
76. 양소유가 자신이 속은 것을 알고 거짓 병을 칭하다.
77. 양소유가 모친인 유씨 부인을 모시러 가다가 계섬월과 적경홍을
    다시 만나다.

<14회>
78. 월왕이 재자가인들의 솜씨 겨루기를 재안하고 여러 부인들이 이에
    대해 논하다.
79. 양소유와 부인들이 월왕의 무리와 재주를 겨루고 이때 백능파와
    심요연이 찾아와 재주를 뽐내다.

<15회>

80. 월왕이 태후에게 청하여 양승상에게 벌주를 내리다.

81. 양소유가 잇따라 공주와 첩 등에게 벌주를 내리고 유씨 부인도 스스로 벌주를 마시다.

82. 두 부인과 여섯 첩이 자매의 연을 맺고 관음상 앞에 나아가 고하다.

83. 양소유와 여덟 부인이 자식들을 낳고 잘 살다가 양소유가 관직에서 물러날 것을 고하는 상소를 올리다.

84. 천자가 비답하여 불가하다 했으나 여러 번 간곡히 청하자 양소유 일가를 취미궁에 거하게 하다.

<16회>

85. 양승상이 등고하여 퉁소를 불다 인생무상을 논하다.

86. 육관대사가 찾아와 전생 인연을 말하고 양소유가 성진의 방으로 돌아오다.

87. 성진이 육관대사에게 깨우침을 받다.

88. 성진이 여덟 선녀와 함께 법과 게를 받고 육관대사가 서천으로 떠나다.

89. 성진이 육관대사의 뒤를 이은 후 여덟 비구니와 극락으로 돌아가다.

전체 서사 단락을 비교해 보면 이본 비교 대상본들 가운데 '한문현토구운몽'을 포함하여 '신번구운몽', '연정구운몽' 등 구활자본들이 '을사본' 및 '계해본'과 높은 친연성을 드러냄을 알 수 있다. 인물의 이름이나 지명 등 고유명사에서 조금씩 차이를 보이기도 하나 전체적인 서사의 흐름은 물론이고 세부 표현에 이르기까지 '을사본', 혹은 '계해본'과 거의 일치한다. '이가원본' 역시 '을사본'과의 높은 친연성을 드러낸다. 부분적으로 '강전섭본'과 유사한 부분이 보이나 세부 표현이 유사한 정도에 불과하며 '을사본'과의 친연성은 후반부로 갈수록 더욱 두드러지게 드러나는 양상을 보이고 있다.

따라서 서사 단락의 비교에서 주목할 점은 '동양문고본'과 '이대본'이 '강전섭본'·'을사본'과 비교했을 때 각 서사 단락에서 어떤 본에 더 가까운가 하는 것이다. 이를 통해 두 본 사이의 차이점은 물론 각 본의 성격까지 어느 정도 파악할 수 있다. 또한 세책인 두 본과 비교했을 때 '경판본'은 축약과 생략의 정도가 심한데 다음 표를 통해 그 구체적인 양상을 확인하도록 하자.

* 강전섭본 : a   을사본, 이가원본 : b   친연성 : ≒
  두 본과 모두 다름 : ≠   축약 : <->   부연 : <+>
* 경판본은 전반적으로 축약되어 있으나 특히 축약 정도가 심한 곳에 '<->' 표시를 하였다.
* 전반적으로 유사한 것은 친연성을 따로 표시하지 않았다.

	동양문고본		이대본		경판본
1	O<->		O<->		O
2	O<->		O	≠	O
3	O		O		O
4	O		O		O
5	O		O		O
6	O		O		O
7	O		O<->	≒ a	O<->
8	O<->		O	≒ a	O
9	O	≒ b	O	≠	O
10	O		O	≠	O
11	O	≒ a	O		O
12	O		O<->	양류사 생략	O<->
13	O'	부분적 ≒ a	O	부분적 ≒ b	O<->
14	O<+>	≒ b	O<->	≒ a	O
15	O<+>	≒ b	O<->	부분적 ≒ a	O<->
16	O	1권 30장 (기유 10월 향목동)	O<->	≠	O
17	O		O<->	≠	O
18	O		O<->	≠	O
19	O	부분적 ≠	O<->	부분적 ≒ a ≠ 1권 32장 정미 초동 금호	×

	동양문고본		이대본		경판본
20	○<+>	매우 상세	○<->	≒ a	○<->
21	○		○<->	≒ a	○<->
22	○<->		○<->		○
23	○	≠많이 다름	○<->	동양문고본과 유사	○<->
24	○	2권 31장 기유 10월 향목동	○<->	≒ a	×
25	×		○ <-><+>	2권 31장 이하 낙장 ≠	○<->
26	×		○<+>		○
27	○	≠많이 다름	○	부분적 ≒ b	○
28	○ <->	축약 심함	○<->	부분적 ≒ b	○<->
29	○		○		○<->
30	○ <->	≒ b(시)	○	≒ b(시)	○<->
31	○<->	≒ b	○		○<->
32	○<->		○	≠	○<->
33	○<->	장회제목	○<->	≠ 축약 심함 / 차청 하회 3권 32장 정미 맹동 유호	○<->
34	○<->		○	부분적 ≠ 부분적 ≒ b	○
35	○<->	축약 심함	○	부분적 ≠ 부분적 ≒ b	○<->
36	○<->	부분적 ≒ b	○	≒ b	○
37	○<->		○	부분적 ≠	○<->
38	○<->	부분적 ≒ a	○	≒ b	
39	○<->	≒ a	○<->	≒ b	38번에 포함(축약)
40	○<->	≒ a	○<->	≒ b	
41	○	≒ a	○<->	≒ b	
42	○<->	하회석남 장회제목	○<->	≒ b 장회제목	○<->
43	○	≒a 3권 36장 이하 낙장	○<->	4권 31장 정미 초동 유호	○<->
44	○<->	≒ a	×		△
45	○	≒ a	×		○
46	○		×		45번 앞에(축약)
47	○	≒ a 장회제목	×		
48	○		×		○<->
49	○		×		×
50	○	표가 있음(≠a)	×		×
51	○<->	부분적 ≒ b	×		○
52	○<->	부분적 ≒ b	×		△
53	○<->	부분적 ≒ b	○<->		×
54	○<->	≒ a	○	≒ a	△<->

	동양문고본		이대본		경판본
55	O<->	≒ a	O	≒ b 장회제목	O한 문장
56	O<->	≒ a	O<->	≒ b	O<->
57	O	≒ a 4권 34장 임인 11월 향목동	O<->	≒ b	O<->
58	O	≒ a	O<->		O<->
59	O	≒ a	O<->	≒ b	O<->
60	O		O		O<->
61	O		O	≒ b	O<->
62	O<->	≒ a	O<->	≒ b	×
63	O	≒ a	O<->	≒ b 차회속남 6권 32장 정미 초동 유호	O<->
64	O<->	부분적 ≒ b 장회제목	O	≒ b	×한 문장
65	O<->	≒ a	O	≒ b	×한 문장
66	O<->		O<->		O<->
67	O	≒ a	O<->	≒ b	×
68	O<->	≒ a 장회제목	O<->		×
69	O<->	≒ a 문맥 연결 이상	O<->	7권 32장 정미 맹동 유호	×
70	O<->	≒ a 5권 37장 이하 낙장	O		×
71	O<->	≒ b	O<->	≒ a	O<->
72	O		O		×
73	O<->	장회제목	O	장회제목	O<->
74	O<+>		O<->		O<->
75	O<->		O<->		×
76	O<->		O<->	8권 31장 정미 초동 유호	×
77	O<->	≒ a	O<->	≒ b	O<->
78	O<->	하회할지어라 / 6권 31장 임인 11월 향목동	O<->	축약 심함	×
79	O<->	≒ a	O<->	≒ b 9권 32장 정미 맹동 유호	O<->
80	O<->	≒ a 부분적 ≒ b 축약 심함 장회제목	O<->	≒ b 장회제목	×
81	O<->	≒ a 부분적 ≒ b	O		×
82	O<->	축약 심함	O<->	≒ b 부분적 ≒ a	O<->
83	O<->	축약 심함	O<->	≒ b	O<->
84	O<->	축약 심함	O<->	≒ b 부분적 ≒ a	O<->

	동양문고본		이대본		경판본
85	O<->	장회제목	O<->	≠ 장회제목	O<->
86	O		O<->	≠	O<->
87	O	≠ 많이 다름	O<->	≠	×
88	O	부분적 늑 b(진언)	O<->		O<->
89	O	≠ 후일담 / 7권 36장 임인 11월 항목동	O	10권 32장 정미 맹동 유호	O

위에서 볼 수 있듯이 '동양문고본'과 '이대본'은 각각 이질적인 두 텍스트로 이루어져 있다. '동양문고본'의 1, 2권은 기유(1909)년에 필사된 것으로 장수도 각각 30장, 31장으로 일정하고 거의 축약된 부분이 없는, 내용이 충실한 본(本)이다. 반면에 3권 이하의 권들은 장수도 불규칙적이고 축약된 부분이 많으며 문맥이 뒤엉킨 대목이나 오류가 많다. 특히 3권에서는 축약의 정도가 심하게 드러나며 문맥이 어그러진 부분도 다수 눈에 띈다. 이 권에서는 '하회를 석남하라'는 표현이 권의 말미뿐 아니라 중간에도 나타나는데 이는 원래 분권해야 할 대목에서 나누지 않고 축약하여 한 권으로 정리하는 과정에서 형태적인 통일성을 고려하지 않은 결과로 보인다. 이처럼 '동양문고본'의 3권은 이질적인 두 텍스트를 합치는 과정에서 여러 가지 무리수를 둘 수밖에 없었던 사정을 암시적으로 드러내고 있다.

내용면에서도 '동양문고본'의 1~2권과 3~7권 사이에는 이질성이 분명하게 드러난다. 1, 2권에서는 '을사본'과의 친연성이 드러나는 데 반해 3권 이하에서는 '강전섭본'과의 친연성이 뚜렷하게 드러나고 있다.

'이대본'의 2권은 31장 이하가 낙장으로 되어 있으나 위의 표에서 볼 수 있듯이 형태적 특질이나 내용 면에서 볼 때 1권과 같은 성격의 본으로 보인다. 따라서 '이대본' 역시 금호에서 필사된 1~2권과 유호에서 필사된 나머지 권들이 서로 다른 성격을 띤 본들임을 알 수 있다. '이대본'의 1~2권은 '강전섭본'과의 친연성을 드러내고 나머지 권들은 '을사본'과의 친연성을 드러낸다. 또한 '이대본'의 3권 이하 권들은 31, 32장의 일정한 장수로 구성되어 있으며 각 권이 포함하고 있는 서사의 양과 질이 어느 정도 일관성을 유지하고 있다.

　이처럼 '동양문고본'과 '이대본'은 서로 다른 성격을 지닌 텍스트일 뿐 아니라 각각 이질적인 두 텍스트로 구성된 본들이다. 따라서 '동양문고본'과 '이대본'은 총 네 종류의 세책 〈구운몽〉 텍스트를 보여주고 있는 셈이다. 이 서로 다른 네 텍스트는 각각 '강전섭본'이나 '을사본'과의 친연성을 드러내는데 네 본 사이의 유사성은 거의 드러나지 않는다. 따라서 '동양문고본'과 '이대본'이 드러내는 이질성은 서로 다른 텍스트가 기계적으로 결합하는 과정에서 나타난 현상이라고 할 수 있을 것이다.

　그런데 흥미로운 점은 '동양문고본'과 '이대본'에서 '을사본'과의 친연성이 높은 텍스트가 비교적 정제된 형태와 안정적인 내용 구성을 드러내고 있다는 사실이다. 앞에서 살펴본 대로 서사의 양과 질이 일정한 수준을 유지하고 있는 '동양문고본'의 1, 2권과 '이대본'의 3권 이하 권들은 모두 '을사본'과의 친연성을 드러내고 있다. 따라서 〈구운몽〉의 경우 세책본의 형성 과정에서 '을사본'이나 '을사본' 계열의 이본 전승 흐름이 매우 중요한 역할을 했음을 짐작할 수 있다.

　그러나 '동양문고본'이나 '이대본'이 한문본과 직접적인 친연성을 드러내는 것은 아니다. 이들 본은 한문 필사본이나 한문 방각본을 형성 원류로 하는 한글 필사본이 어느 정도 유통된 이후에 나온 비교적 후대의 본으로 보아야 할 것이다. 이 과정에서 '강전섭본'이나 '을사본'과는 다른 흐름이 끼어들기도 했을 것으로 추정된다. '동양문고본'의 2권, 7권이나 '이대본'의 1권, 3권, 10권에서 이들 두 한문본과는 전혀 다른 특질들이 발견되기 때문이다.

　한편 이들 본의 서사 단락 비교를 통해 우리가 주목할 사실은 두 세책 텍스트의 이질성만이 아니다. 두 본의 이질적 구성이 다소 기계적으

로 보인다 하더라도 이러한 이질적 구성의 이면에 어떠한 서사적 지향
점도 내재해 있지 않은 것은 아니기 때문이다. 두 텍스트에 내재한 서
사 전개의 지향점은 다른 본들과의 비교 과정에서 드러난 축약과 부연
양상을 통해 구체적으로 확인할 수 있다.

먼저 <구운몽>의 주제와 긴밀하게 연관된 부분이라 할 수 있는 '대
각 장면'부터 살펴보면, '동양문고본'의 경우 이 부분이 아주 간단하게
축약되어 있다. 또한 대각 장면에 뒤이어 맨 마지막 부분 서술에서 후
일담 형식으로 양승상의 자녀들에 대해 언급한 점이 특이하다. 즉 '동
양문고본'에서는 독자들이 양소유의 삶을 일종의 선몽(禪夢)이 아니라
실재했던 것으로 여기도록 만들고 있다. 그리하여 성진의 세계에서 이
미 서사가 끝났음에도 불구하고 다시 양소유의 세계를 거론하는 논리
적인 모순을 드러낸다.

> (동양문고본) 추설 승상의 모든 ᄌ녜 부모의 승천ᄒ물 보니 나라의
> 고ᄒ고 션산의 허장ᄒ니라. 양시 ᄌ손이 션〃ᄒ여 공휘 ᄯ치지 아니ᄒ
> 더라. 일장츈몽.

'이대본'에서는 양승상이 등고하여 인생무상을 논하는 대목에서 육관
대사가 나타나지 않는다. 양승상이 등고 후에 졸다가 육관대사를 만나
는 것으로 구성되어 있으며 양승상의 정체성에 관한 육관대사의 발화
나 양승상이 성진으로 돌아오는 대목 등이 모두 빠져 있다. 이 본에서
는 양승상이 죽은 후에 성진이 형산으로 돌아오는 것으로 구성되어 있
다.

'동양문고본'과 '이대본'의 마지막 대목이 이처럼 기존의 본들과 다른
내용으로 구성되어 있다는 사실로부터 우리는 몇 가지 암시를 받을 수
있다. 우선 두 본 모두 마지막 장회 부분이 심하게 축약되어 있으며 이
대목에서 논리적 모순이나 오류를 많이 드러내고 있다. 또한 양소유가

성진으로 돌아오는 부분이나 성진으로 돌아온 다음 양소유의 삶을 돌아보고 육관대사로부터 깨달음을 얻는 대목들이 모두 생략되거나 간략하게 다루어지고 있다. 성진의 삶과 의식에는 비중을 두지 않고 오히려 양소유의 삶을 마무리하고 그의 삶이 남긴 흔적을 전달하는 데 치중하고 있는 것이다. 이것은 이 본의 독자들이 〈구운몽〉의 어떤 부분에 관심을 갖고 있었던가를 짐작하게 해 준다. 그들이 관심을 가졌던 것은 '깨달음의 구조'나 '인생에 대한 어떤 깨달음을 전달하는 주제의식'이 아니라 누구나 부러워할 만큼 파란만장하고 화려한 삶을 살았던 양소유의 삶 자체였던 것이다.

이러한 양상은 전반적으로 '축약'을 지향하고 있는 '동양문고본'과 '이대본'에서 어떤 부분들이 축약되지 않았는지 살펴보는 과정에서도 분명하게 드러난다. 두 본 모두 시에 대한 해설이나 상소문, 표 등 생략해도 서사 전개에 큰 영향을 미치지 않을 세부 표현들-특히 사대부 취향의 소품들-은 생략하거나 축약하면서도, 독자들이 흥미를 느낄 만한 대목들은 세세한 부분까지 상세하게 기술하고 있다.

그 양상은 두 본에서 다소 다르게 나타나는데, 먼저 '동양문고본'에서는 양소유가 여덟 부인을 처음 만나는 대목이나 혼사갈등이 제시되는 부분이 축약되지 않은 채 상세하게 서술되고 있다. 서사단락 번호 20번, 40번, 43번, 44~50번, 57~63번 등이 이에 해당하는데, 앞의 세 부분은 각각 계섬월, 적경홍, 이소화를 만나는 대목이고 뒤의 두 부분은 이소화·정경패와의 혼사를 둘러싼 갈등이 심화·해결되는 대목과 백능파를 두고 남해용왕의 아들과 대결하여 이기는 대목이다.

'이대본'에서는 양소유와 여덟 부인이 서로 속임수로 희롱하는 부분이 상세하게 서술되고 있다. '이대본'에서 축약되지 않은 부분은 각각 서사단락 번호 27~38번과 70~73번인데 두 부분 모두 양소유가 여덟 부인에게 속임을 당하는 대목이다. 이 대목들은 생략되어도 서사 전개상 큰 무리가 없는 부분이지만 인물들간의 갈등 양상을 다채롭게 하고 인물들의 형상에 개성과 생기를 불어넣어 <구운몽>을 더욱 흥미롭게 만드는 부분들이다. 이처럼 '동양문고본'과 '이대본'의 축약·부연 양상을 통해 당시 세책 <구운몽>의 독자들이 특히 주목했던 부분을 짐작할 수 있다.

대중적으로 유통되었던 본 가운데 하나인 한글 방각본은 서사 단락을 비교했을 때 세책본과 다른 양상을 보인다. 우선 전체적인 분량에서부터 차이가 드러나는데 '경판 32장본'(이하 '경판본')은 장당 13행, 매행 평균 24자(22~26자)로 전체 분량이 약 19,968자에 달하는 반면, '동양문고본'은 장당 11행, 매행 평균 15자(14~16자), 매권 30~37장, 전체 7권으로 전체 분량이 약 38,775자에 달하며 '이대본'은 장당 11행, 매행 평균 11자(10~12자), 매권 31~32장, 전체 10권(낙권 포함)으로 전체 분량이 약 38,236자에 달한다. 따라서 '경판본'은 두 세책본에 비해 반 정도의 분량이라고 할 수 있다.

위의 표에서 볼 수 있듯이 '경판본'은 생략된 부분이나 심하게 축약된 부분이 많다. 시와 상소문, 표, 발원문 등 모든 종류의 소품이 생략되어 있고 위에서 구분한 각 서사 단락이 각각 한 문장씩으로 요약 서술된 부분도 많다. 24~25개 정도의 서사 단락이 생략되거나 한 문장으로 요약되어 있으며 그 외 부분에서도 인물과 배경에 대한 묘사나 여러 가지 세부 표현들이 거의 생략되어 있다. 특히 '이대본'과 '동양문고본'에서 축약되지 않고 상세하게 서술되었던 부분이 '경판본'에서는 완전히 생략되거나 심하게 축약되어 있다는 사실이 흥미롭다. 이는 곧 세책 <구운몽>에 대한 독자들의 요구나 이들 본의 상업적 성격이 '경판본'의 그것과 달랐음을 의미하기 때문이다.

4. <구운몽>의 장회 제목과 삽입 한시 비교

‘동양문고본’과 ‘이대본’에서는 장회제목이 불규칙적으로 나타나는데 두 본 모두에서 1회~5회, 10회, 14회의 장회제목이 생략되어 있다. ‘이가원본’은 장회제목이 없고 ‘연정 구운몽’은 장회제목에 상관없이 각 서사 단락의 내용을 소제목으로 달아 놓았기 때문에 이 두 본은 비교 대상에서 제외한다. 장회제목의 비교는 ‘강전섭본’, ‘을사본’, ‘동양문고본’, ‘이대본’, ‘신번 구운몽’의 순서로 하였다. 장회제목을 비교했을 때 차이가 드러나는 부분만 제시해 보면 다음과 같다.

  6회
  강 : 賈春雲爲仙爲鬼 狄驚鴻乍陰乍陽
  을 : 賈春雲爲仙爲鬼 狄驚鴻乍陰乍陽
  동 : 가춘운위션위귀 젹경홍ᄉ음ᄉ양
  이 :
  신 : 賈春雲爲仙爲鬼 狄驚鴻乍陰乍陽

  7회
  강 : 金鸞直學士吹玉簫 蓬萊殿宮娥乞佳句
  을 : 金鸞直(眞)學士吹玉簫 蓬萊殿宮娥乞佳句
  동 : 금난젼학ᄉ취옥소 봉뇌뎐궁아걸가구
  이 : 금문직ᄉ취옥소 봉뇌션군아셜가
  신 : 金鸞直學士吹玉簫 蓬萊殿宮娥乞佳句

  8회
  강 : 侍妾守義辭主人 俠女神劍赴花燭
  을 : 宮女掩淚隨黃門 侍妾含悲辭主人
  동 : 궁예업읍슈황문 시쳡슈의ᄉ쥬인
  이 :
  신 : 宮女掩淚隨黃門 侍妾含悲辭主人

9회

강 : 白龍潭楊郎破陰兵 洞庭湖龍君宴嬌客
을 : 白龍潭楊郎破陰兵 洞庭湖龍君宴嬌客
동 :
이 : 빅농담양파음병 동졍호농군연교긱
신 : 白龍潭楊郎破陰兵 洞庭湖龍王宴嬌客

11회

강 : 兩美人携手同車 長信宮七步試藝
을 : 兩美人携手同車 長信宮七步成詩
동 : 쟝슈슈휴등거 냥신궁칠보시
이 :
신 : 兩美人携手同車 長信宮七步成詩

12회

강 : 楊尙書夢遊上界 賈孺人矯傳遺言
을 : 楊少游夢遊天門 賈春雲巧傳玉語
동 : 양상셰몽유상계 가츈운교젼유언
이 :
신 : 楊少游夢遊天門 賈春雲巧傳玉語

13회

강 : 合卺席花錦相輝映 獻壽宴鴻月雙擅場
을 : 合卺席蘭英(陽)相諱名 獻壽宴鴻月雙擅場樂
동 : 합근셕화금상후영 허슈영홍월상텬당
이 : 합□셕난양상휘명 헌슈연홍월쌍쳔장
신 : 合卺席英陽相諱名 獻壽宴鴻月雙擅場

15회

강 : 駙馬罰飮金卮酒 聖主恩借翠薇宮

을 : 駙馬罰飮金屈卮(巵) 聖主(上)恩借翠薇宮
동 : 부미별암금치우 심효연취미궁의
이 : 부마벌음금굴치 셩쥬은츠취미궁
신 : 駙馬罰飮金屈卮 聖主恩借翠薇宮

16회
강 : 楊丞相登高望遠 眞上人返本還元
을 : 楊丞相登高望遠 眞上人返本還元
동 : 양승상등고망원 진상이반본환원
이 : 양승상등고망원 진상인반본환원
신 : 楊丞相登高望遠 眞上人返本還元

　위에서 볼 수 있는 바와 같이 '동양문고본'과 '이대본'은 장회제목에
오류가 많다. 오자나 탈자가 많은데 이는 곧 이들 본의 필사자들이 한
문에 식견이 없었던 단순 필사자들이었을 가능성이 그만큼 높다는 사
실을 의미한다. 또한 이들 본의 필사자와 독자들이 장회제목에 그다지
비중을 두지 않았던 것을 알 수 있다. 아마도 이들 본이 한글 필사본이
었기 때문에 한문으로 된 장회제목을 정확하게 기록할 필요가 없었던
것으로 보인다. 그리고 이 시기 세책 필사에서는 형태나 구성상의 통일
성을 고려하지 않았다는 사실 또한 알 수 있다.
　'동양문고본'은 장회제목 가운데 8회에서 '을사본'과 친연성을 보이고
12회와 13회에서 '강전섭본'과 친연성을 보이고 있다. 반면 '이대본'은
13, 15회에서 '을사본'과의 친연성을 드러내고 있다. 장회제목만 비교해
보더라도 이처럼 '동양문고본'과 '이대본'은 후반부에서 각각 '강전섭본',
'을사본'과 친연성을 드러내고 있음을 알 수 있다.
　장회제목 비교에서 한 가지 주목할 것은 구활자본인데 '신번 구운몽'
은 '을사본'과의 강한 친연성을 드러내면서 '동양문고본'이나 '이대본'의
오류를 따르지 않고 이를 바로잡고 있다. 이를 통해 생산과 유통, 수용

면에서 세책 고소설과 구활자본 고소설이 각기 서로 다른 환경에 처해
있었음을 짐작할 수 있다.

<구운몽>에 삽입된 수많은 한시들은 작품의 서사적 완성도를 높일
뿐 아니라 서사 전개 흐름에 영향을 미치기도 한다. 이본들 가운데 '이
가원본'은 주석자가 손 댄 부분이 많고 '연정 구운몽'은 한글로 모두 풀
어 놓았기 때문에 삽입 한시의 비교 대상에서 제외한다. 비교 순서는
'강전섭본', '을사본', '동양문고본', '이대본', '신번구운몽' 순으로 한다.

시1-양류사1<2회>
강 : 楊柳靑如織 長條拂畵樓
을 : 楊柳靑如織 長條拂畵樓
동 : 양뉘쳥여직하니 장조불화누라
이 :
신 : 양류쳥여직ᄒ야 장조불화루를

강 : 願君勤栽植 此樹最風流
을 : 願君勤種植 此樹最風流
동 : 양뉘하쳥쳥고 장조불긔영
이 :
신 : 양류하쳐쳥고 장조불긔영을

강 : 楊柳何靑靑 長條拂綺楹
을 : 楊柳何靑靑 長條拂綺楹
동 : 원군건종의ᄂᆞᆫ 츠쉬최풍뉴라
이 :
신 : 원군근종의ᄂᆞᆫ 츠슈최풍류을

강 : 願君莫漫折 此樹最多情

을 : 願君莫攀折 此樹最多情
동 : 원군막반절ᄒ라 추쉬최다졍이라
이 :
신 : 원군막반절ᄒ라 추슈최다졍을

시2-양류사2<2회>
강 : 樓頭種楊柳 擬繫卽馬住
을 : 樓頭種楊柳 擬繫卽馬住
동 : 누두의 종양뉴는 의게낭마쥬라
이 : 누두동냥유ᄒ니 응게낙마유라
신 : 루두에 둉양류ᄒ야 의게랑마쥬를

강 : 如何折作鞭 催下章臺路
을 : 如何折作鞭 催向章臺路
동 : 여하졀작편ᄒ여 최향댱디로오
이 : 여하졀작편 리하강디로
신 : 여하졀작편ᄒ야 최향장디로오

시3-양류사3<2회>
강 : 楊柳千萬絲 絲絲結心曲
을 : 楊柳千萬絲 絲絲結心曲
동 : 양뉴텬마사는 ᄉᄉ결심곡을
이 : 양유천만ᄉ요 ᄉᄉ결심곡이라
신 : 양류천만ᄉㅣ ᄉᄉ결심곡을

강 : 願作月下繩 係定春消息
을 : 願作月下繩 好結春消息
동 : 원작월하승ᄒ여 호셜츈소식을
이 : 원즉월ᄒ승 호졍츈소식
신 : 원작월하승ᄒ야 호결츈소식을

시4-천진교 누각 위<3회>

강 : 香塵欲起暮雲多 共待妙姬一曲歌

을 :

동 :

이 :

신 :

강 : 十二街頭春晼晚 楊花如雪奈愁何

을 :

동 :

이 :

신 :

강 : 花枝愁殺玉人粧 未發纖歌氣已香

을 :

동 :

이 :

신 :

강 : 下蔡陽城渾不管 只恐粧得鐵爲腸

을 :

동 :

이 :

신 :

강 : 旗亭暮雪按涼州 最是王郎得意秋

을 :

동 :

이 :

신 :

강 : 千古斯文元一脈 莫敎前輩擅風流
을 :
동 :
이 :
신 :

 시5-천진교 누각 위<3회>
강 :
을 : 楚客西遊路入秦 酒樓來醉洛陽春
동 : 초긱셔유노닙진 쥬루니취낙양츈
이 : 초긱셕유노입진 쥬루디취낙양츈
신 : 초긱셔유로입진ᄒ야 쥬루리취낙양츈을

강 :
을 : 月中丹桂誰先折 今代文章自有人
동 : 월즁단계슈션졀 금디문댱ᄌ유인
이 : 월궁단계슈션졀 금디문댱ᄌ옥진
신 : 월즁단계를 슈션졀고 금디문쟝이 ᄌ유인을

강 :
을 : 天津橋上柳花飛 珠箔重重映夕暉
동 :
이 :
신 : 텬진교상에 류화비ᄒ니 쥬박즁즁영셕휘를

강 :
을 : 側耳要聽歌一曲 錦筵休復舞羅衣
동 : 측니요쳥가일곡 미토셤가구이향
이 :
신 : 측이요쳥가일곡ᄒ니 금연휴부무라의ᄒ라

강 :
을 : 花枝羞殺玉人粧　未吐纖歌口已香
동 : 화지슈실옥인장 동방화촉하신낭
이 :
신 : 화지슈쇄옥인쟝ᄒ야 미토셤가구이향을

강 :
을 : 待得樑塵飛盡後　洞房花燭賀新郎
동 :
이 :
신 : 대득양진비진후ᄒ야 동방화촉하신랑을

시6-가춘운이 수놓다 잠든 대목<5회>
강 :
을 : 憐渠最得玉人親　步步相隨不暫捨
동 :
이 :
신 : 련거최득옥인친 보보상슈불상ᄉ

강 :
을 : 燭滅羅帷解帶時　使爾抛却象床下
동 :
이 :
신 : 촉멸라유히디시 ᄉ미포각상상하

시7-장여랑과의 만남1<5회>
강 : 相逢花滿天　相別花在水
을 : 相逢花滿天　相別花在地
동 : 상봉화만쳔 상별화만지
이 : 상봉화만쳔 상별화만지라

신 : 샹봉화만쳔이오 샹별화지지를

강 : 春光如夢中 流水杳千里
을 : 春光如夢中 弱水杳千里
동 : 츈광여몽즁 뉴슈묘쳔리
이 : 츈광여몽즁 뉴슈모쳐니라
신 : 츈식이 여몽즁ᄒ니 약슈묘쳔리

　시8-장여랑과의 만남2〈5회〉
강 : 天風吹玉珮 白雲何離離
을 : 天風吹玉珮 白雲何離披
동 : 쳥풍취옥디 빅운하의의
이 : 쳥풍취옥피요 빅운하의□
신 : 텬풍이 취옥피ᄒ니 빅운이 하이피오

강 : 巫山他夜雨 願濕襄王衣
을 : 巫山他夜雨 願濕襄王衣
동 : □□□□□ 원습양왕의
이 : 무산하여누 오원급양왕이라
신 : 무산타야우는 원습양왕의를를

　시9-장여랑의 무덤에서1〈5회〉
강 :
을 : 美色曾傾國 芳魂已上天
동 : 미식증경국 방혼긔상텬
이 :
신 : 미식이 증경국터니 방혼이샹텬을

강 :
을 : 管絃山鳥學 羅綺野花傳

동 : 고묘공츈토 허루ᄌ모연
이 :
신 : 관현은 산죠학이오 라긔는 야화젼을

강 :
을 : 古墓空春草 虛樓自暮烟
동 : 관현산죠학 진천구셩가
이 :
신 : 고묘는 공츈쵸오 허루ᄌ모연을

강 :
을 : 秦川舊聲價 今日屬誰邊
동 : 니긔야화젼 금일슈슈변
이 :
신 : 진천구셩가는 금일속수가오

시10-장여랑의 무덤에서2<5회>
강 :
을 : 問昔繁華地 誰家窈窕娘
동 : 문셕번화지 슈가요죠랑
이 :
신 : 문셕번화디에 수가요죠랑고

강 :
을 : 荒凉蘇小宅 寂寞薛濤庄
동 : 쵸디나□식 화옥보암향
이 :
신 : 황량소쇼틱이오 적막셜도장을

강 :

을 : 草帶羅裙色 花留寶靨香
동 : 황양소소틱 젹막셜도쟝
이 :
신 : 초디라군식이오 화류보엽향을

강 :
을 : 芳魂招不得 惟有暮鴉翔
동 : 방혼쵸부득 유유모아샹
이 :
신 : 방혼쵸부득이오 유유모아샹을

시11-장여랑의 이별시<6회>
강 : 昔訪佳期躡彩雲 更將淸酌酹荒墳
을 : 昔訪佳期躡彩雲 更將請酌酹荒墳
동 : 셕방가기셥치운 경듀청작쟝황분
이 :
신 :

강 : 深誠不效恩先絶 不怨郎君怨鄭君
을 : 深誠不效恩先絶 不怨郎君怨鄭君
동 : 심셩미효은션졀 불원낭군원졍군
이 :
신 :

시12-이별시에 대한 답시<6회>
강 : 冷然風馭上神云 莫道芳魂寄故墳
을 : 冷然風馭上神雲 莫道芳魂寄古墳
동 : 닝연풍츠상신운 막도방혼기고분
이 : 연연이즁상치운 만죠막효기기효
신 :

강 : 園裡百花花底月 故人何處不思君
을 : 圍裡百花花底月 故人何處不思君
동 : 원이빅화화져월 고인하쳐불ᄉ군
이 : 원지빅화소월ᄒ 고인하쳐불ᄉ군
신 :

시13-계섬월을 생각하며 남긴 시<6회>
강 : 雨過天津柳色新 風光宛似去年春
을 : 雨過天津柳色新 風光宛似去年春
동 :
이 : 유과쳥신유식신 풍광완ᄉ거년츈
신 : 우과텬진류식신ᄒ니 풍광완사거년츈을

강 : 可憐駉馬歸來遲 不見當樓如玉人
을 : 可憐玉節歸來地 不見當壚勸酒人
동 :
이 : 가령옥질귀니지 불견당노권쥬인
신 : 가련옥졀귀리디에 불견당로권쥬인을

시14-양소유와 진채봉의 재회1<7회>
강 : 紈扇團團似明月 佳人玉手幷皎潔
을 : 紈扇團團似明月 佳人玉手爭皎潔
동 : 화션단단사명월 가인옥슈병교셜
이 :
신 : 화션단단사명월ᄒ야 가인옥수졍교결을

강 : 五絃琴裡薰風多 出入懷袖無時歇
을 : 五絃琴裡薰風多 出入懷裡無時歇
동 : 오현금이후풍이 출닙회구오시별
이 :

신 : 오현금리훈풍다ㅎ니 츌립회리무시홀을

시15-양소유와 진채봉의 재회2<7회>
강 : 紈扇團團月一規 佳人玉手鎭相隨
을 : 紈扇團團月一團 佳人玉手正相隨
동 : 화션단단월일시 가인옥슈진장슈
이 :
신 : 화션단단월일단ㅎ야 가인옥수졍상수를

강 : 無勞障却如花面 春色人間摠不知
을 : 無路遮却如花面 春色人間摠不知
동 : 무로장작여화영 춘식인간총부시
이 :
신 : 무로차각여화면ㅎ야 춘식인간총부지를

시16-양소유와 진채봉의 재회3<8회>
강 : 紈扇團如秋月團 憶曾樓上障羞顔
을 : 紈扇團如秋月團 憶曾樓上對羞顔
동 : 화뎐단여츄월관 역승누상장슈단
이 :
신 : 화션단여추월단ㅎ니 억증루상디수안을

강 : 早知咫尺不相識 悔不從君仔細看
을 : 初知咫尺不相識 却悔敎君仔細看
동 : 조시지쳑불상견 회불종군ㅈ세민
이 :
신 : 초지지쳑불상식이런들 각회교군ㅈ세간ㅎ라

시17-황후 앞에서1 정경패<11회>
강 : 紫禁春光醉碧桃 何來好鳥語交交

을 : 紫禁春光醉碧桃 何來好鳥語咬咬
동 : 츠금츈광취벽도 하리호포어교교
이 : 자금춘광취벽도 흐리호조어교교(자금의 봄빗치 벽도화롤 취케
흐니 어더셔 온 조흔 시 말을 교교흐도다.)
신 : 자검춘풍이 취벽도흐니 하리호됴ㅣ 어교교오

강 : 樓頭御妓傳新曲 南國襛華與鵲巢
을 : 樓頭御妓傳新曲 南國夭華與鵲巢
동 : 누두어귀젼신곡 남국농화여쥭소
이 : 누두어긔젼신곡 남국천화여작소
신 : 루두어기전신곡흐니 남국텬화여작소를

시18-황후 앞에서2 이소화<11회>
강 : 春深禁掖百花繁 靈鵲飛來報喜言
을 : 春深禁掖百花繁 靈鵲飛來報喜言
동 : 춘심금원빅화번 영작비리보희언
이 : 츄심궁익빅화번 영작비리보희언
신 : 춘심궁익빅화번흐니 령작비리보희언을

강 : 銀浦作橋須努力 一時齊渡兩天孫
을 : 銀漢作橋須努力 一時齊渡兩天孫
동 : 은하오교슈노력 일시졔도양쳐손
이 : 은하작교슈□역 일시졔도양천손
신 : 은한작교수노력흐야 일시졔도량텬손을

시19-황후 앞에서3 진채봉<12회>
강 : 喜鵲查查繞紫宮 夭桃花上起春風
을 : 喜鵲查查繞紫宮 鳳仙花上起春風
동 : 희작슈군요ᄌ궁 요도하상지춘풍
이 : 희작사사요금궁 봉션화상긔춘풍

신 : 희작사사요자궁ᄒᆞ니 봉션화상긔춘풍을

강 : 安巢不待南飛去 三五星稀正在東
을 : 安巢不待南飛去 三五星稀正在東
동 : 안쇼부디남비거 삼오셩희정지동
이 : 안소부디남비지 삼오경의졍지동
신 : 안소부디남비거ᄒᆞ니 삼오셩회지졍동을

 시20-황후 앞에서4 가춘운〈12회〉
강 : 報喜微誠只自知 虞庭幸逐鳳來儀
을 : 報喜微誠祇自知 虞庭幸逐鳳凰儀
동 : 보희미셩지ᄉ거 우졍힝축봉황의
이 : 보희미셩지자지 우졍힝축봉황의
신 : 보희미셩을 지자지러니 우뎡힝축봉황의룰

강 : 秦樓春色花千樹 三繞寧無借一枝
을 : 秦樓春色花千樹 三繞寧無借一枝
동 : 진뉴츈식화쳔슈 삼요영무ᄎ일지
이 : 진누츈식화쳔슈 삼휘영무차일지
신 : 진루츈식화쳔수에 삼요녕무차일지아

 시21-월왕과 시겨루기1〈14회〉
강 :
을 : 晨馳壯士出郊坰 釰若秋蓮矢若星
동 :
이 : 신구쟝ᄉ츌교형 검약츄연시약셩
신 : 신구쟝ᄉ츌교경ᄒᆞ니 금약츄련시약셩을

강 :
을 : 帳裡群娥天下白 馬前雙翮海東青

동 :
이 : 장니군아천ᄒᆞ빅 마젼쌍격희동청
신 : 장리군아는 텬하빅이오 마젼쌍격은 희동청을

강 :
을 : 恩分玉醞爭含感 醉拔金刀自割腥
동 :
이 : 은분옥온징함감 취발금도ᄌᆞ할셩
신 : 은분옥온징함감이오 취발금도ᄌᆞ할셩을

강 :
을 : 仍憶去年西塞外 大荒風雪獵王庭
동 :
이 : 잉억거년셔식외 딕황풍셜녑왕졍
신 : 잉억거년서식외에 딕황풍설렵왕뎡을

시22-월왕과 시겨루기2<14회>
강 :
을 : 蹀蹀飛龍閃電過 御鞍鳴釦立平坡
동 :
이 : 엽졉비롱문젼과 어안명고입평파
신 : 첩첩비룡섬뎐과ᄒᆞ니 어안명고립평파롤

강 :
을 : 流星勢疾殲蒼鹿 明月形開落白鵝
동 :
이 : 유성셰질셥창용 명월형기낙빅아
신 : 유성셰질섬창록이오 명월형기락빅아롤

강 :

을 : 殺氣能敎豪興發 聖恩留帶醉顔酡
동 :
이 : 살긔능교호흥발 셩은유디취안타
신 : 살긔능교호흥발이오 셩은류디취안타롤

강 :
을 : 汝陽神射君休說 爭似今朝得雋多
동 :
이 : 여양신사군휴셜 징ᄉ금조득쥰다
신 : 여양신사롤 군휴셜ᄒ라 징사금죠득쥰다롤

  장회제목에서와 마찬가지로 '동양문고본'과 '이대본'은 한시에서도 많은 오류를 드러내고 있다. 특히 '동양문고본'은 어구를 바꾸거나 내용에 상관없이 한문 토를 마음대로 붙여 놓고 있는 데서 필사자가 한문에 식견이 없는 인물이었음을 알 수 있다. '동양문고본'과 '이대본'의 몇몇 시에서는 한글 필사본의 한계를 보충하기 위해 시의 내용을 번역하여 함께 필사해 놓기도 했으나 아주 일부분에 지나지 않는다. 그러나 이를 통해 세책본 가운데 비교적 서사적 완성도가 높은 본들은 한시를 번역해서 실었을 가능성을 추정할 수 있다.
  '동양문고본'의 1, 2권에 해당하는 '시1, 시2, 시3, 시5'는 행바꿈의 부분적인 오류가 있기는 하나 비교적 정확한 반면 3권 이하에 해당하는 '시7'부터는 오류가 많이 발견되고 있다. '이대본'에서는 1, 2권에 해당하는 '시1'과 '시4'가 생략되어 있고 '시2, 시3, 시5'에서는 많은 오류가 발견되고 있다. 반면 두 본 모두에서 인물들이 시재(詩才)를 뽐내는 '시17~시20'은 충실하게 기술되고 있다.
  '동양문고본'과 '이대본'의 삽입 한시들은 대체로 '을사본'과의 친연성이 강한데 역시 후반부에 삽입된 시에서 그 양상이 뚜렷하게 나뉘고 있다. '동양문고본'은 '시7'의 앞 두 구에서 '을사본'과의 친연성을, 뒤 두

구에서 '강전섭본'과의 친연성을 드러내고 '시9, 시10, 시20'에서 '을사
본'과의 친연성을 드러내고 있다. 반면 '동양문고본'의 '시15, 시17, 시19'
에서는 '강전섭본'과의 친연성이 강하게 드러나고 있다. '이대본'은 '시7'
에서 '동양문고본'과 같은 형태의 친연성을 보이지만 '시13, 시17, 시19,
시20, 시21, 시22'에서 '을사본'과의 친연성을 드러낸다. 서사 단락이나
장회제목 비교에서 나타났던 양상과 마찬가지로 후반부에 삽입된 시에
서 '동양문고본'과 '이대본'은 각각 '강전섭본', '을사본'과의 친연성을 드
러내고 있다.

 '신번 구운몽'은 몇몇 부분에서 '동양문고본'이나 '이대본'과 강한 친
연성을 드러내지만 대체로 '을사본'에 근거하여 세책본의 오류들을 수
정하고 있다. 1900년대 초의 세책본에 비해 구활자본들은 대체로 한문
본 등을 참조하여 세부적인 부분에서도 정확도를 기하고자 했음을 알
수 있다. 특이한 점은 '동양문고본'이 '시1'에서 드러낸 오류를 '신번 구
운몽'이 답습하고 있다는 사실이다. 그러나 '동양문고본'이 '시5'에서 같
은 오류를 범하고 있는 데 반해 '신번 구운몽'은 같은 오류를 범하지 않
고 있다. 따라서 '동양문고본'과 '신번 구운몽' 사이에 직접적인 선후 관
계는 없으나 '동양문고본'에 앞선 어떤 본이 '신번 구운몽'에 영향을 미
쳤을 가능성을 배제할 수는 없다.

5. 세책 〈구운몽〉 텍스트의 형성 과정

 앞에서 살펴본 대로 세책 〈구운몽〉의 두 종인 '동양문고본'과 '이대
본'은 서로 다른 성격을 지닌 본으로 각각 이질적인 두 텍스트가 합쳐
져서 한 작품을 이루고 있다. 그 양상을 표로 정리해 보면 다음과 같다.

동양문고본		이대본	
1권~2권	3권~7권	1권~2권	3권~10권
1909년 향목동 을사본과의 친연성	1902년 향목동 강전섭본과의 친연성	1907년 금호 강전섭본과의 친연성	1907년 유호 을사본과의 친연성

　각기 다른 두 종류의 본이 하나의 질로 합쳐지는 과정은 여러 가지로 추정해 볼 수 있다. 우선 하나의 질로 합쳐진 시기에 따라 두 가지 가능성을 생각해 보면 유통되는 과정에서 한 질로 만들어졌을 가능성과 동양문고나 이대로 유입되는 시기에 합쳐졌을 가능성이 있다. 또한 한 질을 완성하는 방법 면에서도 역시 두 가지 가능성을 생각해 볼 수 있는데, 닳거나 유실된 것을 보충하기 위해 새로 필사해서 끼워 넣었을 가능성과 두 종류의 낙질을 합쳐 하나의 질로 만들었을 가능성이 있다.

　그러나 어느 경우에 해당하든지 간에 네 종류의 세책 〈구운몽〉 텍스트가 존재했을 가능성을 배제할 수는 없다. 이질적으로 구성된 두 종의 세책본을 통해 각기 서로 다른 네 종류의 이질적인 〈구운몽〉을 접할 수 있었기 때문이다. 또한 서사 단락의 비교 결과 '동양문고본'과 '이대본'은 서사의 비중이나 서사의 초점이 달라 서로 다른 독자의 기호에 부응했던 본임을 알 수 있었다. 따라서 세책 〈구운몽〉은 1900년대 초까지도 여러 가지 종류의 본이 유통될 정도로 인기 있는 상품이었다는 사실을 짐작할 수 있다.

　'동양문고본'은 1902년에 이루어진 본보다 1909년에 이루어진 본이 훨씬 정제되어 있고 서사적인 완성도도 높다. 이질적인 두 본이 하나의 본으로 합쳐지는 과정에 대해서는 두 가지 추정이 가능하다. 각각 다른 성격의 두 본이 유통되다가 하나의 본으로 합쳐진 다음 계속 유통되었을 가능성과 '동양문고본'이 매입되는 시점에서 중간상인에 의해 서로 다른 두 본이 하나의 질로 합쳐졌을 가능성이 있다. 두 경우 모두 작품의 통일성이나 질을 고려하지 않은 물리적 결합의 가능성이 있으나 후자의 경우 그 가능성은 더 높아진다. 그런데 '동양문고본'의 1·2권과

3·4·5·6·7권 사이에 생략과 논리적 비약이 매우 심하다는 사실을 고려할 때 후자의 가능성을 조심스럽게 고려할 수 있으나 아직 단언하기는 어렵다.

'이대본'은 같은 해 서로 다른 지역에서 필사된 두 텍스트가 합쳐진 본이다. 금호에서 필사된 본은 유호에서 필사된 본에 비해 축약의 정도도 심하고 서사적인 완성도도 떨어진다. 금호와 유호는 한성 5부 가운데 남부에 속하면서 한강변에 위치한, 서로 인접해 있는 두 지역이다. '이대본'의 양상을 통해 세책점들마다 조금씩 다른 본이 유통되었을 가능성, 그리고 세책점들 사이의 교류가 존재했을 가능성을 조심스럽게 추정해 볼 수 있다.

'동양문고본'의 1권과 2권을 제외한 나머지 권들과 '이대본'을 필사한 이들은 한문에 능통하거나 소설적 표현·내용 및 구성에 어느 정도 안목을 가진 인물들이 아니었던 것으로 짐작된다. 이는 독자층 역시 마찬가지였을 것으로 짐작되는데, 만약 독자층의 식견과 안목에 미치지 못하는 본이었다면 문화 상품으로서의 가치를 지닐 수 없었을 것이기 때문이다. '동양문고본'과 '이대본'이 엄정하게 만들어진 본이 아니라는 사실은 이들 두 본이 세책본 가운데서도 비교적 후대에 형성된 본이었을 가능성을 추정하게 한다. 이러한 가능성은 두 본에서 나타나는, 서사 전개를 고려하지 않은 축약, 문맥의 뒤엉킴 등의 양상을 통해서도 드러난다.

그렇다면 세책 <구운몽>의 두 본인 '동양문고본'과 '이대본'의 텍스트 형성에 영향을 미친 앞선 본들, 즉 선본(先本)들은 어떤 것들이었을까? 앞에서 검토한 대로 '강전섭본'과 '을사본'이 두 본의 형성 원류에 해당한다고 할 수 있지만 직접적인 교섭이 있었다고 보기는 어렵다.

동양문고본>"첩의 근본을 낭군이 임의 아라시니 낭군은 홀노 구연헌 마음이 업나니잇가. 첩이 처음 낭군을 맛날졔 맛당이 직고홀거시로디 낭군이 두려ᄒᆞ실가 ᄒᆞ여 가탁신예ᄒᆞ여 일야동침ᄒᆞ니 첩의 영화 극ᄒᆞ미 뼈가 장ᄎᆞᆺ 셕지 아닐 거시어날 금일 낭군이 ᄯᅩ 첩의 집을 도라보고 슐을 ᄲᅮ려 외로ᄒᆞ시니 불승감격ᄒᆞ여 한 번 뵈와 스례ᄒᆞᆯ지언졍 유음의 더러운 ᄌᆞ최 엇지 감히 군ᄌᆞᄅᆞᆯ 갓가이 ᄒᆞ리 잇고."

강전섭본>"妾之根脚, 郎君已知, 郎君獨無厭惡之心乎? 妾初逢郎君 之時, 當以實告, 而慮郎君之恐懼, 仮托神仙, 侍一夜寢席. 妾之榮 華已極, 枯骨將不朽矣. 郎君今日枉顧妾家, 洒酒而慰孤魂, 妾不 勝感激, 一番見形, 以示謝意而已. 何敢以幽陰陋質, 復近君子乎? 一之已甚, 何敢再乎?"

동>"희작시의 ᄡᅳᆯ 지목이 본디 만치 아니ᄒᆞ니 소녀 냥인이 먼져 지엇 고 오직 조밍덕의 글이 가치ᄅᆞᆯ 거드러시디 본 길헌 말이 아니니 가려다가 ᄡᅳ기 극히 여렵거날 이 글이 죠밍덕 녁시와 두ᄌᆞ미 시와 모시ᄅᆞᆯ 합ᄒᆞ여 민다라시디 혼연ᄒᆞ여 맛치 진시 오날날을 위ᄒᆞ여 삼긴 듯ᄒᆞ오니 이런 지죠는 옛 스룸도 업살가 ᄒᆞ나이다." 틱휘 올 타 ᄒᆞ시고 ᄯᅩ 갈오ᄉᆞ디 "천고의 녀ᄌᆞ 중 시ᄅᆞᆯ ᄒᆞᄂᆞᆫ 지 오직 반쳡 여 탁문군 채문희 소약난 슈삼인 뿐이라. 이졔 일시이 녀지 삼인 이 모다시니 가히 셩타ᄒᆞ리로다."

강>"喜鵲詩科元不多, 而小女及榮陽先作. 惟曹孟德之詩贊鵲, 而本非 古語, 引用極難. 此詩合曹孟德詩杜子美詩及毛詩之句而成之, 欣 然如爲秦氏今日而作, 如此之才, 古亦爲難矣." 太后是之, 又曰, "千古女子中善書者, 惟班婕妤卓文君蔡文姬謝道縕蘇若蘭數人已, 而今日時會才女三人, 可謂盛矣."

'동양문고본'의 경우 위의 두 예에서 볼 수 있는 대로 '강전섭본'을 그 대로 직역한 듯한 부분이 없는 것은 아니다. 그러나 '동양문고본' 전체 를 고려할 때 이와 같은 부분은 일부에 지나지 않으며 '동양문고본'의 필사자가 한문본을 직접 참고했을 가능성은 거의 없다고 보아야 할 것 이다.

다음으로 '강전섭본' 계열의 한글 필사본인 '서울대본'21)과 '을사본' 계열의 한글 필사본인 '이가원본'을 직접적인 연관이 있는 선본으로 고려해 볼 수 있지만 '이가원본'은 현재 주석본만 전할 뿐 실제 본을 확인할 수 없는 상황이고-'이대본'은 서사 단락 상의 비교를 통해 볼 때 '이가원본'과의 친연성이 높은 것으로 보이나 세부 문맥을 확인할 길이 없으므로 현재로서는 상호 연관성을 단정짓기 어렵다- '서울대본'의 경우 직접적인 선후 관계에 있다고 보기 어렵다.

동양문고본>ᄎ시 양셩이 직졈의 가 힝장을 안돈ᄒ고 황혼의 셤월의
　　　집을 ᄎ쳐 가니 셤월이 발셔 집의
서울대본>　　　　양셩이 셩남 쥬졈의 □□니룰 옴겨 승석ᄒ야 셤월
　　　의 집을 ᄎ□□□의

동>도라와 중당을 쓸고 동촉을 밝히고 초연이 기다리더니 양셩이 분
　　　장하 잉도슈 밋히 나귀롤 미고 드러
서>도라와 당상의　　　등촉을 붉히고 양셩을 기다□다가 냥인이 서
　　　로 만나미

동>가 문을 두다리니 셤월이 □인□ᄒ다가 불으는 소리롤 듯고 급히
　　　나가 마져 왈 "쳡이 누의 나일 쩌의 낭군다려 먼졔 가 기다리소셔
　　　ᄒ여더니 쳡이 먼져 임의 와 기다리고 낭군이 후의 오시믄 엇지미
　　　니잇가" 양셩 왈 "쥬인으로뼈 손을 기다리미 가ᄒ냐 긱으로뼈 쥬
　　　인을 기다리미 가ᄒ뇨." ᄒ고 옥슈롤 셔로 붓들고 드러가 상디ᄒ
　　　니 그 아롬다온 긔회롤 가이 알니러라. 셤월이 옥비의 슐을 부어
　　　셩을 권홀시 금누의
서>　　　　　　　　　　깃븐 뜻을 가히 알니러라. 셤월이 옥비룰 ᄀ
　　　득 붓고 금노의란 노리룰

---

21) 「구운몽(서울대학교 중앙도서관 소장)」, 『고전소설 제1집 구운몽(한글본)』, 고려서림, 1986.

동>일곡을 노리ᄒ니 꼿ᄯᆞ온 기질과 아름ᄃᆞ온 소리 능히 ᄉᆞ람의 정신
    을 혼혹긔 ᄒᆞᄂᆞᆫ지라. 싱이 호흥을

서>불너 술을 권ᄒ니 아릿다온 태도와 브드러온 졍이 ᄉᆞ롬의 간장을
    ᄀᆞᆫ출더라.

동>이긔지 못ᄒᆞ여 셔로 잇그러 금〃의 나아가니 비록 무산의 꿈과 낙
    포의 만나미라도 이의셔 더ᄒ리오.

서>   셔로 잇그러 침셕의 나아가니 비록 무산의 꿈과 낙
    슈의 만남도 이에셔 디나지 못ᄒᆞᆯ너라.

'동양문고본'의 경우 '서울대본'과의 친연성을 부분적으로 확인할 수
있으나 위의 예에서 볼 수 있는 것처럼 두 본 사이의 직접적인 선후 관
계를 단정짓긴 어렵다.

이렇게 볼 때 '강전섭본'과 '을사본'이 '동양문고본'과 '이대본'의 형성
에 간접적인 영향을 미친 것은 사실이지만 그 사이에는 수많은 한글 필
사본이 존재했을 것으로 보인다. 특히 '동양문고본'과 '이대본'의 경우
'강전섭본'과 '을사본'의 특징이 동시에 나타나는 대목들이 있는데 이러
한 예를 통해 '강전섭본'과 '을사본'이 부분적으로 교섭한 이후에 이 두
본이 형성되었음을 짐작할 수 있다. 아래 인용한 대목에서 '동양문고본'
은 전반적으로 '을사본'과의 친연성을 드러내는데 밑줄 그어진 부분에
서는 '강전섭본'과의 친연성을 드러내고 있다.

동양문고본>싱이 슈명ᄒ고 하직흔 후 발힝ᄒᆞ여 낙양의 니르러ᄂᆞᆫ 호
    련 급흔 비를 만나 남문 밧 쥬졈으로 피우ᄒᆞ여 드러가 술을 ᄉ 마
    실시 싱이 졈쥬다려 일너 왈 "이 술이 비록 아름다오나 ᄯᅩ 항상품
    이 아니로다" 쥬인이 답왈 "이 쥬졈의 잇는 술이 〃의셔 더 나흔
    거시 업ᄉ오니 상공이 만일 상품쥬랄 구ᄒᆞ실진디 쳔진교 머리집
    의셔 파ᄂᆞᆫ 술이 일홈이 낙양츈이니 일두쥬 갑시 쳔젼이라. 쥬미ᄂᆞᆫ
    비록 조ᄒᆞ나 갑신즉 만터이다."

> 을사본>生拜敬登程, 及到洛陽, 猝値驟雨, 避入於南門外酒店, 沽酒
> 而飮, 生謂店主曰, "此酒雖美, 亦非上品也." 主人曰, "小店之酒,
> 無勝於此者, 相公若求上品, 天津橋頭酒肆所賣之酒, 名曰洛陽春,
> 一斗之酒, 千錢其價, 味雖好, 而價則高矣."
> 강전섭본>生拜受命, 發行多日, 至於洛陽, 値急雨, 入南門外店舍. 主
> 人問曰, "相公欲酒耶?" 生曰, "持美酒來." 主人持酒而來, 生連傾
> 十餘盃曰, "汝酒雖好, 非上品也." 主人曰, "小店酒, 無勝於此者,
> 相公若求上品之酒, 則城中天津橋頭酒樓所賣洛陽春, 一斗之價,
> 十千矣."

'동양문고본'과 '이대본'에는 이처럼 양 갈래로 나뉜 <구운몽> 이본 흐름의 특징들이 자연스럽게 합쳐진 대목들이 종종 눈에 띈다. '강전섭본'이나 '을사본' 어느 한 쪽으로의 친연성이 뚜렷하게 드러나는 가운데서도 이처럼 두 본의 성격이 융합된 특징들이 부분적으로 드러나는 것은 '강전섭본', '을사본'에서부터 '동양문고본', '이대본'으로 이어지는 이본의 전승 흐름 사이에 상당한 거리가 존재함을 의미한다. 즉 형성 원류인 '강전섭본', '을사본' 계열의 한글 필사본에서 시작된 전승 흐름이 세책본인 '동양문고본'과 '이대본'으로 이어지기까지 여러 단계의 한글 필사본들이 존재했음을 의미하는 것이다.

이 전승 흐름을 주도하는 견인차 역할을 하면서 각 단계의 '기준' 역할을 한 것이 바로 '을사본'이었을 가능성이 높다. '동양문고본'과 '이대본'에서 어느 정도 정제된 형식을 보이는 '동양문고본' 1, 2권과 '이대본' 3~10권은 모두 '을사본'과의 친연성이 높다. 또한 세책 고소설 이후 대중적인 상업 소설로 등장한 구활자본 고소설 역시 '을사본' 및 '계해본'과의 친연성이 높다. 따라서 생산비 절감 등의 문제로 인해 상대적으로 짧은 분량의 내용으로 판각할 수밖에 없었던 한글 방각본에 비해 한문 방각본의 위상과 역할은 대단히 높은 것이었음을 짐작해 볼 수 있다. <구운몽>의 경우 1725년에 '을사본'이, 1803년에 '계해본'이 판각되어

유통된 이래 이 두 본이 1910년대 구활자본이 나올 때까지 상업적으로
유통된 대중적인 텍스트 형성 과정에 주요한 흐름으로 작용했던 것으
로 보인다.

실제로 '신번 구운몽'은 '을사본·계해본'과의 친연성이 강하며 세책
본이 생략하거나 축약한 것을 복원해 놓고 있을 뿐만 아니라 오자나 탈
자까지도 한문본에 준하여 정확하게 기술하고 있다. 그래서 '신번 구운
몽'은 '동양문고본'이나 '이대본'에 비해 문맥에 일관성이 있고 내용이
자세하게 부연되어 있으며 한자 어구의 사용이 정확한 편이다.[22] 특히
'신번 구운몽'의 서문에는 한문본을 번역했다는 기록이 있어 한문 방각
본이 구활자본 형성에 하나의 기준으로 작용했음을 확인할 수 있다.[23]

한문 방각본에 비해 한글 방각본인 '경판본'은 축약과 생략이 매우
심해서 여기서 검토하고 있는 두 종의 세책본 형성에 직접적으로나 간
접적으로 영향을 미치기 어려웠을 것으로 보인다. '경판 32장본'은 세책
본인 '동양문고본'과 '이대본'에 비해 양적으로 절반 정도의 분량에 불
과하다. 이창헌은 '경판32장본'의 판각 시기를 1861년 이전으로 보았는
데[24] <춘향전>의 세책본이 1864년에 필사된 것으로 보아 시기적으로
는 '경판본'이 <구운몽>의 세책본 형성에 영향을 미칠 수도 있었을 것
으로 보이나 양적으로나 질적으로 세책 고소설 생산자와 수용자들의
요구를 충족시키기 어려웠을 것으로 짐작된다. 따라서 세책본은 방각본
이 쇠퇴할 무렵까지 일정한 차별성을 가지고 서로 다른 독자의 요구에
부응하면서 보완, 혹은 경쟁적인 관계를 지속했을 것이다. 다만 '동양문

---

22) '연정 구운몽' 역시 구활자본으로, 전체적인 내용과 표현에서 '신번 구운몽'과
   거의 차이가 없으나 부분적인 세부 표현에서 '신번 구운몽'에 비해 다소 축약
   되어 있다.

23) "原文은 三卷이니 完營에 板이 在ᄒ다가 임의 燬失ᄒ고 일즉이 淸大方家ㅣ
   歎賞ᄒ고 다시 增衍ᄒ야 六卷을 作ᄒ나 또한 傳홈이 無ᄒ도다…(중략)…이
   에 諺文으로써 新翻ᄒ야 每回에 보기 極히 便ᄒ고…(후략)…-". (「신번 구운
   몽」, 앞의 책, 1쪽)

24) 이창헌, 앞의 논문.

고본'이나 '이대본'에 선행하는 세책 텍스트가 '경판본' 형성에 영향을
미쳤을 가능성을 배제할 수는 없다. 그러나 이 경우에도 '동양문고본'이
나 '이대본'이 '경판본' 형성에 직접적인 영향을 미쳤다고 보기는 어렵
다.

'경판본'의 축약 양상은 다음과 같다.

> 동양문고본>한단 ᄯᅴ히 이르러 한 소년이 지나거날 한님이 바라보며
>   왈, "져 셔싱의 탄 말이 반다시 쥰민로다."
> 이대본> 감관 짜히 일으려 호련 보니 일기 미소년이 일필츈마를 타고
>   압흐로 오더니 벽계 소리롤 듯고 말게 나려
> 경판본> 한단지경의 니르니 흔 셔싱이

> 동>졈졈 갓가이 오미   그 소년이   아롬다오미   반 악
>   갓흔지라.   '니 남즈롤 만히 보아
> 이>길가이 셧거늘 한님이 보니 그 소년이 용뫼 아름답고 틱되 반악ᄀᆞᆺ
>   흔지라. 심즁이 혜오디, '니 호남즈롤 만히 보와
> 경>

> 동>시나 져러헌 인물은   못보앗도다. 그 모양이 저러ᄒᆞ니 그 지죠는
>   □연홀가.'   죵즈다려   그 소년을
> 이>시디 져갓튼 남즈는 보지 못ᄒᆞ여□ 그 모양이 여ᄎᆞᄒᆞ니 그 지죠는
>   가지라.' ᄒᆞ고 동즈을 명ᄒᆞ여 그 소년을
> 경>

> 동>쳥ᄒᆞ여 오라 ᄒᆞ엿더니   역관
>   소년이   뒤을 ᄯᅡ라 왓거
> 이>쳥ᄒᆞ여 니 뒤롤 좃게 ᄒᆞ라 ᄒᆞ고 역스이 드러와 □더니 동지 그 소
>   년을 쳥ᄒᆞ여 니르미 드러와 한님게 녜ᄒᆞ여 뵈거
> 경>

>   쥰마롤 타고 ᄯᆞ르거

동>날 한님이 디회ᄒᆞ여 왈   "노상의셔 우연이 만나   풍쳐
　롤 보고 문득 ᄉᆞ모ᄒᆞ는 졍을 이기지 못ᄒᆞ여
이>늘 한님이 답녜ᄒᆞ고 왈, "니 우연이 길이셔 그디롤 보니 반악의 풍
　치이기로 문득 익모지심이   유동ᄒᆞ여
경>늘 한님이 불너 말ᄒᆞ니

동>사롬으로 ᄒᆞ여금 쳥ᄒᆞ엿노라."
이>외람이 쳥ᄒᆞ엿더니 허믈치 아니ᄒᆞ고 이의 와 셔로 보니 심히 반갑
　도다. 현ᄉᆞ는 놉흔 셩명을 듯고ᄌᆞ ᄒᆞ노라."
경>

동>소년이 답 왈 "소셩은 본디 북경사롬이라. 셩은 젹이오 명은 믹난
　이라. 본디 궁향의 셩쟝ᄒᆞ여 학슐이 □단ᄒᆞ고 □검을 일우지 못ᄒᆞ
　여시니 오히려 혼 죠각 마음이 지기롤 위ᄒᆞ여 죽기롤 원ᄒᆞ러니 이
　졔 다ᄒᆡᆼ이 상공이 하북의 이르ᄆᆡ 위덕이 병ᄒᆡᆼᄒᆞ니 사롬마다 상공
　의 옥모영풍을 ᄉᆞ모ᄒᆞ는지라. 쳔헌 션비롤 보시고 디졉ᄒᆞ는 셩덕
　이 〃 갓ᄒᆞ시니 □ᄂᆞᆫ 쥬시지 아닐가 ᄒᆞ노라. 상공이 굽어 살피시고
　욕되이 부르시니 감ᄒᆡᆼᄒᆞᆫ 노릇이라."
이>소년이 답 왈, "소셩은 북방 ᄉᆞ람이니 셩은 젹이요 명은 빅년이로
　소이다. 이졔 상공셩지을 밧ᄌᆞ와 하북을 지녀실ᄉᆡ 위덕이 하북이
　진동ᄒᆞ는지라. 소셩이 그윽이 흠모ᄒᆞ옵나니 만일 소신의 더러온
　거슬 바리지 아니실진디 몰신토록 문하의 의탁고져 ᄒᆞ나이다."
경>셔셩이 이르되 "셩의 셩은 젹이오 일홈은 빅난이라." ᄒᆞ고 슈작ᄒᆞ
　니 문쟝이 아름답고 언시 민쳡ᄒᆞ거놀

　앞선 연구자들의 논의 중에는 세책본과 구활자본 사이의 친연성을
밝힌 것도 있었다. 그러나 〈구운몽〉의 경우 '동양문고본'·'이대본', 그
리고 '신번 구운몽'·'연정 구운몽' 사이의 직접적인 연관성을 확언하기
어렵다.

동양문고본>현령상공이 위ᄒᆞ여 도관의 이르러 상공이 관벽의 쁜
　　　　글을 뵈여 갈오디 "향즈의 양한님이 봉□ᄒᆞ여

이대본>　현녕이 상공계셔 관ᄉᆞ의셔 벽상이 일슈 시롤 지어 쓰고
　　　　가신 거슬 쳡을 뵈이며 이ᄅᆞ시디　　양한님이 봉명ᄒᆞ여

신번구운몽>현령이 상고을 위ᄒᆞ야 쳔쳡의 도관에 이르러 상공이 즉
　　　　관벽에 쓰신 글을 뵈여 갈오디 "향즈 양한림이 텬즈의 명

동>　　　　□의 지나시다가 셤낭을 보지 못ᄒᆞ무로 □□여 이 글을
　　　짓□ 도라갓나니 나 □노 ᄒᆞ여

이>　　　이 곳을 지니시다가 셤낭을 보지 못ᄒᆞ미　　　　　이 글을
　　　벽상의 쓰고 가시니

신>을 밧들고 이 길을 지나실ᄉᆡ 명기가 자리에 가득ᄒᆞ되 상공이 계랑
　　　을 보지 못흠을 한탄ᄒᆞ고 모든 기녀를 한 번 본

동>□졉더ᄒᆞᄂᆞᆫ 네□ 무식ᄒᆞ게 ᄒᆞᄂᆞ뇨. 전일을 싱각ᄒᆞ여 사죄ᄒᆞ고 은
　　　근이 쳥ᄒᆞ여 옛집이 도라오니 쳡이 비

이>네 엇지 산간의 오유ᄒᆞ여 고인을 싱각지 아니ᄒᆞ나뇨 ᄒᆞ시기로　쳡
　　　이 반가온 마음을 진졍치 못ᄒᆞ여 즉시 집의 도

신>쳬도 아니ᄒᆞ고 심히 젹막히 오작 이 글을 벽에 쓰고 가시니 계랑
　　　이 엇지 홀노 산중에 잇고 나로 ᄒᆞ야곰 사신졉더 네를 너모 미몰
　　　케 ᄒᆞ나뇨. ᄒᆞ고 인ᄒᆞ야 과히 공경ᄒᆞᄂᆞᆫ 례를 이루고 스스로 젼일
　　　핍박ᄒᆞ든 일을 스례ᄒᆞ며 셩중 옛집에 도라가 상공 도라오시기를
　　　기다리라고 간쳥ᄒᆞ거날 깃거운 마암을 이긔지 못ᄒᆞ야 곳 셩중으
　　　로 드러오니 쳔쳡이 비로소 녀자의 몸이 쏘흔

동>로소 죤즁이 되믈 알이러라. 쳡이 홀노 천진누상의셔 상공의 힝ᄒᆞ
　　　시ᄂᆞᆫ 위의롤 바라볼졔 만셩 기싱과 거

이>라와　　　　　　　　　　　천지교구상의셔 힝ᄎᆞ롤 보미
　　　　　　　셩중 여러 창기와 길의 힝인들이

신>죤즁ᄒᆞᆫ 줄을 아랏습고 쳡이 홀노 텬진루우에 셔셔 상공의 힝ᄎᆞ를

　　기다리오미 셩에 가득흔 기녀와 길이

동>　리 힝인이 뉘 첩의 귀헌 팔즈롤 흠탄치 아니리잇고. 상공이 귀히
　　되시문 즉시 드럿삽거니와
이>　　　　　　　　첩의 영광을 뉘 아니 흠탄ᄒ리잇고? 상공이 임의
　　장원이 되시고 벼술이 한님의 계시미
신>머힌 힝인이 그 뉘 소첩의 귀히됨을 부러워ᄒ지 아니며 그 뉘 소
　　첩의 영광을 흠모치 아니리잇가. 상공이 임의 과거의 장원ᄒ시고
　　한림벼술 ᄒ신 소문은 드럿습거니와

동>아지 못거이다.　　　　　　　　　　　　　부인을 취ᄒ시니
　　잇가?
이>엇지 첩의게 긔별을 통치 아니ᄒ시니잇고? 임의 부인을 어더 계시
　　니잇가?
신>아지 못거이다.　　　　　　　　주례홀 부인을 으더계시
　　니잇가?

　　이처럼 '신번 구운몽'이 대체로 세책본에 비해 좀더 부연된 양상을
보여준다. 그러나 부분적으로는 '강전섭본'이나 '을사본' 등과 다른 '동
양문고본'만의 특징이 구활자본에서 나타나기도 한다.

　　동양문고본>좌중의 두성이란　　　　　지 잇셔 왈, "양형을 보건디
　　　과연 탈티흔 벗시로다. 오날 우리 모곳지의
　　신번구운몽>좌중에 두성이라 ᄒᄂ 즈이 잇셔 갈오디, "양형이 진실노
　　　과거보러가는 션비이면 비록

　　동>　　　　　　　　　　　　　　　　　　　　　　　　　귀
　　　긱이 우연 참석ᄒ니　　홍치비승흔지라.
　　신>쳥치안인 손이라도 오날 노리의 춤예홈이 무방ᄒ고 쏘 이러흔 귀
　　　긱이 우연이 모도엿스니 홍치비승흔지라.

동>무삼 혐의 잇시리오?"   양성 왈 "소졔는
신>무슴 붓그럼이 잇스리오?" 양셩이 갈오디 "이 모도심을 보건디 다
　만 슐잔으로 셔로 권흥실 쭌 아니라 필연 시회

동>　　　　　　　　　　　　　　　　　　　초ᄯ희 조
　고만 션비로 나히 어리고 학식이 업스무로
신>를 베푸러 글을 비교흥시는 듯흥온지라. 소졔갓흔 ᄌᄂ 초짜 한미
　흔 사롬으로 나이 어리고 지식이 업스니

동>외람이 관광흥ᄂ 손이 되어 졔공의 년회흥시는 말셕의 참예흥미
　ᄯ한 참남흥거늘 졔형이 〃갓치 관디흥시니 감ᄉ흥여이다."
신>외람이 손의 ᄌ리와　　　졔공 연회에 춤여훔이 심이 참남흥오
　이다."

　이러한 양상은 '연정 구운몽'에서도 나타나는데 세책본 중에서도 '동
양문고본' 1, 2권에서 구활자본과의 친연성을 발견할 수 있다. 그러나
이것만으로는 <구운몽>의 경우, 적어도 1900년대 초의 세책본이 구활
자본 형성에 영향을 미쳤다고 단언하기 어렵다.[25] 부분적인 영향 관계
가 있었음을 부인하기는 어렵지만 직접적인 상호 연관이 있었다고 보
기는 어려우며, 1900년대 초 <구운몽>의 상황을 놓고 볼 때 오히려 질
적인 면에서 세책본이 구활자본의 질적인 수준을 따라갈 수 없었던 것
으로 보인다. 따라서 구활자본 소설들이 밀려 나왔던 1910년대에 세책

---

25) '동양문고본'과 '이대본'의 이본 전승 흐름 위에 있으면서 이들 본보다 앞선 본
　가운데 구활자본의 저본(底本)이 될 만한 본이 존재했을 가능성은 얼마든지
　있다. '동양문고본'과 '이대본'이 후기 세책의, 다소 열등한 텍스트를 보여준다
　면 이들 본의 선행본 가운데 어느 정도의 질적 수준을 확보한 선본(善本)이
　구활자본 텍스트 형성에 직접적인 영향을 미쳤을 가능성을 배제할 수는 없다.
　이와 같은 측면에서, '을사본'과의 친연성이 높으면서 비교적 정제된 형태와
　안정된 형식을 보여주는 '동양문고본' 1, 2권의 텍스트가 구활자본과의 친연성
　을 드러낸다는 사실은 의미심장하다.

고소설은 점차 그 자리를 잃어갈 수밖에 없었을 것이다.

6. 결론

앞선 논의를 통해 우리는 1900년대 초 적어도 네 종 이상의 세책 〈구운몽〉 텍스트가 각기 다른 독자의 요구에 부응하면서 서로 다른 시기, 서로 다른 지역에서 유통되고 있었음을 알 수 있었다. 그리고 이들 세책 〈구운몽〉 텍스트의 형성 원류에 '강전섭본'과 '을사본'이 놓여 있음을 확인했으며 이들 세책본이 한글 방각본 및 구활자본과 부분적으로 영향을 주고받으며 경쟁 관계에 놓이기도 했음을 알 수 있었다.

특히 두 종의 세책본과 구활자본 〈구운몽〉 텍스트에 남아 있는 '을사본'의 흔적을 통해, 상업적이고 대중적인 〈구운몽〉 텍스트 형성에 한문 방각본이 중요한 역할을 했음을 짐작할 수 있었다. 이 글에서는 1725년에 판각된 '을사본'을 주된 논의 대상으로 삼았으나 앞으로의 논의에서는 '계해본'과 '을사본·계해본 계열의 한글 필사본'들을 좀더 적극적으로 검토해야 할 것이다.

그러나 세책 〈구운몽〉 텍스트에 대한 논의는 세책 고소설 텍스트 일반의 문제로 확대시키기 어려운 특징들을 몇 가지 내포하고 있다. 우선 〈구운몽〉은 저자가 알려진 창작소설이며 다양한 종들이 유통될 수 있을 정도로 대중적인 호응을 얻은 작품일 뿐 아니라 무엇보다 한문 방각본이 존재하는 작품이다. 따라서 본 논의는 세책 고소설 텍스트 분석이 결코 단선적으로 전개되어서는 안 된다는 사실을 확인시켜주는 작업이었다고 해야 할 것이다. 모든 세책 고소설 텍스트들이 비슷한 경로의 형성 과정을 거쳐 같은 방식으로 생산, 유통되었다는 무의식적인 선입견을 버려야만 하는 것이다. 오히려 세책 고소설 텍스트에 대한 연구가 진전될수록 생산과 유통, 수용을 둘러싼 다양한 층위들이 새롭게 발견되어 논의가 한층 복잡하게 전개되어 갈 것을 기대해야 할 것이다.

세책 고소설에 대한 연구는 아직 많은 과제를 안고 있다. 세책업주나 세책 전문 필사자들의 계층·성격·의식, 세책업소들간의 상호 관계, 세책본의 원천과 형성과정, 세책 고소설의 상업적 특성, 세책 고소설과 방각본·구활자본 고소설 사이의 관계, 세책 고소설의 독자층, 세책 고소설의 역사적 변천 과정, 세책의 등장 및 소멸을 둘러싼 사회역사적 배경에 관한 문제 등이 이미 제기된 바 있다.

그러나 이 모든 논의의 결정적 한계는 현전하는 세책본이 1860년대 이후의 본들이라는 사실에 있다. 18세기에 나타나는 세책 관련 기록들을 고려할 때 이것이 19세기 중반 이후에 변화된 상황일 수 있기 때문이며, 또한 현재 우리가 확인할 수 있는 19세기 말~20세기 초의 세책본들이 쇠퇴기의 본들인지, 쇠퇴기의 본들이라면 성행기의 양상을 어디까지 추론할 수 있을지, 쇠퇴기가 아니라면 이들 본에 나타나는 양상만으로 세책의 일반적인 특성을 추론할 수 있을지 등이 모두 미해결의 과제로 남아 있기 때문이다.

이 모든 문제의 실마리는 텍스트에 있다. 세책 고소설의 텍스트 분석을 통하여 앞서 제기된 여러 문제들뿐만 아니라 시기별, 지역별 세책업의 양상까지도 조금씩 파악해 갈 수 있을 것이다. 세책본 고소설 연구가 가설과 추정으로 계속되는 사상누각의 논의가 되지 않기 위해서라도 텍스트 연구는 가장 기초적이면서 또한 본질적인 연구가 되어야 한다.

세책본 〈금향정기〉의 특성 연구
─원전·경판본과 비교와 그 의미를 중심으로─

유 춘 동

1. 서론

〈금향정기〉는 원전(原典)은 중국소설이지만, 우리나라에 전래되면서 우리 정서에 맞게 창의적으로 번역된 소설[1]로 알려진 작품이다. 따라서 선행 연구는 이 사실에만 초점을 두었을 뿐, 원전의 구체적인 검토와 국내 · 외에 존재하는 이본에 대한 연구는 거의 없었다.

필자는 원전의 검토와 이본 확인 작업을 통해, 현재의 〈금향정기〉는 중국소설 〈금향정(錦香亭)〉 16회본의 번역본이라는 점과 그 이본은 크게 '경판본 계열'과 '세책본 계열'로 구분되며, 양 계열은 원전의 내용을 차별적으로 수용 · 번역한 본임을 밝혔다.[2]

---

1) 조동일, 『한국문학통사(제3판)』, 지식산업사, 1993, 116쪽 참조.
2) 필자의 연구결과는 『고전소설 이본목록』(조희웅, 집문당, 1999)에서 확인된 26종의 이본 중, 14종 이본의 확인과 검토를 통해 이루어진 것이다. 논의에서 검토하지 못했던 이본은 일부 개인 소장본과 구활자본이었다. 이후 구활자본 3

본고에서는 이를 토대로 <금향정기> 이본의 한 계열인, 세책본 <금향정기> 이본의 특성을 살펴보기로 한다. 이 목적에 부합하기 위해서는 다음과 같은 일련의 문제 규명이 요구된다.

먼저 중국소설 <금향정>은 어떤 재미[3]를 지니고 있기에, 세책본과 경판본으로 유통될 수 있었는가 하는 점이다. 이 문제의 규명은 자칫 원전의 특성만을 강조하는 것으로 그 의미가 환원될 수 있고, 조선후기로 접어들면서 국내에 많은 중국소설이 유입되고 번역되던 과정에서 자연스럽게 세책본과 경판본으로 유통되었다는 견해로 그 의미가 희석될 수 있다. 그러나 국내에 유입된 많은 수의 중국소설이 모두 판각본이나 세책본으로 유통된 것은 아니다. 따라서 세책본 <금향정기>의 성격을 규명하기 위해서는 먼저 원전인 <금향정>은 어떤 내용으로 구성되어 있고, 그 재미는 무엇이었기에 세책본과 경판본으로 만들어지고 유통되었는가를 살펴볼 필요가 있다.

다음으로 살펴볼 점은 원전과의 비교를 통해 세책본과 경판본은 어떻게 만들어졌으며, 원전의 재미를 어떤 방식으로 부각시켰는가 하는 점이다. 잘 알려져 있다시피 세책본과 경판본은 상업적인 목적으로 만들어진 것이다. <금향정기>가 경판본과 세책본으로 유통되었다는 사실을 통해, 양 본은 이미 많은 수요가 있었음을 알 수 있다.[4] 따라서 양

___

종과 조희웅 목록에 소개되지 않았던 이본 5종을 추가로 확인했는데, 이 이본 역시 위의 연구 결과와 동일했다. 다만 성균관대 소장 <금향정기>는 이본의 성격이 특이한데, 이는 별도의 논문에서 다루기로 한다. 이외 내용은 졸고, 「금향정기의 연원과 이본 연구」, 연세대 석사학위논문, 2002 참조.

3) 소설을 읽는 이유는 여러 가지가 있겠지만, 무엇보다도 소설을 읽고 '재미'를 얻기 위해 소설을 읽는다고 생각한다. 본고에서 사용한 재미란 이런 점을 생각해서 쓴 용어이다.

4) 현재로서는 원전인 <금향정(錦香亭)>이 언제 국내에 전래되고 유통되었는가에 관한 상세한 정보를 알 수 없다. 그러나 현재 확인된 이본의 유통 시기보다는 적어도 한 세기 정도 앞서는 18세기 중·후반 경에 유입되어 유통되던 것으로 보인다. 따라서 한 세기에 걸친 '원전의 번역과 수용 과정'을 자세히 알 수 없다. 본고에서는 이 사실을 감안해, 이와 관련된 언급에서 '원전의 수용'이

계열은 이 수요에 부응하기 위해 동일한 원전을 두고 차별적인 변화를 시도했을 것이다. 이 문제의 규명은 원전·세책본·경판본, 세 본의 비교를 통해 살펴볼 것이며, 그 속에 드러난 양 본의 특징을 비교하여 설명할 것이다. 이 결과를 통해 양 본은 어떠한 길항 작용에 의해서 동시대에 공존하고 경쟁할 수 있었으며,5) 그 속에 드러난 세책본의 특징은 무엇인지 살펴보기로 한다. 이와 같은 일련의 문제 규명을 통해, 세책본 〈금향정기〉의 특성을 살펴볼 수 있을 것으로 기대한다.

2. 원전의 재미

중국소설 〈금향정〉이 상업소설6)인 세책본과 경판본으로 유통될 수 있었던 이유는 무엇일까. 그 이유는 여러 측면에서 생각해 볼 수 있다. 예를 들어 세책본 업자와 판각본 업자의 발빠른 이윤 추구의 목적으로 인해 기존의 유행하던 소설을 세책본과 경판본으로 유통시켰을 가능성을 생각해 볼 수 있다. 이와는 반대로 새로운 내용의 소설을 원하던 독자의 수요와 기호를 만족시키기 위해 만들었을 가능성도 있다.

그러나 상업소설인 세책본과 경판본은 무엇보다도 소설 독자들로 하여금 읽는 재미를 주어야 존립이 가능하다는 점을 생각해 볼 때, 위의 문제는 자연스럽게 소설 내용을 통해 문제 접근을 시도할 수 있다. 먼저 원전인 〈금향정〉의 작품 성격과 재미를 작품의 서사단락을 통해 살

란 말을 사용하기로 한다. 국내 수용과 관련된 문제는 졸고, 앞의 논문, 18~21쪽 참조.
 5) 양 본 중, 어느 본이 선행했고 소설 유통의 흐름을 주도했는지 현재로서는 정확히 알 수 없다. 그렇지만 현재 확인된 세책본과 경판본은 유통에 있어서 비슷한 시기를 보여주고 있다. 따라서 양 본은 동시대에 공존하며 경쟁한 것으로 보인다. 이 부분은 다음 장에서 다룬다.
 6) 본고에서 사용한 상업소설이란 용어는 이윤을 목적으로 제작자가 유통시킨 소설을 지칭한다.

펴보면 다음과 같다.[7]

<서사단락>

1) 중국 진(秦)나라에서 당(唐) 현종(玄宗)까지의 역사적 사실이 서술된다.
2) 당(唐) 시대의 인물인 종경기의 집안 내력, 출생, 성장이 서술된다.
3) 종경기의 두 부모가 갑작스럽게 죽는다.
4) 두 부모의 삼년상을 마친 종경기는 과거에 응시한다.
5) 과거 응시 후, 장안을 유람하던 종경기는 금향정에 도달하고 여기서 갈명화(葛明霞)의 모습과 그녀가 쓴 시를 얻게된다.
6) 옛 창두(蒼頭)인 풍원(馮元)을 만나 갈명화에 대한 자세한 내력을 듣고, 금향정에 다시 방문할 기회를 얻는다.
7) 금향정을 찾은 종경기는 홍우(紅于)의 도움으로 갈명화와 만나게되고 결연을 약속한다.
8) 두 사람의 결연 약속 도중, 갈명화의 아버지 갈태고(葛太古)의 등장으로 결연 약속은 연기된다.
9) 종경기는 갈태고를 피하기 위해 담장을 넘게 되었는데, 이곳은 괵국부인(虢國夫人)의 집이었다.
10) 종경기를 본 괵국부인은 음심(淫心)이 발동하여 종경기를 가두고 둘만의 밀회를 벌인다.
11) 종경기가 집 밖으로 나가겠다고 여러 번 괵국부인에게 요청하지만 들어주지 않는다.
12) 괵국부인은 종경기가 과거의 장원을 한 것을 안 뒤에야 놓아준다.
13) 안록산(安祿山)·이림보(李林甫)의 계교로 갈태고는 좌천되고, 갈명화는 아버지를 따라 나선다.
14) 종경기는 상소를 올려 갈태고의 무죄와 이림보의 죄를 밝힌다.
15) 상소를 본 황제는 종경기를 죽이려하나 괵국부인의 도움으로 종경기는 죽음을 면하고 귀양가게 된다.

---

7) 원전의 매 권(卷)·각 회(回)의 자세한 내용은 유춘동, 앞의 논문, 21~31쪽 참조.

16) 종경기는 귀양 도중 호환(虎患)을 만나 죽음에 직면하나 뇌만춘
(雷萬春)의 도움으로 살아난다.

17) 뇌만춘의 권유로 종경기는 그의 조카 뇌천연(雷天然)과 결연한다.

18) 뇌만춘은 뇌해청(雷海淸)을 만나기 위해 가던 도중, 주막에서 남
제운을 만나고 서로 의형제를 맺는다.

19) 형으로부터 안록산이 모반을 일으켰다는 소식을 듣는다.

20) 뇌만춘과 남제운은 장순(張巡)을 찾아가 안록산 난의 대책을 세운
다.

21) 이때 갈태고는 안록산에게 잡혀 옥에 갇히고, 갈명화는 그의 아들
안경서(安慶緖)에게 결연을 강요 받는다.

22) 갈명화는 노구(老嫗)와 벽추(碧秋)의 도움으로 겨우 성을 빠져나
가고, 이 때 홍우는 갈명화를 대신해 죽는다.

23) 도망가던 세 명은 뇌만춘을 만나게 되고 종경기의 소식과 확인 문
서를 얻은 후 길을 떠난다.

24) 안록산 측의 영호조와 뇌만춘, 남제운이 전투를 벌인다.

25) 뇌만춘과 남제운은 휴양성으로 군사를 옮기고 양측은 장기전(長
期戰)을 벌인다.

26) 장순과 허원(許遠)은 그의 애첩과 의동(義僮)을 죽여 군사들을 먹
인다.

27) 휴양성(睢陽城)을 지키던 네 사람은 끝까지 항거하나 성은 함락되
고 모두 전사한다.

28) 곽자의(郭子儀), 이광필(李光弼)은 안록산의 난을 진압하기 위해
휴양성으로 진격한다.

29) 장안(長安)을 함락한 안록산은 잔치를 벌이던 중, 뇌해청이 질타
하자 그를 죽인다.

30) 휴양성을 탈환한 곽자의, 이광필은 장안 근처로 진격한다.

31) 현종(玄宗)은 피난 도중 백성들의 요청으로 양국충(楊國忠)과 양
귀비(楊貴妃)를 죽인다.

32) 갈명화, 벽추, 노구는 곽자의에게 잡히게 되나, 뇌만춘의 확인 문
서 덕분에 풀려난다.

33) 풀려난 세 명은 괵국부인이 세운 절에서 기거하게 된다.

34) 이 절에 진격한 안록산 군 때문에 네 명은 서로 헤어진다.

35) 안록산은 진압군에게 죽고 장안은 다시 회복된다.

36) 이제아(李齊兒)는 장안으로 돌아온 갈태고에게 딸이 죽었음을 알린다.

37) 종경기는 새로운 황제를 모시고 장안으로 귀환한다.

38) 갈태고를 만난 종경기는 지난날 갈명화와의 결연 약속을 말한다.

39) 종경기는 황제의 명으로 안록산의 잔당을 토벌하기 위해 나선다.

40) 갈태고는 괵국부인을 만나 자신의 딸이 죽지 않았음을 듣고, 벽추를 자신의 수양딸로 삼는다.

41) 갈태고는 벽추와 종경기를 혼인시키려 한다.

42) 갈명화는 곽자의의 가희(歌姬)로 팔려간다.

43) 종경기는 안록산의 아들 안경서(安慶緖) 군(軍)과 전투를 벌여, 복고회은, 뇌천연의 도움으로 이들을 토벌한다.

44) 곽자의는 새로 산 가희가 갈명화란 사실을 알게 되고, 이에 황제에게 그간의 사실을 알린다.

45) 황제는 두 사람을 혼인시키기 위해 종경기에게 갈명화를 보낸다.

46) 종경기는 황제의 명을 오해하고, 갈태고에게 소식을 알려 벽추와의 결연을 서두른다.

47) 갈명화와 벽추가 동시에 종경기 집에 도착하고, 종경기는 두 명이 모두 갈명화란 소식을 듣는다.

48) 종경기가 갈명화와 벽추를 동시에 만나면서 문제는 해결된다.

49) 종경기는 두 사람과 동시에 혼인한다.

50) 종경기는 갈명화 대신 죽은 홍우를 위해 제사를 지내고 사당을 세운다.

51) 종경기는 계속 승진해 공명을 누리게 되고 세 부인과 행복하게 지낸다.

52) 종경기는 20년 간 재상을 지낸 뒤, 우연히 괵국부인의 시를 발견하고 깨달은 바가 있어 관직을 사직하고 수양하다가 죽는다.

작품의 서사단락을 통해 알 수 있는 것은 이 소설의 기본 구성과 줄거리는 당(唐) 현종(玄宗) 시대의 역사적 사실들이 기본 축을 이루고 있으며, 이 축을 바탕으로 두 남녀 주인공의 "만남-결연-헤어짐-재결연"의 내용이 서술된다는 것이다. 아울러 이 두 축을 바탕으로 소설 속의 주변 인물들과 당대의 실존 인물의 이야기가 함께 서술되고 있다.

따라서 이 작품은 독자들에게 중국 당나라 현종 때의 역사적 사실을 엿볼 수 있는 재미와 두 남녀의 사랑 이야기가 보여주는 재미, 그리고 소설 속의 주변 인물과 그 시대를 살았던 실존 인물들의 이야기가 소설의 재미를 더해 준다. 위 내용을 구체적으로 검토해보면 다음과 같다.

1) 역사적 사실을 통한 재미

이 소설의 시대적 배경은 당 현종(玄宗) 시대이다. 당 현종의 시대는 많은 문학 작품의 배경이 되기도 하였고 이 때의 실제 사실들이 그대로 작품으로도 형상화되었다.[8] 이처럼 이 시대가 많은 문학 작품에 영향을 주기도 하고 작품의 배경으로 설정된 이유는 무엇보다도 당 현종과 양귀비의 사랑 이야기, 대당제국(大唐帝國)의 몰락 원인이 되었던 안록산(安祿山)의 난, 두 가지 사실 때문이라고 생각한다.

〈금향정〉의 시대적 배경으로 형상화된 이 시기의 내용은 실제 역사적 사실과 대부분 일치하거나 이에 근접하게 서술되어 있다. 예를 들어 현종과 양귀비의 사랑, 휴양성(睢陽城)전투, 뇌해청의 안록산 질타, 곽자의의 안록산의 난 평정 등은 『당서(唐書)』등에 기록된 실제 역사적 사실이다. 다만 이 이야기들은 소설로 형상화되는 과정에서 약간의 차이가 생긴 것이다. 따라서 이 작품은 독자들에게 비록 실제 역사는 아니지만, 역사와 허구의 배합이 가져다 주는 재미를 주었을 것이다.[9]

---

8) 백거이(白居易)의 「장한가(長恨歌)」, 진홍(陳鴻)의 「장한가전(長恨歌傳)」, 악사(樂史)의 「양태진외전(楊太眞外傳)」 등이 대표적인 작품이다.

9) 역사소설의 창작동인과 독서의 원인은 무엇일까? 그것은 역사 자체보다는 역

2) 연애를 통한 재미

이 작품의 가장 큰 재미는 무엇보다도 '금향정'을 배경으로 펼쳐지는 두 남녀의 사랑과 그 성취에 있다. 남녀간의 연애는 동서고금의 문학에서 가장 보편적인 주제로 형상화되어 왔으며, 우리나라에서도 소설의 발생기부터 가장 핵심적인 문제로 다루어져 왔다.10) 따라서 연애소설은 일찍부터 대중들이 즐겨 읽고 오랜 동안 사랑을 받은 소설 유형 가운데 하나이다. 이러한 연애소설은 전형적인 틀을 보여주고 있는데 ① 사랑 또는 연애의 과정이 전면적으로 나타나야 하고, ② 연애 과정 자체를 이야기 전개의 중심 축으로 만들기 위해 그 사랑을 방해하는 요소나 인물들이 반드시 나타나야 하며, ③ 소설 속의 사랑이 화합을 이루어야 된다는 것이다.11)

소설 <금향정>은 이러한 연애소설의 틀을 그대로 보여주고 있다. 이 소설의 주 내용은 두 남녀 주인공 종경기와 갈명화의 사랑과 그 성취에 있다. 이 과정에서 두 사람의 사랑은 '안록산의 난'으로 방해를 받는다. 그러나 두 사람은 이 고난을 극복하고 마침내 사랑을 성취한다. 이와 같이 연애소설의 전형적인 틀을 보여주는 <금향정>은 독자들에게 많은 인기를 끌었을 것이다.

3) 주변인물과 실존인물을 통한 재미

이 소설은 거질(巨帙)의 장편에서 볼 수 있는 수많은 등장인물의 출현과 이들이 벌이는 복잡한 서사 전개의 양상은 볼 수 없다. 그러나 남

사를 통해 느낄 수 있는 재미 때문이라 생각한다. 정사(正史)인 『삼국지(三國志)』보다 소설인 『삼국지연의(三國志演義)』에 형상화된 역사를 실제 역사라 착각했던 독자들의 예를 통해서 이 사실을 확인할 수 있다.

10) 박일용, 『조선시대의 애정소설』, 집문당, 2000, 13쪽 참조.
11) 김창식, 「연애소설의 개념」, 『연애소설이란 무엇인가』, 국학자료원, 1998, 24쪽 참조.

녀 주인공 이외의 다양한 주변인물과 그 시대 실존인물의 등장으로 장
편소설에서 볼 수 있는 효과를 만들어 내고 있다.

　〈금향정〉에서는 많은 주변인물과 당대의 실존인물들이 등장한다.
이들은 단순히 소설의 한 장면에만 출현하는 것이 아니라, 여러 장면에
감초같이 등장하여 독자에게 새로운 흥미를 주고 있다. 예를 들어 종경
기와 뇌천연과의 결연, 자신의 주인인 갈명화를 대신해 목숨을 버리는
홍우, 종경기와 벽추의 결연은 독자들에게 두 주인공이 펼치는 연애와
함께 또 다른 재미를 제공한다. 또한 그 시대의 실존인물인 양국충·안
록산·이림보·이태백·하지장·고력사·뇌만춘·장순·이제아가　소
설에 등장함으로써 소설의 재미를 더해 주고 있다. 이태백이 「청평조사
(淸平調詞)」를 짓게된 이유, 당 현종에게 총애를 받으려는 양국충·이
림보·안록산의 권력다툼, 괵국부인의 음사(淫事) 등의 이야기가 〈금
향정〉에서 서술되어 있는데, 이 내용을 통해 그 시대를 살았던 인물들
의 모습을 살펴 볼 수 있다. 따라서 이 소설은 주인공 이외의 주변인물
과 이 시대의 실존인물들의 적절한 배치와 교묘한 등장을 통해 독자들
을 좀 더 이야기 속으로 빠져들게 하고 있다.

　이상과 같이 원전의 재미를 세 가지로 구분해 살펴보았다. 이러한 사
실을 바탕으로 세책본과 경판본은 원전의 재미와 특성을 어떻게 수용
하고 차별화를 시도했는지 살펴보기로 한다.

3. 원전·세책본·경판본의 관계

　세책본과 경판본은 원전의 번역본이다. 따라서 양 본을 원전과 비교
해 보면 원전이 어떻게 수용·변형되었는지를 알 수 있으며, 양 본의
특성을 밝힐 수 있다. 이러한 점을 원전, 세책본, 경판본의 비교를 통해
검토하기로 한다.[12]

1) 장회체(章回體)의 해체와 변형

원전인 <금향정>은 총 4권 16회로 되어 있으며, 작품의 내용은 장회체(章回體)에 맞게 적절히 배분되었다. 그러나 이러한 원전의 체제가 세책본에서는 7권7책으로, 경판본에서는 2권2책으로 해체되었다. 따라서 양 본은 원전의 원래 체제를 변형하여 수용했음을 알 수 있다. 원전의 장회 체제와 경판본과 세책본의 권·체제의 상관성을 비교하면 <표 1>과 같다.

<표 1>

중국소설 <금향정>	경판본	세책본
권1 : 1회~4회 권2 : 5회~8회	권1 : 1회~8회	권1 : 1회
		권2 : 2~4회
		권3 : 5~7회(일부)
		권4 : 7~8회
권3 : 9회~12회 권4 : 13회~16회	권2 : 9회~16회	권5 : 9~11회
		권6 : 12~14회(일부)
		권7 : 14~16회

<표 1>에서 알 수 있듯이 세책본과 경판본은 원전의 내용 대부분을 수용하고 있지만, 원전의 원 장회 체제에서 벗어나 각기 차별적인 수용 양상을 보인다. 경판본은 4권 16회의 내용을 두 권으로 나눠 각 권이 8회분의 내용을 수용한 반면, 세책본은 권(卷)에 따라 1회분의 내용을 수용하기도 하고, 경우에 따라 2~3회분의 내용을 수용하기도 했다.

경판본 권1의 전체 내용은 당 현종 시대의 역사를 서술하는 부분에서 시작해, 안경서에게 강제로 결연을 요구받던 갈명화가 성을 빠져나가는 장면까지 서술되어 있고, 권2의 내용은 성을 빠져나간 뒤의 고난

---

12) 비교의 대본은 선행연구에서 양 계열의 선행본으로 밝힌 경판 2권2책(68장본)과 약현본(서울대 소장본)이다. 이하 양 본은 각각 경판본과 세책본으로 약칭하고, 인용한 부분만 밝힌다. 양 본의 자세한 서지사항은 졸고, 앞의 논문 참조.

과정과 종경기와 갈명화가 결연을 맺는 장면까지이다. 이 내용은 원전
의 내용과 대부분 일치하는 것으로, 원전을 크게 두 부분으로 나눈 것
이다.

반면 세책본은 원전 수용에 있어서, 권(卷)에 따라 특정 내용을 강조
하거나 원전의 내용을 임의로 재단하고 있다. 예를 들어 권1에는 원전
1회분의 내용 전체가 서술되고 있는데. 이 부분은 남녀 주인공 종경기
와 갈명화가 서로 만나 결연을 약속하는 장면으로 서사전개에 있어서
가장 큰 흥미를 주는 부분이다. 경판본에서는 이 내용이 권1에서 체제
의 구분 없이 뭉뚱그려 서술되었지만, 세책본에서는 이 내용이 한 권
(卷)의 내용으로 새로운 체제 구성을 시도하고 있다. 따라서 세책본은
원전의 체제를 임의적으로 변형했으며, 경판본과 일정한 차별성을 가지
고 만들어졌다.

2) 원전이 지닌 재미의 변형과 생략

양 본은 원전의 체제 변형 이외에, 원전의 내용을 수용하는 과정에서
도 일정한 차이를 보인다. 양 본을 원전과 비교해 내용의 큰 차이를 보
이는 부분은 다음과 같다.[13]

<표 2>를 통해서, 경판본은 원전의 내용 대부분이 수용되었고, 일부
내용만을 변형 · 생략했음을 알 수 있다. 반면 세책본에서는 경판본에서
변형 · 생략된 원전의 내용을 원전과 동일하게 수용했고, 일부 내용에서
는 경판본과 유사한 변형과 생략을 보이고 있다.

따라서 경판본은 비교적 원전에 가까운 내용 서술과 일부 내용의 변
형을 통해 원전의 재미를 살린 본이다. 반면 세책본은 경판본에서 생략
한 원전의 내용을 원전과 동일하게 수용했으며, 경판본과 일정한 유사
성 · 차별성을 통해 원전의 재미를 살리고 있다.

---

13) 이 외 자세한 원전의 변형 · 생략 양상은 유춘동, 앞의 논문, 32~33쪽 참조.

<표 2>

원전의 내용	경판본의 내용	세책본의 내용
당 현종 시대의 역사	원전의 축약 서술	원전에서 볼 수 없었던 종경기의 조부(祖父)·부(父)에 대한 이야기로 원전을 변형
종경기가 부모에게 직접자신의 배필을 구하겠다는 내용	원전의 축약 서술	종경기 본인의 의사 대신 종경기 부모가 택혼(擇婚)을 미루는 것으로 원전을 변형
종경기와 갈명화의 화답시 내용	원전의 축약 서술	갈명화에게 보내는 화답시가 생략
종경기가 과거에 응시하는 내용	원전의 축약 서술	갈명화에게 받은 2차 화답시와 종경기의 과거 응시가 생략
곽국부인과 종경기의 불륜 내용	종경기가 자신의 신분을 먼저 밝히고, 이에 곽국부인이 종경기를 풀어주는 것으로 변형	원전의 축약 서술
입궐이 늦은 이유를 황제에게 말하는 내용	원전의 축약 서술	황제에게 직접 늦어진 이유를 말하는 것이 아니라, 진현혜와 고력사에게 말하는 것으로 원전을 변형
곽국부인의 도움으로 죽음을 모면하고 귀양을 가는 내용	두자미의 변호로 죽음을 모면하고, 귀양가는 것으로 원전을 변형	곽국부인이 양국충에게 먼저 부탁하여 이에 황제가 종경기를 귀양 보내지만, <세책본>에서는 곽국부인이 황제에게 직접 부탁하는 것으로 원전을 변형
뇌해청이 뇌만춘·남제운에게 이림보의 죽음을 알리고 안록산이 난을 일으켰다고 알려주는 내용	원전의 생략	이림보의 죽음이 생략되고 양국충·안녹산이 함께 모반한 것으로 원전을 변형
뇌만춘·남제운이 장순을 직접 찾아가는 장면	장순이 뇌만춘과 남제운의 모습을 보고 발탁하는 것으로 원전을 변형	경판과 동일하게 원전을 변형
갈명화 등, 세 명이 수문장과 실랑이를 벌이다 겨우 성문을 빠져 나오는 내용	수문장이 벽추의 사촌 오빠로 이들의 도망을 도와주는 것으로 원전을 변형	경판과 동일하게 원전을 변형

원전의 내용	경판본의 내용	세책본의 내용
뇌만춘과 영호조의 전투내용	영호조란 인물은 생략되고, 전투 내용은 원전을 축약서술	경판과 동일하게 원전을 변형
휴양성 전투 장면	원전의 축약 서술	원전의 축약 서술
안록산을 질타한 뇌해청이 윤자기에 의해 죽임을 당하는 장면	안록산이 직접 뇌해청을 죽이는 것으로 변형	원전과 동일
갈태고로부터 곽국부인의 소식을 들은 종경기가 찾아가는 내용	원전의 생략	원전과 동일
복고회은과 뇌천연의 출전·활약 장면	복고회은의 활약은 생략되고 종경기와 뇌천연의 활약의 강조로 원전을 변형	경판과 동일하게 원전을 변형
금향정에서 지난날을 회고하고 이에 느낀 바가 있어 관직을 사직하고 생을 마감하는 내용	원전의 생략	경판과 동일한 원전 생략. 그러나 후속 작품에 관한 언급이 첨가

4. 세책본 〈금향정기〉의 특성

세책본이 사람들에게 많은 인기를 끌었다는 점과 하나의 문화 현상 내지 유행으로 당대에 큰 파급력을 주었다는 사실은 조선시대 몇몇 사람들의 단편적인 기록을 통해 언급되었을 뿐, 작품을 통해 그 면모를 확인하려는 시도는 없었다. 이 문제의 해결을 위해서는 앞으로 많은 세책본의 개별적인 검토가 요구된다.

본 장에서는 앞에서 밝힌 사실을 바탕으로 세책본의 내용과 서술상의 특징을 살펴보고자 한다. 이 부분과 관련된 논의는 경판본과 차이를 보였던 점을 중심으로 기술하기로 한다. 따라서 먼저 경판본의 특성을 간략하게 살펴본 뒤에 이와 대비되는 세책본의 특징을 구체화하기로 한다.

1) 경판본의 특성

경판본은 비교적 원전에 가까운 서술과 일부 내용의 변형을 통해 원전의 재미를 살린 본이다. 다음의 예를 통해 그 사실을 확인할 수 있다.

這美人輕移蓮步, 走到畫欄邊, 向一個青磁石墩兒上坐下, 那些丫鬟們都四散走在庭中, 有的去採花朶兒挿戴, 有的去撲胡蝶兒要子, 有的在茶麋架邊摘亂了鬢絲, 吃驚吃唬的將雙手來按, 有的被薔薇刺兒抓住了裙拖, 痴頭痴腦的把身子來扯, 有的因領扣兒鬆了, 仰著頭鈕了又鈕, 有的因滕帶散了, 蹲著腰結了又結, 有的要鬥百草, 有的去看金魚, 一時看的不盡. 只有一個青衣侍女, 比那美人顔略次一二分, 在衆婢中昻昻如雞羣之鶴, 也不與他們頑要, 獨自一個在塔前的一朶蘭花, 走到那美人身邊, 與他挿在頭上, 便端端正正的站在那美人旁邊. 那美人無言無語, 倚著欄杆, 看了好一會, 吐出似鶯啼如燕語的一聲嬌語來, 說道 "梅香們, 隨我進去罷." 衆丫鬟聽得, 都來隨著美人. 這美人將袖兒一拂, 立起身來, 冉冉而行. 衆婢擁著, 早進了小角門兒, 呀的一聲, 就關上了. 鍾景期看了好一會, 又驚又喜, 驚的是恐怕梅香們看見, 喜的是遇著絶世的佳人, 還疑是夢魂兒錯走了府天宮去, 不然, 人間世那能有此女子? 酥了半晌, 如醉如痴, 恍恍惚惚, 把眼睛模了又模, 擦又擦, 停了一會, 方繞轉出太湖石來, 東浪西望, 見已沒個人影兒, 就大著膽走到方繞美人坐的去處, 就嗅嗅他的餘香, 偎偎他的遺影. 正在模撫思量, 忽見地上掉一件東西, 連忙拾起看時, 却正異香撲鼻, 光彩耀目. 畢竟拾的是什麼東西? 那美人是誰家女子? (錦香亭)

그 쇼졔 츄슈 냥안과 춘산 아미며 도화 갓흔 냥협이오, 빅옥 갓흔 쌍빈이며 긔질은 나는 봉 갓흐되 날기 업고 틱도는 져비 갓흐되 깃시 업스니 진실노 경국지식이오, 천고 슉녜라. 졈〃 나아와 쏫 그림ᄌᆞ를 의지ᄒᆞ여, 옥계 우희 금슈 방셕을 노코, 천연이 안져 단슌을 여러 언쇼치 아니ᄒᆞ고 다만 원근 풍경을 완상헐 ᄯᆞ름이오, 모든 시비는 각〃 흣터져 혹 쏫도 썩그며 닙도 ᄯᅡ고 혹 꾀고리도 날니며 나뷔도 잡아 혹 연못세 고기도 희롱ᄒᆞ며 솔 아리 두루미도 츔 츄이여 각〃 흥치를 겨워

희학이 낭즈ᄒ되그 중 시비 ᄒ나히 쇼져의 겻홀 쩌나지 아니ᄒ여 일
동 일정을 ᄒᆫ 가지로 ᄒ니 그 용모 긔질이 ᄯ호 쇼져와 방불ᄒ지라.
믄득 그 시비 몸을 움작여 모란화 ᄒᆫ 송이를 쩍거 쇼져의 머리의 ᄭᅩ즈
며 왈 ᄭᅩᆾ치 말헐진디 쇼져와 방불헐 듯ᄒ되 말를 아니 ᄒ니 "쇼져긔
비치 못ᄒ리로 소이다" ᄒ니 쇼졔 다만 드를 ᄯ름이오, 마ᄎᆷᄂᆡ 말이
업다가 미향을 불너 드러가기를 이르거늘 모든 시비 일시의 쇼져를
뫼셔 중문으로 드러가며 문을 구지 닷는지라. 싱이 일변 놀나믄 종젹
이 탄노헐가 ᄒ미오 일벼 깃부믄 일셰의 무쌍ᄒᆫ 슉녀를 어더보미라
심혼이 황홀ᄒᆷ믈 진정ᄒ여 밧비 이러 소져의 안잣던 ᄌ리의 올나 안
ᄌ 혜오디 '이 집이 뉘 집이며 규슈는 엇던 스람고?' ᄒ여 심시 가장
번뇌ᄒ여 〃치여광 헐 즈음의 계하의 무어시 나렷것거늘 싱이 밧비
집어 본즉 빅능 슈건이라 향취 촉비ᄒ고 풍월 두 귀를 써시니 갈와스
되 "푸른 장이 고요히 흐르는 빗츨 감쵸앗도다. 요ᄉ이 실마리 갓혼
ᄯ이 쇼삭ᄒ니 츈식이 의〃ᄒ여 히당화의 올낫도다." ᄒ고 ᄭᅳᆺ히 "갈명
화는 부졀 업시 쓰노라" ᄒ엿더라. (경판본)[14]

    이 장면은 원전의 내용을 축약 서술한 경판본의 대표적인 예이다. 원
내용은 앞 부분의 예문과 같이, 여 주인공 갈명화와 시비들이 봄날을
즐기다 사라지고, 이 과정에서 갈명화의 시를 남 주인공 종경기가 줍는
것으로 서술되어 있다. 경판본에서는 이 내용을 비교적 원전에 가깝게
축약 서술했음을 알 수 있다. 이러한 예는 원전과 경판본을 비교해보면
흔하게 볼 수 있는 것이다.
    반면 원전과는 다른, 내용의 변형을 보이는 경우도 있다. 이 장면의
대표적인 예는 곽국부인과 종경기의 음사(淫事) 장면, 갈명화가 안경서
를 피해 성을 빠져나가는 장면, 안록산 군과 장순·허원·뇌만춘·남제
운이 벌이는 휴양성(睢陽城) 전투 장면 등이다. 원전에서 이 내용들은
윤리적인 측면에서 독자가 읽기에 껄끄러운 부분이거나, 서술이 장황하
여 독자들에게 지루한 면을 줄 수 있는 부분이다. 또한 소설 속의 많은

---

14) 〈권1〉, 3앞~4앞.

주변 인물의 등장으로 사건 전개의 지체를 보이는 부분이다. 그러나 경판본에서는 이 부분을 다른 내용으로 적절히 변형·생략시켜 앞서 지적한 문제를 해결하며 서술하고 있다.

到得城門, 已是四鼓了, 碧秋高聲叫道 "守門的何在?" 叫得一聲, 那邊早有兩個軍人, 一個拏梆子, 一個拏鑼, 飛奔前來, 問道, "什麼人在此?" 碧秋道 "我且問你, 今夜李公公巡城可曾巡過麼?" 門軍道 "方纔過去的." 碧秋道 "咱公公有兩位親戚, 著咱家送出城外, 有令牌在此, 快些開門!" 守門官道 "卽是李公公親戚, 爲何日裡不走, 半夜裡纔來叫門?" 碧秋道 "你不曉得, 昨聞千歲爺有旨, 自明日起一應男婦不許出城了, 因此咱公公知道個消息, 連夜著咱送去." 守門官道 "旣是如此, 李公公方纔在此巡城, 爲何不見吩咐?" 碧秋道 "你這官兒好獃, 巡城乃是公事, 況有許多軍士隨著, 怎好把話來吩咐與你? 也罷, 省得你狐疑, 料想咱公公去還不遠, 待咱趕上去稟一聲, 說守門官見了令牌不肯開門, 請他親自轉來與你說便了." 官門官慌了, 道 "公公不須性急, 小將職司其事, 不得不細細盤話, 旣說得明白, 就開門便了." 碧秋道 "旣如此, 快些開門! 咱便將此令牌交付與你, 明日到咱公公處投繳便了." 守門官接了令牌, 忙叫軍士開門, 放碧秋與衛嫗, 明霞三人, 出城去了, 門軍依舊鎖子好城門. (錦香亭)

츠셜. 위구 모녜 갈쇼겨로 더부러 밧비 힝ᄒ여 남문의 이르러 슈문장의 뭇는 쇼리를 드른즉 의심 업슨 죵형이라 디희ᄒ여 가마니 불너 왈 쇼미 이졔 모친을 뫼셔 피란ᄒ여 이 곳의 이르러시니 죵형은 구ᄒ라 ᄒ더 그 슈문장이 죵미 벽쥬 오믈 알고 놀나 갈오더 네 규즁 약질이 엇지 ᄉ로ᄒ신 모친을 뫼시고 피란ᄒ며 져 녀ᄌ는 뉘뇨. 벽쥬 왈이 쇼져는 옥즁의 구류ᄒ 쳠판의 귀녀라. 도젹의게 잡히여 욕이 당두ᄒ미 죽기로 ᄌ쳐ᄒ는 고로 우리 모녜 그 경상을 가긍히 녀겨 ᄒ가지로 도망ᄒᄂ니 급히 문을 나게 ᄒ쇼셔 슈문장이 〃말을 듯고 갈오더쳠판 노야는 나의 이쳔이라. 갈쇼졔 홀노 와도 가히 구ᄒ려든 ᄒ믈며숙모와 현미 ᄒ가지로 이르러스니 엇지 〃체ᄒ리오 ᄒ고 낭즁으로셔

은냥을 니여 쥬며 노슈의 봇티라 ᄒ고 문을 여러 쥬거눌 (경판본)15)

이 장면은 갈명화가 안경서의 강압적인 결연 요구를 피해 성을 빠져
나가는 장면이다. 원전은 위의 예문과 같이 벽추가 갈명화를 이공공(李
公公)의 친척이라 말하고, 이 사실을 확인하려는 수문장과 한참 실랑이
를 벌이다가 겨우 성밖으로 나가게 된다. 그러나 경판본에서는 수문장
이 벽추와 친척이고, 평소 갈명화의 아버지 은혜를 고맙게 생각하던 차
에 성밖으로 보내주며, 아울러 노잣돈도 보태주는 내용으로 변형되었
다.

이 부분을 원전과 동일하게 수용하기 위해서는 이공공(李公公)이라
는 인물을 설명해야만 한다. 원전에는 이공공이 등장하지만 서사전개에
있어서 그 역할은 미미하다. 또한 수문장의 장황한 확인과정은 소설의
흥미를 반감시킬 수도 있다. 그러나 경판본에서는 이 내용을 변형시킴
으로써, 서사전개의 속도를 높이고 있으며 이를 통해 재미를 준다. 따
라서 경판본은 원활한 서사전개를 위하여 필요한 경우, 원전의 변형을
시도한 본임을 알 수 있다. 이와 같은 변형을 통해 경판본은 독자들에
게 흥미를 주었다.

2) 세책본의 특성

세책본은 경판본과는 다른, 보다 차별적인 시도를 통해 원전이 지닌
재미를 살리고 있다. 이러한 양상은 크게 내용상의 특성과 서술상의 특
성으로 나누어 살펴볼 수 있다.

2-1) 내용상의 특성

세책본에서 볼 수 있는 내용상의 특성은 크게 세 가지로, 첫째는 원

---

15) 〈권2〉, 1앞~1뒤.

전의 새로운 확대 변형, 둘째는 원전과 동일한 내용, 셋째는 경판본과
의 내용·표현의 공유 현상이다. 언급한 순서대로 구체적인 내용을 살
펴보면 다음과 같다.

(1) 원전의 새로운 확대 변형
　세책본의 가장 큰 특징은 원전에서 볼 수 없는 새로운 내용이 서술
되었다는 점이다. 이러한 사실은 작품의 시작 부분부터 확인된다. 이
부분이 어떻게 서술되었고 그 의미는 무엇이었는지 살펴보기로 한다.

> ……16)長安是歷來帝王建都之地, 秦曰咸陽, 漢曰京兆.……後來睿
> 宗崩了, 隆基卽位, 就是唐明皇了. 始初建號開元, 用著韓休, 張九齡
> 等爲相, 天下大治. 不意到改天寶年間, 用了奸相李林甫, 那些正人君
> 子, 貶之貶, 死的死, 朝廷正事盡歸李林甫掌管, 他便將聲色貨利, 迷
> 惑明皇. 把一個聰明仁智的聖天子, 不消幾年, 變做極無道的昏君. 見
> 了第三子壽王的王妃楊玉環, 標致異常, 竟奪入宮中, 賜號太眞, 冊爲
> 貴妃……是年開科取士, 各路貢士紛紛來到長安應擧. 中間有一士子,
> 姓鍾名景期, 字琴仙, 本貫武陵人氏. 父親鍾秀, 睿宗朝官拜功曹, 其
> 妻袁氏, 移住長安城內. 止生景期一子, 自幼聰明, 讀書過目不忘不忘,
> 七歲就能做詩, 至得長成, 無書不覽, 五經, 諸子百家, 盡皆通透, 閑時
> 還要把些六韜三略來不時玩味, 十六歲就補貢士. 且又生得人物俊雅,
> 好像粉團成玉啄一般 (錦香亭)

> 화셜. 천하의 장안이란 곳이 본디 산천이 슈려ᄒᆞ고……명황의 이르
> 러는 긔원 일년의 년호를 곳쳐 천보 원년이라 ᄒᆞ고 니림보로 졍승을
> 삼아 국ᄉᆞ를 맛기고 틱진으로 귀비를 봉ᄒᆞ여 총이ᄒᆞ미 비헐 디 업스
> 미 림보의 구밀복검과 귀비의 교언영식의 침혹ᄒᆞ여 총명이 돈감ᄒᆞ고
> 뎡신이 혼미ᄒᆞ여 치민지도를 도라보지 아니 ᄒᆞ니 이러므로 천히 스스

---

16) 「금향정」의 시작은 사(詞)로 시작된다. 전략(前略)한 부분은 이 부분으로, 사
　(詞)가 서술된 뒤, 바로 인용된 부분으로 이어진다.

로 토붕지셰가 되여 빅셩이 〃산ᄒᆞ미 국셰 가장 급업ᄒᆞ더라 (경판
본)17)

　화셜. 디당 명황졔 시졀의 경셩 홍화방의 일위 명환이 잇스니 셩은
죵이요, 명은 쉬니 디〃로 청한흔 스람이요, 그 오더로븟터 은산피계
ᄒᆞ여 벼슬의 나지 아니ᄒᆞ며 고요히 글 읽으니 셰인이 그 쳥고ᄒᆞᆷ믈 흡
앙ᄒᆞ더라. 슈의 부친이 학문과 지식이 과인ᄒᆞ고 어진 덕이 만흐니 사
람마다 츄앙ᄒᆞ더니 불힝ᄒᆞ여 기쳐 오씨와 일삭지닉의 쌍망ᄒᆞ니 오즉
□슈 일인이 혈〃ᄒᆞ여 의지홀 곳지 업스미 약간을 파라 댱녜롤 갓쵸
와 부모롤 션산의 안장ᄒᆞ고 부인 원시로 더부러 셰월을 보닉더니 가
셰 졈〃 가계 빈한ᄒᆞ미 학업을 힘뼈 이십의 바야흐로 과장의 나아가
놉히 샌이미 상이 할님학사롤 ᄒᆞ이시미 한님이 사은ᄒᆞ고 직임을 다스
리더니 오러지 아냐 닉부춍징의 니르러는 (세책본)18)

　위 장면은 원본·경판본·세책본의 시작부분이다. 원전에서는 장안
(長安)을 배경으로 중국의 파란만장한 역사가 간략히 서술되고, 당대
(唐代)의 역사적 사실이 서술된 뒤, 주인공 종경기의 소개가 이어진다.
경판본은 원전의 내용을 이와 유사하게 축약 서술한 반면, 세책본에서
는 이 내용이 생략되고 종경기의 조부(祖父)와 부(父)의 이야기가 새롭
게 서술되었다. 세책본은 원본의 밑줄 친 부분을 변형·확대하고 이외
의 내용은 모두 생략시켰음을 알 수 있다.
　그렇다면 이와 같은 세책본의 변형과 내용 확대는 왜 일어난 것일까.
가장 큰 이유는 원전의 내용 때문이라 생각된다. 원전의 시작 부분은
중국의 역사적 사실 즉, 진(秦)나라 때부터 당(唐)나라까지의 역사적
사실이 서술되어 있다. 이 부분은 원전이 두 남녀의 사랑에 초점을 두
고 있다는 점을 고려할 때 서사전개에 방해를 주는 부분이며, 소설 독
자들의 성향을 생각했을 때19) 그다지 흥미를 끌지 못하는 장면이다. 이

---

17) <권1>, 1앞~2뒤.
18) <권1>, 1앞~2뒤.

러한 이유로 원전의 내용을 확대하고 변형시켰을 것으로 보인다.

또 다른 이유는 경판본이나 다른 이본의 내용을 이미 알았던 세책업자가 기존의 내용을 염두에 두고 차별화를 시도한 경우이다. 경판본에서는 이 내용이 원전과 거의 유사하게 축약 서술된 반면, 세책본은 이 내용을 변형하고 다른 내용으로 확대 서술했다는 것은 이미 존재하던 다른 본과의 차별성을 의식한 데서 생긴 것이라 생각한다. 이와 같이 작품 시작 부분에서 내용의 차별화를 시도한 경우는 <춘향전>의 세책본인 『남원고사』를 통해서도 볼 수 있다. 『남원고사』의 서두 부분은 <춘향전>의 많은 이본과 달리 고소설 <구운몽>과 관련된 내용이 먼저 서술되고 있는데, 이것은 기존에 존재하던 이본과 차별을 두어 독자들의 시선을 끌려는 세책본 업자의 의도에서 생겨났을 가능성이 크다.[20] 이러한 예가 모든 세책본에서 볼 수 있는 일반적인 현상인지는 분명하지 않지만, 세책본 <금향정기>에서는 이러한 의식 아래, 원전의 변형과 확대서술이 이루어졌던 것으로 보인다.

(2) 원전과 동일한 내용

경판본과 비교해 볼 때, 세책본의 또 다른 특징은 원전과 동일한 내용이 많다는 점이다. 이러한 대표적인 예는 종경기와 괵국부인의 이야기이다.

---

19) 통속소설의 독자에게서는 역사 의식에 대한 진지한 수용이 없었을 것이란 견해를 참고할 만하다. 이와 같은 견해는 이윤석, 「설인귀전의 원천에 대하여」, 『연민학지』 9집, 2001, 211쪽 참조.

20) 경판 35장본 『춘향전』은 『남원고사』를 대본으로 했다. 그런데 경판 35장본 『춘향전』에서는 『남원고사』의 서두 부분이 생략되고, 바로 시대적인 배경과 등장인물을 소개하고 있다. 경판본이 상업적인 목적으로 만들어졌고, 기존에 존재하던 본을 축약시키며 만들었다는 것이 일반론인데, 이러한 축약은 단순히 상업적 이윤만을 위한 것이었는지 좀더 생각해볼 문제이다. 왜냐하면 기존 논의에서는 이런 축약을 동시대 세책본과의 경쟁을 염두에 두지 않고 언급된 것이기 때문이다.

원전에서 괵국부인과 관련된 내용은 괵국부인과 종경기의 음사(淫事), 종경기가 황제에게 안록산·이림보의 죄를 담은 상소를 올려 죽음에 직면했을 때, 괵국부인의 도움으로 죽음을 피하고 대신 귀양가게 되는 부분,[21] 두 사람이 헤어져 소식을 모르다가 갈태고에게 소식을 들은 종경기가 다시 괵국부인을 찾아가는 내용 등이다. 세책본은 이 내용이 모두 원전에 가깝게 서술되어 있는데, 이 부분이 얼마나 자세하게 수용되었는가는 다음 예문을 통해서 확인할 수 있다.

……夫人道 "你是什麼人, 敢入我園中窺伺? 快說姓甚名誰, 作何勾當?" 景期想來, 不知是禍是福, 不敢說出眞名字來, 只將姓兒拆開, 含糊應道 "小生姓金名重, 忝列泮宮, 因尋春沉醉, 誤入潭府, 望夫人恕罪." 虢國夫人見他舉止風流, 已是十分憐愛, 又聽他言談不俗, 眼中如何不放出火來…… 酬答夫人. 一遞一盃, 各行一個小令, 直飮到更餘撤宴. 虢國夫人酒興勃發, 春心蕩漾, 立起身來, 向景期微微笑道 "今夕與卿此會, 洵非偶然, 如此良宵, 豈堪虛度乎?" 景期道 "盛蒙雅愛, 只恐蒲安柳質, 難陪玉葉金枝." 夫人又笑道 "何必如此過謙?" 景期此時是也心癢魂飛. 見夫人如此俯就. 豈有不仰扳之理. 便走進身來, 摟住夫人親嘴. 夫人也不避侍兒眼, 也不推辭. 兩個互相遞過尖尖嫩嫩舌頭. 大家吮唖了一回. 纔携手雙雙擁入羅幃. 解衣寬帶, 鳳倒鸞顚 (錦香亭)

싱이 과연 진亽 장원을 ᄒ여 젼시를 보고 딕방ᄒ다가 춘경을 탐ᄒ여 우연히 귀퇴 화원의 드러왓습다가 부인의 관딕ᄒ시믈 입亽오니 불승감격이라. 이럿틋 亽랑ᄒ시는딕 엇지 亽근을 은휘ᄒ리오. 싱의 셩명은 과연 종경긔러니 오ᄂᆞᆯ 젼시 방이 나올 거시미 밧비 도라가 딕방ᄒ믈 바라ᄂᆞ이다. 부인이 더욱 희열ᄒ여 갈오딕 그러ᄒᆞᆫ 즉 셜니 도라가 딕방ᄒ려니와 노신이 우연이 그딕를 맛나 불승흠앙 ᄒ더니 亽괴 여ᄎᆞᄒ

---

21) 원전의 원 내용은 괵국부인이 오라버니인 양국충(楊國忠)에게 부탁하고, 이 부탁을 양국충이 황제에게 전해 종경기를 죽이지 않고 귀양 보낸다.

여 니별를 당ㅎ민 창연ㅎ 회푀 가장 무궁ㅎ도다 ㅎ고 시비를 명ㅎ여
동산 후문으로 인도ㅎ라 ㅎ니 싱이 후은을 칭스ㅎ고 시비를 ᄯ라 후
문으로 나와 부즁으로 향ㅎ더니 (경판본)[22]

부인이 문 왈 "그ᄃᆞ는 엇더ㅎ 스룸이완ᄃᆞ 나의 부즁의 드러와 여어
보나뇨? 맛당히 그 죄룰 의논ᄒᆞ리라." 싱이 져 녀ᄌᆞ의 뜻슬 아지 못ㅎ
미 다만 셩명을 곳쳐 더 왈 "셩은 김이요, 명은 종이니 학공의 춈녜ㅎ
여 슈 일을 슐 취ㅎ고 그릇 죤부의 드러 왓스오니 바라건더 부인은 용
셔ᄒᆞ쇼셔." 괵국 부인이 져의 풍용 긔질을 연이ㅎ여 마음의 깃거ᄒᆞ더
니……부인이 스스로 ᄒᆞ 죤을 마시고 ᄯᅩ 부어 싱을 권홀시 슐이 칠,
팔 비 지나민 싱이 취긔 가득ㅎ고 부인도 반감이 되민 쥬흥을 씌여 츈
심을 능히 억졔치 못ㅎ민 몸을 이러 싱의 겻히 갓가히 안져 단슌을 여
러 희롱ㅎ여……싱이 취긔 심ᄒᆞ 즁 져 부인의 집슈연슐ㅎᄆᆞᆯ 실노 물
니치지 못ㅎᆯ 쑨더러 그 고은 틱도의 아리ᄯᆞ온 쇼리로 츈졍을 도으니
단졍ᄒᆞ던 마음이 졈〃 풀니〃 부인이 〃의 시녀로 삼을 물니고 싱의
옥슈룰 잇그러 방즁의 드러가 시녀로 ㅎ여금 '〃침을 포셜ᄒᆞ라.' ㅎ고
싱으로 더부러 상〃의 나아가되 좌우 시녀의 눈을 긔이미 업시 친밀
음탕ㅎ며 쇼년 남ᄌᆞ라도 니의셔 더으지 못ㅎᆯ지니 싱이 비록 취즁이나
그 너모 음난ㅎᄆᆞᆯ 더러이 너기더라. (세책본)[23]

예문을 통해 경판본은 원전의 내용이 다른 내용으로 변형되었다는
사실과 세책본에서는 이 내용이 원전과 거의 비슷하게 서술되었음을
알 수 있다. 다만 세책본에서는 종경기 자신이 괵국부인과의 불륜을 어
떻게 생각했는가 하는 독백이 새롭게 첨가되었다.
이 외에 괵국부인의 이야기가 세책본에서 원전과 동일하게 수용되었
음은 다음의 예를 통해서도 볼 수 있다.

---

22) <권1>, 15앞~15뒤.
23) <권2>, 11뒤~14앞.

女童 道 "家師妙香姑姑, 原始號國夫人, 三日前說, 有故人鍾狀元來
訪. 恐相見又魔障, 昨日已入終南山修道去了, 敎我多多拜上鍾老爺,
說 '宦海微茫, 好生珍重, 功成名就, 及早回頭', 留下詩箋一紙在此."
景期接來一看, 上面寫道 "割斷塵緣悟本眞, 蓬山絶頂返香魂. 如今了
卻風流願, 一任東風啼鳥聲."(錦香亭)

녀동이 디 왈 "우리 스부 묘향 노이고는 이곳 괵국 부인이시니 삼
일 전의 닐오시더 '혼 귀인이 와셔 나롤 츳질 거시니 셔로 보지 못ㅎ
미 결연ㅎ나 종남산으로 도롤 닷그라 가나니 이 말슴을 종노야게 알
외라. 모로미 공닙명셩ㅎ거든 일작이 머리롤 두루혀쇼셔.' ㅎ며 이 글
을 전ㅎ시더이다." (…중략…) 츠셜 녀동이 말을 맛치며 스미 가온디
로 좃ᄎ 일봉 화젼을 너여 드리거늘 경약시 바다보니 두 귀 졀귀 씨여
씨니 그 시의 왈 "활달진연오진본(세상 인연을 베혀 ᄯ코 본성 참되믈
씨다르니)/봉산졀졍반향혼(봉닉산 졀졍의 향긔로온 혼이 도라오도다)/
여금요각풍뉴원(이제 이르러 풍뉴원을 물니치고)/일엽동풍됴계혼(동
풍의 우는 시 흔젹을 혼 번 맛기도다) (세책본)24)

이 장면은 종경기가 괵국부인과 헤어져 소식을 알지 못하다가, 우연
히 갈태고에게 괵국부인이 절에서 기거한다는 소식을 듣고 괵국부인을
찾아가는 대목이다. 원전에서는 이를 예견한 괵국부인이 자리를 피하
고, 대신 자신의 심경을 담은 시를 여동(女童)을 통해 종경기에게 전달
하는 것으로 되어 있다. 이 내용 역시 세책본에서는 대부분 원전에 가
깝게 서술되었다. 또 주목할 점은 괵국부인의 시(詩)가 세책본에서는
원전 그대로 인용되고 있다는 점이다. 세책본에서 원전의 시가 꼭 언급
되어야 할 부분은, 이 장면 이외에, 주인공 종경기와 갈명화가 서로의
사랑을 확인하고 자신들의 사랑을 전달하던 시와 화답시를 나누는 장
면이다. 세책본에서는 이 장면에서 화답시(和答詩)가 한 번만 나오고
나머지는 모두 생략되었다. 반면 괵국부인의 시는 위의 예처럼 원전에

24) <권7>, 33뒤~34앞.

가깝게 음(音)도 표기하고, 자세하게 번역되었다.

그렇다면 이처럼 괵국부인과의 이야기가 모두 수용된 이유는 무엇일까. 그 이유는 이 내용이 독자들에게 성적(性的) 호기심(好奇心)을 자극하여 흥미를 주기 때문이다. 괵국부인의 이야기는 유교적인 측면에서 볼 때, 일부 독자에게는 수용되기 어려운 부분이다. 경판본에서는 이 점을 고려해서 괵국부인의 이야기를 변형하고 생략시켰다. 그러나 세책본에서는 이 내용이 모두 수용되었다. 이 내용이 모두 수용되었다는 것은 독자들의 성적 호기심을 자극하여 흥미를 유지하려는 의도에서 나온 것으로 보인다.

(3) 경판본과의 내용·표현의 공유

세책본의 특성으로 언급한 (1)·(2)의 경우를 제외하고, 양 본은 대부분의 장면에서 서술과 표현이 서로 유사하다. 아울러 원전의 생략에 있어서도 비슷함을 보인다.

다음 예문은 양 본이 동일한 장면에서 어느 정도 유사하게 서술되고 있는지를 보여준다.

　　푸른 장이 고요히 흐르는 빗츨 감쵸앗도다. "요〻이 실마리 갓혼 뜻이 쇼삭ᄒᆞ니 츈싁이 의〃ᄒᆞ여 희당화의 올낫도다 ᄒᆞ고 ᄭᅳᆺ히 갈명화는 부졀 업시 쓰노라" ᄒᆞ엿더라. 싱이 보기를 다ᄒᆞ미 ᄉᆞ미의 감쵸고 밧비 물너 나오니 문 직흰 창뒤 그져 ᄌᆞ거눌 싱이 ᄌᆞ최를 경첩히 ᄒᆞ여 후문을 나셔며 슈십 보를 힝ᄒᆞ더니 믄득 뒤히셔 급히 불너 왈 (경판본)[25]

　　프른 장이 고요히 흘는 빗츨 감쵸왓도다. "요〻이 실마리 갓튼 뜻시 쇼삭ᄒᆞ니 츈싁이 의〃ᄒᆞ여 희당화롤 낫과 니도다 ᄒᆞ고 ᄭᅳᆺ히 갈명화는 부졀 업시" 쓰노라 ᄒᆞ엿더라. 공지 보기롤 다ᄒᆞ미 즉시 ᄉᆞ미의 감쵸고 밧비 나오니 슈문 창두는 그져 ᄌᆞ더라. 믄득 먼니셔 불너 왈 (세책

본)26)

이 부분은 갈명화가 손수건에 자신의 감정을 적은 것을 종경기가 보고 금향정 밖으로 나오는 대목이다. 양 본을 비교해보면 자구(字句)가 거의 일치함을 보인다. 이러한 예를 통해 세책본은 경판본을 대본으로 하여 필사된 것으로 생각하기 쉽다.

다음 예문 역시 이러한 생각을 갖게 하는 부분이다.

　이러구러 삼 스일이 지나미 셩 직회엇던 군시 한낫도 업는지라. 눈 즈긔 셩즁이 뷘 줄 알고 군을 모라 셩문을 쪄치고 일시의 돌입ᄒ니 뇌만츈 남졔운이 능히 져당치 못 헐 줄 알고 하늘를 우러 〃 디셩 통곡 왈 "신 등이 죽기로쎠 셩을 직회려 ᄒ더니, 냥식이 진ᄒ여 쟝졸를 보젼치 못ᄒ고 젹군이 츙살ᄒ미 능히 디젹지 못 ᄒ기로 이졔 스스로 죽어 일편단심을 표ᄒᄂ이다." ᄒ고 남졔운은 셩의 쩌러져 죽고, 뇌만츈은 목 질너 죽고, 쟝슌 허원은 윤즈긔의게 잡힌 비 되여 눈을 부릅쓰고 크게 꾸지져 왈 "니 도젹을 잡지 못ᄒ고 도로혀 너의게 잡힌 비 되여스니 다만 죽을 싸름이여놀 엇지 오랑키 협죵놈의게 항복ᄒ리오." ᄒ고 꾸짓기를 마지 아니ᄒ니 윤즈긔 등이 더욱 분노ᄒ여 냥인을 급히 버히니라. (경판본)27)

　이렁구러 슈 일니 지나니 셩 직흰 군시 ᄒ나토 업은지라. 츠시 눈즈긔 셩즁에 양췌 진ᄒᆫ 줄 알고 군스를 몰아 일시에 급히 도립ᄒ니 남졔운 뇌만츈이 능히 져당치 못홀 줄 알고 하늘을 우러러 통곡ᄒ여 가로되 "신등이 아모쬬록 셩을 직히여 보존ᄒ고져 ᄒ옵드니 양췌 진ᄒ여 직히지 못ᄒ오미 도젹이 도립ᄒᄆ로 부득이 즈문ᄒ여 단츙을 표ᄒ나이다." ᄒ고 뇌만츈 남졔운은 즈문ᄒ고 쟝슌 허원은 젹쟝의게 잡히여 마참니 항복지 아이ᄒ고 검하 경혼이 되니, 후인니 글을 지어 그 츙의

---

26) 〈권1〉, 11앞~11뒤.
27) 〈권2〉, 22뒤~23앞.

를 감탄ᄒ드라. (세책본)[28]

　이 장면은 휴양성(睢陽城) 전투 장면이다. 원전에서 이 내용은 비중 있게 서술되어 상당한 분량을 차지한다. 그러나 예문에서 본 것과 같이 경판본은 서사전개의 원활함을 위해 간략하게 축약·서술하고 있다. 세책본에서도 경판본과 마찬가지로 이 장면은 간략하게 축약·서술했다. 그런데 특이할 만한 사실은 앞선 예문과 같이 양 본의 자구가 거의 유사하게 축약·서술되었다는 점이다. 따라서 이 예문만을 놓고 볼 때, 양 본 중 어느 한 본이 다른 본의 선행본(先行本)이 되어 위와 같은 현상이 생긴 것으로 볼 수 있다.

　현존하는 이본만을 놓고 볼 때, 세책본을 경판본의 후행본으로 보아서 이러한 현상이 일어났다고 볼 수 있다.[29] 그러나 세책본을 단순히 경판본을 필사하는 과정에서 파생된 이본이라고 규정하기에는 논란의 여지가 있다. 왜냐하면 경판본을 대본으로 필사했다면 처음부터 끝까지 단순히 베꼈을 것이고, 앞의 예문에서 볼 수 있었던 차별성은 필요하지 않기 때문이다. 따라서 이러한 시각은 이 부분을 명확하게 해명하지 못한다.

　그렇다면 양 본에서는 왜 이러한 모습을 보이고 있을까. 대중문학의 향유는 비교적 익숙한내용의 작품을 통해 향유의 즐거움을 만끽하는 데 있다. 따라서 서민예술에서는 일정한 내용을 공유한 작품들이 많이 등장하게 된다.[30] 여기서 말하는 일정한 규칙이란 선행본이 만들어 놓은 대중성 확보의 요소들이라고 할 수 있다. 양 본 역시 이러한 측면에서 생긴 것으로 보인다. 가능한 선행본이 만들어 놓은 일정한 규칙을 수용하는 가운데, 독자들의 만족감을 추구했을 것이다.

---

28) <권5>, 21뒤~22뒤.
29) 양 본의 선후(先後) 문제는 다음 장에서 다룬다.
30) 이영미, 『한국 대중 가요사』, 시공사, 1998, 30쪽 참조.

2-2) 서술상의 특징

세책본에서 볼 수 있는 서술상의 특징은 (1) 빈번한 대화체의 사용, (2) 감상적 표현의 강화 현상, 두 가지이다.

(1) 빈번한 대화체의 사용

세책본 서술에서 가장 두드러진 특징은 대화체가 자주 나타난다는 것이다. 이러한 대화체의 빈번한 사용은 세책본 독자들에게 소설의 내용을 쉽게 전달할 수 있고 소설의 내용을 생생하게 전달해 주는 효과를 얻기 위해 사용된 것이다.

물론 이러한 대화체 사용을 세책본만의 특성이라고 말하기는 어렵다. 그 이유는 동일한 장면에서 경판본도 대화체 사용이 보이기 때문이다. 그러나 세책본에서의 대화체 사용은 경판본과 일정한 차이를 보이고 있어 주목된다.

여러 스람이 오며 이로디 "금방 장원 죵상공이 분명 어듸 가 죽엇도다. 장안을 두루 츠즈디 마츰니 죵적이 업스니 이런 괴이흔 일 어듸 이스리오?" 흐거늘 싱이 〃말를 드르미 만심 환희흐여 밧비 가더니 (경판본)[31]

문득 흔 무리 스롭이 지나며 갈오디 "장원을 죵시 찻지 못흐니 고이흔 일이로다." 일 인이 갈오디 "어듸 가 죽어는가? 죽어도 신체는 잇슬 거시로디 엇지 히골죠츠 업는고?" 또 일 인이 갈오디 "이제 우리등이 맛츰니 장원을 찻지 못흐미 양틱시 착급흐여 우림장군 진현여의게 이문흐여 츠겨 오라 흐미 진노애 군을 죠발흐여 하텨의 가 그 창두롤 잡아 흔가지로 셩외 셩니로 두루 도라 츠지되 만나지 못흔다." 흐고 의논이 분〃흐더니 문득 흔 노인이 갈오디 "그 죵장원의 부친을 니 아나니 거관의 청염 공졍흐여 십분 명현흐엿나니 엇지 아들을 범연이

31) 〈권1〉, 15앞∼15뒤.

나하시리요?" 흐거눌 죵싱이 추언을 다 듯고 오직 함쇼흐고 지나가더
니 (세책본)32)

이 장면은 종경기가 장원 급제 뒤, 황제를 알현(謁見)하지 않아 관원
(官員)들이 사방으로 종경기를 찾아 나서는 장면이다. 경판본에서는 원
전에서 벗어남이 없이 핵심적인 내용만을 주변인물들의 대화체로 간략
하게 서술하고 있다.

이에 반해 세책본에서는 예문과 같이 여러 등장 인물의 대화체를 그
대로 노출시켜, 이 장면을 접하는 독자들에게 이 장면을 생생하게 전달
하고 있다. 물론 이러한 대화체의 사용은 경판본에 비해 서술의 속도가
지연되는 것이 문제로 지적될 수 있다. 그러나 이러한 대화체 사용은
단순히 내용 전달에만 치중되지 않고, 주인공이나 주변인물, 정황 등을
생생하게 접할 수 있는 효과를 준다. 이러한 대화체 사용의 예는 세책
본 서술 전반에 걸쳐 확인할 수 있다.

그렇다면 이 이외에 대화체를 사용해 얻을 수 있는 효과는 무엇일까.
그 이유는 소설낭독(小說朗讀)을 고려해 생긴 것이라 여겨진다. 일반적
으로 구연(口演)이나 낭독(朗讀)은 말을 통해 청자(聽者)나 독자(讀者)
에게 전달하는 것이므로, 전달하는 내용을 대화체로 했을 경우 그 효과
는 극대화된다. 특히 재미있는 내용의 경우, 흥미를 살리기 위한 대화
체의 사용은 극적(劇的) 효과를 배가시킬 수 있다. 이러한 예는 판소리
에서도 확인된다.33) 판소리는 독자들의 흥미를 끌기 위해, 서술의 전개
에서 적절히 대화체를 사용해 내용을 서술하고 있다. 이러한 효과를 세
책본에서도 활용한 것이 아닌가 생각한다.

(2) 감상적 표현의 강화

---

32) <권2>, 17뒤~18뒤.
33) 김현주, 『판소리 담화 분석』, 좋은날, 1998, 157~166쪽 참조.

　세책본 서술에서는 경판본에서 볼 수 없었던 감상적 표현의 서술이
많다. 세책본은 이러한 서술을 통해 경판본에서 얻을 수 없었던 독자들
의 감정을 자극했던 것으로 보인다.

　　벽쥐 어스긔 하직ㅎ고 교즈의 올나 강변의 나아가 빈의 오르니 (경
판본)[34]

　　교즈룰 드려 벽쥬의 타기룰 지쵹ㅎ니 벽쥐 눈물을 흘녀 어스게 하직
왈 “쳔녜 노야 은틱으로 이러틋 영귀ㅎ오니 가히 영힝타 ㅎ려든 마음
의 두 가지 불평흔 일이 잇ㄴ이다.” 갈공이 츄연 왈 “귀쳔간 임의 미즈
부녜 되여시니 시로이 칭은ㅎ믈 듯기룰 원치 아니ㅎ노라. 두 가지 불
평ㅎ미 무어시뇨?” 벽쥐 왈 “쇼져의 죵젹을 츳지 못ㅎ고 쳔녜 몬져 죵
부ㅎ니 흔 가지 불평흔 일이요. 쏘 노야의 감지룰 밧들 스룸이 업거놀
쳔 니 원별을 당ㅎ오니 심시 망연ㅎ온지라. 원컨디 노야는 쇼져룰 널
니 심방ㅎㅅ 쇼녀의 불힝ㅎ온 마음을 풀니게 ㅎ쇼셔.” 갈공이 위로 왈
“너의 말이 스리의 당연ㅎ나 미시 다 쳔졍이니 인녁으로 밋출 비 아니
요. 방금 스셰 급박ㅎ니 쌀니 힝ㅎ라.” 벽쥐 하직고 교즈의 올으니 하
리 교즈룰 뫼셔 양낭 츠환이 좌우로 옹위ㅎ여 강변의 나ㅇ가미 빈의
올을 시 (세책본)[35]

　이 장면은 벽추가 종경기와 혼례를 치르기 위해 의부(義父)인 갈태
고와 이별하는 장면이다. 경판본에서는 이 장면이 간략하게 서술된 반
면, 세책본에서는 이별로 인한 벽추의 걱정과 안타까움이 길게 서술되
어 있다.

　이러한 서술을 통해 세책본이 얻을 수 있는 효과는 무엇이었을까. 그
것은 감성의 자극을 통해 결국 독자들의 반응을 이끌어 내고, 이를 소
설 독자의 증대로 연결시키는데 있다. 내용의 간략한 언급보다는 감성

---

34) 〈권2〉, 20앞.
35) 〈권7〉, 22뒤~24앞.

을 자극하는 편이 소설 독자를 효과적으로 사로잡을 수 있었을 것이다. 경판본에서는 단지 필요한 내용만을 언급함으로써, 소설독자의 욕구를 만족시킬 수 있었다. 그러나 같은 내용을 보다 재미있는 상품으로 만들기 위해서는 내용의 차별화가 필요했고, 세책본에서는 소설독자의 감성을 자극하고 그 욕구를 만족시키려는 서술이 이루어졌을 것이다.

이상과 같이 세책본 <금향정기>의 특성을 원전·경판본과의 비교를 통해 살펴보았고, 세책본이 지닌 특성만을 따로 검토해 보았다. 그 결과 세책본은 원전에서 볼 수 없는 내용을 새롭게 첨가 서술하기도 했고, 일부 중요하고 재미난 장면에서는 원전의 내용을 거의 동일하게 수용했음을 알 수 있다.

경판본과의 비교를 통해 확인할 수 있었던 점은 경판본과 많은 부분에서 내용과 표현의 공유(共有)가 확인된다는 점이다. 그렇지만 경판본과는 차별적으로 빈번한 대화체의 사용, 감상적 표현의 강화라는 세책본의 서술상의 특성을 살펴볼 수 있었다. 이러한 시도는 결국 경판본과 차별을 염두해 둔 것이며, 이런 시도를 통해 원전의 재미를 배가시키고 독자들의 흥미를 유도했음을 짐작해 볼 수 있다.

3) 양 본 차이의 원인과 그 의미

현재 확인된 경판본과 세책본은 서로 비슷한 시기에 유통되었다. 따라서 양 본 중, 어느 한 본이 다른 본의 선행본(先行本)이 되어, 후대본(後代本)에 일정한 영향을 주는 과정에서 두 본의 차이가 생긴 것으로 보인다.

그렇다면 양 본 중, 어느 본이 선본(先本)인가를 판단해야 하는데, 현재로서는 양 본의 선후(先後)를 판단하는 데 몇 가지 난점이 있다.

먼저 경판본을 선행본으로 볼 경우, 경판본의 정확한 판각시기, 판각의 대본 선정과 이에 따른 일련의 과정에서 생길 수 있는 변형·생략의 문제가 명확하지 않다는 점이다. 경판본의 경우, 간기(刊記)와 동일 판식의 유통시기를 통해 대략적인 판각 시기를 추정해볼 수 있는데[36], 경판본 〈금향정기〉의 경우 이 문제가 분명하지 않다. 또한 판각본이 나오기 위해서는 먼저 판각의 대본이 필요하고, 이 대본을 선정한 뒤에는 그에 따른 적절한 변형과 생략을 시도했을 것이다. 이 과정에서 세책본을 고려한 차별화를 시도했는지 현재로서는 알 수 없다.

다음으로 세책본을 선행본으로 판단할 경우, 다음과 같은 문제가 생긴다. 현재 확인된 세책본과 필사기만으로는 세책본의 정확한 유통시기를 판단하기 어렵다. 왜냐하면 현재 남아있는 세책본은 세책본의 전(全) 영업시기를 통해 볼 때, 그 마지막 시기에 해당하는 19세기 말에서 20세기 초에 해당되는 이본이기 때문이다.

그렇지만 현재 남아있는 세책본에서는, 이전 시기 세책본의 존재를 짐작하게 하는 여러 단서들을 발견할 수 있다.[37] 현존하는 세책본에는 경판본에서 볼 수 없는 원전의 원 내용이 수용되어 있고, 일부 변형·생략된 부분에서는 경판본과 차이점과 유사성을 보인다. 따라서 세책본은 원전, 경판본, 그리고 이전 세책본의 세 가지의 모습이 공존한다. 이러한 공존의 모습은 소설 독자들의 취향이나 경판본과의 내용 차별을 고려한 세책본의 변화가 고스란히 남아 있는 것이라고 여겨진다.

4. 마무리와 남는 문제

이 글에서는 세책본 〈금향정기〉가 지닌 특성을 밝히기 위해, 이와

---

36) 이창헌, 「경판 방각소설 판본 연구」, 서울대 박사학위논문, 1995, 257~258쪽 참조.
37) 예를 들어 〈권2〉 중간에는 매 권 끝에서나 볼 수 있는 '흐회 엇지된고'나 '하회 추청 하회 분석ㅎ라'가 그대로 필사되어 있다.

관련된 일련의 문제들을 검토해 보았다. 이 같은 검토를 통해 드러난 바를 다시 요약하면 아래와 같다.

먼저 원전인 중국소설 <금향정>은 어떤 내용으로 구성되어 있고, 그 재미는 무엇이었기에 세책본과 경판본으로 유통되었는가 하는 점을 살펴보았다. 중국소설 <금향정>은 중국 당나라 현종 때의 역사적 사실을 엿볼 수 있는 재미와 두 남녀의 사랑 이야기가 보여주는 재미, 그리고 소설 속의 주변 인물과 그 시대를 살았던 실존 인물들의 이야기가 소설의 재미를 갖고 있다. 이로 인하여 <금향정>은 자연스럽게 국내에 유통·번역된 것으로 보인다.

다음 살펴본 문제는 원전·세책본·경판본의 비교를 통해, 세책본과 경판본의 특성을 검토해 보았다. 원전·세책본·경판본 비교를 통해 확인할 수 있었던 사실은, 경판본은 비교적 원전에 가까운 내용 서술과 원전 내용의 일부 변형을 통해 원전이 지닌 재미를 살렸음을 알 수 있었다. 반면 세책본에서는 경판본에서 볼 수 없었던 원전의 내용을 수용했고, 경판본과 일정한 유사성·차별성을 통해 원전의 재미를 살렸음을 알 수 있었다.

이 글에서 얻어진 결론은 세책본 연구에 대한 폭넓은 연구성과가 미진한 상태에서 이루어졌기 때문에, 다분히 시론적인 성격을 보일 수밖에 없다. 이 글에서 밝혀진 세책본의 특성은 앞으로 많은 개별 세책본 작품을 통해 그 의미를 살펴보고 보완해 나가야 할 것이다.

아울러 이 글에서 구체적으로 밝히지 못하고 입장을 유보한 양 본의 선본(先本) 문제, 원전이 중국 소설이면서 세책으로 유통되었던 작품들의 구체적인 검토가 요구된다. 이러한 작업은 차후의 과제로 남기기로 한다.

3

부

日本 近世의 讀者 序說

오오하시 타다요시[大橋正叔]

이 윤 석 역

들어가며

일본 근세(江戶시대, 1603~1866)의 문학을 그 이전의 문학과 크게 구별하는 외적인 특질은, 책방에 의하여 문학 작품이 출판되고 불특정 다수의 독자에 제공되는 동안에 발전·형성되었다고 하는 것이다. 중세 문학 이전에는 宮廷이나 寺院이라는 특별한 계층이나 장소를 제외하고는, 극히 소수의 국한된 사람들만이 필사본이나 중국에서 수입한 책 등을 겨우 손에 넣어 독서를 즐기는 것뿐이었다. 이것에 비하여 근세는 많은 종류의 책이 책방에서 상품으로 다량이 판매되어 많은 독자가 다양한 읽을거리를 얻을 수 있었던 출판 문화의 시대였다. 이것은 德川幕府 성립(1603) 이후의 안정된 사회 아래서 비로소 가능하게 된 현상이지만, 이 출판 문화의 발전과 성장은 「仮名草子」[1]부터 시작하는 근세 문학 자체의 성장과 발전이기도 하였다. 책방(貸本屋[2]를 포함해서)은 독자의 지적 호기심이나 오락의 동향을 더욱 빨리 알아차려 그 기호를

---

1) 가나조우시[仮名草子] : 한자가 아닌 가나[仮名]로 쓴 평이한 읽을거리. 17세기 초부터 발달한 서민문학이다. (역자주)

2) 가시혼야[貸本屋] : 영업적으로 돈을 받고 책을 빌려주는 집. 조선후기의 세책집과 거의 같은 것이다. (역자주)

작품에 반영하도록 작자를 움직여 작품 자체의 질적 변화를 유도하여
책이 독자들에게 다가가도록 했다. 또 적극적인 책방의 상업주의는, 자
기네 책방에 전속되거나 계약되어 정기적으로 작품을 발표하는 직업
작가의 탄생을 이끌기도 하였다. 그리고 책방의 활동이 활발하게 되면
될수록 독자에게는 그만큼 많은 책이 읽힐 수 있기 때문에, 독자측에서
본다면, 지금까지 선택의 여지도 적고 눈앞에 보이는 책만을 수동적으
로 받아들였던 독서와는 달리 자기 자신이 필요한 책을 손에 넣을 수
있고 또 좋아하는 책을 읽는 것이 가능해졌다.

여기에서 비로소 작자나 책방과 관련되는 독자 문제가 생기게 된다.
그리고 독자의 문제는 작품의 내용과 형식에까지도 강한 영향을 주게
되어 책을 만드는 문제까지도 관계를 갖게 된다. 다양하게 제공되는 많
은 종류의 책을 독자는 선택한다. 책방은 독자가 요구하는 책을 출판하
려고 하고, 작자는 독자의 기호를 생각하여 거기에 초점을 맞춰서 작품
창작에 임하는 등등의 문제가 일어난다. 이런 일은 문학의 질적 변화에
도 관련되어 근세문학사의 중요한 과제가 된다. 이러한 문제에 대한 선
학들의 많은 연구를 이어받아, 출판기구에 대한 언급을 포함한 근세소
설과 독자의 관계에 대하여 서술하는 것으로 앞으로의 과제를 명확하
게 함과 동시에 1983·84년도의 공동연구에 대한 보고로 한다.

1

책이 인쇄에 의해 간행된 것은 文祿에서 寬永(1592~1643) 사이에
출판된 古活字本[3] 때부터이다. 百万塔陀羅尼[4]에서 알 수 있듯이 인쇄
기술 그 자체는 奈良시대부터 있었지만, 그것이 책 출판에 이용된 것은

---

3) 고활자본이란 江戶時代 말기에 간행된 近世 木活字本에 대한 호칭이다.
4) 田中塊堂, 「百万塔陀羅尼 文字考」, 『ビブリア』 22號, 1962.

일부의 寺院版뿐으로 일반적인 책까지 미치지는 못하였다. 그러나 文祿·慶長 두 번에 걸친 豊臣秀吉의 조선 침략에 의해 활자인쇄의 기술을 조선으로부터 일본에 가져온 것이 계기가 되어 인쇄된 책의 시대로 급속히 발전하게 된다.

당시 조선에서는 구리활자 등을 이용한 활자인쇄가 행해지고 있었는데, 그 활자와 인쇄도구가 일본에 들어오자, 그 기술을 모방한 開版이 재빨리 이루어졌다. 기록상에는 文祿2년(1593)에 『古文孝經』의 간행이 처음이지만 현존하는 것으로서는 동 5년(1596)에 간행된 『標題徐狀元補注蒙求』 등이 오랜 연대의 것이다. 당초 이것들은 後陽成天皇(1586~1610)의 慶長勅版, 德川家康의 伏見版·駿河版, 豊臣秀賴의 秀賴版이나 比叡山 延曆寺의 叡山版, 日連宗要法寺의 要法寺版 등, 위정자나 사원 등의 私家版이었으며, 팔기 위한 간행이 아니고 配布本으로서, 공부하는 데 필요한 것을 인쇄한 것이었다. 또 그 발행 부수도 많아야 100부 정도였으며, 더구나 組版도 매 장마다 판을 헐고 다시 그 활자를 이용하는 아주 번거로운 것이었다.[5] 이러한 간행에는, 미리 필요한 부수가 정해져 있어서, 그 부수를 채우기만 하면 되었기 때문에 再版은 생각하지 않고 組版은 그 자리에서 해체되었다. 요컨대 새롭게 그 책을 구하는 독자를 처음부터 생각하지 않았다고 할 수 있다. 그러나 실용적인 책이나 오락서가 간행되면, 이것을 필요로 하는 사람들의 요망에 따라 같은 古活字版이라도 다시 조판한 異植版에 의한 再版이 나와 추가 인쇄가 행해지곤 하였다. 예를 들면 嵯峨本이라고 부르는 本阿弥光悅이 중심이 되어 京都 嵯峨 지역에서 開版된 일련의 서적은, 그 裝幀이나 활자 자체부터 용지에 이르기까지 그들의 취미를 응결시킨 高價의 서적으로 私家版의 성격인데, 그 중에서도 『伊勢物語』에는 여러 종의 異版이 보이며, 또 각각 異植字版이 보인다.[6] 이것은 이 당

---

5) 金子和正, 「古活字本の印刷技法について-慶長勅版を中心として-」, 『ビブリア』67號, 1977. 10.

시『伊勢物語』의 유행을 가리키는 것이지만, 거꾸로 보면,『伊勢物語』
가 당시 교양인의 필독서였고 그것을 구하는 독자의 수요에 응할 수밖
에 없으므로 開版을 반복하였을 것이다. 또 이러한 고전이나 歌學을 배
우기 위한 교양서가 아니고 오락을 위해 읽혀진 笑話本『きのふはけふ
の物語(어제는 오늘의 이야기)』에 있어서도 몇 종의 異版과 異植字版
이 보이는 등,7) 독자 인구의 증가를 충분히 엿볼 수 있는 출판이 나타
나게 된다. 거기에 慶長14년(1609)에 간행된『古文眞寶後集』에는 '室
町通近衛町/本屋新七刊行'이라는 기록이 보이며, 또 영리를 목적으로
책방에서 출판한 것도 보인다. 이 이전에는 동일한 도안이나 방법으로
<繪卷>이나 <奈良繪本>을 전문 제작한 繪草子店8)의 존재가 상업적
인 책방으로 지적되어 왔지만,9) 근세에 들어와 책방으로서 최초로 알
려진 이름은 앞의「本屋新七」이다.

근세 초기부터 독서 인구가 증가해온 이유는,

1. 室町시대(1392~1573) 말기부터 지식인이 증가했고, 여기에 더해
戰國시대가 끝나면서 武士層에게도 爲政者 입장에 서는 상층계급으로
서의 자각과 지식이나 교양이 요구되어, 무사가 새로운 지식층을 이루
고 있던 점.

2. 亂世가 끝나면서 경제적 기반도 안정되고 물품 유통의 발전에 따
라 화폐경제가 침투됨으로써 부유한 町人層이 대두되어 그들 나름대로
의 지식 · 교양이나 오락을 요구하게 된 점.

등을 생각할 수 있다. 한 예로 寬永15년(1638)에 간행된『淸水物語』
를 보면, 이 책은 京都의 大儒 意林庵 朝山素心이 쉽게 쓴 儒學 해설

---

6) 川瀬一馬,『古活字版の研究』, 1967.

7) 小高敏郎,「『昨日は今日の物語』の諸本」,『學習院大學文學部研究年報』12,
1974. 12.

8) 에마키[繪卷] : 두루마리에 그림을 넣어 이야기의 진행을 볼 수 있는 것. 에조
우시[繪草子] : 그림이 들어 있는 책. (역자주)

9) 岡見正雄,『天理圖書館善本叢書 古奈良繪本集一』解題, 1972. 9.

서인데, "京都나 시골 사람들에게 2~3천부씩이나 판다고 하더라"(『祇園物語』下)는 평판이 있을 정도로 판매된 책이다. 그만큼 사람들의 생활 속에 필요한 지식을 공급해 주는 책이 한층 요구된 것이다. 이 경우에도,

> 四書五經 孝經을 능히 외우게 되면, 道雲을 이따금 불러 道理를 의논하고 나라 다스림을 무리없이 하며 非道한 일이 없도록 學問을 활용하는 것이 무엇보다 중요하다. (黑田長政遺言)

> 다른 사람의 主人이 되는 사람이 학문이 없으면 政治하기가 어렵다. 四書五經 七書 같은 것은 글자는 모르더라도 읽혀서 듣고, 그 이치를 갖추도록 할 것. (板倉重矩가 重道에게 준 글)10)

이라고 기술되어 있는 것처럼, 儒敎가 德川幕府에서 장려하는 학문으로 위정자 쪽의 필수 지식이 된 것과 관계가 있어, 그 입문서로 환영받은 까닭일 것이다. 또 町人에게 있어서도,

> 배워야 할 일 : 적는 일, 계산 · 판단, 치료, 교훈, 요리, 칼쓰는 법 등을 익혀두는 것이 좋다. (長者敎)11)

라고, 생활에 필요한 지식은 배워서 익혀야 하는 것이라고 되어 있다. 이 『長者敎』는 寬永4년(1627)의 古活字本에서 시작되어 여러 종의 再版과 重版을 거쳐 약 백년 동안 町人의 致富와 儉約의 마음가짐을 설명한 책으로서 쓰기에 편리한 책이었다.12) 이렇게 실용적인 교양을 구하는 사람들을 대상으로 한 많은 책이 간행되어 독자의 증가에 대응하

---

10) 『近世武家思想』(日本思想大系. 岩波書店)에서 引用.
11) 『近世町人思想』(日本思想大系. 岩波書店)에서 引用.
12) 野間光辰, 「『長者敎』考」, 『西鶴新攷』, 1948年 所收.

였지만, 종래 古活字版의 인쇄 방법은 활자의 滅減이나 組版의 弛緩 등으로 손이 많이 가면서도 많은 부수를 인쇄하기는 힘들었기 때문에, 寬永(1624~1643) 무렵부터는 한 장의 板木에 글자를 그대로 새기는 整版印刷로 기술이 이행되어 간다. 정판인쇄 기술은 平安시대(793~1192)부터 版經 등에 이미 써오던 방법이며, 또 그 내구성도 고활자판에 비해서 훨씬 강했다. 그리고 특히 京都・大坂・江戶는 도시의 발전에 따른 인구집중으로 整版印刷로 대량으로 찍어낸 서적을 판매하기에는 충분한 인구를 확보한 큰 도회지였다. 이러한 배경에서 「仮名草子」라고 불리우는, "慶長・元和(1596~1623) 무렵에서 거의 天和(1681~1683)의 西鶴가 쓴 『好色一代男』이 나올 무렵까지 나타난 仮名으로 쓴 당시의 사상・풍속을 반영한 소설 및 소설적 구성을 갖춘 계몽과 교화를 내용으로 한 읽을거리"가[13) 출판되기에 이른다.

2

仮名草子는 당시의 서적 목록에서 「仮名類」로 분류된 書籍群에 해당된다. 「仮名類」란 그 본문이 漢字가 아니고 읽기 쉬운 仮名으로 표기되어 있기 때문에 편의상 부여된 명칭으로 그 내용은 잡다한 많은 종류가 있다. 前田金五郎씨는 작품의 묘사 내용에 따라,

  (1) 敎義 敎訓的인 것
   (ㄱ) 敎義問答的인 것
   (ㄴ) 隨筆的인 것
   (ㄷ) 女訓的인 것
   (ㄹ) 說話集的인 것
  (2) 娛樂的인 것

---

13) 長谷川强, 「仮名草子」, 『講座 日本文學 7. 近世篇 Ⅰ』, 1969.

  (ㄱ) 中世이야기 같은 것
  (ㄴ) 說話集的인 것
  (ㄷ) 번역·다이제스트
  (ㄹ) 擬物語
  (ㅁ) 事物解說物
  (3) 實用本位의 것
  (ㄱ) 見聞記的인 것
  (ㄴ) 評判記的인 것
  (ㄷ) 男色物
  (ㄹ) 艶書·文範

　셋으로 크게 분류하고, 다시 더 잘게 나누었다.14) 이 仮名草子 중에서 특히 소설적인 작품만을 뽑아 내어서 보다 적극적인 문학사적 위치를 규정하려고 「근세초기 소설」로 지칭하려는 생각도 제출되어 있다.15) 이러한 仮名草子의 작자들은 전시대부터 지식층이었던 僧侶, 公家에 더해 직접 새로운 독자층으로 연결되는 武士·浪人의 얼굴도 보인다. 그리고 敎訓啓蒙家로서 시대적인 역할을 담당하고 있다.

　仮名草子 전체로 본다면 교훈·계몽을 말한 실용적인 책이 태반을 차지하지만 慶長 말기에 만들어진 『恨の介』나 『薄雪物語』 등과 같이 중세소설의 영향을 강하게 받으면서 당시의 유행이나 풍속을 묘사하고 현세를 칭송하여 노래한 것을 많이 삽입한 오락적 소설도 나타나게 되었다. 이러한 것들은 古活字本이나 整版本으로 重版이 이어진 평판이 좋은 소설이지만, 그 표현은 중세소설 이래의 전통적인 수사를 답습하고 있고, 또 내용을 이해하려면 고전에 대한 상당한 지식이 요구되기 때문에 당초에는 그 나름대로 독자가 한정되었을 것이다.

　지식인을 독자로 하는 예로 『犬枕』을 들 수 있다. 『犬枕』은 刊本으

---

　14) 『仮名草子集』解說 (日本古典文學大系. 岩波書店)
　15) 市古貞次,「近世初期小說の一性格」,『國語と國文學』, 1954. 9.

로는 天理대학 도서관에 있는 古活字本 하나뿐이며 그 외에 寫本으로
셋이 남아 있는 희귀본이라 하겠다. 그 내용은『枕草子』를 모방한 제목
이 보여주듯이「物は付け」16)의 책인데, 三藐院 近衛信尹과 측근인 御
伽衆이 담소하는 중에 만들었다고 전해진다.17) 나열하는 사물에 외설
스러운 것이 많은데, 그 중의 하나인 "돌려보내고 싶은 것은 정사 후 옆
에 누워있는 여자"가 저명한 학자 中江藤樹의 서간에 인용되어 있
다.18) 藤樹는 색욕 때문에 면학에 집중할 수 없다고 호소하는 제자에게
보낸 답장에서『犬枕』의 책이름을 들며 앞의 문구를 인용하여 여성에
대한 집착을 버리도록 권하고 있다. 이 고활자본『犬枕』이 '매 장마다
組版하고 摺刷하여 解版한다'는 慶長 중기에 간행된 私家版的 출판물
이며,19) 남아 있는 寫本도 陽明文庫本, 國籍類書本이라는 公家・大名
家의 것이라는 점을 생각하면, 藤樹는 어디서 어떻게 이 책을 읽었던
것일까? 그 자신도 女訓物『鑑草』를 지은 仮名草子 작자의 한 사람이
지만, 동시에 독자 그 자체이기도 했다. 또 戰國 武將에서 連歌俳諧師
로 전업한 齋藤德元도 역시 仮名草子 작자의 한 사람으로서『尤之雙
紙』(이것도『枕草子』를 모방함)를 썼지만, 그 서문에『犬枕』의 이름을
든 것은 그것이 先行書인 것과 더불어 德元 자신이 이러한 책의 독자
인 것을 말해 주고 있는 것이겠다. 즉 초기 仮名草子의 독자는 상당한
지식층이었음을 예상할 수 있음과 동시에, 이러한 독자가 곧 작자도 될
수 있었다고 본다. 이것을 보다 명확히 보여주는 것이『犬枕』인데,『犬
枕』처럼 刊本과 寫本이 모두 있는 책의 내용이 책에 따라 加減이 있는
것은 독자가 작자의 그룹으로 들어선 것을 말한다.『大坂物語』20)나『き

---

16) 모노와즈케[物は付け] : 일본의 시 하이카이[俳諧]에서 나온 짧은 시(詩)인 잣
    카이[雜俳]의 일종. (역자주)
17) 野間光辰,「仮名草子の作者に關する一考察」,『國語と國文學』, 1956. 8.
18) 山住正巳,『中江藤樹』, 朝日新聞社, 1977. 10.
19) 木村三四吾,「犬枕」,『ビブリア』55號, 1973. 10.
20) 中村幸彦,「大坂物語諸本の變異」,『文學』, 1977. 8.

のふはけふの物語』에도[21] 같은 현상이 보이는데, 독자가 그 책에 끼어들어 본문의 내용이 달라진 것으로, 그 책의 향수 형태를 전한다고 말할 수 있다. 적은 부수의 책밖에 간행되지 않던 때는 그 전파 범위가 좁기 때문에, 寫本에 의해(刊本을 옮기는 경우에도 오히려 확대된 寫本으로 刊本을 만들어 낸 경우도 있었을 것이다.) 향수된 시기도 있었던 것을 생각하지 않으면 안 될 것이다.

그러나『恨之介』나『薄雪物語』등이 몇 판이고 중판된 것은,[22] 작품 중에 있는 중세적인 면에 더해서 새롭게 들어간 당대성에 주목한 점도 있지만,[23] 이것들을 읽을 수 있는 새로운 독자가 성장하고 있던 것을 나타낸다고 볼 수 있다. 특히『薄雪物語』와 같이 이후 江戶시대를 통하여 계속되는 여성 교양서로서의 향수 형태에서 볼 때,『犬枕』이 "글을 쓰는 여자는 훌륭한 사람이다"라고 기술한 것 같이 여성 독자를 생각하지 않으면 안 될 것이다.

사람들이 독서를 하는 것은, 새로운 지식이나 교양을 구하기 위하여 하는 독서와 생활의 여유 중에서 위로를 찾는 즐거움의 독서 두 가지를 생각할 수 있다. 仮名草子의 시대에 새로운 독자가 된 武士나 町人들이 후자와 같은 이유로 책을 읽는 것은 비용면에서는 아직 곤란한 상태가 얼마 동안 계속되었던 것이라 볼 수 있다.[24] 그러나 明曆·萬治(1655~1660) 무렵부터 책의 종류(장르)에 따라서는 새로운 상황이 일어났다고 할 수 있다.

松平直矩의『松平大和守日記』萬治4년(1660) 2월 13일 조에, "옛날과 다른 것은 여러 가지 있지만 그 중에 淨瑠璃[25]의 책이 나온 것이다.

---

21) 앞의 주7) 小高 논문.

22) 松原秀江,「薄雪物語版本考」,『近世文藝』27·28號, 1977.

23) 松田修,「うらみのすけをめぐって-仮名草子から浮世草子へ-」,『國語國文』, 1955. 12 ; 野間光辰,「恨の介」解說 (日本古典鑑賞講座『御伽草子·仮名草子』角川書店).

24) 暉峻康隆,「仮名草子の作者と讀者」,『文學』, 1958. 5.

대충 헤아려보면 그 안에는 說經의 책이 있고 학문·교양을 위한 책 같은 것은 적다. 우선 생각나는 대로 기록한다."고 하고, 說經節에 正本 11점, 淨瑠璃節에 正本 157점을 열거하고 있다. 이것들은, 남아 있는 것으로 보아, 草子屋에서 간행된 싼 가격으로 만든 正本類로 무대에서 상연되는 것과 함께 읽을거리로도 간행되었다는 것이 알려져 있다.

이 시기의 淨琉璃는, "미숙하였는지는 모르지만, 體制의 구속도 보호도 없이 자유롭게 흥행하여 관객의 인기와 환성에 응한 소박한 시대이었다. 서민이 만들어 낸 淨琉璃였다."26)고 말하지만, 그런만큼 간행된 正本도 "학문적 교양적인 책은 적다"고 기술하고 있듯이, 독자 대상을 고려하여 仮名으로 쓴 丹綠本은, 삽화에 붓으로 붉은색이나 녹색 등 몇 가지 색을 칠한 것으로, 눈으로도 즐길 수 있도록 고안된 조악한 지질의 책이었다. 이러한 古淨琉璃 正本으로 남아 있는 것에 再印本이 많은 것은, "그 淨琉璃가 얼마나 환영받았던가 하는 유행의 정도를 가리키는 것"지만,27) 그와 동시에 이러한 책이 오락적인 독서물로서 얼마나 읽혔는가를 나타내는 것이기도 하다.

또 慶安4년(1651) 日向國28) 連花院의 승려에 의해 쓰여진 「義氏」라고 하는 淨琉璃는 寬永13년(1636) 10월 7일에 상연되었던 사실을 알 수 있는 작품인데, 그 사본의 필사기에는 "이 淨琉璃는 악필로 짐작되어 단호히 거절하고 싶었지만 간절히 바라므로 다른 사람의 조소를 무릅쓰고 誤字와 落字가 많이 있겠지만 正本 그대로 수록하는 바이다." 라고 하여 九州 지방에 있는 독자의 존재를 알려주고 있다. 淨琉璃本에 대하여 부언하면, 이후 에도시대를 통하여 서민의 친근한 오락으로서 人形淨琉璃劇이 유행된 것과 같이 서민의 친근한 독서물이기도 하

---

25) 조루리[淨琉璃] : 이야기에 음악을 싣고, 인형극과 결합하여 나타난 극. (역자 주)

26) 祐田善雄,『天理圖書館善本叢書 古淨琉璃集』解說, 1972. 11.

27) 위의 祐田 解說.

28) 현재 九州 宮崎縣(역자 주).

였다. 그것은 현존하는 淨琉璃本에 찍힌 많은 貸本屋의 도장이나, 貸本屋의 재고목록29) 등에 의하여 확실히 나타나고 있다.

약 80년간 계속한 仮名草子 시대는 다양한 작품이 많이 나왔는데, 그것은 또한 당시 사람들의 관심의 대상이기도 하였다. 여행이나 연극이나 遊廓에 대한 관심은, 실용적인 道中記나 名所記에 만족하지 않고, 그것 자체를 독서물로서 즐길 수 있는 것으로 만들었다. 『東海道名所記』, 『竹齋』 등의 걸작을 만들고, 또 役者評判記나 遊女評判記처럼 화류계에 통하는 유곽의 美를 연출하는 책을 만들어 왔다.

고전이 새롭게 평가되어 사람들의 흥미를 끈 것도 이 시대였다. 松永貞德의 『戴恩記』에는 慶長 8, 9년(1603, 4) 무렵의 일인, 林道春이 『論語』를 새롭게 주석한 것, 遠藤宗務法橋가 『太平記』를 講釋한 것, 貞德이 『百人一首』와 『徒然草』 등을 처음으로 군중을 상대로 講釋한 것을 얘기하고 있다. 이것은 문하생이 아닌 일반인에 대한 공개강의라고 말할 수 있는 것으로, 『徒然草』30)나 『太平記』31)에 대한 사람들의 관심이 높았음을 나타내고 있다. 특히 이 두 책은 이 무렵부터 새로운 고전으로서, 역사서나 軍書로서 다채롭게 향수되어 나아갔다. 近松門左衛門이 젊은 시절에 堺의 歡樂地인 夷島에서 原永易와 같이 『徒然草』 강석을 행한 것은, 당시의 『徒然草』에 대한 인기를 말하는 것이지만, 길거리에서 하는 강석보다 한층 폭넓은 사람들을 대상으로 한 고전의 공개이다. 고전이 이 정도로 친근한 것이 된 이유 중의 하나가 貞門이나 談林 같은 俳諧師에 의한 적극적인 활동을 들 수 있다. 그들이 俳諧의 이야기거리로서 謠曲이나 고전을 빈번히 인용한 것이 사람들을 古典에 가까이 하도록 이끌었다고 할 수 있다. 그 중에서도 松永貞德門의 北村秀吟(1624~1705)은 『源氏物語胡月抄』, 『枕草子春曙抄』를 비롯해

---

29) 柴田光彦 編著, 『大惣藏書·目錄의 硏究 本文篇』, 靑裳堂, 1983. 12.

30) 中村幸彦, 「徒然草 受容史」, 『國文學 解釋と鑑賞』, 1961. 1.

31) 大橋正叔, 「太平記讀みと近世初期文學 -『太平記』の受容から-」, 『待兼山論叢』 5, 1972. 3.

많은 고전 주석을 세상에 내놓았으니, 江戶시대에『源氏物語』는「湖月
抄」에 의해 읽혀진 것이라고 해도 과언은 아니다. 후세의 川柳에,

> 자주색 비단보자기에 쌓인 湖月抄. 香貞 (柳多留62~1)
> 읽다 그만 둔 초저녁 베개에 春曙抄. 浪輔 (柳多留130~4)32)

라고 한 것도 그 영향이 지대함을 말하고 있다. 井原西鶴33)의『好色一
代男』(天和2년(1682))과『源氏物語』와의 관계는 일찍부터 얘기된 것이
지만34) 그것도 이러한 출판계와 독서계의 경향 위에서 생각할 수 있는
일이다. 다만『好色一代男』은 지금까지 소설에는 없었던 새로운 문체
와 내용을 더 집어넣은 것이었다. 문학사에서는 西鶴의『好色一代男』
발표를 浮世草子35) 시대의 시작이라고 하여, 종전의 仮名草子와는 하
나의 선을 긋는다.36) 그러나『好色一代男』도 처음 간행되었을 때에는
西鶴이 俳諧의 동료에게 읽어주는 정도 밖에 생각하지 않았던 것 같아
서, 처음 출판한 것도 荒砥屋 孫兵衛라고 하는 출판 경험이 없는 사람
이 찍어낸 私家版적인 것이었다. 그러나 그 인기가 점점 높아져 板木
은 전문 書肆로 잇달아 옮겨가서 여러 판이 간행되었고, 京都뿐만이 아
니라 江戶에서도 찍어낼 정도였다.37)

---

32)『誹風 柳多留 全集』, 三省堂.
33) 이하라 사이카쿠[井原西鶴](1642~1693):『好色一代男』의 작자이다. 이 작품
　　의 내용은 문자 그대로 색을 좋아하는 한 사람의 일대기이다. (역자주)
34) 水谷不倒,『列傳體小說史』, 1897 ; 藤岡作太郎,『近代小說史』, 1917 ; 山口
　　剛,「好色一代男の成立」,『早稻田文學』, 1922. 3 ; 島津久基,「西鶴と古典文
　　學-特に一代男と減じ物語との關係として」,『國語と國文學』, 1939. 11,
　　1940. 9.
35) 우키요조우시[浮世草子]: 우키요[浮世]는 넓게는 현세(現世)를 말하지만, 좁
　　은 의미로는 향락적인 생활을 뜻한다, 우키요조우시는 이 시기에 경제력을 갖
　　춘 초닌[町人]계급의 요구에 의해 나온 이야기문학이다. (역자주)
36) 野間光辰,「浮世草子の成立」,『國語國文』1940. 11~12. (『西鶴新攷』1981.
　　所收)

이후 浮世草子의 시대는 약 백년간 계속된다. 그동안 西鶴의 작품을 중심으로 한 시기와 京都의 書肆「八文字屋」에서 출판된 氣質物을 중심으로 한 시기가 중심이 된다.[38] 이 시기는 특히 『元祿太平記』(元祿 15년(1702)刊, 都の錦 作)에 "京都와 大坂에서 독서 경향이 바뀌는 소문"이라고 서술하고 있는 것처럼, 딱딱한 읽을거리는 유행하지 않고, 장사가 되는 것은 好色本 아니면 重寶記 종류이어서, 책방도 독자의 기호를 염두에 두고 활동하지 않으면 안 되는 시기였다. 즉, 책방이 독자와의 사이에 강하게 끼어들기 시작한 시대였다. 西鶴 자체에 대해서도 그러한 문제가 지적되고 있지만, 谷脇理史씨가 말하는 것처럼, 문체나 내용 같은 작자의 주체적 자세로 보아서, 西鶴 자신의 출판 저널리즘에 기대는 것에 대한 문제는 더욱 신중한 검토를 요하는 문제이다. 또 西鶴本이 八文字屋本보다 훨씬 고등한 문체와 내용이라는 점을 생각한다면, 독자층도, 『好色一代男』으로 보아서, 어느 정도의 사람들을 상정해야 할 것인가 하는 문제가 남는 것이다. 西鶴本은 八文字屋本의 氣質物을 좋아한 사람들보다도 일단 지적인 층이 아니었겠는가?

그 후 각각의 발생이나 전개에는 각 장르 獨自의 사정이나 의미를 갖고 있지만, 작자와 독자와 책방의 강한 관계 속에서「洒落本」,「談義本」,「讀本」,「草雙紙」,「黃表紙」,「合卷」,「人情本」,「滑稽本」[39] 등 다종다양한 소설이 만들어져[40] 많은 독자가 그것을 향수해 가게 된다. 그러한 것에 대해서도 이미 많은 연구가 개별적이긴 하지만 진행되고 있다. 여기에 대하여서는 각주의 여러 논문을 참고해주기를 바란다.

---

37) 『西鶴』, 天理圖書館, 1965.
38) 長谷川强, 『浮世草子の硏究』, 櫻楓社, 1969.
39) 에도[江戶]시대의 여러 가지 서사물이다. 쿠사조우시[草雙紙]는 그림이 들어 있는 것이고, 요미혼[讀本]은 문장이 주된 것이다. (역자주)
40) 久松潛一 編, 『新版 日本文學史 近世Ⅰ·Ⅱ』, 至文堂, 1971 참조.

3

　근세의 출판은 爲政者나 寺院 등의 私家版에서 시작되었지만, 독자의 증가와 더불어 민간에서도 소규모이지만 開版이 이루어져 결국 영리를 목적으로 한 책방이 출현하게 된다. 古活字本 10行本 『きのふは けふの物語』는 寬永 초(1624) 무렵에 만들어졌다고 하는데, 거기에 있는 한 이야기에,

　　시골에 책을 팔려고 내려와 여러 가지 물건을 판다. 어떤 사람이 『枕草子』를 사면서 "만약 글자가 틀린 것이 있으면 책을 물리겠다. 요즈음 산 책 중에는 나쁜 것이 있다."고 말하니까, "이것은 要法寺의 세이와우 스님이 校合하신 것으로 조금도 틀림이 없습니다."라고 말했다.[41]

는 것이 보인다. 文盲을 조소한 이야기이지만, 책을 파는 도붓장수가 시골까지 여러 가지 책을 가지고 내려갔던 것을 알 수 있다.

　이러한 책방이 짧은 기간 중에 어느 정도로 활발한 활동과 발전을 이루었던가는, 당초에 그들이 거래상의 필요에서 엮은 서적목록에 잘 나타나 있다. 禿氏祐祥씨는, "내가 萬治 목록을 든 것은, 萬治2년 10월 11일에 필사를 끝마쳤다고 써 놓은 한 寫本을 東寺의 觀知院에서 본 것뿐이지만"[42]이라고 하여, 가장 빠른 시기의 서적목록으로 萬治年間(1658~1660)의 『新版書籍目錄』을 들었다. 지금 그 책의 소재는 알 수 없지만, 禿氏祐祥씨가 昭和12년(1937)에 謄寫版으로 복제한 복제본을 阿部隆一씨가 정리한 것에 의하면, "寬文目錄의 部門名을 빌려 그 분류 순서를 나타내면, 최초에 經書부터 시작하는 外典・詩並聯句, 字集

---

41) 『江戸笑話集』(日本古典文學大系. 岩波書店 刊) 所收의 金地院舊藏, 現天理圖書館本에서 引用.

42) 禿氏祐祥 編, 『書目集覽』 壹, 東林書房, 1928.

類, 그 밑으로 神書, 曆書, 軍書, 往來物, 医書, 禪, 法相・律宗・倶舍, 天台, 淨土와 一向, 眞言, 歌書, 連歌, 俳諧, 手本, 釣物竝繪圖, 和書竝 仮名類・舞並草紙로 되어 있다. 책 이름만 1,366부를 수록했고, 책 숫 자 이하의 注記는 없다"[43]고 보고했다. 私的인 古活字本이 처음으로 간행된 때로부터 거의 50년 후인데, 그동안 '冬の陣'과 '夏の陣'이란 두 번의 內亂이 있었지만, 여기까지의 간행을 보기에 이르렀다. 다음으로 알려진 것은 『和漢書籍目錄』一冊(寬文 6년(1666) 무렵 간행)이다. 이 것은 22부문으로 나누고, 책 이름과 숫자를 든 간단한 것이었지만, 책 이름은 전자의 약 두 배 2,600종이나 된다. 이후에 今田洋三씨의 조사 에서는,[44]

　　　寬文 10년(1670)版　3,866종
　　　貞享 2년(1685)版　5,934종
　　　元錄 5년(1692)版　6,181종

이라고 하여 계속하여 책의 숫자가 늘어난다. 또 서적목록 자체도 종류 별로 나누는 것에 더해 <伊呂波>[45]로 나눈 목록도 나온다. 거기에 寬 文 10년(1670)에 간행된 책에는 작자가 적혀 있고 天和 元年(1681)에 간행된 『書籍目錄大全』에는 가격도 적히게 된다. 그리고 享和 元年 (1801)에 간행된 『合類書籍目錄大全』을 마지막으로 도합 23종의 서적 목록이 간행되었던 것이다. 이것들은 간행된 서명을 게재한 책이지만, 한편 地誌類에는 그 책을 판매하는 책방을 기재해 놓았다. 책방이라고 한 마디로 말해도,

---

43) 『江戶時代書林出版書籍目錄集成』第一卷, 解題, 斯道文庫, 1962.

44) 「元祿享保期における出版資本の形成とその歷史的意義について」,『ヒストリ ア』19, 1957. 8.

45) 이로하[伊呂波] : 히라가나[平仮名] 47자를 겹치지 않게 배열한 첫 세 글자. 우리말의 '가나다'나 영어의 'ABC'와 같은 알파벳 순서. (역자주)

『部雀』(延寶 6년, 1678) : 本屋, 古書의 판매
『難波鶴』(延寶 7년, 1679) : 書物屋, 草子屋, 板木屋
『京羽二重』(貞享 2년, 1685) : 唐本屋, 書物屋, 淨琉璃本屋, 歌書竝繪
　　草紙
『增補江戶惣鹿子名所大全』(元祿 3년, 1690) : 物之本屋, 唐本屋, 書
　　本屋, 淨琉璃本屋, 板木屋

과 같이, 그 취급하는 책에 따른 점포의 차이가 있고, 또 같은 書物屋
(物之本을 취급하는)에도

　　歌　書 : 林白水
　　法花書 : 平樂寺
　　儒医書 : 風月
　　安齋書 : 武村市兵衛
　　禪　書 : 田原仁左衛門
　　眞言書 : 前川権兵衛
　　同　　 : 中野小左衛門
　　法花書 : 同 五郎左衛門
　　一同宗 : 西村九郎右衛門
　　謠　本 : 金屋長兵衛
　　(『京羽二重』)

라고 하여, 그 종류의 책을 전문으로 취급하는 책방이 나타나게 된다.
江戶시대에 어느 정도의 책방이 있으며, 각각의 가게에서 어떠한 책을
출판하고, 그 가게가 어느 정도 계속해서 영업했는가에 대해서는 이미
몇 편의 조사가 있지만,[46] 이른 시기의 책방 활동이나 출판에 이르기까

---

46) 井上和雄 編, 『增訂慶長以來書賈集覽』, 高尾書店, 1970 ; 失島玄亮, 『德川時
　　代出版者出版物集覽』, 『同續編』, 萬葉堂書店, 1976 ; 井上隆明, 『近世書林版
　　元總覽』, 青裳堂, 1981 ; 市古夏生 編, 「書林編纂書目板元名寄 1~7」(未完).

지의 기구가 어떠한 것이었는가에 대해서는 아직 명확하지 않은 점이
많다. 이것은 앞으로의 과제이지만, 책방조합(本屋仲間)이 조직된 이후
의 일에 대해서는 자료가 공개되고 있다.[47]

책방조합이라고 하는 것은, 책방의 증가와 더불어 설치된 동업자 조
합인데, 자신들이 출판한 서적의 판권을 지키기 위해 단결하고 통제를
기도한 것으로 京都에서 먼저 조직화되었다. 蒔田稻城씨는, "享保8년
(1723) 9월 14일 大坂 책방조합의 대표가 당시 大坂町의 奉行에게 올
린 문서의 한 구절에, '京都의 책방조합은 200여 집이 있습니다. 이전부
터 동업자가 상당히 많아져 햇수를 알지 못한다.'[48]고 기록되어 있다."
는 것에서, 京都의 책방조합은 元祿(1688~1703) 이전에 조직되었다고
말한다. 德川幕府가 책방조합을 출판물을 단속하기 위한 의도로 공인
한 것은, 京都가 正德6년(1716), 大坂이 享保8년(1723), 江戶가 享保6
년(1721)이다. 그러나 세 도시에서 모두 그 이전부터 重板·類版·僞
板의 문제가 가끔 표면화되었기 때문에 조합 조직화의 움직임은 일찍
부터 있었다고 생각된다. 책방조합이 만들어진 후에는, 書肆가 새로 책
을 발행하려고 할 경우에는 다음과 같은 수속을 밟아서 출판하게 된다.

먼저 書肆가 서적을 간행하기 위해 上梓(이것을 '開板'이라고 한다)
하려고 할 때는 이보다 앞서 草稿를 첨부하여 조합 대표에게 開板願
을 낸다. 行事는 법으로 금하는 것에 저촉되는 것이 없으면, 조합 안
에서 이미 나온 책의 重板이나 또는 類板이 아닌가를 검열한다(吟味).
만약 類板의 염려가 있을 때는, 우선 그 초고를 조합 내의 旣刊者들이
가만히 볼 수 있게 한다(이것을 '돌려보는 책(廻り本)'이라고 한다). 아
무 지장이 없을 때 비로소 行事는 그 원서에 도장을 찍어 증명을 하고

---

47) 『大坂本屋 仲間記錄』
　　『京都書林仲間記錄』全六卷, ゆまに書房.
　　『江戶本屋出版記錄』全三卷, ゆまに書房.
48) 蒔田稱城 『京阪書籍商史』, 臨川書店, 1982. 修正 復刻版. 9쪽.

(行事의 이름으로 원서를 낼 때도 있다), 町 奉行所에 그 開板 허가를 신청한다(江戶에는 町年寄, 大坂에는 惣年寄가 있어서 이들 관리자를 경유했지만, 京都에는 이런 사람이 없었으므로 行事가 직접 奉行所에 원서를 냈다). 奉行所에서는 다시 이것을 검열한 다음에 開版을 허가하는 것이지만, 이 때에도 行事를 奉行所에 불러서 行事에게 그 開版 허가의 지령을 내리고, 行事는 다시 開板人에게 이것을 전달한다. (『京阪書籍商史』)

이렇게 해서 허가된 원고를 板下書에 淨書시키고, 다시 彫師가 板에 새기고, 刷師가 인쇄해 내고, 이것을 표지 만드는 집에서 제본하여 책이 만들어지는데, 이 사이에 교정도 이루어진다. 인쇄하여 제본한 책은 行事에게 보내 奉行所에 책을 바친(上ケ本) 후에 發賣 허가서라고도 할 수 있는 添章이 開版人에게 건네진다. 개판인은 그것을 받고 白板步銀과 獻冊科를 行事에게 지불하고 發賣를 시작한다. 江戶와 大坂에서도 發賣하는 경우는 각각 그곳의 添章이 별도로 필요하다. 이렇게 수개월이 걸리는 번거로운 수속도 자신들의 판권과 판로를 지키기 위해서인데, 草雙紙로 취급된 淨琉璃本이나 연극 繪本 등은 오랜 기간 동안 이 허가서를 제출하는 제도에서 제외되어 있었다.[49]

이 책방조합은 三都(京都, 大坂, 江戶)를 중심으로 형성된 것이어서 지방의 책방에[50] 어느 정도 구속력을 갖고 있었던가는 의문이다. 『大坂本屋仲間記錄』은 판권을 둘러싼 책방끼리의 소송 문제를 많이 적어 놓은 귀중한 기록이다.

4

49) 大橋正叔, 「諸事取締帳」, 『ビブリア』 75號, 1980.
50) 『名古屋の出版』(1981. 5) 參考文獻 揭載.

불특정다수의 독자에게 책은 어떻게 판매되어 갔는가? 앞장에서는 일찍부터 행상책장사가 있었던 것을 『きのふはけふの物語』의 이야기 하나를 예로 들었고, 또 三都에서는 책방이 각자의 전문 서적을 판매하고 있던 것도 기술하였다. 寬文5년(1665)에 간행된 『京雀』의 揷畵에 '物之本や'의 간판을 건 그림이 있는데, 이것은 책방의 그림으로서는 오래 된 것 가운데 하나일 것이다. 이후 여러 가지 서적에 책방 그림이 있는데, 모두 三都의 그림에 국한되어 있고, 지방에서 어떻게 판매되었는지는 나타나지 않는다. 이러한 문제에 대하여 長友千代治씨는 행상 책장사나 貸本屋의 실태를 조사하여[51] 그 형태를 소개하고 있는데, 貸本屋의 전국적인 활동의 자취에 대해서, 전부가 江戶 시대의 貸本屋이라고 단정할 수는 없다는 전제 아래, "현재 저자는 85집 정도 있다고 말할 수 있지만 실제 숫자는 대략 140~50집은 넘을 것이다."라고 서술하고 있다. 일정한 시기를 설정한 조사라고는 할 수 없지만, 貸本屋의 활동이 전국에 미치고 있던 한 증거라고는 할 수 있다. 長友씨는 또 "河內柏原三田家と行商本屋"에서 享保4년(1719)에서 同 7년(1722)에 걸친 4년간의 三田씨와 행상책장사와의 서적 매매나 빌려간 책의 출입을 상세히 조사하여 보고했는데, 여기에 나타나는 두 집 중의 한 집인 책장사 森田忠八은 野間光辰씨가 소개한[52] 「河內國日下村元庄屋日記」에도 등장하는 '本屋忠八'과 같은 인물로 생각하고 있다. 大坂에서 가까운 시골의 마을을 돌아다니는 이들 행상책장사의 활동은 책의 판매와 빌려주는 것이었지만, 이 이전부터 그들이 꽤 먼 곳까지 활동하고 있었던 것은 최근 소개되어 주목을 받은 『家乘』에 의해 밝혀지고 있다.

『家乘』[53]은 紀州 德川家 家臣의 우두머리였던 三浦家에서 일하던 儒医 石橋辰章(號 生菴)이 寬永19년(1642)에서 元祿10년(1697)까지 쓴

---

51) 長友千代治, 『近世貸本屋の硏究』, 東京堂, 1983. 3.

52) 「浮世草子の讀者層」, 『文學』, 1958. 5.

53) 和歌山大學 經濟史・文化史硏究所 編, 『家乘』, 淸文堂, 1984.

일기이다. 일기라고는 하지만 家譜로서의 기록도 겸비한 것이기 때문에, 그 내용은 정치·경제·사회·세태·예능 등 다방면에 걸쳐 있다. 石橋 자신이 교양·오락으로서 읽었던 서적뿐만 아니라, 侍講으로서 主君에게 講釋한 서적을 성의껏 기록함과 동시에, 구입한 책이라면 그 가격을, 또 빌린 책이라면 그 취지를, 읽은 날짜 수, 입수 경로에 이르기까지 기록하고 있는 점 등에서 근세 讀者史의 귀중한 자료라 할 수 있다. 그의 독서 폭은 넓고 출입한 책방의 숫자도 열 몇 집을 헤아릴 수 있다. 그 밑에는 고향 和歌山의 책방뿐만 아니라 京都나 大坂의 책장사까지도 방문하여 같은 책장사가 팔기도 하고 빌려주기도 하여 그의 편의를 도모해주고 있다. 京都나 大坂에서 和歌山까지의 오는 것은, 德川 三家의 지역이라고 하여도 상당한 날짜를 요하는 것이라고 생각되어, 당시 책방의 적극적인 활동을 엿볼 수 있다. 그가 읽은 책의 태반이 經書와 史書類인 것은 당연하지만, 仮名草子나 浮世草子 등도 섞여 있다. 게다가 西鶴의 浮世草子 등도 侍講하는 책에 들어 있다. 예를 들면 貞享3년(1686) 閏3월 22일에는 『好色五人女』의 卷4와 卷2를, 다음 날 23일에는 卷3과 卷5를 侍讀했다. 이 책이 이 해 2월에 간행된 것을 생각한다면, 상당히 빠른 시기에 읽은 것이다. 거기에 독서 후,

　○侍讀五人女
　　江戶本鄕八白屋於七(吉祥寺侍童/ 小野川吉三郎/ 天和二/ 年冬)
　　　○大坂天滿樽屋於千間男麴屋喜左衛門(貞享/ 二春) (二十二日)
　○侍讀五人女
　　京大經師妻於佐牟間男手代茂右衛門(貞享/ 元年) ○播磨姫路淸十
　　郎但馬屋妹夏 ○薩摩鹿兒嶋五兵衛琉球屋娘末無 (二十三日)

라고, 사건 당시의 사람 이름이나 날짜와 지명을 써놓았다. 尾形仂씨는, "지명이나 날짜를 써놓은 것을 보면, 어떤 면에서는 그것을 사실로 받아들여, 당시의 서민들의 생활을 알아 정치에 참고할 수 있는 자료로

생각했던 것으로 보인다. 浮世草子의 효용은, 그러한 읽는 방법에 응하기에 충분한 보도성을 갖추고 있는 점에서 인정받고 있었던 것일까?"54)라고 지적하고 있다. 그렇게 읽는 방법이 어느 정도 행해졌는지 의문이지만, 어떤 면에서는 그와 같이 받아들이는 방법이 있었다는 것은 다른 市井의 사건을 速報的으로 취급하고 있는 浮世草子가 많았다는 점에서도 알 수 있다. 그리고 西鶴의 작품은 生菴뿐만 아니라 君主인 三浦爲隆도 읽었다는(生菴이 읽던 『日本永代藏』은 君主에게서 빌린 것이다) 사실은, 西鶴의 독자가 상당한 상층 지식인까지 미치고 있었던 것을 示唆하는 흥미 있는 일이다. 각지에 남아 있는 藩校나 文庫의 藏書가 증명하고 있듯이, 에도시대에는 德川家康을 비롯해 학문을 좋아하는 大名55)들이 많았는데, 이러한 軟派의 문학도 읽혔던 예를 하나 더 소개하겠다.

薩摩藩主 島津宗信의 소년 시절 이야기인 『古の遺愛』에, 公이 매일 밤 侍臣에게서 古今의 治亂興亡의 일을 듣고 있을 때 어떤 家臣이 咄の本(우스운 이야기책)을 구입하여 그 책의 이야기를 말하며 사람들을 웃기고 있었는데, 公은 조금도 웃지 않았다. 모두들 이상히 여겨 그 이야기를 처음으로 듣는 것이 아닌가 하고 물었더니, 그 이야기는 이미 책으로 읽어서 알고 있다고 대답했다고 하는데, 이것은 享保 末年 (1735) 무렵의 일이라고 한다.56) 우스운 이야기책을 大名의 아들이 읽었다는 자료인데, 어려서부터 책을 가까이 하던 사람인 것 같다. 伊藤梅宇의 『見聞談叢』에 의하면 귀국 도중의 黑田候(누군지는 알 수 없다)57)에게 西鶴이 불려가 곁방에서 才談을 들려주었다는 이야기가 실

---

54) 「儒医の日記から」, 『文學』, 1982. 11.

55) 福井久藏, 『諸大名學術と文藝の研究』, 厚生閣, 1937.
　　『近世日本の儒學』, 岩波書店, 1984.

56) 市古貞次, 「御伽衆・御咄衆・咄の本」, 『日本古典文學大系』(江戸笑話集)月報, 1966. 7.

57) 野間光辰, 『補刪西鶴年譜考証』, 中央公論社, 1983. 11.

려 있다. 이러한 것도 西鶴의 浮世草子 저작과 무관한 것은 아니었다
고 생각했다. 읽어서 즐거운 것에 대한 사람들의 흥미는 공통된 것이라
고 할 수 있다.

『家乘』을 보면, 오락적인 仮名草子나 浮世草子 등은 사서 읽는 것이
아니라 빌려서 읽는 경우가 대부분이었다. 또 친구 사이에 빌려주는 일
이 자주 있었다. 책은 또한 값비싼 귀중한 것이었다. 이런 경향은 武士
이외의 사람들에게는 더했는데, 攝津國 枚方 庄屋의 일기인『見聞子覺
集』58)에는, 京都에서 갖고 온『源平盛衰記』를 읽으려고 어떤 사람의
집에 모두 모였다는 기록이 있다(元祿3년(1690) 10월 27일). 아마도 그
중의 識者가 읽으면서 설명해 나갔을 것이다. 문자 해독의 문제도 있지
만, 이미 지적한 바와 같이 당시 책의 가격이 다른 물가에 비해 높아
서,59) 웬만해서는 서민층이 자기 책으로 독서하기는 어려운 일이었다.
비록 부유한 사람이라도 교양서나 실용서라면 모르겠지만, 쓸모없는 오
락책에 큰 돈을 내는 것은 그리 쉬운 일이 아니었다. 지금의 가격으로
정확히 환산하는 것은 곤란하지만, 西鶴의 浮世草子의 판매 값을 3匁
에서 5匁으로 하고, 당시 쌀값의 평균을 한 石에 55匁으로 계산하면,60)
이것은 현재 가격으로 3,500円에서 5,000円 정도가 된다. 소설 같은 것
한권에 3,500円에서 5,000円을 지불하는 것은 역시 주저할 것이다. 그것
을 貸本屋에서는 약 1/15에서 1/20의 가격이면 빌려 읽을 수 있는데,
자신이 갖고 있을 필요가 없다면, 빌리는 것으로도 충분할 것이다. 또,
산 책을 많은 사람이 읽으면 그것으로도 책의 가치도 증가한다고 할 수
있다. 貸本屋도 꽤 서비스를 했던 것 같다. 山の八(山本八左衛門)이라
고 알려진 浮世草子의 작자는, 자신이 지은『好色床談義』(元祿 2년
(1689)刊)의 自序에서 자신이 쓴 작품의 인쇄 부수를 700부에서 1,000

---

58)『枚房市史』所收.

59) 주 24), 57) 참조.

60) 山崎隆三,『近世物價史硏究』, 塙書房, 1983. 2.

부라고 自讚하고 있다.61) 자기 선전이라는 점을 감안해도 상당한 숫자를 찍어낸 것이다. 그가 든 작품『戀慕水鏡』,『源氏色遊』,『風流嵯峨紅葉』,『好色旅枕』,『好色覺帳』 등은 그 어느 것이나 최상의 작품이라고는 말할 수는 없는 것인데도 불구하고 그 정도 팔렸다면, 독서가 일상생활에서 그 나름대로 역할을 담당하고, 문학 자체가 그 위치를 확보하게 되었던 것이라고 본다.

끝내며

享保7년(1722) 八代 將軍 德天吉宗은『六諭衍義大意』를 室鳩巢에게 만들게 하여 三都의 寺小屋에 학문과 교화를 위한 책으로 주어 서민 교육의 진흥을 도모하였다. 요컨대 교육은 동시에 책읽기를 권하는 일이기도 하였다.『敎訓雜長持』62)(寶曆 2년(1752)刊)는 당시의 서민 교육에 대하여,

　　仮名으로 쓴 草紙를 읽을 수 있으면「鼠の娶入」,「金平本」부터 서서히 가르친다.(中略) 옛날의「金平本」은 흥미를 끄는 좋은 것으로, 武士의 애들에게는 더욱 용기를 북돋우는 좋은 것이다. 그리고 점점 어려운 책을 읽힌 다음 六諭衍義의「大意」와「小意」를 읽히고, 中村씨가 만든 아주 좋은 것을 권하여 읽혀라. 見原의 책은「下手談議」마저 권하고 있다. 반드시 항상 쉬지 않고 읽게 하라. 그 외「町人袋」,「百姓袋」,「冥加訓의 類」,「分量記」前後 二篇, 이런 류의 草子는 모두 平仮名으로 읽기 쉽고, 그 이치는 알기 쉬운 모두 좋은 책이다. 주어서 읽게 하라. 여자에게는「女大學」,「大和小學」,「女子訓」類의 어떤 것이든 좋은 것이다. 가르쳐서 읽게 하라. 또 나이를 좀 먹은 女子

---

61) 野間光辰,「作者山八の正體 －近世小說に關する覺え書(一)－」,『國語國文』, 1941. 7.
62)『近世町人思想』(日本思想大系. 岩波書店) 所收.

에게는 「列女傳」, 「女四書」가 좋다.(後略)[63]

라고 하며, 그 외에 몇 가지 책을 더 읽을 것을 권하고 있다. 여기까지
읽게 되어 지식이 있게 되면, 다음부터는 본인이 독서를 좋아하느냐 하
지 않느냐에 달려 있다. 그것에 대해 제공되는 서적은 八文字屋의 浮
世草子 이후는 지식의 보급에 응한 여러 가지의 장르가 형성되어 있다.
서민적인 재미로 읽는 책도 많다.

享保(1716~1735) 이후 문예 경향의 하나는 지식인에 의한 遊戱文
學, 즉 초기 戱作이 나타나게 된 것이다. 戱作에 대하여 中村幸彦씨는,
"寶曆(1751~1763), 明和(1764~1771) 기간 동안 지식인이 통속문학을
쓸 때에 사용한 遁辭에서 시작하여, 그들이 시작한 소설계의 作風이 安
永(1772~1780), 天明(1781~1788)에 들어와 새로운 양식으로 확립되어
유행하였다. 그 때 그 새로운 小說群을 가리키는 명칭이 되었다."고 정
의하였다.[64] 이것은 그가 말하는 좁은 의미의 戱作이지만, 京都와 大坂
에서는 초기 讀本에, 江戶에서는 談義本에 지식인의 세련된 취미가 中
國 白話小說의 영향이나 老莊思想에 의한 현실과의 不卽不離의 자세
에 의한 풍자를 통하여 표현되어 갔다. 또 이 시기의 특색은, "작자와
독자가 구체적인 정황을 지적할 수 있는 것과 할 수 없는 경우가 있지
만, 지식이나 기호 등의 조건을 가지고 一群을 이룩하고 있었다.(中略)
작자가 예상하는 독자는 특정한 좁은 범위이어서 書肆는 편법으로 개
입하고 있었던 것이다."[65]라고 설명하고 있다. 「洒落本」이 그렇고 「黃
表紙」가 그랬던 것이다. 그 작자는 武士나, 학문에 있어서 일가를 이룬
사람들이었다. 당연한 일이지만 독자에게도 그들 나름대로의 지식과 교
양이 요구되어 肥前島原 藩主 松浦靜山 같은 사람이 독자에 들게 된

---

63)『近世町人思想』(日本思想大系. 岩波書店)에서 引用.
64) 中村幸彦,『戱作論』, 角川書店, 1966.
65) 中村幸彦,「戱作入門」, 鑑賞 日本古典文學『洒落本·黃表紙·滑稽本』.

다. 그러자 松平定信의 寬政改革(1787) 이후에는 「洒落本」이나 「談義本」이 가지고 있던 풍자성은 출판 단속으로 말미암아 사라져서, 상업주의적인 출판활동에 편승한 직업적인 작가의 활약이 중심이 된다. 즉 이 때는 中村씨의 넓은 의미의 戱作, 근세 후기 후반의 소설(「人情本」, 「滑稽本」, 「後期長編讀本」, 「合卷」 등)의 시대로 된다. 이들 작품은 지적인 즐거움보다도 등장인물들의 대화나 몸짓 그리고 행동 등에서 실생활의 戱畵化나 애정 이야기의 줄거리를 보고 즐기는, 확실히 일시적인 즐거움으로서의 독서란 느낌이 강한 것이다. 그 중에서도 馬琴[66]의 讀本은 고답적인 자세를 취하려고 노력은 하지만, 본인의 현학적인 면이 너무 강하게 드러나 그 이상의 것을 작품에 부여하였었던가는 의문이다. 전체의 흐름과 질적인 相異를 찾아내는 것은 어렵다. 이 시기의 독자는, 仮名으로 쓴 책이란 점도 있고, 또 貸本屋의 전성기[67]란 것도 더해져서, 도시와 시골을 막론하고 남녀가 함께 독서에 흥미를 가진 모든 사람들이 평등한 조건하에 독자가 될 수 있었다고 해도 과언은 아니다. 그만큼 작품의 종류에 있어서도 인쇄 부수에 있어서도 충분한 양이 공급되었다. 이런 의미에서는 이 시기의 독자를 어느 범위에 한정하는[68] 것은 어려운 일일 것이다. 그러나 이번 공동연구주제인 근세 독자의 입장으로 근세문학사를 파악해보는 시도는 반드시 하지 않으면 안될 것이다. 그러한 시도에 의해 의외로 작품의 본질적인 문제에 들어갈 수 있는 것이 아닐까 하는 관측을 이 논문을 기술하는 과정 안에서 얻었기 때문이다.

---

66) 타키자와 바킨[瀧澤馬琴](1776~1848)은 최고의 요미혼[讀本] 작가로 『南總里見八犬傳』을 지었다. 이 작품은 중국의 『수호전』을 번안한 총 53권의 장편이다. (역자주)

67) 浜田啓介, 「馬琴に於ける書肆 作者 讀者の問題」, 『國語國文』 1963. 4)와 註 51).

68) 中村幸彦, 「讀本の讀者」, 『文學』 1958. 5. (『近世小說史の研究』 1973. 4. 所收)

淸代 白話小說의 諸形態와 그 受容者에 대하여

이소베 아키라[磯部彰]

이 윤 석 역

1. 중국소설의 독자에 관한 연구사

중국의 문언(文言), 백화(白話) 두 형태의 소설에 대한 연구는 문헌과 원본의 정리 및 간행, 목록작성, 그리고 연구자료의 공간(公刊) 등의 기초작업이 진행됨에 따라 일정한 성과를 올리고 있다. 그러나 작품 자체에 대한 검토가 이루어지고 있어도 그 작품을 수용하는 계층 혹은 수용자로서의 개개인은 거의 연구되지 않았으며, 작품의 형성 혹은 개정(改訂)과 수용자가 어떠한 관계에 있었는지에 대한 연구 등, 작품론을 전개하는 데에 적지 않은 문제점들이 있다. 이전에 중국백화소설의 독자라는 주제로 연구 또는 이에 대해 언급한 연구논문은 필자가 본 바로는 다음과 같다.

후지도 메이보[藤堂明保], 이토 소헤이[伊藤漱平]의 「근세소설의 문학·언어와 그 시대」[1]에서는 송대(宋代)의 설화인(說話人)이 '민중(民

---

1) 藤堂明保, 伊藤漱平, 「近世小說の文學·言語とその時代」, 『中國の八大小說』, 平凡社, 1965.

衆)'을 상대로 강석(講釋)했다는 이야기를 소설의 원류로 보고 작자는
'설화인', 수용자는 '민중'이라는 계층으로 정한다. 이윽고 강석(講釋)이
독본화(讀本化)되면 독자층이 생기고 소설평론의 발달과 함께 질적 향
상을 보이게 된다. 그리고『홍루몽(紅樓夢)』에 의한 개(個)의 해방으로
의 선성(先聲)은 "소설의 독자층을 여성이나 지식인을 포함한 폭넓은
것으로 확장하는" 결과를 가져왔다고 지적한다. 독자에 관한 엄밀한 언
급은 적으나 백화소설의 작가와 함께 독자의 존재를 지적한 점은 평가
받을 만한 일이다.
　　오가와 요우이치[小川陽一]2)는 송대(宋代)에 들어서면 국내경제는
충실해지고 서민의 생활은 번영하여 교육이 서민에게까지 보급되고, 인
쇄기술이 진보한 결과 책이 서민들 사이에 보급되어 그들의 생활이 이
야기의 제재가 되었다고 설명한다. 그리고 송대 화본(話本)의 담당자인
'서민'은 "구체적으로는 농민, 상인—이 중에는 거액의 자본을 가지고서
국내무역에 종사하는 거상으로부터, 마을 어귀의 실파는 집이나 작은
꽃집 주인까지도 포함한다—세공사(細工師)나 구두집 등의 장인(匠人),
고관 집의 하녀나 첩, 과거의 낙제자(합격한다면 고관이 될 수도 있지
만 합격하지 못했기에 동네 아이들에게 읽고 쓰기를 가르치며 별 볼일
없는 삶을 살고 있는 사숙(私塾)의 교사와 같은 사람)들"이라고 한다.
또 설화인에 의해 얘기되는 소설의 청중이 "상인, 장인, 농민 등 마을의
사람들"이었다고 여겨지는 것을 보면, 송·원시대의 소설과 설화의 수
용층도 마찬가지로 '서민'이었다고 생각하는 듯하다. 오가와 요우이치
의 소설수용자에 대한 생각은 송·원시대에 관한 것임에도 불구하고
구체성이 뛰어나다. 하지만 그 구체성을 뒷받침할 자료가 없다는 것,
송·원대의 주요 도시의 경우를 염두에 두는 등의 몇 가지 문제점을 볼
수 있다. 같은 해에 나온 오가미 켄에이[尾上兼英]의『서민문화의 탄생』3)

---

2) 小川陽一,「目連の地獄めぐり-白話小說の成立」,『中國小說の世界』, 評論社,
　　1970.

도 송대를 취급하며 설화의 수용층 등에 관해서는 오가와와 같은 의견을 내보인다. 이상과 같은 소설·설화의 수용층과는 다소 다른 시점으로 독자층을 본 것은 요시카와 코지로[吉川幸次郎]와 나카노 미요코[中野美代子]이다. 요시카와[4]는 사대부층으로부터 중국백화소설이 차지하는 위치를 부여하는 중에 『삼국연의(三國演義)』를 예로 들어, 소설은 '농공상고(農工商賈)'뿐만 아니라 사대부에게도 대단히 많이 읽혔고 서민을 대신하여 소설을 썼다고 지적한다. 하지만 소설이라는 것은 '농공상고'이건 부녀자이건 간에 "열등감을 느끼기에 지지(支持)"하는 것에 지나지 않는다고 규정하고, 그 배경에는 유자(儒者)가 될 수 없는 '농공상고'나 부녀자의 '열등감'이 있다고 말한다. 요시카와의 의견은 추상론으로서는 평가할만하다고 할 수 있으나, 전체적으로 볼 때에 '유자(儒者)인 사대부'의 이념에 집착하여 실증자료가 결여되었으므로, 오히려 전통적으로 중국사회에서 소설에 대해 이야기하여 온 '표면상의 주장'에 지나지 않는다. 나카노는 알베르 티보데, 나카타니 히로시[中谷博]나 소토야마 지히코[外山滋比古] 등의 구미문학 혹은 일본문학 방면에서 검토되고 있는 '독자론'의 입장에서 "작자와 독자의 올바른 모습"을 생각하고 있다.[5] 따라서 실체가 있는 '독자층'에 대해서는 거의 구체적인 설명이 없으며, 작자에 대해서도 독자론과 마찬가지로 추상론에서 그치고, 겨우 『금병매(金甁梅)』의 작자 소소생(笑笑生)에 대하여 그 문학적 의의를 보인 것에 지나지 않는다.

　필자는 이상과 같은 선학(先學)들의 독자층에 대한 연구의 불충분함을 통감하고 실증적으로 명(明) 말기 백화소설의 수용층에 대하여 검토한 적이 있다. 그 결과 명 말기 백화소설의 독자는 황제를 정점으로 한 사대부층이었고, 문자의 세계와는 거리가 먼 하층사회 사람들은 눈과

---

3) 尾上兼英,「庶民文化の誕生」,『世界歷史』9 中世3, 岩波書店, 1970.

4) 吉川幸次郎,「中國小說の 地位」,『吉川幸次郎全集』1, 筑摩書房, 1973.

5) 中野美代子,『中國人の思考樣式』, 講談社, 1974 ; 中野美代子,『惡魔のいない文學』, 朝日選書, 1977.

귀를 통하여 백화문학을 접하는 간접적 수용자에 지나지 않는다는 것
을 명확하게 했다.6) 이것은 소설을 쓸 때에 작자나 편자가 이야기에 불
어넣으려했을 희망이나 이상 혹은 사상 등과 밀접한 관계를 갖는 것이
어서, 종래의 '서민'을 위해 '서민'의 취향에 맞춰서 이야기를 구성했으
리라는 통설에 정면으로 상반되는 답이 되었다.

그 후 필자의 견해에 대하여 몇몇 연구자들이 개인적으로 의견을 보
내왔다.7) 찬반 양론 중 독자층을 독서인의 특별한 계층 혹은 하층사회
의 특별한 사람—책방의 주인 등—까지도 포함한다는 부정적논술(否定
的論述)은 증명할만한 자료가 부족했으므로 필자를 납득시키지 못하였
다. 그러나 백화문학의 수용층에 대한 관심을 일으키는 데에 필자의 소
론은 나름대로 의미를 가진 듯하다. 이하, 전회의 논증을 보족(補足)하
기 위해 『서유기(西遊記)』이외의 것에도 관심을 갖고 명청기(明淸期)
—그것은 조선의 이왕조기(李王朝期)에 해당하며 조선소설사와 가장
관계 깊은 시기이지만—의 백화문학의 수용층에 관해 고찰해볼까 한다.

2. 백화문학의 제형태

중국의 백화소설이나 희곡 작품의 상당수는, 명(明) 후기의 만력(萬
曆)으로부터 숭정(崇禎)까지의 기간 동안, 그리고 청(淸)의 순치(順治)
에서 강희(康熙)까지가 그 성립·간행기에 해당된다.8) 청의 중기 이후

---

6) 磯部 彰, 「明末における<西遊記>の主體的受容層に關する研究」, 『集刊東洋
　學』44號, 1980.

7) 中野美代子씨는 『東方』에서, 竺沙雅章씨는 東北大學을 방문했을 때에, 大木
　康씨는 『明代史研究』에서, 尾上兼英씨는 필자가 東洋文化研究所에 공동연
　구원으로 출장하였을 때에, 東北大學文史哲研究會의 회원들은 동논문을 발
　표한 후 열린 合評會 때에, 각자의 강평을 주었다.

8) 孫楷第, 『中國通俗小說書目』; 大塚秀高, 『中國通俗小說書目改訂稿』(誤字
　와 脫字가 많이 보이지만) 등을 참조.

는, 『홍루몽(紅樓夢)』이나 『유림외사(儒林外史)』 같은 문학사상(文學史上) 주목할 만한 작품들이 쓰여졌지만, 명 말기에서 청 전기에 걸쳐 쓰여졌던 소설들을 중간(重刊)한 것에 지나지 않는다.

명조(明朝)의 백화문학은, 공인(公認)된 희곡을 제외하면 그 주류는 소설이었다. 구성으로 보나 언어표기로 보나 소설이 문학적으로 확립된 것은 명의 만력(萬曆) 중엽 이후였다. 독서인(讀書人)에 의해서 집필된 소설은 그들이나 그들이 소속된 서원과 관계를 갖는 출판서사(出版書肆)에 의해 간행되어 주로 사대부층을 중심으로 사람들에게 읽혔다. 당시의 소설 판본 종류를 보면, 어떤 작품이, 어느 시기에, 어떠한 점으로 사람들을 끌었기에 수용되었는지를 추측해 볼 수 있게 한다.9) 『서유기』를 예로 든다면 다음과 같이 말할 수 있다.

우선 판본의 종류가 많은 점은 명 말기부터 청 말기에 이르기까지 폭넓은 독자층을 지녔던 것을 의미하며, 동시에 보편적인 작품가치가 『서유기』에 부여되었던 것으로도 볼 수 있다. 다음으로 판본에 따라서 내용상의 차이가 있는 점은 독자의 기호와 사회양상이 반영되었던 것으로 생각할 수 있다. 명간본(明刊本) 『서유기』10)의 특색 중 한 가지는 당삼장(唐三藏) 출생 이야기가 생략된 점이다. 청 강희(康熙) 초기에 명간본을 생략하여 만든 『서유증도서(西遊証道書)』의 편집자 황태홍(黃太鴻)과 왕담의(王憺漪)는, 그 점을 불만으로 여기고 세덕당본(世德堂本), 이탁오비평본(李卓吾批評本) 이외 계통의 『서유기』에서 당삼장 출생 이야기의 내용을 가져와서 제9회 "陳光慈赴任逢災 江流僧復讐報

---

9) 판본 종류의 많고 적음으로 어느 시대에 더 많이 읽혔는가를 알 수 있다. 또 판본에 따른 내용상의 차이는 시대에 따른 사람들의 기호, 혹은 그 경향성을 아는 데에 큰 도움을 줄 것이다.

10) 世德堂刊本, 朱繼源刊本, 閩齋堂刊本, 淸白堂本, 李卓吾批評本이 있다. 단 朱鼎臣刊本 『唐三藏西遊傳』은 陳光蕊江流和尙 이야기를 완전하게 갖추고 있다. 楊致和本은 揷圖에 출생담을 끼워넣고 있어서 생략본계통이라고는 말하기 힘들다. 앞으로 문제점을 남길 刊本이다.

本"을 보충했다. 이후 청간본(淸刊本)은 모두 이것을 따랐고 독자 또한 이를 지지했다. 한편, 청간본의 특색도 시대와 사람들의 생각에 영향을 받고 있음을 보이게 되었다. 첫째는 명간본에서 볼 수 있던 여사(麗詞)와 부적절한 표현을 삭제하고 전체를 축소한 점, 둘째는 불교문학의 색깔이 짙은 『서유기』를 도교적 세계관으로 파악하여 본문 이외의 긴 비평문을 덧붙인 점 등이다. 작품을 긴박하게 축소시킨 것은 독자수의 확대, 상품으로써의 『서유기』의 원가절감을 노린 결과라고 볼 수 있다. 도교적 세계관으로 작품 이해가 행해진 것은, 『서유기』의 작자가 원(元)의 도칠구장춘(道七丘長春)이라고 잘못 생각한 것을 무비판적으로 받아들인 출판사, 편집자 그리고 독자가 도교의 교의에 의거하여 해석하려했기 때문이다.

『서유기』의 판본으로 소설수용의 변화과정을 보았는데 같은 일은『삼국지통속연의』나『수호전』등의 모든 작품에서도 지적할 수 있을지 모른다.

그런데 소설의 수용은 반드시 판본을 읽어야만 되는 것은 아니다. 명말부터 청 일대를 통해 소설을 제재로 한 다양한 문예형태가 탄생하였고, 계층의 차이, 기호의 차이, 지식량의 차이 등에 따라서 수용의 방법이 달랐다. 그 형태를 보기로 한다.

첫 번째로 들 수 있는 것은 설서(說書)와 평서(評書)의 종류로, 강석사(講釋師)가 얘기하는 것을 듣고 귀를 통해 소설의 내용을 알아듣는 것이다. 지배자는 평서를 제가치국(齊家治國)에 해를 끼치는 것으로 보았다.『연경세시기(燕京歲時記)』에,

평서는 손바닥을 치며 얘기하는 것으로 특별히 이로울 것이 없는 것이다. 오히려 목숨 아까운 줄 모르는 불량배들의 이야기를 생생하게 하곤 한다. 그 때문에 시정의 사람들이 그것을 들으면 강석사가 얘기하는 반란, 비도(非道)의 세계에 눈을 돌리게 되기 때문에 치세(治世)에 관심이 있는 자라면 평서를 금지하고자 생각할 것이다.[11]

라고, 그러한 점을 지적한다. 이 잘 헤아린 깊이 있는 의견은 반드시 과장된 것만은 아니다. 유란(劉鑾)의 『오색호(五色瓠)』에서는,

　　張獻忠之狡也　日使人說 『水滸』·『三國』 諸書　凡埋伏攻襲咸效之
　其老本營管隊　楊興吾嘗語孔尙大如此.[12]

라고, 장헌충(張獻忠) 등의 반란군과 강석과의 관련성을 보여주며 그들이 『수호전』이나 『삼국지연의』를 듣고 있었다는 것을 분명하게 하고 있다.

　　진강기(陳康祺)의 『낭잠기문(郎潛紀聞)』에서는 평서와 강석사의 가치를 정반대에 놓았지만, 강석의 수용이라는 점에서는 완전히 동일하다.

　　明末李定國　初與孫可望幷爲賊　蜀人金公趾在軍中爲說『三國衍義』
　每斥可望爲董卓 · 曹操　而許定國以諸葛　定國大感曰　孔明不敢望
　關 · 張 · 伯約不敢不勉.……爲有明三百年忠臣之殿　則亦傳習郢書之
　效矣.[13]

　　이상은 특별한 때에 강석이 지닌 효용이라고 할 수 있는데, 평상시에는 도시의 한 구역이나 농촌의 교역장, 묘(廟) 등에서 그 지역의 주민들을 모아서 행해지고 있었다. 『양주화방록(揚州畵舫錄)』 권9의 서장(書場)의 모습은 그 좋은 예일 것이다.

　　大東門書場　在董子祠坡兒下厠房旁　四面団座　中設書臺　門懸書招
　上三字橫寫爲評話人姓名　下四字直寫曰 ‘開講書詞’. 屋主與評話以單

---

　11) 王利器編, 『元明淸三代禁毁小說戱曲史料』 280쪽의 인용문에서.
　12) 陳汝衡, 『說書史話』, 作家出版社, 1958, 133~134쪽의 인용문에서.
　13) 위와 같음.

雙日相替歛錢 至一千者爲名工 各門街巷皆有之

또 양가(良家)에서는 설서인(說書人)을 정월 대보름 같은 때에 자기 집으로 불러들이는 경우도 있었다.14) 강석사는 유명한 소설은 모두 그 소재로 삼은 것으로 보이는데,

　북방의 설서(說書)는 옛것이나 남쪽의 것과는 달라서 음악이 없고 대개는 부채와 성목(醒木)을 든 노인이 찻집 같은 곳에 노인들을 모아 놓고, 『수호』, 『삼국』, 『서유』를 시작으로 『정동정서(征東征西)』, 『봉신방(封神榜)』 혹은 『요재지이(聊齋志異)』, 『포공안(包公案)』, 『시공안(施公案)』, 『영경승평(永慶昇平)』 등을 매일 이어서 얘기하여 들려준다. 일반 민중의 지식은 고사(鼓詞)나 이런 것에서 나온다.15)

라고 강석 작품의 일단(一端)을 전한다. 나카자와 키쿠야(長澤規矩也)가 설명하는 강석의 모습은 주로 민국(民國)시대의 것이지만, 아오키 세이지(青木正兒)가 견문한 청말민국초기의 강석사는 반드시 노인들로만 한정된 것이 아니었고, 장년의 강석사가 명차(銘茶)를 즐기는 사대부나 독서인 같은 사람들에게 『서유기』를 이야기하고 있는 모습을 풍속화에 담아 남겨놓았다.(<北京風俗圖譜>說書)16)

　두 번째로 들 수 있는 소설의 다른 형태는 희극(戲劇)으로 변환된 경우이다. 이것은 평서(評書) 이상으로 폭넓은 사람들과 만난 것이었다.
　중국 희극의 원류는 옛적에 제사를 지낼 때에 행해진 샤먼의 신들림 등에서 볼 수 있었으나 독립된 연극이 되는 것은 당송대(唐宋代)에 들어서라고 한다. 송대의 남송희문(南宋戲文)이 원곡(元曲)으로 계승되

14) 永尾龍造, 『支那民俗誌』 第2卷, 國書刊行會, 1973年重刊, 382~383쪽.
15) 長澤規矩也, 「現代北支那の見世物」, 智原喜太郎共編, 『シナ戲曲小說の研究』, 汲古書院, 1985.
16) 東北大學附屬圖書館. 平凡社에서 複製本이 두 종 간행되었다.

고, 원곡은 명(明)의 전기(傳奇)로 그 형식을 바꿔가며 발전해나갔다. 명말이 되면 지방극화(地方劇化)가 행해져서 중국 전토에서 다양한 형식의 연극이 제사극(祭祀劇)과 호응하여 행해졌고, 조직적인 희반(戲班)을 탄생시키기에 이르렀다. 연극으로 나온 것은 희곡전용이라고도 할 수 있는『서상기(西廂記)』이외에도 당연히 소설에서도 그 소재를 찾았다. 왕사정(王士禎)의 『향조필기(香祖筆記)』12권이 전하는 바에 의하면, 산동성(山東省) 곤주(袞州)에는 부호인 반씨(潘氏)와 오씨(吳氏)가 있었는데, 양쪽 모두 서문경(西門慶)의 첩 반금련(潘金蓮)과 정처 오씨(吳氏)의 일족이라고 칭했다. 오씨네가 마을의 묘(廟)에서『수호기(水滸記)』를 상연하게 하자 양가간의 다툼으로 이어졌다는 이야기를 전한다.17)『수호전(水滸傳)』에서 나온『수호기(水滸記)』와『금병매(金瓶梅)』의 세계가 현실의 청초기(淸初期)에 산동성의 한 지역에서 재현된듯한 이야기이지만, 희곡이 소설을 재료로 하여 만들어진 데다가 그것이 한 마을에서 상연되었다는 것을 알려주는 자료이다. 옛 중국에서는 정월에『삼국연의(三國演義)』를 제재로 한 <제갈량조효(諸葛亮弔孝)>극(劇),『수호전』의 일부인 <십자파(十字坡)>극(劇)『백사전(白蛇傳)』(원래는 淸評山堂話本),『홍루몽』에서 제재를 가져온 <쌍옥용금(雙玉龍琴)>, <만두암(饅頭庵)> 등이 상연되었다고 한다.18) 나카자와는 그 점을 상당히 상세하게 "구극(舊劇)은 노래를 주(主)로 여기지만 제재는 고금의 연의소설(演義小說)에서 가져온 것이 많으며 삼국지(三國志), 열국지(列國志), 정동전(征東傳), 양가장(楊家將), 수호전(水滸傳) 등에서 가져와 개작(改作)한 것들이다.", "곤곡(崑曲)에서는 서상(西廂), 모란정(牡丹亭), 승평보벌(昇平寶筏) 등의 개작이 많다."고 덧붙였다.19) 청대에 있어서 희극화(戲劇化)─곤곡(崑曲), 익강(弋腔), 피

---

17) 澤田瑞穗,『宋明淸小說叢考』, 硏文出版, 1982.「隨筆金瓶梅」의 <西門家傳說>.

18) 永尾, 앞의 책.

19) 長澤, 앞의 책.

황(皮黃), 방자(梆子) 등—한 작품들에 관해서는 북경의 장백본당(張百本堂)의 목록이 유익하다. 건륭(乾隆)에서 청 말기까지 이어진 이 세책집의 목록은 그 값까지도 부기(附記)하고 있어서 청대 소설사본(희곡화, 창본화되어있기는 하지만)의 수용층을 알 수 있게 해주는 단서가될 수도 있다. 또 장백본당 이외에도 영융재(永隆齋), 영화재(永和齋), 홍융재(興隆齋), 집아재(集雅齋), 융복재(隆福齋), 길교재(吉巧齋) 등의세책집과 세책의 이름을 알 수 있다.[20]

소설수용의 세 번째 형태는 태고서(太鼓書) 등의 창본(唱本)에 의한경우이다. 창본은 청(淸) 중기 이후의 것이 많은 것처럼 보이지만, 그전에는 탄사(彈詞)와 고사(鼓詞)가 대표적이다. 고사(鼓詞) 중에서 가장 오래된 것은 『안사교정당진왕본전(按史校正唐秦王本傳)』(明刊)이나 『목피산인고사(木皮散人鼓詞)』 등이 있다. 근년, 중국에서 발견된『성화설창사화(成化說唱詞話)』는 설창본(說唱本) 중에서는 가장 오래된 작품으로 삼국연의(三國演義)나 백토기(白兔記), 포룡도공안(包龍圖公案)의 발전과정을 잘 전달해주는 것이기도 하다. 창본(唱本)은 소장기관이 적은 데다가 전해지는 것 또한 그 수가 적다. 하지만 소설 유포에 기여한 역할은 대단히 중요하며 그 종합적 검토가 기다려진다. 일본에서는 동경대학 동양문화연구소(東洋文化硏究所)가 주로 소장하고있으며 어떤 소설이 창본화(唱本化)되었는가는 동양문화연구소 한적목록(漢籍目錄)에 상세하게 나타나 있다.[21] 중국에서는 『중국속곡총목고(中國俗曲總目稿)』가 한때 편찬되어 청의 후반기에 하북(河北), 강소(江蘇), 광동(廣東), 사천(四川) 등 11성(省)에서 행해진 6천여 종의 창본을 간행지(刊行地), 인쇄방법, 처음 두 줄을 뽑아서 인용하여 설명했다. 수록된 원본은 이미 전화(戰火)로 없어져버렸으나 청대의 소설과희곡이 어떠한 창본으로 다시 만들어졌는지를 알아보는 데에는 유익하

20) 李家瑞, 「淸代北京饅頭舖租賃唱本的槪況」, 『中國出版史料補編』, 1957.
21) 『東京大學東洋文化硏究所藏漢籍分類目錄』 851~852쪽.

다. 나카자와는, "민중으로부터 크게 환영받았으며 따라서 그것이 일반 민중에게 미치는 영향과 감화는 우리의 상상 이상으로 크게 존재한다."[22]고 창본이 중국사회에서 지녔던 의의를 지적하고 있는 것은 주목할 만한 일이다.

소설수용의 네 번째 형태는 희곡과 같이 시각(視覺)에 호소하는 것, 즉 영희(影戱)나 괴뢰극(傀儡劇) 같은 것이다. 영희나 괴뢰극의 역사는 송대(宋代)로 거슬러 올라가며, 와자(瓦子)에서 행해지던 강석(講釋) 등의 내용과 공통성이 보였다. 청대(淸代)의 영희(影戱), 즉 그림자 인형극에는 동성파(東城派)와 서성파(西城派)라는 2대 유파가 있었다. 인형극의 대본인 영사(影詞)에는 『삼국지』, 『서유기』, 『수호전』, 『홍루몽』 등의 백화소설을 각색한 것이 많은데, 그 수가 150종에 이르는 대본은 한 편에서는 중국희곡과 공통된 것이라고 한다.[23] 영희에는 그것을 전문적으로 상연하는 반(班)이라고하는 결사(結社) 이외에도 지방에서는 농민이 농한기를 이용하여 상연하고 다녔다고도 전해진다.[24]

다섯 번째 소설변형에 의한 수용방법은 그림을 통해서 전달되는 경우이다. 소설과 회화와의 관계는 전상평화(全相平話) 5종 이래의 전통이다. 상도하문(上圖下文) 형식인 판본의 구성은 문맹이라 하더라도 삽화가 있음으로써 전체의 이해가 가능했다. 하지만 소설에 삽화가 있는 것은 그러한 이유에서가 아니라 어디까지나 독자가 이야기를 이해하기 쉽도록 하기 위해 있었던 것이다. 명간본(明刊本) 소설에는 정치한 삽화를 이야기의 중요한 고비마다 그려놓고 있다. 청간본(淸刊本)에서는 판화의 화법이 쇠퇴해서 예술적으로는 평가할 수 없는 것들이 많아졌지만, 역시 많은 간본(刊本)과 석인본(石印本)들이 삽화를 지니고 있다. 그런데 본래는 소설의 텍스트에 부대(附帶)되어 있었던 삽화가 독립

---

22) 長澤, 앞의 책.
23) 印南高一,『支那の影繪芝居』, 玄光社, 1944.
24) 永尾, 앞의 책, 705~706쪽.

해서 일종의 두루말이 그림책 같은 이야기가 되는 경우가 있었다. 연화
(年畵)도, 여기에는 판화로 된 것도 포함되는데,『삼국지연의』,『서유기』,
『금병매』,『수호전』의 사대기서(四大奇書)를 비롯한 소설들이 그 소재
가 되었다.25) 연화는 더 나아가 독자적으로 정월 보름에 다는 등롱(燈
籠)에도 그려지게 되었다.26)『서유기』는 사원의 벽을 장식하는 제재이
기도 했다.

　소설수용의 여섯 번째 형태로는, 그 이야기의 틀을 떼어 내버리고 새
로운 문예작품의 한 부분으로 삼아서 그 새로운 이야기 속의 '전고'(典
故)로 등장시키는 경우이다. 이 경향은 명(明) 말기에 다수의 소설과
희곡이 창작 혹은 간행될 때에 자주 볼 수 있게 되었다. 원래는『초각
박안경기(初刻拍案驚奇)』등이 삼언(三言)의 형식을 모방하여 의화본
(擬話本)을 탄생시킨 방법이 숙달됨에 따라서 일부분으로 한정된 결과
라고 생각된다.『삼보태감서양연의(三寶太監西洋演義)』27)나『서호이
집(西湖二集)』에 인용된『서유기』와 같은 것이 하나의 예이다. 하지만
이 경우 인용된 소설이 독자에게 어느 정도 알려져 있다는 것이 전제되
어 있다.

　소설이 다른 소설을 인용하여 자기의 이야기를 확충하는 방법 이외
에 유서(類書)가 소설의 일부를 빼내서 자구나 용례를 설명하는 경우
도 있다. 통속유서(通俗類書)는 대부분 명 말기의 것인 경우가 많고 청
대에 들어서면 도태되어 일부만이 통행되었다고 한다.『만용정종(萬用
正宗)』이나『불구인(不求人)』과 같은 것 이외에 동경대학소장『칠보고
사(七寶故事)』는『서유기』의 위징참용(魏徵斬龍) 이야기를 인용하고
있어서『서유기』연구상 주목되는 유서(類書)이다. 통속유서의 편집이

---

25)『中國美術全集·民間年畵』, 人民美術出版社, 1985 등. 일부는 家藏(『西遊記』
　　年畵).
26) 永尾, 앞의 책.
27) 東洋文庫藏本 第96回 "……沒造化的 一沉到底落 像孫行者護送唐僧在這裏
　　經過牒着海龍王借轉硬水走船……"

나 출판사는 소설의 그것과 밀접한 관계가 있는 듯하며 독자층과도 깊은 관계를 지니고 있다.

　소설은 소설뿐만 아니라 다양한 형식으로 다시 만들어져 사람들 앞에 나타났다. 보권(寶卷)과 도정(道情)도 그 중 하나로 소설 변형의 일곱 번째라고 할 수 있다. 청대(淸代)에 보권은 비밀결사(秘密結社)와 관련되어 있는 경우가 많았으므로 당대의 관헌에게 금훼(禁毁) 당했다.28)『파사상변(破邪詳弁)』은 당시의 사정과 보권(寶卷)들의 이름을 전한다. 그것에 의하면 상당히 많은 양의 보권이 인간(印刊) 혹은 초사(鈔寫)되었다고 한다. 보권은 때때로 소설의 일부를 인초(引抄)하는 경우가 많지만『당승보권(唐僧寶卷)』이나『이취연보권(李翠蓮寶卷)』과 같이 소설의 일부분을 전부 3·3·4의 운문체로 바꿔 만들어버린 작품도 있다. 보권의 형식 자체는 앞서 얘기한 설창체(說唱體)의 작품과 유사하지만 보권은 종교경전의 일종으로 자리매김되므로 이 둘은 구별해서 생각해야 할 것이다.

　이상과 같이 백화문학은 소설 그 자체의 형식 이외에도 다양한 형태로 다시 만들어져 각지(各地)·각층에 수용되어 간 것이다.

3. 백화문학 제형태의 수용층

　앞의 장에서는 명 말기와 청대 소설의 제형태에 대하여 보았다. 이 장에서는 그러한 문예의 제형식과 수용층이 어떠한 관계에 있었는지를 생각해보기로 한다.

　소설을 판본으로 읽는 층은 기본적으로 문자를 이해하는 층, 즉 독서인 계층이었는데, 청대에는 문예형태의 확대, 상품으로 팔기 위해 판본화됨에 따른 대량출판에 의한 원가절감 등에 의해 명말의 정황과는 다

---

28) 澤田瑞穂,『增補寶卷の硏究』참조.

소 변화를 보이게 되었다.

첫째로 청간본(淸刊本) 소설은 명대에 성립한 작품을 중심으로 많은 서림(書林)들이 서로 경쟁해가며 간각(刊刻)한 결과 조잡한 판본이 많이 생겨나게 되었지만,29) 독자층과 양이 확대되는 면도 있었다. 명판소설(明版小說)이 고가의 예술품이었던 것과 달리 청간본은 말하자면 대중독본이었으며 수요와 공급관계로 인해 그 독자층이나 독자수가 확대되었으리라고 생각할 수 있다. 청대에는 호상(豪商)들도 독서인과 나란히 소설의 독자들이었다. 전영(錢泳)의 『이원총화(履園叢話)』 17권 <보응(報應)>은 옹정(雍正) 연간에 일어난 일 중에 소설을 읽는 광릉(廣陵)의 소금상인의 딸이 그 죄로 인해 현령(縣令)에게 학대당했다는 얘기를 전한다. 이야기의 주지는 소설이나 희곡을 읽으면 이 소금상인과 같이 천벌을 받게 된다고 경고하는 것이지만, 당시에 그들이 독자층을 형성하고 있었다는 것을 알 수 있다. 소설의 독자가 호상이었다는 것은 유리창(琉璃廠)의 서점의 말에서도 알 수 있다.『유리창소지(琉璃廠小志)』에 다음과 같이 기록되어 있다.

　　산서(山西)의 각 현(縣)은 본래 소설이나 희곡의 여러 가지 책이 있는 곳이다. 왜냐하면 산서 각 현의 사람들은 환전상(換錢商) 등을 하여 자산이 풍족하므로 천금을 아끼지 않고 좋은 서적을 사 모았기 때문이다. 그러다가 가업이 힘들어지면 거꾸로 책가게들이 그 책을 사갔다. (p.15, p.48)

독서인과 부상(富商)은 소설출판을 지탱하는 존재였으나, 때로는 북경을 방문하는 외국인도 소중한 고객이었다. 조선(朝鮮)으로부터 오는 사절은 북경에 올 때마다 대량의 한적을 구입하여 돌아갔다. 성대사(盛大士)의 <도하춘등사(都下春燈詞)>30)(『蘊愫閣詩集』)는 그 모습을 다

---

29) 필자의 「北遊記玄天上帝出身傳硏究序說」, 『集刊東洋學』 第53號, 1985에서는 北遊記의 明刊本과 淸刊本 몇 종류를 대비했다.

음과 같이 읊었다.

> 晴樓璀燦五雲開　彩幔駢羅錦綉堆
> 惟有高句驪貢使　琉璃廠肆購書來

　조선 사람도 책 구입을 관명(官命)의 하나로 여겨 적극적으로 서물(書物)시장을 다녀가곤 했다. 유득공(柳得恭)의 『연대재유록(燕臺再遊錄)』은 유리창의 서점주인과 한 대화를 기록하여 조선사신이 한적(漢籍)을 적극적으로 수집(搜集)하는 모습을 전하고 있다. 일본으로 오는 당선(唐船)도 갖고 오는 책의 양과 종류에 한정된 면은 있었지만, 소설을 장기적으로 운반하는 교역선이었다. 풍후좌백번(豊後佐伯藩)의 모리고표(毛利高標)가 재화를 아끼지 않고 송·원판(宋元板)의 경서(經書)와 사서(史書)에서 명간본(明刊本)을 중심으로 한 소설류까지를 수집한 것은 이미 유명한 이야기이다.[31]

　청간본(淸刊本)은 그 수량과 종류가 늘어나기만 한 것이 아니라, 창본류(唱本類)의 모체가 되어 관련되는 작품들을 파생시켜나가기도 했다. 창본류는 소설과 희곡의 사이에 위치하는 형태이다. 이것은 듣는 것만으로도 좋은데, 또 읽을 때에도 소설을 읽는 것만큼의 문자독해력을 필요로 하지 않았다. 이 때문에 하층사회의 사람들 중에도 읽을 수 있는 사람이 어느 정도 있었던 것으로 보인다. 북경에서는 만두가게에서 부업으로 창본을 초사(鈔寫)하여 대여했었다. 주목할 것은 그 대여본의 종류인데, 영융재(永隆齋)라고 하는 대여업자는 자기네가 빌려주는 책 위에 인장을 찍고,

> 本齋出賃 四大奇書 古詞野史 一日一換 如半月不換 押賬變價爲本
> 親友莫怪 撕書者男盜女娼 本圃在 "交道口"南路東便是.(『福壽緣鼓

---

30) 孫殿起輯, 『琉璃廠小志』, 北京古籍出版社, 1982, 第6章의 인용문에서, 337쪽.
31) 東北大學藏 『毛利出雲守獻納書目』同 『伊呂波分目錄』에서.

詞』上. 방점은 필자)

라고 하여, 사대기서에서 연의(演義) 종류까지 '고사(鼓詞)'로 재구성하여 대여하고 있었다는 사실을 알려준다.[32] 현존하는 고사(鼓詞)의 텍스트는 청 말기의 광서기(光緖期)에 초사(鈔寫)된 것이 많지만 청대 동안 그리 큰 경향의 차이는 없었던 것으로 생각된다. 대여료도 그리 비싸지 않았던 것으로 보인다.[33] 그 때문에 수용층의 폭이 넓었고, 하층민들 중에도 그 혜택을 입은 경우가 있었으리라고 충분히 생각할 수 있다.

귀로 들어서 작품 이해를 하는 강석(講釋)도 지식의 많고 적음에 관계 없이 사람들이 제각기 즐길 수 있는 것이었다. 도시에서는 전문적인 설서가(說書家)가 사묘(寺廟) 등에서 청중을 모아 각자 자신이 잘 하는 이야기를 10회 전후로 나누어 보름 이상에 걸쳐 이야기했다.『호천록(壺天錄)』[34]은 청대 소주(蘇州)의 설서형태를 다음과 같이 전한다.

蘇郡有評話詞客 每歲臘月間擇寬敞書場 按名集資 各奏爾能 說書至十回八回不等. 聽者喜其分門別類 異曲同工 趨之若鶩 由月初至歲杪 約二十日.

지방의 농촌에서는 설서(說書)만으로는 생계를 꾸려나갈 수 없기 때문에 전문업자가 상주하는 경우는 없었고, 마을의 장로나 다소 지식이 있는 사람이 등나무 그늘 같은 데에 마을사람들을 모아놓고 저녁에 더위를 식힐 겸 해서 이야기를 한다. 청대에 나온『두붕한화(豆棚閑話)』[35]는 지방의 촌락에서 행해진 설서의 수법을 사용하여 단편소설을 이야기하는 '의화본(擬話本)'인데, 당시 모습의 일단을 잘 보여주는 것이라

32) 앞서 언급한 李家瑞의 논문에서 인용.
33) 傅惜華,「百本張戲曲書籍考略」,『中國近代出版史料』2編所收, 317~329쪽.
34) 陳氏說書史話 인용문에서.
35) 名古屋大學附屬圖書館本.

할 수 있다.

　설서(說書)라고 하는 전달수단은 설서가의 재능에 따라 이야기의 내용이 부풀려지거나 깎여나가곤 했기 때문에 그 이야기가 의거한 소설의 내용이 정확하게 전달되었다고 생각하기 힘들다. 거꾸로 말하자면 현존하는 판본의 내용으로부터 강석 내용을 추정하는 것은 불가능하다고 말할 수 있다. 당시의 강석 내용은 오히려 창본계통으로 다시 만들어진 형식의 작품과 더 비슷하다고 할 수 있지 않을까 생각한다.

　눈과 귀를 통하여 작품을 즐기는 것은 앞에서 언급한 영희(影戲)나 괴뢰극(傀儡劇) 그리고 희곡이다. 그림자극은, "다장(茶莊), 명다사(名茶社), 다관(茶館), 다원(茶園) 혹은 판잣집 또는 길모퉁이나 동네 공터, 묘회(廟會)의 가설무대"에서 20~50전의 요금을 받고 열렸는데, 구경꾼은 '민중'이라고 얘기하고 있다.36) 물론 황제나 사대부가 보는 경우도 있었다. 괴뢰극도 그림자극과 수용자가 같아서 길거리나 원자(院子)에서 4막 또는 8막의 작품이 공연되었고, 요금은 동화(銅貨) 수십 매였다. 양자의 대상은 주로 부녀자였었다고 전해지는 점37)이 연극과 비교하였을 때 그 수용층에 다소 제한이 있었었다고 말할 수 있을 것이다.

　청대의 희곡은 명곡(明曲)의 성황을 이어 받아 더욱 발전시켜 각지의 지방극 3백여 종으로 분파되어 갔다.38) 따라서 수용자층은 대단히 넓었고 작품 수도 많았기 때문에 백화문학 중에서 가장 큰 영향력을 갖고 있다고 말해도 무방할 것이다. 지금 회화에 남아 있는 연극 그림에서 그 수용자의 양상을 생각해보자.

　왕휘(王翬) 등의 <강희남순도(康熙南巡圖)>(故宮博物院藏)39) 제9권에는 강변의 가설무대가 그려져 있다. 그 2층에서 상연되는 연극을

---

36) 印南, 앞의 책.

37) 長澤, 앞의 책.

38) 『中國大百科全書·戲曲曲藝』, 中國大百科全書出版社, 1983의 「中國戲曲劇種表」 참조.

39) 百科全書戲曲曲藝所收揷圖 11~15쪽에서 인용. 이하의 회화도 같음.

마을의 상인, 수재(秀才) 같은 사람들이 보기 위해 모여 있고 배에는
부인들도 그려져 있다. <건륭어제만수도(乾隆御題萬壽圖)> 제3권에는
궁정으로 보이는 곳에 상설되어 있는 희대(戱臺) 몇 곳에서 연극이 동
시에 상연되는 장면을 그려놓았다. 보는 이들은 문관 · 무관들로 선 채
로 극에 빠져들어 있다. 또 <묘봉산묘회도(妙峰山廟會圖)>(首都博物
館藏)에서는 대각사(大覺寺) 문앞의 큰길에서 하는 연극의 모습을 그
리고 있다. 장사꾼들이 모이는 가운데 부인이나 고아, 행상인 등의 모
습이 보인다. 유랑춘(劉閬春)의 <청대농촌연극도(淸代農村演劇圖)>
(南京博物院藏)는 지방 촌락의 연극 모습을 전한다. 희대(戱臺)가 중앙
에 놓여있고 좌우로 관람석이 설치되어 있는데, 그곳에는 두건을 쓴 지
주, 문인과 그 처첩 같은 사람이 앉아 있고, 평범한 동네 사람들은 그들
과 정면으로 마주보게 앉아서 연극에 빠져들어 있다. 노점(露店)이 문
을 열고 아이들이 모여 있다. 거지도 있어서 희대 밑에서 사람들이 베
풀어주길 기다리는 듯이 보인다. 일을 마치고 돌아오는 농부의 모습도
보인다. 마을 전체가 다 극을 보는 것은 아니지만 대다수의 사람들이
모여 있는 것은 확실하다. <다원연극도(茶園演劇圖)>(首都博物館藏)
는 다관에 마련된 무대 앞에서 차를 즐기는 사람들이 연극을 보는 장면
을 그렸다. 그러나 연극보다는 담화를 즐기는 사람들도 보이며, 앞서
예를 든 다른 연극도(演劇圖)들과는 다소 다른 성격을 보인다.

　희곡은 모든 사람을 그 대상으로 하고 있는데, 상연되는 장소나 배우
등은 다르지만, 위로는 황제에서 아래로는 글도 모르는 농부, 상인 혹
은 부녀자 같은 사람들이 모두 동일한 관객(=수용자)이었던 것이다. 다
만 볼 수 있는 기회가 항상 있는 것은 아니었고 잿날이나 국가행사가
있는 특별한 때가 일반인들에게는 연극을 볼 수 있는 기회였다. 이러하
였기에 희곡이 상연되는 경우 하층민의 의식이 작품속에 반영되는 경
우는 적고, 사대부와 관련 있는 작가들의 의식, 혹은 희반(戱班)을 고용
하는 지주층들의 의향이 짙게 반영되지 않을 수 없었을 것이다.

연화(年畵)나 등롱(燈籠)에 그린 그림의 출처는 소설의 유명한 한 장면에 지나지 않는다. 소설 수용의 면에서는 별 효용이 없어 보이지만, 사실은 그렇지 않다. 그 그림의 한 장면은 소설이나 희곡의 한 부분에 지나지 않지만, 그 그림의 유래나 내용을 모르는 사람들에게 그 이야기를 아는 사람이 이야기의 큰 줄기를 얘기해주는 것을 떠올려볼 수 있을 것이다. 도화오목판년화(桃花塢木版年畵) <금산사(金山寺)>40)라는 채색판화를 예로 들어보자. 이 판화에 관심이 있는데 내용을 모르는 사람이라면 반드시 아는 사람에게 물어볼 것이다. 그러면 그 사람은 자신이 알고 있는『삼언(三言)』에 나오는 얘기나『뇌봉탑(雷峰塔)』전기(傳奇) 혹은『의요전(義妖傳)』, 보권(寶卷)의 내용을 가지고 설명하여, 묻는 사람에게 백부인(白夫人)과 허선(許仙)의 사랑이야기를 알려줄 것이다. 이렇게 회화가 개재되어 소설 따위의 수용이 간접적으로나마 행해졌었다고 말할 수 있다.

소설이 다른 소설을 인용하거나 통속유서(通俗類書)에 소설의 일부가 자료로 인용되는 경우 소설 수용에 어떠한 작용을 하거나 영향을 미치는 것일까? 우선 이러한 경우 인용되는 사항의 대부분이 독자가 주지(周知)의 사항일 것이 요구된다. 그렇지 않으면 '전고(典故)'로서의 역할이 제 구실을 못하기 때문이다. 인용된 소설의 일부분은 그 부분이 유명하게 되어 심지어는 독립하는 경우가 생기기도 한다.『수호전(水滸傳)』에서『금병매(金甁梅)』가 생겨난 정황은 아주 좋은 예라고 할 수 있다. 두 작품을 읽기 위해서, 독자는 그 줄거리와 내용을 알고 있을 것이 처음부터 요구된다. 따라서 이 형식에 의한 소설 수용의 계층 혹은 영향력은 작았을 것이라고 생각된다.

보권(寶卷) 등에 일부분이 인용되는 경우는 어떠할까? 보권이 소설을 교화재료로 삼는 경우 주인공 등 그 일부를 뽑아서 인용하는 경우와 소설의 전체 혹은 한 장(章) 분량을 그대로 보권으로 다시 만드는 두 가

---

40)『中國大百科全書·戱曲曲藝』, 中國大百科全書出版社, 1983, 63쪽(揷圖).

지 방법이 있다. 예를 들어 『서유기』의 경우, 『달마보권(達磨寶卷)』>41)
은 '십이월사(十二月詞)'에서 서유기를 인용하여, "火龍駒 三太子 馱定
唐僧……"이라고 용마(龍馬)에 대하여 설명하고 있다. 같은 방식이 『호
손보권(猢猻寶卷)』이나 『수생보권(受生寶卷)』 등에서도 보이며 이것
들은 전자에 속한다. 한편 『취연보권(翠蓮寶卷)』은 당삼장(唐三藏) 일
행이 서천으로 가는 도중에 들리는 호림장(芦林庄)의 주인 이취연(李
翠蓮)과 남편 유전(劉全)과의 갈등을 그린 것인데, 『서유기』 제11회에
해당하는 당태종입명(唐太宗入冥)과 관련되는 한 절(節)을 그대로 보
권으로 재구성한 것이다. 이것은 후자에 속한다.

　그런데 보권은 민간신앙의 경전에 해당하는 지위에 있었으므로 그것
을 가지고 있는 사람은 종교의 일환으로 이해하고 있었다. 따라서 보권
의 내용은 널리 알려진 것이 선택되었고, 설사 그 내용을 모른다 하여
도, 보권을 설창(說唱)할 때에 머리 속으로 침투시키게 되어 종교인의
정신생활을 떠받치는 밑바탕을 형성하였다. 그렇다면 보권의 지지자는
어떤 사람들이었을까? 『금병매(金甁梅)』에는 서문가(西門家)에 출입하
는 비구니가 오월(吳月)의 딸들에게 보권을 얘기하는 장면이 나온다.
보권은 『금병매』에서 보이듯이 도시에서는 상급사대부 부인들이 주로
듣는 것이었고, 농촌에서는 일반 농민들이 주로 의지한 것으로 알려져
있다.42) 특히 농촌에서는 압정(壓政)이나 지주의 착취 등으로 괴롭힘을
당하는 중하층 농민의 정신적지주가 되어 비밀결사를 구성할 때 정신
적유대의 역할을 했다. 이러한 성격을 지닌 보권에 소설이 이용된 것은,
보권을 매개로 하층민이나 부녀자에게 소설의 일단(一端)이 침투한 것
에 의미를 둘 수 있을 것이다. 청대에 보권은 반왕조(反王朝)의 상징으
로 취급되어 관헌의 엄한 감시를 받았지만 그 중 많은 것이 재생산되어
민간에 확산되어 갔다. 소설의 수용을 생각할 때, 민간에 있어서 보권

---

41) 趙景深氏 所藏 鈔本에서.
42) 澤田, <寶卷の硏究> 참조.

이 이룬 역할은 간과하지 못할 것이다.

　이상에서 백화소설의 제형태와 그 수용자에 대해 생각해보았다. 이 것을 정리하면 다음과 같이 이야기할 수 있을 것이다. 청대(淸代)의 백 화소설은 명대(明代)에 만들어진 작품을 포함하여 많은 종류가 간행되 었다. 출판계에서는 조악한 체재(體裁)의 소설을 대량으로 간행했기 때 문에 독자 또한 명대에 비해 증가했다고 생각할 수 있다. 독자는 사대 부를 중심으로 한 독서인 계급이나 부호 등이었다. 그것이 소설수용의 한계성이었으나 하층사회의 사람들도 그들 나름의 형태로 수용해 나갔 다. 희곡이나 설서라고 하는 형식은, 명 말기와 마찬가지로, 특정한 사 람들이 매개가 되어야만 소설의 내용이 구경하는 사람이나 듣는 사람 에게 전달되는 것이었다. 그러나 청대의 사람들은 그러한 방법뿐만이 아니라 직접 소설을 수용하고자 했다. 소설은 간편한 내용의 창본으로 분할되어 결과적으로 읽기 쉽게 되었다. 보권과 같이 이해하기 쉽고 외 우기 쉬운 것이 되었다. 그림자극이나 인형극 등의 세계에도 다수의 소 설이 진출, 개작(改作)되어 갔다. 청대의 소설은 간본(刊本)이나 독본 (讀本)으로서의 수용방법을 중심으로 하고, 거기서 파생된 여러 가지 형식—희곡, 설창, 보권, 영희, 괴뢰, 회화 등—에 의해 수용방법을 복합 시켜가면서 사람들에게 제공되어갔다. 명 말기의 정황을 더욱 발전시킨 청대의 수용방법은 하층민이고 문맹이라도 소설을 수용할 수 있었다. 물론 간본으로서의 소설과 문맹인 사람들 사이를 이어주는 매개는 필 요했으나, 표현방식의 다양화, 또는 유사내용의 빈출 등과 같은 요소들 의 영향을 받아서 매개되는 것이 풍부해져서 명 말기 이상으로 소설과 문맹인 하층민을 연결하여주게 된 것으로 생각된다. 청대에 소설은 중 국 각지에 유포되고 많은 사람들이 독자가 될 수 있었던 것으로 보이지 만, 그 비율이 그다지 높아진 것은 아니고, 시청각을 통해 수용할 수 있 는 방법과 기회가 많아진 것이 그렇게 보이는 주된 이유가 아닐까 한 다.

4. 백화소설의 편자와 서림(書林)에 대하여

마지막으로 백화소설을 찬술(撰述)한 편자와 그것을 출판한 서림의 관계에 대해 생각해보고 본고를 매듭짓고자 한다.

명·청 시대에 특히 만력(萬曆)에서 강희(康熙)에 걸쳐 소설 판본이 복건(福建), 항주(杭州), 소주(蘇州), 금릉(金陵) 등에서 다수 간행되었다. 백화소설의 연구에 있어서 그 작자와 함께 출판사의 성격을 알 필요가 있는데, 거의 연구된 적은 없다. 그렇기 때문에 명·청의 출판서사(書肆)가 소설의 형성 혹은 유포에 어떠한 역할을 했는지는 여전히 알 수 없다. 본고는 소설의 수용자에 대해 관심을 보이고 있는 것이니 그 점도 고려하여 소설을 간행한 서림의 성격에 대해 알아보고자 한다.

명말 청초 소설류를 다수 간행한 서림 중 건안여씨(建安余氏) 일문(一門)이 있다. 송대(宋代) 이래 출판계의 명문으로 명 후기에 이르러 제일 번영했다. 그 중에서도 여상두(余象斗)(三臺山人)가 점주(店主)였던 쌍봉당삼대관(雙峯堂三臺舘)은 『전한지전(全漢志傳)』(만력16년), 『충의수호지전평림(忠義水滸志傳評林)』(만력23년), 『전상당서지전(全像唐書志傳)』 등을 간행했을 뿐만 아니라 여상두 자신이 작자이기도 했다.43) 여기 여상두에 관해 몇 가지 문제가 있다. 첫째는 서림 쌍봉당·삼대관이라고 찍힌 책에 여상두 이외의 이름을 다수 볼 수 있다는 것에서, 쌍봉당이라는 서림의 경영이 어떠한 형태를 취하고 있었는가? 둘째는 서점주인 여상두의 지적(知的) 정도의 문제를 생각해 볼 수 있다. 이외에도 해명해야 할 문제는 많이 있지만 당면한 이 두 가지 점에

---

43) 杜信孚氏輯, 『明代版刻綜錄』, 江蘇廣陵古籍刻印社, 1983은 "余象斗 字仰止 亦作余世瞻 字文臺 自称三臺山人 建安縣人 有皇明諸司公案……"이라고 설명한다. 이 책은 明代의 書林의 이름과 간행서·간기를 수록하고 있어서 서림 연구의 좋은 자료집이다. 또 建安書林의 余氏에 대해서는 肖東發의 「建陽余氏刻書考略」上(『文獻』21, 1984) 中(『文獻』22, 1984) 下(『文獻』23, 1985)에서 상세한 연구가 발표되었다. 경청할 점이 적지 않지만 필자와 견해를 달리하는 점도 있다(余象斗의 펜네임 등에 대하여).

대해 생각해보자.

첫째 문제에 관한 것인데, 쌍봉당 또는 삼대관의 서점 이름에 그 이름을 올려놓은 여씨들은 다음과 같다.

여상두(余象斗), 여세등(余世騰), 여응오(余應鰲), 여군소(余君召), 여계악(余季岳), 여하이(余夏彛), 여앙지(余仰止), 여원소(余元素), 여개명(余開明), 여상현(余象賢), 여상성(余象聖).

한편 청의 여진호(余振豪) 등이 엮은 『서림여씨중수종보(書林余氏重修宗譜)』44)의 쌍봉당 부분을 보면 다음과 같이 기록되어 있다.

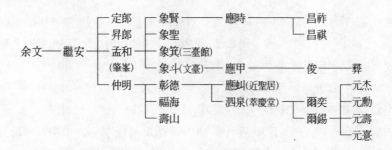

앞에서 언급한 서림간기(書林刊記)의 인물명과 도표를 대응시키면 그다지 일치하지 않는다. 종래 쌍봉당·삼대관의 간행서는 모두 여상두에 의한 것으로 생각하고 수많은 인명들을 여상두의 펜네임으로 가볍게 여겨왔다. 여상두(余象斗)=여앙지(余仰止)라는 예는 있다. 그러나 만력34년 여창덕(余彰德)과 여상두의 합간(合刊)인 『고금운회거요소보(古今韻會擧要小補)』(北京大學藏 他)가 있다는 사실로 보아 동일 간본에 있는 복수의 여씨는 각기 다른 사람이라고 생각해야 한다. 종보(宗譜)는 청대에 여씨의 힘이 약해졌을 때 만들어진 것으로 보이며 다

---

44) 肖東發씨 논고의 인용부분을 이용하여 필자가 약간 손을 보았다.

소의 탈락과 오기(誤記)는 있을 것이다. 그러나 기사는 신뢰할 수 있다. 따라서 쌍봉당·삼대관은 여상두와 그 근친자가 공동 경영을 하며 여상두의 피를 잇는 사람 이외의 존재가 출판에 간여할 때 그 사람의 이름을 여상두의 이름과 병기(並記)한 것으로 생각된다. 쌍봉당·삼대관에서 출판한 서적은 소설뿐만이 아니다. 『신침주상원예창회집백대가평주사기품수(新鋟朱狀元藝窓匯輯百大家評注史紀品粹)』(만력 19년), 『감양상원편차황명요고(鑑兩狀元編次皇明要考)』(만력 22년), 『신각어분신례삼대명률초판정종(新刻御頌新例三臺明律招判正宗)』(만력 38년), 『각구아리태사십삼경찬주(刻九我李太史十三經纂注)』, 『원씨두진업서(袁氏痘疹業書)』, 『만용정종불구인(萬用正宗不求人)』(만력 35년) 등의 실용서 및 과거수험(科擧受驗) 참고서를 다수 간행하고 있었다. 따라서 여상두 일족은 상당히 유복한 계층이었으리라고 추측할 수 있다. 그리고 출판할 때에는 동족경영으로 분업을 행하여 여상두의 서림명으로 간행하여 구입자에게 보증을 했다고 한다.

출판과 끊을래야 끊을 수 없는 인연이 있는 것은 당시의 사대부 독서인 계층이었다. 여상두는 자신의 학식을 쌓는 한편, 당시 일세를 풍미한 문인들과 손을 잡고 과거를 대비한 참고서를 냈다. 이렇게 비교적 딱딱한 편에 속하는 서적은, 가까운 친척인 췌경당(萃慶堂) 여창덕(泗泉)이 많이 출판하고 있던 것을 모방한 것으로 여겨진다.

여상두가 간행한 과거수험 참고서에는 『사서동연해(四書同然解)』[45]가 있다. 이 책은 사서의 내용을 해설한 것이니, 그 취지가 과거용 참고서인 것은 틀림없다. 그것은 『동연해』의 표지면을 좌우로 나누어 그 왼쪽에 쓴, "四書傳賢聖之心先得人心所同然……因梓之以海內識者幸鑒賞諸, 三臺館識"라는 글에서 분명해진다. 주목할 것은 이 책의 편자가 "榜眼 王橫孔貞運著·兄 太史 泰華孔貞時校"라고 하는 점이다. 과거(科擧) 전시(殿試)에서 제2위의 좋은 성적을 얻은 공정운이 쓴 책을 태

---

45) 加賀市立圖書館本.

사직에 있는 형인 공정시가 손을 보았다는 광고와 함께 출판되었다. 과거수험자에게 "상원(狀元), 방안(榜眼), 탐화(探花)"로 급제하는 것은 동경의 대상으로 중앙의 고관으로 등용되는 것은 평생의 꿈이었다. 삼대관 여상두는 '방안·태사'라는 엘리트 가도를 걸어가는 사람들의 이름을 앞에 내세워 과거수험자의 마음을 잡으려고 한 것이다. 이것은 비단 삼대관뿐만 아니라 다른 과거수험서를 간행하는 대규모 서림들이 상투적으로 사용하던 방법이었던 것으로 보인다. 예를 들어 같은 건읍서림(建邑書林) 양미생(楊美生)이 간행한 『사서문림관지(四書文林貫旨)』는 "翰林九我李先生家傳" "禮部 藩齋沈鯉校"라고 했고, 금릉(金陵)의 오초천(吳肖川)이 간행한 『사서교자정강(四書敎子正講)』은 "李閣老家傳" "中極殿大學士 九我李先生著/翰林院編集 二水張瑞圖閱/庶吉士季仲林欲輯訂"이라고 했다.

서림이 정부 고관들의 이름을 강조한 것은 출판물의 판매상 필요한 것이라는 점은 의심할 나위가 없다. 문제로 지적할 점은, 과거에 급제하여 정부의 고관이 된 자들이 서림과 적극적으로 손을 잡고 자기의 경학(經學)을 출판물로 한 점이다. 이 일은 명 말의 서림들의 사회적 위치를 말해주는 것이 아닐까? 즉 서점주들은 과거제도의 관료사회와는 선을 긋지만 이것을 측면으로부터 받쳐주는 존재였다고 할 수 있다. 서점주가 관료의 책을 내고 혹 경우에 따라서 관청의 공인을 받은 것이라고 밝힌다. 이것은 서점주와 관료들 사이에 긴밀한 교류가 있었다는 것을 전하는 것이 아닐까? 여상두가 소설을 쓴 것도 지식이 있었기에 가능한 것이었다. 즉 서점주는 명말(明末) 사회에서는 독서인계층의 말단에 이어지는 존재가 아니었을까? 여상두와 가까운 혈연에 있는 여응규(余應虯, 近聖居)는 췌경당(萃慶堂) 여사천(余泗泉, 彰德)과는 형제였으나 출판보다는 오히려 저술에 전념한 인물이었다. 약검산방(躍劍山房)의 여사경(余思敬)도 그와 같았다.[46]

---

46) 과거수험 참고서와 서림의 관계 및 자료에 대해서는, 필자의 『大聖寺藩舊藏

이상과 같이 보면, 명말에 소설을 간행한 서림 및 서점주들은 동족경영을 하면서 개개인이 자신이 잘 할 수 있는 분야의 출판을 분업의 형태로 행하며 일정한 경제력을 지니고 있었다. 게다가 서점주들은 단순한 공인이나 상인이 아닌 중앙관료와도 교류를 갖을 수 있을 정도의 지식을 지닌 독서인이었다고 말할 수 있을 것이다.

漢籍の研究』, 私刊, 1986年 7月을 참조.

찾아보기

편자 소개

大谷森繁   1932년생
日本 天理大學 朝鮮學科, 고려대학교 대학원 국어국문학과
(문학박사)
日本 天理大學, 한국외국어대학교, 미국 인디아나대학교, 日
本 縣立廣島女子大學 敎授 歷任
현재 日本 天理大學, 縣立廣島女子大學 名譽敎授

이윤석   1949년생
연세대학교 대학원 국어국문학과(문학박사)
효성여자대학교 부교수, 연세대학교 국어국문학과 교수

정명기   1955년생
연세대학교 대학원 국어국문학과(문학박사)
원광대학교 국어교육과 교수